BESTSELLER

Jo Nesbø nació en Oslo en 1960. Graduado en economía, antes de dar el salto a la literatura fue futbolista, cantante, compositor y agente de bolsa. Desde que en 1997 publicó *El murciélago*, la primera novela de la serie protagonizada por el policía Harry Hole, ha sido aclamado como el mejor autor de novela policíaca de Noruega, un referente de la última gran hornada de autores del género negro escandinavo. En la actualidad cuenta con más de 50 millones de ejemplares vendidos internacionalmente. Sus novelas se han traducido a cincuenta idiomas y los derechos se han vendido a los mejores productores de cine y televisión.

En Debolsillo se ha publicado al completo la serie Harry Hole, compuesta por doce títulos hasta la fecha: *El murciélago*, *Cucarachas*, *Petirrojo*, *Némesis*, *La estrella del diablo*, *El redentor*, *El muñeco de nieve*, *El leopardo*, *Fantasma*, *Policía*, *La sed* y *Cuchillo*. También se han publicado en España los libros independientes *Headhunters*, *Macbeth*, *El heredero*, *Sangre en la nieve*, *El reino* y *El hombre celoso*.

Para más información, visita la página web del autor: jonesbo.com

También puedes seguir a Jo Nesbø en Facebook:
◼ Jo Nesbo

Biblioteca
JO NESBØ

El reino

Traducción de
Lotte Katrine Tollefsen

DEBOLS!LLO

Papel certificado por el Forest Stewardship Council®

Penguin
Random House
Grupo Editorial

Título original: *Kongeriket*

Primera edición en Debolsillo: mayo de 2022

© 2020, Jo Nesbø
Publicado por acuerdo con Salomonsson Agency
© 2021, 2022, Penguin Random House Grupo Editorial, S.A.U.
Travessera de Gràcia, 47-49. 08021 Barcelona
© 2021, Lotte Katrine Tollefsen, por la traducción
Diseño de la cubierta: Marc Cubillas
Imagen de la cubierta: © iStock

Printed in Spain – Impreso en España

ISBN: 978-84-663-5990-0
Depósito legal: B-5.363-2022

Compuesto en M. I. Maquetación, S. L.

Impreso en Black Print CPI Ibérica
Sant Andreu de la Barca (Barcelona)

P 3 5 9 9 0 0

Prólogo

Era el día que murió Dog.

Yo tenía dieciséis años, Carl quince.

Unos días antes papá nos había enseñado el cuchillo de caza con el que lo maté. Tenía una hoja ancha que brillaba al sol y unas ranuras a los lados. Papá nos explicó que las ranuras servían para desviar la sangre cuando descuartizas la presa. Solo con oír eso Carl se puso pálido y papá preguntó si iba a vomitar en el coche otra vez. Creo que por ese motivo Carl se propuso matar de un disparo lo que fuera, cualquier cosa, y si hacía falta descuartizarlo, convertirlo en trocitos de mierda.

—Después lo freiré y nos lo comeremos —dijo frente al granero, yo con la cabeza metida en el motor del Cadillac DeVille de papá—. Él, mamá, tú y yo. ¿Vale?

—Vale —dije mientras giraba la tapa del distribuidor para encontrar el contacto.

—Y también le daré algo a Dog —dijo—. Habrá suficiente para todos.

—Por supuesto —dije.

Papá siempre decía que le había puesto Dog porque en ese momento no se le ocurrió otra cosa. Pero yo creo que le encantaba ese nombre. Era como él, que nunca decía más que lo imprescindible y era tan americano que solo podía ser noruego. Quería mucho a ese animal. Sospecho que apreciaba más su compañía que la de cualquier ser humano.

Puede que nuestra granja en la montaña no sea gran cosa, pero tiene vistas y pastos, lo que bastaba para que papá lo llamara su reino. Un día tras otro, desde mi puesto permanentemente inclinado sobre el Cadillac, veía a Carl alejándose con el perro de papá, la escopeta de perdigones de papá y su cuchillo. Veía cómo se transformaban en dos puntitos sobre la montaña desnuda. Pero nunca oía ningún disparo. De vuelta a la granja Carl siempre decía que no había pájaros, y yo me callaba, a pesar de que había visto una bandada de perdices detrás de otra levantando el vuelo desde la ladera e indicándome más o menos dónde se encontraban Carl y Dog.

Entonces llegó el día en que por fin se oyeron disparos.

Di tal respingo que me golpeé la cabeza con el capó. Me limpié el aceite de los dedos y miré hacia la ladera cubierta de brezo mientras el sonido seguía reverberando como un trueno sobre el pueblo que había junto al lago Budalsvannet. Diez minutos después Carl llegó corriendo a la granja y, cuando calculó que estaba lo bastante cerca para que papá o mamá pudieran verlo desde la casa principal, redujo la velocidad. Dog no iba con él. Tampoco llevaba la escopeta. Supongo que ya entonces comprendí más o menos lo que había pasado y salí a su encuentro. Al verme se dio media vuelta y desanduvo sus pasos lentamente. Cuando le di alcance vi que tenía las mejillas llenas de lágrimas.

—Lo he intentado —dijo entre sollozos—. Han levantado el vuelo, eran muchas y he apuntado, pero no he sido capaz. Quería que oyerais que al menos lo había intentado, pero he bajado la escopeta y he apretado el gatillo. Y cuando los pájaros han desaparecido y he mirado, he visto a Dog tendido en el suelo.

—¿Muerto? —pregunté.

—No —dijo Carl, y se echó a llorar desconsoladamente—. Pero… se está muriendo. Sangra por la boca y tiene los ojos destrozados. Está tirado en el suelo gimiendo y temblando.

—Corre —dije.

Corrimos. Al cabo de unos minutos vi algo que se movía entre el brezo. Era una cola, la cola de Dog, que nos había olido. Lo observamos desde arriba. Los ojos del perro parecían dos yemas de huevo rotas.

—No hay nada que hacer —dije, y no porque yo sea un veterinario experimentado como cualquier vaquero de las películas del Oeste, sino porque, si ocurría un milagro y Dog sobrevivía, la vida de un perro de caza ciego no valía la pena—. Tienes que pegarle un tiro.

—¿Yo? —exclamó Carl, como si no se creyera que yo hubiera siquiera propuesto que él, Carl, le quitara la vida a lo que fuera.

Le miré. Miré a mi hermano pequeño.

—Dame el cuchillo —dije.

Me pasó el cuchillo de caza de nuestro padre.

Le puse una mano encima de la cabeza a Dog, que me lamió el antebrazo. Lo cogí por la piel del pescuezo y le corté el cuello con la otra. Pero fui demasiado cauto. No pasó nada, Dog solo se retorció. No llegué al fondo hasta el tercer intento y fue como cuando cortas el cartón de un zumo demasiado abajo, la sangre pareció derramarse como si hubiera estado esperando a que la liberaran.

—Así —dije dejando caer el cuchillo en el brezo. Vi la sangre en las ranuras y me pregunté si el chorro de sangre me habría salpicado la cara, porque sentí que algo caliente se deslizaba por mi mejilla.

—Estás llorando —dijo Carl.

—No se lo digas a papá.

—¿Que has llorado?

—Que no has sido capaz de sacrificar... que no lo has sacrificado. Diremos que yo tomé la decisión, pero que lo has hecho tú. ¿De acuerdo?

Carl asintió.

—De acuerdo.

Me cargué el cuerpo del perro al hombro. Pesaba más de lo que parecía y se me escurría. Carl se ofreció a llevarlo, pero cuando le dije que no lo noté aliviado.

Dejé a Dog ante la rampa del granero, entré en la casa y busqué a papá. Le di la explicación que habíamos acordado mientras volvíamos. No dijo nada, se limitó a ponerse en cuclillas delante de su perro y asintió con la cabeza como si de alguna manera hubiera esperado que ocurriera algo así, como si fuera culpa suya. Luego se puso en pie, le quitó la escopeta a Carl y se colocó el cuerpo de Dog bajo el brazo.

—Vamos —dijo subiendo la rampa del granero.

Puso a Dog en un lecho de paja y esta vez se arrodilló, agachó la cabeza y murmuró unas palabras, creo que uno de esos salmos americanos que se sabía. Observé a mi padre, un hombre al que había visto durante toda mi corta vida, pero nunca así. Destrozado.

Cuando se volvió hacia nosotros, seguía estando pálido, pero ya no le temblaban los labios y su mirada reflejaba la serena determinación de siempre.

—Ahora nos toca a nosotros —dijo.

Y así fue. A pesar de que papá nunca nos había pegado, me pareció que Carl se encogía a mi lado. Papá acarició el cañón de la escopeta.

—¿Quién de vosotros fue el que… —dijo y, mientras buscaba las palabras, acariciaba la escopeta una y otra vez— le clavó el cuchillo a mi perro?

Carl pestañeó una y otra vez como si estuviera aterrorizado. Abrió la boca.

—Fue Carl —repliqué—. Pero fue a mí a quien se le ocurrió que había que hacerlo y que debía ocuparse él.

—¿Ah, sí? —Papá miró a Carl y después a mí otra vez—. ¿Sabéis una cosa? Mi corazón está llorando. Llora y solo me queda un consuelo. ¿Sabéis cuál es?

Nos quedamos callados, porque cuando papá hablaba así no debíamos responder.

—Que tengo dos hijos que hoy han demostrado ser unos hombres. Que han asumido responsabilidades y tomado decisiones. ¿Sabéis en qué consiste el tormento de elegir? Lo que te angustia es el hecho de elegir, no la decisión que acabes tomando. El saber que, elijas lo que elijas, pasarás noches en vela torturándote con la duda de si hiciste lo correcto. Podríais haber huido de esta elección, pero hicisteis frente a una decisión dolorosa. Dejar que Dog viviera y sufriera, o dejar que Dog muriera y ser sus asesinos. Hace falta mucho valor para no escaquearse cuando uno se encuentra ante una situación como esta.

Tendió sus grandes manos. Una se posó en mi hombro, la otra en el de Carl, un poco más arriba. Cuando volvió a hablar, el timbre de su voz me recordó a Armand, el predicador.

—Lo que diferencia a los hombres de las bestias es la capacidad de no elegir el camino más fácil, sino el de moral más elevada. —Volvía a tener los ojos velados por las lágrimas—. Soy un hombre hundido, pero estoy muy orgulloso de vosotros, chicos.

No solo era el discurso más intenso, sino también el más largo y coherente que había escuchado en boca de mi padre. Carl se echó a llorar, y la verdad es que yo mismo tenía un puto nudo en la garganta.

—Ahora vamos a contárselo a mamá.

La idea no podía espantarnos más. Mamá tenía que darse un largo paseo cada vez que papá iba a sacrificar una cabra, y regresaba con los ojos enrojecidos. De camino hacia la casa papá se rezagó un poco para hablar conmigo en un aparte.

—Antes de que ella oiga tu versión de los hechos, será mejor que te laves las manos más a fondo —dijo.

Levanté la vista, preparado para lo que pudiera venir, pero en su rostro solo vi calma y cansada resignación. Luego me acarició la nuca. Que yo recordara, nunca antes lo había hecho. Y nunca volvió a hacerlo.

—Tú y yo somos iguales, Roy. Somos más duros que la gente como mamá y Carl. Así que tenemos que cuidar de ellos. Siempre. ¿Lo entiendes?

—Sí.

—Somos una familia. Nos tenemos los unos a los otros, a nadie más. Amigos, novias, vecinos, gente del pueblo, el Estado. Todos son una ilusión y no valen una mierda el día que de verdad los pones a prueba. Entonces somos nosotros contra ellos, Roy. Nosotros contra todos los demás. ¿Vale?

—Vale.

I

1

Lo oí antes de verlo.

Carl había regresado. No sé por qué me acordé de Dog, habían pasado veinte años, pero tal vez sospeché que esa vuelta repentina e inesperada se debía al mismo motivo de entonces. El motivo de siempre. Necesitaba la ayuda de su hermano mayor.

En ese momento yo estaba en el patio y miré el reloj. Dos y media. Solo me había mandado un mensaje para avisar de que llegarían sobre las dos. Pero mi hermano pequeño siempre ha sido optimista y promete un poco más de lo que puede cumplir.

Observé el paisaje. Lo poco que asomaba entre la capa de nubes que se extendía a mis pies. Al otro lado del valle la colina parecía flotar sobre un mar grisáceo. Aquí, en las alturas, la vegetación empezaba a cobrar los tonos rojizos del otoño. El cielo sobre mi cabeza estaba azul y límpido, como la mirada inocente de una muchacha. El aire era frío y beneficioso, y si respirabas hondo te escocía en los pulmones. Me parecía estar solo en el mundo, como si este fuera únicamente para mí. Bueno, un mundo consistente en un monte Ararat con una granja en la cima. A veces los turistas tomaban la carretera de curvas y acudían a contemplar las vistas; tarde o temprano, acababan en nuestro patio. Solían preguntar si yo seguía llevando la pequeña explotación. Esos idiotas la llamaban pequeña porque, seguramente, creían que una granja de verdad tenía que ser como las del llano, con grandes campos de cultivo, graneros inmensos y enormes y ostentosas viviendas. No habían visto los destrozos que una tormenta de las montañas podía ocasionar en un tejado demasiado grande, ni habían intentado encender una chimenea en una habitación excesivamente espaciosa cuando fuera hace treinta grados bajo cero y el viento se cuela por las paredes. No sabían la diferencia entre la tierra cultivada y la virgen, que en una granja de montaña pastorean los rebaños y puede ser un reino despoblado, pero mucho más grande que los llamativos campos de cereales de las tierras bajas.

Quince años había vivido aquí en soledad, pero eso se iba a acabar. Un V8 rugió y siseó en algún lugar bajo la cubierta de nubes. Sonaba tan cerca que ya debía de haber pasado la llamada «Japansvingen», a mitad del ascenso. El conductor aceleró, levantó el pie del pedal, tomó una de las curvas cerradas y volvió a acelerar. Cada vez más cerca. Se notaba que no era la primera vez que conducía por aquellos vericuetos. Y cuando pude distinguir los matices del sonido del motor, los profundos suspiros al cambiar de marcha, el bajo profundo que solo tiene un Cadillac a pocas revoluciones, supe que era un DeVille. Igual que el enorme vehículo negro que tuvo papá. Por supuesto.

El agresivo morro de la parrilla de un DeVille asomaba por lo que llamábamos «Geitesvingen». También negro, pero un modelo más reciente, supuse que del 85. Pero con los mismos adornos.

El coche se acercó y el conductor bajó la ventanilla. Tenía la esperanza de que no se me notara que el corazón me iba a mil. ¿Cuántas cartas, mensajes y correos electrónicos habríamos intercambiado en todos estos años? No muchos. Sin embargo, ¿había pasado un solo día sin que pensara en Carl? Probablemente no. Pero era mejor echarle de menos que tener que ocuparme de sus problemas. Lo primero que noté es que había envejecido.

—Perdón, caballero, ¿sabe usted si esta granja pertenece a los famosos hermanos Opgard?

Luego sonrió. Me dirigió una de sus sonrisas cálidas e irresistibles, y fue como si para su rostro no hubiera pasado el tiempo, como si el calendario que me decía que habían transcurrido quince años desde la última vez que lo había visto estuviera equivocado. Pero su mirada también transmitía cierto cálculo, como si estuviera comprobando la temperatura del agua antes de bañarse.

No tenía ganas de reírme. Todavía no. Pero no pude evitarlo.

Mi hermano se bajó del coche y abrió los brazos. Me acerqué y nos fundimos en un abrazo. Algo me dice que debería haber sido al revés. Que era yo, el hermano mayor, quien debería haber abierto los brazos para recibir a quien regresaba a casa. Pero en algún momento del pasado el reparto de papeles entre Carl y yo se había vuelto muy confuso. Había crecido más que yo, tanto física como personalmente, y, al menos cuando nos encontrábamos en compañía de terceros, era él quien llevaba la batuta. Cerré los ojos, tiritando, y aspiré el olor a otoño, a Cadillac, a mi hermano pequeño. Llevaba alguna clase de fragancia masculina, como las llaman.

La puerta del pasajero se había abierto.

Carl me soltó y me hizo rodear el prominente capó del coche hacia donde ella esperaba mirando el valle.

—Este lugar es precioso —dijo.

Era una mujer menuda y delgada, pero tenía la voz grave. Se le notaba un fuerte acento y la entonación era incorrecta, pero al menos hablaba noruego. Me pregunté si habría ensayado la frase durante el viaje, si había resuelto decir aquello, fuera o no fuera cierto, para caerme bien, tanto si yo quería como si no. Luego se volvió hacia mí y sonrió. Lo primero que vi fue que su rostro era blanco. No es que fuera pálido, sino que era blanco como la nieve y reflejaba la luz hasta el punto de que era difícil distinguir su contorno. Lo segundo, que tenía un párpado medio caído, como una persiana, como si la mitad de ella estuviera adormilada. Pero la otra mitad parecía estar muy despierta. Un ojo castaño, vivaz, que me miraba atentamente; llevaba el pelo, de un rojo llameante, muy corto. Vestía un sencillo abrigo negro sin cintura y debajo tampoco se insinuaba forma alguna, solo un jersey negro de cuello alto que asomaba entre las solapas. La primera impresión era que se trataba de un chaval enclenque, fotografiado en blanco y negro, al que hubieran coloreado el cabello *a posteriori*. A Carl siempre se le habían dado bien las mujeres, por lo que tengo que reconocer que estaba sorprendido. No es que no fuera mona, supongo que lo era, pero no era una «tía buena», como dicen por aquí. Seguía sonriendo y, puesto que los dientes no se distinguían gran cosa de la piel, eran igual de blancos. Carl también tenía los dientes blancos, siempre los tuvo, no como yo. Solía bromear con que los suyos los blanqueaba el sol porque sonreía mucho más que yo. A lo mejor por eso se habían enamorado, por los dientes blancos. La imagen en el espejo. Porque, aunque Carl era alto y fornido, de pelo rubio y ojos azules, vi el parecido al instante. Cierta visión positiva de la vida, como suele decirse. Optimismo, la voluntad de ver lo mejor del ser humano. En ellos mismos y en los demás. Bueno, en realidad todavía no conocía a la chica.

—Esta es… —empezó Carl.

—Shannon Alleyne —lo interrumpió ella ofreciéndome una mano tan pequeña que tuve la sensación de agarrar una pata de gallina.

—… Opgard —añadió Carl orgulloso.

Shannon Alleyne Opgard quería sostener mi mano más rato. En eso también reconocí a Carl. Hay gente con más prisa por caer en gracia que otra.

—¿Jet lag? —dije, y me arrepentí de haberlo dicho, me sentí un idiota por preguntar. No porque no supiera lo que era el jet lag, sino porque Carl sabía que yo no había cambiado de zona horaria en mi vida y que, por eso mismo, su respuesta no significaría mucho para mí.

Carl negó con la cabeza.

—Aterrizamos hace dos días. Tuvimos que esperar que llegara el coche, venía en barco.

Asentí con la cabeza y miré la matrícula. MC Monaco. Exótico, pero no lo bastante como para pedir que me dieran las placas si pensaban registrarlo aquí. En el despacho de la gasolinera yo tenía colgadas matrículas en desuso de la Guayana Francesa, Birmania, Basutolandia, Honduras Británica y Johor. El listón estaba alto.

Shannon nos miraba a los dos. Sonrió. No sé por qué, tal vez solo se alegraba de ver a Carl con su hermano mayor, su único pariente cercano, riendo juntos. Quizá se alegraba de que la pequeña tensión que había habido al principio se hubiera evaporado. De que él, *ellos*, fueran bienvenidos en casa.

—¿Le enseñas la casa a Shannon mientras saco las maletas? —preguntó Carl y abrió el *trunk*, como lo llamaba papá.

—Seguramente tardaremos el mismo tiempo —le murmuré a Shannon, que me seguía.

Dimos la vuelta a la casa hacia la puerta principal orientada al norte. Sinceramente, no sé por qué papá no quiso que la puerta diera al patio y la carretera. Tal vez porque al salir por la mañana le gustaba tener a la vista todas nuestras tierras. O porque era más importante que el sol calentara la cocina que el recibidor. Cruzamos el umbral y abrí una de las tres puertas.

—La cocina —dije dándome cuenta de que olía a grasa rancia. ¿Había sido siempre así?

—Qué bonita —mintió ella.

Vale que yo la había ordenado y hasta fregado, pero bonita no era. Con los ojos como platos y quizá un poco de preocupación, su mirada siguió el tubo de la chimenea que salía de la estufa de leña y atravesaba un agujero serrado en el techo en dirección al primer piso. Papá lo había llamado carpintería fina, un hueco perfectamente redondo por donde pasaba el tubo y que evitaba que se incendiara la madera. En tal caso sería, junto con los agujeros redondos de la caseta del retrete que estaba fuera de la casa, el único ejemplo de dicha carpintería fina en toda la granja.

Encendí y apagué la luz para demostrarle que al menos teníamos electricidad.

—¿Café? —pregunté y abrí el grifo.

—Gracias, puede que más tarde.

Se había aprendido las expresiones de cortesía noruegas.

—Carl querrá —dije abriendo la alacena.

Revolví el interior hasta que di con la cafetera. De hecho había comprado café molido por primera vez en… mucho tiempo. A mí me valía con café instantáneo. Al acercar la cafetera al grifo advertí que, llevado por la costumbre, había abierto el agua caliente. Noté que me ardían las orejas. Pero ¿quién ha dicho que es penoso hacer el café instantáneo con agua caliente del grifo? El café es café y el agua es agua.

Puse la cafetera en la placa, la encendí y di un par de pasos hasta la puerta de una de las dos habitaciones que flanqueaban la cocina. Una era el comedor, que permanecía cerrado en invierno pues hacía de barrera contra los vendavales que soplaban desde el oeste y comíamos en la cocina. Al otro lado se encontraba el cuarto de estar, con estanterías, televisor y una estufa de leña. La terraza acristalada orientada al sur era la única extravagancia que papá se había permitido en la casa. Él la llamaba el porche y mamá el jardín de invierno, a pesar de que en invierno estaba cerrada, por supuesto, y protegida por una barricada de contraventanas. Pero en verano papá se sentaba allí a mascar tabaco de la marca Berry y a beber una Budweiser o dos, y ambas cosas resultaban extravagantes. Para comprar la pálida cerveza americana había que ir a la ciudad, y las cajitas plateadas del tabaco de mascar Berry se las mandaba desde el otro lado del océano un pariente americano. Papá me explicó muy pronto que, a diferencia de la mierda sueca, el tabaco de mascar americano pasa por un proceso de fermentación, y eso se nota en el sabor.

—Como el bourbon —decía papá, que afirmaba que los noruegos consumían esa mierda sueca porque no habían probado nada mejor.

Bueno, al menos yo sí lo sabía y, cuando empecé a mascar tabaco, escogí la marca Berry. Carl y yo solíamos contar las botellas vacías que mi padre iba dejando en el alféizar de la ventana. Sabíamos que si bebía más de cuatro podía echarse a llorar, y nadie quiere ver llorar a su padre. Ahora que lo pienso, puede que por eso yo rara vez bebiera más de una cerveza o dos. No quería llorar. Carl tenía borracheras alegres, quizá por eso sentía menos necesidad de ponerse límites.

Todo esto iba yo pensando, sin decir nada, mientras subíamos la escalera y le mostraba a Shannon el dormitorio más grande, que papá llamaba «the master bedroom».

—Fantástico —dijo.

Quería mostrarle el baño nuevo, que ya no era nuevo, pero sí era la pieza más nueva que había en la casa. Supongo que si le contara a Shannon que nos habíamos criado sin baño no me creería. Que nos lavábamos en el piso de abajo, en la cocina, con agua que calentábamos en la estufa. Que el baño llegó después del accidente de coche. Si era cierto lo que Carl había escrito, que ella era de Barbados, de una familia que se había podido permitir mandarla a estudiar a Canadá, era natural que le costara imaginar que al bañarme compartía el agua gris con mi hermano y que en pleno invierno temblábamos de frío en aquel barreño. Mientras que papá, paradójicamente, tenía un Cadillac DeVille aparcado en el patio porque había que tener un coche en condiciones.

La puerta del cuarto de los niños se había atascado, así que tuve que pegarle unos tirones al pomo. Cuando al fin la abrí, me envolvieron los recuerdos y una vaharada de olor a cerrado, como si se tratara de un armario lleno de ropa vieja que hubiera olvidado. Junto a la pared había un escritorio con dos sillas alineadas. Enfrente, una litera ocupaba el resto del espacio. En un extremo, saliendo del agujero del suelo, se veía el tubo de la estufa de la cocina.

—Aquí dormíamos Carl y yo.

Shannon señaló la litera con un movimiento de la cabeza.

—¿Quién se ponía arriba?

—Yo. El mayor. —Pasé un dedo por el polvo que cubría el respaldo de una de las sillas—. Me trasladaré aquí y os dejaré el dormitorio grande.

Me miró horrorizada.

—Pero, Roy, no queremos que…

Me concentré en mirar el ojo que tenía abierto. ¿No es un poco raro tener los ojos castaños cuando eres pelirroja y tu piel es blanca como la nieve?

—Vosotros sois dos y yo, uno. No hay problema, ¿vale?

Echó otro vistazo al cuarto juvenil.

—Gracias —dijo.

La acompañé a la habitación de mamá y papá. Había ventilado a fondo. No me gusta notar el olor de la gente, independientemente de que sea bueno o malo. Salvo el de Carl. Carl quizá no oliera bien, pero olía como debía oler. Olía a mí. A nosotros. Cuando Carl se ponía enfermo en invierno, lo que ocurría con frecuencia, me metía en su cama. Siempre olía como debía oler, aunque estuviera sudando de fiebre y el aliento le apestara a vómito. Yo inhalaba el olor de Carl y, tiritando de frío, me arrimaba a su cuerpo ardiente, y el calor que él desprendía me calentaba los huesos. La fiebre de uno era la estufa del otro. Vivir en la montaña te convierte en un hombre práctico.

Shannon se acercó a la ventana y miró fuera. Se había dejado el abrigo abrochado. Supongo que le parecía que en la casa hacía frío. Era septiembre. En invierno lo iba a pasar muy mal. Oí a Carl subiendo las maletas por la angosta escalera.

—Carl dice que no sois ricos —dijo—. Pero que todo lo que se ve desde aquí os pertenece a los dos.

—Así es. Pero no son más que pastos.

—¿Pastos?

—Tierras sin cultivar —dijo Carl desde la puerta sonriendo sin aliento—. Pastos para ovejas y cabras. En una granja de montaña se puede cultivar muy poca cosa. Como ves, apenas hay árboles. Pero algo haremos con la línea del horizonte. ¿No te parece, Roy?

Asentí con la cabeza lentamente, como había visto hacer a los campesinos cuando era niño. Entonces yo creía que sus frentes arrugadas ocultaban tales pensamientos y de tanta complejidad que hubieran tardado demasiado en explicarlos, o les habría sido imposible expresarlos en el sencillo dialecto del pueblo. Además, esos hombres mayores parecían entenderse entre sí de forma telepática, puesto que cuando uno asentía en silencio los demás también lo hacían. En ese momento también yo asentía con la cabeza, aunque a duras penas entendía muchas más cosas ahora que entonces.

Por supuesto que podría haberle preguntado a Carl, pero no me habría respondido. Tendría respuestas, sí, muchas, pero no la *respuesta*. Quizá ni siquiera la necesitara. Estaba contento de que Carl hubiera vuelto a casa y de momento no tenía intención de molestarlo con esa pregunta: ¿por qué demonios había vuelto?

—Qué bueno es Roy —dijo Shannon—. Nos ha dejado esta habitación.

—Imagino que no habrás vuelto para instalarte en el cuarto de los niños —dije.

Carl asintió con la cabeza. Despacio.

—A cambio, esto no es gran cosa —dijo mostrándome un gran cartón.

Vi al instante lo que era. Tabaco de mascar Berry.

—Joder, cómo me alegro de volver a verte, hermano —dijo Carl con voz llorosa.

Se acercó y volvió a rodearme con sus brazos. Esta vez me abrazó de verdad. Yo también. Sentí que se cuerpo se había ablandado un poco, estaba más gordo. Noté la piel de su mejilla más floja, y la barba raspaba aunque iba recién afeitado. El traje de lana que llevaba parecía de buena calidad, y la camisa; antes nunca llevaba camisa. Incluso hablaba diferente, tenía el acento de ciudad que empleábamos para imitar a mamá.

Pero nada de eso importaba. Olía como siempre. Olía a Carl. Me apartó para observarme. Los ojos, de una belleza femenina, le brillaban. Joder, seguro que los míos también.

—El café está listo —dije con voz un poco entrecortada y fui hacia la escalera.

Esa noche me quedé escuchando en la cama. Quería notar si la casa tenía otros sonidos ahora que había más gente otra vez. No era el caso. Crujía, carraspeaba y silbaba como siempre. También estaba pendiente de los ruidos que llegaban del *master bedroom*. Aunque los dos dormitorios están separados por el baño, las paredes son tan finas que se oye todo, y podía distinguir voces. ¿Estarían hablando de mí? ¿Le estaría preguntando Shannon a Carl si su hermano mayor siempre era tan callado? ¿Si me había gustado el chili con carne que ella había cocinado? ¿Si a ese hermano silencioso le había gustado de verdad el regalo que ella le había traído y que le había costado mucho conseguir a través de familiares, una matrícula usada de Barbados? ¿No le había caído bien a su hermano mayor? Y Carl respondía que Roy era así con todo el mundo, que tenía que darle tiempo. Y ella diría que pensaba que tal vez Roy estaba celoso de ella, que seguro que Roy sentía que le había quitado a su hermano, el único que tenía. Y Carl se echaría a reír y le diría que no debía darle vueltas a eso después de un día nada más, que todo se arreglaría. Y ella apoyaría la cabeza en su hombro y diría que seguramente tenía razón, pero que se alegraba de que Carl no fuera como su hermano. Que en un país con un índice de criminalidad casi inexistente era raro que alguien fuese por la vida mirando alrededor como si temiera que fueran a atacarle.

Quizá estuvieran haciéndolo.

En la cama de mamá y papá.

—¿Quién se puso arriba? —les preguntaría por la mañana en el desayuno—. ¿El mayor?

Observaría sus gestos de sorpresa. Al salir notaría el aire de la mañana, me metería en el coche, soltaría el freno de mano, sentiría un hormigueo, vería Geitesvingen acercándose.

Del exterior llegó una nota bella, larga y triste. Un chorlito dorado. El ave solitaria de la montaña, un ave flacucha y seria. Un pájaro que te sigue cuando sales a caminar, te cuida, pero siempre a una distancia segura. Como si tuviera demasiado miedo para hacer un amigo, pero a la vez necesitara alguien que lo escuchara cuando canta a su soledad.

2

Llegué a la gasolinera a las cinco y media, treinta minutos antes de lo habitual en un lunes.

Egil estaba detrás del mostrador, tenía cara de cansancio.

—Buenas, jefe —dijo con voz monótona. Egil era como el chorlito dorado, solo tenía una nota en su repertorio.

—Buenos días. ¿Una noche movida?

—No —dijo, como si no hubiera entendido que era una pregunta retórica, como suele decirse, pues yo sabía que un domingo por la tarde, cuando los turistas volvían a la ciudad, nunca había mucho que hacer.

Si se lo preguntaba era porque no había recogido ni lavado los surtidores. En otras gasolineras que abren las veinticuatro horas existe la norma de que, si un empleado está solo en el turno de noche, no debe salir de la tienda, pero yo odio el desorden. Los macarras que van a la gasolinera a comer perritos calientes, fumar y enrollarse, tiran servilletas, colillas e incluso algún que otro condón usado. Puesto que tanto los perritos calientes como los cigarrillos y los condones los han comprado en la gasolinera, no tengo intención de espantar a mis clientes macarras, así que dejo que se queden en sus coches viendo la vida pasar. En cambio, le he asignado al encargado del turno de noche que haga limpieza siempre que pueda. Había colgado un cartel en el baño de los empleados de forma que lo tuvieran delante de la jeta al sentarse en el trono:

HAZ LO QUE TENGAS QUE HACER. TODO DEPENDE DE TI. HAZLO AHORA. Quizá Egil creyera que el cartel le instaba a que cagara deprisa, pero yo le había dicho tantas veces que debía recoger y asumir sus responsabilidades que cabría suponer que Egil habría comprendido el chistecito sobre una noche movida. Pero Egil no solo tenía sueño, sino que era un chico simplón de veinte años que había sido tantas veces blanco de las burlas que todo le daba igual. Y claro, si quieres hacer el mínimo esfuerzo, fingir que no te enteras es un buen truco. A lo mejor Egil no era tan tonto, a pesar de todo.

—Llegas pronto, jefe.

«Un poco demasiado pronto para que te diera tiempo a despejar la zona de los surtidores y que yo creyera que había estado recogida toda la noche», pensé.

—No podía dormir —dije. Me acerqué a la caja y pulsé una tecla. Eso daba por acabado el turno, oí que la impresora de la oficina empezaba a ronronear—. Vete a casa y duerme un poco.

—Gracias.

Fui a la trastienda y leí el balance de caja mientras el papel seguía saliendo. Tenía buena pinta. Otro domingo de mucho tráfico. Puede que esta carretera no sea de las más transitadas del país, pero con treinta y cinco kilómetros de distancia hasta la gasolinera más cercana en ambos sentidos nos habíamos convertido en un oasis para los conductores, en especial para las familias con niños que volvían de sus cabañas. Había puesto un par de mesas con bancos junto a los abedules, con vistas al lago de Budalsvannet, donde ingerían hamburguesas, bollos y refrescos. El día anterior habíamos vendido cerca de trescientos bollos. Tenía menos cargo de conciencia por nuestras emisiones de CO_2 que por la intolerancia al gluten que estaba extendiendo por el mundo. Deslicé la mirada por la hoja y me fijé en el número de salchichas que Egil había tirado a la basura. No pasaba nada, pero eran, como siempre, demasiadas en proporción a las que había vendido.

Egil se había cambiado e iba camino de la puerta.

—¿Egil?

Se detuvo en seco.

—¿Sí?

—Parece que alguien se ha entretenido tirando papel de secar alrededor del surtidor dos.

—Lo arreglo, jefe.

Se marchó sonriendo. Suspiré. No es fácil encontrar mano de obra cualificada en un pueblo tan pequeño. Los espabilados se marchan a Oslo o Bergen para estudiar, los que tienen iniciativa a Notodden, Skien o Kongsberg para ganar dinero. Los que se quedan, como Egil, no tienen muchos puestos de trabajo para elegir. Si lo despidiera, iría derecho a los servicios sociales. Y no por eso comería menos salchichas: se colocaría al otro lado del mostrador y las pagaría. Dicen que el sobrepeso es un problema de las zonas rurales. Evidente, es fácil recurrir al consuelo de la comida cuando estás en una gasolinera y te imaginas que todos los que pasan por allí van a otro lugar, supones que a sitios mejores, en coches que nunca podrás permitirte, con chicas con las que no te atreverías ni a entablar conversación, salvo que fuera en un baile del pueblo y estuvieras borracho. Pero más pronto que tarde iba a tener que hablar con Egil. La oficina principal no se preocupaba de los Egil de este mundo, sino de la cuenta de resultados. Se entiende. En 1969 había setecientos mil coches y más de cuatro mil gasolineras en Noruega. Cuarenta y cinco años después el número de vehículos casi se había multiplicado por cuatro, mientras que el número de gasolineras se había reducido a menos de la mitad. Ha sido duro para ellos y para nosotros. Yo seguía las estadísticas y sabía que en Suecia y Dinamarca más de la mitad de las gasolineras que habían sobrevivido eran autoservicios sin personal. En Noruega no hemos llegado a esta situación debido a la baja densidad de población, pero también aquí los encargados de los surtidores son una especie en vías de extinción. Aunque en realidad ya nos hemos extinguido. ¿Cuándo fue la última vez que nos viste llenando un depósito de gasolina? Estamos demasiado entretenidos vendiendo salchichas, refrescos, balones de playa, carbón para la barbacoa, líquido para limpieza a presión y garrafas de un agua que no es mejor que la que sale del grifo, pero que nos llega por avión y es más cara que las películas en DVD que tenemos en oferta. No me quejo. Si la cadena de gasolineras mostró interés por la estación de servicio de la que me hice cargo a los veintitrés años, no fue por los dos surtidores que tenía en la puerta, o porque fuera un negocio rentable, sino por su ubicación. Dijeron que les impresionaba que hubiera aguantado tanto tiempo, ya hacía mucho que los talleres de pueblo habían desaparecido del mapa, y me ofrecieron el puesto de jefe de la gasolinera junto a un poco de calderilla por la propiedad. Tal vez pudiera haber sacado algo más, pero nosotros, los Opgard, no regateamos. Aún no había cumplido los treinta y ya me sentía como si estuviera acabado. Usé el poco dinero que obtuve para instalar un baño en la granja. Así pude irme a vivir allí y dejar el estudio que había montado en el taller de coches. En la parcela había sitio de sobra, así que la cadena de gasolineras montó una tienda junto al taller, que dejaron en pie, y transformaron el viejo lavadero de coches en un túnel de autolavado moderno.

La puerta se cerró tras Egil y caí en la cuenta de que la oficina central había accedido a poner las puertas automáticas que había solicitado. Llegarían la semana siguiente. La dirección estaba satisfecha con nosotros, al menos eso decían. El jefe de ventas, que pasaba por aquí cada quince días, no dejaba de sonreír y hacer chistes malos, y de vez en cuando me ponía la mano en el hombro y me decía, como si fuera una confesión, que estaban contentos. Por supuesto que estaban satisfechos. Se concentraban en los beneficios. Veían que estábamos librando una batalla rentable contra la extinción. A pesar de que durante las guardias de Egil la zona de surtidores no siempre estuviera impecable.

Las seis menos cuarto. Pinté los bollos que se habían descongelado e hinchado por efecto de la levadura; al verlos recordé los años de bonanza en los que ocupaba el foso de engrase y me dedicaba a reparar motores. Vi un tractor aproximándose al túnel de autolavado. Sabía que cuando el agricultor acabara de aclarar a presión el vehículo, me tocaría a mí limpiar el suelo. Como responsable de la gasolinera debía encargarme de la gestión, contratar y alentar al personal, llevar las cuentas, ocuparme de la seguridad, etcétera, pero ¿adivinas a qué dedica más tiempo el encargado de una gasolinera? A limpiar. El horneado de bollos ocupaba un rotundo segundo puesto.

Escuché el silencio. Bueno, nunca estamos en silencio, hay una sinfonía de sonidos que viene y va, y que no cesa hasta que termina el fin de semana, los ocupantes de las cabañas se han ido a casa y volvemos a cerrar la tienda de noche. Y de fondo se oye el rumor de las cafeteras, los calentadores de salchichas, los frigoríficos para los refrescos, los congeladores. Todos tienen su propio sonido, pero el que más se diferencia del resto es el calentador del pan para las hamburguesas. Ronronea de un modo más cálido, casi como un motor bien engrasado y, si cierras los ojos, retrocedes en el tiempo. La última vez que el jefe de ventas pasó por aquí propuso que tuviéramos música ambiental a poco volumen en la tienda. Me explicó que hay estudios que demuestran que las notas adecuadas pueden afectar tanto al apetito como a las ganas de gastar dinero. Asentí con la cabeza despacio, pero no dije nada. Me gusta estar en silencio. Pronto alguien abriría la puerta. Probablemente un trabajador; los trabajadores suelen querer repostar o tomarse un café antes de las siete de la mañana.

Observé al granjero poniendo gasoil libre de impuestos en el tractor. Sabía que una parte del combustible iría a parar al depósito de su coche particular cuando llegara a casa, pero eso era problema suyo y de la policía, a mí me daba igual.

Miré más allá de los surtidores, por encima de la carretera y el carril para bicicletas y peatones, y me fijé en una de las típicas casas de madera del pueblo. Construida poco antes de la guerra, tenía tres pisos y el porche orientado al lago de Budalsvannet; las ventanas estaban sucias del polvo de la carretera y un cartel enorme clavado en la pared anunciaba cortes de pelo y solárium de un modo que a cualquiera que pasara por allí le daría la impresión de que el corte de pelo y el bronceado se realizaban de forma «simultánea», como suele decirse, y en el mismo salón de los que vivían allí. Nunca había visto entrar a nadie que no fuera del pueblo, todo el mundo sabía dónde estaba Grete, así que la verdadera intención de los carteles era dudosa.

Vi a Grete junto a la carretera, parecía helada calzada con unos Crocs y una camiseta de manga corta, y miraba a derecha e izquierda para cruzar y venir a vernos.

Solo habían pasado seis meses desde que un conductor de Oslo, que aseguraba no haber visto la señal de cincuenta, se había llevado por delante a nuestro profesor de lengua a unos metros de allí. Una gasolinera en un pueblo tiene ventajas e inconvenientes. Las ventajas son que la gente del lugar hace la compra en tu establecimiento, que el límite de velocidad es de cincuenta kilómetros por hora y permite que los turistas puedan desviarse a la gasolinera en el último momento. Cuando tenía taller, también contribuíamos a la actividad empresarial del pueblo, puesto que los forasteros que necesitaban reparaciones más largas solían comer en la cafetería y pasar la noche en una de las cabañas del camping, cerca del lago. La desventaja es que a la larga acabas perdiendo el tráfico de paso. Los conductores quieren trayectos en línea recta con límites de velocidad de noventa kilómetros por hora y no atravesar cada puñetero pueblo de camino a su destino. El proyecto de una nueva carretera que circunvalaba Os existía desde hacía mucho, pero hasta la fecha la orografía nos había salvado. Como había que horadar las montañas para hacer un túnel era una obra pública demasiado costosa. Pero el túnel llegaría; eso era tan cierto como que el sol hará estallar nuestro sistema solar dentro de dos mil millones de años, y aquello sería mucho antes. Con la circunvalación acabaríamos estando en el quinto pino y todos los que vivimos del tráfico que atraviesa el pueblo tendríamos que cerrar, pero también para el resto del pueblo los efectos serían casi como los del sol diciendo hasta nunca. Los ganaderos seguirían ordeñando sus vacas y cultivando lo que las montañas les permiten, pero ¿qué harían los demás con la carretera vacía? ¿Cortarse el pelo los unos a los otros y tomar rayos uva hasta carbonizarse?

La puerta se abrió. En nuestra infancia, Grete era una chica de palidez grisácea con el cabello lacio y sin brillo. Ahora, en mi opinión, seguía con su palidez grisácea, pero se había hecho una permanente que daba miedo. Por supuesto que la belleza no es un derecho humano, pero en el caso de Grete el creador había sido especialmente mezquino. La espalda, la nuca, las rodillas, todo parecía tenerlo torcido, incluso la enorme nariz ganchuda se asemejaba a un elemento extraño, algo que hubieran colocado a la fuerza en el centro de su angosto rostro. Pero si la divinidad había sido generosa con la nariz, había sido proporcionalmente rácana con el resto. Las cejas, las pestañas, los pechos, las caderas, las mejillas, la barbilla: Grete no tenía nada de eso. Los finos labios parecían lombrices. En su juventud había cubierto las lombrices color carne con una gruesa capa de pintalabios rojo intenso, y le quedaba bien. Pero entonces, de repente, dejó de maquillarse. Debió de ser más o menos cuando Carl se marchó del pueblo.

Vale, puede que otros no vieran a Grete Smitt como yo, tal vez resultara atractiva a su manera, puede que la opinión que me merecía su exterior estuviera teñida de lo que sabía de su interior. No es que esté afirmando que Grete Smitt fuera mala, supongo que habrá algún tipo de diagnóstico psiquiátrico más favorecedor, como suelen decir.

—Hoy este corta como un cuchillo —dijo Grete.

Supuse que se refería al viento del norte, que cuando soplaba en el valle traía consigo un olor a glaciar y nos recordaba que el verano era perecedero. Grete se había criado en el pueblo, pero el hecho de referirse al viento como «este» probablemente lo había sacado de sus padres, que habían llegado del norte de Noruega, se hicieron cargo del camping hasta arruinarlo y luego recibieron una pensión de invalidez por una rara neuropatía, consecuencia de la diabetes, que por lo visto hace que tengas la sensación de caminar sobre cristales rotos. El vecino de Grete me explicó que esa neuropatía no es contagiosa y que, desde un punto de vista estadístico, era una especie de milagro que ambos la padecieran. Pero los milagros estadísticos ocurren todo el tiempo, y ahora sus padres vivían en el segundo piso, justo encima del cartel de SALÓN CAPILAR Y DE BRONCEADO DE GRETE, y rara vez se dejaban ver.

—¿Carl ha vuelto?

—Sí —respondí, pese a saber que ella no esperaba que solo dijera sí o no.

Era una afirmación seguida de una interrogación que me animaba a dar detalles. Pero yo no tenía intención de dárselos. Grete tenía una relación enfermiza con Carl.

—¿Qué te pongo?

—Yo creía que le iba muy bien en Canadá.

—A veces la gente quiere volver a casa, aunque le vaya bien.

—Parece que allí el mercado inmobiliario es muy imprevisible.

—Sí, a veces sube muy rápido y otras veces no tanto. ¿Café? ¿Un bollo de crema?

—A saber por qué un tipo importante en Toronto vuelve a nuestro pueblo.

—Por la gente —dije. Ella observaba mi cara de póquer.

—Puede —dijo—. Pero por lo que dicen se ha traído a una cubana, ¿no?

Sería fácil sentir lástima por Grete. Sus padres con pensión de invalidez, una nariz como un meteorito en plena cara, poca clientela, sin marido, sin Carl y, aparentemente, sin ganas de estar con nadie más. Pero luego estaba esa maldad sumergida como una roca afilada cuya presencia solo intuías después de ver cómo otros chocaban contra ella. Puede que fuera la ley de Newton, que toda acción provoca una reacción similar, que todo el dolor que ella había sufrido ahora debían padecerlo otros. Puede que, si Carl no se la hubiera follado contra un árbol durante una borrachera en las fiestas del pueblo, no se hubiera vuelto así. O tal vez sí.

—¿Una cubana? —dije mientras secaba el mostrador—. Parece que hables de un puro.

—Sí, ¿verdad? —dijo inclinándose sobre el mostrador como si estuviéramos tramando una conspiración política—. Morena, agradable para dar chupadas y… y…

Fácil de encender, añadí mentalmente sin querer, a pesar de que me apetecía estamparle un bollo de crema en la boca para que cortara el rollo.

—… apestosa —se le ocurrió por fin.

La boca de lombriz sonreía, como si estuviera satisfecha con la supuesta analogía.

—Salvo que no es de Cuba —dije—, sino de Barbados.

—Bueno, bueno —dijo Grete—. Tailandesa, rusa, seguro que es muy sumisa.

Me di por vencido. Ya no era capaz de seguir aparentando que no me provocaba.

—¿Qué has dicho?

—Que seguro que es bellísima —dijo Grete con una sonrisa triunfal.

—¿Qué quieres, Grete?

Ella miró la estantería que había a mi espalda.

—Mi madre necesita pilas para el mando a distancia.

No la creí, porque hacía dos días que la madre había venido a comprar pilas, dando saltitos con sus pies doloridos como si el suelo fuera de lava. Le entregué a Grete las pilas y marqué el precio en la caja.

—Shannon —dijo Grete demorándose en pasar la tarjeta—. Vi fotos en Instagram. ¿Le pasa algo?

—Que yo sepa no.

—Venga ya. No es normal ser tan blanco si eres de Barbados. ¿Y qué tiene en el ojo?

—Con esto el mando a distancia funcionará perfectamente.

Grete retiró la tarjeta y la guardó en el monedero.

—Nos vemos, Roy.

Asentí despacio. Por supuesto que nos veíamos, eso es aplicable a todo y a todos en este pueblo. Pero estaba intentando decirme algo más, por eso asentí moviendo la cabeza como si comprendiera para no tener que oírlo.

La puerta se cerró tras ella, pero no del todo, a pesar de que había ajustado los muelles. Ya era hora de instalar una nueva, automática.

A las nueve llegó otro de los empleados, y pude salir a limpiar la suciedad que había dejado el tractor. Como era de esperar, había grandes terrones de tierra y barro en el suelo. Tenía un detergente de la marca Fritz que lo quita casi todo, pasé el chorro de agua a presión y me puse a pensar en cuando éramos adolescentes y creíamos que las cosas podían dar un vuelco todos los días, y de hecho la vida daba un vuelco a diario, cuando sentí un picor entre los hombros. Como el calor de un infrarrojo si las fuerzas especiales te tenían en el punto de mira. Por eso no di un respingo cuando oí un carraspeo a mis espaldas. Me di la vuelta.

—¿Ha habido una pelea en el barro? —preguntó el policía mientras el cigarrillo le subía y le bajaba entre sus finos labios.

—Ha sido un tractor —respondí.

Asintió con la cabeza.

—¿Así que tu hermano ha vuelto?

El agente Kurt Olsen era un hombre esbelto de mejillas hundidas, llevaba siempre un cigarrillo de picadura en la comisura de los labios, vaqueros ceñidos y unas botas de piel de serpiente que habían sido de su padre. De hecho, Kurt se parecía cada vez más a Sigmund Olsen, el antiguo policía que también llevaba el pelo rubio largo y que me recordaba al Dennis Hopper de *Easy Rider*. Kurt Olsen tenía las piernas arqueadas como un jugador de fútbol. Era dos años menor que yo y en su día fue el capitán del equipo local de cuarta división. De técnica sólida, buena cabeza para las tácticas de juego, era capaz de correr los noventa minutos sin descanso a pesar de que fumaba como un carretero. Todo el mundo decía que Kurt Olsen debería haber jugado en ligas superiores. Pero para eso tendría que haberse mudado a un lugar más grande y se habría arriesgado a chupar banquillo. ¿Por qué iba a renunciar a su estatus de héroe local para acabar así?

—Carl llegó ayer —confirmé—. ¿Cómo lo sabes?

—Por esto —dijo desenrollando un cartel y mostrándomelo.

Cerré el grifo.

¡PARTICIPA EN ESTE SUEÑO!, rezaba el titular. Y debajo: SPA HOTEL DE MONTAÑA DE OS. Seguí leyendo. El agente dejó que me tomara mi tiempo. Teníamos más o menos la misma edad y puede que supiera que yo era lo que mi tutor había llamado «levemente disléxico». Cuando el tutor se lo comunicó a mis padres y de paso comentó que en numerosos casos la dislexia era hereditaria, mi padre se alteró mucho y le preguntó si estaba insinuando que el chico era ilegítimo. Pero entonces mamá le recordó que uno de los primos de papá en Oslo, Olav, era incapaz de leer y le había ido bastante mal. Cuando Carl se enteró se ofreció a ser mi «instructor de lectura», según sus palabras. Y sé que hablaba en serio, que me hubiera dedicado tiempo y esfuerzo sin problemas. Pero le dije que no. ¿Quién quiere tener de profesor a su hermano pequeño?

El cartel era una invitación a una reunión de inversores en el centro cívico de Årtun. Todo el mundo sería bienvenido. La asistencia no implicaba ningún compromiso y servirían café y gofres.

Entendí de que iba el asunto antes de llegar al nombre que figuraba al pie del cartel. Ahí estaba, esa era la razón por la que Carl había vuelto a casa.

Tras el nombre, Carl Abel Opgard, figuraba su título: «Master of Business». Nada menos.

No sabía qué pensar, pero me olía que habría problemas.

—Ha pegado el cartel en todas las paradas de autobús y las farolas de la carretera —dijo el agente.

Al parecer Carl también había madrugado.

El agente enrolló el cartel.

—Pero no ha pedido autorización, por lo que infringe el artículo 33 de la ley de carreteras. ¿Podrías pedirle a tu hermano que quite los carteles?

—¿Por qué no se lo dices tú mismo?

—No tengo su número de teléfono y… —Se puso el cartel debajo del brazo, metió los pulgares en la cintura de los ceñidos vaqueros Levi's y señaló hacia el norte con un movimiento de la cabeza—. Preferiría ahorrarme el viaje. ¿Se lo dirás?

Asentí despacio mientras miraba en dirección al lugar al que el policía no quería ir. Desde la gasolinera no se veía Opgard, solo se distinguían la curva de Geitesvingen y una zona gris en lo alto del despeñadero. La casa se erguía detrás en una zona llana y no estaba a la vista. Pero entonces vi algo allá arriba. Algo rojo. Y comprendí lo que era. Una bandera noruega. Joder, Carl había izado la bandera en lunes. ¿No era eso lo que hacía el rey para indicar que estaba en casa? Casi me eché a reír.

—Puede pedir autorización —dijo el agente mirando el reloj—. Y lo consideraremos.

—Claro.

—Bien.—Kurt Olsen se llevó dos dedos al sombrero vaquero que habría debido llevar puesto.

Los dos sabíamos que tardarían un día entero en quitar todos los carteles, y que para entonces ya habrían cumplido su función. Los que no hubieran visto la convocatoria habrían oído hablar de ella.

Me di la vuelta y abrí la manguera otra vez.

Pero ahí seguía, ese calor entre los omóplatos. Llevaba años ahí. La sospecha que albergaba Kurt Olsen, que, sin prisa pero sin pausa, me iba quemando la ropa, la piel y llegaba hasta la carne. Solo se detenía cuando alcanzaba el hueso, cuando chocaba contra mi voluntad y mi obstinación. Contra la falta de pruebas y hechos.

—¿Qué es eso?

Me di la vuelta y fingí que me sorprendía que Kurt Olsen todavía estuviera ahí. Indicó con un movimiento de la cabeza la rejilla metálica del suelo por la que se colaba el agua. Observaba los trozos que no se habían deshecho.

—Pues… —dije.

El agente se puso en cuclillas.

—Hay sangre —dijo—. Son trozos de carne.

—Sí.

Levantó la vista. Tenía una colilla ardiente colgando de la boca.

—Un alce atropellado —dije—. Se les queda enganchado en la parrilla y luego vienen aquí a limpiar la mierda.

—Creo recordar que dijiste que era un tractor, Roy.

—Debe de ser de un coche de anoche —dije—. Si quieres puedo preguntarle a Egil, si necesitas… investigarlo —añadí, y el agente retrocedió de un salto cuando dirigí el chorro de agua hacia el pedazo de carne para que se soltara de la rejilla y se deslizara por el suelo de hormigón.

Los ojos de Kurt Olsen echaban chispas. Se sacudió los muslos, a pesar de que no se le había mojado el pantalón. No sé si se había dado cuenta de que era la palabra que había usado entonces. Investigar. Según él había que investigar. Kurt Olsen no me caía mal, era un tipo agradable que solo hacía su trabajo. Pero su investigación me había molestado profundamente, claro. Dudo de que se hubiera presentado para hablar de los carteles si el apellido que figurara en ellos no fuera Opgard.

Al volver a la tienda me encontré a dos adolescentes. Una era Julie, que había ocupado el puesto de Egil tras el mostrador. La otra, la clienta, me daba la espalda. Había bajado la cabeza, esperaba, y no hizo ademán de darse la vuelta, a pesar de que debía de haber oído la puerta. Creí reconocer a la chica de Moe, la hija del hojalatero, Natalie. A veces la veía con los macarras que se reunían en la gasolinera. Mientras que Julie era extrovertida, ruidosa y de busto generoso, Natalie Moe tenía un rostro delicado pero a la vez hermético e inexpresivo, como si diera por hecho que cualquier sentimiento que pudiera manifestar sería objeto de burlas o ridiculizado. Tenía esa edad. Aunque, ¿no estaría ya en bachillerato? En cualquier caso, yo ya había pillado lo que estaba pasando. Noté la vergüenza de la chica, y cuando Julie me señaló con la cabeza la balda de las píldoras del día después, confirmé mis sospechas. La cuestión es que Julie, como solo tiene diecisiete años, no puede vender ni tabaco ni medicamentos.

Me apresuré a rodear el mostrador a fin de que la tortura de la hija de Moe fuera lo más breve posible.

—¿EllaOne? —pregunté dejando la cajita blanca sobre el mostrador.

—¿Eh? —dijo Natalie Moe.

—Tu píldora del día después —dijo Julie sin piedad.

Lo registré en la caja con mi tarjeta para que quedara claro que un adulto supuestamente responsable había realizado la venta. La hija de Moe desapareció por la puerta.

—Se acuesta con Trond-Bertil —dijo Julie haciendo estallar un globo de chicle—. Él tiene más de treinta, mujer e hijos.

—Es muy joven —dije.

—¿Joven para qué? —Julie me miró. Resultaba extraño porque no era muy alta, pero todo en ella parecía grande. El cabello rizado, las manos bastas, los pechos pesados, los hombros anchos. La boca casi vulgar. Y los ojos, grandes y azules, que me miraban sin miedo y de frente—. ¿Joven para acostarse con uno de más de treinta?

—Joven para tomar decisiones sensatas todo el rato —dije—. Ya aprenderá.

Julie resopló.

—No es por eso por lo que se llama píldora del día después. Que una chica sea joven no significa que no sepa lo que quiere.

—Supongo que tienes razón.

—Pero cuando ponemos cara de inocentes, como hace ella, a los tíos os damos pena. Que es exactamente lo que buscamos. —Se echó a reír—. Sois muy simples.

Me puse unos guantes de plástico y empecé a preparar las baguettes.

—¿Tenéis una sociedad secreta? —pregunté.

—¿Eh?

—Todas las mujeres que creéis saber cómo son las demás. ¿Os vais contando cómo funciona la cosa para tenerlo todo controlado? Porque por lo que respecta a otros tíos, yo solo sé que no tengo ni puta idea. Que hay de todo. Que como mucho un cuarenta por ciento de lo que creo saber de un tío es cierto. —Coloqué el salami y las lonchas de huevo que nos traen ya cortadas y dejan en la puerta—. Y eso que supuestamente somos simples. Así que no me queda otra que felicitar a las que habéis pillado al cien por cien a la otra mitad de la humanidad.

Julie no respondió. Tragó saliva. Sería la falta de sueño de la noche anterior lo que me hacía atacar con una artillería tan pesada a una adolescente que había dejado los estudios. Julie era el tipo de chica que empieza a meterse en líos antes de tiempo y no hace nada bien. Pero lo haría. Tenía *attitude*, como lo llamaba papá, era rebelde, aunque todavía necesitaba más apoyo que oposición. Las dos cosas, claro, pero sobre todo que le dieran ánimos.

—Le has pillado el truco a cambiar las ruedas de verano por las de invierno —le dije.

Pese a que aún era septiembre, en las cabañas de la cima ya había nevado el fin de semana anterior. Aunque no vendíamos neumáticos ni anunciábamos el servicio de cambio de ruedas, a veces la gente de la ciudad que pasaba con su cuatro por cuatro nos pedía que la ayudáramos. Hombres y mujeres. Sencillamente no tienen ni idea de cómo hacer las cosas más básicas. El día que una tormenta solar desactive todo lo que funciona con energía eléctrica tardarán menos de una semana en palmarla.

Julie sonrió. Casi pareció demasiado contenta. El tiempo cambiaba constantemente en esa cabecita.

—A esa gente de ciudad le parece que ahora hace frío, pero imagínate cuando llegue el de verdad, menos veinte, menos treinta.

—Bueno, así las carreteras estarán menos resbaladizas —dije.

Me dirigió una mirada interrogante.

—El hielo resbala más cuando se acerca al punto de fusión —dije—. Cuando más resbala es a siete grados bajo cero. Por eso intentan mantener el hielo de los campos de hockey a esa temperatura. Lo que nos hace resbalar no es una capa invisible y delgada de agua que generan la fricción y la presión, como creían antes, sino un gas que surge como consecuencia de la liberación de moléculas a esas temperaturas.

Me miró con una expresión de admiración inmerecida.

—¿Cómo sabes tantas cosas, Roy?

Eso, por supuesto, hizo que me sintiera como uno de esos idiotas que no soporto, que presumen de conocimientos superficiales adquiridos por casualidad.

—Es el tipo de información que sale en la prensa que vendemos —dije señalando los ejemplares de *Popular Science* junto a publicaciones de coches, barcos, caza y pesca, *True Crime* y un par de revistas de moda por las que había abogado el jefe de ventas.

Pero Julie no iba a dejar que me bajara del pedestal tan fácilmente.

—A mí treinta años no me parecen muchos. Al menos es mejor que los niñatos de veinte, que se creen mayores porque se han sacado el carnet.

—Yo tengo más de treinta, Julie.

—¿Sí? Entonces ¿cuántos años tiene tu hermano?

—Treinta y cinco.

—Ayer echó gasolina aquí —dijo.

—No era tu turno.

—Pero yo estaba en el coche de Knerten con unas amigas. Dijo que era tu hermano. Y ¿sabes qué dijeron mis amigas? Dijeron que tu hermano es un DILF, el típico papá con el que se acostarían.

No respondí.

—Pero ¿sabes una cosa? A mí me parece que tú eres más DILF.

La miré con aire severo. Ella sonrió. Se enderezó de forma casi imperceptible y echó sus anchos hombros hacia atrás.

—DILF es una abreviatura en inglés que…

—Gracias, creo que sé lo que significa, Julie. ¿Sales a atender a los de Asko?

Un camión de reparto había aparcado delante de la gasolinera. Agua mineral y dulces. Julie me miró con su bien estudiada expresión de «¡Qué aburrimiento!». Estalló un globo de chicle. Volvió la cabeza y salió.

3

−¿Aquí? −pregunté incrédulo observando nuestros pastos.

−Aquí −dijo Carl.

Montículos cubiertos de brezo. Montaña pelada azotada por el viento. Una vista espectacular, desde luego, con picos de montaña azules por todas partes y allá abajo el sol reflejándose en el agua. Pero aun así…

−Tienes que hacer una carretera que llegue hasta aquí, agua, alcantarillado, electricidad.

−Sí −dijo Carl riendo.

−Y mantener algo que está en… en la puta *cima* de una montaña.

−Es algo único, ¿verdad?

−Y hermoso −dijo Shannon que estaba detrás de nosotros tiritando pese al abrigo negro−. Será precioso.

Había regresado temprano de la gasolinera y por supuesto antes de nada le había pedido explicaciones a Carl sobre los carteles.

−¿Y no me decís una puta palabra? −dije−. ¿Sabes cuántas veces me han preguntado por el tema hoy?

−¿Cuántas? ¿Parecían interesados? −Por su tono deduje que lo que menos le importaba era cómo pudiera sentirme yo.

−Joder, pero ¿por qué no me contaste que habías vuelto por esa razón?

Carl me pasó el brazo por los hombros y me dirigió su maldita sonrisa encantadora.

—Porque no quería contarte la mitad de la historia, Roy. No quería que te pusieras a buscar todo tipo de inconvenientes, eres un escéptico de nacimiento, y lo sabes. Así que vamos a cenar y te lo contaré todo, ¿vale?

Y sí, puede que me cambiara un poco el humor, aunque solo fuera por el hecho de que, por primera vez desde la muerte de mamá y papá, la cena estaba lista encima de la mesa cuando volví del trabajo. En cuanto acabamos de cenar, Carl me mostró los planos del hotel. Parecía un iglú colocado en la luna. Solo que por esa luna paseaban un par de renos. Esos renos y un poco de musgo era lo único que el arquitecto había colocado en el exterior, por lo demás todo tenía un aspecto árido y moderno. Lo curioso era que me gustaba, aunque seguramente se debía a que se parecía más a una gasolinera en Marte que a un hotel donde la gente va a descansar y pasarlo bien. Quiero decir que a la gente le gustan esos sitios un poco más cálidos y decorados, más románticos y típicos de Noruega, con las paredes pintadas de rosa y tejados de turba como el palacio de algún cuento de hadas o algo así.

Luego caminamos el kilómetro escaso que separa la casa del supuesto solar, donde el sol de la tarde iluminaba el brezo y el granito pelado de las cimas.

—Mira cómo se integra en el paisaje —dijo Carl mientras dibujaba en el aire el hotel que habíamos estado mirando en el comedor—. Son el paisaje y la función los que deciden, no las expectativas de la gente sobre cómo tiene que ser un hotel de alta montaña. Este hotel no se adaptará a las expectativas de la gente, sino que cambiará las ideas imperantes sobre la arquitectura.

—Vale —respondí en un tono escéptico, pues no era para menos.

Carl explicó que el hotel tendría doscientas habitaciones y once mil metros cuadrados. Debería estar terminado dos años después de que se diera la primera palada de tierra o se detonara el primer explosivo. No había mucha tierra. Según los cálculos más pesimistas de Carl, el hotel costaría cuatrocientos millones de coronas noruegas.

—¿Cómo piensas conseguir cuatrocientos millones...?

—Con el banco —respondió Carl antes de que yo terminara la frase.

—¿La caja de ahorros de Os?

—No, no. —Rio—. Son demasiado pequeños para esto. Un banco de la ciudad, el DNB.

—¿Y por qué iban a prestarte cuatrocientos millones para esta...? —No añadí «locura», pero resultaba bastante evidente lo que estaba pensando.

—Porque no vamos a crear una sociedad anónima, sino una SC.

—¿Una SC?

—Una sociedad limitada en cooperativa. La gente del pueblo no dispone de mucho dinero en efectivo, pero son propietarios de sus granjas y de las tierras en las que viven. Con una SC no hace falta que desembolsen ni una corona para participar en esta aventura. Y todos los que participen, sean quienes sean, tendrán el mismo porcentaje de la propiedad y el mismo beneficio. Solo tienen que sentarse y dejar que sus propiedades trabajen por ellos. Por eso el banco estará ansioso por financiarlo todo. Nunca habrán hecho un negocio tan seguro. Tendrán, literalmente, un pueblo entero como garantía.

Me rasqué la cabeza.

—Quieres decir que si el proyecto se va a tomar por culo...

—Los participantes solo tendrán que poner su parte. Si somos cien y la compañía quiebra y tiene una deuda de cien mil, ni tú ni ninguno de los demás socios deberá poner más que mil coronas cada uno. Si alguno de los participantes tiene problemas para pagar, no será tu problema, sino el de los acreedores.

—¡Vaya!

—Suena bien, ¿no? Cuanta más gente participe, menor será el riesgo para cada uno. Pero también ganarán menos cuando el negocio empiece a funcionar, claro.

Había mucho que asumir. Un modelo de negocio en el que no tienes que poner ni una corona y te limitabas a forrarte si todo salía bien. Y si salía mal, solo tenías que poner tu parte.

—Vale —dije mientras intentaba descubrir dónde estaba la trampa—. Pero ¿por qué los llamas inversores cuando no van a invertir nada?

—Porque inversor suena mejor que participante, ¿no crees? —Carl se metió los pulgares en el cinturón y dijo con voz afectada—: «No solo soy un agricultor, también soy inversor en un proyecto hotelero, ¿sabes?» —Soltó una carcajada—. Es psicología pura. Cuando una parte del pueblo ya se haya apuntado, el resto no soportará la idea de que el vecino pueda comprarse un Audi y llamarse propietario de un hotel, mientras los demás se quedan fuera. Mejor arriesgarse a perder unas coronas, siempre que el vecino haga lo mismo.

Asentí con la cabeza. Tenía razón; así era la psicología humana.

—El proyecto es viable, pero antes hay que poner el tren en marcha. —Carl dio una patada al suelo rocoso—. En primer lugar hay que conseguir que unos cuantos vecinos se comprometan, para que los demás vean que es un proyecto atractivo. Si lo conseguimos, todos querrán apuntarse, y lo demás vendrá rodado.

—Vale. ¿Y cómo has pensado convencer a los primeros?

—¿Cuando no soy capaz de convencer ni a mi propio hermano, quieres decir? —Esbozó su cálida y franca sonrisa, pero tenía los ojos un poco tristes—. Bastará con uno —dijo Carl antes de que tuviera tiempo de responderle.

—¿Y ese es…?

—El jefe de la manada. Aas.

Por supuesto. El antiguo alcalde. El padre de Mari. Había llevado el bastón de mando durante más de veinte años, había administrado este municipio del partido laborista con mano firme en la abundancia y en épocas de vacas flacas, hasta que él mismo decidió que ya bastaba. Tendría más de setenta años y se ocupaba sobre todo de su granja. Pero, a veces, el viejo Aas publicaba artículos de opinión en el periódico local, el *Diario de Os*, y la gente le leía. Incluso quienes en principio no estaban de acuerdo con Aas reconsideraban el asunto a la luz de sus argumentos y gracias a la facilidad con que el antiguo alcalde exponía sus ideas, a su sabiduría y a su capacidad innegable para tomar siempre la decisión acertada. La gente estaba segura de que si Aas siguiera siendo el alcalde el proyecto de las autoridades de desviar la carretera del centro de Os no habría llegado a diseñarse. Él habría explicado cómo una decisión así acabaría con todo, le quitaría al pueblo los vitales ingresos adicionales que proporcionaba el tráfico, borraría una pequeña comunidad del mapa y la convertiría en un lugar fantasmal y abandonado en el que solo se quedarían unos pocos agricultores subvencionados y a punto de jubilarse. Algunos habían apoyado que Aas, y no el actual alcalde, encabezara una delegación a la capital para hacer entrar en razón al ministro de Fomento.

Escupí, cosa que, para tu información, es lo contrario a asentir con la cabeza y para cualquier pueblerino significa que no estás de acuerdo.

—O sea, que según tú, ¿Aas se muere de ganas de arriesgar su granja y sus tierras en un hotel balneario en la montaña pelada? ¿Y va a dejar su destino en manos del tipo que traicionó a su hija y se largó al extranjero?

Carl negó con la cabeza.

—No lo entiendes. A Aas yo le gustaba, Roy. No solo era su futuro yerno, también era el hijo que no tuvo.

—Le caías bien a todo el mundo, Carl. Pero cuando te follas a la mejor amiga de tu novia…

Carl me lanzó una mirada de advertencia y bajé la voz; Shannon se había puesto en cuclillas junto al brezo para observar algo y no podía oírnos.

—… tu popularidad decae un poco.

—Aas no se enteró de lo ocurrido entre Grete y yo —dijo Carl—. Lo único que sabe es que su hija me plantó.

—Ya —dije sin dar crédito a lo que oía.

Pero enseguida me entró la duda. Mari, que siempre había cuidado las apariencias, naturalmente habría preferido que la versión oficial de su ruptura con el guaperas del pueblo fuera que ella lo había dejado, dando a entender que aspiraba a algo mejor que el hijo de un granjero de la montaña como Opgard.

—Poco después de que Mari me dejara, Aas me mandó llamar para decirme cuánto lo sentía —dijo Carl—. Me preguntó si no podríamos apartar nuestras diferencias y reconciliarnos. Me contó que su mujer y él también habían pasado por momentos difíciles, pero que habían permanecido juntos más de cuarenta años. Le dije que me encantaría, pero que en ese momento necesitaba marcharme una temporada. Respondió que lo comprendía y me hizo unas cuantas propuestas. Yo tenía buenas notas, eso le había contado Mari, y él podía conseguirme una beca en una universidad de Estados Unidos.

—¿Minnesota? ¿Eso fue por Aas?

—Aas tenía contactos en la asociación de inmigrantes noruegos de Estados Unidos.

—Nunca me lo habías contado.

Carl se encogió de hombros.

—Me daba vergüenza. Había engañado a su hija y luego dejaba que Aas pusiera toda su buena voluntad en ayudarme. Pero creo que tenía un motivo, supongo que esperaba que volviera con una licenciatura universitaria y me ganara a la princesa y la mitad del reino.

—¿Y ahora tienes intención de que vuelva a ayudarte?

—A mí no —dijo Carl—. Al pueblo.

—Por supuesto —asentí—. El pueblo. ¿Exactamente en qué momento empezó a importarte tanto?

—¿En qué preciso momento empezaste tú a ser tan cínico y frío?

Sonreí. Podría haberle dado la fecha y la hora exactas. La que en mi mente llamaba la noche de Fritz.

Carl respiró hondo.

—Algo te ocurre cuando estás sentado al otro lado del mundo preguntándote quién eres. De dónde procedes. A qué lugar perteneces. Quién es tu gente.

—¿Y has descubierto que tu gente es esta? —Señalé con la cabeza el pueblo que estaba mil metros más abajo.

—Sí, para bien y para mal. Es como una herencia a la que no puedes renunciar. Vuelve a ti, quieras o no.

—¿Y por eso tienes el acento de la ciudad? ¿Rechazas nuestra cultura?

—Claro que no. Lo he heredado de mamá.

—Ella tenía el acento de la ciudad porque estuvo mucho tiempo trabajando de asistenta, no porque fuera el suyo.

—En ese caso digamos que lo que he heredado de ella es su capacidad de adaptación —dijo Carl—. Hay muchos noruegos en Minnesota, y me tomaban más en serio, sobre todo los potenciales inversores, si hablaba una lengua más cultivada.

Esto último lo dijo con voz nasal imitando a nuestra madre y exagerando el acento pijo del oeste de Oslo. Nos echamos a reír.

—Seguro que acabaré hablando igual que antes —dijo Carl—. Soy de Os. Pero todavía más de Opgard. Mi gente eres sobre todo tú, Roy. Si desvían la carretera principal y el pueblo no tiene nada nuevo que lo convierta en un destino, tu gasolinera...

—No es mi gasolinera, Carl, solo trabajo allí. Puedo gestionar una gasolinera en cualquier sitio, la compañía tiene quinientas, así que no hace falta que me salves.

—Te lo debo.

—Ya te he dicho que no necesito nada…

—Sí. Necesitas algo. Necesitas desesperadamente ser el propietario de tu gasolinera.

Me callé. Vale, había puesto el dedo en la llaga. Al fin y al cabo, era mi hermano. Nadie me conocía tan bien como él.

—Con este proyecto tendrás el capital que necesitas, Roy. Ya sea para comprar la gasolinera aquí o en otro sitio.

Había ahorrado. Había ahorrado cada jodida corona que no gastaba en comida o en electricidad para calentar las pizzas extragrandes congeladas, cuando no cenaba en la gasolinera, en la gasolina del viejo Volvo y en mantener la casa más o menos en condiciones. Había hablado con la oficina principal de la posibilidad de hacerme cargo de la gasolinera, firmando un contrato de franquicia. Y no se oponían del todo ahora que sabían que el tráfico de la carretera principal iba a desaparecer. Pero el precio no había bajado tanto como yo esperaba, algo que, paradójicamente, era culpa mía: gestionaba el negocio demasiado bien.

—Suponiendo que me apuntara a eso de la SC…

—¡Sí! —exclamó Carl; era típico de él mostrar su entusiasmo como si yo ya estuviera dentro.

Negué con la cabeza.

—En cualquier caso, faltarían dos años para que tu hotel estuviera terminado. Y otros dos más antes de que empezara a ganar dinero. Eso, si no se va todo a la mierda. Además, si en ese tiempo quisiera comprar la gasolinera y necesitara un préstamo rápido, el banco, al verme endeudado hasta las orejas con el proyecto del hotel, me diría que nanay.

Vi que Carl ni se molestaba en responder a mis argumentos absurdos. Con hotel o sin él, ningún banco daría un préstamo para comprar una gasolinera en el culo del mundo como la mía.

—Vas a participar en el proyecto del hotel, Roy. Pero además tendrás el dinero de tu gasolinera incluso antes de que empecemos a construirlo.

Le miré.

—¿Qué demonios quieres decir?

—La SC tiene que comprar el solar en el que se construirá el hotel, y ¿quién es el propietario?

—Tú y yo —dije—. ¿Y qué? Nadie se hace rico vendiendo unas cuantas hectáreas de montaña pelada.

—Eso depende de quién decida el precio —dijo Carl.

No se me considera torpe a la hora de pensar de manera lógica y práctica, pero he de admitir que pasaron unos segundos hasta que lo entendí.

—Quieres decir…

—Quiero decir que yo soy responsable de la descripción del proyecto, sí. Es decir, que soy yo quien define las partidas del presupuesto que presentaré en la reunión con los inversores. Por supuesto que no voy a mentir sobre el precio del solar, pero digamos que lo establezco en veinte millones…

—¡Veinte millones! —Desconcertado, señalé el brezo que nos rodeaba—. ¿Por esto?

—Es una cifra tan pequeña en proporción al total de cuatrocientos millones que resultará fácil fraccionar el precio de la tierra y repartirlo entre otras partidas. Una partida para el camino y los terrenos adyacentes, otra para el aparcamiento, otra para el solar del hotel…

—¿Y si alguien calcula el precio por hectárea?

—Se lo proporcionaremos, claro. No somos unos ladrones.

—¿Si no somos ladrones entonces qué…? —Me callé de golpe. ¿Somos? ¿Cómo había conseguido que yo formara parte de aquello? Bueno, no era el momento de andarse por las ramas—. ¿Qué somos?

—Somos hombres de negocios jugando una partida.

—¿Jugando? Estos son pueblerinos que no tienen ni idea, Carl.

—¿Tontos de pueblo, fáciles de engañar? Bueno, deberíamos saberlo, puesto que somos de aquí. —Escupió—. Como cuando papá compró el Cadillac. Sí, la gente se alteró. —Sonrió con sorna—. Este proyecto hará subir el precio de los solares de todo el mundo, Roy. Cuando el hotel tenga financiación, daremos a conocer la segunda fase. Una estación de esquí y un complejo de cabañas y apartamentos. Es ahí donde está el dinero de verdad. Por qué íbamos a vender barato ahora, cuando sabemos con seguridad que los precios se dispararán. Sobre todo, porque será gracias a nosotros. No estamos engañando a nadie, Roy, pero no hace falta que proclamemos a los cuatro vientos que los hermanos Opgard se adjudican los primeros millones. Así que… –Me miró–. ¿Quieres el dinero para tu gasolinera o no?

No respondí.

–Piénsatelo mientras echo un meo –dijo Carl.

Se dio la vuelta y subió hasta la cima de la peña, imagino que porque pensó que al otro lado estaría a resguardo del viento.

El caso era que Carl me había concedido el tiempo que costaba vaciar una vejiga para decidir si quería vender una propiedad que había pertenecido a la familia durante cuatro generaciones. A un precio que, en otras circunstancias, habría que considerar un atraco a mano armada. No tuve que pensarlo mucho. Me importan un bledo las generaciones, al menos las de mi familia, y se trataba de unas tierras baldías que carecían de valor de cualquier tipo, incluido el sentimental, salvo que de pronto se descubriera una mina de oro o algo por el estilo. Y si Carl tenía razón al decir que los millones que ingresáramos ahora solo serían el glaseado del pastel que se zamparían todos los participantes del pueblo, me parecía bien. Veinte millones. Diez para mí. Se podía conseguir una gasolinera cojonuda por diez millones. Categoría, situación privilegiada, ni un céntimo de deuda. El túnel de lavado automatizado. Restaurante independiente.

–¿Roy?

Me di la vuelta. El viento soplaba muy fuerte y no había oído acercarse a Shannon. Me miró con sus enormes ojos castaños.

–Creo que está enfermo –dijo.

Por un instante pensé que se refería a ella misma; tenía mala cara y parecía helada con la vieja gorra de punto que yo llevaba de niño. Entonces descubrí que sostenía algo en las manos. Me lo mostró.

Era un pajarillo. Caperuza negra sobre cabeza blanca, cuello marrón claro. Los colores apagados, por lo que debía de ser un macho. Parecía muerto.

—Es un carambolo —dije.

—Estaba ahí —dijo señalando una hondonada en el brezo en la que había un huevo—. He estado a punto de pisarlo.

Me puse en cuclillas y toqué el huevo.

—Sí, el carambolo empolla los huevos y prefiere dejarse pisar antes que sacrificarlos.

—Yo creía que los pájaros anidaban en primavera, al menos eso hacen en Canadá.

—Sí, pero este huevo nunca se abrió porque está muerto. Se ve que el pobre nunca lo comprendió.

—¿Él?

—El macho del carambolo empolla los huevos y se ocupa de las crías. —Me puse de pie y acaricié el pecho del pajarillo que Shannon tenía entre las manos. Le noté el pulso acelerado en la yema del dedo—. Se hace el muerto para desviar la atención del huevo.

Shannon miró alrededor.

—¿Dónde están? ¿Y dónde está la hembra?

—La hembra estará por ahí montándoselo con otro macho.

—¿Montándoselo?

—Apareándose. Teniendo sexo.

Me dirigió una mirada escéptica.

—¿Las aves tienen sexo fuera de la época de cría?

—Estoy de broma, pero esperemos que sí —dije—. En cualquier caso, se llama poliandria.

Acarició el lomo del pajarillo.

—Un macho que lo sacrifica todo por los niños, que mantiene a la familia unida incluso cuando la madre es infiel. Algo extraordinario.

—Eso no es lo que quiere decir poliandria —repuse—. En realidad es…

—… una forma de matrimonio en la que la mujer tiene varios esposos —dijo ella.

—¿Ah?

—Sí. Se da en varias partes del mundo, pero es más frecuente en India y el Tíbet.

—¡Vaya! ¿Cómo es que… —iba a decir «¿sabes eso?» pero lo cambié por— hacen eso?

—Suelen ser hermanos que se casan con una sola mujer y la finalidad es no dividir la propiedad familiar.

—No lo sabía.

Ladeó la cabeza.

—¿Tal vez sepas más de pájaros que de personas?

No respondí. Ella se echó a reír y lanzó al aire el pájaro, que extendió las alas y voló en línea recta, alejándose de nosotros. Lo seguimos con la mirada hasta que percibí un movimiento con el rabillo del ojo. En un primer momento pensé que era una víbora. Me giré y vi el hilo de líquido oscuro que se acercaba serpenteando por la pendiente de granito. Levanté la vista y allí estaba Carl sobre la cima como si fuera el Cristo Redentor mostrando Río de Janeiro; continuaba meando. Me eché a un lado, carraspeé. Shannon hizo lo mismo cuando descubrió el río de orina, que siguió creando meandros camino del pueblo.

—¿Qué te parece que vendamos este terreno por veinte millones de coronas? —le pregunté.

—Parece mucho. ¿Dónde crees que tiene el nido?

—Son dos millones y medio de dólares americanos. Construiremos un edificio con doscientas camas.

Sonrió, se dio la vuelta y empezó a caminar por donde habíamos llegado.

—Es mucho, pero el carambolo estaba aquí antes que nosotros.

Justo antes de irnos a dormir se fue la luz.

Estaba en la cocina estudiando las últimas páginas que había impreso de la contabilidad. Calculé cómo la oficina principal descontaría futuras ganancias para poner precio a la gasolinera en caso de venta. Con diez millones no solo podría pagar una franquicia de diez años, sino todo el chiringuito, incluidos el edificio y el solar. Me convertiría en el propietario de la estación de servicio.

Me puse de pie y miré hacia el pueblo. Allí tampoco había luz. Bien, eso significaba que el problema no era nuestro. Di dos pasos hasta la puerta del salón, abrí y me asomé a la oscuridad total.

—Hola —saludé sin saber si había alguien allí.

—Hola —respondieron Carl y Shannon a coro.

Me abrí paso a tientas hasta la mecedora de mamá. Al sentarme crujió. Shannon soltó una risita. Se habían tomado una copa.

—Lo siento —dije—. Pero no solo es aquí...

—A mí me da igual —dijo Shannon—. Cuando era pequeña en mi casa se iba la luz cada dos por tres.

—Barbados ¿es pobre? —le pregunté a la oscuridad.

—No —dijo Shannon—. Es una de las islas más ricas del Caribe. Pero había mucha gente que se dedicaba al *cable hooking*... ¿cómo se dice en noruego?

—Creo que no existe un término para eso —dijo Carl.

—Robaban electricidad conectándose al cable de suministro principal. Y en consecuencia toda la red era inestable. Me acostumbré. Ya sabes, todo puede desaparecer en un instante.

Tuve la impresión de que no se refería solo a la electricidad. ¿Hablaba del hogar, la familia? No había parado hasta dar con el nido del carambolo y clavar un palo en el suelo para que no lo pisáramos sin querer la próxima vez.

—Cuenta, cuenta —dije.

Durante unos segundos el silencio en la oscuridad fue total. Luego Shannon se rio en voz baja, como excusándose.

—¿Por qué no nos cuentas algo tú, Roy?

Aunque nunca se equivocaba en el vocabulario o en la sintaxis, por el acento se notaba que era extranjera. También por la comida que había cocinado. *Mofongo,* un plato del Caribe.

—Sí, deja que Roy nos cuente alguna cosa —dijo Carl—. Se le da bien contar historias en la oscuridad. Solía hacerlo cuando yo no podía dormir.

«Cuando no podías dormir porque estabas llorando —pensé—. Bajaba a tu cama de la litera y te rodeaba con mis brazos, sentía tu piel caliente contra la mía y te decía que no lo pensaras más, que te concentraras en la historia que te estaba contando y te dejaras llevar por el sueño.» En cuanto recordé eso caí en la cuenta de que no se trataba del acento o del *mofongo,* sino del hecho de que ella estuviera aquí, en la oscuridad, con Carl y conmigo. En la oscuridad de nuestra casa, la oscuridad que nos pertenecía a él y a mí, a nadie más.

4

Carl ya estaba en la puerta, preparado para recibir a los invitados. Oíamos los primeros vehículos subiendo trabajosamente la cuesta hacia Geitesvingen. Redujeron la marcha y aún la redujeron una vez más. Shannon me lanzó una mirada interrogante cuando eché aguardiente al ponche que estaba preparando.

—Les gusta que sepa más a aguardiente que a fruta —dije mirando por la ventana de la cocina.

Frente a la casa se detuvo un Passat de cinco plazas, del que salieron a presión seis personas. Siempre hacían lo mismo: llenaban los coches de gente y conducían las mujeres. No sé por qué los tíos creen que tienen prioridad para beber en esta clase de reuniones, o por qué ellas se ofrecen a ser las conductoras sin que se lo pidan, pero así es. Los tíos que venían sin compañía femenina, porque estaban solteros o su pareja se había quedado con los niños, hacían piedra, papel o tijera para decidir quién iba a conducir. Cuando Carl y yo éramos pequeños, la gente conducía borracha. Pero la gente ya no lo hace. Siguen pegando a la parienta, pero no conducen borrachos.

En el salón había un cartel en el que se leía HOME COMING. Me pareció un poco extraño; por lo que sabía en Estados Unidos eran los familiares y amigos los que organizaban una fiesta de bienvenida a los que regresaban, no al revés. Cuando lo dije, Shannon se echó a reír y dijo que, si nadie te lo hacía, entonces no te quedaba otra que organizártela tú mismo.

—¿Quieres que sirva el ponche? —dijo Shannon acercándose a donde yo estaba echando la mezcla de aguardiente casero y cóctel de frutas en los vasos que tenía preparados.

Llevaba la misma ropa con la que había llegado, jersey negro de cuello alto y pantalón negro. Bueno, supongo que eran otras prendas, pero muy parecidas. No entiendo nada de ropa femenina, pero no sé por qué me parecía que las prendas que usaba eran del tipo exclusivo y discreto.

—Gracias, pero puedo hacerlo yo.

—No —dijo la mujercita y me apartó de un empujón—. Ve a hablar con tus amigos, mientras yo me pasearé con la bebida e iré conociéndolos un poco a todos.

—Vale.

No me molesté en explicarle que eran amigos de Carl, que yo no tenía amistades. Pero era agradable ver cómo abrazaban a Carl en la puerta, le palmeaban la espalda como si se hubiera atragantado con algo, sonreían y soltaban un comentario muy masculino que habían ensayado por el camino, acalorados y emocionados, un poco avergonzados, listos para tomarse una copa.

A mí me daban la mano.

De todas las cosas que nos diferenciaban a mi hermano y a mí puede que esa fuera la más acusada. Esos pueblerinos llevaban años sin ver a Carl, mientras que a mí me veían un día sí y otro no en la gasolinera, año tras año. Aun así, sentían que al que conocían era a él, no a mí. Cuando lo observaba en momentos así, gozando de la calidez y la cercanía de nuestros amigos, algo de lo que yo nunca había disfrutado, ¿sentía envidia? Bueno, supongo que a todos nos gusta que nos quieran. Pero ¿me habría cambiado por él? Al parecer, a él no le costaba nada. Para mí el precio habría sido demasiado alto.

—Hola, Roy. Qué raro verte con una cerveza.

Era Mari Aas. Tenía buen aspecto. Mari siempre tenía buen aspecto, incluso cuando empujaba el cochecito de sus hijos gemelos berreando por los cólicos. Eso les producía un fastidio enorme a las mujeres del pueblo, que siempre esperaban ver a doña Perfecta sudar un poco, como el resto de los mortales. Era la chica que lo tenía todo. Había nacido en una familia rica, era brillante y sacaba muy buenas notas en el colegio; además gozaba del respeto que conllevaba apellidarse Aas y había sido agraciada con un físico a juego con el resto. Mari Aas era trigueña como su madre y tenía sus curvas femeninas; de su padre había heredado el cabello rubio y los ojos azules de mirada acerada. Quizá debido a esos ojos, la lengua afilada y el aire de fría superioridad Mari mantenía a respetuosa distancia a los hombres.

—Resulta raro que no nos veamos más a menudo —dijo Mari—. Dime, ¿cómo te va realmente?

Con ese «realmente» daba a entender que no se conformaría con la típica respuesta, «muy bien, gracias», que de verdad le importaba, que quería saberlo. Creo que era sincera. Mari era una persona amable y solícita con todo el mundo. Pero, a pesar de eso, transmitía un aire de superioridad. Tal vez porque medía un metro ochenta, pero también recuerdo una ocasión en la que los tres volvíamos de una fiesta en coche, yo conduciendo, Carl borracho y Mari enfadada y echándole la bronca: «Carl, no puedo tener un novio que me rebaje al nivel de cualquiera del pueblo, ¿entiendes?».

Aun así, estuviera o no satisfecha con ese nivel, era obvio que donde quería estar era aquí. Aunque había sido mejor estudiante que Carl en el colegio, no tenía la misma iniciativa que él, el deseo ardiente de salir al mundo y ser alguien. Tal vez porque ya estaba en la cima, flotando iluminada por el sol. Se trataba de seguir ahí. Quizá por eso, después de cortar con Carl, estudió un grado de ciencias sociales, o «sosiales», como decía la gente del pueblo, y más tarde regresó con un anillo de compromiso y Dan Krane. Este se puso a trabajar como director del diario local afín al partido laborista, mientras ella escribía una tesina que nunca terminaba.

—Todo bien —dije—. ¿Has venido sola?

—Dan ha preferido quedarse con los niños.

Asentí con la cabeza. Suponía que los abuelos, que vivían en la casa de al lado, habrían estado encantados de hacer de canguros, pero que Dan había insistido. Había visto su rostro ascético e inexpresivo en la gasolinera cuando hinchaba las ruedas de la evidentemente carísima bicicleta con la que iba a participar en la carrera de moda de Birken. Fingía no saber quién era yo, pero su animosidad era palpable, y se debía al simple hecho de que yo compartía mucho de mi ADN con el tipo que se había acostado con la que ahora era su legítima esposa. No, Dan no sentiría deseo alguno de celebrar el regreso del hijo pródigo del pueblo y exnovio de su mujer.

—¿Has saludado a Shannon? —pregunté.

—No —dijo Mari mirando alrededor. El salón, donde habíamos apartado los muebles, ahora estaba atestado de gente—. Pero a Carl le importa el físico, así que supongo que será tan guapa que es imposible no fijarse en ella.

Su tono traslucía lo que Mari opinaba de la belleza física. Cuando Mari dio un discurso en nombre de los alumnos que pasaban a secundaria en el instituto, el director la presentó como «no solo inteligente, sino también guapísima». Mari empezó su intervención diciendo: «Gracias, director. Tenía previsto empezar reconociendo lo que has hecho por nosotros en estos tres años, y no sabía muy bien cómo expresarme, pero digamos que has tenido mucha suerte con tu físico». Se oyeron algunas risas, el comentario había sido demasiado malicioso, y como hija del alcalde no se sabía muy bien si estaba golpeando hacia arriba o hacia abajo.

—Tú tienes que ser Mari.

Mari miró alrededor antes de bajar la vista. Y ahí, tres cabezas más abajo, estaba Shannon, con su rostro blanco y su amplia sonrisa blanca.

—¿Ponche?

Mari enarcó una ceja. Parecía creer que la menuda figura la había retado a un campeonato de boxeo, hasta que Shannon levantó más la bandeja.

—Gracias —dijo Mari—. Pero no, gracias.

—¡Oh, no! ¿Has perdido a piedra, papel o tijera?

Mari la miró sin entender.

Me aclaré la voz y dije:

—Le he contado a Shannon la costumbre de que conduce el que…

—¡Ah! —me interrumpió Mari con una escueta sonrisa—. No, mi marido y yo no bebemos.

—¡Ah! —dijo Shannon—. ¿Porque sois alcohólicos o porque no es saludable?

Vi que Mari endurecía el gesto.

—No somos alcohólicos, pero el alcohol mata al año a más gente en el mundo que todas las guerras, asesinatos y drogas juntos.

—Sí, y menos mal —sonrió Shannon—. Quiero decir que menos mal que no hay más guerras, asesinatos y drogas.

—Lo que quiero decir es que el alcohol es innecesario —dijo Mari.

—Seguro —dijo Shannon—. Pero al menos gracias al ponche esta gente está más comunicativa que cuando ha llegado. ¿Has venido en coche?

—Por supuesto —dijo Mari—. ¿En tu país las mujeres no conducen?

—Claro que sí, pero solo por la izquierda.

Mari me miró insegura, como preguntándome si se trataba de una broma que no pillaba. Carraspeé y dije:

—En Barbados conducen por la izquierda.

Shannon soltó una carcajada y Mari sonrió condescendiente como si fuera el chiste tonto de un niño.

—Debes de haber dedicado mucho tiempo y esfuerzo a estudiar el idioma de tu marido, Shannon. ¿No considerasteis la posibilidad de que fuera él quien aprendiera el tuyo?

—Buena pregunta, Mari, pero la lengua de Barbados es el inglés. Además, quiero comprender lo que decís de mí a mis espaldas. —Shannon volvió a reírse.

Aunque no siempre entiendo lo que las mujeres quieren decir cuando hablan, comprendí que se trataba de un duelo en el que era mejor que no me metiera.

—Además, prefiero el noruego antes que el inglés. El inglés tiene la peor lengua escrita del mundo.

—Prefiero el noruego al inglés, querrás decir.

—El alfabeto árabe se basa en la idea de crear símbolos que imiten los sonidos. Por ejemplo si escribes una «a», en noruego, alemán, español, italiano, etcétera, se pronuncia *a*. Pero en inglés una «a» escrita puede ser cualquier cosa: *car, care, cat, call, ABC*. Y la anarquía se prolonga. Ya en el siglo XVIII Ephrain Chambers opinaba que la ortografía del inglés es más caótica que la de cualquier otro idioma conocido. Mientras que descubrí que, sin saber una palabra de noruego, podía leer en alto a Sigrid Undset y ¡Carl lo entendía todo! —Shannon se echó a reír y me miró a mí también—. ¡El noruego debería ser la lengua universal, no el inglés!

—Bueno —dijo Mari—, pero si te tomas en serio la igualdad de género, no deberías leer a Sigrid Undset. Era una antifeminista reaccionaria.

—Vaya, yo soy más de la opinión de que Undset fue una especie de pionera de la segunda ola del feminismo, como Erica Jong. Gracias por darme consejos sobre lo que no debo leer, pero intento leer también autores cuyos puntos de vistas no comparto.

—Puntos de vista —dijo Mari—. Veo que dedicas mucho tiempo a pensar en el lenguaje y la literatura, Shannon. Tal vez sería mejor que te relacionaras con Rita Willumsen y nuestro médico, Stanley Spind.

—¿En lugar de…?

Mari esbozó una sonrisa.

—O tal vez deberías dedicar tus conocimientos de noruego a algo útil, como buscar un trabajo. ¿Qué te parecería contribuir a la comunidad de Os?

—Afortunadamente no necesito buscar trabajo.

—No, supongo que no —dijo Mari. Había vuelto a pasar al ataque. El desprecio, la condescendencia que Mari Aas creía disimular bien ante sus vecinos, estaban en su mirada cuando dijo—: Claro, tienes marido.

Miré a Shannon. Alguien había cogido vasos de la bandeja y cambió de sitio los que quedaban para reequilibrarla.

—No necesito buscar trabajo porque ya tengo uno. Un trabajo que puedo hacer desde aquí.

En un primer momento Mari pareció sorprendida, casi decepcionada.

—Yo dibujo.

Mari se alegró de nuevo.

—Así que dibujas —repitió con un tono exageradamente positivo, como si una profesión así requiriera todo el ánimo posible—. Eres artista —aclaró con retintín.

—No sé muy bien si soy artista. En un día bueno, puede que sí. ¿A qué te dedicas tú, Mari?

Mari pareció desconcertada un instante, pero enseguida recuperó la serenidad y respondió:

—Soy socióloga.

—¡Fantástico! ¿En Os hay mucha demanda de sociólogos?

Mari esbozó una sonrisa amarga.

—Ahora mismo ejerzo de madre; tengo gemelos.

—¿De verdad? —exclamó Shannon incrédula y entusiasmada.

–Sí. No mentiría sobre…

–¡Fotos! ¿Tienes fotos?

Mari bajó los ojos para observar a Shannon. Dudó. Parecía estar midiendo a su contrincante con su mirada de lobo. Una mujer con un solo ojo que parecía un pajarillo ¿qué peligro podía suponer? Mari sacó el móvil y le mostró una foto a Shannon, que emitió uno de esos largos «¡Oh!» con que la gente expresa que algo le parece encantador; a continuación me pasó la bandeja de las bebidas para poder sujetar el teléfono de Mari y ver mejor a los gemelos.

–¿Qué hay que hacer para tener dos niños como estos, Mari?

No sé si Shannon le estaba dando coba; si era así, fingía rematadamente bien. Al menos lo bastante para que Mari Aas hubiera cambiado el gesto de animadversión.

–¿Tienes más? –preguntó Shannon–. ¿Puedo pasarlas?

–Eh, sí, claro.

–¿Podrías servir a los invitados, Roy? –me preguntó Shannon sin apartar la mirada del teléfono.

Me abrí paso entre la gente con la bandeja mientras los vasos volaban sin necesidad de pararme a charlar.

Cuando volví a la cocina con la bandeja vacía, me la encontré igual de concurrida.

–Hola, Roy. He visto que tienes la cajita plateada con tabaco de mascar. ¿Me das un poco?

Era Erik Nerell, estaba apoyado en el frigorífico con una cerveza en la mano. Erik hacía pesas y tenía una cabeza tan pequeña y un cuello tan musculoso y grueso que parecía que no había transición; era como el tronco de un árbol erigiéndose por encima de la camiseta: en la copa el pelo rubio cortado a cepillo, denso como un puñado de espaguetis crudos, y a los lados los hombros que terminaban en unos bíceps que siempre parecían como si los hubieran acabado de inflar, y tal vez fuera el caso. Erik había sido soldado de la brigada paracaidista, y ahora llevaba el único bar de verdad del lugar, Fritt Fall. Se había quedado con la cafetería de toda la vida y la había transformado en un bar con discoteca, karaoke, bingo los martes y concurso de preguntas los miércoles.

Saqué la caja plateada de tabaco de mascar Berry del bolsillo y se la ofrecí. Se metió una de las bolsitas debajo del labio superior.

—Solo siento curiosidad por saber cómo sabe —dijo—. Aparte de ti, no conozco a nadie que tome tabaco de mascar americano. ¿Dónde lo consigues?

Me encogí de hombros.

—De aquí y de allá. Le pido a la gente que va a Estados Unidos que me traiga.

—La caja mola —dijo al devolvérmela—. ¿Tú nunca has ido a Estados Unidos?

—No.

—Otra cosa que siempre me he preguntado: ¿por qué te metes el tabaco bajo el labio inferior?

—*The American way* —repuse—. Así lo hacía papá. Solía decir que solo los suecos se metían el tabaco bajo el labio superior, y todo el mundo sabe que los suecos fueron unos cobardes durante la guerra.

Erik Nerell se rio con el labio superior abultado.

—Vaya chavala que se ha buscado tu hermano.

No respondí.

—Casi da miedo lo bien que habla noruego.

—¿Has hablado con ella?

—Solo le he preguntado si bailaba.

—¿Le has preguntado si bailaba? ¿Por qué?

Erik se encogió de hombros.

—Porque tiene pinta de bailarina. *Tiny dancer*, ¿no? Y además es de Barbados. Calipso y esas cosas… ¿Cómo se decía? ¡Soca!

Debí de poner una cara que le hizo gracia.

—Tranquilo, Roy, se lo ha tomado bien, dijo que luego nos enseñará. ¿Has visto el soca? Es supersexi.

—Vale —dije, y pensé que era un buen consejo, tranquilizarme.

Erik dio un trago a la botella y eructó discretamente en la palma de la mano. Supongo que vivir con una mujer te vuelve así.

—¿Sabes si están desprendiéndose muchas rocas en Huken?

—No lo sé. ¿Por?

—¿Nadie os ha avisado?

—¿Avisar de qué? —Sentí una corriente fría, como si el aire se colara por el revestimiento podrido de las ventanas.

—El policía tiene previsto que inspeccionemos el camino con un dron. Si parece seguro, bajaremos haciendo rápel hasta la carrocería del coche. Hace unos años, no me lo habría pensado dos veces, pero ahora Gro está embarazada; las cosas son distintas.

No, no era solo una corriente de aire helado. Era una inyección, agua helada en vena. Los restos del coche. El Cadillac. Llevaba allí tirado dieciocho años. Negué con la cabeza.

—Quizá parezca seguro, pero constantemente oigo desprenderse las rocas. Sin parar.

Erik pareció analizar mi reacción. No sé si estaba valorando el peligro de las rocas o si podía confiar en mí. Tal vez las dos cosas. Tuvo que haber oído la historia de cuando iban a subir los cadáveres de mis padres de Huken. Dos hombres del equipo de rescate habían descendido y cuando iban a levantar a los fallecidos, las dos camillas habían rozado la montaña, pero no se habían desprendido rocas. El accidente había ocurrido cuando subían. El que escalaba primero por la cuerda soltó una roca, que le dio al que estaba debajo asegurando la escalada, y le rompió el hombro. Carl y yo esperábamos en Geitesvingen, detrás de la ambulancia, los de salvamento y el policía, y lo que recuerdo con más claridad son los gritos del escalador, al que no veía, solo lo oí en el aire transparente y silencioso del anochecer. Se vieron lanzados de un lado a otro entre las paredes de roca. Fueron unos gritos lentos, controlados, casi moderados en comparación con el dolor que sentía, como el tranquilo graznido de alerta de un cuervo.

—¡No! ¡Coño! ¡Si está dando un discurso! —exclamó Erik.

Oí la voz de Carl en el comedor y la gente que se apelotonaba. Me hice un hueco en la puerta. A pesar de que Carl les sacaba una cabeza a casi todos, se había subido a una silla.

—Mis muy queridos amigos —resonó su voz—. Es estupendo volver a veros a todos. Quince años… —Dejó que lo saboreáramos—. La mayoría de vosotros os habéis visto todo el tiempo, así que no percibís los cambios, y es que nos vamos haciendo mayores. Y permitid que os lo deje claro desde el principio a los tíos… —Tomó aire y miró alrededor con gesto divertido y provocador—. Me he conservado mucho mejor que vosotros.

Risas y sonoras protestas.

—¡Sí, sí! —gritó Carl—. Y es muy raro si tenemos en cuenta que yo era el único que tenía un físico que perder.

Más risas, abucheos y gritos. Alguien intentó bajarlo de la silla.

—Pero —dijo Carl mientras alguien le ayudaba a recuperar el equilibrio encima de la silla— en lo que respecta a las damas ocurre todo lo contrario. Tenéis mucho mejor aspecto ahora que entonces.

Hurras y aplausos de las mujeres.

Una voz de hombre: «¡No te pases, Carl!».

Me giré buscando a Mari. Fue instintivo, nunca había abandonado ese hábito. Shannon se había sentado en la encimera de la cocina para ver mejor. Arqueaba la espalda. Junto al frigorífico estaba Erik Nerell observándola. Salí, subí la escalera, entré en el cuarto de los chicos, cerré la puerta y me tumbé en la litera de arriba. Oí la voz de Carl que entraba en la cocina y se colaba por el conducto de la estufa. No me llegaban todas las palabras, pero comprendí más o menos de qué estaba hablando. Oí mi nombre, seguido de una pausa.

Una voz masculina: «Estará en el retrete». Risas.

El nombre de Shannon. La voz profunda, masculina, de esta. Como un gorrión con voz de búho. Unas pocas palabras seguidas de un aplauso educado, civilizado.

Bebí un trago de cerveza, miré al techo. Cerré los ojos.

Cuando los abrí de nuevo, todo estaba más silencioso. Y comprendí que me había pasado la fiesta durmiendo, que los últimos invitados se estaban marchando. Coches que aceleraban, que arrancaban. El rumor de la gravilla bajo las ruedas. Luces rojas sobre las cortinas cuando frenaban ante Geitesvingen.

Luego un silencio casi absoluto. Solo pies que se arrastraban y voces bajas en la cocina. Voces adultas manteniendo una conversación cotidiana sobre asuntos menores, prácticos. Los sonidos con los que me dormía de niño. Seguros. Una seguridad que crees que será duradera porque te produce una sensación tan verdadera, tan placentera, tan invariable...

Había tenido un sueño. Un coche que durante un segundo vuela en línea recta y parece que va a salir disparado al espacio exterior. Pero entonces la realidad y la fuerza de la gravedad lo atrapan y poco a poco la parte más pesada, la delantera que aloja el motor, apunta hacia abajo. Desciende hacia la oscuridad. Desciende hacia Huken. Y se oye un grito. Y no es de papá. No es de mamá. Ni del escalador. Es mi grito.

Oigo a Shannon reír bajito y susurrar «¡No!» delante de mi puerta y luego la voz embriagada de Carl:

—A Roy le gusta. Te voy a enseñar cómo era para nosotros.

Me quedé rígido, a pesar de que sabía que no iba a hacerlo. Mostrarle cómo era de verdad para nosotros.

Se abrió la puerta.

—¿Duermes, hermano? —Sentí el aliento cargado de alcohol de Carl en la cara.

—Sí —respondí.

—Vámonos —susurró Shannon, pero noté que la cama se movía cuando Carl se tumbó en la litera de abajo y la obligó a tenderse a su lado.

—Te hemos echado en falta en la fiesta —dijo Carl.

—*Sorry* —respondí—. Necesitaba descansar un momento y luego me he quedado dormido

—Tiene mérito dormirse con el follón que arma esa panda de macarras.

—Sí —respondí sin más.

—¿Qué es una panda de macarras? —preguntó Shannon.

—Tipos ruidosos con placeres simples —farfulló Carl—. Como hacer carreras con coches americanos y chanclas en los pies. —Oí que le daba un trago a la botella—. Pero a los que han estado aquí esta noche ya no les dejan hacerlo sus mujeres. Los jóvenes que mantienen la tradición suelen merodear ante la gasolinera de Roy.

—¿Así que un macarra es…? —preguntó Shannon.

—Un cerdo —dije—. Un macho de cerdo. Salido y peligroso.

—¿Tiene que ser peligroso?

—Bueno, puedes castrarlo, claro. Entonces se convierte en un capón.

—Capón —repitió ella.

—Así visto, los que han estado hoy aquí eran una panda de capones. —Carl soltó una risita—. Casados, bien situados y castrados. Pero, evidentemente, todavía son capaces de reproducirse.

—Los llaman castrados enteros —dije—. Están castrados, pero no se han enterado.

Carl soltó una sonora carcajada.

—Castrados enteros —repitió Shannon, que al parecer memorizaba cada palabra nueva que pronunciábamos—. Y conducen coches americanos.

—Shannon adora los coches americanos —dijo Carl—. Condujo su propio Buick a los once años. ¡Ay!

Oí que Shannon protestaba en susurros.

—Un Buick —dije—. No está nada mal.

—Está mintiendo, no conducía —dijo Shannon—. Mi abuela me dejaba coger el volante. Y era un coche viejo y oxidado que ella había heredado de mi tío abuelo Leo. Lo mataron en Cuba cuando luchaba junto a Castro contra Batista. El coche y Leo llegaron en barco de La Habana en piezas, y la abuela lo montó ella sola.

Carl se echó a reír.

—Pero ¿no fue capaz de recomponer a Leo?

—¿Qué modelo de Buick era? —pregunté.

—Un Roadmaster, modelo del 54 —dijo Shannon—. Cuando fui a la universidad mi abuela me llevaba a Bridgetown en ese coche todos los días.

Debía estar cansado o todavía bajo los efectos del ponche y la cerveza porque estuve a punto de decir que esos modelos de Buick Roadmaster son los coches más hermosos que conozco.

—Una pena que te hayas perdido la fiesta durmiendo —dijo Shannon.

—¡Qué va! Está encantado —dijo Carl—. A Roy no le gusta la gente, ¿sabes? Solo le gusto yo.

—¿Es verdad que le salvaste la vida, Roy? —preguntó Shannon.

—No —respondí.

—¡Sí! —dijo Carl—. Aquella vez que compramos ese equipo de buceo de segunda mano en Willumsen, no había dinero para hacer el cursillo y lo probamos sin tener ni puta idea.

—Fue culpa mía —dije—. Creía que bastaba con un poco de sentido común y de práctica.

—Eso dice él, que por supuesto supo hacerlo —dijo Carl—. Pero cuando llegó mi turno entré en pánico y escupí la boquilla. Si no llega a ser por Roy…

—No, no, yo solo me incliné por la borda y te saqué a la superficie —dije.

—Esa misma tarde vendí mi parte del equipo de buceo, no quería volver a verlo. ¿Cuánto pagaste? ¿Un billete de cien?

Noté que me hacía sonreír.

—Solo recuerdo que pensé que por una vez me hacías un precio razonable.

—¡Cien era demasiado! —exclamó Shannon—. ¿Alguna vez le devolviste el favor a tu hermano mayor?

—No —dijo Carl—. Roy era mucho mejor hermano que yo.

Shannon se rio a carcajadas y la litera se balanceó, creo que él le estaba haciendo cosquillas.

—¿Es verdad? —Shannon hipó.

No hubo respuesta y comprendí que la pregunta iba dirigida a mí.

—No —dije—. Está mintiendo.

—¿Miente? ¿Qué hizo por ti?

—Me corregía las redacciones.

—¡No es verdad! —protestó Carl.

—Por la noche, se levantaba de donde está tumbado ahora, se acercaba sigilosamente a mi mochila, sacaba mi cuaderno y se lo llevaba al baño para corregir todas las faltas de ortografía. Luego lo dejaba otra vez en su sitio y se metía en la cama sin hacer ruido. Nunca dijo nada.

—¡Quizá lo hice una vez! —dijo Carl.

—Todas las veces —dije—. Y yo tampoco decía nada.

—¿Por qué? —susurró Shannon en la habitación a oscuras.

—No podía permitir que la gente supiera que mi hermano pequeño me ayudaba con los deberes —dije—. Por otro lado, me hacía falta ese aprobado en lengua.

—Dos veces —dijo Carl—. Puede que tres.

Estábamos tumbados en silencio. Compartíamos el silencio. Oí el sonido de la respiración de Carl. Me resultaba tan familiar como la mía. Sonaba la respiración de una tercera persona. Y sentí una punzada de celos. No era yo quien estaba tumbado ahí abajo rodeándolo con mis brazos. Se oyó un grito helado, parecía llegar del páramo. O de Huken.

Oí murmurar en la litera de abajo.

—Me pregunta Shannon qué clase de animal es —dijo Carl—. Un cuervo, ¿no?

—Sí —dije y me quedé a la espera. Los cuervos, al menos los que volaban por aquí, solían llamar dos veces. Pero esta vez se hacía esperar.

—¿Avisa de algún peligro? —preguntó Shannon.

—Puede ser —respondí—. O está respondiendo a otro cuervo, uno que no oímos, que estará a cinco kilómetros de distancia.

—¿Hay distintos graznidos?

—Sí —dije—. Cambia si te acercas al nido. Y las hembras suelen gritar más. A veces sin parar, aunque no se entienda por qué.

Carl rio bajito. Yo adoraba ese sonido. Destilaba calor, bondad.

—Roy sabe más de pájaros que de otra cosa. Bueno, tal vez sepa más de coches. Y gasolineras.

—Pero no de personas —dijo Shannon en un tono que no desvelaba si era pregunta o afirmación.

—Exacto —dijo Carl—. Así que optó por ponerle a la gente nombres de pájaro. Papá era una alondra alpestre. Mientras que mamá era una collalba gris. Y el tío Bernard era un escribano palustre, que tiene un collarín blanco, porque había estudiado para cura antes de ser mecánico de coches.

Shannon se echó a reír.

—¿Y tú que eras, mi amor?

—Yo era… ¿Qué era yo?

—Una bisbita común —dije en voz baja.

—Entonces intuyo que la bisbita común es hermosa, fuerte e inteligente —dijo Shannon riendo.

—Puede ser —dije.

—Era porque es el que vuela más alto de todos —dijo Carl—. Y es un charlatán y un presumido que se dedica a… ¿cómo se llamaba? Cantar en picado.

—Cantar en picado —repitió Shannon—. Suena bonito. ¿Qué es?

Suspiré como si me resultara agotador tener que explicar cada cosa.

—Cuando ha subido lo máximo que puede, canta para que todos vean lo alto que está. Luego se deja caer con las alas rígidas mientras hace todas las acrobacias y trucos que sabe.

—¡La vital imagen de Carl! —festejó Shannon.

—No, mi viva imagen —dijo Carl.

—Tu viva imagen —rectificó ella.

—Pero, a pesar de que a la bisbita común le gusta exhibirse, no es un timador sin escrúpulos —dije—. Al contrario, se deja engañar con bastante facilidad. Por eso es el favorito del cuclillo cuando este busca un nido para dejar sus huevos.

—¡Pobre Carl! —dijo Shannon y oí un beso húmedo y sonoro—. Roy, ¿qué pájaro dirías que soy yo?

Lo pensé.

—No lo sé.

—¡Venga! —dijo Carl.

—No, es que no lo sé. ¿Un colibrí? En realidad, solo sé de aves de montaña.

—¡No quiero ser un colibrí! —protestó Shannon—. Son demasiado pequeños y aficionados al dulce. ¿No podría ser como el que encontré? ¿Un carambolo?

Recordé la cara blanca del pájaro. Ojos oscuros. El casquete que parecía un pelo corto.

—Vale —dije—. Eres un carambolo.

—¿Y tú, Roy? ¿Qué eres tú?

—¿Yo? Yo no soy nada.

—Todo el mundo es algo. Dime.

No respondí.

73

—Roy es el cuentacuentos que nos dice quiénes somos —dijo Carl—. Así él es todos y ninguno. Es el ave de montaña sin nombre.

—La solitaria ave de montaña sin nombre —dijo ella—. ¿Qué canciones cantan los machos sin nombre como tú para atraer a una pareja?

Carl se echó a reír.

—Lo siento, Roy, pero esta chica no se va a dar por vencida hasta que le cuentes tu vida.

—Está bien —dije—. Una característica de los pájaros de montaña es que no cantan a las hembras. Les parece una cursilada y, además, en la montaña no hay árboles en los que posarse a trinar. Así que optan por construir un nido con el que impresionarlas.

—¿Hoteles? —preguntó ella—. ¿O gasolineras?

—Parece que los hoteles son más eficaces —dije.

Los dos se echaron a reír en la litera de abajo.

—Dejemos en paz al mirlo de las alturas —dijo Carl.

Se bajaron de la litera.

—Buenas noches —dijo Carl dándome palmaditas en la cabeza.

La puerta se cerró tras ellos y me quedé escuchando.

Se acordaba. Recordaba que una vez, hacía mucho, le había dicho que yo era el mirlo capiblanco. Un tipo especial de mirlo, un ave de montaña esquiva y vigilante que se esconde entre las piedras. Me dijo que no tenía por qué esconderme, que no había nada que temer. Y yo le respondí que ya lo sabía, pero que tenía miedo de todas formas.

Me quedé dormido. Volví a tener el mismo sueño, como si se hubiera quedado en pausa y me estuviera esperando. Cuando me despertó el grito del escalador destrozado contra las rocas, me di cuenta de que la que chillaba era Shannon. Volvió a gritar. Otra vez. Carl la follaba bien. Estupendo. Pero era difícil dormir con tanto jaleo, claro. Estuve un rato escuchando. Creo que ella estaba encima, pero no paraban. Me tapé la cabeza con la almohada. Después de un rato me la quité. Silencio. Estarían durmiendo. Pero yo fui incapaz de dormirme, maldita sea. Me di la vuelta y la cama crujió mientras pensaba en lo que me había dicho Erik Nerell del policía que quería mandar escaladores a Huken para inspeccionar el Cadillac.

Y entonces por fin llegó.

El segundo graznido del cuervo.

Esta vez supe que avisaba de un peligro. No era un peligro inmediato, pero el destino estaba ahí, esperando. Llevaba mucho tiempo esperando. Pacientemente. Pero nunca olvidaba. Problemas.

II

5

Carl. Está presente en casi todos mis recuerdos de infancia. Carl, en la litera de abajo. Carl, en cuya cama me deslizaba cuando las temperaturas descendían a menos quince, o cuando la situación de alguna manera lo exigía. Mi hermanito pequeño Carl, con el que me peleaba hasta que él lloraba de rabia y se abalanzaba sobre mí, con el mismo resultado cada vez: lo derribaba con facilidad, me sentaba encima inmovilizándole los brazos, le pellizcaba la nariz. Cuando dejaba de resistirse y solo lloraba, sentía que su debilidad y su mansedumbre me irritaban. Hasta que me lanzaba esa mirada sumisa e indefensa de hermano pequeño, y se me formaba un repentino nudo en la garganta, lo soltaba, le pasaba un brazo por los hombros y le prometía cualquier cosa. Pero el nudo en la garganta y la mala conciencia persistían mucho más allá del momento en que Carl se secaba las lágrimas. En una ocasión, papá vio que nos peleábamos. No dijo ni una palabra, dejó que pasara, como si los que habitamos en la montaña permitiéramos que la naturaleza siguiera su brutal curso sin intervenir, salvo que se tratara del rebaño de cabras. Carl y yo acabamos sentados en el sofá, yo rodeándolo con el brazo, los dos sollozando. Mi padre negó con la cabeza, exasperado, y luego salió de la habitación.

Cuando yo tenía doce años y Carl once, el tío Bernard nos invitó a celebrar su cincuenta cumpleaños al Grand Hotel de la ciudad. Por la reacción de nuestros padres supimos que era un acontecimiento importante. Mamá nos contó que tenían piscina y Carl y yo estábamos como locos de contento. Cuando llegamos, resultó que no tenían piscina, nunca la habían tenido. Me puse de mal humor. Pero Carl pareció no hacerse a la idea y, cuando uno de los empleados se ofreció a enseñarle el hotel al chico de once años, vi que se le abultaba la chaqueta porque se había metido el bañador en el bolsillo interior. Cuando volvió, se dedicó a contarnos todas las cosas maravillosas que había visto, que el hotel era un palacio alucinante, y que un día él iba a construir un puto palacio como aquel. Eso dijo. Pero sin tacos. En los años siguientes afirmó sin dudarlo que esa noche se había dado un baño en la piscina del Grand Hotel.

Creo que era algo que mamá y Carl tenían en común, el sueño sustituía a la realidad, el envoltorio al contenido. Si las cosas no eran exactamente como querías que fueran, te las inventabas y te hacías el loco ante lo que preferías ignorar. Por ejemplo, mamá llamaba «hall» al pequeño recibidor de casa que apestaba a establo. Decía «el haaaal». Había trabajado como criada y ama de llaves para una familia de navieros en la ciudad desde su adolescencia y le gustaba que las palabras sonaran inglesas y distinguidas.

Papá era todo lo contrario. Las palas de la cuadra eran «palas de mierda»; quería que lo que le rodeaba fuera, sonara y se sintiera americano. No el americano de ciudad, sino el americano del Medio Oeste, como Minnesota, donde vivió de los cuatro a los doce años, junto con su padre, al que no habíamos conocido. América fue siempre la *promised land* de papá, además del Cadillac, la Iglesia metodista y el *pursuit of happiness*. Quiso que me llamara Calvin, como el presidente americano Calvin Coolidge. Republicano, por supuesto. Al contrario que su carismático antecesor, Warren Harding, que había dejado tras él una estela de escándalos que empezaban por «c»: *corrupción, cartas, chicas* y *cocaína*, Calvin era trabajador, serio, lento, parco en palabras y mordaz. Según mi padre no se había precipitado, había ascendido por la escala profesional peldaño a peldaño. Pero mamá se había opuesto y, al final, acordaron llamarme Roy, con Calvin como segundo nombre.

Carl llevaba de segundo nombre Abel, en honor al ministro de Asuntos Exteriores Abel Parker Upshur, quien según papá había sido un hombre inteligente y carismático, con grandes sueños, tan grandes que en 1845 consiguió que Estados Unidos se anexionara Texas y, de un día para otro, se convirtiera en un país mucho más grande. Según papá, que Abel aceptara que Texas siguiera permitiendo la esclavitud resultaba secundario en esas circunstancias.

Puede que Carl y yo encajáramos bien con el perfil de las dos personalidades cuyos nombres nos habían puesto. Nadie en el pueblo, exceptuando quizá el viejo alcalde Aas, tenía ni idea de quiénes eran los Calvin y Abel originales. Solo comentaban que yo era el más parecido a mi padre, mientras que Carl había salido a mi madre. Pero la gente de Os no tiene ni idea, hablan por hablar.

Yo tenía diez años cuando papá llegó al volante de un Cadillac DeVille. En la tienda de coches de segunda mano y desguace de Willumsen, Willum Willumsen había presumido de ese maravilloso ejemplar de DeVille que el antiguo dueño se había traído de Estados Unidos, y luego se había visto obligado a vender al no poder pagar los gastos de aduana. En otras palabras, el coche, un modelo de 1979, solo había circulado por *highways* rectísimas en secos desiertos de Nevada, así que no había que preocuparse por la herrumbre. Papá debió de asentir, no tenía ni idea de coches, y a mí no se me había despertado el interés todavía. Papá aceptó la oferta sin regatear, pero tuvo que volver al taller al cabo de dos semanas escasas, y resultó que el coche tenía tantos fallos y piezas pirateadas como los cacharros que colocan sobre pilas de ladrillos en las calles de La Habana. Las reparaciones acabaron por costar más que el coche. En el pueblo la gente se moría de risa, comentando que ese era el precio que se pagaba por no tener ni la más mínima idea de coches, y aplaudían al astuto comerciante Willumsen. Pero yo me había hecho con un juguete. No, con una escuela. Un artilugio de mecánica compleja que me enseñó que, si te tomas el tiempo necesario para comprender la estructura y utilizas la cabeza y las manos, es posible reparar las cosas.

Empecé a pasar más tiempo en el taller del tío Bernard, que me dejaba «ayudar», como lo llamaba él, pero al principio yo era más bien un estorbo. Y papá me enseñó a boxear. En esa época en concreto la figura de Carl resulta más borrosa. Fue antes de que él pegara el estirón, parecía que yo iba a ser el más alto, y durante una temporada tuvo unos granos horribles. Iba bien en el colegio, pero era un niño callado, no tenía muchos amigos, pasaba mucho tiempo solo. Cuando empezó la secundaria, mientras yo trabajaba cada vez más en el taller, a veces nos veíamos solo a la hora de acostarnos.

Recuerdo que una noche yo estaba hablando de las ganas que tenía de cumplir los dieciocho, ser mayor de edad y sacarme el carnet de conducir, y mi madre soltó unas lágrimas y preguntó si eso era lo único que tenía en la cabeza, meterme en un coche y salir pitando de Opgard.

Claro, *a posteriori* es fácil decir que eso hubiera sido lo mejor. Pero las cosas ya habían empezado a desmoronarse, no podía escapar sin más. Tenía que arreglarlo todo, repararlo. Además, ¿adónde iba a ir yo?

Entonces llegó el día en que mamá y papá murieron, y Carl vuelve a aparecer en mis recuerdos. Yo casi había cumplido los dieciocho, él se acercaba a los diecisiete. Él y yo, sentados en el porche, vemos como el Cadillac sale del patio hacia Geitesvingen. Sigue siendo como una película que puedo proyectar en la cabeza y cada vez descubro nuevos detalles.

Dos toneladas de maquinaria de la fábrica de General Motors que se han puesto en movimiento y van aumentando paulatinamente la velocidad. Ya se ha alejado tanto de mí que no puedo oír el crujido de la grava bajo los neumáticos. Silencio, silencio y luces traseras rojas. Siento latir mi corazón, que también va cada vez más deprisa. Faltan veinte metros para Geitesvingen. Tráfico estuvo a punto de instalar un quitamiedos, pero entonces el ayuntamiento intervino y concluyó que los últimos cien metros de camino que llevaban hasta la granja eran de propiedad privada y responsabilidad de los Opgard. Faltaban diez metros. Las luces de freno, que iban como dos guiones del portón del maletero hasta el parachoques cromado, se encendieron un momento. A continuación ellos habían desaparecido. Todo había desaparecido.

6

—Veamos, Roy. Entonces, la noche del accidente estabas delante de la casa a las… —El agente Sigmund Olsen tenía la cabeza inclinada mientras rebuscaba entre los papeles. Su espeso cabello rubio me recordaba a la fregona del gimnasio del colegio. El cabello le colgaba igual de largo por delante, por los lados y por detrás. También tenía uno de esos gruesos bigotes de morsa, y seguro que había llevado la fregona en la cabeza y el bigote desde los años setenta. Porque podía. En su cabeza inclinada no había ni rastro de calva—. Siete y media. ¿Y viste cómo tus padres se salían de la carretera?

Asentí con la cabeza.

—¿Y dices que viste encenderse las luces de freno?

—Sí.

—¿No serían las luces traseras? Ya sabes que también son rojas.

—Las luces de freno brillan más fuerte.

Levantó la vista un instante para mirarme.

—Vas a cumplir dieciocho muy pronto, ¿verdad?

Asentí de nuevo. Puede que figurara en los papeles o tal vez se acordara de que iba una clase por delante de su hijo Kurt en secundaria.

—¿Bachillerato?

—No, trabajo en el taller de coches de mi tío.

El policía volvió a inclinarse sobre el escritorio.

—Bien, en ese caso comprenderás que nos resulte extraño no haber encontrado ningún rastro de frenada. Y aunque los análisis de sangre que le practicaron a tu padre muestran que se había tomado un trago, no estaba tan borracho para olvidarse de que había una curva, o para no dar con el freno o quedarse dormido al volante.

No dije nada. Había acabado con tres posibles explicaciones de un plumazo. Y yo no tenía una cuarta que darle.

—Carl me contó que ibais a visitar a vuestro tío Bernard Opgard al hospital. ¿Es para él para quien trabajas?

—Sí.

—Pero hemos hablado con Bernard y dice que no sabía nada de que fuerais a hacerle una visita. ¿Tus padres solían ir de visita sin avisar?

—No —dije—. Ni avisando tampoco.

El agente asintió despacio y volvió a mirar los papeles. Parecía sentirse más cómodo así.

—¿Crees que tu padre estaba deprimido?

—No.

—¿Seguro? Otra gente con la que hemos hablado dice que parecía preocupado.

—¿Quieres que diga que estaba deprimido?

Olsen volvió a levantar la vista.

—¿A qué te refieres, Roy?

—Que a lo mejor eso simplificaría las cosas. Así podéis decir que se suicidó y de paso mató a mi madre.

—¿Por qué crees que eso sería más fácil?

—No le caía bien a nadie.

—Eso no es cierto, Roy.

Me encogí de hombros.

—Vale, pues seguro que estaba deprimido. Iba a su bola, pasaba mucho tiempo solo. Casi siempre estaba en casa y allí tampoco hablaba con nadie. Bebía cerveza. Supongo que la gente que está deprimida hace eso.

—La gente que padece depresión puede disimularlo muy bien. —La mirada del agente Olsen intentaba coincidir con la mía y, cuando lo conseguía, se esforzaba por sostenerla—. ¿Tu padre alguna vez dijo… que no le gustara vivir o algo parecido?

No le gustara vivir. Ahora que había pronunciado esas palabras era como si Sigmund Olsen hubiera sorteado un obstáculo, y ya podía observarme con calma.

—¿A quién coño le gusta vivir? —pregunté.

Por un instante Olsen pareció sorprendido. Luego ladeó la cabeza. Su largo pelo de hippy se posó sobre su hombro. Quizá fuera una fregona. Yo sabía que llevaba una enorme hebilla con un cráneo blanco de búfalo que quedaba oculta por la mesa. Un par de botas hechas con piel de serpiente. Nos vestimos con la muerte.

—¿Para qué vivir si no te gusta, Roy?

—¿Acaso no es evidente?

—¿Ah, sí?

—Porque a lo mejor es todavía peor estar muerto.

Mi decimoctavo cumpleaños estaba a la vuelta de la esquina, pero según las estúpidas reglas debíamos tener un tutor. El gobernador nombró al tío Bernard. Llegaron dos señoras de la protección de menores de Notodden e inspeccionaron las instalaciones del tío Bernard que, evidentemente, encontraron impecables. Bernard les mostró los dormitorios que nos había asignado, y les prometió que se reuniría periódicamente con el colegio para seguir la evolución de Carl.

Cuando las mujeres de la protección de menores se marcharon, le pregunté al tío Bernard si le parecía bien que Carl y yo pasáramos un par de noches en Opgard, pues en la carretera principal del pueblo había demasiado jaleo y no dormíamos bien.

Él dijo que bueno y nos dio una olla enorme de carne guisada para que nos la lleváramos.

Después nunca volvimos a bajar, a pesar de que oficialmente nuestra dirección era la del tío Bernard. Eso no quiere decir que no cuidara de nosotros, y nos pasaba todo el dinero que le daban los servicios públicos.

Al cabo de un par de años, mucho después de la que empecé a llamar la Noche de Fritz, volvieron a ingresar al tío Bernard en el hospital. Resultó que el cáncer se había extendido. Lloré junto a su cama cuando me contó cuál era el panorama.

—Te das cuenta de que ha llegado el final cuando los buitres se mudan a tu casa sin consultarte —dijo.

Se refería a su hija y su marido.

El tío Bernard decía que ella no le había hecho nada malo, pero no le gustaba como persona. Pero yo sabía a quién aludía cuando me explicaba quiénes eran los raqueros. Gente que mandaba señales de luz falsas a los buques de noche y, cuando habían encallado, los asaltaban.

Su hija había ido a verlo al hospital dos veces. Una vez para enterarse de cuánto tiempo le quedaba y la otra para llevarse la llave de la casa.

El tío Bernard me puso la mano en el hombro y me contó uno de esos chistes viejos y sosos sobre un Volkswagen Escarabajo, supongo que para hacerme reír.

—¡La vas a palmar! —grité bastante cabreado.

—Tú también —dijo—. Y ese es el orden correcto, ¿cierto?

—Pero ¿cómo puedes estar ahí tumbado contando chistes?

—Bueno —respondió—. Cuando estás de mierda hasta el cuello es mejor mantener la cabeza bien alta.

Esta vez no pude evitar reírme.

—Tengo un último deseo —dijo.

—¿Un piti?

—También. El otro es que te presentes al examen de teoría de mecánico este otoño.

—¿Ahora? ¿Para eso no hacen falta cinco años de experiencia?

—Tienes cinco años de experiencia. Si sumas todas las horas extras que le has echado.

—Pero eso no cuenta…

—Para mí sí. Nunca permitiría que un mecánico sin las cualificaciones necesarias se presentara al examen, lo sabes, pero eres mi mejor mecánico. Por eso en el sobre que está encima de la mesa hay documentación que acredita que has trabajado conmigo durante cinco años, no te preocupes por las fechas. ¿Está claro?

—Claro como la tinta —dije.

Era un chiste que solíamos hacer: un mecánico que había trabajado para él había malinterpretado esa expresión y la usaba todo el tiempo sin que Bernard le corrigiera. Esa fue la última vez que oí reírse a mi tío.

Cuando aprobé el examen teórico, y unos meses después el práctico, el tío Bernard estaba en coma. Y cuando su hija les dijo a los médicos que lo desconectaran de las máquinas que lo mantenían con vida, en la práctica fui yo, un chaval de veinte años, quien se hizo cargo del taller. Pero no por eso dejó de conmocionarme —no, esa expresión resulta demasiado fuerte—, no por eso dejó de sorprenderme que cuando leyeron el testamento resultó que el tío Bernard me había dejado el taller a mí.

La hija protestó, por supuesto, afirmó que durante el tiempo que había pasado a solas con su pobre padre enfermo yo lo había manipulado. Dije que no iba a discutir, que el tío Bernard no me había dado el taller para hacerme rico, sino para que alguien de la familia siguiera llevándolo. Si quería, podía comprarle el taller al precio que ella estipulara, así, al menos, su principal deseo se vería cumplido. Así que le puso un precio. Respondí que los de Opgard no regateamos, pero que el precio era más de lo que yo podía pagar, y que tampoco se justificaba con los ingresos que el taller generaba. Puso el taller a la venta, no consiguió ningún comprador, a pesar de que bajó el precio varias veces, y al final volvió a mí. Pagué lo que le había ofrecido en un primer momento, y ella firmó el contrato y salió iracunda del taller como si fuera a ella a quien hubieran estafado en vez de a mí.

Llevé el taller lo mejor que pude. No muy bien, puesto que no tenía experiencia y el mercado no me favorecía. Pero tampoco tan mal, puesto que los talleres de la zona iban cerrando y me dejaron su clientela. Cobraba lo suficiente para poder tener contratado a Markus media jornada. Pero cuando me sentaba por la noche a repasar la contabilidad con Carl, que había hecho el bachillerato comercial y distinguía el crédito del débito, resultaba evidente que los dos surtidores de gasolina que había delante del foso de engrase producían más que el taller.

—Los de Tráfico han venido de inspección —dije—. Si queremos conservar la licencia tenemos que mejorar la instalación.

—¿Cuánto? —preguntó Carl.

—Unas doscientas mil coronas. Puede que más.

—No hay dinero para eso.

—Lo sé. ¿Qué hacemos?

Hablaba en primera persona del plural porque el taller nos mantenía a los dos. Y a pesar de que sabía cuál era la respuesta, se lo pregunté a Carl porque prefería que fuera él quien lo dijera en voz alta.

—Vende el taller y quédate con los surtidores —dijo.

Me froté la nuca por la que me había pasado la maquinilla Grete Smitt y noté que los pelos me pinchaban las yemas de los dedos. «Corte militar», lo llamó. Me dijo que no era una moda, sino un clásico, y que cuando dentro de diez años me mirara en las fotos de ahora no me moriría de vergüenza. Después la gente me comentó que me parecía aún más a mi padre, su viva imagen, y la sola idea me horrorizó porque vi que tenían razón.

—Entiendo que te guste más arreglar coches que llenarles el depósito —dijo Carl cuando transcurrió un rato sin que yo asintiera ni escupiera.

—Está bien; de todas maneras, cada vez hay menos que arreglar —dije—. Ya no fabrican así los coches, la mayor parte de los trabajos que nos caen son una estupidez. Ya no hace falta tener *feeling*.

Tenía veinte años y hablaba como un sexagenario.

Al día siguiente Willum Willumsen se pasó a echar un vistazo al taller. Willumsen era un hombre gordo por naturaleza. Por un lado, sus proporciones parecían exigir toda esa barriga, esos muslos y esa barbilla para que aquello se equilibrara y pudiera ser un hombre entero. Por el otro, caminaba, hablaba y gesticulaba como un hombre gordo, sin que yo sepa muy bien cómo explicarlo. Bueno, deja que lo intente: Willumsen caminaba balanceándose, con los pies hacia fuera, como un pato, hablaba en voz alta, sin cortarse, gesticulaba exageradamente y no paraba de hacer muecas. En definitiva: Willumsen ocupaba con naturalidad un gran espacio. Y lo tercero era que fumaba puros. Salvo que te llames Clint Eastwood, no puedes esperar que te tomen en serio fumándote un puro, y encima si estás gordo; hasta Winston Churchill y Orson Wells tenían problemas con eso. La tienda de Willumsen vendía coches de segunda mano y los desguazaba cuando no encontraba a quien engañar para que se los comprara, y yo, a veces, le comprobaba piezas. También vendía otras cosas de segunda mano, corrían rumores de que si tenías algo robado, no era imposible negociar con Willumsen. Esto valía asimismo si necesitabas un préstamo rápido y no contabas con la confianza del banco. Pero que Dios te ayudara si no lo devolvías a tiempo, para eso recurría a un matón danés que llegaba de Jylland y con medios eficaces y una tenaza te hacía liquidar la deuda aunque para ello tuvieras que asaltar a tu propia madre. Cierto que nadie había visto nunca a ese matón, pero el rumor había dado alas a nuestra imaginación cuando de chavales vimos un Jaguar blanco con matrícula danesa aparcado delante de la tienda de coches de segunda mano y desguace Willumsen. Un coche blanco, con forma de torpedo, procedente de Dinamarca. No necesitamos ver nada más.

Willumsen revisó cuanto había de equipo, herramientas, todo lo que pudiera desmontarse y desenroscarse. Luego me hizo una oferta.

—No es mucho —dije—. Conoces el negocio lo bastante bien para saber que esto es todo de la mejor calidad.

—Sí, pero tú mismo lo has dicho, Roy. Hay que mejorar el equipo para conservar la licencia.

—Pero tú no vas a llevar un taller oficial, Willumsen, solo vas a apretarles los tornillos a esos cacharros para que funcionen una semana después de venderlos.

Willumsen soltó una carcajada.

—No le pongo precio en función del valor que el equipo pueda tener para mí, sino de lo que no vale para ti, Roy Opgard.

Todos los días yo aprendía algo nuevo.

—Con una condición —dije—. Que incluyas a Markus en el paquete.

—¿Como un gnomo que se desplaza con el granero? Porque, entre nosotros, Markus es más un gnomo que un mecánico, ¿no?

—Esa es la condición, Willumsen.

—No sé si me hace falta un gnomo, Roy. Los gastos de la seguridad social y demás...

—Sí, lo sé, pero Markus se asegurará de que los vehículos que vendas no sean un peligro público, eso es más de lo que haces tú.

Willumsen se pellizcó la primera papada, fingió que hacía cálculos, me miró con uno de sus ojos negros de pulpo y mencionó un precio aún más bajo.

No podía más, dije que sí y Willumsen me tendió la mano a toda prisa, seguramente para que no tuviera tiempo de arrepentirme. Observé los cinco dedos cortos abiertos en abanico, de un blanco grisáceo, como un guante de látex lleno de agua. Tuve un escalofrío al cogerle la mano.

—Mañana vendré a por todo —dijo Willumsen.

Willumsen despidió a Markus al cabo de tres meses, sin acabar el periodo de prueba para no tener que compensarle con quince días de preaviso. La razón que le dio a Markus fue que había llegado tarde a trabajar, se le había hecho una advertencia y había vuelto a retrasarse.

—¿Es verdad? —le pregunté a Markus, que había venido a preguntarme si podía darle trabajo en lo que ahora era una gasolinera con un solo empleado en la que me pasaba doce horas diarias.

—Sí —dijo Markus—. Diez minutos en septiembre. Y cuatro minutos en noviembre.

Así pasamos a ser tres los que vivíamos de dos surtidores de gasolina. En el antiguo taller había instalado un dispensador de refrescos y snacks. Pero estaba claro que para la gente del pueblo el supermercado pillaba más cerca y ofrecía mayor variedad.

—No se sostiene —dijo Carl señalando la hoja de cálculo que habíamos preparado juntos.

—Han puesto a la venta cabañas en tres nuevas parcelas del valle —dije—. Espera a que llegue el invierno; todos los nuevos propietarios tendrán que pasar por aquí.

Carl suspiró.

—Mira que eres tozudo, joder.

Un día un cuatro por cuatro enorme aparcó en la puerta, y se bajaron dos tipos que se dieron una vuelta por el taller y el lavado de coches como si estuvieran buscando algo. Salí.

—¡Si tenéis que ir al baño, está aquí dentro! —les grité.

Se me acercaron, me dieron una tarjeta de visita cada uno, de la cadena de gasolineras más grande del país, y me preguntaron si quería hablar. «¿Hablar de qué?», pregunté antes de comprender que era Carl quien les había llamado.

Dijeron que estaban impresionados con lo que había hecho con muy pocos medios, y me explicaron cómo podía conseguir algo más.

—Una franquicia —dijeron—. Contrato de diez años.

Ellos también tenían noticia de que iban a construir muchas cabañas y de que el tráfico en esa carretera aumentaría.

—¿Qué les has respondido? —preguntó Carl intrigado cuando llegué a casa.

—Les he dado las gracias —respondí dejándome caer junto a la mesa de la cocina donde Carl tenía preparadas las albóndigas precocinadas de la marca Fjordland.

—¿Les has dado las gracias? —dijo Carl—. O sea, que —dijo interpretando mi gesto mientras yo me llenaba la boca— ¿has dicho: «No gracias»? ¡Joder, Roy!

—Querían comprarlo todo. El edificio, la parcela. Mucho dinero, claro. Pero parece que me gusta ser propietario. Debe de ser por mis raíces labriegas.

—Pero, joder, si apenas nos mantenemos a flote.

—Tendrías que haberme avisado.

—Habrías dicho que no sin escuchar su oferta.

—Cierto.

Carl gimió y ocultó la cabeza entre las manos. Estuvo así sentado un rato. Suspiró.

—Tienes razón —dijo—. No debería haberme entrometido de esta manera. Perdona, solo quería ayudar.

—Lo sé, gracias.

Abrió los dedos y me miró con un ojo.

—¿De verdad que no has sacado nada en limpio de la visita?

—Claro que sí.

—¿Y?

—Tenían un largo camino de vuelta, así que han llenado el depósito.

7

Aunque papá me había enseñado a boxear un poco, no sé si sabía pelear muy bien.

Había baile en Årtun. La misma banda de siempre, cuyos integrantes vestían traje blanco ceñido y tocaban éxitos de la música pop sueca. El cantante, un tipo delgado al que todos llamaban Rod porque tenía como meta declarada parecerse y sonar como Rod Stewart y follarse a tantas mujeres como él, berreaba con su extraño acento entre sueco y noruego. Sonaba como el predicador ambulante Armand, que de vez en cuando se pasaba por el pueblo para anunciar que en el país las conversiones estaban siendo masivas y que era una buena noticia porque el día del Juicio Final se avecinaba. Si aquella noche hubiera estado en Årtun el predicador se habría dado cuenta de que le esperaba una ardua tarea. Personas de todas las edades y de ambos sexos se tambaleaban borrachas por la pradera frente al centro cívico mientras bebían aguardiente casero que les habrían confiscado al entrar en el local. Dentro las parejas bailaban en precario equilibrio mientras Rod cantaba a unos «ojos castaños». Hasta que se cansaban y salían de nuevo para beber un trago o copular entre los abedules, vomitar o hacer sus necesidades. Algunos ni siquiera se molestaban en ir al bosque. Se contaba que en una ocasión Rod había invitado a una fan entusiasta a subirse al escenario para cantar una de las composiciones de la banda: «¿Piensas en mí esta noche?», que era tan clavada al «Wonderful Tonight» de Eric Clapton que hacía falta mucho morro para tocarla como si tal cosa. Después de dos estrofas le ordenó al guitarrista que hiciera un solo extralargo y desapareció con la chica y el micrófono detrás del escenario. Y con la siguiente estrofa ya empezada, Rod volvió a salir pavoneándose a escena, esta vez solo, y les guiñó el ojo a un par de chicas que estaban cerca. Se dio cuenta de que lo miraban horrorizadas, bajó la vista, y vio los rastros de sangre en el pantalón blanco. Acabó la última estrofa, dejó el micrófono en el soporte, suspiró sonriente diciendo «Vaya, vaya…» y dio paso a la siguiente canción.

Largas y luminosas noches de verano. Las peleas no solían empezar antes de las diez. Dos hombres y la causante, que era casi siempre una mujer. Una mujer a la que alguien le había dicho algo, o había bailado con ella demasiado rato o demasiado pegado. Puede que el conflicto hubiera empezado con anterioridad a esa noche de sábado en particular en Årtun, pero era ahora, encendidos por el aguardiente y un público provocador, cuando llegaba la hora de resolverlo. A veces, la mujer no era más que un detonante, casi una excusa para los que tenían ganas de pelearse, y de esos había unos cuantos. Tipos que se creían buenos peleando y poco más, y consideraban ese lugar, Årtun, como su palestra.

En otras ocasiones los celos eran de verdad, claro. Ese solía ser el caso cuando Carl se veía involucrado, aunque él nunca empezara la pelea. Era demasiado encantador, simpático y no constituía ningún desafío para los pendencieros. Los hombres que se abalanzaban sobre Carl normalmente estaban furiosos. A veces, Carl ni siquiera había hecho nada para provocarlos, solo había sido más galante que ellos, había hecho reír a las chicas, había atraído la mirada de las mujeres con sus ojos azules y luego había seguido su camino. Carl tenía novia, nada menos que la hija del alcalde. No debería haber representado ninguna amenaza. Pero, a través del velo del aguardiente, las cosas debían de verse de otro modo, así que querían darle una lección a ese guaperas ligón que hablaba como los habitantes de la capital. Y ante la sincera y casi despreciativa sorpresa que él manifestaba cuando recibía el primer golpe, aún se enfurecían más, y todavía más cuando veían que no se defendía.

Y en ese momento intervenía yo.

Creo que mi talento consistía más bien en minimizar los daños y en evitar que la gente se lastimara, como quien desactiva una bomba. Soy una persona práctica y entiendo de mecánica, tal vez sea por eso. Comprendo lo que es un punto de equilibrio, los conceptos de masa y velocidad. Así que hacía lo necesario para detener a los que se habían propuesto darle una paliza a mi hermano pequeño. Lo necesario, ni más ni menos. Pero, claro, unas veces era más necesario que otras. Me llevé por delante alguna nariz, unas costillas y al menos una mandíbula. Este último fue un tipo que no era del pueblo y que le había asestado a Carl un puñetazo en la nariz.

Yo tardaba poco en reaccionar. Recuerdo nudillos reventados, sangre hasta los codos y alguien que decía: «Ya basta, Roy».

Pero no, no era suficiente. Un golpe más en la cara ensangrentada que tenía debajo. Otro golpe y habría solucionado el problema definitivamente.

—Viene el policía, Roy.

Me inclino y le susurro en la oreja ensangrentada:

—No vuelvas a tocar a mi hermano, ¿entiendes?

Una mirada vidriosa, cargada de alcohol y dolor, se dirige a mí, pero mira hacia el interior. Levanto el brazo. La cabeza que tengo debajo asiente. Me pongo de pie, me sacudo la ropa, voy al Volvo 240, que tiene el motor en marcha y la puerta del conductor abierta. Carl ya se ha tumbado en el asiento trasero.

—No quiero manchas de sangre en la tapicería, joder —digo, acelero y suelto el embrague de manera tan repentina que trozos de césped salen volando por el aire a nuestro alrededor.

—Roy —oigo una voz grogui en el asiento trasero cuando hemos pasado las primeras curvas de la pendiente.

—Sí. No se lo contaré a Mari.

—No es eso.

—¿Tienes ganas de vomitar?

—¡No! Voy a decir algo.

—Mejor intenta…

—Te quiero, hermano.

—Carl, no…

—¡Sí! Soy un impresentable, un idiota, pero tú… a ti no te importa, me defiendes una y otra vez. —Y con la voz ahogada por el llanto añade—: Roy… tú eres todo lo que tengo.

Observo el puño ensangrentado que sujeta el volante. Estoy completamente despierto y noto la agradable sensación de la sangre que corre por mi cuerpo. Podría haberle golpeado una vez más. El tipo que tenía sujeto contra el suelo no era más que un desgraciado celoso, un perdedor, y no hizo falta. Pero, joder, qué ganas tenía.

Resultó que el tipo al que le había roto la mandíbula acostumbraba ir a fiestas en las que nadie sabía que se le daban muy bien las peleas, provocaba a alguien y le pegaba una paliza de muerte. Cuando me enteré de lo de la mandíbula me quedé esperando la denuncia, pero nunca llegó. Es decir, oí que el tipo había ido a hablar con nuestro policía, quien le había aconsejado que lo dejara estar, puesto que Carl tenía una costilla rota, lo que era mentira. Más tarde comprendí que esa mandíbula había sido una buena inversión; gracias a la fama que me proporcionó muchas veces solo me plantaba con los brazos cruzados cuando Carl tenía problemas y el atacante ponía pies en polvorosa.

—Joder —solloza Carl, ahogado por el llanto, borracho, cuando nos tumbamos en la litera—. Solo soy simpático. Hago reír a las chicas. Y los tíos se cabrean muchísimo. Y luego llegas tú, solucionas los problemas de tu hermano, y por mi culpa te creas enemigos. Mierda —dice y vuelve a sorberse los mocos—. Perdona. —Golpea las lamas que sujetan mi colchón—. ¿Me oyes? ¡Perdona!

—Son unos idiotas. Duérmete.

—¡Perdona!

—Que duermas, te digo.

—Vale, vale. OK. Pero oye, Roy...

—Hummm...

—Gracias. Gracias por... por...

—Cierra la boca de una vez, ¿vale?

—... por ser mi hermano. Buenas noches.

Silencio. Bien. Su respiración rítmica me llega desde la litera de abajo. Seguridad. Nada es tan tranquilizador como el sonido de tu hermano pequeño que se siente seguro.

Pero en la fiesta popular que provocó que Carl se marchara y dejara atrás al pueblo y a mí, nadie asestó ni un solo golpe. Carl estaba borracho, Rod afónico, y Mari se había ido a casa. ¿Habían discutido Carl y Mari? Puede ser. Como hija del alcalde tal vez no resultara extraño que Mari cuidara más las apariencias que Carl, al menos estaba harta de que Carl siempre se pasara con la bebida en las fiestas. O tal vez Mari tuviera que madrugar, ir a la iglesia con sus padres o preparar exámenes. No, no era tan santurrona. Cumplidora sí, pero santurrona no. Lo que ocurría era que no le daba la gana de ocuparse de Carl cuando este se emborrachaba. Eso se lo dejaba a su mejor amiga, Grete, que tal vez asumía la tarea con un exceso de entusiasmo. Había que estar bastante ciego para no ver que Grete estaba enamorada de Carl, pero también era posible que Mari no lo hubiera visto, al menos no pudo prever lo que ocurrió. Que Grete, después de sostener a Carl en la pista de baile mientras Rod, como siempre, acababa la noche cantando «Love Me Tender», había conducido a Carl hasta el bosque de abedules. Y allí, según Carl, apoyados en el tronco de un árbol habían mantenido relaciones sexuales. Dijo que no se había enterado de lo que ocurría, hasta que despertó al oír el roce del anorak de ella contra la corteza. Un sonido que cesó de repente cuando la tela se desgarró y el relleno de plumas salió volando como ángeles en miniatura por el aire. Así los llamó. «Ángeles en miniatura.» En el silencio que siguió pensó que Grete no había emitido un solo sonido, ya fuera porque no quería estropear la magia del momento, ya fuera porque no estaba disfrutando demasiado. Así que Carl no continuó.

–Le dije que podía comprarle un anorak nuevo –dijo Carl tumbado en la litera de abajo a la mañana siguiente–, pero respondió que no hacía falta, que podía zurcirlo. Así que le pregunté… –Carl gimió. El aliento cargado de alcohol flotaba por la habitación–. Le pregunté si quería que la ayudara a coserlo.

Me eché a reír a carcajadas hasta que se me saltaron las lágrimas, y oí que se tapaba la cabeza con el edredón. Me asomé por el borde de la litera superior.

–¿Y qué vas a hacer ahora, donjuán?

–No sé –respondió desde debajo del edredón.

–¿Os vio alguien?

Nadie los había visto. Durante al menos una semana no llegó a nuestros oídos ningún cotilleo sobre Grete y Carl. Ni al parecer a los oídos de Mari.

Por lo visto Carl se había librado.

Hasta que Grete vino de visita un día. Carl y yo estábamos en el jardín de invierno y vimos como giraba por Geitesvingen en bicicleta.

–Mierda –dijo Carl.

–Debe de venir a buscar su chaqueta –dije–. O sea, a ti.

Carl me suplicó que le dijera que estaba muy enfermo y salí. Le comenté que tenía un catarro contagioso. Grete me miraba fijamente y me apuntaba con su enorme nariz afilada y sudada. Luego se dio la vuelta y se marchó. Al llegar a la bicicleta se puso el anorak que había dejado sujeto a la bandeja trasera. Las puntadas recorrían la espalda como una cicatriz.

Volvió al día siguiente. Carl abrió la puerta y antes de que tuviera tiempo de decir nada, ella le soltó que le quería. Carl respondió que había sido un error. Que la había cagado. Que se arrepentía.

Al día siguiente Mari llamó y dijo que Grete se lo había contado todo. Que no podía salir con un tío que le era infiel. Carl me explicó que Mari había llorado, pero que por lo demás estaba muy tranquila. Añadió que no lo comprendía, pero no se refería a que Mari hubiera roto con él, sino a que Grete le hubiera contado lo ocurrido en el bosque de abedules. Entendía que Grete estuviera enfadada con él, lo del anorak y todo eso. Venganza. Vale. Pero en la misma jugada estaba perdiendo a la única amiga que tenía, ¿eso no era, como suele decirse, pegarse un tiro en el pie? No supe qué contestar, pero me acordé de la historia que el tío Bernard me había contado de los raqueros. Entonces empecé a pensar en Grete como en una roca submarina. Está allí, invisible, esperando una oportunidad para romper el casco de un barco. En cierto modo daba pena, atrapada como estaba por sus sentimientos, pero había traicionado a Mari tanto como a Carl. Esa mujer poseía algo de lo que Carl carecía. Una maldad interior. Ese tipo de maldad por la cual el dolor que uno se procura a sí mismo siempre es menor que el placer de arrastrar a otros en su caída. La psicología de los francotiradores de colegio. Con la diferencia de que ese francotirador seguía con vida. Al menos seguía existiendo. Bronceando a la gente con rayos uva. Cortándole el pelo.

Unas semanas más tarde Mari dejó Os repentinamente y se fue a vivir a la ciudad. Aunque dijo que esa había sido siempre su intención, y que se iba a estudiar.

Y pasaron unas semanas más y, de manera igualmente inesperada, Carl me contó que le habían dado una beca para estudiar «Finance and Business Administration» en Minnesota.

—Bueno, está claro que no puedes renunciar a algo así —dije y tragué saliva.

—No, tal vez tengas razón —dijo como si dudara, pero no me engañó, comprendí que hacía mucho que lo tenía decidido.

Fueron unos días muy atareados. Yo tenía trabajo de sobra en la gasolinera, él se ocupó de los preparativos del viaje, así que no pudimos hablar mucho del tema. Lo llevé al aeropuerto de las afueras de la ciudad, tardamos unas cuantas horas, pero, curiosamente, en el trayecto tampoco hablamos mucho. Llovía a cántaros, y el sonido de los limpiaparabrisas camuflaba el silencio.

Cuando nos detuvimos frente a la entrada de Salidas y apagué el motor, tuve que carraspear para recuperar la voz.

—¿Volverás?

—¿Eh? Claro —mintió con una cálida y radiante sonrisa seguida de un abrazo.

Todo el camino de vuelta a Os no paró de llover.

Y cuando aparqué en el patio y entré en la casa para reunirme con los espíritus del pasado que la habitaban, ya había oscurecido.

8

Carl había vuelto a casa. Era viernes por la tarde y estaba solo en la gasolinera. Solo con mis pensamientos, como suele decirse.

Cuando Carl se marchó a Estados Unidos, pensé que era lógico que quisiera sacar partido a sus buenas notas y sus capacidades para llegar a ser alguien, para dejar este pueblo de mala muerte, ampliar sus horizontes. Pero también que quería alejarse de los recuerdos, las sombras que cubrían Opgard, densas y amenazantes. Ahora que había vuelto es cuando se me ocurrió que su marcha podía haber tenido algo que ver con Mari Aas.

Esta había dejado a Carl porque él se lo había montado con su mejor amiga, pero ¿no cabía la posibilidad de que Mari hubiera encontrado una buena excusa para marcharse? Al fin y al cabo, para esa chica un granjero de montaña, un Opgard, era poca cosa; aspiraba a más. El marido que había acabado eligiendo parecía confirmarlo. Mari y Dan Krane se habían conocido en la Universidad de Oslo, los dos eran miembros activos del partido laborista, y él provenía de una casa muy confortable en uno de los barrios más distinguidos de Oslo. Dan Krane había solicitado y conseguido el puesto de director del diario local *Diario de Os*, y ahora Mari y él tenían dos hijos y habían ampliado la casa de los guardeses hasta hacerla mayor que la casa principal, en la que residían los padres de Mari. Así Mari había acallado los malintencionados comentarios del pueblo de que no era suficiente para Carl Opgard y se había tomado la revancha.

Mientras que Carl, el pueblerino humillado, tenía pendiente recuperar su prestigio social y su honor. ¿Su regreso al hogar se debía a eso? ¿Exhibir una mujer trofeo, un Cadillac y el proyecto de un gran hotel como nunca había visto nadie del pueblo?

Porque en realidad era un proyecto insensato, que rayaba en la desesperación. Para empezar, su empeño en que el hotel estuviera por encima del límite a partir del cual ya no crecían los árboles, lo que implicaba que habría que construir varios kilómetros de carretera. Solo para que la denominación de «hotel de alta montaña» no fuera mentira, como ocurría con tantos hoteles del país. Además, ¿quién va a la montaña para darse baños de vapor y de agua caliente? ¿No era típico de la gente de ciudad o de los pueblos de tierras bajas?

Por último: nunca conseguiría convencer a un grupo de agricultores para que arriesgaran tierra y casa por un castillo en el aire. ¿Cómo demonios iba a lograrlo con una gente que desde su nacimiento recibía con escepticismo todas las novedades que llegaban de fuera, excepto el nuevo modelo de Ford o la última película de Schwarzenegger?

Para acabar, estaba la cuestión de sus motivos. Carl decía que quería construir un spa hotel de alta montaña que pusiera el pueblo en el mapa, que lo salvara de una muerte lenta y silenciosa.

Pero ¿se daría cuenta la gente de la verdad, de que lo que en realidad buscaba era ponerse a sí mismo, Carl Opgard, en un pedestal? Porque las personas como Carl vuelven por eso; ha tenido éxito fuera, pero en su pueblo sigue siendo el calentorro que salió corriendo cuando la hija del alcalde lo plantó. Porque en ninguna parte significa tanto ser reconocido como en casa, el lugar en el que te sientes incomprendido. Y también el lugar donde te comprenden de una manera que te libera y te corroe a la vez. «Sé quién eres», decían, de un modo tranquilizador y amenazante al mismo tiempo. Lo que querían decir es que sabían quién eras en realidad. Que, aunque la mona se vista de seda, mona se queda.

Miré la carretera principal en dirección a la plaza.

Transparencia. Esa es la bendición y la maldición del pueblo. Tarde o temprano todo se sabrá. Todo. Pero el caso era que Carl estaba dispuesto a arriesgarse para intentar conseguir una estatua en la plaza, la fama que solía reservarse a alcaldes, predicadores y cantantes de grupos musicales.

Julie entró por la puerta e interrumpió mis pensamientos.

—¿Ahora haces tú el turno de noche? —preguntó en voz alta y alzando las cejas para mostrar su sorpresa.

Sin dejar de mascar chicle, se apoyó en el otro pie con los brazos en cruz. Llevaba una cazadora corta sobre la camiseta ceñida y parecía haberse arreglado un poco, con más maquillaje del que solía ponerse. No estaba preparada para encontrarse conmigo, y parecía avergonzada de que la viera en ese papel. Como una chica que sale el viernes por la noche con la panda de macarras. A mí no me importaba, pero estaba claro que a ella sí.

—Egil está enfermo —dije.

—Pues llama a otro —dijo—. Como a mí, por ejemplo. No deberías ser tú el que…

—Ha sido algo repentino —dije—. No pasa nada, ¿qué te pongo, Julie?

—Nada —dijo marcando el punto y final explotando un globo de chicle—. Solo venía a saludar a Egil.

—Vale, le diré que te has pasado a verle.

Me miró con los ojos vidriosos, sin parar de masticar. Había recuperado la seguridad en sí misma, la superficial, la que le permitía volver al papel de Julie la descarada.

—¿Qué hacías una noche de viernes cuando eras un chaval, Roy? —Arrastraba un poco las palabras, debía de haberse tomado un trago en el coche.

—Bailar —dije.

Puso ojos como platos.

—¿Tú bailabas?

—Podría decirse que sí.

Oí acelerar un coche fuera. Como el gruñido de una alimaña nocturna. O una llamada de apareamiento. Julie lanzó por encima del hombro una mirada de falsa irritación a la puerta. Dio la espalda a la caja, apoyó las palmas de las manos en la barra de manera que se le levantó del todo la cazadora corta, cogió impulso y de un salto se sentó, con el culo bien apoyado, en la barra.

—¿Ligabas mucho, Roy?

—No —dije comprobando las cámaras de vigilancia de los surtidores.

Cuando le digo a la gente que los fines de semana tenemos al menos un conductor diario que llena el tanque y se marcha sin pagar, se sorprenden y dicen que esa gente de las cabañas son unos delincuentes. Les digo que no es eso, sino que la gente de las cabañas tiene tanto dinero que no piensa en él. Nueve de cada diez reclamaciones por la cantidad adeudada que mandamos al domicilio correspondiente a la matrícula del coche se saldan, y recibimos una nota de sinceras disculpas diciendo que sencillamente se olvidaron de pagar. Seguramente nunca habrían tenido que estar pendientes del contador al llenar el depósito, como hacíamos papá, Carl y yo con el Cadillac, viendo cómo los billetes de cien coronas volaban al tiempo que se esfumaban otras cosas que podríamos haber hecho con ese dinero: comprar cedés, un pantalón nuevo, atravesar en coche Estados Unidos, un viaje del que papá siempre hablaba.

—¿Por qué no? —dijo Julie—. Si estás buenísimo, joder. —Rio tontamente.

—Será que entonces no lo estaba —dije.

—¿Y ahora? ¿Por qué no tienes novia?

—Tuve —dije acabando de limpiar los expositores de comestibles. Esa noche había habido mucha clientela, pero los domingueros ya estaban en sus cabañas—. Nos casamos cuando yo tenía diecinueve años, pero se ahogó en el viaje de novios.

—¿Eh? —exclamó Julie, aunque sabía que me lo estaban inventando.

—Se cayó del velero en pleno océano Pacífico, seguramente se pasó con el champán. Dijo que me amaba mientras tragaba agua y desapareció.

—¿No te lanzaste al agua para salvarla?

—Un velero de esos va mucho más rápido de lo que cualquiera puede nadar. Nos hubiéramos ahogado los dos.

—Pero de todas maneras... La amabas.

—Sí, por eso le lancé un salvavidas.

—Menos mal. —Julie encorvaba la espalda y apoyaba las manos en el mostrador—. ¿Y después de perderla fuiste capaz de seguir viviendo?

—Es increíble de cuántas cosas somos capaces de prescindir, Julie. Espera y verás.

—No —dijo ella con voz monótona—. No tengo intención de esperar y ver. Pienso conseguir todo lo que quiero.

—Vale. ¿Y qué es lo que quieres?

La pregunta me salió sin pensar, había devuelto la pelota con un golpe flojo, sin concentrarme, por encima de la red. Pero quise morderme la lengua cuando vi su mirada turbia clavada en la mía y su amplia sonrisa de labios rojísimos.

—Supongo que ves mucho porno, puesto que la chica de tus sueños se ahogó. Y como tenía diecinueve años, ¿buscas jovencitas? ¿Con unas buenas tetas?

Tardé demasiado en contestar, algo que por supuesto ella interpretó como que había dado en el clavo, y aún me costó más dar con las palabras. La conversación ya había descarrilado. Ella tenía diecisiete años, yo era el jefe al que ella estaba convencida de querer, y ahora estaba borracha, envalentonada, y jugaba a un juego que creía controlar porque le funcionaba con los chicos que la esperaban fuera en los coches. Podría haberle contado todo eso y haber salvado mi orgullo, pero entonces habría tirado de mi velero a una adolescente borracha de champán. Así que preferí buscar el salvavidas. Para ella y para mí.

El salvavidas llegó en forma de puerta que se abría. Julie bajó rápido, sin pensarlo, del mostrador.

En la entrada había un hombre. No lo reconocí de inmediato, pero en el último minuto no había entrado ningún coche en la gasolinera, así que debía de ser del pueblo. Tenía la espalda encorvada, las mejillas hundidas le daban a su rostro la forma de un reloj de arena, solo le quedaban unos mechones en la calva sudorosa.

Se detuvo en la puerta. Me miró fijamente, y me dio la sensación de que preferiría marcharse. Tal vez fuera uno de esos a los que yo había molido a puñetazos en la pradera de Årtun, uno de esos a los que había marcado, uno que no olvidaba. Se acercó inseguro al expositor de cedés. Fue pasándolos mientras nos lanzaba miradas a intervalos regulares.

—¿Quién es ese? —susurré.

—El padre de Natalie Moe —murmuró Julie.

El hojalatero. Joder, claro que era él. Había cambiado. Estaba muy desmejorado, como suele decirse. Puede que estuviera enfermo, me recordaba al tío Bernard hacia el final.

Moe se nos acercó. Dejó un cedé sobre el mostrador, *Roger Whittaker's Greatest Hits*, muy rebajado. Parecía avergonzado, como si no quisiera admitir sus gustos musicales.

—Treinta coronas —dije—. Tarjeta o…

—Efectivo —respondió Moe—. ¿Egil no ha venido a trabajar hoy?

—Está enfermo —contesté—. ¿Algo más?

Moe dudó un momento.

—No —dijo, cogió el cambio, el cedé y se marchó.

—¡Vaya! —exclamó Julie subiéndose otra vez al mostrador.

—Vaya, ¿qué?

—¿No lo has visto? Ha fingido no reconocerme.

—Solo he visto que estaba estresado. Como si hubiera preferido tratar con Egil. Independientemente de lo que haya venido a buscar.

—¿Qué quieres decir?

—Nadie sale de su casa para venir aquí a última hora de un viernes porque siente la necesidad imperiosa de escuchar a Roger Whittaker. No es que se avergonzara del cedé que ha elegido, se ha limitado a coger el más barato.

—Quizá quería preservativos y no se ha atrevido. —Julie se rio de un modo que pareció que se había visto en esa situación más de una vez—. Seguro que está acostándose con alguna. Le viene de familia.

—Venga, déjalo ya.

—O quería antidepresivos porque ha quebrado. ¿No te has fijado en que miraba la estantería de las pastillas?

—¿Quieres decir que cree que tenemos algo más fuerte que aspirinas? No sabía que se había arruinado.

—Por Dios, Roy. Como se nota que no hablas con la gente. Y así tampoco te cuentan nada, claro.

—Puede ser. ¿No vas a salir esta noche a celebrar tu juventud?

—¡Juventud! —resopló y siguió sentada. Parecía devanarse los sesos buscando una excusa para quedarse. Un globo de chicle se infló delante de su cara y estalló como un nuevo pistoletazo de salida—: Simon dice que el hotel parece una fábrica. Que nadie va a invertir en él.

Simon Nergard era el tío de Julie. A ese sí que recordaba haberlo marcado. Era un tipo robusto, iba una clase por encima de la mía y había tomado clases de boxeo, incluso había peleado un par de veces en un ring de la ciudad. Carl había bailado con una chica que a Simon le gustaba. Con eso bastaba. Se había reunido un corrillo alrededor de Simon, que tenía a Carl sujeto por el cuello de la camisa. Me acerqué para preguntar qué pasaba. Me enrollé el puño en la bufanda y le golpeé cuando abrió la boca para responderme. Sentí la suave presión de los dientes que cedían. Simon se tambaleó, escupió sangre y me miró fijamente, con más sorpresa que miedo. Los chicos que practican artes marciales creen que existen reglas, por eso pierden. Pero una cosa hay que reconocerle a Simon: no se rindió. Empezó a dar pasitos delante de mí con los puños levantados para defender su dentadura, en la que en ese momento ya faltaban algunas piezas. Le di una patada en la rodilla, y dejó de bailar. Le di una patada en el muslo y sus ojos se agrandaron del susto, supongo que nunca se había planteado qué ocurre cuando los músculos mayores sufren una hemorragia interna. Ahora que ya no podía moverse, se quedó esperando a que lo liquidara como si fuera un ejército sitiado en el que con heroica estupidez decidiera pelear hasta el último hombre. Pero ni siquiera le concedí el dudoso honor de recibir una paliza de muerte. Me limité a darle la espalda, miré el reloj y, como si tuviera una cita a la que todavía podía llegar, me alejé caminando despacio. El grupo animaba a Simon para que atacara, no comprendían lo que yo sabía, que no estaba en condiciones de dar un solo paso. Así que, en su lugar, empezaron a insultarle, a reírse de él y a ridiculizarlo, y fue esa, y no los blanquísimos incisivos que le puso el dentista, la marca que le dejé a Simon Nergard aquella noche.

—¿Así que tu tío cree que ha visto los planos?

—No, pero conoce a uno que trabaja en el banco que los ha visto. Y dice que parece una fábrica de celulosa.

—Celulosa —repetí yo—. Una fábrica en alta montaña, interesante.

—¿Eh?

Un motor aceleró con un bramido y otro respondió.

—Los chicos de la testosterona te llaman —dije—. Habrá menos emisiones de CO_2 si te unes a ellos.

Julie gimió.

—Son tan infantiles, Roy...

—En ese caso, mejor te vas a casa y escuchas esto —dije dándole uno de los cinco cedés de *Naturally* de J. J. Cale que por fin había tenido que retirar del expositor.

Los había encargado especialmente, seguro de que la gente del pueblo sabría apreciar el blues contenido de Cale y sus minimalistas solos de guitarra. Pero Julie tenía razón. No hablaba con la gente, no la conocía. Cogió el cedé, se bajó enfurruñada del mostrador y fue hacia la puerta. Antes de salir levantó el dedo corazón mientras movía el culo con exageración, con todo el cálculo frío y a la vez ingenuo que es capaz de manifestar una cría de diecisiete años.

Pensé, no sé por qué, que era un poco menos ingenua que una chica de dieciséis, los años que tenía cuando empezó a trabajar para mí. ¿Qué cojones estaba haciendo yo? Nunca antes había pensado en Julie de ese modo, de verdad que no. ¿O sí? No. Ocurrió cuando echó los brazos hacia atrás para sentarse en el mostrador, la cazadora se le abrió por encima de los pechos y los pezones presionaron hasta hacerse visibles a través del sujetador y la camiseta. Pero, joder, la niña había tenido las tetas grandes desde los trece años sin que yo hubiera reparado en ello, así que ¿qué me estaba pasando? No era uno de esos tíos a los que les llaman la atención las tetas, no me iban las adolescentes, no buscaba ni unas buenas tetas ni chicas de diecinueve.

Y ese no era el único misterio.

Era la vergüenza que había visto en aquella cara. No en la de Julie cuando sintió que la habían pillado con la pinta que llevaba un viernes por la noche con la panda de macarras. Sino en la cara del hojalatero. La mirada de Moe, que iba de un lado a otro como un insecto nocturno. Evitando la mía. Julie dijo que había recorrido las estanterías que tenía detrás. Me di la vuelta y exploré las baldas con la vista. Tuve una sospecha.

La descarté al instante. Pero volvió, como ese puntito blanco que imitaba una pelota de tenis con la que Carl y yo jugábamos cuando llegó al pueblo la primera y única máquina recreativa, en la cafetería Kaffistova junto a la nevera de los helados. Papá nos llevaba en coche, hacía cola y nos dejaba jugar como si nos hubiera llevado de viaje a Disneylandia.

Yo había visto esa vergüenza antes. En casa. En el espejo. La reconocí. No podía ser más profunda. No solo porque el delito cometido fuera tan despreciable e imperdonable, sino porque se iba a repetir. A pesar de que tu imagen en el espejo jurara que aquella era la última vez, volvería a ocurrir, una y otra vez. La vergüenza por lo que has hecho, pero sobre todo la vergüenza por la propia debilidad, por no poder parar, por tener que hacer lo que no quieres. Si al menos quisieras hacerlo, podrías echarle la culpa a la pura maldad de tu naturaleza.

9

Sábado por la mañana. Markus se había hecho cargo de la gasolinera, y yo subía por la colina en segunda. Me detuve delante de la casa y pisé el acelerador para asegurarme de que me habían oído llegar.

Carl y Shannon estaban sentados en la cocina, miraban los planos del hotel y discutían acerca de la presentación.

—Simon Nergard asegura que nadie va a invertir —dije, me apoyé en el marco de la puerta y bostecé—. Se lo ha dicho un tipo del banco que ha visto los planos.

—Pues yo he hablado con más de una docena de personas que están encantadas con los planos —dijo Carl.

—¿Personas del pueblo?

—De Toronto. Gente que sabe de lo que habla.

Me encogí de hombros.

—La gente a la que tienes que convencer no vive en Toronto ni tiene idea de lo que habla. Suerte. Yo me voy a dormir.

—Jo Aas me recibe hoy —dijo Carl.

Me detuve.

—¿Y?

—Sí. Le pregunté a Mari en la fiesta si podía apañarme una audiencia.

—Qué bien. ¿Fue por eso por lo que la invitaste?

—En parte. Y también porque quería que ella y Shannon se conocieran. Si vamos a vivir en el pueblo sería bueno que no se miraran con malos ojos. Y ¿sabes una cosa? —Puso la mano sobre el hombro de Shannon—. Creo que mi chica derritió a la reina de hielo.

—¿Que la derretí? —dijo Shannon poniendo los ojos en blanco—. Esa mujer me odia, cariño. ¿Verdad, Roy?

—Bueno… —dije.

Por primera vez desde que había entrado miré a Shannon de arriba abajo. Llevaba un gran albornoz blanco, el cabello aún húmedo; se habría duchado después de otra noche de ruidosa gimnasia en la cama. Tapada como iba siempre con jerséis y pantalones negros, nunca le había visto enseñar tanto, pero ahora veía que la piel de las esbeltas pantorrillas y el escote del albornoz era tan blanca e inmaculada como la de su rostro. El cabello mojado era más oscuro, menos brillante, casi rojo óxido, y descubrí un par de pálidas pecas en la base de la nariz que no había visto antes. Sonrió, pero su mirada expresaba algo nuevo, parecía herida. ¿Habría dicho Carl algo inadecuado? ¿Lo habría dicho yo? Por supuesto que podía ser por mi comentario mal disimulado sobre su cinismo al fingir que los gemelos eran fantásticos, pero algo me decía que ella no habría tenido problema en reconocer esa clase de cinismo. Que una chica como Shannon hacía lo que le daba la gana sin disculparse por ello.

—Shannon dice que esta noche le gustaría prepararnos una cena noruega —dijo Carl—. Había pensado que…

—Tengo que hacer el turno de noche otra vez —dije—. Mi empleado está enfermo.

—¿En serio? —dijo Carl enarcando una ceja—. ¿No tienes otros cinco que podrían sustituirlo?

—Ninguno podía —dije—. Estamos en fin de semana y ha avisado con muy poca antelación.

Abrí los brazos como para dar a entender que el encargado de una gasolinera no tenía más remedio que comerse esos marrones. Vi que Carl no se lo creía. Ese es el problema de los hermanos, notan cualquier mentirijilla. Pero ¿qué coño iba a decir? ¿Que no podía dormir porque ellos follaban?

—Voy a ver si duermo un poco.

Me despertó un ruido. No es que fuera muy fuerte, pero, en primer lugar, en la montaña no hay muchos sonidos, y en segundo no era uno propio del lugar; sería por eso por lo que mi cerebro no lo había asimilado.

Era una especie zumbido, entre el de una máquina cortacésped y el del vuelo de una avispa.

Miré por la ventana. Me levanté, me vestí corriendo, salí lanzado por la escalera y bajé hacia Geitesvingen con paso lento.

Allí estaba el policía Kurt Olsen junto con Erik Nerell y un tipo que sujetaba un mando a distancia con antenas. Todos miraban el cielo fijamente a lo que me había despertado: un dron blanco del tamaño de un plato que volaba a un metro de altura por encima de sus cabezas.

—Vaya —dije, y los tres se percataron de mi presencia—. ¿Estáis buscando los carteles de la reunión de inversores?

—Buenos días, Roy —dijo el agente sin tocar el pitillo que tenía entre los labios y que se movió al compás de sus palabras.

—Es un camino particular, ya lo sabes. —Me abroché el cinturón, pues con las prisas me había olvidado—. Así que aquí estará permitido ponerlos, ¿no?

—Tanto como particular…

—¿Ah? —dije con la sensación de que debía tranquilizarme, de que si no iba con cuidado podía perder los nervios—. Si fuera una carretera pública la administración nos habría puesto un quitamiedos, ¿no crees?

—Sí, claro, Roy. Pero toda esta zona es parque natural y está permitido el paso.

—Estoy hablando de colgar carteles, no de si tienes derecho a estar aquí, agente. Y hoy he hecho el turno de noche en la gasolinera; si ibas a despertarme con ese dron, podrías haberme avisado, ¿no?

—Podría —dijo Olsen—. Pero no quería molestaros, Roy. Acabamos enseguida, solo son unas fotos. Si concluimos que es seguro y decidimos volver para que los montañeros desciendan en rápel, por supuesto que te avisaremos antes.

Me miró. Sin frialdad, como si solo estuviera observándome, como si me hiciera fotos del mismo modo que el dron, que ahora había desaparecido por el borde del precipicio, estaría tomándolas a destajo en Huken. Asentí, intenté relajar la expresión.

—Lo lamento —continuó Olsen—. Entiendo que es un asunto delicado. —Hablaba despacio, como un cura—. Debería haber avisado, es que no recordaba que el precipicio estuviera tan cerca de la casa. ¿Qué puedo decir? Tendrás que alegrarte de que tus impuestos vayan destinados a descubrir cómo ocurrió el accidente. Eso es lo que queremos todos.

«¿Todos? —chillé en mi interior—. ¡Querrás decir tú! Es lo de siempre, Kurt Olsen, quieres resolver el misterio que tu padre fue incapaz de desentrañar.» En cambio dije:

—Vale. Y tienes razón, es un asunto delicado. Carl y yo tenemos una idea de lo que sucedió, así que nos hemos preocupado más por olvidar que por aclarar hasta el último detalle.

«Tranquilízate. Así, bien, así.»

—Por supuesto —dijo Olsen.

El dron reapareció por encima del risco. Se detuvo en el aire taladrándome los oídos. Luego se dirigió hacia nosotros y aterrizó en la mano del tipo del control remoto, igual que yo había visto en YouTube que hacían halcones peregrinos adiestrados para volver al guante de su amo. Era desagradable, como una película de ciencia ficción en la que el mundo se ha convertido en un Estado fascista con el Gran Hermano vigilándote y en la que sabes que el tipo del dron tiene racimos de cables eléctricos bajo la piel.

—Ha sido un vuelo corto —dijo el policía, que dejó caer la colilla al suelo y la pisó.

—El aire enrarecido de las alturas agota la batería —dijo el tipo del dron.

—Pero ¿le ha dado tiempo a hacer las fotos?

El del dron tecleó en la pantalla de su teléfono y todos nos acercamos. Las imágenes del vídeo eran poco nítidas por la escasez de luz, y no tenían sonido, aunque quizá se debiera a que todo estaba en silencio allí abajo. El Cadillac de papá siniestrado parecía un escarabajo que hubiera caído de espaldas y hubiese muerto con las patas moviéndose desesperadamente hasta que alguien que pasaba por ahí lo hubiera pisado sin querer. Los bajos oxidados y en parte cubiertos de musgo, y las ruedas al aire se veían intactos, pero el habitáculo estaba chafado por delante y por detrás como si hubiera pasado por la prensa de desguace de Willumsen.

Seguramente el silencio y la oscuridad que reinaban en esas imágenes me recordaron un documental que había visto sobre los descensos de los buceadores para aproximarse al *Titanic*. Puede que fuera la visión del Cadillac, que también era una ruina muy hermosa que remitía a un tiempo pasado, a la historia de una muerte repentina que se había convertido en una tragedia tantas veces descrita en mi imaginación y en la de otros que con los años parecía que tenía que estar ahí, que siempre había estado escrita en las estrellas. Era física y metafóricamente espectacular, la caída al abismo de una máquina que se suponía invencible. Imaginar cómo tuvo que ser, el terror que sintieron los pasajeros al comprender que tenían la muerte ante sí. Y no una muerte cualquiera, no la que llegaba después de una larga existencia que poco a poco había ido deteriorándolos, sino la que llegaba sin previo aviso, la despedida repentina, una casualidad mortal. Sentí un escalofrío.

—Hay bastantes piedras sueltas en el suelo —comentó Erik Nerell.

—Pueden haber caído hace mil años, o cien, el asunto es que no hay piedras encima del coche —dijo Kurt Olsen—. Tampoco veo golpes o marcas en los bajos del vehículo. Así que podría no haber caído una sola roca desde que una le dio al escalador.

—Ya no es escalador —dijo Nerell en voz baja mientras observaba fijamente la pantalla—. Lleva el brazo colgando y se le ha quedado reducido a la mitad. Ha estado tomando analgésicos durante años, y a unas dosis que ni un caballo...

—Al menos está vivo —le interrumpió el policía, impaciente.

Los dos lo miramos. Olsen se había sonrojado. ¿Qué había querido decir con eso? ¿Que el escalador estaba «vivo», no como los pasajeros del Cadillac? No, había algo más. ¿Se refería al viejo alguacil Sigmund Olsen, a su propio padre?

—La mayoría de las piedras que caen por este barranco tienen que ir a parar encima del coche. —Olsen señaló la pantalla—. No obstante está cubierto de musgo y no tiene ninguna marca. Eso nos cuenta una historia. Y de esa historia podemos aprender. Las líneas que trazamos hacia el pasado también pueden esbozarse hacia el futuro.

—Hasta que te cae una roca en el hombro —dije—. O en la cabeza.

Vi que Erik Nerell asentía despacio mientras se frotaba la barbilla y Olsen se ponía todavía más colorado.

—Y, como ya he dicho, no paramos de oír desprendimientos en Huken —añadí mirando a Olsen, aunque las palabras iban destinadas a Erik Nerell, claro.

Era él quien pronto iba a ser padre. Y el que tenía que emitir el informe técnico sobre si era seguro mandar a un equipo a examinar los restos del coche. Y era evidente que Olsen no podía ignorar esa advertencia, pues si pasaba algo perdería el trabajo.

—Tal vez las rocas no impacten en el coche —dije—, pero pueden caer al lado. Supongo que habréis previsto que la gente se sitúe allí.

No me hacía falta oír la respuesta de Olsen, con el rabillo del ojo vi que la batalla estaba ganada.

Me quedé en Geitesvingen mientras se desvanecía el sonido de su coche; vi un cuervo volando, esperé a que el silencio fuera total.

Cuando entré, Shannon, vestida de negro como siempre, se apoyaba en la encimera de la cocina, frente a la ventana. Una vez más me dije que, a pesar de que la ropa acentuaba su silueta de muchacho esbelto, tenía un aire muy femenino. En sus manos menudas sostenía una taza humeante con el hilo de una bolsa de té.

—¿Quién era? —preguntó.

—El policía. Quiere investigar los restos del coche siniestrado. Cree necesario averiguar la causa por la que papá se despeñó por Huken.

—¿Y no lo es?

Me encogí de hombros.

—Lo vi todo. Mi padre no frenó hasta que fue demasiado tarde. Hay que frenar a tiempo.

—Hay que frenar a tiempo —repitió ella asintiendo con la cabeza lentamente como hacíamos en el pueblo.

Al parecer también estaba aprendiendo nuestro lenguaje gestual. Volví a pensar en una película de ciencia ficción.

—Carl me dijo que no es posible sacar el coche de donde está. ¿Te molesta tenerlo ahí abajo?

—Salvo por el hecho de que contamina, no.

—¿No? —Levantó la taza de té con las dos manos, dio un pequeño sorbo—. ¿Por qué no?

—Si hubieran muerto en su cama de matrimonio tampoco la habríamos tirado.

Sonrió.

—¿Eso es sentimental o todo lo contrario?

Yo también sonreí. Apenas le notaba el párpado caído. O tal vez ya no lo tenía tan caído como cuando llegó y estaba cansada del largo viaje.

—Creo que las circunstancias prácticas influyen más sobre nuestra vida afectiva de lo que pensamos —dije—. Aunque las novelas tratan de amores imposibles, nueve de cada diez personas se enamoran de alguien que saben que está a su alcance.

—¿Seguro?

—Ocho de cada diez.

Me coloqué a su lado y advertí que me observaba mientras yo medía el café con la cucharita de plástico amarillo y lo echaba en la cafetera.

—Prácticos en la muerte y en el amor —dije—. Así somos cuando vivimos al límite, como la gente de aquí. Pero eso no te resultará familiar.

—¿Por qué no iba a resultarme familiar?

—Dijiste que Barbados es una isla rica. Tenías un Buick, fuiste a la universidad. Te mudaste a Toronto.

Pareció que dudara un instante antes de responder.

—Se llama movilidad social.

—¿Te refieres a que te criaste en una familia humilde?

—Sí y no. —Tomó aire a mi lado—. Soy una *redleg*.

—¿Una *redleg*?

—Seguramente habrás oído hablar de los blancos de clase baja de los Apalaches en Estados Unidos. La gente los llama *hillbillies*.

—Salían en la película *Deliverance*. Esa del banjo y el incesto.

—Ese es el estereotipo, sí. Que, por desgracia, tiene cierta base real, exactamente como ocurre con los *redlegs*, que son los blancos de clase baja en Barbados. Los *redlegs* son los descendientes de escoceses e irlandeses que llegaron a las islas en el siglo XVII, muchos de ellos presos deportados, igual que en Australia. Prácticamente eran esclavos y fueron la mano de obra hasta que Barbados empezó a importar esclavos de África. Pero, cuando abolieron la esclavitud y los descendientes de los africanos comenzaron a prosperar, la mayoría de los *redlegs* blancos permanecieron en la base de la pirámide social. La mayoría vivimos en barrios miserables. Chabolas, ¿no es así como se llaman? Somos una sociedad al margen de la sociedad, atrapados en la trampa de la pobreza. Ninguna formación, alcoholismo, incesto, enfermedades. Los *redlegs* de St. John apenas poseen nada, salvo los pocos que tienen granjas o pequeños comercios donde compran los negros más ricos. El resto vive de la seguridad social, financiados por los bajanos negros y mulatos. ¿Sabes cómo se nos reconoce? Por los dientes. Si conservamos alguno, lo tendremos marrón por... ¿*decay*? —dijo en inglés.

—Caries. Pero tus dientes son...

—Mi madre se encargó de alimentarme bien y de que me cepillara los dientes todos los días. Decidió que yo tendría una vida mejor. Y cuando mi madre murió, mi abuela asumió la tarea.

—Vaya —exclamé sin saber qué decir.

Sopló el té.

—Aunque solo sea para eso, los *redlegs* somos la prueba viviente de que no son solo los negros y los latinos los que nunca consiguen salir de la trampa de la pobreza.

—Al menos tú conseguiste salir.

—Sí, y soy lo bastante racista para creer que fueron mis genes africanos los que me salvaron.

—¿Tú? ¿Africana?

—Mi madre y mi abuela son afrobajanas. —Se echó a reír al ver mi gesto de incredulidad—. He heredado el cabello y la piel de un *redleg* irlandés que se mató con la bebida antes de que yo cumpliera los tres años.

—¿Y?

Encogió sus hombros menudos.

—A pesar de que tanto mi abuela como mi madre vivían en St. John y habían estado casadas con un irlandés y un escocés, respectivamente, nunca se me consideró una *redleg* auténtica. En parte porque poseíamos un poco de tierra, pero sobre todo cuando ingresé en la Universidad de West Indies de Bridgetown. No solo era la primera mujer de mi familia que estudiaba en la universidad, sino la primera de todo el vecindario.

Observé a Shannon. Desde su llegada nunca había hablado tanto de sí misma. Puede que la razón fuera sencilla: yo no le había preguntado. O al menos no lo había hecho desde aquella ocasión en la que ella y Carl se tumbaron en la litera de abajo y ella prefirió que fuera yo quien contara. A lo mejor había querido ver de qué iba yo. Y ahora ya lo sabía.

Me aclaré la voz y dije:

—Debió de ser difícil tomar una decisión así.

Shannon negó con la cabeza.

—La decisión la tomó mi abuela. Obligó a toda la familia, tíos y tías, a costar la matrícula.

—Costear.

—Costearon la matrícula y, más adelante, mis estudios en Toronto. La razón de que mi abuela me llevara en coche a la universidad era que no teníamos dinero para que pudiera instalarme en la ciudad. Uno de los profesores dijo que yo era un ejemplo de la nueva movilidad social en Barbados. Yo le respondí que los *redlegs* llevan cuatro siglos atrapados en una ciénaga social, y que yo debía agradecer mis estudios a mi familia, no a las reformas sociales. Soy y seré una chica *redleg* que le debe todo a su familia. Así que, aunque he vivido mejor en Toronto, para mí Opgard sigue siendo un lujo. ¿Lo entiendes?

Asentí.

—¿Qué pasó con el Buick?

Me miró como si quisiera asegurarse de que no le estaba tomando el pelo.

—¿No preguntas cómo le fue a mi abuela?

—Está viva y goza de buena salud —dije.

—¿Cómo lo sabes?

—Por tu tono al hablar de ella. Firme.

—¿Mecánico de coches y psicólogo?

—Mecánico de coches. Y el Buick ya no está, ¿verdad?

—La abuela se despistó y lo dejó sin poner el freno de mano a la puerta de casa. Salió rodando por una ladera y se estrelló contra el basurero del fondo. Me pasé varios días llorando. ¿Lo has notado en mi tono cuando he hablado de él?

—Sí. Un Buick Roadmaster modelo del 54. Te comprendo.

Inclinó la cabeza a un lado y a otro como para observarme desde distintos ángulos, como si yo fuera un maldito cubo de Rubik.

—Coches y belleza —dijo ella, como si hablara sola—. ¿Sabes una cosa? Anoche soñé con un libro que leí hace mucho. Seguramente por ese coche siniestrado de ahí abajo. Se titula *Crash*, y es de J. G. Ballard. Trata de gente que se excita sexualmente con accidentes de coche. Con los restos, los daños. Los propios y los de otros. ¿Has visto la película?

Hice memoria.

—David Cronenberg —dijo para ayudarme a recordar.

Negué con la cabeza.

Volvió a dudar. Como si se arrepintiera de haber empezado a hablar de algo que difícilmente podía interesar a un tipo que trabajaba en una gasolinera.

—Me interesan más los libros que las películas —dije para ayudarla—. Pero este no lo he leído.

—Vale. En el libro describen una curva de mala visibilidad en Mulholland Drive donde los coches se salen de la carretera por la noche y se despeñan por un barranco. Como resulta demasiado costoso sacarlos, se forma un cementerio de coches que cada año alcanza mayor altura. Falta poco para que ya no haya ningún barranco; los que se salgan de la carretera se salvarán gracias a la montaña de coches siniestrados.

Asentí despacio.

—Salvado por los chasis de los coches. Tal vez debería leerlo. O ver la película.

—La verdad es que yo prefiero la película —dijo—. El libro está narrado en primera persona y por eso resulta perverso de un modo subjetivo y... —se detuvo—. ¿Cuál es la palabra noruega para decir *intrusive*?

—*Sorry*, eso tendremos que preguntárselo a Carl —dije.

—Ha ido a hablar con Jo Aas.

Miré la mesa de la cocina. Los planos seguían allí, y Carl tampoco se había llevado el ordenador portátil. Quizá creyera que tenía más probabilidades de convencer a Aas de que el pueblo necesitaba un hotel si no le mostraba demasiada documentación.

—¿Agobiante? —propuse.

—Gracias —dijo—. La película no es tan agobiante. La cámara suele ser más objetiva que la pluma. Y Cronenberg supo captar la esencia.

—¿Que es...?

Una chispa se encendió en su ojo despierto, y su voz adquirió un tono vehemente al darse cuenta de que me interesaba de verdad.

—La belleza de las cosas destruidas —dijo—. La escultura griega deteriorada es más hermosa porque en lo que permanece intacto vemos lo hermosa que podría haber sido, o debería haber sido, tuvo que haber sido. Y así le atribuimos una belleza con la que la realidad nunca podría haber competido.

Apretó las palmas de las manos contra la encimera de la cocina como si fuera a sentarse sobre ella y quedarse ahí con la espalda arqueada, igual que había hecho durante la fiesta. *Tiny dancer.* Mierda.

—Interesante —dije—. Voy a ver si me duermo otra vez.

La chispa de su ojo se apagó como el fusible de un coche.

—¿Y tu café? —dijo, y noté que estaba decepcionada. Ahora que por fin tenía a alguien con quien hablar. Supongo que en Barbados la gente se pasaba el día charlando.

—Tengo que dormir un par de horas más —dije, apagué la placa y aparté la cafetera.

—Claro —dijo quitando las manos de la encimera.

Estuve tumbado en la cama media hora. Intenté dormir, no pensar en nada. Oía el teclado del ordenador por el agujero, el crujido del papel. Imposible.

Repetí el ritual. Me levanté, me vestí, salí lanzado. Grité «¡Hasta luego!» antes de que la puerta se cerrara de golpe a mis espaldas. Debí de dar la impresión de que huía de algo.

10

—¡Ah, hola! —dijo Egil al abrirme la puerta de su casa.

Lo miré. También él parecía avergonzado. Seguramente porque comprendió que yo podía oír los sonidos de los juegos de guerra y los gritos emocionados de sus colegas que estaban en el salón.

—Ya estoy mejor —dijo enseguida—. Esta noche puedo trabajar.

—Tómate el tiempo que necesites para ponerte bien del todo —respondí—. No he venido por eso.

—¿No? —Pareció dar un repaso a su conciencia para ver de qué podía tratarse. Estaba claro que había un par de cosas entre las que elegir.

—¿Qué suele comprar Moe? —pregunté.

—¿Moe? —Egil puso cara de no haber oído nunca ese nombre.

—El hojalatero. Preguntó por ti.

—Ah, ese. —Egil sonreía, pero sus ojos reflejaban miedo. Había metido el dedo en la llaga.

—¿Qué suele comprar? —repetí como si creyera que Egil pudiera haber olvidado la pregunta.

—Nada en especial —repuso él.

—Da igual. Cuéntame.

—Es difícil de recordar.

—Pero ¿paga en efectivo?

–Sí.

–Si recuerdas eso, también recordarás qué compra. Vamos.

Egil me miraba fijamente. Y tras sus ojos bovinos intuí un deseo de confesar.

Suspiré.

–Esto te ha estado carcomiendo por dentro, Egil.

–¿Eh?

–¿Tiene algo contra ti? ¿Es eso? ¿Te amenaza con algo?

–¿Moe? No.

–Entonces ¿por qué lo encubres?

Egil parpadeó varias veces. A su espalda, en el salón, la guerra estaba en su apogeo. Vi el caos tras su mirada desesperada.

–Él... él...

En realidad, yo no tenía paciencia para ese tipo de cosas, pero bajé la voz para obtener un efecto mayor:

–No te inventes nada, Egil.

La nuez le subía y bajaba por el cuello y había dado medio paso atrás, como si fuera a cerrarme la puerta en las narices llevado por el pánico. Pero seguía ahí. Puede que leyera algo en mi mirada, y que su cerebro lo relacionara con lo que había oído contar de la gente que había sufrido una paliza en Årtun. Y se rindió.

–Comprase lo que comprase siempre me daba el cambio.

Asentí. Cuando Egil empezó a trabajar en la gasolinera le informé de que no aceptamos propinas. Si un cliente insiste en no coger el cambio, lo registramos en la caja y lo dejamos para cubrir los descubiertos que surgen cuando uno de nosotros se equivoca y devuelve de más. Suele ser Egil. Pero podía haberlo olvidado, y ahora mismo no tenía intención de recordárselo, solo quería confirmar mis sospechas.

–¿Y qué compraba?

–No hacíamos nada ilegal –dijo Egil.

Tampoco pensaba explicarle que el hecho de que empleara el pasado me daba a entender que él comprendía que el apaño que tenía con Moe se había acabado justo en este momento y por tanto no podía ser legal. Esperé.

—EllaOne —dijo Egil.

Eso era. La píldora del día después.

—¿Con qué frecuencia? —pregunté.

—Una vez a la semana.

—¿Y te pidió que no se lo dijeras a nadie?

Egil asintió. Estaba pálido. Sí, Egil estaba pálido y era tonto, pero no retrasado, como dice la gente. Bueno, la verdad es que esas palabras las cambian constantemente, como la ropa interior sucia, así que seguro que ahora se dice de otro modo. Pero el caso era que Egil había sido capaz de sumar dos más dos, a pesar de que Moe había apostado a que no lo haría. Ahora lo veía, estaba claro que se avergonzaba, se avergonzaba una barbaridad. Y no hay peor castigo que ese, creedme, lo dice alguien que ha probado esa medicina una y otra vez. Alguien que sabe que no hay nada que un juez pueda añadir a esa vergüenza.

—Digamos que hoy estás enfermo, pero mañana ya estarás bien. ¿Vale?

—Sí —dijo al segundo intento de emitir un sonido.

No oí que la puerta se cerrara a mis espaldas, supongo que se quedó ahí mirándome. Se preguntaría qué iba a pasar ahora.

Entré en el salón de peluquería de Grete Smitt, que era como subirse a una máquina del tiempo que hubiera aterrizado en algún lugar de Estados Unidos nada más acabar la guerra. En un rincón había un imponente sillón de barbero, tapizado en cuero rojo recosido por aquí y por allá en el que Grete afirmaba que se había sentado Louis Armstrong. En la otra esquina había un secador de pelo de los años cincuenta, uno de esos cascos sujetos a un trípode con que aparecen las marujas en las viejas películas americanas mientras leen revistas del corazón y cotillean. Aunque a mí me recuerda a Jonathan Pryce en la escena de la lobotomía de *Brazil*. Grete utiliza el casco para algo que llama «shampoo and set», que quiere decir que primero lava el cabello con un champú especial, luego pone los rulos y después seca el pelo despacio metiendo la cabeza en el casco, mejor envuelta en una toalla para no rozar las resistencias que en su modelo de los años cincuenta se encienden como las de una tostadora. Según Grete «shampoo and set» es retro y vuelve a estar muy de moda. La cuestión era que en Os nunca había llegado a desaparecer del todo. En cualquier caso, sospecho que era la propia Grete la que usaba más a menudo ese casco para mantener sus rizos color marrón rata de permanente.

En las paredes había fotos de viejas estrellas de cine americanas. Lo único que no era americano era la famosa tijera de peluquera de Grete, una tijera de acero brillante de la que contaba a todo el que la quisiera escuchar que era japonesa, una Niigata-1000, que costaba cinco mil del ala y tenía garantía de por vida.

Grete levantó la vista, pero la Niigata siguió cortando.

—¿Está Olsen? —dije.

—Hola, Roy. Está tomando el sol.

—Lo sé, he visto su coche. ¿Dónde está el sol?

Vi la supertijera japonesa acercarse peligrosamente a la oreja de la clienta.

—No creo que quiera que lo molesten…

—¿Ahí dentro? —Señalé la otra puerta que había en el local, de la que colgaba un cartel con la imagen de una chica en biquini, morena por el sol, sonriendo desesperada.

—Habrá acabado dentro de… —Miró un mando a distancia que estaba en una mesita junto a la puerta y añadió—: Catorce minutos. ¿No puedes esperar fuera?

—Sí, claro. Pero hasta los hombres son capaces de hacer dos cosas a la vez si se trata de tomar el sol y hablar.

Saludé con un gesto de la cabeza a la señora que me observaba desde su silla a través del espejo y abrí la puerta.

Fue como adentrarse en una película de terror cutre. La habitación estaba a oscuras, salvo por una luz azulada que escapaba por los laterales del ataúd de Drácula, una de las dos camas solares. Una silla de la que colgaban los vaqueros Levi's de Kurt Olsen y su cazadora de cuero clara completaba el mobiliario. El sonido de las lámparas vibraba amenazante e incrementaba la sensación de que algo espantoso estaba a punto de ocurrir.

Acerqué la silla a la cama solar. Oí música procedente de unos cascos. Por un instante creí que era Roger Whittaker y que estaba de verdad en una película de terror, hasta que reconocí «Take Me Home, Country Roads», de John Denver.

—He venido a avisarte —dije.

Oí movimientos ahí dentro, algo que impactaba en la parte superior del ataúd haciéndolo vibrar, una maldición por lo bajo. El zumbido de la música cesó.

—Se trata de un posible caso de abusos sexuales —dije.

—¿Ah, sí? —La voz de Olsen sonaba como si estuviera hablando en el interior de una lata de conservas, y no revelaba si había reconocido la voz que le llegaba del exterior.

—Una persona que mantiene relaciones sexuales con alguien de su familia más directa.

—Sigue.

Hice una pausa. Tal vez porque de pronto caí en la cuenta de que la situación se asemejaba de un modo perverso a una confesión católica. Salvo que yo no era el pecador. Esta vez no.

—Moe, el hojalatero, compra la pastilla del día después una vez a la semana. Como sabes, tiene una hija adolescente. Ella también compró una píldora del día después hace poco.

Esperé mientras dejaba que el agente Olsen acabara el razonamiento.

—¿Por qué una vez a la semana y por qué aquí? ¿Por qué no hacer acopio de unas cuantas en la ciudad? ¿O acaso obliga a la chica a tomar anticonceptivos?

—Porque cada vez cree que esa será la última vez —dije—. Piensa que será capaz de dejarlo.

Se oyó el chasquido de un mechero en la cama solar.

—¿Cómo lo sabes?

Pensé en la respuesta correcta mientras el humo del cigarrillo escapaba del ataúd de Drácula, se enredaba en la luz azul y desaparecía en la oscuridad. Sentí la tentación de hacer lo mismo que Egil, confesar. Despeñarme por el precipicio. Caer.

—Todos creemos que mañana seremos mejores —dije.

—No es fácil ocultar mucho tiempo algo así en el pueblo —dijo Olsen—. Y nunca he oído que nadie sospechara de Moe.

—Ha quebrado. Está en casa matando el tiempo.

—Pero continúa siendo abstemio —dijo Olsen dando a entender que seguía mi razonamiento—. Y no todo el mundo al que le va mal empieza a follarse a su hija.

—O a comprar la píldora del día después una vez a la semana —dije.

—A lo mejor es para su mujer, porque no quiere que vuelva a quedarse embarazada. O a lo mejor la niña se lo está montando con un chaval y Moe solo es un padre preocupado. —Oí que Olsen daba una profunda calada dentro del ataúd—. Y no quiere que tome algo más permanente porque le da miedo que no deje de montárselo todo el rato y con otros. Ya sabes que Moe es pentecostal.

—No lo sabía, pero eso no reduce precisamente la probabilidad de que haya un caso de incesto.

Intuí la reacción bajo la tapa cuando pronuncié la palabra que empieza por «i».

—Para hacer acusaciones tan graves contra alguien debes tener más argumentos que la compra de anticonceptivos —dijo Olsen—. ¿Los tienes?

¿Qué podía decir? ¿Que había visto la vergüenza en su mirada? ¿Una vergüenza que conocía tan bien que para mí no había prueba más definitiva?

—Estás avisado —dije—. Te sugiero que hables con la hija.

Quizá debería haberme ahorrado ese «te sugiero». Debería haber sabido que se lo tomaría como que le estaba diciendo cómo hacer su trabajo. Aunque puede que lo supiera y lo hice de todos modos. El caso es que el tono de Olsen subió media nota y varios decibelios.

—Te sugiero que nos dejes esto a nosotros. Pero no te quiero engañar, tenemos que dar prioridad a asuntos más urgentes.

Por su entonación pensé que iba a pronunciar mi nombre al final de la frase, pero no lo hizo. Supongo que se le pasaría por la cabeza que, si contra toda lógica, más tarde resultara que mi advertencia tenía fundamento y las autoridades locales no habían hecho nada, sería más fácil salir bien parado si decía que habían recibido un aviso anónimo. En cualquier caso, me tragué el anzuelo.

—¿Y qué asuntos urgentes son esos? —pregunté y nada más decirlo quise morderme la lengua.

—No es asunto tuyo. Mientras tanto te sugiero que te guardes este cotilleo de pueblo para ti. Aquí no necesitamos esa clase de histerismos. ¿Vale?

Tragué saliva y no tuve tiempo de responder antes de volver a oír a John Denver.

Me levanté y salí de la peluquería. Grete se había trasladado con la señora al lavabo para aclararle el cabello y seguían charlando sin parar. Yo creía que siempre te lavaban la cabeza antes de cortar, pero estaba claro que esto era otra cosa, aquí se libraba una especie de guerra química contra el cabello. Al menos había unos tubos alineados al borde del lavabo, y las dos estaban demasiado entretenidas para advertir mi presencia. Cogí el control remoto que estaba junto a la puerta. Parecía que a Olsen le faltaban unos diez minutos. Apreté una flecha que señalaba hacia arriba hasta que la pantallita mostró un veinte. Presioné sobre la indicación de FACIAL TANNER, y apareció una graduación con un puntito. Tres toques más y estuvo al máximo. Los que trabajamos en el sector servicios sabemos lo importante que es que la clientela sienta que no tira el dinero.

Al pasar junto a Grete capté al vuelo las palabras: «... celoso ahora, porque él estaba enamorado de su hermano pequeño». El gesto de Grete se endureció cuando me vio, pero yo me limité a saludar con la cabeza fingiendo que no había oído nada.

Al sentir el aire fresco del exterior pensé que mi vida era como una puta moviola. Todo había sucedido antes. Todo ocurriría de nuevo. Y con las mismas consecuencias.

11

Ni siquiera el festival anual de teatro aficionado del pueblo había atraído a tanta gente. Habíamos colocado seiscientas sillas en la sala grande del centro cívico, y aun así había bastantes personas de pie. Me giré sobre el asiento y miré hacia el fondo de la sala fingiendo que buscaba a alguien. Estaban todos. Mari con su marido, Dan Krane, que escudriñaba alrededor con su radar de periodista. El vendedor de coches de segunda mano Willum Willumsen con su alta y elegante esposa, Rita, que le sacaba una cabeza incluso estando sentados. El alcalde, Voss Gilbert, que además era el gerente del club de fútbol del pueblo, Os CF, sin que pareciera servir de mucho. Erik Nerell con su novia, Gro, muy embarazada. El agente Kurt Olsen con la cara abrasada brillando como una luz de navegación roja entre la multitud. Me miró con ojos llenos de odio. Grete Smitt se había traído al señor y la señora Smitt; me los imaginé arrastrando los pies velozmente desde el aparcamiento hasta la sala. Natalie Moe estaba sentada entre sus padres. Intenté cruzar una mirada con el padre, pero ya había bajado los ojos. Tal vez porque intuía que yo lo sabía. O tal vez porque todo el mundo se había enterado de que su hojalatería había quebrado y no podía invertir en el hotel sin que la gente pensara que estaba tomándoles el pelo a todos sus acreedores en el pueblo. Supongo que había acudido por acudir, al fin y al cabo, la mayoría había venido por curiosidad, no porque tuviera ganas de invertir. Sí, el viejo alcalde Aas no había visto tal lleno desde los años setenta, cuando el predicador Armand llegó de visita. Jo Aas había ocupado el estrado y miraba hacia la sala. Alto, delgado y pálido como el asta de una bandera. Las cejas blancas como un abedul ascendían cada año un poco más.

—Pero eso fue en un tiempo en el que el entretenimiento que proporcionaban el don de lenguas y las curaciones milagrosas hacían la competencia a la cartelera del cine del pueblo —estaba diciendo Aas—, además de ser gratis.

Cosechó las risas que esperaba.

—Pero no habéis venido a escucharme a mí, sino a uno de los hijos del pueblo que han vuelto a casa, Carl Abel Opgard. No sé si su pregón traerá el perdón de los pecados y la vida eterna al pueblo, eso os toca decidirlo a vosotros. Yo he aceptado presentar a este joven y su proyecto porque en este pueblo, en estos tiempos, damos la bienvenida a cualquier nueva iniciativa. Necesitamos nuevas ideas, necesitamos que se apueste por nosotros. Pero también necesitamos las ideas de siempre, las que han resistido al paso del tiempo y hacen posible que sigamos habitando estas pobres pero hermosas tierras. Por eso os ruego que tengáis una mente abierta y a la vez crítica al escuchar a un joven que ha demostrado que un simple pueblerino de aquí también puede triunfar en el gran mundo. Carl, por favor.

Sonaron aplausos, pero su intensidad disminuyó en cuanto Carl subió al estrado, así que irían más dirigidos a Aas que a él. Carl se había puesto traje y corbata, pero se había quitado la chaqueta y se había remangado la camisa. Carl nos había enseñado la vestimenta en el salón de casa y nos pidió nuestra opinión. Shannon preguntó por qué no iba a ponerse la chaqueta, y yo le expliqué que era porque Carl había visto a los candidatos a la presidencia de Estados Unidos que querían acercarse al pueblo cuando hablaban en una fábrica.

—No, llevan anorak y gorra —replicó Shannon.

—Se trata de encontrar el punto de equilibrio —dijo Carl—. No queremos parecer engreídos ni dar la impresión de que nos tomamos demasiado en serio, al fin y al cabo, venimos de este pueblo, donde la gente conduce un tractor y lleva botas de goma. A la vez tenemos que parecer serios y profesionales. En el pueblo no te presentas en una confirmación sin corbata, si lo haces es que no has entendido nada. Que yo tenga chaqueta, pero me la quite, da a entender que respeto el cometido que me he propuesto y su seriedad, pero también que estoy animado, con ganas, deseando ponerme manos a la obra.

—Sin miedo a ensuciarte las manos —dije.

—Exacto —dijo Carl.

De camino al coche Shannon me susurró entre risas:

—Sabes que creía que la expresión era «no se me caen los anillos». ¿Me equivoco mucho?

—Depende de lo que quieras decir —respondí.

—Lo que quiero decir... —dijo Carl apoyando las dos manos en el atril— antes de empezar a hablar de la aventura en la que os he invitado a participar, es que, para mí, el solo hecho de poder estar en este escenario delante de tantos de mis vecinos es maravilloso y emocionante.

Noté que estaban expectantes. Carl les había caído bien. Al menos a aquellos que no tenían novias a las que Carl gustaba en exceso. El Carl que se había marchado del pueblo. Pero ¿seguía siendo Carl? El bromista cargado de energía, el fiestero de la sonrisa franca, el chico bueno y considerado que siempre tenía una palabra amable para todo el mundo, hombres o mujeres, niños o mayores. ¿O se había convertido en el título que se había dado en la tarjeta? MASTER OF BUSINESS. Un ave de montaña que volaba a alturas donde nadie más podía respirar. Canadá. Imperio inmobiliario. Una esposa exótica y educada, originaria del Caribe, que se había pasado un poco al arreglarse. ¿Es que una chica normal de aquí era poco para él?

–Maravilloso y emocionante –repitió Carl en tono serio–. Porque por fin puedo hacerme una idea de cómo tuvo que ser ocupar este escenario y ser... –Hizo una pausa estudiada mientras miraba hacia la sala y se enderezaba la corbata, y añadió–: Rod.

Un segundo de silencio. Y la gente estalló en carcajadas.

La sonrisa franca de Carl. Ahora seguro seguro que ya se los había metido en el bolsillo. Apoyó los antebrazos desnudos a los lados del atril, como si fuera suyo.

–Los cuentos suelen empezar con «Había una vez...». Pero este cuento aún no se ha escrito. Cuando se escriba, el principio será: «Érase una vez un pueblo que tuvo una reunión en el centro cívico de Årtun donde hablaron de un hotel que querían construir». Y estamos hablando de este hotel...

Activó el mando a distancia y el dibujo apareció tras él, sobre la gran pantalla.

Se oyó un suspiro de sorpresa, pero vi que Carl había esperado un suspiro mayor. Lo supe porque era mi hermano. O, mejor dicho, un suspiro más positivo. Porque como ya he dicho, creo que la gente en general prefiere el calor de la chimenea y el hogar que un iglú en la luna. Por otra parte, no se podía negar que el edificio tenía cierta elegancia. Había algo en sus proporciones, en las líneas, que le daban una belleza atemporal, como un cristal de hielo, una ola ribeteada en blanco o la ladera reluciente de una montaña. O una gasolinera. Pero Carl se dio cuenta de que le iba a costar mucho convencer a los congregados. También vi que reagrupaba sus tropas, como suele decirse. Movilizaba. Reunía fuerzas para la siguiente ofensiva. Recorrió la imagen, explicando lo que era cada cosa. La zona de spa, el gimnasio, la piscina, la sala de juego para familias con niños, distintas clases de habitaciones, la recepción, el vestíbulo, el restaurante. Recalcó que todo iba a ser de primera calidad, que el hotel orientaría su actividad sobre todo hacia clientes con un alto nivel de exigencia. Se entendía que con la cartera bien llena. Y el hotel llevaría el mismo nombre que el pueblo. Hotel de Montaña Os. Un nombre que se anunciaría en todos los medios de comunicación. El nombre del pueblo sería sinónimo de calidad, dijo. Sí, incluso de cierta exclusividad. Pero no de algo excluyente: una familia con un nivel de ingresos normal podría pasar un fin de semana aquí, aunque tendría que ser un plan para el que ahorraran un poco, un plan que les hiciera mucha ilusión. El nombre del pueblo iría asociado a algo alegre. Carl sonrió, les mostró un poco de esa alegría. Y creí notar que de forma paulatina iba arrastrando a la sala con él. Sí, diría incluso que los presentes se iban entusiasmando, y eso no pasa todos los días por estos lares. Pero la siguiente exclamación no se produjo hasta que mencionó el precio.

Cuatrocientos millones.

Un susto. Y la temperatura de la sala se desplomó.

Carl había esperado un suspiro, pero, como deduje de su expresión, no que fuera tan profundo.

Empezó a hablar más deprisa, temía perderlos. Dijo que para los que tenían terrenos baldíos y tierras de cultivo, el incremento del valor de las propiedades como consecuencia de la construcción del hotel y a continuación la urbanización de cabañas sería suficiente para compensar la inversión. Lo mismo era aplicable a los que tenían comercios o prestaban servicios, el hotel y las cabañas provocarían la llegada de gente que gastaría dinero. Y estábamos hablando de gente que disponía de mucho dinero. El pueblo probablemente ganaría más con eso que con el proyecto del hotel en sí.

Hizo una pausa. La gente permanecía inmóvil y callada. Como si todo estuviera a punto de desplomarse. Desde el lugar que ocupaba en la quinta fila, vi un movimiento. Como el asta de una bandera embestida por el viento. Era Aas, que estaba en la primera fila, cuya cabeza blanca asomaba por encima del resto. Asentía. Asentía despacio. Y todo el mundo lo veía.

Entonces Carl mostró el as que guardaba en la manga.

–Pero para que todo esto ocurra, el hotel ha de construirse y gestionarse. Alguien tiene que estar dispuesto a apostar. Alguien tiene que estar dispuesto a asumir cierto riesgo y financiar el proyecto. Por el bien de los demás, de todos en el pueblo.

Aquí la mayoría de la gente tiene menos estudios que en la ciudad. Puede que no pillen todos los puntos de las películas ocurrentes y comedias urbanas a la primera, pero comprenden el subtexto. Puesto que en Os el ideal es no decir más que lo imprescindible, la gente ha desarrollado el instinto de comprender lo que no se dice. Y lo que no se decía ahora era que, si no te unías a ese alguien que estaba dispuesto a entrar como propietario en el proyecto, formabas parte del resto. De los que iban a beneficiarse de los efectos positivos sin haber contribuido.

Vi más gente asintiendo despacio con la cabeza. La aquiescencia pareció extenderse. Pero entonces se elevó una voz. Era Willumsen, el que le había vendido el Cadillac a papá.

–Si tan buena inversión es, Carl, ¿por qué quieres meternos a todos nosotros? ¿Por qué no te quedas con todo el pastel para ti? ¿O, al menos, con un buen trozo y compartes el resto con un par de ricachones?

–Porque –respondió Carl– yo no soy un ricachón, y tampoco lo sois muchos de vosotros. Quizá pudiera hacerme con una porción un poco mayor, y con gusto me quedaré con lo que sobre si no se reparte todo. Pero el caso es que, cuando volví a casa con este proyecto, tuve la visión de que todos contarais con la posibilidad de participar, no solo los que dispusieran de ahorros en su cartilla. Por eso he pensado en crear una cooperativa. Una cooperativa quiere decir que nadie tiene que desembolsar nada para ser copropietario de este hotel. ¡Ni un céntimo!

Carl golpeó el atril.

Una pausa. Silencio. Imaginé lo que estarían pensando. ¿Qué coño de palabrería era aquella? ¿Acaso había vuelto el predicador Armand?

Después Carl les leyó el evangelio, la buena nueva de ser propietario sin pagar. Y escucharon al maestro de los negocios.

—Eso quiere decir —explicó— que cuantos más de nosotros participemos, menor será el riesgo individual. Y si todos participan, ninguno de nosotros arriesgará mucho más que lo que nos costaría un coche. Siempre y cuando no compremos un coche de segunda mano al amigo Willumsen.

Risas. Al fondo de la sala incluso sonaron unos aplausos. Todo el mundo conocía la historia de la venta del coche, y parece que en ese momento nadie pensó en lo que le había pasado al coche después. Carl señaló sonriente una mano que se había alzado en el aire.

Un hombre se puso de pie. Alto, tanto como Carl. Y vi que Carl no lo había reconocido hasta ese instante. Tal vez se arrepintiera de haberle dado la palabra. Simon Nergard. Abrió la boca enseñando dos dientes más blancos que el resto. Quizá me equivocara, pero cuando habló creí oír un pitido en sus fosas nasales debido a un tabique desviado.

—Puesto que ese hotel se haría en tierras de pastoreo propiedad de tu hermano y tuya… —Se interrumpió y dejó que la frase flotara en el aire.

—¿Sí? —dijo Carl en voz alta y firme. Tal vez solo yo noté que era un pelín demasiado alta y firme.

—… sería interesante saber qué pensáis pedir por ellas —dijo Simon.

—¿Qué pensamos pedir? —preguntó Carl escrutando al público sin mover la cabeza.

Volvió a hacerse el silencio. No puede negarse que daba la sensación, y esta vez era innegable que yo no era el único que lo notaba, de que Carl intentaba ganar tiempo. Al menos

Simon lo había notado, porque su tono sonó casi triunfal cuando dijo:

—Quizá el campeón de los negocios lo entenderá mejor si le pregunto por el precio —dijo.

Risas dispersas. Silencio expectante. La gente había levantado la cabeza, como un animal abrevando que ve acercarse al león, pero todavía está a una distancia segura.

Carl sonrió, inclinó la cabeza hacia la documentación que tenía delante mientras sus hombros se agitaban como si echara unas risas a cuenta de una broma pesada de un vecino. Fingió hacer una pausa mientras reunía los papeles y pensaba en lo que iba a decir. Pero lo noté: una rápida mirada alrededor me confirmó que los demás sentían lo mismo. Que aquello iba a decidirse allí y en ese momento. Vi una espalda recta estirarse aún más dos filas adelante. Shannon. Cuando volví a mirar hacia el estrado, vi que Carl me estaba observando. Y leí lo que me decían sus ojos. Se estaba disculpando. Había perdido. Había hecho el ridículo. Había dejado en ridículo a la familia. Ahora ya lo sabíamos los dos. No iba a tener su hotel. Y yo no tendría la gasolinera, al menos de momento, y menos el solar y el edificio.

—No vamos a pedir nada —dijo Carl—. Roy y yo cedemos la tierra.

En un primer momento creí haber oído mal. Miré a Simon y vi que él tampoco daba crédito.

Pero entonces oímos un rumor que se extendía por la sala, y comprendí que habían oído lo mismo que yo. Alguien empezó a aplaudir.

—Bueno, bueno —dijo Carl levantando las manos—. Nos falta mucho para llegar a la meta, amigos. Lo que necesitamos hoy es que un número suficiente firme una declaración de intenciones, de manera que el pleno del ayuntamiento vea que el proyecto tiene una base real cuando pidamos los permisos. *Thank you!*

Los aplausos se generalizaron. Pasó poco tiempo antes de que todos estuvieran aplaudiendo. Todos menos Simon. Y puede que Willumsen. Y yo.

−¡Tuve que hacerlo! −dijo Carl−. Fue un momento de «make it or break it», ¿no te has dado cuenta?

Iba a la carrera detrás de mí camino del coche. Abrí la puerta y me acomodé tras el volante. Fue Carl quien propuso que acudiéramos a la asamblea popular en mi Volvo 240 blanco en lugar de su cochazo. Giré la llave, aceleré y solté el embrague antes de que acabara de cerrar la puerta del pasajero.

−¡Joder, Roy!

−¿Joder qué? −grité mientras enderezaba el retrovisor. Vi Årtun desaparecer tras nosotros. Vi el rostro silencioso y asustado de Shannon en el asiento trasero−. ¡Lo prometiste! Dijiste que si preguntaban les dirías lo que costaba la tierra, imbécil.

−¡Vamos, Roy! Tú también notaste el ambiente. No mientas, lo vi en tu cara. Sabes que si hubiera contestado: «Bueno, Simon, ya que lo preguntas, de hecho Roy y yo vamos a llevarnos cuarenta millones por ese pedregal», habría supuesto el *end of story*. Y, entonces, desde luego que no habrías conseguido el dinero para tu gasolinera.

−¡Mentiste!

−Mentí, sí, y por eso sigues teniendo la posibilidad de conseguir tu gasolinera.

−¿Qué puta oportunidad? −Aceleré; los neumáticos gruñeron y se hundieron en la gravilla cuando giré y salimos derrapando a la carretera principal. La goma gimió antes de adherirse al asfalto y sonó un gritito en el asiento trasero−. ¿Dentro de diez años, cuando el hotel haya dado un poco de beneficio? −Escupí pisando el acelerador a fondo−. ¡La cuestión es que mentiste, Carl! ¡Mentiste y les has dado mi tierra, nuestra tierra, gratis!

—La oportunidad no se presentará dentro de diez años, sino, como mucho, un año, *empanao*.

En nuestro vocabulario, «empanao» casi podía considerarse un apelativo cariñoso, así que comprendí que me estaba pidiendo una tregua.

—¿Cómo que un año? ¡Vamos!

—Cuando se vendan las parcelas para construir cabañas.

—¿Parcelas para cabañas? —Golpeé el volante—. ¡Por Dios, Carl! ¡Olvídate de las parcelas para cabañas! ¿No has oído que el pleno del ayuntamiento ha aprobado el nuevo plan de ordenación que limita la construcción de cabañas?

—¿Eso han hecho?

—¡Sí! Las cabañas no suponen una fuente de ingresos para el ayuntamiento, solo gastos.

—¿En serio?

—¡Por supuesto! Los que se alojan en las cabañas pagan impuestos en su lugar de residencia y, cuando vienen aquí, entre seis y nueve fines de semana al año, no gastan el dinero suficiente para justificar los gastos que las malditas cabañas suponen para el municipio. El agua, el alcantarillado, la recogida de basuras, las máquinas quitanieves. La gente de las cabañas echa gasolina y me compra hamburguesas, y eso favorece a la gasolinera y a algunos negocios locales, pero para el ayuntamiento es una gota en el océano.

—No lo sabía, de veras.

Lo miré de reojo. Me sonrió abiertamente, estaba de coña, claro que lo sabía.

—Lo que vamos a hacer con el ayuntamiento —dijo Carl—, es venderles camas calientes. A cambio de camas frías.

—¿Eh?

—Las cabañas son camas frías, están vacías nueve de cada diez fines de semana. Los hoteles son camas calientes. Los llenas cada noche del año con gente que gasta dinero sin originar cargas a la región. Las camas calientes son el sueño húmedo de cualquier consistorio, Roy. Se pasan por el arco del triunfo los planes de urbanismo que tuvieran y te suplican que aceptes las licencias de obra. Así es en Canadá y así es aquí. Pero no es con el hotel con el que tú y yo vamos a hacer dinero de verdad. Eso será cuando podamos vender las parcelas para las cabañas. Y podremos porque vamos a ofrecerle al ayuntamiento un acuerdo de treinta-setenta.

—¿Treinta-setenta?

—Les daremos un treinta por ciento de camas calientes a cambio de que nos den permisos para construir un setenta por ciento de camas frías.

Reduje la velocidad.

—¿Ah, sí? ¿Y crees que lo conseguirás?

—Normalmente solo aceptan el trato inverso. Que el setenta por ciento sean calientes. Pero imagínate el pleno de la semana que viene, en el que también tendrán que debatir el desvío de la carretera principal y yo presentaré el proyecto y les ofreceré un hotel que esta noche el pueblo en su conjunto ha decidido que quiere construir. Y luego mirarán hacia el banco del público donde se sienta Abraham Lincoln, que asentirá con la cabeza para dar a entender que está de acuerdo.

Lincoln era el apodo que papá le había puesto a Jo Aas. Y, claro, me lo podía imaginar. Le darían a Carl exactamente lo que quería.

Miré por el retrovisor.

—¿Qué opinas tú?

—¿Opinar? —Shannon arqueó una ceja—. Me parece que conduces como un macarra.

Mi mirada se cruzó con la suya. Nos echamos a reír. Pronto estuvimos riéndonos los tres. A mí me entró tal risa que Carl puso una mano sobre el volante y condujo por mí. Luego volví a hacerme cargo del volante, reduje la marcha y giré en dirección al camino de grava y las curvas cerradas que conducían a nuestra granja.

—Mira —dijo Shannon.

Y lo vimos.

Había un coche en medio del camino, con la luz azul del techo encendida. Frenamos y los faros iluminaron a Kurt Olsen, que estaba apoyado en el capó de su Land Rover con los brazos cruzados y un cigarrillo en la comisura de los labios.

No me detuve del todo hasta que mi parachoques casi rozó sus rodillas. Pero no movió ni un músculo. Se acercó al lateral del coche y bajé la ventanilla.

—Control de alcoholemia —dijo enfocándome con una linterna en plena cara—. Bájate del coche.

—¿Bajarme? —pregunté haciéndome sombra con la mano—. ¿No puedes pasarme el alcoholímetro por la ventanilla?

—Fuera —dijo. Con dureza, pero tranquilo, frío.

Miré a Carl. Asintió dos veces. La primera decía que debía hacer lo que Olsen me ordenaba y la segunda que sí, que él se hacía cargo.

Me bajé.

—¿Ves eso? —dijo Olsen señalando una marca más o menos recta del camino de grava. Comprendí que la había trazado con el tacón de su bota vaquera—. Quiero que camines por ella.

—¿Estás de coña?

—No, yo no me dedico a hacer gilipolleces, Roy Calvin Opgard. Empieza desde aquí. Camina.

Hice lo que me decía solo para acabar de una vez.

—Ay, ay, cuidado —dijo Olsen—. Otra vez, despacio. Apoya el pie en la línea cada vez. Imagina que es una cuerda.

—¿Qué clase de cuerda?

—Una cuerda floja que cruza un precipicio. Por ejemplo, un barranco con rocas tan sueltas que los que afirman saber algo al respecto escriben un informe en el que desaconsejan investigar el lugar. Pero con un solo paso en falso sobre esa cuerda, Roy, caerás.

No sé si era porque tenía que caminar como un puto modelo de pasarela o por la luz oscilante de la linterna, pero me resultaba muy difícil mantener el equilibrio.

—Sabes que no bebo –dije–. ¿A qué estás jugando?

—No, no bebes, lo que significa que tu hermano puede beber por dos. De lo que deduzco que es a ti a quien hay que vigilar de cerca. La gente que siempre está sobria tiene algo que ocultar, ¿a que sí? Tienen miedo de desvelar sus secretos en una borrachera. Se apartan de la gente y de las fiestas.

—Si vas a emplearte a fondo en algún asunto, Olsen, deberías investigar al hojalatero Moe. ¿Lo has hecho?

—Cierra el pico, Roy. No me vas a distraer con chorradas. —Ahora ya no tenía la voz tan fría y tranquila.

—¿Intentar poner fin a un abuso sexual te parece una chorrada? ¿Consideras que someter a gente sobria a controles de alcoholemia es una manera mejor de emplear tu tiempo?

—Vaya, acabas de pisar fuera de la raya –dijo Olsen.

—Y una mierda –dije, y bajé la mirada.

—¿Lo ves? –Iluminó la gravilla donde se veía la huella de una bota fuera de la línea. Era de una bota vaquera–. Tendrás que acompañarme.

—Joder, Olsen, ¡saca el maldito alcoholímetro para que sople!

—Alguien lo ha estropeado, apretó unas teclas y lo jodió. No has superado la prueba de equilibrio, eso es lo que hay. Pero, como sabes, tenemos una acogedora celda en la comisaría donde podrás esperar a que venga el médico a hacerte un análisis de sangre.

Le miré incrédulo. Tan incrédulo que se colocó la linterna debajo de la barbilla y gritó «Bu» con voz fantasmagórica y se echó a reír.

—Cuidado con la luz —dije—. Parece que has recibido radiación suficiente para una temporada.

No pareció cabrearse. Se limitó a soltar las esposas que llevaba colgando del cinturón mientras seguía desternillándose de risa.

—Date la vuelta, Roy.

III

12

Lo oí una noche, a última hora, a través del agujero del tubo de la estufa. Tenía dieciséis años y casi me había quedado dormido con el constante murmullo de la charla que subía de la cocina. Como siempre era mamá quien hablaba, y trataba de cosas que había que hacer, planes pendientes. Nada dramático. Pequeños quehaceres cotidianos, prácticos. La mayoría de las veces papá se limitaba a decir sí y no. Cuando en alguna rara ocasión no estaba de acuerdo con ella, la interrumpía y le decía brevemente cómo estaban las cosas, lo que había que hacer o, en su caso, no hacer. Eso pasaba casi siempre sin que levantara la voz, pero luego ella solía quedarse callada un rato. Pasados unos minutos empezaba a hablar tranquilamente de otra cosa, como si el asunto anterior nunca se hubiera planteado. Sé que suena extraño, pero nunca llegué a conocer bien a mi madre. Tal vez porque no la comprendía, o porque no me interesaba lo suficiente, o porque en presencia de papá intentaba pasar tan inadvertida que ni la veía. No deja de ser raro que la persona que te ha dado la vida, la persona con la que has tenido más intimidad, con la que has pasado cada día de tu existencia durante dieciocho años, pueda ser alguien cuyos pensamientos y sentimientos son un misterio para ti. ¿Era feliz? ¿Con qué soñaba? ¿Por qué hablaba con papá, pero apenas con Carl y casi nunca conmigo? ¿Me entendía tan poco ella a mí como yo a ella?

Solo en una ocasión tuve un vislumbre de lo que se escondía detrás de mamá —de esa mujer siempre en la cocina, o en el establo, zurciendo ropa y diciéndonos que hiciéramos lo que papá decía—, y fue esa noche en el Grand Hotel cuando el tío Bernard celebró sus cincuenta años. Después de la cena, en la sala rococó tocaba un trío de músicos gordos con chaqueta blanca y la gente bailaba. Mientras Carl hacía una visita guiada por el hotel, me senté a la mesa y noté que mamá miraba a los que bailaban con una expresión que no le había visto hasta entonces, soñadora, sonriente y con los ojos un poco empañados. Por primera vez en mi vida pensé que mi madre podía ser una mujer guapa, ahí sentada, escuchando la música y vestida con un traje rojo que hacía juego con el contenido de su copa. Nunca había visto a mi madre beber alcohol, salvo en Nochebuena, e incluso en esas ocasiones solo un vasito de aguardiente. Su voz tenía una calidez desconocida cuando le preguntó a papá si quería bailar. Él negó con la cabeza, pero le sonrió, puede que viera lo mismo que yo. Entonces se acercó un hombre, más joven que papá, e invitó a mamá a bailar. Papá bebió un sorbito de cerveza y saludó al hombre con un movimiento de la cabeza, sonrió como si estuviera orgulloso. Yo no quería mirarla, pero seguí con los ojos a mi madre en la pista de baile. Solo esperaba no morirme de vergüenza. Vi que le decía unas palabras al hombre y empezaron. Mamá bailó primero a media distancia, luego pegada, luego lejos, deprisa, despacio. Sabía bailar de verdad y yo no tenía ni idea. Pero había algo más. La manera en que miraba al desconocido, con los ojos entornados y una media sonrisa inmóvil, como un gato que juguetea con un ratón al que ha pensado liquidar, pero todavía puede esperar. Noté que papá se removía a mi lado. De repente me di cuenta de que el desconocido no era el hombre, sino ella, aquella mujer a la que llamaba mamá.

Se acabó la pieza y volvió a sentarse con nosotros. Más tarde, cuando Carl se quedó dormido a mi lado en la habitación de hotel que compartíamos, oí voces en el pasillo. Reconocí la de mamá, sonaba mucho más alta de lo normal, aguda. Me levanté y entreabrí un poco la puerta, lo bastante para verlos delante de su habitación. Papá dijo algo, mamá levantó la mano y sonó un estallido. Papá se llevó la mano a la mejilla, dijo algo en voz baja, serena. Ella levantó la otra mano y volvió a pegarle. Después le arrebató la llave, abrió y entró en la habitación. Papá se quedó de pie, con la espalda un poco encorvada mientras miraba hacia la puerta tras la que yo me encontraba a oscuras. Parecía estar triste y solo, como un niño que ha perdido su osito de peluche, o algo así. No sé si vio que nuestra puerta estaba entornada, solo sé que esa noche tuve un atisbo de algo que había entre mamá y papá. Algo que no comprendía del todo. Algo sobre lo que no estaba seguro de querer indagar. Y, al día siguiente, de camino a Os, todo volvió a ser como antes. Mamá hablaba con papá, un flujo constante de información práctica, mientras que él decía sí, a veces no, o carraspeaba con fuerza y ella se callaba un rato.

La razón por la que esa noche de hace tantos años agucé el oído fue que mi padre empezó a hablar después de una larga pausa. Como si hubiera preparado cuidadosamente lo que iba a decir. Además de que habló más bajo de lo habitual. Sí, casi en susurros. Mis padres sabían que podíamos oírlos por el agujero que daba a nuestro dormitorio, pero ignoraban lo bien que se les oía. Una cosa era el agujero; otra era el tubo de la estufa, que conducía y amplificaba el sonido, de modo que era como si estuviéramos sentados con ellos abajo, y Carl y yo habíamos acordado que no teníamos por qué contárselo.

—Sigmund Olsen se ha pasado por el aserradero —dijo.

—¿Y?

—Dice que le han hecho llegar un aviso de parte de una profesora de Carl.

—¿Ah, sí?

—Le ha dicho a Sigmund que en dos ocasiones le ha visto sangre en la parte trasera del pantalón. Y que cuando le preguntó a Carl qué había pasado le dio lo que ella describió como una «explicación poco creíble».

—¿Qué dijo? —Mamá también había bajado la voz.

—Olsen no me dio detalles, solo me dijo que querían hablar con Carl en comisaría. Por lo visto, antes de tomar declaración a un menor de dieciséis años están obligados a informar a los padres.

Me sentí como si me hubieran tirado un cubo de agua fría.

—Olsen ha dicho que si Carl quiere podemos estar presentes. Y que Carl no está obligado legalmente a hablar con ellos, para que lo sepamos.

—¿Y qué dijiste tú? —susurró mi madre.

—Que en ningún caso mi hijo iba a negarse a declarar ante la policía. Pero que nos gustaría hablar antes con él, y que para eso sería bueno saber cuál era la explicación poco creíble que Carl le había dado a la profesora.

—Y entonces ¿qué dijo el agente?

—Se lo pensó. Dijo que conocía a Carl puesto que va a clase con su hijo. ¿Cómo se llamaba?

—Kurt.

—Sí, Kurt. Y que por eso sabe que Carl es un chico sincero y directo, y que él, personalmente, se cree la explicación de Carl. Dijo que la profesora acaba de terminar sus estudios de magisterio y que ahora en la universidad les insisten mucho en que estén pendientes de esas cosas, y que creen verlas por todas partes.

—Sí, claro, Dios mío. Pero ¿te dijo qué le había respondido Carl a la profesora?

—Carl dijo que se había sentado sobre un montón de tablones que hay detrás del establo, encima de un clavo que estaba salido.

Esperé la siguiente pregunta de mamá: «¿Dos veces?», pero no la hizo. ¿Lo sabía? ¿Lo había entendido? Tragué saliva.

—Dios mío, Raymond —dijo sin más.

—Sí —repuso él—. Hace mucho que ese montón de tablones debería haber desaparecido. Mañana mismo me podré con ello. Y hablaremos con Carl. No puede herirse así y no decirnos nada. Clavos oxidados. Eso puede producir septicemia y cosas peores.

—Sí, tenemos que hablar con él. Y decirle a Roy que cuide un poco de su hermano pequeño.

—No es necesario decirle nada, Roy no hace otra cosa. De hecho, he pensado que es hasta enfermizo que se ocupe tanto de él.

—¿Enfermizo?

—Ni que estuvieran casados —dijo papá.

Una pausa. «Ahora lo dirá», pensé.

—Carl tiene que aprender a ser más autónomo —dijo papá—. He pensado que ya es hora de que cada uno tenga su cuarto.

—Pero si no tenemos sitio…

—Vamos, Margit, sabes que no podemos permitirnos el gasto de hacer ese baño que quieres entre los dormitorios. Pero mover unos tabiques y hacer otro dormitorio no costará gran cosa. Puedo apañarlo en dos o tres semanas.

—¿Lo dices en serio?

—Sí. Empezaré después del fin de semana.

Había tomado la decisión mucho antes de plantearle a mamá el proyecto de separarnos. Lo que pudiéramos opinar Carl y yo al respecto carecía de importancia. Apreté los puños y me tragué los tacos. Lo odiaba, odiaba a mi padre. Confiaba en que Carl mantendría la boca cerrada, pero no sería suficiente. El policía. El colegio. Mamá. Papá. La situación se había descontrolado, demasiada gente sabía un poco, veía algo y enseguida lo entendería todo. Y entonces, muy pronto, la ola de la vergüenza nos cubriría a todos, nos arrastraría a todos. La vergüenza, vergüenza, vergüenza. Era insoportable. Ninguno de nosotros lo soportaría.

13

La Noche de Fritz.

Carl y yo nunca la llamamos así, pero fue el nombre que le puse en mi cabeza.

Ese día empezó con una resplandeciente mañana otoñal. Yo tenía veinte años y habían pasado más de dos desde que papá y mamá se habían despeñado por Huken.

—¿Te sientes un poco mejor? —preguntó Sigmund Olsen lanzando la caña por encima de su cabeza.

El sedal salió volando y el carrete produjo un golpeteo descendente, como el de un tipo de pájaro que nunca había oído.

No respondí, me limité a seguir con la vista la cucharilla, que brilló al sol antes de hundirse bajo la superficie del agua, tan lejos de la barca que ni oí el chapoteo. Me entraron ganas de preguntarle por qué había que lanzar la cucharilla tan lejos cuando con la barca podías acercarte a donde quisieras. A lo mejor era porque cuando enrollaba el sedal el pez parecía más vivo si nadaba más o menos en horizontal. No tengo ni idea de pescar, ni intención de aprender, así que me quedé callado.

—Porque, aunque a veces no lo parezca, es verdad lo que dicen de que el tiempo lo cura todo —dijo el policía apartándose el flequillo de las gafas de sol—. O casi todo —añadió.

No supe qué responder.

—¿Cómo está Bernard? —preguntó.

—Bien —dije; entonces yo no sabía que solo le quedaban unos meses de vida.

—Me han llegado rumores de que tu hermano y tú habéis vivido más en Opgard que en casa de Bernard, que fue lo que os indicó la protección de menores.

Tampoco ahora supe qué responder.

—En cualquier caso, ya tenéis edad suficiente para que no sea un tema de discusión, así que no voy a meterme —dijo—. Carl va al instituto, ¿verdad?

—Sí —dije.

—¿Y le va bien?

—Sí.

¿Qué otra cosa podía decir? No era ninguna mentira. Carl decía que seguía acordándose mucho de mamá, y a veces pasaba días y tardes enteras en el jardín de invierno, haciendo deberes y leyendo una y otra vez las dos novelas americanas que papá se había traído a Noruega, *An American Tragedy* y *The Great Gatsby*. Nunca vi que leyera más literatura que esa, pero amaba esos libros, en especial *An American Tragedy*; algunas noches yo salía a sentarme con él, y a veces me leía en voz alta y me traducía las palabras más difíciles.

Durante un tiempo afirmó que podía oír a mamá y a papá gritar desde Huken, pero le dije que eran los cuervos. Cuando me contaba que tenía pesadillas en las que los dos acabábamos en la cárcel me inquietaba. Pero poco a poco se le fue pasando. Todavía estaba pálido y delgado, pero comía, dormía y pegó un estirón, pronto me sacaría una cabeza.

Así que las cosas, increíblemente, se fueron arreglando. Se calmaron. Apenas podía creérmelo. El fin del mundo había llegado y se había marchado, y nosotros habíamos sobrevivido. Al menos unos cuantos de nosotros. Los fallecidos ¿eran lo que papá solía llamar «collateral damage», daños colaterales? ¿Eran muertes accidentales con las que había que contar para ganar una guerra? No lo sé. Ni siquiera sé si habíamos ganado la guerra, pero al menos estábamos en una tregua. Y si consigues que una tregua dure lo suficiente, puede llegar a confundirse con la paz. Así estaban las cosas el día previo a la Noche de Fritz.

—Solía traerme a Kurt —dijo Olsen—. Pero creo que no le interesa mucho la pesca.

—Vaya —dije, como si no pudiera entenderlo.

—Si quieres que te sea sincero, creo que no le interesa nada de lo que hago. ¿Y tú qué me cuentas, Roy? ¿Vas a ser mecánico de coches?

No sabía por qué me había llevado a pescar al lago Budalsvannet, a lo mejor creía que así me relajaría y se me escaparía algún detalle que no había mencionado cuando me tomaron declaración. O puede que, sencillamente, sintiera cierta responsabilidad como policía, y que solo quisiera charlar conmigo y enterarse de cómo nos iba.

—Sí, ¿por qué no? —respondí.

—Siempre te han gustado los motores. Ahora a Kurt solo le interesan las mujeres. Siempre está saliendo con alguna nueva. ¿Y Carl y tú? ¿Alguna chica en el horizonte?

Busqué con la mirada la cucharilla bajo la superficie del agua, mientras sus palabras quedaban flotando en el aire.

—Según creo, tú todavía no has tenido novia, ¿verdad?

Me encogí de hombros. No es lo mismo preguntarle a un chico de veinte años si tiene novia que si nunca la ha tenido. Sigmund Olsen debía de saberlo de sobra. Me pregunté qué edad tendría cuando empezó a peinarse estilo fregona. Sin duda le había funcionado.

—Será que no he visto nada que mereciera la pena —dije—. No tengo ganas de tener novia porque sí.

—Por supuesto —dijo Olsen—. Hay tíos que no quieren ver una chica ni en pintura. Sobre gustos no hay nada escrito.

—Sí —dije. Si él supiera la razón que tenía… Pero nadie sabía, solo Carl.

—Siempre que nadie salga perjudicado —añadió Olsen.

—Por supuesto.

Me pregunté de qué estábamos hablando en realidad. Y cuánto iba a durar aquella salida a pescar. En el taller me esperaba un coche que tenía que estar reparado al día siguiente. Para mi gusto, nos habíamos alejado en exceso de la orilla. Porque el lago Budalsvannet era grande y profundo, papá lo llamaba «the great unknown», el gran desconocido, en broma, puesto que era lo más parecido que teníamos al mar. En el colegio habíamos aprendido que el viento, los afluentes y las desembocaduras de tres ríos creaban corrientes horizontales en el lago Budalsvannet, pero que en realidad el verdadero peligro residía en las capas de agua con diferentes temperaturas que, especialmente en primavera, producían fuertes corrientes verticales. No sé si eran lo bastante intensas para arrastrarte al fondo si tenías tantas ganas de nadar que te bañabas en marzo, pero cuando nos contaban en clase esas cosas escuchábamos boquiabiertos y nos lo creíamos. Puede que esa fuera la razón por la que nunca me había sentido cómodo en ese lago, ni nadando ni navegando. De manera que, cuando Carl y yo quisimos probar nuestro equipo de buceo, fuimos a uno de los lagos pequeños de montaña donde no había corrientes y donde podríamos nadar hasta la orilla si la barca volcaba.

—¿Recuerdas la conversación que tuvimos nada más morir tus padres? Te comenté que hay mucha gente que padece depresión y no lo dice. —Olsen recogió un sedal goteante.

—Sí.

—¿Te acuerdas? Buena memoria. Bueno, yo mismo he podido experimentar lo que significa estar deprimido.

—¿Sí? —Lo dije como si me sorprendiera, suponiendo que era lo que quería oír.

—Sí, sí, incluso me he medicado. —Me miró sonriendo—. Supongo que uno puede admitirlo cuando incluso hay presidentes de gobierno que hablan de ello abiertamente. Además, fue hace mucho.

—Vaya.

—Pero nunca he pensado en quitarme la vida. ¿Sabes lo que haría falta para que lo hiciera? ¿Para que me pirara dejando atrás mujer y dos hijos?

Tragué saliva. Algo me dijo que la tregua estaba amenazada.

—Vergüenza —dijo—. ¿Qué opinas tú, Roy?

—No lo sé.

—¿No lo sabes?

—No. —Sorbí por la nariz, aunque no tenía mocos—. ¿Qué estás intentando pescar? —Sostuve su mirada un par de segundos antes de señalar el lago con un movimiento de la cabeza—. ¿Bacalao y platija, carbonero y salmón?

Hizo algo con el carrete, creo que lo bloqueó, y colocó la caña entre el fondo del barco y un asiento. Se quitó las gafas de sol y se subió un poco el pantalón cogiéndolo por el cinturón; de este colgaba un teléfono móvil que consultaba cada dos por tres. Clavó sus ojos en mí.

—Tus padres eran gente conservadora —dijo—. Cristianos estrictos.

—No lo sé muy bien —dije.

—Pertenecían a la Iglesia metodista.

—Creo que más bien era algo que mi padre se trajo de Estados Unidos.

—Tus padres no eran precisamente muy tolerantes con los homosexuales.

—No creo que mi madre tuviera ningún problema con la homosexualidad, pero mi padre estaba absolutamente en contra. Salvo que fueran americanos y se presentaran a las elecciones por los republicanos.

No estaba bromeando, solo repetía palabra por palabra lo que mi padre decía. No mencioné que más tarde añadió a los soldados japoneses a esa breve lista porque, como decía papá, eran dignos adversarios. Lo decía como si él mismo hubiera participado en la guerra. Lo que papá admiraba era la tradición del harakiri, evidentemente creía que todos los soldados japoneses recurrían a él si las circunstancias lo exigían. «Fíjate en lo que un pueblo pequeño ha conseguido cuando ha comprendido que no hay lugar para el fracaso —decía papá mientras afilaba el cuchillo de caza—. Cuando ha comprendido que el que fracasa debe eliminarse él mismo del cuerpo social, como si fuera un tumor canceroso.» Podría haberle contado eso a Olsen, pero ¿por qué iba a hacerlo?

El agente se aclaró la voz y dijo:

—Y a ti ¿qué opinión te merecen los homosexuales?

—¿Qué opinión me merecen? ¿A ti qué opinión te merecen las personas con el pelo castaño?

Olsen recogió la caña e hizo girar el carrete de nuevo. Caí en la cuenta de que cuando quieres que alguien siga hablando, profundizando sobre algo que ha dicho, haces el mismo movimiento con la mano. Pero me quedé callado.

—Deja que vaya al grano, Roy. ¿Eres gay?

No sé por qué pasó de hablar de «homosexuales» a preguntarme si era «gay», a lo mejor pensó que esta última palabra era menos ofensiva. Vi la cucharilla brillando en las profundidades del lago, un poco mate y alargada, como si la luz viajara más despacio por el agua.

—¿Me estás tirando los tejos, Olsen?

Es probable que no se lo esperara. Dejó de recoger y levantó la caña mientras me miraba horrorizado.

—Eh, no, joder. Yo…

En ese momento la cucharilla salió a la superficie, y como un pez volador pasó sobre la borda, dio una vuelta por encima de nuestras cabezas antes de regresar hacia la caña y aterrizar con suavidad en la nuca de Olsen. Quien, por lo visto, tenía todavía más pelo del que parecía, porque ni se inmutó.

—Si soy gay, no debo de haber salido del armario, porque en ese caso tú y todo el pueblo habríais oído los cotilleos en menos que canta un gallo. O sea, que, una de dos: o bien prefiero el armario, o bien no soy gay.

Olsen pareció sorprenderse. Luego intentó analizar la lógica del razonamiento.

—Soy policía, Roy. Conocía a tu padre, y nunca he conseguido creerme que se suicidara. Y menos todavía que se llevara a tu madre con él.

—Eso es porque no fue ningún suicidio —dije en voz baja mientras gritaba las mismas palabras en mi interior—. Ya te dije que tomó mal la curva.

—Puede ser —dijo Olsen frotándose la barbilla.

No sé qué le pasaba a aquel maldito imbécil.

—Hace dos días que hablé con Anna Olaussen —dijo—. La que fuera enfermera en el consultorio, ya sabes. Ahora está en una residencia, tiene alzhéimer. Como es prima segunda de mi mujer, nos pasamos por allí. Cuando mi mujer salió a buscar agua para unas flores, Anna dijo que había una cosa de la que siempre se había arrepentido: no haber contravenido el secreto profesional y habérmelo contado cuando tu hermano Carl estuvo en la consulta y ella vio que tenía equimosis en el ano. Eso quiere decir que tenía una herida. Tu hermano no quiso explicarle cómo se la había hecho, pero no hay muchas alternativas. Por otra parte, a Anna le pareció que estaba bastante sereno cuando respondió que no a la pregunta de si había mantenido relaciones sexuales con un hombre, pensó que tal vez no se había tratado de una violación. Que tal vez fuera un acto consentido. Carl tenía… —Olsen miró hacia el lago. La cucharilla colgaba de su nuca— una belleza tan femenina… —Se volvió hacia mí de nuevo—. Pero, aunque Ana no me avisó a mí, sí que habló con tu madre y tu padre, eso me lo dijo. Y dos días después, tu padre se despeñó por el barranco con el coche.

Me giré para evitar su mirada escrutadora y me fijé en una gaviota que sobrevolaba el lago en busca de una presa.

—Como ya he dicho, Anna está mal de la cabeza, y hay que tomarse todo lo que dice con precaución. Pero recordé un aviso que habíamos recibido unos años atrás de una profesora que en dos ocasiones observó que Carl tenía sangre en la parte trasera del pantalón.

—Clavos —dije en voz baja.

—¿Qué dices?

—¡Clavos!

Mi voz sobrevoló la superficie del agua extrañamente inmóvil, impactó contra la montaña y volvió a nosotros una, dos veces. «… avos, … avos.» «Todo vuelve», pensé.

—Tenía la esperanza de que me ayudaras a aclarar por qué tu padre y tu madre no querían seguir viviendo, Roy.

—Fue un accidente —dije—. ¿Podemos volver ya?

—Roy, debes comprender que no puedo dejarlo estar. Todo acabará sabiéndose, así que será mejor que me cuentes exactamente lo que pasaba entre Carl y tú. No debes pensar que pueda utilizarse en tu contra, porque esto no es un interrogatorio oficial y no tiene ningún valor jurídico. Solo somos tú y yo, que hemos salido a pescar, ¿vale? Quiero hacerlo de la manera más considerada por respeto a todos los involucrados y, si colaboras, haré que cualquier posible consecuencia legal sea lo más benévola que se pueda. Porque, por lo que parece, esto ya ocurría cuando Carl era menor, y entonces tú, que eres un año mayor, te arriesgas a…

—Escucha —le interrumpí. Notaba la garganta tan agarrotada que la voz parecía salir por el tubo de una estufa—. Tengo que reparar un coche para mañana y tú no parece que vayas a pescar nada hoy, agente.

Olsen me observó un rato largo, como para hacerme creer que podía leerme la mente igual que si fuera un libro abierto, como suele decirse. Luego asintió con la cabeza, y cuando fue a dejar la caña en el fondo de la barca, el anzuelo se enganchó y tiró de la piel quemada por el sol bajo su abundante cabello rubio. Maldiciendo, desenganchó la cucharilla con dos dedos y una solitaria gota de sangre se quedó vibrando sobre su piel, pero no se deslizó a ninguna parte. Olsen arrancó el motor fueraborda y cinco minutos más tarde metíamos la barca en la caseta que tenía junto a su cabaña. Luego fuimos en el Peugeot de Olsen al pueblo y al taller. Fueron quince minutos de embarazoso silencio.

Llevaba media hora reparando el Corolla y me disponía a cambiar la dirección asistida cuando oí sonar el teléfono del lavadero. Poco después oí la voz del tío Bernard llamándome.

—¡Roy, es para ti! ¡Es Carl!

Dejé lo que tenía en las manos. Carl no me llamaba al taller. En mi casa no telefoneábamos a nadie si no se trataba de una emergencia.

—¿Qué pasa? —grité por encima del ruido del chorro de agua de Bernard; subía y bajaba de intensidad según impactaba en distintas zonas de la carrocería del coche.

—Te llamo por el policía Olsen —dijo Carl. Le temblaba la voz.

Comprendí que se trataba de una crisis, y me preparé. ¿Ese cabrón ya había hecho pública la sospecha de que yo, el hermano mayor, me había tirado a Carl?

—Ha desaparecido —dijo Carl.

—¿Que ha desaparecido? —Me eché a reír—. Qué tontería, lo he visto hace tres cuartos de hora.

—Lo digo en serio. Y creo que está muerto.

Apreté con fuerza el auricular.

—¿Qué quieres decir con que crees que está muerto?

—No lo sé, pero, como te digo, ha desaparecido. Tengo un presentimiento, Roy. Estoy casi seguro de que está muerto.

Tuve tres pensamientos casi simultáneos. El primero era que Carl había perdido la cabeza, pues no sonaba borracho y, a pesar de que era un chico sensible, no era uno de esos histéricos que creen ver cosas. La segunda, que sería una coincidencia graciosa que el policía Sigmund Olsen desapareciera de la superficie de la Tierra cuando más me convenía. La tercera, que la historia se repetía; ahí estaba de nuevo Dog. No tenía elección. Traicionando a mi hermano pequeño había contraído una deuda que seguiría pagando hasta mi muerte. Este no era más que otro plazo que acababa de vencer.

14

—Las cosas cambiaron cuando mi padre desapareció —dijo Kurt Olsen poniéndome una taza de café delante—. No estaba previsto que yo fuera a ser policía.

Se sentó, se apartó de la frente el flequillo rubio y empezó a liarse un cigarrillo. Estábamos en la habitación que hacía las veces de celda, pero que evidentemente también usaban como almacén, pues había archivadores y montones de documentos en el suelo y ascendiendo por las paredes. A lo mejor querían que los detenidos pudieran entretenerse revisando sus antecedentes y los de otros.

—Pero las cosas se ven de otra manera cuando tu padre desaparece, ¿verdad?

Bebí un trago de la taza. Me había arrastrado hasta allí para someterme a un análisis de sangre que él sabía tan bien como yo que iba a dar negativo en alcohol, y ahora me estaba ofreciendo una tregua. A mí me parecía bien.

—Te haces mayor de un día para otro —dijo Kurt—. Porque no te queda más remedio. Y comprendes la responsabilidad que él tenía, y cómo contribuías a complicarle la vida. Recuerdas que pasabas olímpicamente de sus consejos, que te daba igual lo que opinara o dijera, que intentabas por todos los medios no parecerte a él. Tal vez porque, en tu interior, una voz te dice que acabarás siendo así. Una copia de tu padre. Porque caminamos en círculos. No hacemos sino dirigirnos al punto de partida. Todos. Sé que te interesaban las aves de montaña. Carl llevaba al colegio plumas que tú le habías dado y nos metíamos con él por eso. —Kurt sonrió como si fuera un recuerdo agradable—. Esos pájaros, Roy, no paran de viajar. Creo que se llama migrar. Pero nunca van a ningún lugar donde ellos o sus antecesores no hayan estado antes, repiten una y otra vez los mismos hábitats y anidan en los mismos sitios y siempre en las mismas putas fechas. ¿Libre como un pájaro? Y una mierda. Solo nos gusta creer que es así. Damos vueltas y más vueltas al mismo puto círculo, somos aves enjauladas, salvo que la jaula es tan grande y los barrotes tan finos que no nos damos cuenta.

Me miró de reojo como si quisiera comprobar que su discurso surtía efecto. Estuve a punto de asentir con la cabeza despacio, pero no lo hice.

—Y así están las cosas para ti y para mí, Roy. Círculos grandes y pequeños. El círculo grande es que yo he sucedido a mi padre al frente de esta comisaría. El pequeño es que, igual que él tenía un caso sin resolver sobre el que volvía una y otra vez, yo tengo el mío. Su caso sin resolver fue el de tus padres saliéndose de la carretera. El mío es la desaparición de mi padre. Presentan algunas similitudes, ¿no crees? Dos hombres desesperados o deprimidos que se quitan la vida.

Me encogí de hombros e intenté fingir indiferencia. Joder, ¿para eso me habían llevado allí? ¿Para hablar de la desaparición del agente Sigmund Olsen?

—Solo que en el caso de mi padre no hay ningún cadáver, ningún escenario —dijo Kurt—. Solo el lago.

—«The great unknown» —dije asintiendo con la cabeza.

Kurt me lanzó una mirada escrutadora. Luego se puso a asentir al mismo ritmo que yo, y por unos instantes fuimos como dos bombas de petróleo sincronizadas.

—El hecho es que tú fuiste el penúltimo y tu hermano el último que vio a mi padre con vida, por eso tengo algunas preguntas.

—Todos nos preguntamos cosas —dije y bebí otro trago de café—. Pero te he respondido y contado al detalle todo lo referente a ese día en que tu padre y yo salimos a pescar, y supongo que lo tendrás impreso por ahí. —Señalé con la cabeza los montones de papeles apoyados en la pared—. Además, estoy aquí para hacerme un análisis de sangre, ¿no?

—Por supuesto —dijo Kurt Olsen. Acabó de liar el cigarrillo y lo guardó en la bolsa de picadura—. Esto no puede considerarse un interrogatorio oficial, no se tomarán notas y no hay ningún testigo de lo que se diga.

«Justo igual que el día en que fuimos a pescar», pensé.

—Lo que me interesa es descubrir qué ocurrió exactamente después de que mi padre te dejara en el taller a las seis de la tarde.

Respiré hondo.

—¿Exactamente? Cambié una dirección asistida y unos cojinetes de las ruedas de un Toyota Corolla, creo que era un modelo del 89.

La mirada de Kurt se endureció; me dije que la tregua se acercaba a su fin. Opté por una retirada estratégica.

—Tu padre subió a la granja para hablar con Carl. Cuando se marchó, Carl me llamó porque se había ido la luz, y no comprendía por qué. La instalación es vieja, las tomas de tierra estaban defectuosas, y él no es ningún manitas que digamos, así que cogí el coche y fui a solucionarlo. Tardé unas cuantas horas porque oscureció, así que cuando volví al taller ya era tarde.

—Sí, en la copia de tu declaración dice que volviste a las once de la noche.

—Puede ser. Ha pasado mucho tiempo.

—Hay un testigo que cree haber visto el coche de mi padre en el centro del pueblo a las nueve. Pero ya había oscurecido, así que el testigo no estaba seguro.

—Bueno.

—La cuestión es qué hizo mi padre entre las seis y media, cuando según Carl se marchó de la granja, y las nueve.

—Una buena pregunta.

Me miró fijamente.

—¿Alguna teoría?

Lo miré sorprendido.

—¿Yo? No.

Oí que un coche paraba en la puerta. Sería el médico. Kurt miró el reloj. Imaginé que le había pedido que tardara un poco en venir.

—¿Qué pasó con ese coche, por cierto? —dijo Kurt como sin darle importancia.

—¿El coche?

—El Toyota Corolla.

—Supongo que le iría bien.

—¿Sí? He comprobado las declaraciones de la gente del pueblo que tenía un Toyota viejo. Es cierto que se trataba de un modelo del 89. Resulta que era Willumsen el que quería repararlo antes de venderlo. Supongo que le haría lo justo para que se moviera.

—Es probable —dije.

—Pero no andaba.

—¿Eh? —se me escapó.

—Ayer hablé con Willumsen. Recordaba que Bernard había prometido que dejarías el coche en condiciones para conducirlo. Lo recuerda bien porque el cliente recorrió cien kilómetros al día siguiente para venir a probarlo. Y vosotros no habíais acabado de arreglarlo como habíais prometido.

—¿Ah, sí? —Miré al frente con los ojos entornados para dar la impresión de que intentaba penetrar las tinieblas del pasado—. En ese caso supongo que me entretuve demasiado en buscar y arreglar esa toma de tierra defectuosa.

—El caso es que te entretuviste un buen rato.

—¿Ah, sí?

—Anteayer hablé con Grete Smitt. Es increíble la cantidad de cosas sin importancia del día a día que la gente puede recordar si las relaciona con un hecho en concreto, como que el policía de su pueblo desaparezca. Recuerda haberse despertado a las cinco de la mañana y que miró por la ventana. Había luz en el taller, y tu coche estaba allí.

—Si le has hecho una promesa a un cliente, debes esforzarte al máximo para cumplirla —dije—. Aunque no lo consigas, no deja de ser una bonita máxima. —Kurt Olsen hizo una mueca como si yo acabara de contar un chiste de mal gusto—. Bueno, bueno —dije en un tono ligero—. Por cierto, ¿van a empezar a bajar equipos al barranco de Huken?

—Ya veremos.

—¿Nerell lo desaconsejó?

—Ya veremos —repitió Olsen.

Se abrió la puerta. Era el médico, Stanley Spind, un tipo que procedía de una zona muy religiosa de la Noruega profunda, y que había trabajado en Os como médico interno y después había pedido el pueblo como destino. Tenía treinta y tantos años, era amable y extrovertido, e iba estudiadamente desarreglado, como si dijera «me he puesto lo primero que he encontrado y casualmente conjuntaba, y no me he peinado, mi pelo es así». Su cuerpo era una extraña mezcla de blandura y firmeza, como si se hubiera comprado los músculos en alguna parte. La gente decía que era homosexual, y que tenía un amante casado y con hijos en Kongsberg.

—¿Listo para el análisis de sangre? —preguntó con su acento marcado.

—Eso parece —dijo Kurt Olsen sin apartar la mirada de mí.

Salí con Stanley a la calle después de que me sacara una muestra de sangre.

Kurt Olsen había dejado de hablar del caso en el instante en que el médico entró en la sala, así que imaginé que la supuesta investigación del momento era una cuestión privada. Kurt se limitó a despedirse con un movimiento de la cabeza.

–Estuve en Årtun –dijo Stanley cuando aspiramos el aire fresco de la noche en el patio de la comisaría. Estaba en el mismo edificio anodino de los años ochenta que también alojaba la administración local–. Hay que ver cómo consiguió tu hermano entusiasmar a los pueblerinos. Así que es posible que tengamos un spa hotel, ¿eh?

–Primero tiene que pasar por el pleno del ayuntamiento –dije.

–Bueno, pues si dicen que sí, yo me apunto a la fiesta.

Asentí.

–¿Te acerco a algún sitio? –preguntó Stanley.

–No, gracias. Llamaré a Carl.

–¿Seguro? No es mucho rodeo.

Me pareció que me sostenía la mirada una milésima de segundo de más, aunque quizá yo estuviera un poco paranoico.

Negué con la cabeza.

–Otra vez será –dijo abriendo la puerta de su coche.

Seguramente había dejado de cerrar el coche cuando se mudó al pueblo, como hace mucha gente de la ciudad. Tienen la idea romántica de que en el campo dejamos todas las puertas abiertas. Se equivocan. Echamos la llave a las casas, embarcaderos, botes y, sobre todo, a los coches. Vi las luces traseras desaparecer mientras sacaba el teléfono y echaba a andar para encontrarme con Carl. Pero cuando el Cadillac aparcó en un saliente de la carretera veinte minutos después, la que estaba sentada al volante era Shannon. Me explicó que Carl había descorchado una botella de champán cuando llegaron a casa, y como se la había bebido casi entera y ella solo había tomado un sorbo, le había convencido para que la dejara conducir.

—¿Qué celebrabais? —pregunté—. ¿Que yo estuviera en la cárcel?

—Me dijo que sabía que preguntarías eso, y añadió que te dijera que estaba celebrando que te soltarían enseguida. Tiene facilidad para encontrar motivos de celebración.

—Cierto —dije—. Eso se lo envidio también.

Pensé que ese *también* podría malinterpretarse y quise aclararlo. Iba a decir que al enfatizar *envidiar*, ese *también* significaba que era verdad y que envidiaba su habilidad para compartimentar, como dice la gente. Es decir, que ese *también* no tenía el sentido de que había otra cosa por la que asimismo envidiaba a Carl. Pero, claro, siempre he tenido la manía de complicar las cosas.

—Estás pensando —dijo Shannon.

—No mucho —respondí.

Ella sonrió. El volante parecía enorme entre sus manos menudas.

—¿Ves bien? —pregunté moviendo la cabeza hacia la oscuridad entre la que se abrían paso los haces de luz de los faros.

—Se llama *ptosis* —dijo—. «Caer» en griego. En mi caso es congénito. Uno puede ejercitar la vista para evitar la ambliopía, lo que se conoce como ojo vago. Yo no soy vaga. Lo veo todo.

—Eso está bien —dije.

Redujo la marcha en la primera curva cerrada.

—Por ejemplo, veo que te cuesta aceptar que te haya robado a Carl.

Aceleró y una nube de gravilla golpeó la carrocería. Por un instante pensé que a lo mejor podía fingir que no había oído sus últimas palabras. Pero, si lo hacía, estaba seguro de que ella las repetiría.

Me volví hacia ella.

—Gracias —dijo antes de que me diera tiempo a decir nada.

—¿Gracias?

—Gracias por todo aquello a lo que renuncias. Gracias por ser un hombre sabio y bueno. Sé cuánto significas para Carl y cuánto significa él para ti. Aparte de ser una perfecta desconocida que se ha casado con tu hermano, he invadido tu espacio. Literalmente, he ocupado tu dormitorio. Deberías odiarme.

—Bueno —dije tomando aire. Había sido un día muy largo—. No creo que yo tenga fama de hombre bueno. El problema más bien es que por desgracia no hay nada en ti digno de odiar.

—He hablado con un par de personas que trabajan para ti.

—¿Ah, sí? —pregunté sinceramente sorprendido.

—Este es un sitio muy pequeño —dijo Shannon—. Y seguramente yo hablo más con la gente que tú. Y te equivocas. Tienes fama de ser un buen hombre.

Resoplé.

—En ese caso no has hablado con los tíos a los que les destrocé la dentadura.

—Puede que no. Pero incluso eso lo hiciste para proteger a tu hermano.

—Creo que no debes esperar mucho de mí —dije—. Te decepcionaré.

—Ay, el caso es que creo saber lo que puedo esperar de ti —dijo—. La ventaja de tener un ojo perezoso es que la gente se muestra tal como es, porque cree que no acabas de verlos bien.

—¿Ah, sí? O sea, ¿que crees que conoces a Carl como nadie?

Sonrió.

—¿Te refieres a que el amor es ciego?

—En noruego se dice que el amor te vuelve ciego.

—Ajá. —Rio bajito—. Pues es mucho más preciso que el «love is blind» inglés, que por cierto la gente no emplea bien.

—¿Ah, no?

—Usan esa expresión para indicar que solo vemos el lado bueno de aquellos a quienes amamos. Pero en realidad se refiere al hecho de que Cupido dispara sus flechas con los ojos vendados. Es decir, que las flechas se clavan de manera aleatoria y que por tanto no elegimos a la persona de quien nos enamoramos.

—Pero ¿es verdad? ¿Es aleatorio?

—¿Todavía estamos hablando de Carl y de mí?

—Por ejemplo.

—Bueno. Puede que no sea aleatorio, pero los enamoramientos no siempre son voluntarios. No estoy segura de que en el amor y en la muerte seamos tan prácticos como creéis aquí en la montaña.

En la última cuesta los faros iluminaron los muros de la casa. Un rostro de un blanco fantasmagórico por efecto de las luces y con dos agujeros negros por ojos nos miraba fijamente por la ventana del salón.

Ella paró el coche, puso el cambio automático en la *P*, y apagó los faros y el motor.

En la montaña, cuando se apaga la única fuente de ruido, el silencio es tan repentino que resulta ensordecedor. Permanecí sentado y lo mismo hizo Shannon.

—¿Cuánto sabes? —pregunté—. De nosotros. De esta familia.

—Casi todo, creo. Para casarme con él y acompañarlo hasta aquí le puse como condición que me lo contara todo. Lo doloroso también. Sobre todo lo doloroso. Y lo que no me contó, lo he ido comprendiendo. —Shannon señaló su párpado medio caído.

—Y tú… —Tragué saliva—. ¿Sientes que puedes vivir con lo que sabes?

—Yo crecí en una calle donde el hermano se follaba a la hermana y el padre violaba a la hija. Los hijos repetían los pecados de sus progenitores y cometían parricidio. Pero la vida sigue.

Asentí con la cabeza despacio, sin ironía, mientras sacaba la caja de tabaco de mascar.

—La vida sigue, sí. Pero es mucho lo que tienes que aceptar.

—Sí —dijo Shannon—. Lo es. Pero todos tenemos lo nuestro. Fue hace mucho. La gente cambia, estoy absolutamente convencida.

Me quedé allí sentado preguntándome por qué esto, que me parecía lo peor que podía ocurrir, que alguien ajeno supiera lo ocurrido, ya no me lo parecía. La respuesta era evidente. Shannon Alleyne Opgard no era alguien ajeno.

—Familia —dije. Me coloqué una bolsita de tabaco bajo el labio—. Significa mucho para ti, ¿verdad?

—Todo —respondió sin dudar.

—¿El amor a la familia también te puede cegar?

—¿Qué quieres decir?

—Cuando hablaste de Barbados en la cocina entendí que para ti el concepto de lealtad está más vinculado a la familia y a los sentimientos que a los principios. Más que a las ideas políticas y al concepto que la gente tiene del bien y del mal en general. ¿Lo entendí bien?

—Sí. La familia es el único principio. El bien y el mal parten de ahí, todo lo demás es secundario.

—¿Lo es?

Miró por el parabrisas, hacia nuestra casita.

—En Bridgetown tuvimos un catedrático de ética. Nos contó que Justitia, que simboliza el imperio de la ley y sujeta la balanza y la espada de la justicia y el castigo, lleva los ojos vendados, igual que Cupido. Suele interpretarse como que todos somos iguales ante la ley, que la justicia no toma partido, no tiene en cuenta la familia y el amor, solo la ley. —Se giró para mirarme. Su rostro blanco como la nieve brillaba en medio de la oscuridad del coche—. Pero con la venda en los ojos no puedes ver ni la balanza ni dónde golpea tu espada. Nos contó que en la mitología griega aquel que solo utiliza su visión interior, que encuentra la respuesta dentro de sí, lleva los ojos vendados. El sabio y ciego solo ven lo que aman, lo de fuera no tiene ninguna importancia.

Asentí lentamente.

—Nosotros, tú, yo y Carl, ¿somos familia?

—No tenemos la misma sangre, pero somos familia.

—Bien —dije—. Como miembro de la familia podrás participar en los consejos de guerra con Carl y conmigo en lugar de tener que escuchar junto al tubo de la estufa.

—¿El tubo de la estufa?

—Es una forma de hablar.

Carl venía hacia nosotros caminando por la gravilla.

—¿Por qué un consejo de guerra? —preguntó Shannon.

—Porque estamos en guerra —respondí.

La miré a los ojos, que le brillaban como los de una Atenea lista para la batalla. Dios mío, qué hermosa era.

Entonces le hablé de la Noche de Fritz.

15

Me acerqué el auricular a la boca esperando que el tío Bernard no pudiera oírme debido al ruido de la manguera.

–¿Qué quieres decir con que crees que está muerto?

–Debe de haber sufrido una caída importante. Y no oigo ningún ruido ahí abajo. Pero no puedo estar seguro, lo he perdido de vista.

–¿Perdido de vista dónde…?

–En Huken, claro. Ha desaparecido. No lo veo ni cuando me asomo por el borde.

–Carl, no te muevas. No hables con nadie, no toques nada, no hagas nada. ¿De acuerdo?

–¿Cuánto tardarás en…?

–Quince minutos, ¿vale?

Colgué, salí del lavadero y miré hacia Geitesvingen. Cuando uno mira desde ahí, no alcanza a ver la carretera en sí adentrándose en la montaña, pero si hay alguien circulando logra ver la parte superior del coche. Y se podría distinguir a una persona de pie en el borde del precipicio, vestida con colores intensos en un día despejado, pero ahora el sol estaba demasiado bajo.

–Tengo que ir a casa a solucionar una cosa –dije en voz alta.

El tío Bernard giró la boquilla de la manguera y cortó el chorro.

–¿Qué?

–Una toma de tierra –dije.

–¿Ah, sí? ¿Tanta prisa corre?

–Carl necesita la electricidad esta noche. Tiene que acabar unas cosas del instituto. Luego volveré.

–Vale. Yo me iré dentro de media hora, pero tienes llaves.

Me metí en el Volvo y arranqué. Respeté los límites de velocidad. A pesar de que la probabilidad de que me pillaran era muy pequeña si el policía del pueblo estaba en el fondo de un precipicio.

Cuando llegué, Carl estaba en Geitesvingen. Aparqué delante de la casa, apagué el motor y puse el freno de mano.

–¿Has oído algo? –pregunté señalando en dirección al barranco.

Carl negó con la cabeza, nunca lo había visto así. Estaba mudo, tenía la mirada enloquecida, el pelo alborotado y las pupilas dilatadas como si hubiera sufrido una conmoción. Seguramente la había sufrido, pobre muchacho.

–¿Qué ha pasado?

Carl se sentó en medio de la curva, como hacían las cabras. Bajó la cabeza, ocultó la cara entre las manos, proyectando una larga y oscura sombra sobre la grava.

–Sigmund Olsen subió aquí –dijo tartamudeando–. Dijo que había ido a pescar contigo y luego me hizo un montón de preguntas, y yo… –No pudo continuar.

–Sigmund Olsen vino aquí –repetí y me senté a su lado–. Seguramente te dijo que yo le había contado cosas y te preguntó si podías confirmar que yo había abusado de ti cuando eras menor.

–¡Sí! –exclamó Carl.

–Chis.

–Dijo que lo mejor era que los dos confesáramos y lo solucionáramos de una vez por todas. La alternativa era que utilizara las pruebas de las que disponía en un juicio público largo y doloroso. Le dije que nunca me habías tocado, así no, no… —Carl hablaba y gesticulaba mirando al suelo como si yo no estuviera allí—. Pero él dijo que no era infrecuente que en situaciones como esta la víctima se identificara con el abusador y que asumiera parte de la responsabilidad por lo ocurrido, en especial si se había prolongado en el tiempo.

Pensé que precisamente en eso el agente Olsen tenía razón, joder.

A Carl se le escapó un sollozo.

—Entonces dijo que Anna, la del consultorio médico, había avisado a mamá y papá de lo que estábamos haciendo dos días antes de que se despeñaran por Huken. Olsen dijo que papá era consciente de que tarde o temprano todo saldría a la luz, y que él, como cristiano conservador que era, no pudo vivir con esa vergüenza.

«Y se llevó a mamá con él —pensé—. En lugar de a los dos sodomitas del cuarto infantil.»

—Intenté explicarle que no era así, que habían sufrido un accidente. Solo un accidente. Pero no quiso escucharme. No se callaba. Dijo que el análisis de sangre de papá daba un nivel de alcohol en sangre insignificante, que nadie se sale de una curva tan fácil como esa estando sobrio. Así que me entró la desesperación, creí que iba a hacer lo que decía…

—Sí —dije quitándome una piedra que se me había clavado en el pantalón—. Olsen solo quería solucionar su puto gran caso.

—¿Y qué nos pasará a nosotros, Roy? ¿Iremos a la cárcel?

Sonreí. ¿Iríamos a la cárcel? Bueno, podía ser, la verdad era que ni siquiera había pensado en ello. Porque sabía que si se descubría la verdad y se hacía pública no sería la cárcel lo que me impediría seguir viviendo, sino la vergüenza. Porque si ellos, los demás, el pueblo se enteraba de aquello, no solo tendría que aguantar la vergüenza con la que me había peleado a solas en la oscuridad tantos años. Entonces esa vergüenza, esa traición, saldría a la luz y todo el mundo la contemplaría, la condenaría, la ridiculizaría. La familia Opgard sería humillada. Tal vez sea un trastorno de la personalidad, como dicen, pero papá había comprendido la lógica oculta del harakiri, y yo también. Que para aquel que se ve alcanzado por la vergüenza, la muerte es la única salida. Por otra parte, no quieres morir a menos que no te quede otra opción.

—No tenemos mucho tiempo —dije—. ¿Qué ha pasado?

—Estaba desesperado —dijo Carl mirándome de reojo, como solía hacer cuando tenía algo que confesar—. Así que le aseguré que había sido un accidente y que podía demostrarlo.

—¿Y qué le dijiste?

—¡Algo tenía que inventarme, Roy! Así que le dije que se les pinchó un neumático y que por eso se salieron de la carretera. Nadie había examinado el coche, solo habían sacado los cadáveres, y ese escalador recibió el impacto de una roca desprendida en el hombro, y después de eso nadie se atrevió a bajar otra vez. Dije que no era extraño que no hubieran descubierto el pinchazo entonces, pues en un coche volcado no se ve si una rueda está pinchada. Añadí que un par de semanas antes me había llevado unos prismáticos, y había bajado por el borde del precipicio donde hay un par de buenas rocas a las que agarrarse y puedes inclinarte hasta ver el coche. Y que entonces había visto que la rueda izquierda delantera había encogido visiblemente. Que debieron de pinchar antes de que el coche se cayera por el precipicio, porque los bajos están intactos, el coche dio medio salto mortal en el aire y aterrizó sobre el techo. Punto.

—¿Y Olsen se lo creyó?

—No, quiso verlo por sí mismo.

Intuí lo que venía a continuación.

—Fuiste a por los prismáticos y…

—… y él llegó hasta el mismo borde y… —Carl soltó el aire de los pulmones y prosiguió con los ojos cerrados—: Oí unas rocas que se soltaban, un grito, y desapareció.

«Desaparecido –pensé–. Pero no del todo.»

–¿No me crees? –preguntó.

Miré hacia el abismo. Un recuerdo de cuando tenía doce años, del cincuenta cumpleaños del tío Bernard en el Grand Hotel, pasó por mi mente.

–¿Entiendes cómo se interpretará lo sucedido? –dije–. El policía acude a interrogarte en relación con una investigación de un crimen grave y acaba muerto en el fondo del barranco. Si es que está muerto.

Carl asintió despacio. Por supuesto que lo entendía. Por eso me había llamado a mí, en lugar de a la central de emergencias o al médico.

Me puse de pie y me limpié el polvo de los pantalones.

–Trae la soga del establo –dije–. La larga.

Até un extremo de la cuerda a la bola de remolque del coche y el otro alrededor de mi cintura. Luego empecé a descender hacia Geitesvingen mientras la cuerda iba desenrollándose. Conté cien pasos antes de que se tensara. Estaba a diez metros del abismo.

–¡Ahora! –grité–. Y recuerda: ¡despacio!

Carl levantó el pulgar por la ventanilla del Volvo y empezó a dar marcha atrás.

El truco estaba en mantener la cuerda tensa, eso le había explicado, y ahora yo ya no podía cambiar de idea. Me colgué de la cuerda y fui hacia el barranco como si tuviera prisa por arrastrarnos a los dos al abismo. Lo peor fue el borde. El cuerpo se resistía, no estaba tan seguro como el cerebro de que aquello iba a funcionar y vacilé. La cuerda se aflojó porque Carl no había visto que me había parado al llegar al borde. Le grité que se detuviera y avanzara un poco hacia delante, pero no me oyó. Así que de espaldas a Huken, di un par de pasos hacia atrás y caí. Seguramente solo fue un metro, pero cuando la cuerda se tensó alrededor de mi cintura, me quedé sin respiración y olvidé estirar las piernas, de forma que me golpeé la frente y las rodillas contra la pared rocosa. Solté una maldición, conseguí poner las plantas de los pies sobre la pared y empecé a descender por el muro vertical de rocas. Miré el cielo azul claro y transparente sobre mi cabeza; estaba oscureciendo y ya se veía un par de estrellas. Había dejado de oír el coche, el silencio era total. Quizá fuera por el silencio, las estrellas y el hecho de colgar ingrávido, pero tuve la sensación de ser un astronauta que flota en el espacio conectado a una cápsula. Me acordé del Major Tom de la canción de Bowie. Por un instante deseé poder seguir ahí, sí, incluso acabar así, alejarme de todo flotando.

Pero entonces la pared se acabó y noté el suelo firme bajo los pies. Observé la cuerda, que se enroscaba como una serpiente en el suelo ante mí. Después de un par de vueltas o tres, se quedó quieta. Miré hacia la cima. Una nubecilla de humo del tubo de escape. Carl debía de haberse detenido en el mismo borde, la cuerda había llegado hasta abajo por los pelos.

Me giré, estaba sobre un pedregal de rocas grandes y pequeñas que el tiempo había desprendido de las paredes de piedra que me rodeaban por todas partes. Mientras que la pared que descendía desde Geitesvingen era vertical, las paredes de los pilares algo más bajos y afilados se inclinaban un poco, de manera que el cuadrado de cielo nocturno que tenía encima era mayor que los aproximadamente cien metros cuadrados del suelo de piedra que pisaba. En ese lugar, al que no llegaba nunca ni un rayo de sol, no crecía nada, tampoco olía a nada. Solo piedras. Espacio abierto y piedras.

La nave espacial, el Cadillac DeVille negro de papá, estaba como me lo había imaginado cuando los de salvamento nos explicaron lo que habían visto en el fondo del barranco.

El coche se hallaba boca arriba, con las ruedas en el aire. La parte trasera del habitáculo se había aplastado, mientras que la delantera estaba lo bastante intacta para imaginar que sus dos ocupantes podrían haber sobrevivido. Encontraron a mamá y a papá fuera del coche, habían salido disparados a través del parabrisas cuando la parte delantera impactó contra el suelo. Que no llevaran puestos los cinturones de seguridad contribuyó a reforzar la idea del suicidio, a pesar de que yo les había contado que papá se oponía a los cinturones de seguridad por una cuestión de principios. No porque no les viera el sentido, sino porque los imponía lo que él llamaba el «Estado paternalista». La única razón por la que el agente Olsen creía haber visto a papá conduciendo con el cinturón era porque papá se lo abrochaba cuando temía encontrarse con la policía, pues odiaba las multas aún más que al Estado paternalista.

Un cuervo me observaba desde la barriga de Olsen; las garras rodeaban la gran hebilla con el cráneo de búfalo. La parte inferior de su cuerpo había aterrizado sobre los bajos traseros del coche, mientras que el resto colgaba hacia el otro lado y no se veía desde donde yo estaba. El cuervo giró la cabeza cuando rodeé el coche. Oí el crujido de cristales bajo mis pies y tuve que apoyarme sobre las manos para pasar por encima de un par de rocas sueltas. El tronco de Olsen colgaba delante de la matrícula y el maletero. La espalda doblada en un ángulo de noventa grados le daba un aspecto poco natural, parecía un espantapájaros, una figura sin articulaciones, con la paja remetida dentro de la ropa y una fregona encima de la cabeza; la sangre que goteaba sobre las rocas que tenía debajo producía un chasquido suave, apagado. Tenía los brazos abiertos apuntando al suelo, como diciendo que se daba por vencido. Como decía papá: «Si estás muerto, significa que has perdido». Y Olsen estaba bien muerto. Y olía fatal.

Me aproximé un paso, el cuervo soltó un graznido, pero no se movió. Seguro que me veía como un págalo parásito, un descarado pájaro marino que vive de robar la comida de otras aves. Agarré una roca y se la arrojé al cuervo, que alzó el vuelo y abandonó el lugar soltando dos graznidos, uno cargado de odio contra mí y otro de autocompasión.

Estaba cada vez más oscuro, así que debía darme prisa.

Tenía que pensar cómo subir el cadáver de Olsen por el precipicio con la sola ayuda de una cuerda y evitando que el cuerpo se enganchara en alguna roca o se soltara. Porque el cuerpo humano es como un maldito Houdini. Si atas la cuerda alrededor del pecho, los brazos y los hombros se estrechan y el cuerpo se escurre por ahí. Si la sujetas al cinturón o alrededor de la cintura y subes el cadáver como una gamba doblada, tarde o temprano el punto de equilibrio acabará por desplazarse y el cuerpo se moverá arriba y abajo y se soltará de la cuerda o de los pantalones. Concluí que lo más fácil era hacer un nudo corredero y atárselo alrededor del cuello. El punto de equilibrio quedaría tan bajo que no podría caer hacia un lado y con la cabeza y los hombros abriéndose paso hacia lo alto habría menos probabilidades de que se quedara enganchado en algo. Por supuesto que alguien podría preguntarse cómo era posible que yo supiera hacer un nudo que solo suelen conocer los que tienen intención de ahorcarse.

Trabajé de manera sistemática sin pensar en nada que no fueran los aspectos prácticos. Eso se me da bien. Sabía que eran imágenes que volverían a mí, las de Olsen como un grotesco mascarón de proa con la boca abierta, montado en la popa de una nave espacial negra, pero sería en otro lugar y en otro momento.

Ya era de noche cuando le grité a Carl que el paquete estaba listo. Tuve que pegar tres gritos, había puesto un cedé de Whitney Houston en el Volvo y el eco de su voz cantando «I Will Always Love You» resonaba en las montañas. Arrancó el coche y oí que apretaba el embrague para avanzar despacio. La cuerda se tensó y sujeté el cadáver, lo acerqué a la pared rocosa y lo solté. Me quedé mirando cómo ascendía igual que un ángel con el cuello estirado. La oscuridad se lo tragó poco a poco y solo oí el ruido que hacía al rozar los salientes. Después de un breve zumbido percibí el impacto de algo duro contra el suelo a pocos metros de mí. Joder, el cadáver debía de haber soltado algunas piedras y podrían caer más. Me metí en el único lugar que podía darme cobijo. Me arrastré por el parabrisas del Cadillac y me quedé mirando el panel instrumental, intenté leerlo boca abajo. Pensé en lo que pasaría a continuación, en cómo íbamos a solucionar la siguiente fase del plan; los detalles prácticos, todo lo que había que hacer, otras opciones si el plan A salía mal. Supongo que concentrarme en esos aspectos me ayudó a mantener la calma. No dejaba de ser una locura que intentara ocultar la muerte de un hombre y que eso me calmara. Tal vez no fueran los detalles prácticos los que me tranquilizaran, sino el olor. El olor de los asientos de cuero, impregnados del sudor de papá, los cigarrillos de mamá, su perfume, y el vómito de Carl de aquella vez que fuimos a la ciudad en el Cadillac recién comprado y se mareó. Antes incluso de que acabaran las curvas cerradas que bajaban al pueblo vomitó sobre los asientos. Mamá apagó el cigarrillo, bajó la ventanilla y cogió una bolsita de tabaco de mascar de la caja plateada de papá. Pero Carl siguió vomitando mientras salíamos del pueblo, tan de repente que nunca le daba tiempo a usar la bolsa, y el habitáculo del coche apestaba como una puta cámara de gas incluso con todas las ventanillas bajadas. Al final Carl se tumbó en el asiento con la cabeza apoyada en mi regazo, cerró los ojos, y las cosas se calmaron. Cuando mamá acabó de recoger el vómito, nos pasó galletas sonriendo y papá cantó «Love Me Tender» muy despacio haciendo vibrar la voz. Al recordarlo me pareció el mejor viaje que hubiéramos hecho nunca.

El resto fue rápido. Carl me tiró la cuerda, me la até a la cintura, grité que estaba listo y volví sobre mis pasos subiendo por la pared de antes, como si fuera una película rebobinada. No veía dónde pisaba pero por suerte no se desprendió nada. Si no fuera porque abajo había estado a punto de caerme una piedra en la cabeza, habría dicho que la montaña era sólida.

Olsen estaba tendido en la curva de Geitesvingen, iluminado por los faros delanteros del Volvo. Aparentemente el cuerpo no parecía muy dañado. Tenía la melena empapada en sangre, una mano que parecía rota y unas marcas negruzcas alrededor del cuello. No sé si la cuerda había desteñido o si en los cadáveres recientes pueden formarse hematomas. Pero una cosa estaba clara, ahí había una columna vertebral partida por la mitad y los daños suficientes como para que un médico forense pudiera concluir que la causa de la muerte no era precisamente el ahorcamiento. Ni el ahogamiento.

Metí la mano en un bolsillo trasero del pantalón de Olsen y extraje las llaves del coche, y del otro el llavero con que hacía unas horas había cerrado la caseta de la barca.

—Ve a por el cuchillo de caza de papá —dije.

—¿Eh?

—Está colgado en el zaguán, junto a la escopeta. Date prisa.

Carl fue corriendo a casa mientras yo sacaba la pala para la nieve que un habitante de las montañas lleva en el maletero todo el año. Con ella recogí la gravilla manchada de sangre por donde habíamos arrastrado a Olsen y la tiré al barranco, donde se desapareció sin hacer ruido.

—Toma —dijo Carl sin aliento.

Me pasó el cuchillo que tenía hendiduras para la sangre y que había usado para sacrificar a Dog hacía mucho.

Como entonces, mientras yo manejaba el cuchillo, Carl estaba a mi espalda mirando para otro lado. Agarré la melena de Olsen, y, sosteniéndole la cabeza como se la había sujetado al perro, le clavé la punta en la frente, atravesé la piel hasta tocar el hueso y, dándole la vuelta a la cabeza, tracé un círculo siguiendo el contorno del cráneo, por encima de las orejas y los huesos de la base de la nuca. Papá me había enseñado a arrancarle la piel a un zorro, pero esto era diferente. Estaba arrancándole la cabellera a un ser humano.

—Sal de en medio, Carl. Me tapas la luz.

Carl se volvió hacia mí, respiró hondo y se fue al otro lado del coche.

Mientras intentaba arrancar del cráneo la cabellera más o menos entera, oí que Whitney Houston empezaba a cantar de nuevo y aseguraba que nunca, nunca jamás, dejaría de quererte.

Pusimos bolsas de basura en el fondo del maletero de mi Volvo, le quitamos a Sigmund Olsen las botas de piel de serpiente y echamos dentro el cadáver destrozado. Cuando me senté al volante del Peugeot de Olsen, me miré en el espejo y me ajusté la cabellera. Ni siquiera con su fregona rubia en la cabeza me parecía a Sigmund Olsen, pero al ponerme sus gafas de sol pensé que el disfraz era lo bastante bueno para que quienes me vieran conduciendo el coche del policía en la oscuridad creyeran que era él.

Conduje despacio, pero no demasiado, a través del pueblo. No hizo falta que tocara el claxon ni nada por el estilo para llamar la atención: había un par de personas por la calle, y vi cómo giraban instintivamente la cabeza para seguir el coche con la mirada. Supe que sus cerebros tomaban nota de la presencia del coche del policía y de un modo semiinconsciente se preguntaban adónde iría, si se dirigía al lago, y tal vez sus mentes aldeanas medio adormiladas supusieran que estaba yendo a su cabaña, en caso de que supieran dónde estaba.

Cuando llegué a la cabaña, bajé hasta la caseta del embarcadero y apagué el motor, pero dejé las llaves del coche puestas. Apagué la luz de los faros. No es que viviera nadie por la zona que divisara la cabaña, pero nunca se sabe. Podía ser que algún conocido pasara por allí, viera luz, y tuviera la ocurrencia de desviarse un rato para charlar con Sigmund Olsen. Limpié el volante, la palanca de cambios, el tirador de la puerta. Miré la hora. Le había dado instrucciones a Carl de que llevara mi Volvo al taller, que lo aparcara enfrente de la entrada, donde pudiera verse bien, que abriera la puerta con las llaves que le había dado y encendiera las luces para que pareciera que yo estaba en el trabajo. Y que dejara el cadáver de Olsen en el maletero, que no lo tocara. Que esperara unos veinte minutos, que antes de salir del taller comprobara que no había nadie por la calle y que se reuniera conmigo en la cabaña.

Abrí la caseta y saqué la barca. La quilla tableteó al deslizarse por el camino de troncos atravesados, pero luego el lago acogió la barca con lo que sonó como un suspiro de alivio. Limpié las botas de piel de serpiente con un trapo, metí el llavero de Sigmund Olsen en la bota derecha, arrojé las dos al bote y lo empujé lago adentro. Me quedé allí viendo cómo se deslizaba hacia *the great unknown*, sintiéndome hasta un poco orgulloso de mí mismo. Eso de las botas no dejaba de ser una pequeña genialidad, como suele decirse. Me refiero a que, cuando encuentran una barca vacía con las llaves de casa metidas dentro de las botas con las que el dueño de la barca sin duda ha salido de casa esa mañana, enseguida se deduce lo que ha podido pasar. ¿Adónde ha podido ir sin saltar por la borda? Y, las botas en sí, ¿no son una especie de nota de suicidio, un anuncio de que das por finalizados tus días en este mundo? Atentamente, el policía deprimido. La verdad es que sería bonito si no fuera tan estúpido. Primero te caes por un barranco delante de las narices del tipo al que estás investigando. No hay quien se lo crea, joder. De hecho, ni yo mismo me lo acababa de creer. Mientras pensaba en ello, la estupidez volvió a la carga: la barca se acercó a la orilla. La empujé de nuevo con más fuerza, pero fue en vano. Un minuto después la quilla se arrastraba por las rocas de la orilla. Dudé. Por lo que recordaba de las lecciones sobre las corrientes cruzadas del lago Budalsvannet, la dirección del viento y las desembocaduras, se suponía que la barca debía alejarse de mí. Tal vez estábamos en un remanso donde todo daba vueltas y regresaba en una repetición interminable. Debía de ser eso. La barca tenía que llegar más lejos para que pudiera navegar en dirección sur hacia el río Kjetterelva; de ese modo la zona en la que Olsen habría saltado por la borda sería tan amplia que no resultaría extraño que no encontraran el cadáver. Me subí, arranqué el motor, navegué despacio y apagué el motor mientras la barca seguía deslizándose. Limpié el motor, pero nada más. Si se les ocurría comprobar las huellas dactilares de la barca, resultaría sospechoso que no encontraran ninguna mía, al fin y al cabo había estado en la barca ese mismo día. Miré hacia tierra. Doscientos metros. Podría hacerlo. Pensé en bajar al agua por un lado de la barca, pero concluí que detendría el avance de la embarcación, así que me subí al banco y salté. Para mi sorpresa el impacto con el agua fría fue una liberación, como si durante unos segundos se me refrescara el recalentado cerebro. Empecé a nadar. Nadar vestido costaba mucho más de lo que había creído; la ropa entorpecía mis movimientos. Mientras daba largas y torpes brazadas pensé en las corrientes verticales de las que hablaba el profesor; me pareció notar que tiraban de mí hacia el fondo hasta que recordé que estábamos en otoño, no en primavera. Tampoco tenía señales con las que orientarme; debería haber dejado los faros encendidos a pesar de todo. Recordé que me habían enseñado que tenemos más fuerza en las piernas que en los brazos, y batí el agua con los pies una y otra vez.

De pronto me sentí atrapado.

Me hundí y tragué agua, salí a la superficie manoteando como un loco para soltarme de lo que me había atacado. No era una corriente, era… otra cosa. Algo que no quería soltarme la mano, sentía los dientes, o al menos las mandíbulas, alrededor de la muñeca. Volví a hundirme, pero esta vez mantuve la boca cerrada. Cerré la mano con todas mis fuerzas, encogí el puño y tiré de golpe. Estaba libre. Volví a emerger, boqueando. Y ahí, a un metro de distancia, en la oscuridad, vi algo blanco flotando en la superficie. Un corcho. Me había metido en una red de pesca.

Cuando volví a respirar normal un coche con las luces largas pasó por la carretera principal y vi el contorno del embarcadero y la cabaña de Olsen. El resto del trayecto transcurrió sin incidentes, como suele decirse. Salvo que, al llegar a tierra, descubrí que no había llegado al embarcadero de Olsen, sino seguramente al del dueño de la red. Con la barca no me había alejado demasiado de tierra, pero supongo que aquello era una prueba más de lo mucho que una persona puede desviarse de su camino. Atravesé un bosquecillo con los zapatos chorreando en dirección a la carretera y a continuación regresé a la cabaña de Olsen.

Cuando por fin apareció Carl con el Volvo, estaba escondido detrás de un árbol.

—¡Estás mojado! —exclamó Carl, como si eso fuera lo más sorprendente que le hubiera pasado aquella tarde.

—En el taller tengo ropa de trabajo seca —intenté decirle, pero me castañeaban los dientes como el motor de dos tiempos de un Wartburg 353 de Alemania del Este—. Arranca.

Quince minutos después estaba seco, vestido con un mono de trabajo encima de otro, pero seguía temblando. Metimos el Volvo marcha atrás en el taller, cerramos el portón y sacamos el cadáver del maletero, lo dejamos en el suelo y lo pusimos boca arriba formando una X. Lo miré. Era como si le faltara algo, algo que llevaba cuando fuimos a pescar. Puede que fuera la fregona, o las botas. ¿O era otra cosa? No es que yo crea en el alma, pero algo era, algo que hacía que Olsen fuera Olsen.

Saqué el Volvo de nuevo y lo aparqué bien a la vista delante del taller. Lo que nos quedaba por hacer era una tarea práctica, artesanal, para la que no necesitábamos ni suerte ni inspiración artística, solo las herramientas adecuadas. No voy a entrar en detalles de lo que hicimos ni con qué lo hicimos, solo contaré que empezamos por quitarle a Olsen el cinturón y después le cortamos la ropa y las extremidades. Mejor dicho, le corté, ya que Carl había vuelto a marearse. Registré los bolsillos de Olsen, reuní todo lo que era de metal, monedas, el cinturón y la hebilla, y el encendedor Zippo. Lo tiraría al lago cuando tuviera oportunidad. Luego eché los pedazos del cadáver y la cabellera en la pala del tractor que el tío Bernard utilizaba en invierno para quitar la nieve. Cuando acabé, fui a buscar seis bidones metálicos de desincrustante de la marca Fritz.

–¿Qué es? –preguntó Carl.

–Es un producto que usamos para limpiar el lavadero de coches. Lo elimina todo, diésel, asfalto, incluso descompone la cal. Y para eso diluimos cinco litros de agua por decilitro de producto. Lo que quiere decir que, si no lo diluyes, se lo carga absolutamente todo.

–¿Estás seguro?

–Lo ha dicho el tío Bernard. O, por citarlo textualmente: «Como te caiga en los dedos y no te los limpies te quedas sin dedos».

Lo dije para distender el ambiente, pero Carl ni siquiera esbozó una sonrisa. Como si lo que nos estaba ocurriendo fuera culpa mía. Lo dejé pasar, porque sabía que acabaría pensando que era mi culpa, y que siempre lo había sido.

–En cualquier caso –dije– me imagino que si lo meten en bidones metálicos y no de plástico será por algo.

Nos sujetamos unos trapos con cinta aislante delante de la boca y de la nariz, quitamos el tapón a los bidones y los vaciamos dentro de la pala, uno detrás de otro, hasta que el líquido, entre blancuzco y grisáceo, cubrió el cadáver desmembrado de Sigmund Olsen.

Esperamos.

No ocurrió nada.

—¿No deberíamos apagar la luz? —preguntó Carl desde detrás del trapo—. Podría pasar alguien a saludarnos.

—No —dije—. El coche aparcado es el mío, no el del tío Bernard. Y yo no soy precisamente…

—Sí, claro —me interrumpió Carl, de modo que me ahorré lo que venía a continuación: «No soy precisamente la persona a quien la gente pase a saludar para charlar un rato».

Transcurrieron unos minutos más. Intenté estarme quieto de manera que los monos me rozaran lo menos posible las partes nobles, como suele decirse. No sé exactamente qué había imaginado que ocurriría dentro de la pala, pero fuera lo que fuese, no ocurrió. ¿Fritz no hacía honor a su fama?

—A lo mejor deberíamos enterrarlo —dijo Carl tosiendo.

Negué con la cabeza.

—Hay demasiados perros, tejones y zorros por aquí, lo desenterrarán.

Era cierto, en el cementerio los zorros habían cavado agujeros hasta la misma tumba familiar de Bonaker.

—Oye, ¿Roy?

—Mmm…

—Si Olsen hubiera seguido con vida cuando bajaste a Huken…

Sabía que acabaría preguntándomelo y me habría gustado que no lo hiciera.

—… ¿qué habrías hecho?

—Depende, supongo —dije intentando resistir la tentación de rascarme los huevos, porque caí en la cuenta de que primero me había puesto el mono del tío Bernard.

—¿Igual que con Dog? —preguntó Carl.

Lo pensé.

—Si hubiera sobrevivido al menos tendríamos un testigo de que había sido un accidente —contesté.

Carl asintió. Cambió el peso del cuerpo a la otra pierna.

—Pero cuando he dicho que Olsen se cayó, sin más, no es…

—Calla —dije.

Empezó a oírse un chisporroteo, como el que hace un huevo frito en una sartén. Miramos dentro de la pala del tractor. Lo que antes era grisáceo ahora estaba blancuzco, ya no se veían las partes del cuerpo y en la superficie había burbujas.

—¡Vaya! —exclamé—. Fritz está funcionando.

—¿Y qué pasó después? —preguntó Shannon—. ¿Todo el cuerpo se disolvió?

—Sí —dije.

—Pero esa noche no —dijo Carl—. Los huesos no.

—¿Qué hicisteis entonces?

Respiré hondo. La luna había salido por detrás de las montañas y nos miraba a los tres, allí sentados en el capó del Cadillac en Geitesvingen. Del sudeste llegaba una brisa cálida y seca poco habitual, que me gustaba imaginar que procedía de Tailandia y de esos países del sur que yo nunca había visitado y a los que jamás iría.

—Esperamos hasta el alba —dije—. Luego acercamos el tractor al lavadero y vaciamos la pala. Cuando vimos que quedaban algunos huesos y tiras de carne en la parrilla, volvimos a meterlas en la pala y echamos más Fritz. Aparcamos el tractor en la parte de atrás del taller y levantamos la pala hasta arriba del todo. —Alcé las dos manos por encima de mi cabeza para ilustrarlo—. No queríamos que nadie viera lo que había en la pala. Dos días después volví a vaciarla en el lavadero.

—¿Y vuestro tío Bernard? —preguntó Shannon—. ¿No hizo preguntas?

Me encogí de hombros.

—Me preguntó por qué había cambiado el tractor de sitio, y yo le dije que habían llamado a la vez tres veraneantes de las cabañas para traer el coche al taller y que nos hacía falta espacio. Resultó raro que ninguno de los tres se presentara, pero son cosas que pasan. Le alucinó más que no me hubiera dado tiempo a acabar el Toyota de Willumsen.

−¿Le alucinó?

−Le sorprendió −dijo Carl−. Además, como todo el mundo, Bernard estaba más preocupado por el hecho de que el policía se hubiera ahogado. Encontraron la barca con las botas dentro y estaban dragando el fondo en busca del cadáver. Pero eso ya te lo había contado.

−Sí, pero no con tanto detalle −dijo Shannon.

−Parece que Roy lo recuerda mejor que yo.

−¿Y eso fue todo? −preguntó ella−. Fuisteis los últimos que lo visteis con vida. ¿No os interrogaron?

−Claro −dije−. Mantuvimos una breve conversación con el agente rural del municipio vecino. Dijimos la verdad, que Olsen nos había preguntado cómo nos iba tras el accidente, que era un hombre que se preocupaba por los demás. Bueno, yo dije «es un hombre que se preocupa por los demás», como si supusiera que seguía con vida, a pesar de que todo el mundo comprendía que se había ahogado. Un testigo que tiene una cabaña allí creía haber oído llegar el coche de Olsen cuando ya había oscurecido; después oyó arrancar la barca y poco después un chapoteo. Echó un vistazo al lago delante del embarcadero, pero no... encontró nada.

−¿Y no alucinaron cuando no dieron con el cadáver? −preguntó Shannon.

Negué con la cabeza.

−La gente suele creer que los cadáveres arrojados al agua tarde o temprano acaban por aparecer. Emergen a la superficie, son arrastrados a tierra, alguien los encuentra. Pero esos casos son la excepción; por regla general desaparecen para siempre.

−En ese caso, ¿qué podría saber su hijo que nosotros no sabemos que sabe? −Shannon, que estaba sentada entre los dos sobre el capó, se giró primero hacia mí y después hacia Carl.

−Probablemente nada −dijo Carl−. No dejamos ningún cabo suelto. Al menos ninguno que la lluvia, las heladas y el paso del tiempo no hayan destruido. El asunto es que, como su padre, tiene un caso sin resolver, y es incapaz de dejarlo estar. Para su padre era el Cadillac que hay en el fondo del barranco, para Kurt que su padre desapareciera sin dejar rastro. Y va en busca de respuestas que no existen. ¿Qué opinas tú, Roy?

—Puede ser, pero que yo sepa hasta este momento no había removido el caso, ¿por qué ahora?

—Tal vez porque he vuelto a casa —dijo Carl—. Fui el último que vio a su padre. Fui su compañero de clase, un *nobody* de la granja de Opgard, pero al que, según la prensa local, le ha ido bien en Canadá. Y que ahora cree que será el salvador del pueblo. En resumidas cuentas: yo soy un trofeo de caza mayor y él es cazador. Pero no tiene munición, solo la intuición de que hay algo que no encaja en el hecho de que su padre me haga una visita y a continuación desaparezca. Así que, cuando regreso, empieza a pensar en ello de nuevo. Han pasado los años, ha conseguido distanciarse de los hechos, puede pensar con mayor claridad, con la cabeza más fría. Empieza a intuir. Si su padre no fue a parar al lago, ¿adónde fue? A Huken, piensa.

—Puede ser —dije—. Pero ha descubierto algo. Tiene que haber una razón por la que se empeñe tanto en bajar al barranco. Y tarde o temprano bajará.

—¿No dijiste que Erik Nerell iba a desaconsejarlo por los desprendimientos? —preguntó Carl.

—Sí, pero cuando se lo pregunté a Olsen, se puso chulo y dijo «Ya veremos». Creo que ha ideado otra manera para bajar, pero lo más importante es: ¿qué cojones está buscando?

—Cree que el cadáver está en el escondite perfecto —dijo Shannon con los ojos cerrados y el rostro vuelto hacia la luna, como si tomara el sol—. Cree que lo hemos metido en el maletero del coche que está ahí abajo.

La miré de reojo. La luz de la luna le bañaba el rostro de un modo que era casi imposible apartar la mirada de ella. ¿Le habría pasado a Erik Nerell algo parecido cuando la miraba sin disimulo en la fiesta? No, joder, él solo veía a una tía a la que no le importaría cepillarse, mientras que yo veía... ¿qué veía yo? Un ave que no se parecía a ninguna de las que había observado en estas montañas. Shannon Alleyne Opgard pertenecía a la familia de las aves cantoras. Son pequeñas, como Shannon, las hay incluso más pequeñas que un colibrí, y aprenden rápido el canto de otras especies de pájaros, enseguida lo imitan. Se adaptan con facilidad, algunas especies incluso cambian el plumaje y el color para camuflarse con el entorno cuando el peligroso invierno se aproxima. El hecho de que se incluyera, que dijera de la forma más natural posible que «lo habíamos metido en el maletero», sonó perfecto. Shannon se había adaptado al nuevo territorio sin tener la sensación de que debía renunciar a nada. Me había llamado «hermano» sin dudarlo, sin probar antes la palabra. Porque ahora éramos su familia.

–¡Exacto! –dijo Carl. Era una palabra que se le había pegado y de la que obviamente se había enamorado estando fuera–. De modo que si Kurt cree eso, deberíamos facilitar las cosas para que baje y vea que se equivoca, así se lo quitará de la cabeza. Necesitamos financiación para nuestro proyecto y tener a todo el pueblo de nuestra parte. Sobre nosotros no puede gravitar ninguna sospecha.

–Puede ser –dije rascándome la barbilla, aunque no me picara en absoluto. A veces, esa clase de distracciones te ayudan a caer en la cuenta de algo que no habías pensado; y ahora tenía esa sensación: estaba pasando por alto algo importante–. Antes me gustaría saber qué espera encontrar Olsen ahí abajo.

–¿Y por qué no se lo preguntas? –sugirió Carl.

Negué con la cabeza.

–Cuando Kurt Olsen y Erik Nerell estuvieron aquí, Kurt mintió y fingió que estaba hablando del accidente, no de su padre. Está claro que Kurt Olsen no quiere enseñar sus cartas.

Nos quedamos en silencio. El capó se había enfriado.

—Puede que el tal Erik haya visto sus cartas —dijo Shannon—. Tal vez podría contárnoslo.

—¿Por qué iba a hacer eso? —pregunté.

—Porque para él será mejor que no contárnoslo.

—¿Ah, sí?

Se giró hacia mí, abrió los ojos y sonrió. Sus dientes humedecidos reflejaron la luz de la luna. No entendía en qué estaba pensando, claro, pero comprendí que ella, como mi padre, se regía por la ley natural según la cual la familia es lo primero. Para bien y para mal. Por delante del resto de la humanidad. Y que siempre somos nosotros luchando contra el resto.

16

Al día siguiente el viento había cambiado.

Cuando me levanté y bajé a la cocina, Shannon estaba junto a la estufa de leña, cruzada de brazos, y llevaba uno de mis viejos jerséis de lana. Le quedaba tan grande que daba risa, y supuse que tenía todos sus suéteres artísticos de cuello alto para lavar.

—Buenos días —dijo. Sus labios seguían estando igual de pálidos.

—Has madrugado. —Señalé moviendo la cabeza los folios que tenía encima de la mesa—. ¿Cómo llevas los dibujos?

—Mediocres —dijo, dio dos pasos al frente y los recogió antes de que yo pudiera verlos—. Pero es mejor hacer una labor mediocre que estar tumbada sin poder dormir. —Metió las hojas en una carpeta y volvió a colocarse junto a la estufa—. Dime, ¿esto es normal?

—¿Normal?

—En estas fechas.

—¿La temperatura? Sí.

—Pero ayer…

—… también fue normal —dije, y me acerqué hasta la ventana para mirar al cielo—. Quiero decir que es normal que cambie de repente. Así es la montaña.

Asintió. Se habría acostumbrado a que la palabra «montaña» lo explicara casi todo. Vi que el cazo estaba en medio del hornillo.

—Recién hecho y caliente —dijo.

Me serví una taza, la miré, y ella negó con la cabeza.

—He pensado en Erik Nerell —dijo—. Tiene novia y está embarazada, ¿no?

—Sí —dije probando el café. Rico. Bueno, no sé si objetivamente estaba rico, pero era como a mí me gustaba. Salvo que compartiéramos el mismo modo de preparar el café, se había fijado en cómo lo hacía yo—. Pero no creo que debamos intentar sacarle nada.

—¿Ah, no?

—Parece que va a nevar.

—¿Nieve? —Parecía escéptica—. ¿En septiembre?

—Si tenemos suerte.

Asintió con la cabeza despacio. Una chica inteligente que no necesitaba preguntar. Con nieve, fuera lo que fuese lo que Kurt Olsen buscaba en Huken, tanto el descenso al barranco como las medidas necesarias de seguridad se complicaban, no digamos las posibilidades de encontrar algo.

—Pero puede derretirse —dijo—. Aquí los cambios son tan rápidos… —Me dedicó una sonrisa adormilada—. En la montaña.

Me reí por lo bajo.

—Yo creía que en Toronto también hacía frío.

—Sí. Pero en nuestra casa no lo notabas hasta que salías a la calle.

—Mejorará. Los días como este son los peores; cuando sopla el viento del norte y hiela sin que haya nevado. Con el invierno llega la nieve, es más cálida. Desde que encendemos la estufa hasta que el calor penetra en las paredes pasan unos días.

—Hasta que llegue ese momento —dijo y ahora vi que estaba temblando—, ¿vamos a pasar este frío?

Sonreí y dejé la taza de café sobre la encimera.

—Te ayudaré a entrar en calor —dije, y fui hacia ella.

Me miró a los ojos, sobresaltada, y cruzó con más fuerza los brazos sobre el pecho menudo mientras sus blancas mejillas se encendían. Me incliné ante ella, abrí la puerta de la estufa y vi que, efectivamente, el fuego se estaba apagando porque había puesto demasiados troncos y eran muy grandes. Levanté el más grande con la mano, lo dejé en la placa metálica del suelo y ahí se quedó, echando humo. Utilicé el fuelle. Cuando cerré ardía un gran fuego.

Carl entró en el momento en que me incorporaba. Iba a medio vestir con el pelo disparado en todas las direcciones. Llevaba el teléfono en la mano y sonreía de oreja a oreja.

—Han publicado la lista de temas que van a tratar en el pleno del ayuntamiento. Somos el punto número uno.

En la gasolinera le pedí a Markus que dejara a la vista las palas ligeras para nieve, los rascadores de hielo y los bidones de anticongelante que había pedido un par de semanas atrás.

Leí el *Diario de Os*, que dedicaba la portada a las elecciones municipales del año siguiente, pero que, al menos, hacía referencia a la asamblea de inversores de Årtun en primera plana. Dentro nos dedicaban una página entera, con poco texto y dos grandes fotos. Una de la sala abarrotada y otra de Carl, que posaba sonriendo y rodeando con el brazo al viejo alcalde Jo Aas, que parecía un poco sorprendido, como si le hubieran obligado a posar en la foto. En el editorial, Dan Krane comentaba el proyecto del nuevo spa hotel, pero era difícil deducir si tenía una actitud positiva o no. Es decir, no cabía duda de que, en el fondo, tenía ganas de cargárselo, como cuando hacía referencia a una fuente anónima que lo llamaba el «spá-nico» hotel, un negocio al que la gente se aferraba con la esperanza de que salvara el pueblo. Aposté a que esa fuente era el propio Dan Krane. Pero estaba entre la espada y la pared, claro. Si su enfoque era demasiado positivo, podría entenderse que utilizaba el periódico local para dar apoyo a su suegro. Si era en exceso negativo, podrían acusarlo de querer perjudicar al exnovio de su mujer. Supongo que la prensa local exige un permanente ejercicio de equidistancia.

A las nueve empezó a caer una ligera llovizna, que me pareció que en Geitesvingen era nieve.

A las once estaba nevando también en el pueblo.

A las doce entró por la puerta el jefe de ventas.

—Estás preparado para todo, como siempre —dijo sonriendo cuando acabé de despachar a un cliente que salió por la puerta con una de las palas.

—Vivimos en Noruega —dije.

—Tenemos una oferta —replicó, y supuse que iba a imponerme otra de sus campañas comerciales.

No tenía nada que objetar a las campañas, ocho de cada diez funcionaban, así que los de la oficina principal sabían lo que se hacían. Pero, en ocasiones, esas ofertas para todo el país de sombrilla más balón de vóley o una sofisticada variante de salchicha española con Pepsi Max, resultan demasiado generales. El conocimiento de los hábitos de compra y de las necesidades locales es importante.

—Recibirás la llamada de uno de los peces gordos —dijo el jefe de ventas.

—¿Ah, sí?

—Tienen problemas con la gestión de una de las gasolineras grandes en Sørlandet. Está bien situada y dispone de instalaciones modernas. Pero el que la dirige no ha conseguido que funcione. No hace el seguimiento de las campañas, no redacta los informes como y cuando debe, sus empleados están poco motivados y… bueno, ya sabes. Necesitan un jefe que pueda dar un giro de ciento ochenta grados a la situación. No es asunto mío, solo te doy ánimos porque fui yo quien propuso que hablaran contigo. —Abrió los brazos como si quisiera decir que no era nada, lo que me hizo comprender que esperaba que le estuviera muy agradecido.

—Gracias —dije.

Sonrió. Esperó. Tal vez creía que le debía un adelanto de la respuesta que iba a dar.

—Esto no me lo esperaba —dije—. Habré de escuchar lo que tienen que decirme y luego lo pensaré un poco.

—¿Pensarlo un poco? —El jefe de ventas se echó a reír—. Creo que deberías pensarlo en serio. Una oferta como esa no solo implica un sueldo más alto, sino un gran escenario para mostrar de lo que eres capaz, Roy.

Si estaba intentando convencerme de que aceptara el trabajo para que él pudiera parecer un *kingmaker* de pueblo, había elegido una metáfora poco acertada, por así decirlo. Pero él no podía saber que solo de pensar en salir a un escenario me sudaban las palmas de las manos.

—Lo pensaré —dije—. Creo que nos vendría bien una campaña de hamburguesas con queso, ¿qué opinas?

A la una llegó Julie.

No había nadie en la tienda y fue derecha hacia mí para darme un beso en la mejilla. Lo tenía ensayado, los labios suaves pegados un instante de más. No sé qué perfume usaba, solo que se había puesto demasiado.

—¿Y? —dije cuando me soltó y se quedó mirándome.

—Tenía que probar mi pintalabios nuevo —dijo frotándome la mejilla—. Voy a ver a Alex cuando acabe mi turno.

—¿Granada-Alex? ¿Y querías comprobar cuánta pintura de labios deja un beso?

—No, quería saber cuánta sensibilidad pierden los labios con la pintura. Supongo que más o menos es como lo vuestro con los preservativos, ¿no?

No respondí, puesto que era una conversación en la que no tenía intención de participar.

—En realidad, Alex es bastante dulce —dijo Julie ladeando la cabeza observándome—. Puede que hagamos algo más que solo besarnos.

—Alex es afortunado —dije y me puse la chaqueta—. ¿Te las apañarás sola?

—¿Sola? —Vi en su cara que estaba decepcionada—. ¿No íbamos a…?

—Claro. Estaré de vuelta dentro de una hora como mucho. ¿Vale?

Su decepción se esfumó. Pero frunció el entrecejo.

—Las tiendas están cerradas. ¿Vas a ver a una tía?

Sonreí.

—Llámame si surge algo.

Crucé el pueblo en coche y me dirigí al lago Budalsvannet. Aquí abajo la nieve se esfumaba en cuanto entraba en contacto con la carretera y los campos, pero vi que en la colina estaba cuajando. Miré el reloj. Las probabilidades de que un hojalatero en paro estuviera solo en casa a la una de la tarde de un día entre semana debían de ser bastante altas. Bostecé. Había dormido mal. Me había quedado despierto, pendiente de los sonidos procedentes de su dormitorio. No hubo ninguno, pero eso casi fue peor, porque agucé más el oído y estuve más tenso.

De camino a casa del hojalatero me fijé en que había al menos doscientos metros de tierra cultivada entre su blanca vivienda y el vecino más próximo.

Anton Moe abrió segundos después de que llamara, supongo que habría oído o visto el coche. Los pocos cabellos que le quedaban se agitaron con la corriente de aire de la puerta y me dirigió una mirada interrogante.

—¿Puedo pasar? —pregunté.

Moe dudó, pero supongo que no tenía preparada ninguna excusa para decir que no, así que abrió y se echó a un lado.

—No hace falta que te descalces —dijo.

Nos sentamos a la mesa de la cocina. De la pared colgaban un par de cuadros de punto de cruz con citas bíblicas y una cruz. Me vio mirar la cafetera llena que estaba sobre la encimera.

—¿Un café?

—No, gracias.

—Si estás buscando a gente que pueda invertir en el hotel de tu hermano, te aconsejo que no pierdas el tiempo. Por aquí el capital es escaso. —Moe me dirigió una sonrisa alelada.

—Se trata de tu hija.

—¿Sí?

Observé un pequeño martillo que estaba en el alféizar de la ventana.

—Tiene dieciséis años y va al instituto de Årtun, ¿verdad?

—Sí.

El martillo llevaba una inscripción: HOJALATERO DEL AÑO 2017.

—Quiero que se mude y empiece a estudiar en el instituto de Notodden —dije.

Moe me miró asombrado.

—¿Por qué?

—Ahí tienen opciones de estudio con más salidas.

Me observó.

—¿Qué quieres decir, Opgard?

—Quiero decir que a lo mejor es eso lo que debes decirle a Natalie cuando le expliques por qué la mandas a estudiar allí, que las asignaturas tienen más salidas.

—¿Notodden? Son dos horas en coche.

—Exacto. Y es fácil alquilar un estudio en Notodden.

Me miró con cara de póquer, pero estoy seguro de que cayó en la cuenta de lo que le estaba diciendo.

—Es un detalle por tu parte preocuparte por Natalie, Opgard, pero creo que Årtun está bien. Ya está en segundo.

Y Notodden es grande, ya sabes que en los sitios grandes pasan cosas malas.

Me aclaré la voz y dije:

—Opino que Notodden es mejor para todos los implicados.

—¿Todos los implicados?

Tomé aire.

—Tu hija podrá irse a dormir por las noches sin pensar si su padre vendrá a follársela. Y tú podrás irte a dormir sin degradar a tu hija, a tu familia y a ti mismo noche tras noche, para que, en un futuro, quizá podáis olvidar y fingir que eso nunca ha ocurrido.

Anton me miraba fijamente, con unos ojos que parecían querer saltar del rostro enrojecido.

—¿Qué dices, Opgard? ¿Estás borracho?

—Hablo de la vergüenza. La suma de vergüenza que acumula tu familia. Como todo el mundo lo sabe y nadie ha hecho nada, todos se creen culpables, creen que está todo perdido y que no hay nada que perder si sigue pasando. Porque cuando todo se ha perdido, todavía tenemos una cosa. La familia. El uno al otro.

—¡Estás enfermo, tío! —Había levantado la voz, pero aún sonaba más constreñida, empequeñecida. Se puso de pie—. Me parece que debes irte, Opgard.

Me quedé sentado.

—Puedo ir al cuarto de tu hija, quitarle la sábana y llevársela al policía, analizará las manchas de semen, verá si son tuyas. No podrás impedírmelo. Pero supongo que no servirá de nada, porque tu hija no querrá ayudar a la policía declarando contra ti, querrá proteger a su padre. Siempre, pase lo que pase. Por eso, la única manera de parar esto es… —Hice una pausa y conseguí atrapar su mirada—. Porque todos queremos acabar con esto, ¿verdad? —añadí.

No respondió, siguió inclinado sobre mí con una mirada fría, sin vida.

–La manera de parar esto es que yo te mataré si Natalie no se muda a Notodden. También pasará allí los fines de semana, y tú no irás a visitarla. Su madre sí, tú no. Ni una sola vez. Cuando Natalie vuelva a casa por Navidad invitarás a tus padres o a tus suegros, y se quedarán a dormir con vosotros. –Pasé las manos por el mantel de cuadritos para alisar una arruga–. ¿Alguna pregunta?

Una mosca golpeaba una y otra vez contra el cristal.

–¿Cómo has pensado matarme?

–Había pensado matarte a golpes. Supongo que sería apropiada… –Chasqueé la lengua. *Mind games*–. ¿Apropiadamente bíblico?

–Bueno. Tienes fama de saber pegar.

–¿Estamos de acuerdo, Moe?

–¿Ves esa cita bíblica de ahí arriba, Opgard? –Señaló uno de los cuadros de punto de cruz, y deletreé la escritura retorcida. EL SEÑOR ES MI PASTOR. NADA ME FALTA.

Oí un golpe blando, grité cuando el dolor me subió por el brazo desde la mano derecha. Levanté la vista hacia Moe, que sujetaba el martillo del hojalatero del año listo para asestar otro golpe y tuve el tiempo justo de apartar la mano izquierda antes de que el martillo estallara contra la mesa. La mano derecha me dolía tanto que me mareé al ponerme de pie, pero utilicé el impulso para asestarle un gancho con la izquierda. Le di en la barbilla; con la mesa entre nosotros el ángulo era demasiado abierto y no conseguí pegar con la suficiente fuerza. Alzó el martillo contra mi cabeza, pero me agaché y me aparté a tiempo. Se abalanzó sobre mí, las patas de la mesa chirriaron y las sillas volcaron. Hice una finta sencilla, él picó, y le planté el puño izquierdo en la nariz. Aulló y volvió a levantar el martillo. Puede que en el 2017 fuera el hojalatero del año, pero esta vez falló el golpe. Me lancé contra su cuerpo antes de que recuperara el equilibrio y con la izquierda le di tres golpes rápidos en el riñón derecho. Le oí gemir de dolor, lo rematé levantando el pie y pisándole la rodilla hasta sentir que algo cedía y se rompía, y me dije que estaba acabado. Se cayó al suelo, se giró sobre el linóleo gris y me rodeó las pantorrillas con los brazos. Intenté mantenerme en pie agarrando la encimera con la mano derecha, pero comprendí que el martillo de Moe me había roto algo, porque la mano no me respondía. Caí de espaldas y al momento lo tuve sentado encima, sus rodillas me inmovilizaban los brazos y el mango del martillo me apretaba la nuez. Intenté respirar sin éxito y sentí que me estaba desmayando. Su cabeza estaba pegada a la mía y me siseó al oído:

—¿Quién te crees que eres para venir a mi casa y amenazarme a mí y a los míos? Te diré quién eres. Eres un sucio pagano de las montañas.

Se rio por lo bajo y se inclinó de manera que su peso me dejara sin aire en los pulmones. Sentí que me invadía un mareo delicioso, como ese instante antes de quedarte dormido en el asiento trasero, entrelazado con el cuerpo cálido y somnoliento de tu hermano pequeño, cuando miras las estrellas por la luna trasera y tus padres hablan bajito y ríen sentados delante. Y te dejas llevar, te dejas deslizar en tu interior. Sentí sobre la cara un aliento que olía a café, tabaco y saliva reseca.

—Un maricón patizambo, analfabeto, un follacabras —siseó Moe.

«Así es —pensé—. Así es como le habla a ella.»

Tensé los músculos abdominales, arqueé un poco la espalda, la pegué al suelo y levanté la cabeza de golpe. Le di a algo, supongo que a la nariz, pero en cualquier caso bastó para aflojar un instante la presión contra mi laringe y permitirme tomar el aire suficiente para alimentar con oxígeno el resto de mis músculos. Saqué la mano izquierda de debajo de su rodilla y le golpeé con fuerza en la oreja. Perdió el equilibrio, me lo quité de encima y volví a golpearle con la izquierda. Otra vez. Otra más.

Cuando acabé, Moe estaba en posición fetal sobre un charco de sangre en el suelo de linóleo de la cocina. La sangre se detenía junto al asiento de una de las sillas volcadas.

Me incliné sobre él, y no sé si me oyó, pero le susurré en la oreja ensangrentada:

—No soy patizambo, joder.

—La mala noticia es que probablemente tienes una articulación rota —dijo Stanley Spind arrastrando las erres al otro lado de su escritorio—. La buena es que tu análisis de sangre del otro día dio negativo.

—¿Rota? —dije observando mi dedo corazón, que estaba torcido en un ángulo extraño y muy hinchado. Tenía la piel destrozada, y donde se veía entera había adquirido un color negro azulado que me hacía pensar en la peste—. ¿Seguro?

—Sí, te daré un volante para que te hagan una radiografía en el hospital de la ciudad.

—¿Para qué hacerme una radiografía si estás seguro?

Stanley se encogió de hombros.

—Es probable que tengas que operarte.

—¿Porque si no me opero…?

—Seguramente no podrás volver a doblar ese dedo.

—¿Y si me opero?

—Es probable que nunca vuelvas a doblar ese dedo.

Me miré el dedo. Qué desastre. Aunque sería peor si siguiera trabajando de mecánico.

—Gracias —dije y me puse de pie.

—Espera, no hemos acabado —dijo Stanley deslizando la silla hacia una camilla cubierta por una sábana de papel—. Siéntate. El dedo está un poco desviado, tenemos que recolocarlo.

—¿Eso en qué consiste?

—Hay que estirarlo.

—Suena doloroso.

–Te pondré anestesia local.

–Sigue sonando doloroso.

Stanley sonrió de medio lado.

–¿En una escala del uno al diez? –pregunté.

–Un ocho rotundo –dijo Stanley.

Le devolví la sonrisa.

Después de ponerme la inyección, me informó de que pasarían unos minutos hasta que la anestesia hiciera efecto. Estábamos en silencio, él parecía sentirse más cómodo que yo. El silencio fue creciendo hasta volverse embarazoso y acabé por señalar los cascos que tenía encima de la mesa y preguntarle qué escuchaba.

–Audiolibros –dijo–. Todo lo de Chuck Palahniuk. ¿Has visto *Fight Club*, *El club de la lucha*?

–No. ¿Por qué es tan bueno?

–No he dicho que fuera muy bueno. –Stanley sonrió–. Pero piensa como yo. Y es capaz de expresarlo. ¿Estás listo?

–Palahniuk –repetí y alargué la mano.

Me sostuvo la mirada.

–Que te quede claro: no me trago esa explicación de que te has resbalado en la nieve recién caída y has puesto la mano –dijo Stanley.

–Vale –respondí.

Noté que me rodeaba el dedo con una mano cálida. Y yo que tenía la esperanza de que estuviera anestesiado del todo…

–A propósito de *El club de la lucha* –dijo y dio un tirón–. Parece que has participado en una reunión del club.

Al decir que era un ocho no había exagerado.

Al salir de la consulta me topé con Mari Aas en la sala de espera.

–Hola, Roy –dijo y esbozó su espléndida sonrisa, pero vi que se ruborizaba.

La costumbre de pronunciar el nombre de la persona a la que saludaban la habían iniciado Carl y ella cuando eran novios. Carl había leído un estudio que decía que la gente, sin ser consciente de ello, respondía un cuarenta por ciento más positivamente a los investigadores si estos se dirigían a ellos por su nombre de pila. Para elaborar esa estadística no me habían preguntado a mí, sin duda.

—Hola —dije con la mano a la espalda—. Este año la nieve ha llegado pronto.

¿Ves? Así es como deben saludarse los vecinos del pueblo.

Sentado en el coche, mientras me las apañaba para girar la llave sin mover el dedo vendado y dolorido, me pregunté por qué se habría sonrojado Mari en la consulta del médico. ¿Le pasaba algo de lo que se avergonzaba? ¿O se avergonzaba solo por tener algún padecimiento? Porque Mari no era de las que se ponen coloradas. Cuando Carl y ella eran novios, era yo el que me sonrojaba si se me acercaba sin previo aviso. Sí, bueno, la había visto enrojecer algunas veces. Una fue cuando Carl le había comprado un collar por su cumpleaños y, aunque era sencillo, Mari sabía que Carl estaba sin blanca, así que le presionó hasta que él confesó que había robado doscientas coronas de un cajón del escritorio del tío Bernard. Yo lo sabía, claro, y cuando el tío Bernard felicitó a Mari por su bonito collar, Mari se puso tan colorada que creí que iba a estallarle algún vaso sanguíneo. Tal vez le pasara como a mí: había acontecimientos, un pequeño robo, una respuesta desdeñosa, que no conseguía olvidar. Como las balas que quedan alojadas en el cuerpo, pueden encapsularse, pero duelen si hace frío y, algunas noches, de repente se mueven. Puedes tener cien años y todavía sentir que se te encienden las mejillas.

Julie me dijo que le daba pena, que el doctor Spind debería haberme dado un analgésico más fuerte, que lo de Alex se lo había inventado, que desde luego que no iba a quedar con nadie y menos aún dejarse besar. La escuchaba a medias. Me dolía la mano y sabía que debería haberme ido a casa. Pero allí solo me esperaba más dolor.

Julie se apoyó en mí mientras estudiaba mi dedo vendado con gesto de experta preocupación. Sentí su pecho blando sobre mi antebrazo y el olor dulce a chicle de su aliento sobre mi cara. Su boca estaba tan cerca de mi oreja que la oía mascar el chicle como si fuera una vaca rumiando.

—¿Antes has sentido un poco de celos? —susurró con toda la inocencia rebuscada de la que es capaz alguien a los diecisiete años.

—¿Antes? —repuse—. He estado celoso desde que tenía cinco años.

Se echó a reír como si fuera una broma, y yo hice un esfuerzo por sonreír para que lo creyera así.

17

Puede que estuviera celoso de Carl desde el día en que nació. Tal vez antes, cuando vi a mi madre acariciar con ternura su gran barriga y me contó que pronto tendría un hermanito. Pero mi primer recuerdo de verme confrontado con mis celos es de cuando contaba cinco años y alguien expresó con palabras ese sentimiento doloroso y potente: «No tengas celos de tu hermano pequeño». Creo que fue mamá quien lo dijo, y que tenía a Carl en el regazo. Llevaba mucho tiempo allí. En un momento posterior mamá dijo que Carl recibía más amor porque necesitaba más amor. Puede ser, pero no dijo otra cosa que era igual de cierta: que era más fácil querer a Carl.

Y yo era quien más lo amaba.

Por eso, no solo sentía celos de Carl por todo el amor incondicional que le demostraba la gente que lo rodeaba, sino también de aquellos a quienes Carl demostraba amor. Como Dog.

Como ese chico que un verano se alojó con su familia en una de las cabañas, guapo como Carl, y con quien Carl estaba de la mañana a la noche mientras yo contaba los días que faltaban para que el verano acabara.

Como Mari.

Los primeros meses que fueron pareja yo fantaseaba con que Mari sufría accidentes repentinos. Entonces yo tenía que consolar a Carl. No sé en qué momento pasé de estar celoso a estar enamorado, aunque, si eso fue lo que ocurrió, puede que los dos sentimientos convivieran, pero el enamoramiento ahogaba todo lo demás. Era como una enfermedad terrible y yo era incapaz de comer, de dormir, de seguir una conversación normal.

Ansiaba y a la vez temía el momento en que Mari venía a ver a Carl, me ruborizaba cuando ella me daba un beso en la mejilla o me hablaba o miraba. Y me avergonzaba profundamente de lo que sentía, claro, de ser incapaz de dejarlo, de conformarme con las migajas; o de estar en la misma habitación que ellos e intentar justificar mi presencia haciendo cosas que no sé hacer, como ser divertido o interesante. Al final di con mi papel, el del hermano callado, el que escucha, el que se reía de alguna gracia de Carl o asentía cuando Mari repetía algo interesante que había leído u oído decir a su padre, el alcalde. Yo les llevaba en coche a las fiestas en las que Carl se emborrachaba y ella intentaba mantenerlo más o menos bajo control. Cuando ella me preguntaba si no me aburría estar siempre sobrio, respondía que no había problema, me gustaba más conducir que beber alcohol, y Carl necesitaba que alguien cuidara de él, ¿o no? Sonreía y no decía nada más. Creo que lo comprendía. Todo el mundo se daba cuenta. Salvo Carl.

—¡Claro que Roy tiene que venir con nosotros! —decía riendo cuando planeaban una salida a esquiar, un fin de semana de fiesta en la ciudad o montar a los percherones de Aas.

No ofrecía razón alguna, su rostro sonriente y diáfano era argumento suficiente. Daba a entender que el mundo era un buen lugar, habitado exclusivamente por buena gente que debería alegrarse de poder convivir.

Como es natural, nunca intenté nada, como suele decirse. Era lo bastante espabilado para comprender que Mari no veía en mí nada más que al hermano mayor algo callado pero sacrificado, siempre dispuesto a echarles una mano.

Pero un sábado por la noche en el centro cívico, Grete se me acercó y me dijo que Mari estaba enamorada de mí. Carl estaba en la cama pasando una gripe que yo había sufrido la semana anterior, así que no tenía obligación de conducir y había bebido algo del aguardiente casero que Erik Nerell siempre llevaba consigo. Grete también estaba borracha y le bailaban los ojos de bruja. Sabía que solo quería jodernos, sembrar cizaña, porque la conocía y había visto cómo miraba a Carl. A pesar de eso, fue como si Armand el predicador hubiera anunciado con su acento de cantante sueco que existe la salvación y una vida después de la muerte. Si alguien dice algo que es del todo improbable, pero que estás deseando escuchar, una pequeña parte de ti, la débil, decide creérselo.

Vi a Mari junto a la puerta. Hablaba con un chico que no era del pueblo, porque los chicos de aquí le tenían demasiado miedo para intentar nada. No porque fuera la novia de Carl, sino porque sabían que era más lista que ellos y los despreciaba y, cuando los rechazara, lo haría a la vista de todos, puesto que en Årtun todo el mundo estaba pendiente de lo que hacía la hija del alcalde.

Que yo, el hermano de Carl, me acercara a ella, no era peligroso. Al menos para ella o para mí.

—Hola, Roy. —Sonrió—. Este es Otto. Estudia ciencias políticas en Oslo y opina que yo debería hacer lo mismo.

Observé a Otto, que bebía la cerveza a morro y miraba para otro lado; estaba claro que no quería invitarme a participar en la conversación, sino que me pirara cuanto antes. Tuve que contenerme para no golpear el culo de la botella. Me concentré en Mari, me humedecí la boca y dije:

—¿Bailamos?

Me miró sorprendida y risueña.

—Pero si tú no bailas, Roy.

Me encogí de hombros.

—Puedo aprender.

Era evidente que estaba más borracho de lo que creía. Mari soltó una carcajada y negó con la cabeza.

—Pues no seré yo quien te enseñe, a mí también me haría falta un profesor de baile.

—Puedo ayudarte —dijo Otto—. Resulta que soy profesor de swing en mi tiempo libre.

—¡Sí, gracias! —Mari se giró y le dirigió esa sonrisa radiante que lanzaba de pronto y hacía que te sintieras la persona más importante del mundo—. Si no te da miedo que la gente se ría.

Otto sonrió.

—Oh, no creo que hagamos el ridículo —dijo, dejó la botella de cerveza en la escalera y yo me arrepentí de no habérsela empotrado en el morro cuando tuve ocasión.

—Es lo que yo llamo un hombre valiente —dijo Mari y le puso una mano en el hombro—. ¿Te importa, Roy?

—Claro que no —dije buscando una pared contra la que golpearme la cabeza.

—Entonces ya son dos los hombres valientes —dijo Mari y me puso la otra mano en el hombro—. Profesor y alumno. Estoy deseando veros juntos en la pista.

Se marchó y pasaron un par de segundos antes de que comprendiera lo que había ocurrido. El tal Otto y yo nos quedamos ahí, mirándonos.

—¿Prefieres pelear? —pregunté.

—Por supuesto —dijo, puso los ojos en blanco, cogió la botella de cerveza y se marchó.

Vale, estaba demasiado borracho, pero el dolor de cabeza y el arrepentimiento tardío con los que desperté al día siguiente eran peores que la paliza que Otto me hubiera podido propinar.

Carl tosió, rio y volvió a toser cuando le conté lo que había pasado, omitiendo las palabras de Grete.

—De verdad que eres el mejor, hasta estás dispuesto a bailar para alejar a los plastas de la chica de tu hermano.

Refunfuñé.

—Solo bailaría con Mari, no con el Otto ese.

—Da igual, ¡deja que te bese!

Lo aparté de un empujón.

—No quiero volver a pasar la gripe, gracias.

No tenía demasiada mala conciencia por no contarle a Carl lo que sentía por Mari. Casi estaba más sorprendido por el hecho de que él no se diera cuenta. Podría habérselo contado todo. Podría haberlo hecho, y él lo habría comprendido. O, al menos, habría dicho que lo comprendía. Habría ladeado la cabeza, me habría mirado pensativo y habría asegurado que son cosas que ocurren, que se me pasaría. Y yo habría estado de acuerdo. Por eso mantuve la boca cerrada. Esperé a que se me pasara. Nunca volví a preguntarle a Mari si quería bailar, ni metafórica ni literalmente.

Pero Mari me lo preguntó a mí.

Sucedió unos meses después de que Grete se chivara a Mari de que se lo había montado con Carl, y de que Mari dejara a Carl. Carl se había marchado a estudiar a Minnesota y yo vivía solo en la granja. Un día llamaron a la puerta. Era Mari. Me dio un beso en la mejilla, me pegó los senos al pecho y, sin soltarme, me preguntó si quería acostarme con ella. Esas fueron sus palabras exactas, que me susurró al oído. «¿Quieres acostarte conmigo? —y apostilló—: Roy.» En aquel caso no fue porque las investigaciones hayan demostrado que el uso del nombre de una persona hace que tenga una actitud más positiva hacia su interlocutor, sino para recalcar que era a mí, a Roy, a quien se refería.

—Sé que quieres —dijo cuando notó que yo dudaba—. Lo he sabido todo el tiempo, Roy.

—No. Te equivocas.

—No mientas —dijo deslizando una mano entre nosotros.

Me solté. Sabía por qué estaba allí, claro. Sí, era ella quien había dejado a Carl, pero ella era la parte ofendida. A lo mejor ni siquiera tenía ganas de romper, pero no tuvo elección. Mari Aas, la hija del alcalde, no podía permitir que el hijo del granjero de montaña la hubiera engañado y que la mitad del pueblo lo supiera porque Grete se había ocupado de difundirlo. Pero no bastaba con mandarlo a la mierda, como suele decirse. Había que restablecer el equilibrio. Que hubieran pasado dos meses daba a entender que había dudado antes de tomar esa decisión. Dicho de otro modo: acostarme con ella ahora no equivalía a aprovecharme de una mujer vulnerable tras una ruptura. Sería ella la que se aprovecharía de un hermano al que acababa de abandonar la persona a la que más quería.

—Ven. Te voy a hacer pasar un buen rato.

Negué con la cabeza.

—No eres tú, Mari.

Se quedó parada en medio del salón y me miró incrédula.

—¿Así que es cierto?

—¿Qué es cierto?

—Lo que dice la gente.

—No tengo ni puta idea de lo que dicen.

—Que no te gustan las chicas. Que solo piensas en… —Se calló, quiso aparentar que no daba con las palabras, pero Mari Aas siempre encontraba la palabra justa, y dijo al fin—: Coches y pájaros.

—Quería decir que tú no eres el problema, Mari, es Carl. Es que no estaría bien.

—Tienes razón en que no estaría bien.

Entonces lo vi, el desprecio condescendiente que la gente del pueblo advertía en sus ojos. Pero había otra cosa más, como si supiera algo que no debería saber. ¿Carl le había dicho algo?

—Vas a tener que buscar otra manera de vengarte —dije—. Consúltalo con Grete, tiene buenas ideas.

Entonces Mari se sonrojó de verdad. Y, esta vez, no dio con las palabras justas. Se marchó pitando y la gravilla voló detrás del coche al arrancar y alejarse en dirección a Geitesvingen. Cuando la vi en el pueblo al cabo de unos días, se sonrojó otra vez y fingió no verme. Esto se repitió unas cuantas veces, en un pueblo como el nuestro es imposible no encontrarse. Pero pasó el tiempo, Mari se marchó a Oslo, estudió ciencias políticas y, cuando regresó, pudimos hablar como antes. Casi como antes. Porque nos habíamos perdido el uno al otro. Ella sabía que yo sabía que llevaba una bala encapsulada en el cuerpo: la cuestión no era que la hubiera rechazado, sino que la había visto. La había visto desnuda. Desnuda y fea.

En cuanto a las balas encapsuladas en mi cuerpo, supongo que sigue habiendo una que lleva el nombre de Mari, pero ya no se mueve. Ese enamoramiento se había disipado con el tiempo. Es raro, pero dejé de estar enamorado de Mari casi en el mismo instante en que rompió con Carl.

18

Dos días después de mi visita al hojalatero Moe me llamaron
de la oficina principal para ofrecerme la gasolinera de Sørlandet. Parecieron decepcionados cuando dije que no. Me pidieron una explicación, y se la di. Dije que la gasolinera que dirigía se enfrentaba a un reto muy interesante ahora que iban a
desviar la carretera, y que me gustaría ver si era capaz de superarlo. Parecieron impresionados y dijeron que era una pena,
que yo era el hombre que les hacía falta en el sur.

Más tarde Kurt Olsen vino a la gasolinera.

Se plantó ante el mostrador con las piernas bien separadas,
se pasó el índice y el pulgar por el bigote estilo *Easy Rider* y
esperó a que acabara de atender a un cliente y la tienda quedara vacía.

—Anton Moe te ha denunciado por agresión física.

—Tiene gracia que elija precisamente esas palabras —dije.

—Puede ser —repuso Olsen—. Me contó las acusaciones que
has vertido contra él y he hablado con Natalie. Afirma que su
padre nunca le ha puesto la mano encima.

—¿Qué te esperabas? ¿Creías que iba a decir «Sí, ahora que
lo preguntas, mi padre se me tira»?

—Si se trata de una violación estoy seguro de que…

—Joder, nunca he dicho que la violara. Estrictamente hablando no es una violación. Pero no por eso deja de violarla,
supongo que lo entiendes.

–No.

–A lo mejor la chica piensa que no se ha resistido lo suficiente, que debería haber comprendido que aquello estaba mal, a pesar de que solo era una niña cuando empezó.

–Para el carro, no sabes si…

–¡Escucha! Un niño cree que todo lo que hacen sus padres está bien, ¿entiendes? Pero también recuerda que le dijeron que tenía que ser un secreto, así que ¿tal vez sí que sabía que estaba mal? Y como ha guardado el secreto, como la lealtad para con su familia está por encima de la que le debe a Dios y al policía, asume su parte de culpabilidad. Puede que, con dieciséis años, la carga sea más fácil de llevar si se convence de que ha participado en ello voluntariamente.

Olsen se acarició el bigote.

–Hablas como si fueras de asuntos sociales y además hubieras vivido en casa de Moe.

No respondí.

Suspiró.

–No puedo presionar a una chica de dieciséis años para que declare en contra de su padre, supongo que lo entenderás. Por otra parte, ya tiene edad para ser responsable de lo que dice.

–¿Quieres decir que optas por mirar hacia otro lado porque puede que actúe voluntariamente y acaba de cumplir la edad necesaria para mantener relaciones sexuales consentidas?

–¡No! –Kurt Olsen miró alrededor para asegurarse de que seguíamos estando solos y bajó la voz de nuevo–. El incesto en la línea descendente es punible en cualquier caso. Moe se arriesga a una condena de seis años de cárcel, daría igual que la chica tuviera treinta años y lo hiciera de forma totalmente voluntaria. Pero ¿cómo voy a demostrarlo cuando nadie quiere hablar? Si detengo al padre, nos arriesgamos a provocar un escándalo que les arruine la vida a todos los implicados. Destinaríamos muchísimos recursos a algo que no acabaría en una sentencia condenatoria. Además, los periódicos de la capital arrastrarán el nombre de Os por el fango.

«Se te olvida añadir que tú saldrías mal parado», pensé mirando a Olsen. Pero la desesperación de su gesto y de su voz era auténtica.

—Entonces ¿qué podemos hacer? —preguntó con un suspiro y extendiendo los brazos.

—Podemos asegurarnos de que la chica se aleje del padre —dije—. Por ejemplo, podría mudarse a Notodden.

Apartó la mirada. La fijó en el expositor de prensa, como si ahí hubiera algo de interés. Asintió despacio.

—En cualquier caso, tengo que tramitar la denuncia que ha puesto contra ti, ¿lo entiendes? Está castigado con hasta cuatro años de cárcel.

—¿Cuatro años?

—Tiene la mandíbula rota por dos sitios y se arriesga a perder audición en un oído.

—Pero en ese caso seguirá oyendo por el otro. Susúrrale en el lado bueno que, si retira la denuncia, se ahorrará que lo de su hija se haga público. Tú, yo y él sabemos que la única razón por la que ha presentado la denuncia es que, si no lo hiciera, mi acusación parecería justificada.

—Entiendo tu lógica, Roy, pero como policía no puedo pasar por alto que has lesionado a un hombre.

Me encogí de hombros.

—Fue en defensa propia. Me dio con el martillo antes de que yo le pusiera la mano encima.

Olsen soltó una carcajada que sonó como un ladrido, pero la sonrisa no se reflejó en sus ojos.

—¿Cómo vas a conseguir que me crea eso? Que un pentecostalista, que nunca se ha metido en problemas, ataque a Roy Calvin Opgard, un tipo que todo el mundo conoce como el más pendenciero del pueblo.

—Usando la cabeza y los ojos. —Puse las manos sobre el mostrador con las palmas hacia abajo.

Las observó.

—¿Y?

—Soy diestro, y todos aquellos con los que alguna vez he peleado te dirán que los tumbé con la derecha. ¿Por qué será que tengo los nudillos de la mano izquierda completamente pelados, mientras que la derecha está intacta, salvo por ese dedo? Explícale a Moe el cariz que tomará este asunto, tanto por lo que se refiere a la hija como a la agresión física, cuando se sepa que fue él quien me agredió a mí.

Olsen se frotaba el bigote sin parar. Asintió con un gesto adusto.

—Hablaré con él.

—Gracias.

Levantó la cabeza y me clavó la mirada. En ella vi un destello de ira. Como si con mi agradecimiento me estuviera burlando de él, que no lo hacía por mí, sino por él. Puede que también por Natalie y por el pueblo, pero desde luego que no por mí.

—La nieve no va a durar —dijo.

—¿Ah, no? —dije sin darle importancia.

—Dicen que la semana que viene hará bueno.

La reunión del pleno municipal empezaba a las cinco, y antes de que Carl se marchara, los tres comimos trucha de montaña con patatas hervidas, ensalada de pepino y crema agria, que serví en el comedor.

—Eres buen cocinero —dijo Shannon mientras quitaba la mesa.

—Gracias, pero eran unos platos muy sencillos —dije escuchando el ruido del motor del Cadillac, que se alejaba.

Nos sentamos en el cuarto de estar y serví el café.

—El hotel es el primer punto de la agenda —dije mirando el reloj—. En estos momentos Carl estará a punto de entrar en acción. Tendremos que cruzar los dedos y esperar que meta un gol.

—Meta un gol —repitió Shannon.

—Y los deje patidifusos.

—Patidifusos. ¿Qué es eso?

—Tiene que ver con las patas, no es lo mío.

—Necesitamos vino. —Shannon fue a la cocina y volvió con dos copas y la botella de espumoso que Carl había puesto a enfriar—. ¿Y qué es lo tuyo?

—¿Lo mío? —dije mientras abría la botella—. Me gustaría tener mi propia gasolinera. Sí… y supongo que eso es todo.

—¿Mujer? ¿Hijos?

—Si tiene que ser, será.

—¿Por qué no has tenido nunca novia?

Me encogí de hombros.

—Será que no tengo gancho.

—¿Gancho? O sea, que no eres atractivo, ¿es eso lo que estás diciendo?

—Lo he dicho medio en broma, pero sí.

—Pues yo te digo que eso no es verdad, Roy. Y no lo digo porque me des pena, sino porque es un hecho.

—¿Un hecho? —Cogí la copa que ella me había servido—. ¿Esas cosas no son subjetivas?

—Algunas cosas son subjetivas. Creo que el atractivo de un hombre reside más en los ojos de la mujer que lo mira, aunque no ocurre lo mismo con el atractivo de la mujer.

—¿Te parece injusto?

—Bueno. Puede que el hombre sea más libre porque se da menos importancia a su aspecto físico, en él se valora más su estatus social. Cuando las mujeres se quejan de estar sometidas a la tiranía de la belleza, ellos deberían quejarse de la tiranía del estatus.

—¿Y si no tienes ni belleza ni estatus social?

Shannon se quitó los zapatos de una patada y subió los pies a la butaca. Dio un sorbo a su copa. Parecía encontrarse a gusto.

—El estatus se mide, exactamente igual que la belleza, en distintas balanzas y con diferentes parámetros —dijo—. Un pintor que viva en la miseria, pero de gran talento, puede tener un harén de mujeres. A las mujeres les atraen los hombres con recursos, los que destacan sobre el resto. Si no tienes ni belleza ni estatus, hay que compensarlo con atractivo, carácter, humor y otras cualidades.

Me reí.

—Es ahí donde gano puntos, ¿es eso lo que quieres decir?

—Sí —dijo ella con sencillez—. Salud.

—Salud, y un millón de gracias —dije levantando la copa. Las burbujitas restallaron y susurraron, pero no oí lo que me estaban diciendo.

—De nada —sonrió ella.

—Resulta más sencillo para hombres como Carl —dije dándome cuenta de que casi había vaciado mi copa—. ¿Qué te atrapó? ¿Su físico, el estatus o su encanto?

—La inseguridad —dijo—. Y la bondad. Ahí reside la belleza de Carl.

Levanté la mano derecha para negar con el índice, pero no podía doblar el dedo vendado, así que alcé la izquierda.

—No, no. No vale que plantees una tesis darwiniana sobre la reproducción y luego te clasifiques como una excepción. Inseguridad y bondad no son suficientes.

Sonrió y rellenó nuestras copas.

—Tienes razón, claro. Pero no tuve esa sensación. Sé que mi cerebro de animal racional buscaba a alguien que pudiera ser el padre de mis hijos, pero lo que mi humanidad descabellada vio, aquello de lo que se enamoró, fue de la frágil belleza de un hombre.

Negué con la cabeza.

—¿Físico, estatus u otras cualidades compensatorias?

—Déjame pensar —dijo Shannon levantando su copa hacia la luz de la lámpara del salón—. El físico.

Asentí. No dije nada. Pero me acordé de Carl y Grete en el bosquecillo. El siniestro roce del anorak antes de rajarse. Y otro sonido. El ruido de Julie al mascar. Como si fuera una vaca rumiando. Un pecho suave. Julie. Me obligué a pensar en otra cosa.

—La belleza no es una categoría absoluta, claro —dijo Shannon—. Es lo que nosotros, cada uno de nosotros, le atribuye. La belleza siempre surge en un contexto, guarda relación con experiencias previas, todo lo que hemos percibido, aprendido y relacionado con anterioridad. Todo el mundo tiende a pensar que el himno nacional de su país casualmente es el más bonito, que su madre es la que mejor cocina, que la chica más guapa del pueblo también es la más guapa del mundo, etcétera. La primera vez que escuches una música nueva y desconocida, no te gustará. Es decir, si es verdaderamente desconocida. Cuando la gente afirma que le gusta, que adoran una música que para ellos es del todo nueva, es porque les atrae la idea de algo exótico, emocionante, que además les da la sensación de tener una sensibilidad y una comprensión del cosmos que supera a la de sus vecinos. Pero lo que en realidad les gusta es aquello que reconocen de manera inconsciente. Poco a poco lo novedoso se va integrando en sus experiencias vitales, y el aprendizaje condicionado, el adoctrinamiento sobre cómo ha de ser lo bello y hermoso se convierte en parte de su sentido estético. A principios del siglo XX el cine americano enseñó a la gente de todo el mundo a apreciar la belleza de las estrellas de cine blancas. Después las negras. Durante los últimos cincuenta años el cine asiático ha hecho lo mismo con sus estrellas cinematográficas. Pero pasa como con la música, su belleza ha de ser reconocible para el público, un asiático no ha de ser excesivamente asiático, debe asemejarse al canon de belleza ideal establecido, un ideal que sigue siendo blanco. Desde ese punto de vista, la idea de los sentidos aplicados a la estética es, en el mejor de los casos, poco precisa. Nacemos con el sentido de la vista y del oído, pero cuando se trata de la estética, todos empezamos de cero. Nosotros…

Se calló de repente. Esbozó una sonrisa y se llevó la copa de vino a los labios, como si acabara de darse cuenta de que estaba perorando para un público al que suponía falto de interés.

Nos quedamos en silencio un rato. Carraspeé y dije:

—He leído que a la gente, incluso en las tribus que viven más aisladas, le gusta que un rostro sea simétrico. ¿Eso no te dice que hay algo congénito?

Shannon me observaba. Una sonrisa cruzó su rostro y se inclinó hacia delante.

—Puede ser —dijo—. Por otra parte, las reglas de la simetría son tan sencillas y consecuentes que no es raro que compartamos ese gusto en todo el planeta. Del mismo modo que es fácil recurrir a la fe en una fuerza superior y por eso también es universal, pero no congénito.

—Entonces ¿si te digo que pienso que eres guapa? —se me escapó.

Primero pareció sorprendida. Luego señaló su párpado caído y, cuando habló, su voz carecía de la calidez y la gravedad habitual, y tenía un tono metálico.

—Pues o es mentira o no has asimilado los principios más elementales de la belleza.

Comprendí que había sobrepasado un límite.

—¿Así que hay principios? —dije para volver a la otra orilla.

Me observó como si me estudiara, como si quisiera decidir si debía o no dejar que quedara impune.

—Simetría —dijo por fin—. El número áureo. Formas que imitan la naturaleza. Colores complementarios. Tonos armónicos.

Asentí, aliviado porque la conversación fluyera de nuevo, pero sabía que estaría mucho tiempo flagelándome por ese desliz.

—O, como en el caso de la arquitectura, donde las formas son funcionales —prosiguió—. Que es lo mismo que decir que imitan a la naturaleza. Las celdas hexagonales de los panales. Las presas de los castores que regulan los niveles de agua. La red de túneles de los zorros. Los nidos en agujeros en los troncos que abren los pájaros carpinteros y alojan a otras aves. Nada de ello ha sido construido para ser bello, pero lo es de todas formas. Una casa en la que se vive bien es hermosa. En el fondo es muy sencillo.

—¿Y una gasolinera?

—También puede ser hermosa siempre que cumpla con una función que consideramos útil.

—Entonces ¿un patíbulo...?

Shannon sonrió.

—Puede ser bello siempre que consideremos que la pena de muerte es necesaria.

—Pero un Cadillac es hermoso —dije y serví más vino—. A pesar de que la forma sea poco funcional si la comparas con los coches modernos.

—Bueno, sus formas imitan a la naturaleza, igual que si lo hubieran hecho para volar como un águila, enseñar los dientes como una hiena, deslizarse por el agua como un tiburón. Tiene un aspecto aerodinámico y sitio para un motor de ignición que puede lanzarnos al espacio exterior.

—La forma engaña sobre la función que puede cumplir y lo sabemos. A pesar de eso, nos parece hermoso.

—Bueno. Incluso los ateos opinan que las iglesias son bellas. Pero es probable que los creyentes las vean aún más bonitas porque las asocian con la vida eterna, como el efecto que tiene el cuerpo de la mujer en un hombre que quiere perpetuar sus genes. De manera inconsciente, un hombre deseará un poco menos el cuerpo de una mujer si sabe que no es fértil.

—¿Eso crees?

—Podemos comprobarlo.

—¿Cómo?

Esbozó una sonrisa.

—Tengo endometriosis.

—¿Qué es eso?

—Tejido de la pared uterina que crece fuera de la matriz y hace que nunca vaya a tener hijos. ¿Estás de acuerdo con que la falta de contenido hace que la fachada sea algo menos hermosa?

La miré.

—No.

Sonrió.

—Es tu yo superficial y consciente el que responde. Dale a tu subconsciente tiempo para que procese la información.

Puede que fuera el vino el que hubiera coloreado sus siempre níveas mejillas. Iba a responder, pero me interrumpió con una carcajada.

—Además, eres mi cuñado, así que no sirves de conejillo de Indias.

Asentí. Me puse de pie y me acerqué al reproductor de cedés. Puse *Naturally*, de J. J. Cale.

Escuchamos el álbum entero en silencio y, cuando acabó, Shannon me pidió que volviera a ponerlo desde el principio.

Mientras sonaba «Don't Go To Strangers» se abrió la puerta y entró Carl. Tenía una expresión seria y resignada. Señaló la botella de vino espumoso con un movimiento de la cabeza.

—¿Por qué la habéis abierto? —preguntó empleando un tono bajo.

—Porque sabíamos que convencerías a ese pleno de que este lugar necesita un hotel —dijo Shannon alzando su copa—. Y que te darían permiso para construir el número exacto de cabañas que querías. Estábamos celebrando por adelantado, eso es todo.

—¿Tengo aspecto de que haya ocurrido todo eso? —dijo mirándonos con gesto compungido.

—Solo parece que eres un actor pésimo —dijo Shannon bebiendo un sorbo—. Coge una copa, querido.

La máscara de Carl cayó.

—Aprobado con un solo voto en contra. ¡Estaban entusiasmados!

Un aura de felicidad rodeaba a Carl mientras se bebía la mayor parte de lo que quedaba del vino y contaba sin dejar de gesticular cómo había sido el pleno.

—Devoraron cada palabra. ¿Sabéis lo que dijo uno de ellos? «En mi partido tenemos un lema que dice que todo se puede mejorar. Pero hoy no había nada que se pudiera hacer de otra manera.» Aprobaron allí mismo los cambios de la ley de urbanismo, de manera que ya tenemos cabañas. —Señaló por la ventana—. Después de la reunión Willumsen se me acercó, dijo que había estado presente en la sala, entre el público, y me felicitó porque no solo había hecho rica a mi familia y a mí mismo, sino que también había convertido las tierras baldías del pueblo en un auténtico yacimiento petrolífero. Willumsen lamentó no ser propietario de más tierras, y me ofreció allí mismo tres millones de coronas por la nuestra.

—¿Y qué respondiste?

—Que esa cantidad quizá fuera el doble de lo que los pastos valían ayer, pero que ahora valen diez veces más. No, ¡cincuenta veces más! ¡Salud!

Shannon y yo alzamos nuestras copas vacías.

—¿Y el hotel? —preguntó Shannon.

—Les encanta. Están entusiasmados. Pidieron unos retoques mínimos.

—¿Retoques? —Shannon enarcó una ceja.

—Les pareció que resultaba un poco… árido, creo que esa fue la expresión que usaron. Querían un toque del colorido tradicional de la montaña noruega. Nada que deba preocuparte.

—¿Colorido tradicional de la montaña?

—Detalles. La fachada. Quieren hierba en el techo y algún que otro tronco de madera sin tratar aquí y allá. Dos gnomos grandes, tallados en madera, uno a cada lado de la puerta. Bobadas así.

—¿Y?

Carl se encogió de hombros.

—Pues les dije que adelante. *No big deal.*

—¿Que les has dicho qué?

—Escucha, *darling*, es pura psicología. Necesitan tener la sensación de que poseen el mando, que no solo son un montón de pueblerinos paletos controlados por otro pueblerino bocazas que acaba de volver del extranjero, ¿no es cierto? No nos queda más remedio que darles algo. Fingí que nos costaba muchísimo hacer esas concesiones. Así que tienen la sensación de que ya nos han exigido bastante, y no nos pedirán nada más.

—Dijimos que no cederíamos —dijo Shannon—. Lo prometiste. —Su ojo abierto lanzaba destellos.

—Tranquila, *darling*. Cuando demos la primera paletada de tierra dentro de un mes, tendremos el control, y les explicaremos por qué técnicamente al final no hemos podido introducir esos detalles tan kitsch. Hasta entonces dejaremos que crean que se han salido con la suya.

—¿De la misma manera que dejas que todo el mundo crea que se va a salir con la suya? —preguntó.

Yo nunca había oído esa frialdad en su voz.

Carl se removió incómodo.

—*Darling*, hoy es un día para celebrar, no…

Shannon se levantó de golpe y se marchó a zancadas.

—¿Qué ha pasado? —pregunté cuando la puerta de la calle tembló.

Carl suspiró.

—Es su hotel.

—¿Suyo?

—Ella lo diseñó.

—¿Ella lo diseñó? ¿Los planos no son de un arquitecto?

—Shannon es arquitecta, Roy.

—¿En serio?

—Si quieres mi opinión, la mejor de Toronto. Pero tiene su propio estilo y opiniones, y me temo que es un poco Howard Roark.

—¿Es qué?

—El arquitecto que hizo volar su propio proyecto por los aires porque no lo habían construido exactamente como él quería. Shannon va a dar la batalla hasta por el detalle más nimio. Si fuera un poco más flexible sería no solo la mejor arquitecta de Toronto, sino también la más solicitada.

—No es que tenga mucha importancia, pero ¿por qué cojones nunca ha mencionado que los planos del hotel son suyos?

Carl suspiró.

—Los planos llevan la firma de su estudio de arquitectos. Me pareció que con eso bastaba. Un proyecto en el que el promotor ha dejado que su joven esposa extranjera diseñe los planos despertaría de inmediato sospechas de falta de profesionalidad. Se acallarán en cuanto conozcan su trayectoria, claro, pero creí que no hacía falta esa interferencia antes de que contáramos con la aprobación de los inversores y el pleno municipal. Shannon estaba de acuerdo.

—¿Por qué ninguno de los dos me lo ha dicho?

Carl abrió los brazos.

—No queríamos que tuvieras que ir por ahí mintiendo. Mejor dicho, no es una mentira, el nombre del estudio está a la vista, pero… bueno, ¿te haces cargo?

—¿Menos cabos sueltos? ¿Ningún flanco al descubierto?

—Pero, Roy, ¡joder! —Posó sus ojos hermosos, cargados de tristeza, sobre mí—. Tengo demasiadas cosas entre manos y solo intento reducir las posibles distracciones al mínimo, ¿vale?

Aspiré saliva entre los dientes. Debía de haber empezado a hacerlo últimamente. Papá sorbía entre dientes y solía irritarme.

—Vale —dije.

—Bien.

—Hablando de cosas en el aire y distracciones, el otro día me encontré con Mari en la consulta del médico. Se sonrojó al verme.

—¿Y eso?

—Como si se avergonzara.

—¿De qué?

—No lo sé. Pero después de lo que pasó entre Grete y tú, y tu marcha a Estados Unidos, intentó vengarse de ti.

—Vengarse ¿cómo?

Tomé aire.

—Intentó liarse conmigo.

—¿Contigo? —Carl se echó a reír—. ¿Y tú te quejas de que yo no mantenga informada a la familia?

—Eso era lo que ella quería. Que lo supieras. Y que te doliera.

Carl negó con la cabeza y me dijo en el dialecto local:

—Joder, no puede subestimarse a una tía ofendida. ¿Aprovechaste la oportunidad?

—No —dije—. Cuando vi que enrojecía de vergüenza caí en la cuenta de que se quedó con las ganas de vengarse. Y Mari Aas no es de las que olvidan, eso lo lleva dentro como una bala encapsulada. Creo que deberías mantenerla vigilada.

—¿Crees que está tramando algo?

—O que ya ha hecho algo. Algo tan gordo que se avergüenza cada vez que ve a alguien de nuestra familia.

Carl se frotó la barbilla.

—Por ejemplo, ¿algo que afecte a nuestro proyecto?

—Puede haber preparado algo que te perjudique. Solo quería avisarte.

—¿Y todo esto se basa en que te pareció ver que se sonrojaba, así de pasada?

—Sé que suena a estupidez –dije–. Pero Mari no es de las que se ponen coloradas, eso lo sabemos. Es una mujer segura de sí misma, no se avergüenza de casi nada. Pero es una moralista. ¿Recuerdas el collar que le compraste con el dinero que le robaste al tío Bernard?

Carl asintió.

—Esa fue la cara que puso –dije–. Como si hubiera participado en algo dudoso y fuera demasiado tarde para arrepentirse.

—Entiendo –dijo Carl–. Estaré pendiente de ella.

Me fui a dormir temprano. A través del suelo me llegaban las voces de Carl y Shannon en el salón. No oía lo que decían, solo que discutían. Luego se quedaron en silencio. Pasos en la escalera, la puerta del dormitorio al cerrarse. Y entonces follaron.

Me tapé la cabeza con la almohada y canté el tema de J. J. Cale «Don't Go To Strangers» en mi cabeza.

19

La nieve se había derretido.

Me encontraba junto a la ventana de la cocina mirando fuera.

—¿Dónde está Carl? —pregunté.

—Hablando con los contratistas —dijo Shannon, que estaba sentada a la mesa de la cocina leyendo el periódico local, *Diario de Os*—. Estarán en el solar.

—¿No deberías estar tú también, que eres la arquitecta?

Se encogió de hombros.

—Dijo que prefería ir solo.

—¿Qué dice el periódico?

—Que el pleno del ayuntamiento ha abierto la puerta a los ricachones de la ciudad y Os se va a convertir en su lugar de veraneo. Que nosotros vamos a ser sus criados. Que sería mejor que hubiéramos construido un centro para alojar refugiados políticos, gente que de verdad nos necesita.

—¡Vaya! ¿Dan Krane dice eso?

—No, es la carta de un lector, pero le han dado mucho espacio y se hace referencia a la carta en el frontal.

—En la portada. ¿Qué dice Krane en el editorial?

—Una historia sobre el predicador Armand. Conversiones y curaciones. Pero una semana después de que se marchara de Os con la colecta, los enfermos volvían a estar confinados en su silla de ruedas.

Solté una carcajada y observé el cielo sobre Ottertind, la

montaña que se alzaba junto al lago Budalsvannet. Estaba lleno de señales contradictorias y no desvelaba gran cosa sobre el tiempo que nos esperaba.

—Así que Krane no se atreve a criticar a Carl de forma directa —dije—. Pero deja mucho espacio a los que sí se atreven.

—De todas maneras, no parece que tengamos demasiado que temer por ese lado —dijo Shannon.

—Quizá no. —Me volví hacia ella—. Pero si sigues pensando que puedes averiguar lo que está buscando Kurt Olsen, creo que este sería un buen momento.

Fritt Fall era el tipo de bar que está condicionado por su potencial clientela. En el caso de Fritt Fall eso quería decir que tenía que satisfacer un poco las necesidades de todos. Una barra larga con taburetes para los sedientos de cerveza, pequeñas mesas para los hambrientos, una pequeña pista con luces de discoteca para los ligones, una mesa de billar con el tapete agujereado para los incombustibles y una mesa con impresos de quinielas y una pantalla de televisión con carreras de caballos para los optimistas. No sé para quién estaba pensado el gallo negro que de vez en cuando se paseaba entre las mesas, pero no se metía con nadie ni atendía a los pedidos de cerveza ni a su nombre, Giovanni. Pero a Giovanni lo echarían de menos el día que muriera y, según Erik Nerell, se lo servirían a la clientela en forma de un *coq au vin* comible aunque algo correoso.

Eran las tres cuando Shannon y yo nos presentamos en el establecimiento. No vi a Giovanni por ninguna parte, allí solo había dos tipos que miraban fijamente la pantalla del televisor, donde caballos con las crines al viento galopaban dando vueltas a una pista de gravilla. Ocupamos una mesa junto a la ventana y, como habíamos acordado, coloqué el portátil de Shannon entre nosotros, me puse de pie y me acerqué a la barra, desde donde Erik Nerell nos estaba observando aunque fingiera leer el *Diario de Os*.

—Dos cafés —dije.

—OK. —Puso una taza bajo el grifo de un termo enorme y presionó la tapa.

—¿Alguna novedad? —pregunté.

Me dirigió una mirada desconfiada. Señalé el periódico con un movimiento de la cabeza.

—Ah, eso —dijo—. No. Bueno… —Cogió otra taza—. No.

Cuando dejé el café sobre la mesa, Shannon había encendido el portátil. Me senté a su lado. El salvapantallas era un rascacielos más bien lúgubre, cuadrado y a mis ojos de lo más corriente, aunque Shannon me había explicado que se trataba de una obra maestra, la central de IBM en Chicago, creación de un tal Mies.

Miré alrededor.

—¿Cómo quieres que lo hagamos?

—Tú y yo charlaremos un poco mientras nos tomamos el café. Que, por cierto, es asqueroso, pero no voy a hacer una mueca porque nos está observando.

—¿Erik?

—Sí. Y esos dos del televisor también. Cuando nos hayamos bebido el café, cogerás el ordenador y fingirás estar muy entretenido con alguna cosa, mejor si escribes algo. No levantes la vista. Déjame el resto a mí.

—Vale —dije y bebí un sorbo de café, que por cierto tenía un sabor químico repugnante; habría sido mejor beber agua caliente—. Busqué en Google «endometriosis». Ahí dice que si el método tradicional no funciona, se puede intentar la inseminación artificial. ¿Os lo habéis planteado?

Abrió mucho un ojo, parecía furiosa.

—Creía que me habías dicho que charláramos —dije.

—Eso no es charlar —repuso en voz baja—. Es una conversación muy seria.

—Si quieres puedo hablar de gasolineras —dije encogiéndome de hombros—. O de las situaciones cómicas y humillantes que surgen cuando el dedo corazón de la mano que más usas está tieso como un palo.

Sonrió. Su humor cambiaba como el tiempo a dos mil metros de altura, pero cuando te envolvía con su sonrisa parecía que te deslizabas en una bañera de agua caliente.

—Quiero tener hijos —dijo—. Es mi mayor deseo. No un deseo racional, claro, sino del corazón.

Miró por encima de mi hombro, en dirección a Erik. Sonrió como si se hubiera cruzado con la mirada con él. ¿Y si Erik no sabía lo que tramaba Kurt? Ya no estaba tan seguro de que aquello fuera una buena idea.

—¿Y tú? —preguntó.

—¿Yo?

—¿Quieres tener hijos?

—Sí, claro. Me encantaría. Solo que…

—¿Sí?

—No sé si sería buen padre.

—Estoy segura de que lo serías, Roy.

—Para eso haría falta que la madre fuera todo lo que yo no soy. Y que comprendiera que gestionar una gasolinera te roba mucho tiempo.

—A lo mejor, el día que seas padre ya no pensarás que el mundo se acaba en las gasolineras.

—O en los rascacielos de aluminio anodizado.

Sonrió.

—Ha llegado el momento.

Nuestras miradas se cruzaron un instante, luego cogí el ordenador, abrí un procesador de textos y empecé a escribir. Dejé que las palabras fluyeran sin más, solo me concentré en no cometer faltas de ortografía. Al cabo de un rato oí que ella se levantaba. No me hizo falta mirar para saber que caminaba moviendo las caderas exageradamente, como si estuviera bailando un puto swing caribeño. Sentado de espaldas a la barra, oí que arrastraba un taburete y que se ponía a charlar con Erik Nerell e imaginé que él no le quitaba los ojos de encima igual que en la fiesta. Mientras estaba concentrado deletreando, alguien volvió a dejarse caer en la silla del otro lado de la mesa, por un instante creí que era Shannon y que ya había vuelto sin lograr su objetivo. Por alguna paradójica razón me sentí aliviado. Pero no era Shannon.

—Hola —dijo Grete.

Lo primero que noté fue que llevaba el pelo con la permanente y rubio.

—Hola —respondí lacónico intentando dar a entender que estaba muy ocupado.

—Sí, sí, es un hermoso ligue —dijo Grete.

Instintivamente miré en la misma dirección que ella.

Shannon y Erik estaban inclinados por encima de la barra que los separaba, por lo que los veíamos de perfil. Shannon se reía de algo, sonrió, y vi a Erik sumergido en el mismo baño cálido en el que yo acababa de estar. Quizá fuera por el hecho de que Grete acababa de llamarla hermosa, pero de pronto lo vi claro. Shannon Alleyne Opgard no solo era guapa, sino hermosa. Absorbía y reflejaba la luz de un modo maravilloso. Y yo me sentía incapaz de apartar la mirada de ella, maldita sea. Hasta que oí la voz de Grete, que decía:

—Uy, uy.

Me volví hacia ella. Ya no miraba a Shannon, sino a mí.

—¿Qué?

—Nada —dijo con una sonrisita cáustica en los labios de lombriz—. ¿Dónde se ha metido Carl hoy?

—Supongo que está en el solar del hotel.

Grete negó con la cabeza y preferí no pensar en cómo podía saberlo.

—Entonces no lo sé. A lo mejor está hablando con los socios.

—Eso parece más probable —dijo y dio la impresión de que dudaba si decir algo más.

—No sabía que frecuentaras Fritt Fall —comenté para cambiar de tema.

Me enseñó los impresos de quiniela que debía de haber recogido al entrar en la mesa bajo el televisor.

—Son para mi padre —dijo—. Aunque ahora dice que está pensando en apostar por un hotel en lugar de los caballos. Dice que es el mismo principio. Una apuesta mínima con posibilidades de ganar un premio gordo. ¿Lo ha entendido bien?

—No es ninguna apuesta —dije—. Aunque hay posibilidades de ganar algo, eso sí. Pero también de encontrarse con una factura importante. Es recomendable que antes compruebe si podrá afrontar el *worst case scenario*.

—¿El qué?

—Que todo se vaya a tomar por culo.

—Ah, eso. —Metió las quinielas en el bolso—. Me parece que Carl lo vende mejor que tú, Roy. —Levantó la vista hacia mí y sonrió—. Pero supongo que siempre ha sido así. Dale recuerdos. Y cuidado con su Barbie. Parece que está intentando superarlo.

Me giré y observé a Shannon y a Erik. Habían sacado los teléfonos y tecleaban. Cuando me volví otra vez, Grete estaba saliendo del bar.

Miré la pantalla. Empecé a leer lo que había escrito. Mierda. ¿Me había vuelto loco? Oí las patas de un taburete arrastrarse por el suelo otra vez y me apresuré a cerrar el documento y contestar que no cuando el programa me preguntó si quería guardar los cambios.

—¿Has acabado? —preguntó Shannon.

—Sí —dije. Bajé la tapa del portátil y me puse de pie—. ¿Y? —pregunté cuando estuvimos de vuelta en el Volvo.

—Imagino que ocurrirá esta noche.

Después de llevar a Shannon a la granja fui a la gasolinera para sustituir a Markus, que había pedido salir antes.

—¿Alguna novedad? —le pregunté a Julie.

—Bueno —dijo haciendo un globo de chicle—. Alex está de mal humor. Me llama calientapollas. Y Natalie se muda.

—¿Adónde?

—A Notodden. Lo entiendo, aquí nunca pasa nada.

—Nada de nada —dije sacando una llave de un cajón—. Voy a echar un vistazo al taller, ¿vale?

Dejé el portón del garaje cerrado y entré por la puerta de la oficina. El aire estaba viciado; hacía mucho que no iba por allí. Cuando hacía mucho frío cambiábamos los neumáticos a los coches ahí dentro, pero desde que cerré el taller apenas había utilizado el foso de engrase. Tras la marcha de Carl, cuando me quedé solo en la granja, me acondicioné un pequeño refugio al fondo del taller, con una cama, un televisor y una cocina americana. Ahí vivía en los meses más fríos del invierno, cuando la nieve bloqueaba la carretera de la granja y no tenía sentido calentar la casa para las pocas horas que pasaba allí. Cerré las puertas que daban al túnel de autolavado y me di una ducha. Nunca he estado tan limpio. Volví al taller y comprobé el estado del colchón. Seco. Los quemadores funcionaban. Incluso el televisor se encendió después de vacilar unos segundos.

Salí al taller.

Me coloqué en el lugar en el que le habíamos cortado los brazos, las piernas y la cabeza al viejo Olsen. Lo había cortado. Carl ni siquiera pudo mirar y no se lo reproché, ¿para qué iba a mirar? El tractor estuvo aparcado fuera, con la pala levantada, dos días, luego lo metí en el lavadero, y vacié el contenido, que se coló sin dificultad por la rejilla del sumidero. Limpié la pala con agua a presión y eso fue todo. ¿Qué sentía al estar en ese mismo lugar? ¿Había fantasmas? Habían pasado dieciséis años de aquello. Tampoco sentí gran cosa aquella tarde y aquella noche, no me lo podía permitir, así de sencillo. Y si hubiera fantasmas estarían en Huken, no aquí.

—Roy —dijo Julie cuando volví; alargaba la vocal como si mi nombre fuera larguísimo—. ¿Sueñas con ir a algún lugar?

Pasó las páginas de una revista de viajes y me enseñó una playa con una pareja joven ligera de ropa tomando el sol.

—Sería Notodden, supongo.

—Venga.

—He estado en el sur de Noruega. Y en el norte. Pero nunca he ido al extranjero.

—¡Cómo que no! —Ladeó la cabeza, me miró y añadió, un poco menos segura—: Todo el mundo ha estado en el extranjero, ¿no?

—He ido a algunos lugares extraños —dije—. Pero estaban aquí.

Con cuidado, me toqué la frente con el dedo vendado.

—¿Qué quieres decir? —Esbozó una sonrisa—. ¿Has estado loco, o algo?

—He descuartizado gente y disparado a perros indefensos.

—Sí, y le has tirado un flotador de esos a tu mujer cuando se ahogaba borracha de champán —dijo riendo Julie—. ¿Por qué los chicos de mi edad no son graciosos como tú?

—Para ser gracioso necesitas invertir tiempo. Tiempo y esfuerzo.

Esa noche, cuando llegué a la granja, Shannon estaba en el jardín de invierno, a oscuras, vestida con el anorak viejo de Carl, uno de mis gorros y una manta de lana sobre las rodillas.

—Hace frío, pero aquí, nada más ponerse el sol, es todo muy bonito —dijo—. En Barbados anochece muy rápido, de repente está oscuro, sin más. Y Toronto es tan llano y los edificios tan altos que llega un momento en que el sol se desvanece. Pero aquí lo ves todo en movimiento lento.

—A cámara lenta.

—¿Cámara? —Se echó a reír—. Sí, me encanta: a cámara lenta. Porque la luz tiene tantos matices… La luz del lago, la luz de encima de la montaña, la luz de detrás de la montaña. Como un fotógrafo que hubiera enloquecido con la iluminación. Adoro la naturaleza noruega —añadió con irónica intensidad impostada—. Naturaleza noruega, desnuda y salvaje.

Me senté a su lado con la taza de café que me había servido del cazo.

—¿Y Carl?

—Ha ido a dorarle la píldora a una persona importante para el proyecto. Un vendedor de coches de segunda mano.

—Willumsen. ¿Y por lo demás?

—¿Por lo demás?

—¿Alguna novedad?

—¿Como por ejemplo?

Las nubes se abrieron un instante y la luna asomó su rostro níveo. Como un actor que observa a escondidas a su público desde detrás del telón antes de que empiece la función. Y al ver la cara de Shannon iluminada por el resplandor vi lo que en realidad era: una actriz que estaba impaciente por actuar.

—El tío ha aguantado hasta las ocho de la tarde —dijo sacando la mano de debajo de la manta de lana y pasándome el teléfono—. Le dije que me gustaba, que me aburría aquí y le pedí que me mandara unas fotos. Me preguntó qué clase de fotos. Le dije que quería imágenes de la naturaleza noruega. Naturaleza noruega, desnuda y salvaje. A ser posible en primavera.

—¿Y esto es lo que te ha mandado? —Observé el estudiado selfi de Erik Nerell. Un *dick pic*. Estaba tumbado desnudo delante de una chimenea, encima de lo que parecía una piel de reno. Se había embadurnado con algo que daba un brillo mate a sus músculos. Y en el centro de la imagen: una erección impecable.

Cierto que su cara no salía en la foto, pero había elementos más que suficientes que una novia embarazada podría reconocer.

—Supongo que dirá que no me entendió bien —dijo Shannon—. Pero esto me parece ofensivo. Y creo que su suegro estará de acuerdo.

—¿El suegro? ¿La novia no?

—Lo he pensado un poco. Erik sabría exactamente lo que decirle. Creo que sería capaz de convencer a una novia embarazada y librarse. Arrepentirse, pedir perdón, bla, bla, bla. Por el contrario, un suegro…

—¡Eres malísima! —dije riendo.

—No —repuso con voz seria—. Soy buena. Soy amiga de mis amigos y hago lo que tenga que hacer para protegerlos. Aunque eso me exija hacer cosas malas.

Asentí. Intuí que no era la primera vez que actuaba de ese modo. Iba a decir algo cuando oí el magnífico sonido de un coche americano de ocho cilindros. Los haces luminosos dieron la vuelta a Geitesvingen, después llegó el Cadillac. Vimos cómo aparcaba y a Carl bajarse. Se quedó de pie junto al coche, se llevó el teléfono a la oreja. Hablaba en voz baja mientras se aproximaba a la casa. Me recliné, le di al interruptor de la pared para encender la luz. Vi que Carl daba un respingo al vernos. Como si le hubiéramos pillado. Pero yo no quería que me pillaran mano a mano con Shannon ocultos en la oscuridad. Apagué la luz otra vez para dar a entender que preferíamos estar a oscuras. Eso fue todo. Y pensé que la decisión que había tomado unas horas antes era la correcta.

—Me voy a mudar al taller —dije en voz baja.

—¿Qué? —reparo Shannon también bajito—. ¿Por qué?

—Para dejaros un poco más de espacio.

—¿Espacio? Pero si aquí no hay más que espacio. Una casa entera y una montaña para tres personas solamente. ¿No podrías quedarte, Roy? ¿Por mí?

Intenté ver su rostro en la oscuridad. ¿Lo decía de verdad o solo creía que debía decirlo? Pero la luna se había ocultado de nuevo y Shannon no dijo nada más.

Carl se unió a nosotros entrando por la puerta del cuarto de estar.

—Se terminó el plazo para participar en Spa Hotel de Montaña de Os, SL —dijo dejándose caer en una de las butacas de mimbre con una cerveza empezada en la mano—. Somos cuatrocientos veinte socios, prácticamente los únicos que tenemos algún patrimonio en el pueblo. El banco está listo y he hablado con los constructores. En principio, podríamos traer las excavadoras después de la asamblea de la sociedad, mañana mismo.

—Para excavar ¿qué? —pregunté—. Antes habrá que dinamitar, ¿no?

—Claro, era solo una forma de hablar. Ya me imagino las excavadoras como tanques avanzando para conquistar la cima de la montaña.

—Tendrás que hacer como los americanos y empezar por bombardearla —dije—. Extinguir cualquier forma de vida. Después podrás conquistarla.

Oí el ruido que hacía su barba incipiente al rozar el cuello de la camisa cuando se volvió hacia mí en la oscuridad. Supongo que estaría preguntándose si mis palabras dejaban adivinar algo más. Fuera lo que fuera.

—Willum Willumsen y Jo Aas han aceptado formar parte del consejo de dirección —dijo Carl—. Con la condición de que en la primera junta yo salga elegido como gerente.

—Parece que lo tienes todo bajo control.

—No te digo que no —repuso Carl—. La ventaja de una

sociedad limitada frente a una sociedad anónima es que la ley no exige que haya una junta directiva, auditores y todos esos controles. Tendremos una directiva y auditaremos porque el banco nos lo exige, pero en la práctica el gerente puede llevar la empresa como un déspota ilustrado, y eso lo vuelve todo la hostia de fácil —concluyó dándole un sorbo a la cerveza.

—Roy dice que se quiere mudar —dijo Shannon—. Al taller de coches.

—Menuda chorrada —dijo Carl.

—Dice que nos hace falta espacio.

—Bueno —dije—, a lo mejor soy yo el que necesita espacio. Puede que me haya convertido en un ermitaño por vivir tanto tiempo solo.

—En ese caso deberíamos ser Shannon y yo quienes nos mudáramos —dijo Carl.

—No —dije—. Me alegro de que viva más de una persona aquí. Y la casa también.

—En ese caso tres será mejor que dos —dijo Carl, y me pareció que apoyaba la mano en el regazo de Shannon—. Y, ¿quién sabe?, tal vez un día sean cuatro. —Hubo dos segundos de silencio absoluto y luego su voz pareció despertar de nuevo—. O no. He pensado en ello porque acabo de ver a Erik y a Gro dando un paseo. Ella ya tiene un bombo impresionante.

No hubo respuesta. Carl volvió a beber de la botella y eructó.

—¿Por qué hablamos a oscuras?

«Para no tener que poner cara de póquer», pensé.

—Mañana hablaré con Erik —dije—. Y por la tarde me mudaré.

Carl suspiró.

—Roy…

Me puse de pie.

—Me voy a dormir. Sois fantásticos y os quiero, pero estoy deseando no tener que verle la cara a nadie al levantarme por la mañana.

Esa noche dormí como un lirón.

Erik Nerell vivía en las afueras. Le había explicado a Shannon que con lo de afueras nos referíamos al sitio donde el lago Budalsvannet vertía sus aguas en el río Kjetterelva. Puesto que el lago tenía forma de *V* invertida, y el pueblo ocupaba el vértice, dentro y fuera no indicaban ningún punto cardinal, sino en qué dirección tenías que ir desde tu lugar de partida, puesto que la carretera discurría junto al lago. Aas, el hojalatero Moe y Willumsen vivían dentro, considerado un lugar mejor, puesto que los campos eran más llanos y les daba más el sol, mientras que la cabaña de Olsen y la granja de Nerell estaban al otro lado, a la sombra. En las afueras estaba también el sendero que llevaba a la cabaña de Aas, donde Carl, Mari, yo y una panda de adolescentes solíamos refugiarnos para organizar nuestras fiestas hasta el amanecer.

Pensé en ello mientras iba conduciendo.

Aparqué detrás de un Ford Cortina Sleeper, junto al granero. Gro, la novia de Erik, me abrió la puerta y, mientras preguntaba por Erik, me asombré de que sus cortos brazos hubieran podido estirarse lo suficiente por encima de su prominente barriga y alcanzar el pomo de la puerta. Quizá había superado el reto poniéndose de soslayo. Del mismo modo había previsto yo abordar el asunto.

—Está entrenando —dijo señalando el granero.

—Gracias —dije—. ¿Ya te falta poco?

—Sí —dijo sonriendo.

—Pero me han dicho que Erik y tú seguís saliendo a pasear por las tardes.

—Erik tiene que sacar al perro y a la parienta. —Gro se echó a reír—. Pero ya no nos alejamos más de trescientos metros de la casa.

Erik no me oyó ni me vio entrar. Estaba tumbado en un banco, levantando pesas, respiraba y resoplaba con una barra sobre el pecho y gemía al levantarla. Esperé a que volviera a dejar la barra sobre el soporte antes de entrar en su campo de visión. Tiró de los auriculares para sacárselos de las orejas y oí el tiple de «Start Me Up».

—Roy —dijo—. Madrugas mucho.

—Estás fuerte.

—Gracias.

Se levantó y se puso un forro polar encima de la camiseta sudada con la foto de Hollywood Brats. Su primo lejano, Casino Steel, había sido el teclista de la banda, y Erik siempre decía que si hubieran estado en el lugar adecuado y en el momento oportuno los Hollywood Brats podrían haber llegado a ser más famosos que los Sex Pistols y New York Dolls. Cuando nos puso un par de sus canciones, recuerdo que pensé que su problema no era ni el lugar ni el momento. Pero me gustaba el entusiasmo de Erik. En definitiva, me caía bien. Pero esa no era la cuestión.

—Tenemos un problema —le dije—. Esa foto que le mandaste a Shannon le sentó como un tiro.

Erik se quedó pálido y parpadeó tres veces seguidas.

—Acudió a mí, no quiso enseñársela a Carl, pues me dijo que se pondría hecho un energúmeno. Pero que iría a la policía. Según la ley, es exhibicionismo.

—No, no, oye. Ella dijo…

—Ella dijo que le enviaras fotos de paisajes naturales. El caso es que la convencí de que no lo denunciara, le expliqué que sería un lío para todos y un puto trauma para Gro.

Vi que apretaba las mandíbulas al oír el nombre de su novia.

—Cuando Shannon supo que esperabas un hijo, dijo que quería enseñarle la foto a tu suegro, y que fuera él quien decidiera lo que había que hacer. Y me temo que cuando a Shannon se le mete algo en la cabeza...

Erik seguía totalmente sorprendido, pero ya no emitía sonido alguno.

—He venido para ayudarte. Para intentar detenerla. Ya sabes que no me gustan los líos.

—Sí —dijo Erik con un deje de interrogación casi imperceptible.

—Por ejemplo, no me gusta que la gente ande hurgando en nuestra propiedad, donde murieron mamá y papá. En ese caso, al menos quisiera saber qué está pasando.

Erik parpadeó de nuevo. Como si quisiera dar a entender que comprendía por dónde iba yo. Que le estaba proponiendo un intercambio.

—A pesar de todo, Olsen va a hacer bajar un equipo a Huken, ¿verdad?

Erik asintió.

—Ha encargado ropa protectora a Alemania. Se parece a lo que llevan los expertos en explosivos. Por lo visto, te protege, salvo que caiga una roca de grandes dimensiones, y además te permite moverte.

—¿Qué está buscando?

—Lo único que sé es que Olsen quiere bajar, Roy.

—No. Él no va a bajar. Tú vas a bajar. Y en ese caso debe de haberte dicho qué tienes que buscar.

—Aunque lo supiera, no estoy autorizado a decírtelo, Roy, entiéndelo.

—Por supuesto. Y tú tienes que comprender que quizá no tenga derecho a pararle los pies a una mujer que se siente tan claramente ofendida como Shannon.

Erik Nerell, sentado en el banco con los hombros caídos, los ojos húmedos y las manos en el regazo, me lanzó una mi-

rada perruna. En los cascos, entre sus muslos, seguía sonando
«Start Me Up».

–Me habéis engañado –dijo–. Tú y esa puta. Está ahí abajo,
¿verdad?

–¿Qué está ahí abajo?

–El teléfono móvil del antiguo policía.

Conducía el Volvo con una mano al volante mientras sujetaba
el teléfono con la otra.

–El teléfono de Sigmund Olsen siguió emitiendo señales
hasta las diez la noche que desapareció.

–¿De qué hablas? –refunfuñó Carl. Parecía resacoso.

–Un móvil encendido envía una señal cada media hora,
y queda registrada en el repetidor que le da cobertura. Los
registros del repetidor, dicho de otro modo, funcionan como
un libro de bitácora sobre dónde estaba el teléfono y en qué
momento.

–¿Y?

–Kurt Olsen acaba de estar en la ciudad hablando con el
operador del teléfono de su padre para obtener los datos de las
veinticuatro horas en las que su padre desapareció.

–¿Disponen de datos tan antiguos?

–Eso parece. El teléfono de Sigmund Olsen estaba registrado en dos repetidores. Eso demuestra que él, o al menos
su teléfono, no pudo estar en la cabaña a la hora a la que el
testigo dijo haber oído detenerse un coche y arrancar el motor de la barca. Porque fue justo después de que oscureciera.
Por el contrario, los repetidores indican que su móvil se
encontraba en un área que coincide con nuestra granja,
Huken, la granja de Simon Nergard y el bosquecillo que va
hasta el pueblo. Y eso no cuadra con lo que le dijiste a la
policía de que Sigmund Olsen salió de la granja a las seis y
media.

—Yo no dije adónde se marchó el policía, solo que abandonó la granja. —Ahora Carl sonaba despierto y despejado—. Podría haberse detenido en algún punto entre nuestra casa y el pueblo. Y podría ser que el coche y el barco que el testigo oyó cuando ya había anochecido fueran de otro. Al fin y al cabo, la de Olsen no es la única cabaña que hay en la zona. O el testigo podría estar equivocado al recordar la hora, no era precisamente un hecho que llamara tanto la atención como para acordarse.

—Estoy de acuerdo —dije acercándome a un tractor—. Pero lo que me preocupa no es que surjan dudas sobre la secuencia temporal, sino que Kurt encuentre el móvil en Huken. Porque, según Erik Nerell, es el teléfono lo que Kurt quiere bajar a buscar.

—Joder, pero ¿puede estar allí? ¿No recogiste sus cosas?

—Sí —respondí—. Y no dejé nada. Pero recuerda que cuando empezamos a subir el cuerpo estaba oscureciendo y que al notar que caían unas rocas me cobijé dentro del coche siniestrado.

—¿Sí?

Cambié de carril. Vi que el tractor estaba demasiado cerca de la curva, pero aceleré de todas formas. Lo adelanté justo al principio de la curva y vi por el retrovisor cómo el conductor negaba con la cabeza.

—Lo que se soltó no fue una piedra, sino su teléfono. Lo llevaba en una funda de esas que van enganchadas al cinturón. Se cayó cuando subíamos el cuerpo por la pared rocosa, pero en la oscuridad no lo vi.

—¿Por qué estás tan seguro?

—Porque me he acordado de una cosa más. Que cuando miré el cadáver faltaba algo. Y, después, antes de descuartizar el cuerpo en el garaje, le quité el cinturón y corté la ropa. Le revisé los bolsillos para sacar los objetos de metal antes de dejar el resto en manos de Fritz. Había monedas, la hebilla del cinturón y un encendedor. Pero ningún móvil. Joder, en ese momento no até cabos, pero yo sabía que llevaba esa horterada de funda de cuero.

Carl se mantuvo un rato en silencio.

—¿Y qué hacemos? —preguntó.

—Tenemos que bajar a Huken. Adelantarnos a Kurt.

—¿Y eso cuándo será?

—A Kurt le llegó el traje ayer. Erik va a reunirse con él y probarse el traje a las diez, y luego irán derechos a Huken.

La respiración de Carl restalló en el teléfono.

—¡Joder! —exclamó.

21

Fue como si la repetición de la jugada, el segundo descenso, fuera más lento y a la vez más rápido. Más rápido porque ya conocíamos los problemas prácticos y recordábamos las soluciones. Más lento porque debíamos apresurarnos, pues no sabíamos cuándo llegarían Kurt y sus escaladores. Tenía la misma sensación que en esas pesadillas en que te persiguen y quieres correr deprisa, pero es como si corrieras por el agua. Shannon se había apostado en el saliente de Geitesvingen, desde donde podía ver los coches que se desviaban de la carretera principal.

Carl y yo utilizamos la misma soga que la otra vez, por lo que Carl sabía con exactitud cuánto tenía que acercarse marcha atrás al borde con el Volvo para que yo llegara al fondo del barranco.

Cuando por fin toqué el suelo con los pies, de cara a la pared rocosa, me quité la cuerda antes de girarme despacio. Diecisiete años. Pero allí abajo el tiempo parecía haberse detenido. Una de las paredes más bajas del barranco sobresalía e impedía que la lluvia cayera directamente; el agua se deslizaba por la pared más alta y vertical de Geitesvingen y se perdía entre las rocas. Seguramente el coche no estaba muy oxidado y los neumáticos, aunque algo podridos, seguían enteros por ese motivo. Ningún animal se había instalado en el interior del Cadillac de papá, las fundas de los asientos y el salpicadero parecían intactos.

Miré la hora. Diez y media. Mierda. Cerré los ojos e intenté recordar dónde había oído el ruido de un objeto al golpear contra el suelo. No, había pasado demasiado tiempo. Pero, sin otra fuerza que la de la gravedad, el teléfono debería haber caído en línea recta desde el cadáver. En vertical. El mismo principio por el que habría caído Olsen. En vertical, un sencillo principio de la física según el cual los cuerpos que no están sometidos a un impulso horizontal caen en línea recta. Pero, en aquella ocasión, aparté esa idea de mi mente y, del mismo modo, podía hacerlo ahora. Llevaba una linterna y empecé a buscar entre los bloques de piedra pegados a la pared por donde colgaba la cuerda. Puesto que lo habíamos repetido todo exactamente, como habíamos dado marcha atrás con el coche por el mismo camino estrecho, sabía que el teléfono tenía que haber caído más o menos allí. Pero había cien sitios donde podría haberse deslizado y quedar oculto. Podía haber rebotado sobre las piedras y haber ido a parar a cualquier otro lugar. Al menos, como iba metido en una funda de cuero, no habría mil pedazos dispersos por todas partes, menos mal. Si es que encontraba la puta funda, claro.

Sabía que tenía que buscar de forma sistemática, no dejarme llevar por intuiciones sobre dónde podía estar, y correr de un lado a otro como las gallinas que mamá no soportaba agarrar después de que papá las hubiera decapitado. Delimité un cuadrado en el que supuse que era lógico pensar que estaría el teléfono, y empecé por el ángulo superior izquierdo. Me puse de rodillas, miraba, levantaba las rocas que no eran demasiado grandes, iluminaba los huecos entre las piedras de mayor tamaño. En los agujeros en los que no podía mirar o meter la mano, utilizaba el móvil de Carl y un palo para selfis. Encendía el vídeo y daba a la luz.

Había pasado un cuarto de hora, iba por la mitad del cuadrado y había metido el palo entre dos rocas del tamaño de un frigorífico cuando oí la voz de Carl en las alturas.

—¡Roy…!

Sabía lo que estaba pasando.

—¡Shannon los ve venir!

—¿Por dónde? —grité.

—¡Van por las cuestas!

Disponíamos, como mucho, de tres minutos. Tiré del palo y visioné la grabación. Di un respingo al ver dos ojos en la oscuridad. Un puto ratón. Se dio la vuelta y vislumbré un rabo antes de que desapareciera. Entonces la vi. La funda negra de piel estaba llena de agujeros, pero no había duda. Era el teléfono móvil del antiguo policía.

Me tumbé boca abajo y metí la mano entre las rocas, pero no llegaba a tocar la funda, mis dedos rozaban el aire o el granito. ¡Joder! Si yo la había encontrado, ellos también lo harían. Tenía que quitar esa maldita roca. Apoyé la espalda, doblé las rodillas, puse los pies sobre la roca y la empujé con todas mis fuerzas. No se movió.

—¡Ya van por Japansvingen! —gritó Carl.

Lo intenté de nuevo. El sudor me caía por la frente y notaba la tensión en los músculos y tendones. ¿Se había movido un poco? Volví a intentarlo. Sí, noté un movimiento, un movimiento en mi espalda. Aullé de dolor. ¡Joder! ¡Aaaah! Me caí. ¿Podía moverme? Sí, maldita sea, solo que me dolía muchísimo.

—¡Ya van por…!

—¡Arranca y avanza dos metros cuando te diga!

Tiré de la cuerda. No tenía cuerda suficiente para darle más de una vuelta a la roca, hice lo que papá llamaba un nudo *bowline*. Me puse detrás del pedrusco listo para empujarlo en cuanto el Volvo lo levantara un poco

—¡Arranca!

Oí que el motor rugía ahí arriba, y de repente llovieron piedrecitas, y una de ellas me dio en la coronilla. Pero noté que la roca se movía y me lancé hacia ella como un *linebacker* de fútbol americano. La roca se quedó suspendida y balanceándose en el aire mientras seguía lloviendo gravilla de las ruedas del Volvo, que no paraban de girar. Luego se inclinó, y del suelo ascendió una especie de vaharada de mal aliento. Tuve un vislumbre de bichos que se revolvían y huían de la luz repentina cuando me arrodillé y cogí el teléfono. En ese momento se oyó un ruido. Levanté la vista y vi el extremo roto de la cuerda ascendiendo a toda prisa y la roca caer hacia mí. Retrocedí de un salto. Me quedé sentado de culo, tembloroso, respirando con dificultad y mirando la roca que había vuelto a ocupar su lugar como si fuera una garra de la que acabara de escapar.

El Volvo se había detenido, seguramente porque Carl había dejado de notar el peso de la roca. En su lugar se oía otro motor, la tracción de un Land Rover que subía trabajosamente por las cuestas. El sonido llegaba bien a donde yo estaba, puede que todavía les faltaran un par de curvas, pero ahora el extremo de la cuerda estaba a siete u ocho metros de altura.

—¡Atrás! —grité mientras quitaba la cuerda rota de la roca, la enrollaba y me la metía en la chaqueta, junto con el viejo móvil de Olsen.

El extremo de la cuerda había descendido un poco más, pero todavía faltaban casi tres metros y comprendí que Carl había dado marcha atrás hasta el mismo borde del acantilado. Me agarré para subir a una roca con la mano izquierda, que no estaba lesionada, y sentí que el bloque entero se movía. Y yo que creía que había mentido sobre los desprendimientos que oíamos, ¡era verdad! ¡Las rocas estaban sueltas! Pero no tenía elección. Puse la mano derecha en un saliente y por suerte el dolor de espalda era tan intenso que no sentí que tenía roto el dedo corazón. Apoyé los pies en la parte alta de la roca, metí la mano en un agujero más arriba, y moví la pierna hasta que el culo sobresalió como una oruga antes de volver a estirarme y agarrar la cuerda con la derecha. ¿Y luego qué? Tuve que utilizar la otra mano para agarrarme y no podía hacer un nudo solo con una mano.

—¡Roy! —Era la voz de Shannon—. Se acercan a la última curva.

—¡Arranca! —grité y agarré la cuerda medio metro más arriba al tiempo que me la enrollaba alrededor de la otra mano—. ¡Arranca, arranca!

A continuación oí que el coche se ponía en marcha y noté el tirón de la cuerda; me agarré a la cuerda también con la otra mano mientras tensaba los músculos del estómago, levanté las piernas y apoyé los pies en la pared rocosa. Luego ascendí directo al cielo. Le había pedido a Carl que fuera rápido, no porque se estuvieran aproximando Olsen y compañía, sino porque no son muchos los segundos que puedes aguantar colgado de una cuerda solo de las manos. Me dije que esa mañana había superado una especie de récord mundial de los cien metros verticales. Creo que, al igual que los mejores velocistas del mundo, no respiré ni una vez en todo el ascenso. Solo pensaba en la caída, que cada vez era mayor, en la muerte, que con cada segundo que pasaba, con cada metro que superaba, era más segura. Y cuando llegué a lo alto no me solté, sino que continué agarrado a la cuerda y me dejé arrastrar varios metros por la gravilla antes de sentir que estaba a salvo. Shannon me ayudó a levantarme, corrimos hasta el coche y nos lanzamos al interior.

—Llévalo detrás del granero —dije.

Cuando giramos hacia el campo lleno de lodo vislumbré el Land Rover de Olsen que tomaba el último recodo y llegaba a Geitesvingen, y esperé que no nos viera ni a nosotros ni a la cuerda que serpenteaba como una anaconda por la hierba detrás del Volvo.

Me quedé en el asiento delantero, intentando respirar, mientras Carl se bajaba del coche y empezaba a recoger la cuerda. Shannon corrió hacia la esquina del granero y miró hacia Geitesvingen.

—Se han parado ahí abajo —dijo—. Parece que traen un... ¿cómo se dice *beekeper* en vuestro idioma?

—Apicultor —dijo Carl—. Será que temen que haya abejas en el barranco.

Me eché a reír y fue como si alguien me clavara cuchillos en la espalda.

—Carl —dije en voz baja—. ¿Por qué dijiste ayer que habías ido a casa de Willumsen?

—¿Cómo?

—Willumsen vive dentro. Erik y su mujer, a los que viste dando un paseo, viven en las afueras.

Carl no respondió.

—¿Tú que crees? —preguntó por fin.

—Quieres que lo adivine —dije—. ¿Para que puedas darme la razón en lugar de contarme la verdad?

—Vale —dijo Carl comprobando por el retrovisor que Shannon todavía estaba tras la esquina del granero espiando a Olsen y compañía—. Podría haberte dicho que me iba a dar una vuelta en coche para pensar. Y sería cierto. Ayer, de repente, el contratista principal elevó un quince por ciento el presupuesto.

—¿En serio?

—Han estado aquí y han aplazado el inicio de las obras porque según ellos no hemos descrito bien las condiciones del suelo y lo expuesto que está a las inclemencias.

—¿Qué dicen en el banco?

—No lo saben. Y ahora que he vendido todo el proyecto a los inversores por cuatrocientos millones de coronas, no puedo presentar un incremento presupuestario de sesenta millones antes siquiera de haber empezado a construir.

—¿Y qué vas a hacer?

—Mandar al contratista principal a tomar por culo y encargarme personalmente de los subcontratistas. Es más trabajo, voy a tener que tratar con los carpinteros, albañiles, electricistas, con todos. Y hacer el seguimiento. Pero será mucho más barato que si el contratista principal se lleva su comisión del diez o el veinte por ciento solo por haber contratado una empresa de electricistas.

—Pero ¿no era esa la razón por la que estuviste fuera ayer?

Carl negó con la cabeza.

—Yo…

Carl se calló cuando Shannon abrió la puerta y se sentó detrás.

—Se están preparando para bajar —dijo—. Puede llevarles un rato. ¿De qué hablabais?

—Roy me preguntaba dónde estuve ayer. Iba a decirle que fui hasta la cabaña de Olsen. Me acerqué al embarcadero. Quise imaginarme lo que Roy tuvo que pasar aquella noche. —Carl respiró hondo—. Amañaste un suicidio y estuviste a punto de ahogarte, Roy. Y todo, para salvarme a mí. ¿Nunca te cansas, Roy?

—¿Cansarme?

—De arreglar mis desaguisados.

—No fue culpa tuya que Olsen se cayera por el barranco —dije.

Me miró. No sé si supo lo que yo estaba pensando. La caída vertical. Sigmund Olsen había aterrizado sobre la trasera del coche, a cinco metros de la pared. Quizá me leyó el pensamiento y por eso tomó aire y dijo:

—Roy, hay algo que debes saber de lo que ocurrió entonces…

—Sé lo que necesito saber —interrumpí—. Y es que soy tu hermano mayor.

Carl asintió con la cabeza, sonrió, pero parecía que estuviera a punto de echarse a llorar.

—¿Es tan sencillo como eso, Roy?

—Sí —respondí—. La verdad es que sí.

22

Cuando dieron por acabada la búsqueda en Geitesvingen estábamos en la cocina tomando café. Fui a buscar los prismáticos y enfoqué sus rostros. Eran las tres, habían estado abajo casi cuatro horas, y entreabrí la ventana para poder oír a Kurt Olsen en caso de que gritara algo. Sin el cigarrillo en la boca, pronunciaba palabras inconfundibles y el rostro congestionado no se debía solo a una excesiva exposición a los rayos UVA. El lenguaje corporal de Erik expresaba más indiferencia y, probablemente, su deseo de marcharse de allí; es posible que supusiera que Olsen sospechaba algo. Los dos ayudantes del policía y de Nerell parecían desconcertados, era probable que no supieran nada del objetivo de aquella operación, puesto que Olsen sabía cómo corrían los rumores por el pueblo y se atenía al principio de «en boca cerrada no entran moscas», como suele decirse.

Cuando Erik se despojó del ridículo traje antibombas, él y los otros dos se metieron en el Land Rover de Kurt, mientras este permanecía de pie mirando a la casa. Yo sabía que con el sol dando en la ventana no podía vernos, pero quizá la luz se había reflejado en los prismáticos. Quizá hubiera visto el rastro reciente de una soga y patinazos de neumáticos en la gravilla. O tal vez me estaba volviendo paranoico. En cualquier caso, escupió en el suelo antes de meterse en el coche y alejarse de allí.

Fui de habitación en habitación recogiendo mis cosas, al menos aquellas que pensaba que podrían hacerme falta. A pesar de que no me iba lejos y no era necesario que pusiera especial cuidado, lo hice. Preparé la maleta como si me fuera para siempre.

Estaba en la habitación de los chicos remetiendo el edredón en una gran bolsa azul de IKEA cuando oí la voz de Shannon a mi espalda:

—¿Es así de sencilla la cosa?

—¿Mudarse? —pregunté sin darme la vuelta.

—La explicación de que eres su hermano mayor. ¿Por eso lo ayudas siempre?

—¿Por qué si no?

Entró y cerró la puerta tras de sí. Se apoyó en la pared cruzada de brazos.

—Tenía una amiga a la que una vez le di un empujón en *second grade* de primaria. Se golpeó la cabeza contra el asfalto. Poco después le pusieron gafas. Nunca antes se había quejado de ver mal, y yo estaba convencida de que era culpa mía. No lo dije, pero tenía la esperanza de que ella me empujara a su vez y de golpearme la cabeza contra el asfalto. Cuando íbamos a quinto y ella todavía no había tenido ningún novio y decía que era por llevar gafas, asumí en silencio la culpa de eso también, y pasaba más tiempo con ella del que en realidad me apetecía. Siempre tuvo dificultades de aprendizaje, pero cuando repitió sexto estuve convencida de que era por culpa del golpe en la cabeza. Así que yo también repetí sexto.

Me quedé quieto.

—¿Qué hiciste?

—Faltaba a clase, nunca hacía los deberes y me equivocaba en los exámenes a propósito, incluso en las preguntas más elementales.

Abrí el armario y empecé a guardar las camisetas dobladas, calcetines y calzoncillos en una bolsa de viaje.

—¿Le fue bien?

—Sí —dijo Shannon—. Dejó de llevar gafas. Y un día la pillé con mi novio. Me dijo que lo sentía y que esperaba que un día yo tuviera oportunidad de romperle el corazón como ella había roto el mío.

Sonreí y guardé la matrícula de Barbados en la bolsa.

—¿Y cuál es la moraleja?

—Que a veces el sentimiento de culpa es una pérdida de tiempo y no le sirve a nadie para nada.

—¿Crees que me siento culpable de algo?

Ladeó la cabeza.

—¿Es así?

—¿Por qué iba a sentirme culpable?

—No lo sé.

—Yo tampoco —dije cerrando la cremallera.

Cuando me disponía a abrir la puerta, apoyó con ligereza una mano sobre mi pecho. Su tacto me dio frío y calor a la vez.

—Carl no me lo ha contado todo, ¿verdad?

—¿Todo sobre qué?

—Sobre vosotros dos.

—Es imposible contarlo todo —dije—, de nadie.

Y salí por la puerta.

Carl me esperaba en el hall de mamá, y me dio un gran y cálido beso en la mejilla, sin decir nada.

Y salí de la casa.

Eché la bolsa de viaje y la de IKEA en el asiento trasero, me senté, golpeé la frente contra el volante, giré la llave y me lancé en dirección a Geitesvingen. Por un instante me pasó por la mente esa posibilidad. Una solución definitiva. Y un montón de coches accidentados y cadáveres que no deja de crecer.

Tres días después estaba en el campo de fútbol del Os FC y casi me arrepentí de haber girado el volante antes de llegar Geitesvingen. Llovía a cántaros, hacía cinco grados e íbamos 0-3. No es que esto último me importara, el fútbol me importa una mierda. Pero acababa de comprender que el otro partido, el que jugaba contra Olsen y el pasado, el que creía que habíamos ganado, no iba ni siquiera por el descanso.

23

Carl me recogió en el Cadillac.

—Gracias por acompañarme —dijo mientras daba vueltas por el taller.

—¿Contra quién jugamos? —pregunté mientras me ponía las botas de goma.

—No me acuerdo —dijo Carl, que se había parado delante del torno—. Pero parece que es un partido que tenemos que ganar si no queremos bajar de categoría.

—¿A qué división?

—¿Qué te hace pensar que sé más que tú de fútbol? —Pasó la mano por las herramientas que colgaban de la pared, lo que Willumsen no se había llevado—. Joder, he tenido pesadillas con este sitio. —Tal vez había reconocido alguna de las que utilicé para desmembrar el cadáver—. Esa noche vomité, ¿verdad?

—Un poco —dije.

Soltó una risita. Y recordé lo que decía el tío Bernard. Que con el tiempo todos los recuerdos son buenos recuerdos.

Cogió una botella de la estantería.

—¿Sigues usando el limpiador?

—¿El desincrustador de Fritz? Sí, claro. Pero ya no tienen autorización para hacerlo tan concentrado. Normas de la UE. Estoy listo.

—Pues vámonos. —Carl sonrió y se levantó la gorra—. ¡Arriba Os, tritura y aplasta, mastica y escupe! ¿Te acuerdas?

Me acordaba, pero el resto de los seguidores de nuestro equipo, es decir, unas ciento cincuenta almas temblorosas, parecían haber olvidado el lema de entonces. O tal vez no encontraban motivo para repetirlo, puesto que a los diez minutos de empezar perdíamos 0-2.

—Recuérdame qué estamos haciendo aquí —le dije a Carl.

Estábamos en la base de la tribuna de madera, de unos siete metros de ancho y dos y medio de alto, en un extremo del campo de césped artificial. La tribuna de madera había sido financiada por la Caja de Ahorros de Os, algo que dejaba bien claro un buen número de cárteles, pero todo el mundo sabía que Willumsen había patrocinado el césped artificial que habían colocado encima del antiguo campo de grava. Willumsen afirmaba que lo había comprado ligeramente usado a uno de los grandes clubes de la costa este, pero la verdad es que era una superficie vieja, de los tiempos de los primeros campos de hierba artificial, de cuando los jugadores rara vez dejaban el campo sin quemaduras, torceduras de tobillo y algún ligamento roto. También decían que a Willumsen se lo habían dado gratis a cambio de que lo quitara para que pudieran poner uno más moderno y menos peligroso para la salud.

La tribuna daba cierta perspectiva, pero servía sobre todo para protegerse del viento del oeste y como punto de encuentro VIP extraoficial para las personas que mantenían el club, es decir, las más ricas del lugar, que ocupaban la más alta de las siete filas. Ahí estaban el gerente, el alcalde Voss Gilbert, el director de la sucursal de la Caja de Ahorros de Os, cuyo logo también adornaba el pecho de los trajes azules del equipo Os FC. Además de Willumsen, que había conseguido meter COCHES DE SEGUNDA MANO Y DESGUACES WILLUMSEN sobre los números de la espalda.

—Estamos aquí porque queremos mostrar nuestro apoyo al club de fútbol del pueblo —contestó Carl.

—Pues empieza a animar —dije—, que nos están dando una paliza.

—Hoy solo vamos a mostrarles que nos importan —dijo Carl—. De manera que, el año que viene, cuando demos apoyo económico al club, sabrán que procede de dos auténticos forofos que han seguido al club en los buenos y en los malos tiempos.

Resoplé.

—Este es el primer partido que veo en dos años y tú hace quince que no apareces por aquí.

—Pero vamos a estar presentes en los tres partidos que quedan antes de que acabe la temporada.

—¿Incluso si ya han bajado de división?

—Porque ya han bajado de división. No les fallamos cuando estaban derrotados, la gente se fija en esas cosas. Y cuando les demos dinero, no se acordarán de todos los partidos a los que no hemos asistido. Además, a partir de ahora, ya no son ellos, sino nosotros, los nuestros. El club y los Opgard son uno solo.

—¿Por qué?

—Porque el hotel necesita toda la buena voluntad que podamos conseguir. Tenemos que ser percibidos como un apoyo. El año que viene el club comprará un delantero en Nigeria, y donde ahora dice CAJA DE AHORROS DE OS en la camiseta, pronto pondrá SPA HOTEL DE MONTAÑA DE OS.

—¿Quieres decir un jugador profesional?

—No, ¿estás loco? Pero conozco a uno que conoce a un nigeriano que trabaja en el hotel Radisson de Oslo y que ha jugado al fútbol. No sé si es bueno, pero le ofreceremos el mismo trabajo en nuestro hotel aunque le pagaremos más. A lo mejor la idea le tienta.

—Bueno, ¿por qué no? —dije—. En ningún caso puede ser peor que esto.

En el campo, nuestro lateral izquierdo acababa de intentar regatear la pelota bajo la lluvia, pero las briznas de plástico verdísimo ya estaban bastante resbaladizas, así que había salido disparado hacia delante y aterrizado sobre su vientre a cinco metros del jugador que le había quitado el balón.

—Y quiero que estés ahí arriba —dijo Carl señalando con un movimiento de la cabeza la última fila.

Me giré disimuladamente. Además del director del banco y Willumsen, estaba el nuevo alcalde, Voss Gilbert. Carl me había contado que había aceptado participar en la ceremonia inaugural de las obras dando la primera paletada de tierra. Carl ya había firmado acuerdos con los principales contratistas, y corría prisa empezar antes de que llegaran las heladas, así que habían adelantado el inicio de las obras.

Al volverme, vi a Kurt Olsen de pie junto al banco de los reservas hablando con el entrenador del Os FC. Me di cuenta de que el entrenador parecía molesto, pero supongo que no podía despreciar públicamente los consejos del antiguo goleador de Os. Kurt Olsen me vio, le apretó el hombro al entrenador, le dio un último consejo y vino hacia nosotros.

—No sabía que a los chicos Opgard les interesara el fútbol —dijo con el cigarrillo oscilando entre los labios.

Carl sonrió.

—Bueno, recuerdo que metiste un gol en la liga contra nada menos que Odd.

—Sí —dijo Olsen—. Perdimos 9-1.

—¡Kurt! —gritó alguien a nuestras espaldas—. ¡Tenías que haber estado tú en el campo, Kurt!

Risas. Kurt Olsen levantó el cigarrillo hacia la voz sonriendo, asintió con la cabeza y volvió a concentrarse en nosotros.

—En cualquier caso, está bien que hayáis venido, porque tengo que hacerte una pregunta, Carl. Y tú también puedes oírla, Roy. ¿Os la hago aquí o camino del puesto de salchichas?

Carl dudó.

—Un perrito caliente suena apetecible —dijo al fin.

Caminamos entre la lluvia y las ráfagas de viento hacia el puesto que estaba detrás de una de las metas. Supongo que el resto de los espectadores nos seguían con la mirada: con un resultado de 0-2 y la reciente decisión del pleno del ayuntamiento, Carl Opgard era más interesante que el Os FC.

—Es por la secuencia temporal de los hechos el día en que mi padre desapareció —dijo Kurt Olsen—. Dijiste que se marchó de Opgard a las seis y media. ¿Es así?

—Ha pasado mucho tiempo —respondió Carl—. Pero sí, si eso es lo que dice el informe.

—Eso es. Pero las señales que han captado las antenas de repetición muestran que el teléfono de mi padre estuvo en la zona de vuestra granja hasta las diez de esa noche. Después de eso, nada. O se agotó la batería, o le sacaron la tarjeta SIM, o el teléfono se estropeó. O quedó bajo tierra y las señales ya no llegaban. En cualquier caso, eso significa que debemos comprobar los alrededores de la granja con detectores de metales. Eso quiere decir que no puede tocarse nada y que el inicio de construcción del que he oído hablar deberá aplazarse por el momento.

—¿Có… cómo? —tartamudeó Carl—. Pero…

—Pero ¿qué? —Olsen se detuvo ante el puesto de salchichas, se pasó la mano por el bigote y observó a Carl con calma.

—¿De cuánto tiempo estamos hablando?

—Bueno. —Olsen adelantó el labio inferior y pareció que hacía unos cálculos—. Es una zona amplia. Tres semanas, puede que cuatro.

Carl gimió.

—Por Dios, Kurt, eso nos va a costar muchísimo dinero; los contratistas tienen que cumplir unos plazos establecidos. Y las heladas…

—Lo lamento —dijo Olsen—. Pero la investigación de una muerte sospechosa no puede tener en consideración tus deseos de obtener beneficios.

—No solo estamos hablando de beneficios para mí —dijo Carl con voz temblorosa—. También son para el pueblo. Y creo que descubrirás que Jo Aas es de la misma opinión.

—¿Te refieres al viejo alcalde? —Karl levantó un dedo hacia la encargada del puesto y ella lo comprendió, porque agarró la pinza de las salchichas y la metió en la sartén que tenía delante—. He hablado esta mañana con el nuevo, o sea, el que manda. Voss Gilbert está ahí arriba. —Olsen señaló la tribuna de madera—. Cuando informé a Gilbert de cómo estaba el caso, le preocupó más que se supiera que el promotor del nuevo proyecto de hotel podría estar involucrado en un asesinato. —Olsen cogió la salchicha Wiener en brillante papel encerado—. Pero dijo que, por supuesto, no tenía autoridad para impedírmelo.

—¿Qué le vamos a decir a la prensa? —pregunté—. Me refiero a cuando anunciemos que el inicio de las obras se retrasa.

Kurt Olsen se dio la vuelta y clavó sus ojos en los míos. Mordió la salchicha, que emitió un silbido desagradable.

—Sinceramente, no lo sé —dijo con la boca llena de intestinos de cerdo—. Pero podría ser que a Dan Krane le interese el tema, sí. Bueno, pues ya he hecho la pregunta sobre la secuencia temporal y te he avisado de que no puedes empezar a construir, Carl. Suerte con el segundo tiempo.

Kurt Olsen se llevó dos dedos a su sombrero Stetson imaginario y se marchó.

Carl se dio la vuelta y me miró.

Por supuesto que me miró.

Nos marchamos un cuarto de hora antes del final, cuando perdíamos 0-4.

Fuimos directos al taller.

Yo había estado pensando.

Teníamos cosas que hacer.

—¿Así? —preguntó Carl. Su voz retumbó en el taller vacío.

Me incliné sobre el torno y observé el resultado. Carl había utilizado un punzón para grabar en mayúsculas el teléfono de Olsen. SIGMUND OLSEN, decía bien claro. Tal vez demasiado claro.

—Tendremos que frotarlo con un poco de hierba —dije volviendo a meter el teléfono en la funda de cuero. Lo enganché a una cuerda de grosor medio que tenía preparada. Sujeté la cuerda entre las manos y comprobé que el enganche mantenía el teléfono en su sitio—. Vamos.

Abrí la puerta de la taquilla metálica que estaba en el pasillo entre el despacho y el taller. Y ahí estaba.

—Vaya —dijo Carl—. ¿Lo has tenido aquí todo el tiempo?

—Aparte de esa vez, nunca llegó a usarse —dije moviendo la bombona de aire amarilla y tocando el traje de neopreno algo endurecido. En el estante había una máscara y un tubo de esnórquel.

—Llamaré a Shannon para decirle que llegaré tarde —dijo.

24

Cuando volví al taller aquella noche, tenía tanto frío que no paraba de temblar. En el coche, Carl me había pasado su petaca para que pudiera entrar en calor, como suele decirse. Me quedé la petaca cuando Carl siguió camino de casa, con Shannon, que supongo que le estaría esperando en la cálida cama de matrimonio. Claro que estaba celoso, joder, había dejado de engañarme. Pero ¿de qué servía? No podía conseguirlo. No quería conseguirlo. Era como el hojalatero Moe, libraba una batalla desesperada contra mi propio deseo. Era una jodida enfermedad que creía superada, pero había vuelto. Sabía que la única cura posible eran la distancia y el olvido, sabía que en este caso no intervendría nadie, que no se enviaría a nadie a Notodden; el que tenía que irse era yo.

Abrí el túnel de lavado, sujeté la manguera a un soporte, abrí el grifo del agua caliente, me quité la ropa y me coloqué delante del chorro ardiente. No sé si fue por el repentino cambio de temperatura, si fue la misma reacción fisiológica que se produce en un ahorcado, o si en mi cabeza el calor del agua se transformó en el calor de la cama de matrimonio y fui yo quien se vio en ella. Allí de pie, con los ojos cerrados, sentí dos cosas. El llanto en la garganta. Y una erección palpitante.

El zumbido del agua debió de ahogar el ruido de las llaves en la puerta. Solo oí que alguien entraba y abrí los ojos al instante. Vi su silueta en la oscuridad y le di la espalda lo más deprisa que pude.

—¡Ay, perdona! —oí gritar a Julie entre el ruido del agua—. Vi luz, y como el túnel debería estar cerrado, yo…

—¡Vale! —la interrumpí con la voz empañada de alcohol, llanto reprimido y vergüenza.

Oí que la puerta se cerraba y ahí me quedé, con la cabeza gacha. Observé mi cuerpo. La excitación había desaparecido, la erección descendía, solo había un corazón que latía con pánico, como si acabaran de descubrirme. Como si ahora todo el mundo supiera quién era yo y lo que había hecho este maldito traidor, cobarde, asesino, cabrón. Desnudo, jodidamente desnudo. Pero entonces el corazón también redujo la velocidad. «La ventaja de perderlo todo es que ya no te queda nada que perder —me dijo el tío Bernard cuando lo visité en el hospital y ya sabía que iba a morir—. Y, en cierto modo, es un alivio, Roy. Porque ya nada te da miedo.»

Así que yo no lo había perdido todo, porque seguía teniendo miedo.

Me sequé y me puse los pantalones. Me di la vuelta para coger los zapatos.

Julie se había sentado en una silla junto a la puerta.

—¿Estás bien? —preguntó.

—No. Me he hecho daño en el dedo.

—No digas tonterías —dijo—. Te he visto.

—Bueno —dije calzándome—. Pues, en ese caso, me ofende un poco que me preguntes si estoy bien.

—Déjate de tonterías. Estabas llorando.

—No. Pero no es raro tener la cara mojada cuando te estás duchando. No creía que te tocara trabajar esta noche.

—No me toca. Estaba en el coche y me iba a acercar al bosquecillo a hacer pis. ¿Puedo hacer pis aquí?

Dudé. Podría haberle propuesto que usara los aseos de la gasolinera, pero habíamos avisado a los macarras motorizados de que ya era suficiente con que usaran nuestro aparcamiento como lugar de encuentro, solo faltaba que además estuvieran entrando y saliendo de los aseos. Y, puesto que me pedía permiso, tampoco podía mandarla al bosque.

Me vestí y vino detrás de mí al taller.

—Acogedor —dijo cuando salió del baño. Miró las paredes de mi habitación—. ¿Por qué hay un traje de neopreno mojado colgado en el pasillo?

—Para que se seque —dije.

Hizo una mueca.

—¿Me puedo servir una taza?

Sin esperar a que le diera permiso, se sirvió café en una de las últimas tazas limpias que quedaban en el escurridor.

—Te están esperando —le advertí—. Van a empezar a buscarte en el bosque.

—No, qué va —dijo dejándose caer en la cama, a mi lado—. Discutí con Alex y creen que me he ido a casa. ¿Qué haces aquí? ¿Ver la tele?

—Cosas así.

—¿Qué es eso?

Señalaba la matrícula que había clavado en la pared, junto a la cocina americana. Había mirado en mi libro de matrículas, *Vehicle Registration Plates Around The World*, y había leído que la *j* correspondía a la parroquia de St. John. Esa letra solitaria iba seguida de cuatro números. No había ninguna bandera ni nada que indicara la nacionalidad, como era el caso en las matrículas de Mónaco del Cadillac. Puede que fuera porque Barbados era una isla y los coches que tenían registrados probablemente nunca cruzarían una frontera. También había buscado *redlegs* en Google y descubierto que donde más había era en la parroquia de St. John.

—Es una matrícula de Johor —dije. Por fin sentía el calor en el cuerpo. Cálido y relajado—. Un antiguo sultanato de Malasia.

—Mierda —dijo con tono de respeto, no sé si por la matrícula, el sultán o por mí.

Julie estaba tan cerca que su brazo rozaba el mío; volvió la cabeza hacia mí y supongo que esperaba que yo hiciera lo mismo. Había empezado a pensar en una posible retirada cuando Julie tiró el móvil a los pies de la cama y me rodeó con los brazos. Apretó la cara contra mi cuello.

—¿Podemos tumbarnos juntos un ratito?

—Sabes muy bien que no, Julie.

No me moví ni le devolví el abrazo. Levantó el rostro hacia mí.

—Hueles a aguardiente, Roy. ¿Has bebido?

—Un poco. Y veo que tú también.

—En ese caso los dos tenemos una excusa —dijo riendo.

No respondí.

Me empujó sobre la cama. Se sentó encima de mí, presionó mis caderas con los talones, como si espoleara a un caballo. Podía haberla desmontado sin dificultad, claro, pero no lo hice. Continuaba ahí sentada, mirándome desde arriba.

—Te tengo —dijo bajito.

Seguí sin responder. Pero sentí que volvía a ponérseme dura. Y sabía que ella también lo notaba. Empezó a moverse, con cuidado. No se lo impedí, me limité a observarla mientras sus ojos se nublaban y su respiración se hacía más pesada. Luego cerré los ojos e imaginé a la otra persona. Sentí las manos de Julie presionando mis muñecas sobre el colchón, su aliento a chicle en la cara.

La empujé y rodó hacia la pared. Me puse de pie.

—¿Qué? —gritó Julie mientras yo me acercaba a la encimera de la cocina.

Llené un vaso de agua del grifo, bebí, lo llené de nuevo.

—Tienes que marcharte —dije.

—Pero ¡si tienes ganas! —protestó.

—Sí. Por eso tienes que irte.

—Pero si no tiene por qué saberlo nadie. Ellos creen que me he ido a casa y en casa creen que me quedaré a dormir con Alex.

—No puedo, Julie.

—¿Por qué no?

—Tienes diecisiete años…

—¡Dieciocho! Cumplo dieciocho dentro de dos días.

—Soy tu jefe…

—¡Puedo dejar el trabajo mañana!

—Y… —Me callé.

—¿Y? —gritó—. ¿Y?

—Y quiero a otra persona.

—¿Quieres?

—Estoy enamorado.

En el silencio que siguió oí cómo se extinguía el eco de mis palabras. Porque me las había dicho a mí mismo. Las había pronunciado en voz alta para saber si sonaban sinceras. Y así era. Claro que sí.

—¿De quién? —sollozó Julie—. ¿Del médico?

—¿Qué?

—¿El doctor Spind?

No fui capaz de responder, me quedé allí de pie con el vaso en la mano mientras ella se bajaba de la cama y se ponía la cazadora.

—¡Lo sabía! —siseó mientras se abría paso y salía.

Fui tras ella, me detuve en la puerta y la miré cruzar el patio pisoteando como si quisiera romper el asfalto. Luego eché la llave a la puerta y volví a tumbarme en la cama. Conecté los auriculares al teléfono y le di al *Play*. J. J. Cale. «Crying Eyes.»

25

A la mañana siguiente un Porche Cayenne se desvió a la gasolinera. Bajaron dos hombres y una mujer. Uno de los hombres
llenó el depósito mientras los otros dos estiraban las piernas. La
mujer era rubia y vestía de forma práctica y noruega, pero no me
pareció que fueran el tipo de gente que va a las cabañas. El hombre llevaba un impecable abrigo de lana, bufanda y unas gafas de
sol de un tamaño ridículo, de esas que se ponen las mujeres que
quieren hacerse las interesantes. Tenía un lenguaje corporal ex-
presivo y gesticulaba mucho. Señalaba y explicaba dirigiéndose
a la mujer, aunque yo habría apostado a que nunca había estado
por aquí antes. También habría apostado a que no era noruego.

Había poco trabajo, me aburría y, a veces, los viajeros tienen historias interesantes que contar. Así que salí, limpié el
parabrisas del Porche y les pregunté adónde iban.

—Al oeste, a Vestlandet —dijo la mujer.

—Bueno, no podéis extraviaros —dije.

La mujer se echó a reír y se lo tradujo al inglés al tipo de
las gafas de sol. Él también se rio.

—*We are scouting locations for my new film* —dijo—. *This place
looks interesting, too.*

—*Are you a director?* —pregunté.

—*Director and actor* —dijo y se quitó las gafas de sol.

Tenía los ojos muy azules y un rostro muy cuidado. Me
pareció que esperaba algún tipo de reacción por mi parte.

—Es Dennis Quarry —me sopló discretamente la mujer.

—Roy Calvin Opgard —dije sonriendo, sequé el parabrisas y los dejé para ir a limpiar el resto de los surtidores ya que estaba en ello. No, bueno, pero a veces tienen alguna historia interesante que contar.

El Cadillac entró en la gasolinera y Carl bajó de un salto, desenganchó uno de los surtidores, me vio, levantó las cejas con aire interrogante. La misma pregunta que me había hecho diez veces en los dos días que habían pasado desde el partido de fútbol y la inmersión. ¿Han picado el anzuelo? Negué con la cabeza mientras me daba un vuelco el corazón al ver a Shannon en el asiento del copiloto. Y puede que su corazón diera un vuelco cuando vio al americano de los ojos azules, por lo menos se llevó una mano a la boca, rebuscó en el bolso hasta dar con papel y bolígrafo, se bajó y fue directa hacia él. Vi que el actor firmaba un autógrafo sin dejar de sonreír. Su ayudante fue a sentarse en el cuatro por cuatro, mientras Dennis Quarry se quedó charlando con Shannon. Ella se iba a marchar cuando él la detuvo, volvió a coger el papel y el bolígrafo y apuntó algo más.

Me acerqué a Carl. Tenía el rostro grisáceo.

—¿Preocupado? —pregunté.

—Un poco.

—Es una estrella de cine.

Carl esbozó una media sonrisa.

—No es por eso. —Sabía que yo hablaba en broma. Carl nunca había sabido lo que eran los celos, de ahí que no fuera capaz de interpretar una situación complicada en las fiestas de Årtun hasta que era demasiado tarde—. Es por la ceremonia de inicio de las obras —dijo suspirando—. Gilbert dijo que al final no puede dar la primera paletada, que le ha surgido algo. No quiso decirme qué era, pero ha sido Kurt Olsen, claro. ¡Hijo de puta!

—Tranquilo.

—¿Tranquilo? Hemos invitado a la prensa de aquí y de fuera. Es un desastre.

Carl se pasó la mano libre por la cara, pero se las arregló para saludar y sonreír a un tipo que creo que trabajaba en el banco.

—¿Te imaginas los titulares? —siguió Carl cuando el tipo ya no podía oírnos—. LA CONSTRUCCIÓN DEL HOTEL APLAZADA POR LA INVESTIGACIÓN DE UN ASESINATO. EL PROMOTOR BAJO SOSPECHA.

—De entrada no tienen motivos para escribir ni sobre asesinatos ni sobre sospechosos, y además faltan dos días para la inauguración. Para entonces las cosas pueden haber cambiado.

—Tiene que ser ahora, Roy. Si vamos a cancelar la ceremonia de inauguración tiene que ser esta tarde.

—Las redes que se echan al anochecer suelen recogerse de madrugada —dije.

—¿Me estás diciendo que algo ha salido mal?

—Lo que estoy diciendo es que puede ser que el dueño de esas redes las haya dejado un poco más.

—Pero también dijiste que si se dejan demasiado tiempo, los peces capturados son devorados por otros peces.

—Exacto —dije y me pregunté cuándo había empezado yo a decir «exacto»—. Así que puede ser que hayan recogido esa red esta mañana. O puede que, sencillamente, el dueño se esté tomando su tiempo para dar el aviso. Mantén la calma.

El cuatro por cuatro con el equipo cinematográfico salió a la carretera y Shannon vino hacia nosotros con el rostro radiante y una mano en el pecho como si necesitara sujetarse el corazón.

—¿Enamorada? —preguntó Carl.

—Nada de eso —dijo Shannon, y Carl se echó a reír como si ya se hubiera olvidado de nuestra conversación.

Una hora más tarde llegó a la gasolinera otro coche conocido, que aparcó junto al surtidor de gasoil, y pensé que ese día cada vez era más entretenido. Salí de la oficina en el momento en que Kurt Olsen se bajaba del Land Rover, y cuando vi su gesto amenazante comprendí que, por fin, iba a oír una historia interesante.

Mojé la esponja en el cubo y levanté las escobillas de su coche.

—No hace falta —empezó, pero ya le había mojado el parabrisas.

—Nunca se tiene suficiente visibilidad —dije—. En especial ahora que ha llegado el otoño.

—Eh, creo que veo bastante bien sin tu ayuda, Roy.

—No digas eso —dije extendiendo el agua sucia por el cristal—. Por cierto, que Carl ha estado por aquí. Tiene que cancelar la inauguración oficial de la obra esta misma tarde.

—¿Hoy? —Kurt Olsen levantó la vista.

—Sí. Una pena, la verdad. Los de la banda de música escolar se van a sentir muy decepcionados, han estado ensayando mucho. Y aquí habíamos traído cincuenta banderas de Noruega y las hemos vendido todas. ¿No podrías conmutarnos la pena *in extremis*?

Kurt Olsen bajó la vista. Escupió al suelo.

—Dile a tu hermano que siga adelante con su inauguración.

—¿En serio?

—Sí —dijo Olsen en voz baja.

—¿Se ha producido algún avance en el caso? —Aparte de la elección de las palabras, intenté no sonar irónico, y seguí echando más agua con jabón.

Olsen se incorporó. Se aclaró la voz y dijo:

—Esta mañana me ha llamado Åge Fredriksen. Vive cerca de nuestra cabaña y echa las redes delante de nuestro embarcadero. Lo ha hecho toda la vida.

—¿No me digas?

Dejé caer la esponja en el cubo y agarré el limpiacristales de goma, fingiendo no darme cuenta de que Kurt me observaba.

—Y esta mañana atrapó un pez extraño, el teléfono móvil de mi padre.

—¡No me digas! —exclamé y la goma chirrió sobre el cristal.

—Fredriksen opina que el teléfono ha estado en el mismo sitio dieciséis años, cubierto de fango, pues los buceadores que buscaron a mi padre entonces no encontraron nada. Cree que, cada vez que ha echado las redes, ha rozado el teléfono. Pero solo cuando ha sacado las redes esta mañana un hilo del fondo de la red ha pasado por el enganche de la funda y el teléfono ha subido con ella.

—Muy fuerte —dije. Arranqué un trozo de papel y sequé la goma.

—Fuerte es poco —dijo—. Dieciséis años echando la red y el teléfono se engancha justo ahora.

—¿No es esa la esencia de la llamada teoría del caos? Tarde o temprano todo acaba por suceder, incluso lo más improbable.

—Que ocurra me lo creo, Roy, lo que no me trago es que sea justo ahora. En este momento. Es demasiado bonito para ser verdad.

Podría haberlo dicho en voz alta: «Demasiado bonito para ti y para Carl».

—Y esta vez los tiempos no encajan —dijo, y se quedó mirándome, esperando.

Comprendí lo que quería. Que yo argumentara. Que dijera que los testigos no siempre son de fiar. O que los desplazamientos de un hombre que está tan desesperado que quiere quitarse la vida pueden no ser muy lógicos. O, incluso, que las antenas repetidoras también pueden cometer errores. Pero no me dejé tentar. Así que, con la mano en la barbilla, asentí con la cabeza despacio. Muy despacio. Y dije:

—Y que lo digas. ¿Diésel?

Tenía pinta de querer pegarme.

—Bueno —dije—. Al menos ahora verás bien la carretera.

Cerró la puerta del coche de golpe y arrancó. Levantó el pie del embrague, hizo un cambio de sentido prohibido y se incorporó lentamente a la carretera principal. Sabía que me observaba por el retrovisor y me costó un esfuerzo no decirle adiós con la mano.

26

Era una extraña visión.

Soplaba un desagradable viento del noroeste y llovía a mares, como suele decirse. Aun así, en la cima de nuestra montaña había algo más de cien almas destempladas y vestidas con chubasqueros contemplando cómo un trajeado Carl posaba junto a Voss Gilbert, que para la ocasión lucía el collar de alcalde y su mejor sonrisa de político. Ambos enarbolaban una pala. El diario local y otros medios tomaban fotos y al fondo apenas se oía la música de la banda del colegio de Årtun tocar el clásico himno a las montañas «Mellom Bakkar og Berg» entre ráfagas de viento. Presentaron a Gilbert bromeando como el «nuevo alcalde», pero no pareció tomárselo a mal puesto que habían llamado así a todos y cada uno de los hombres que habían sostenido la vara de la alcaldía desde Jo Aas. No es que yo tuviera nada en contra de Voss Gilbert, pero tanto la calva que le arrancaba de la frente como el nombre de pila que tenía por apellido y el apellido que tenía por nombre de pila era para levantar sospechas. Pero no las suficientes para impedir que fuera el alcalde de Os. Estaba claro que, en el caso de que se produjera una fusión de municipios y hubiera más candidatos para el cargo, con ese peinado Gilbert lo tendría difícil.

Carl hizo señas para que Gilbert fuera el primero en usar la pala, adornada con lazos y flores para la ocasión. Gilbert así lo hizo, sonrió al fotógrafo, sin darse cuenta de que el pelo mojado por la lluvia se había posado sobre la calva en un intento involuntario por taparla. Gilbert lanzó una broma que nadie oyó, pero que los más cercanos a él rieron obedientemente. Todos aplaudieron, y Gilbert se apresuró a acercarse a su asistente, que sujetaba su paraguas al que el viento había dado la vuelta, y descendimos en comitiva por la ladera de la montaña hacia el autobús, aparcado junto al camino, que iba a llevarnos a Fritt Fall para celebrar el acontecimiento.

Giovanni, el gallo de las plumas negras, caminaba nervioso entre los invitados y las mesas, pero yo fui a buscar mi copa de bienvenida a la barra, donde Erik me miraba mal. Me planteé la posibilidad de acercarme a Carl, que hablaba con Willumsen, Jo Aas y Dan Krane, pero opté por ir hacia Shannon, que estaba junto a la mesa de los impresos de la quiniela con Stanley, Gilbert y Simon Nergard. Entendí que estaban discutiendo sobre Bowie y Ziggy Stardust, supongo que porque en los altavoces sonaba «Starman» a todo volumen.

—Está claro que el tipo era un pervertido, se vestía de tía —dijo Simon; ya estaba algo bebido y agresivo.

—Si con pervertido quieres decir homosexual, que sepas que hay hombres heterosexuales a quienes les gusta vestirse de mujer —dijo Stanley.

—Hace falta estar enfermo, joder —dijo Simon mirando al nuevo alcalde—. Va contra natura.

—No necesariamente —dijo Stanley—. Los animales también practican el *cross-dressing*, el travestismo. Roy, a ti que te interesan los pájaros, seguro que sabes que hay especies de aves en las que el macho imita a la hembra. Se camuflan como hembras poniéndose sus plumas.

Los demás me miraban y sentí que me sonrojaba.

—Y no solo en ocasiones especiales —prosiguió Stanley—. Llevan consigo ese fenotipo femenino toda la vida, ¿verdad?

—Entre las aves de montaña que yo conozco, no —dije.

—¿Lo ves? —dijo Simon, y Stanley me miró de reojo como si lo hubiera traicionado—. Porque la naturaleza es práctica. ¿Para qué coño iba a servir vestirse de tía?

—Es bastante sencillo —dijo Shannon—. Los machos disfrazados evitan llamar la atención de los machos alfa que buscan eliminar a posibles competidores del mercado sexual. Mientras los machos alfa pelean con otros machos, los travestidos se aparean a escondidas.

El alcalde Gilbert se echó a reír de buena gana.

—No es mala estrategia.

Stanley le puso la mano en el brazo a Shannon.

—Aquí tenemos por fin a alguien que ha comprendido las complejidades del instinto sexual.

—Bueno, no es que sea muy complicado —dijo Shannon—. Todos buscamos la estrategia más cómoda para sobrevivir. Si nos encontramos en una situación, ya sea personal o social, que deja de funcionar, probamos otra, aunque sea menos confortable.

—¿Qué quieres decir con la estrategia más cómoda? —preguntó Voss Gilbert.

—La que se ajusta a las reglas de juego de la sociedad de manera que no nos arriesgamos a que nos sancionen. Hay quien lo llama moral, señor alcalde. Si no funciona, incumplimos las reglas.

Gilbert enarcó una de sus pobladas cejas.

—Mucha gente se comporta conforme a las normas morales, aunque no sea lo más cómodo.

—La única razón es que resulta tan incómodo ser percibido como inmoral que ese factor adquiere un peso determinante. Pero si fuéramos invisibles y nos arriesgáramos a recibir castigos físicos, nos daría igual. Porque todos somos, en el fondo, oportunistas que consideramos la supervivencia y la perpetuación de nuestros genes como la meta principal. Por eso todos estamos dispuestos a vender nuestra alma. Solo que cada uno le pone un precio distinto.

—Amén —dijo Stanley.

Gilbert negó con la cabeza riendo por lo bajo.

—Esas son conversaciones propias de la ciudad que a nosotros nos sobrepasan, ¿verdad, Stanley?

—También conocidas como gilipolleces —dijo Simon, vació su copa y miró alrededor para que se la rellenaran.

—Vamos, vamos, Simon —dijo el alcalde—. Pero debes recordar, señora Opgard, que nosotros procedemos de una zona del país donde la gente sacrificó su vida para defender los valores morales correctos durante la Segunda Guerra Mundial.

—Se refiere a los doce hombres que participaron en ese sabotaje sobre el que hemos hecho tres o cuatro películas —dijo Stanley—. El resto de la población, en su mayoría, dejó que los nazis camparan a sus anchas.

—Calla la boca —dijo Simon con los ojos entornados.

—Esos doce no sacrificaron sus vidas por principios morales —dijo Shannon—. Lo hicieron por su país. Por su pueblo. Por su familia. Si Hitler hubiera nacido en Noruega en circunstancias económicas y políticas similares a las de Alemania, hubiera llegado al poder aquí también. En ese caso, vuestros saboteadores habrían luchado por Hitler.

—¡Joder! —Simon escupió, y yo di un paso al frente por si había que pararle los pies.

Pero a Shannon, por el contrario, no había quien la parara.

—¿O creéis que los alemanes de los años treinta y cuarenta fueron una generación completamente inmoral, mientras que los noruegos tuvieron la suerte de ser lo contrario?

—Esas afirmaciones son bastante extremas, señora Opgard.

—¿Extremas? Entiendo que puedan resultar provocativas y tal vez chocantes para los que vivís aquí y tenéis una relación emocional con vuestra historia. Lo que intento decir es que la moral está sobrevalorada como motivación para los seres humanos. Y que no se valora lo suficiente la fidelidad al grupo. Transgredimos la moral para ponerla al servicio de nuestros intereses cuando sentimos que nuestra manada está amenazada. A lo largo de la historia, las venganzas familiares y los genocidios no han sido cometidos por monstruos, sino por personas como nosotros que creían actuar de acuerdo con la moral. Somos, ante todo, fieles a los nuestros y después a la moral cambiante que en todo momento nos favorece como grupo. Mi tío abuelo participó en la Revolución cubana, y hasta el día de hoy hay dos visiones de Fidel Castro diametralmente opuestas pero sustentadas con la misma convicción. Y lo que decide tu punto de vista no es si perteneces a la derecha o a la izquierda, sino cómo influyó Castro en el destino de tu familia más cercana, si entraste a formar parte del régimen de La Habana o te exiliaste en Miami. Todo lo demás es secundario.

Sentí que me tiraban de la manga y me di la vuelta.

Era Grete.

—¿Puedo hablar contigo un momento? —susurró.

—Hola, Grete. Estamos hablando de…

—De montárselo a escondidas, sí —dijo Grete—, lo he oído.

Lo dijo de una manera que hizo que la mirara con más detenimiento. Sus palabras me recordaron algo, una premonición que ya había tenido antes.

—Un momento —dije y nos fuimos hacia la barra mientras sentía clavadas en la espalda las miradas de Stanley y de Shannon.

—Hay algo que quiero que le cuentes a la mujer de Carl —dijo Grete cuando ya no podían oírnos.

—¿Por qué?

Pregunté «por qué» y no «qué» porque eso ya lo sabía. Lo veía en sus ojos empañados.

—Porque a ti te creerá.

—¿Por qué iba a creérselo si solo es una historia que le cuento de tu parte?

—Porque se lo vas a contar como si fuera idea tuya.

—¿Por qué iba a hacer eso?

—Porque tú quieres lo mismo que yo, Roy.

—¿Qué?

—Que se separen.

No estaba conmocionado, ni siquiera sorprendido. Solo fascinado.

—Vamos, Roy, los dos sabemos que Carl y esa chica del sur no pegan. Solo estaremos haciendo lo mejor para ellos. Así le evitamos a la pobre la lenta tortura de descubrirlo por sí misma.

Intenté tragar. Tenía ganas de darme la vuelta y marcharme, pero no fui capaz.

—¿Descubrir qué?

—Que Carl se está tirando a Mari otra vez.

La miré. La permanente le rodeaba la cara pálida como un halo. Siempre me sorprende que la gente pique con los anuncios de champú que prometen revitalizar el cabello. El cabello nunca ha tenido una vida que pueda revitalizarse. El pelo está muerto, una cutícula de queratina que sale de un folículo. Tiene tanta vida como los excrementos que te esfuerzas en expulsar. El pelo es historia, es lo que has sido, has comido y has hecho. Y no puedes volver atrás. La permanente de Grete era un pasado momificado, permafrost, daba tanto miedo como la misma muerte.

—Se lo montan en la cabaña de Aas.

No respondí.

—Lo he visto yo misma —dijo Grete—. Aparcan en el bosquecillo para que los coches no se vean desde la carretera y van andando a la cabaña, donde se encuentran.

Tuve ganas de preguntarle cuánto tiempo dedicaba a seguir a Carl, pero no lo hice.

—Pero no es ninguna novedad que Carl ande follando por ahí —dijo.

Era evidente que quería que le preguntara a qué se refería, pero algo en su expresión, una certeza, el recuerdo de mi madre leyéndonos *Caperucita Roja*, me advirtieron que me callara. Porque de niño nunca había comprendido por qué

Caperucita tenía que hacerle al lobo disfrazado esa última pregunta, «¿Por qué tienes la boca tan grande?», cuando ya sospechaba que era el lobo. ¿No entendía que cuando el lobo comprendiera que había sido descubierto se lanzaría sobre ella y se la comería? Así que aprendí que, después de «¿Por qué tienes las orejas tan grandes?» no había que preguntar nada más. Di que vas a por más leña y sal pitando, joder. Pero yo también me quedé. Y como una Caperucita idiota pregunté:

−¿Qué quieres decir?

−¿Sobre lo de que anda follando por ahí? ¿No has leído que eso es lo que suelen hacer los que han sido víctimas de abusos sexuales de niños?

Había dejado de respirar. Era incapaz de moverme. Hablé con voz afónica.

−¿Qué coño te hace pensar que han abusado de Carl?

−Lo dijo él mismo. En una borrachera, después de follarme contra un árbol en el bosquecillo de Årtun. Lloró, dijo que se arrepentía, pero que no podía evitarlo, que había leído que los que eran como él se volvían promiscuos.

Me pasé la lengua por el labio para humedecerlo, pero tenía la boca seca.

−Promiscuos −fue lo único que logré susurrar, pero no pareció oírme.

−Y dijo que tú te culpabas por que hubieran abusado de él. Que por eso siempre cuidabas de él. Que, en cierto modo, se lo debías.

Conseguí que mis cuerdas vocales volvieran a funcionar.

−Mientes tanto que al final te crees tus propias mentiras.

Grete sonrió y negó con la cabeza como si lo lamentara.

−Carl estaba tan borracho que seguro que se ha olvidado de lo que me dijo, pero lo dijo. Le pregunté por qué te culpabas tú cuando era su propio padre el que había abusado de él. Según creía Carl, porque eras su hermano mayor. Que pensabas que era tu responsabilidad cuidar de él. Y que por eso, al final, lo salvaste.

—Así que recuerdas que dijo eso, ¿eh? —intenté burlarme, pero vi que no le hacía ningún efecto.

—Eso dijo —asintió—. Pero cuando se lo pregunté no quiso decirme cómo lo habías salvado.

Estaba acabado. Vi cómo se movían sus labios de lombriz.

—Así que te lo pregunto ahora: ¿qué hiciste, Roy?

Levanté la mirada y la miré a los ojos. Expectantes. Llenos de satisfacción. Con la boca entreabierta, solo tenía que llevarse el tenedor a la boca. Sentí que algo borboteaba en mi pecho, una sonrisa se abrió paso, no había forma de pararla, joder.

—¿Eh? —dijo Grete, y cuando me eché a reír me miró atónita.

Estaba… no sé. ¿Cómo estaba? ¿Feliz? ¿Aliviado? Igual que un asesino que es descubierto y se siente liberado porque la espera ha terminado y ya no tiene que cargar en soledad con su terrible secreto. ¿O es que estaba loco, sin más? Porque habría que estar loco para preferir que la gente crea que has abusado sexualmente de tu hermano pequeño a que sepan que tu padre lo ha hecho sin que tú, el hermano mayor, hayas movido un dedo. O, tal vez no sea locura, tal vez sea tan sencillo como que puedes soportar el desprecio de todo el pueblo si se fundamenta en mentiras y falsos rumores, pero no si tiene una mínima parte de verdad. Y la verdad de lo sucedido en Opgard no era solo la de un padre que era un abusador sexual, sino también la de un hermano mayor cobarde y mezquino que podría haber intervenido y no se atrevió, que sabía, pero no decía nada, que se avergonzaba pero mantenía la cabeza tan baja que apenas aguantaba ver su propio reflejo en el espejo. Y ahora, lo peor que podía pasar había ocurrido. Cuando Grete Smitt sabía algo y hablaba de ello, se enteraba primero toda la peluquería y luego todo el pueblo, así era. Entonces ¿por qué me reía? Porque lo peor que podía pasar había ocurrido, ya habían transcurrido varios segundos. Así que ahora todo podía irse al infierno, era libre.

—¿Y? —dijo Carl alegre—. ¿Qué es lo que resulta tan divertido por aquí?

Me rodeó los hombros con un brazo y pasó el otro por encima de Grete. Me echó su aliento a champán.

—Bueno —dije—. ¿Qué es lo que es tan gracioso, Grete?

—Carreras de caballos —dijo ella.

—¿Al trote? —preguntó Carl en voz alta, y cogió una copa de champán de una bandeja de la barra. Iba camino de cogerse otra buena borrachera, no había duda—. No sabía que a Roy le interesaran.

—Estoy intentando despertar su interés —dijo Grete.

—Y ¿cuál es tu *pitch*?

—¿Mi *pitch*?

—El argumento de venta.

—El que no apuesta no puede ganar. Y creo que Roy está de acuerdo.

Carl se volvió hacia mí.

—¿Estás de acuerdo?

Me encogí de hombros.

—Yo creo que Roy es más del tipo que opina que, si no apuestas, no puedes perder —dijo Carl.

—Solo es cuestión de encontrar un juego en el que todos podamos ganar —dijo Grete—. Como con tu hotel, Carl. Nadie pierde, solo hay ganadores y un final feliz.

—¡Brindemos por eso! —dijo Carl.

Grete y él entrechocaron sus copas y Carl se volvió y me lanzó una mirada interrogante.

Me di cuenta de que seguía con esa ridícula sonrisilla en la cara.

—Me he dejado la copa ahí —dije, señalé a los que discutían sobre Bowie con un gesto de cabeza y me separé de ellos sin intención de volver.

Mientras iba hacia el grupo mi corazón cantaba de felicidad. De manera paradójica y despreocupada, casi sarcástica, como la collalba gris que se había posado sobre una tumba a cantar mientras el cura echaba tierra sobre los ataúdes de mis padres. No hay ningún final feliz, pero hay instantes de felicidad sin sentido, y cada uno de esos instantes puede ser el último, así que por qué no cantar a voz en cuello. Decírselo al mundo. Y luego dejar que la vida, tal vez la muerte, te aplaste contra el suelo otro día.

Cuando me acercaba a ellos, Stanley volvió la cabeza hacia mí como si hubiera intuido mi proximidad. No sonrió, solo buscó mi mirada. Una oleada de calor recorrió mi cuerpo. No supe por qué, solo tuve la certeza de que el momento había llegado. El momento en que conduciría hacia Geitesvingen y no giraría el volante. Me saldría de la carretera, caída libre, con la seguridad reconfortante de que no me esperaba otra recompensa que esos preciosos segundos de libertad, reconocimiento, verdad y todas esas cosas. Y saldría al encuentro de mi final, me estrellaría contra el suelo en un lugar del que nunca podrían sacar los restos del coche, donde me pudriría en bendita soledad, paz y tranquilidad.

No sé por qué escogí precisamente ese instante. Tal vez porque una copa de champán me había dado el valor necesario. Tal vez porque sabía que tenía que ahogar al momento ese atisbo de esperanza que Grete me había dado, que no debía alimentarla, no debía permitir que creciera. Porque yo no quería el premio que me sugería, era peor que toda la soledad que pudiera caber en una vida.

Pasé junto a Stanley, cogí la copa de champán que estaba junto a los cupones de apuestas de las carreras de caballos y me situé detrás de Shannon, que escuchaba al nuevo alcalde explicar entusiasmado lo que el hotel iba a significar para el pueblo, aunque imagino que él estaba pensando en las elecciones municipales. Toqué levemente el hombro de Shannon, me incliné hacia su oído, tan cerca que pude notar su olor, tan distinto del de ninguna mujer que yo hubiera conocido, con la que hubiera hecho el amor, y a la vez tan familiar, como si fuera el mío propio.

—Lo siento —susurré—. Pero no puedo evitarlo. Te quiero.

No se giró hacia mí. No me pidió que repitiera lo que acababa de decir. Se limitó a seguir observando a Gilbert sin mutar el gesto, como si le hubiera susurrado la traducción de una palabra que hubiera pronunciado. Pero noté que su olor se hacía más intenso un instante, como si el mismo calor que recorría mi cuerpo también pasara por ella y arrastrara las moléculas odoríferas de su piel hacia mí.

Seguí camino de la puerta, me detuve ante el viejo juego de monedas de una corona, apuré la copa de champán y la dejé encima del marco de madera. Descubrí que Giovanni estaba allí observándome con su dura y censora mirada de gallo, como si me despreciara; se giró con un movimiento de cabeza tan brusco que su flequillo pelirrojo estilo Hitler se agitó.

Salí. Cerré los ojos e inspiré el aire que la lluvia había purificado, acerado como una cuchilla de afeitar sobre mi mejilla. Sí, este año el invierno iba a llegar pronto.

Desde la gasolinera llamé a la oficina principal y me pasaron con el director de recursos humanos.

—Soy Roy Opgard. Me preguntaba si todavía estaría libre el puesto de encargado en Sørlandet.

IV

27

Dicen que el que más se parece a papá soy yo.

Silencioso y equilibrado. Bondadoso y resolutivo. Un trabajador constante que no destaca por talento alguno, pero que siempre saldrá adelante, tal vez porque no espera demasiado de la vida. Un solitario de trato agradable con la suficiente empatía para comprender los problemas de la gente, pero con la suficiente vergüenza para no interferir en vidas ajenas. Del mismo modo que papá tampoco dejaba que nadie se metiera en la suya. Decían que era orgulloso sin ser arrogante, que el respeto que mostraba por los demás era recíproco, a pesar de que nunca fue un líder en la comunidad local. Estaba encantado de cederles ese papel a los que tenían más talento y elocuencia, a los prepotentes, a los carismáticos y a los visionarios. Los Aas y los Carl. Los que tenían menos vergüenza.

Porque él sentía vergüenza. Y ese rasgo sin duda lo he heredado yo.

Se avergonzaba de ser quien era y de lo que hacía. Yo me avergonzaba de ser quien era y de lo que no hacía.

A papá yo le gustaba. Yo le quería. Y él quería a Carl.

Como era su primogénito me enseñó todo lo que hacía falta saber para llevar una granja en la montaña con un rebaño de treinta cabras. En tiempos de mi abuelo, la población de cabras en Noruega era cinco veces mayor, pero en los últimos diez años el número de ganaderos se había reducido a la mitad y mi padre seguramente intuyó que en el futuro sería imposible subsistir con rebaños de cabras tan pequeños como los de Opgard. Pero, como solía decir, siempre cabía la posibilidad de que un día nos quedáramos sin electricidad, que el mundo se viera abocado al caos y se rigiera por un sálvese quien pueda. En esos casos la gente como yo se salvaría.

Y los que eran como Carl se irían a pique.

Y quizá por eso quisiera más a Carl.

O tal vez porque Carl no adoraba a nuestro padre como yo.

No sé si esa fue la razón, una mezcla del instinto protector de un padre y la necesidad de ser amado por su hijo. O porque Carl se parecía muchísimo a mi madre en la época en que se conocieron. Tanto en la manera de hablar y reírse, pensar y moverse, como en el aspecto que tenía en las fotos de aquella época. Papá solía decir que Carl era tan guapo como Elvis Presley. Quizá se había enamorado de mamá por el mismo motivo. Por su parecido a Elvis. En este caso un Elvis rubio, ciertamente, pero con los mismos rasgos latinos o indios: ojos almendrados, piel lisa y brillante, cejas marcadas. La sonrisa y las carcajadas siempre a flor de piel. Puede que mi padre volviera a enamorarse de mamá. Y después de Carl.

No lo sé.

Solo sé que papá nos acostaba y nos leía cuentos por las noches y que cada vez se quedaba más rato en nuestro cuarto. Que cuando yo me dormía en la litera de arriba él aún estaba allí, y que no me enteré de nada hasta que una noche me despertó el llanto de Carl y la voz de papá diciéndole que se callase. Me asomé al borde de la cama y vi que la silla estaba vacía, y que papá estaba en la cama con Carl.

—¿Qué pasa? —pregunté.

Como nadie me respondió, repetí la pregunta.

—Carl ha tenido una pesadilla —dijo nuestro padre—. Duérmete, Roy.

Y yo volví a dormirme. Me sumergí en el sueño culpable de los inocentes. Y así seguí, hasta que una noche Carl volvió a llorar, y esta vez papá se había ido y mi hermanito estaba solo, no había nadie que lo consolara. Así que bajé a su litera, lo abracé y le pedí que me contara lo que había soñado, así los monstruos se marcharían.

Y Carl se sorbió los mocos y dijo que los monstruos habían dicho que no podía contar nada, porque entonces vendrían y se nos llevarían, a mamá y a mí también, nos arrojarían a Huken y nos devorarían.

—¿Y a papá no? —pregunté.

Carl no respondió y no sé si comprendí lo que ocurría y lo borré al instante, o si lo entendí más tarde, o quise entenderlo más tarde: que el monstruo era nuestro padre. Papá. Y tampoco sé si mamá quiso comprenderlo, pero en su caso le faltó voluntad, porque aquello ocurría ante nuestros ojos y nuestros oídos. Y por eso ella era tan culpable como yo, pues miró a otro lado y no hizo nada por detenerlo.

Cuando por fin lo hice yo, tenía diecisiete años, papá y yo estábamos solos en el granero. Yo sujetaba la escalera mientras él cambiaba las bombillas bajo el caballete del tejado. En la montaña los graneros no son muy altos, pero tal vez pensé que, unos metros debajo de él, yo suponía un peligro para él.

—No puedes hacer lo que le haces a Carl.

—Pues vale —dijo papá tranquilo, y acabó de cambiar las bombillas.

Luego bajó por la escalera mientras yo la sujetaba con toda la firmeza de la que fui capaz. Colocó las bombillas fundidas en el suelo y se abalanzó sobre mí. No me pegó en la cara, sino en el cuerpo, en todos los puntos blandos donde más dolía. Cuando me vio tirado en el heno sin poder respirar, se inclinó sobre mí y susurró con la voz ronca:

—No acuses a tu padre de algo así o te mataré, Roy. Solo hay una manera de parar a un padre, y es mantener la boca cerrada, esperar a que se presente la oportunidad y entonces matarlo. ¿Entiendes?

Por supuesto que lo entendía. Eso es lo que Caperucita Roja debería haber hecho. Pero yo no podía hablar, ni siquiera asentir, solo levanté un poco la cabeza y vi que tenía lágrimas en los ojos.

Papá me ayudó a ponerme de pie, cenamos, y esa noche volvió a la litera de Carl.

Al día siguiente me llevó al granero, donde había colgado el enorme saco de arena que se había traído de Minnesota. Durante un tiempo se empeñó en que Carl y yo boxeáramos, pero no nos interesaba, ni siquiera cuando nos habló de los famosos hermanos boxeadores Mike y Tommy Gibbons de Minnesota. El peso pesado Tommy Gibbons era el favorito de papá. Nos enseñó fotos; era alto y rubio, y dijo que Carl se parecía a él. Mientras que yo me parecía a Mike, el mayor de los dos pero el más menudo, cuya carrera fue menos exitosa. En todo caso, ninguno de los dos había llegado a campeón; el que estuvo más cerca de conseguirlo fue Tommy, quien en 1923 peleó quince *rounds* y perdió a los puntos con el gran maestro Jack Dempsey. Fue en el pequeño pueblo de Shelby, una cruz en el mapa del Great Northern Railway. El director de los ferrocarriles Peter Shelby, que había dado su nombre al pueblo, lo había llamado un «barrizal dejado de la mano de Dios». El pueblo había invertido todo lo que tenía y más en organizar ese combate, les habían prometido que los pondría en el mapa de Estados Unidos. Construyeron un estadio con ese fin, pero solo acudieron siete mil espectadores, más los que se colaron sin pagar. Todo el pueblo, incluidos cuatro bancos, quebró. Tommy Gibbons abandonó un pueblo en bancarrota, sin título, sin un centavo en el bolsillo, sin nada más que la certeza de que, al menos, lo había intentado.

—¿Cómo notas el cuerpo? —me preguntó papá.

—Bien —dije, a pesar de que todavía me dolía.

Papá me enseñó cómo colocar los pies y la técnica básica de los golpes, luego me ató sus gastados guantes de boxeo.

—¿Y el *guard*? —pregunté recordando el documental que había visto sobre el combate Dempsey-Gibbons.

—Si golpeas fuerte y antes que el otro, no te hará falta —dijo colocándose detrás del saco—. Este es el enemigo. Piensa que debes matarlo antes de que él pueda matarte a ti.

Y así lo hice. Él me sujetaba el saco para que no se balanceara demasiado, pero de vez en cuando se asomaba por detrás como si quisiera decirme que yo me estaba entrenando para matarlo a él.

—No está mal —dijo cuando apoyé las manos en las rodillas y doblé la espalda sudando a mares—. Ahora te reforzaré las muñecas con cinta aislante y harás lo mismo pero sin guantes.

Al cabo de tres semanas había agujereado el saco a golpes, y hubo que coser la funda con un hilo grueso. Me hice sangre en los nudillos golpeando los costurones, los dejé cicatrizar y al cabo de dos días volví a desgarrármelos. Me sentía mejor así, el dolor aplacaba el dolor, aplacaba la vergüenza de no hacer más que dar golpes, de mi impotencia.

Porque el asunto continuó.

Quizá no tan a menudo como antes, no lo recuerdo.

Solo recuerdo que ya no le importaba si yo estaba dormido o no, si mamá dormía o no, solo le importaba demostrar que mandaba en su propia casa y que un amo hace lo que le da la gana. Y al haberme entrenado para convertirme en un contrincante de su nivel, dejaba claro que su dominio sobre nosotros no se basaba en la fuerza bruta; no era material, sino espiritual. Porque la materia es perecedera y se desvanece, mientras que el espíritu es eterno.

Y yo me moría de vergüenza. Y mientras la litera de abajo se sacudía y crujía, yo intentaba huir de esa habitación y de esa casa con mis pensamientos. Y cuando él se marchaba, me metía en la cama de Carl, le abrazaba hasta que dejaba de llorar, y le susurraba al oído que un día, un día nos iríamos muy lejos. Un día le pararía los pies. Detendría a ese asqueroso reflejo de mí en el espejo. Palabras vacías que solo conseguían que me avergonzara aún más.

Cuando nos llegó la edad para salir de fiesta, Carl empezó a beber más de la cuenta. Y se metía en líos constantemente. Y yo me alegraba, porque me daba la oportunidad de proteger a mi hermano pequeño, lo que nunca había podido hacer en casa. Era sencillo, solo tenía que hacer lo que papá me había enseñado, pegaba antes que nadie, pegaba fuerte. Golpeaba rostros como si fueran sacos de arena con la cara de papá.

Pero el día tenía que llegar.

Y el día llegó.

Carl vino a verme y me dijo que había estado en el médico. Que le había examinado y le había hecho un montón de preguntas. Que sospechaban. Le pregunté qué le pasaba. Se bajó los pantalones y me lo mostró, y me enfadé tanto que me eché a llorar.

Antes de irme a dormir aquella noche, fui al zaguán y cogí el cuchillo de caza. Lo metí debajo de la almohada y me quedé esperando.

Llegó a la cuarta noche. Me desperté, como era habitual, con el crujido de la puerta. Él había apagado la luz del pasillo, de manera que solo veía su silueta en el umbral. Metí la mano debajo de la almohada y apreté la empuñadura del cuchillo. El tío Bernard, que había leído todo lo habido y por haber sobre el sabotaje en Os durante la guerra, me había contado que el *silent killing* consistía en clavar un cuchillo por la espalda al enemigo, a la altura de los riñones. Que degollar a alguien era mucho más difícil de lo que parecía en las películas, que mucha gente se amputaba el pulgar de la mano con la que sujetaba al enemigo. Yo no sabía exactamente a qué altura estaban los riñones pero, en cualquier caso, tenía intención de clavarle el cuchillo muchas veces, así que alguno de los tajos acertaría. Si no, tendría que cortarle la garganta, mi pulgar me importaba una mierda.

La silueta de la puerta se balanceó un poco, quizá hubiera tomado alguna cerveza más de lo habitual. Pero se quedó ahí de pie, como si creyera que se había equivocado de habitación. Y así era. No solo esa noche, sino durante años. Pero esa sería la última.

Oí un ruido, como si él respirara hondo. O aspirara el olor.

La puerta se cerró. La oscuridad era absoluta y me preparé. Mi corazón latía con tal fuerza que lo notaba golpeándome las costillas. Pero entonces oí sus pasos por la escalera y comprendí que había cambiado de idea.

Se abrió la puerta de la calle.

¿Había notado algo? Había leído que la adrenalina tiene un olor inconfundible que nuestro cerebro, de manera consciente o no, capta y hace que automáticamente nos pongamos alerta. ¿O había tomado una decisión en el umbral? No solo de marcharse esa noche, sino de que se había acabado. Que nunca volvería a pasar.

Me quedé allí tumbado temblando. Y cuando oí un sonido rasposo escapando de mi garganta me di cuenta de que había contenido la respiración desde el momento en que la puerta crujió.

Después de un rato oí un llanto ahogado. De nuevo contuve el aliento, pero no era Carl quien lloraba, su respiración volvía a ser acompasada. El llanto procedía del tubo de la estufa.

Me bajé de la cama, me vestí y bajé.

Mamá estaba sentada a la mesa de la cocina en la penumbra. Llevaba la bata roja que parecía un anorak largo, y miraba por la ventana, hacia el granero iluminado. Tenía un vaso en la mano y sobre la mesa estaba la botella de bourbon que llevaba años intacta en la alacena del salón.

Me senté.

Miré en la misma dirección que ella. Hacia el granero.

Vació el vaso y volvió a servirse. Era la primera vez desde aquella velada en el Grand Hotel que la veía beber, salvo en Nochebuena.

Cuando por fin habló, tenía la voz ronca y temblorosa.

—¿Sabes, Roy?, quiero tanto a tu padre que no puedo vivir sin él.

Sonó como la conclusión de una larga y muda discusión que hubiera mantenido consigo misma.

No dije nada, solo miré fijamente hacia el granero. Esperé que llegara algún sonido de allí.

—Pero él puede vivir sin mí —dijo—. ¿Sabes?, cuando nació Carl hubo complicaciones. Yo había perdido mucha sangre y estaba inconsciente, el médico se vio obligado a pedirle a tu padre que tomara una decisión. Había dos maneras de hacer la intervención, una implicaba un peligro para el feto y otra era arriesgada para la madre. Tu padre eligió la que era peligrosa para mí, Roy. Luego me dijo que yo hubiera hecho lo mismo, y tenía razón. Pero no fui yo quien eligió, Roy. Fue él.

¿Qué esperaba oír en el granero? Lo sabía: un disparo. Al bajar había encontrado abierta la puerta del zaguán y la escopeta, que solía estar colgada en lo alto de la pared, había desaparecido.

—Pero si yo hubiera tenido que elegir entre salvar tu vida o la de Carl, lo habría elegido a él, Roy. Debes saberlo. Esa es la madre que he sido para ti. —Se llevó el vaso a los labios.

Nunca antes la había oído hablar así, pero no me importó. Solo podía pensar en lo que estaba ocurriendo en el granero.

Me levanté y salí. Era primavera y el aire nocturno me refrescaba las mejillas ardientes… No me apresuré. Caminé despacio, casi como un hombre adulto. A la luz que salía por la puerta abierta del granero vi la escopeta, que estaba apoyada en el marco. Al acercarme, vi la escalera apoyada contra una de las vigas del techo, la soga colgando de ella.

Pero, más que nada, oí los golpes secos del plástico contra el saco de arena.

Me detuve antes de llegar a la puerta, pero lo bastante cerca para verlo. Golpeaba una y otra vez el saco. ¿Sabía que la cara que le había dibujado era la suya? Probablemente.

¿Esa escopeta estaba allí porque no había sido capaz de acabar lo que había empezado? ¿O era una forma de provocarme?

Ahora ya no me ardían las mejillas, sino que las tenía heladas, como el cuerpo, y la ligera brisa nocturna me atravesaba como si yo fuera un puto fantasma.

Me quedé quieto y observé a mi padre. Yo sabía, claro, que él quería que lo detuviera, que le impidiera hacer lo que hacía, que le parara el corazón. Todo estaba listo, lo había dejado preparado para que pareciera que lo había hecho él solo, hasta la cuerda colgada de la viga hablaba por sí sola. Así que yo únicamente tenía que dispararle de cerca y dejar la escopeta junto al cadáver. Yo temblaba. Ya no ejercía ningún control sobre mi cuerpo, no me obedecía, mis miembros temblaban, se agitaban. Ya no sentía miedo ni ira alguna, solo impotencia y vergüenza. Porque era incapaz. Él quería morir, yo quería que muriera, pero no podía, joder. Porque él era yo. Lo odiaba y lo necesitaba, al igual que me necesitaba y odiaba a mí mismo. Me di la vuelta y regresé a casa mientras le oía gemir y pegar, maldecir y pegar, sollozar y pegar.

Al día siguiente, en el desayuno, fue como si nunca hubiera sucedido. Como si lo hubiera soñado, nada más. Papá miró por la ventana de la cocina y dijo algo del tiempo, mientras que mamá le metía prisa a Carl para que no llegara tarde a clase.

28

Unos meses después de que dejara a mi padre en el granero, la señora Willumsen aparcó ante el taller y pidió que pusiéramos a punto su Saab Sonett, modelo del 58, un roadster, el único descapotable del pueblo.

La gente decía que la mujer de Willumsen tenía una obsesión enfermiza por una estrella noruega del pop de los años setenta y que intentaba imitarla en todo, el coche, la ropa, el peinado, el maquillaje, los andares. Incluso trataba de que su voz adoptara el famoso timbre grave de la diva. Yo era demasiado joven para recordar a la cantante pop, pero no me cabía ninguna duda de que la señora Willumsen era una diva.

El tío Bernard había ido al médico, así que me tocó a mí echarle un vistazo en busca de algún posible fallo.

—Una carrocería elegante —dije y acaricié uno de los alerones delanteros.

Plástico reforzado con fibra de vidrio. El tío Bernard decía que Saab había producido menos de diez unidades de ese modelo y que era seguro que Willumsen había tenido que apoquinar por él más de lo que le hubiera gustado.

—Gracias —dijo.

Abrí el capó y contemplé el motor. Comprobé que los cables y las tapas estuvieran ajustados, imitando los movimientos del tío Bernard.

—Da la sensación de que, para ser tan joven, te manejas bien con el motor —dijo.

Ahora fui yo quien le dio las gracias.

Era un día caluroso, había estado trabajando en un camión y me había bajado el mono, por lo que cuando ella llegó me sorprendió con el torso desnudo. Entonces entrenaba boxeo en el granero muchas horas al día, y tenía músculos en lugares donde antes solo había piel y huesos. Mientras aclaraba el motivo de su visita, me repasó con la mirada. Y cuando me puse una camiseta antes de empezar a trabajar en su coche, casi pareció decepcionada.

Cerré el capó de golpe y me volví hacia ella. Con los zapatos de tacón no solo me superaba en estatura, sino que parecía mucho más alta que yo.

—Bueno —dijo, e hizo una larga pausa—. ¿Te gusta lo que ves?

—Tiene buen aspecto, pero debería revisarlo más a fondo —dije con una seguridad fingida, como si fuera yo y no el tío Bernard quien debería revisarlo más a fondo.

Se me ocurrió que era mayor de lo que aparentaba. Parecía que se hubiera afeitado las cejas y luego se las hubiera pintado. Tenía pequeñas arrugas en el labio superior. Pero no por eso la señora Willumsen dejaba de ser lo que el tío Bernard llamaba una mujer de bandera.

—¿Y después… —dijo ladeando la cabeza y mirándome como si estuviera en la carnicería eligiendo un trozo de carne en el mostrador— de revisarlo?

—Pasaremos a examinar el motor y cambiaremos lo que haya que cambiar, dentro de unos límites razonables y aceptables, naturalmente.

Esta frase también se la había robado al tío Bernard. Salvo que yo tuve que tragar saliva a mitad de frase.

—Razonables y aceptables.

La señora Willumsen sonrió como si yo hubiera soltado una agudeza digna de Oscar Wilde, si bien por entonces yo ni siquiera había oído hablar de Oscar Wilde. En ese momento empecé a darme cuenta de que no era el único al que la conversación le había despertado fantasías sexuales. Ya no me cabía duda: la señora Willumsen estaba flirteando conmigo. No es que yo creyera que ella quería algo más de mí, pero, al menos, se permitía el lujo de perder el tiempo jugueteando con un chaval de diecisiete años, del mismo modo que un gato adulto le da un par de zarpazos a una bola de lana oscilante antes de seguir su camino. Solo con eso ya me sentía orgulloso y envalentonado.

—Pero puedo adelantarte que no necesita grandes arreglos —dije sacando la cajita plateada de tabaco de mascar del bolsillo del mono y reclinándome sobre el capó—. El coche parece estar en excelentes condiciones, para ser tan viejo.

La señora Willumsen se echó a reír.

—Rita —dijo alargando una mano blanquísima con uñas de un rojo sangre.

Supongo que si hubiera tenido más experiencia la habría besado, pero opté por guardar la cajita de tabaco, me limpié con el trapo que llevaba colgando del bolsillo trasero y le estreché la mano con firmeza.

—Roy.

Me miró con detenimiento.

—Bien, Roy. Pero no hace falta que aprietes tanto.

—¿Eh?

—No digas «eh», sino «¿cómo?», o «¿perdón?». Inténtalo otra vez. —Volvió a tenderme la mano.

La cogí de nuevo. Esta vez con cuidado. La retiró.

—No he dicho que la toques como si fuera mercancía robada, Roy. Te doy la mano y por unos instantes es tuya. Así que úsala, sé bueno con ella, trátala de manera que sepas que volverán a dártela.

Me dio la mano por tercera vez.

Y la rodeé con las mías.

La acaricié. La acerqué a mi mejilla. No sé de dónde demonios saqué el valor necesario. Solo sé que en ese momento lo tuve, tuve todo el valor que me faltó cuando vi la escopeta en la puerta del granero.

Rita Willumsen lanzó una carcajada, miró nerviosa alrededor, como queriendo asegurarse de que no la vieran, dejó que me quedara un poco más con su mano y luego la retiró despacio.

—Aprendes deprisa —dijo—. Aprendes deprisa, pronto serás un hombre y harás muy feliz a alguien, Roy.

Un Mercedes aparcó delante de nosotros; Willumsen bajó de un salto y, sin apenas saludarme por la prisa que llevaba, le abrió la puerta a la señora Willumsen. Que ahora era Rita Willumsen. Le cogió la mano mientras ella, tacones altos, pelo cardado y falda larga, se sentaba en el coche trabajosamente. Cuando se alejaron, sentí una mezcla de excitación y confusión al pensar en lo que de pronto tenía por delante. La excitación se debía a la mano de la señora Willumsen en la mía, las uñas largas que me habían rascado la palma de la mano. Y el hecho de que era la claramente apreciada esposa de Willumsen, el hombre que había estafado a mi padre con el Cadillac y después había presumido de ello. La confusión se debía al motor, donde todo parecía estar al revés. La caja de cambios estaba delante del motor. Más tarde el tío Bernard me explicó que se debía a la distribución del peso en el Sonett, que incluso le habían dado la vuelta al cigüeñal de manera que el motor de ese coche estaba invertido con respecto a todos los demás. Saab Sonett. Menudo coche. Qué preciosidad trasnochada e inútil.

Estuve trabajando en el Saab hasta bien entrada la noche, comprobé, atornillé, cambié. Había adquirido una nueva y furiosa energía que no sabía muy bien de dónde me venía. O sí, lo sabía. Venía de Rita Willumsen. Me había tocado. Yo la había tocado a ella. Me había mirado como a un hombre.

O, al menos, como el hombre que podría llegar a ser. Eso me había transformado. En un momento determinado, metido en el foso y pasando las manos por los bajos del coche, sentí que se me había puesto dura. Cerré los ojos y me lo imaginé. Intenté imaginármelo. Una Rita Willumsen medio desnuda sobre el capó del Saab que me llamaba con el índice. El esmalte de uñas rojo. Joder.

Me quedé escuchando para asegurarme de que estaba solo en el taller y luego me bajé la cremallera del mono.

—¿Roy? —susurró Carl en la oscuridad cuando iba a deslizarme en la litera de arriba.

Estaba a punto de decirle que había trabajado horas extras en el taller y que teníamos que dormir. Pero me contuve al oír su voz. Encendí la luz de su cama. Tenía los ojos enrojecidos por el llanto y una mejilla hinchada. Se me hizo un nudo en el estómago. Desde la noche en que había dejado la escopeta a la vista en el granero, papá se había mantenido alejado.

—¿Ha venido otra vez? —susurré.

Carl asintió con la cabeza.

—¿Te ha... te ha pegado también?

—Sí. Y creí que me iba a estrangular. Estaba furioso. Me preguntó dónde estabas.

—Joder.

—Tienes que estar aquí —dijo Carl—. Cuando estás tú no viene.

—No puedo estar siempre aquí, Carl.

—Entonces tendré que irme. No lo soporto... no quiero seguir viviendo con alguien que...

Rodeé con un brazo a Carl y le puse el otro bajo la nuca, apreté su rostro contra mi pecho de forma que sus sollozos no despertaran a mamá y papá.

—Encontraré la solución, Carl —susurré en su cabello claro—. Lo juro. No tendrás que huir de él. Me ocuparé de esto, ¿me oyes?

Cuando llegaron las primeras luces ya había trazado un plan.

No me obligaba a nada solo por haberlo pensado, pero a la vez sabía que ahora yo estaba preparado. Pensé en lo que había dicho Rita Willumsen, que pronto sería un hombre. Bueno, el día había llegado, y esta vez no daría marcha atrás ni me rehuiría la escopeta.

29

En las horas que dediqué a revisar el Saab Sonett aprendí un par de cosas. No solo que el motor estaba del revés, sino que los frenos eran más sencillos. Los coches modernos tienen un sistema de frenado doble, de forma que, si se corta uno de los cables, los frenos seguirán funcionando, al menos en dos de las ruedas. Pero en el Sonett solo hay que cortar un cable y, *voilà*, al instante se convierte en un carro, un cañón suelto sobre la cubierta. Me di cuenta de que la mayoría de los coches antiguos eran así. Como el Cadillac DeVille modelo del 79 de papá, a pesar de que los frenos tengan dos cables.

Por estos pagos, cuando un hombre no muere de las enfermedades más comunes, se mata yendo en coche por la carretera, colgándose de una soga o descerrajándose un tiro con la escopeta. Había desaprovechado la ocasión de usar la escopeta que me brindó papá, y quizá también había entendido que no iba a darme otra oportunidad. Que ahora me tocaba pensar a mí. Y cuando acabé de pensar, supe que la solución era la correcta. No se trataba de que el capitán se hundiera con el barco, ni nada de eso, solo de los aspectos puramente prácticos. No investigarían del mismo modo un accidente de coche que un tiro en la cabeza, al menos eso imaginaba. Y no sabía cómo conseguir que papá fuera al granero y pegarle un tiro sin que al menos mamá se enterara de lo ocurrido. ¡Joder! No había forma de saber si le mentiría a la policía cuando asesinaran a aquel sin el cual ella era incapaz de vivir. «Esa es la madre que he sido para ti.» Pero estropear los frenos del Cadillac era sencillo. Lo que llegaría después, fácil de prever. Todas las mañanas papá se levantaba, atendía a las cabras, y se hacía café en el cazo mientras contemplaba en silencio cómo desayunábamos Carl y yo. Cuando Carl y yo nos habíamos ido en bicicleta, él al instituto, yo al taller, papá se metía en el Cadillac y bajaba al pueblo a recoger el correo y comprar el periódico.

Guardaba el Cadillac bajo techo, en el granero, y le había visto hacerlo infinitas veces. Arrancar el coche, salir y, salvo que en el camino hubiera hielo o nieve, no frenaba ni giraba hasta que era imprescindible, justo antes de llegar a Geitesvingen.

Cenamos en el comedor y dije que me iba al granero a practicar con el saco.

Nadie dijo nada, mamá y Carl se acabaron lo que tenían en el plato mientras papá me lanzaba una mirada interrogante. Tal vez porque él y yo no éramos de los que anunciábamos lo que íbamos a hacer, lo hacíamos sin más.

Cogí la bolsa de deporte con las herramientas que me había llevado del taller. El trabajo resultó un poco más complicado de lo previsto, pero al cabo de media hora había conseguido soltar el perno y la rosca que sujetan la barra de la dirección a la cremallera, había taladrado dos agujeros en cada uno de los cables de los frenos y recogido el líquido de los frenos en un cubo. Me puse la ropa de entrenar y estuve media hora golpeando el saco de arena, de modo que cuando volví a casa sudaba como un pollo. Me encontré a mis padres en la salita: él estaba leyendo el periódico y mamá haciendo punto, como en un anuncio de los años sesenta.

—Ayer volviste tarde —comentó papá sin levantar la vista del periódico.

—Horas extras —dije.

—Si has conocido a una chica, nos lo puedes contar —dijo mamá, y me sonrió como si fuéramos precisamente eso, una familia normal en un puto anuncio.

—Solo son horas extras —dije.

—Bueno —dijo papá mientras doblaba el periódico—. Puede que te caigan más horas, porque acaban de llamar del hospital de Notodden. Bernard está ingresado. Se ve que en la revisión de ayer encontraron algo que no les gustó. Tal vez tengan que operarle.

—¿En serio? —dije sintiendo que me quedaba helado.

—Sí, y su hija estaba en Mallorca con su familia y no puede interrumpir las vacaciones. Así que los del hospital nos han pedido que vayamos nosotros.

Carl entró en el cuarto de estar.

—¿Qué pasa? —preguntó.

Su voz aún sonaba como si estuviera anestesiado y tenía un feo moratón en la mejilla, pero ya no estaba inflamada.

—Nos vamos a Notodden —dijo papá y se levantó de la butaca—. Vestíos.

Sentí pánico, como una mañana en la que abres la puerta de la calle y no estás preparado para que la temperatura haya bajado a treinta grados bajo cero, y sopla un poco de viento, y no notas el frío, solo te quedas total y repentinamente paralizado. Abrí la boca, la cerré. Porque la parálisis también afecta al cerebro.

—Tengo un examen importante mañana —dijo Carl, y vi que me miraba—. Y Roy ha prometido que me iba a preguntar.

No me había enterado de que tuviera un examen. No sé qué sabía y qué no sabía Carl, pero me imagino que vio que yo estaba buscando desesperadamente una excusa para no ir con ellos a Notodden.

—Bueno —dijo mamá mirando a papá—. Podrían…

—Ni hablar —dijo papá con brusquedad—. La familia es lo primero.

—Carl y yo podemos coger el autobús a Notodden mañana, después de clase —propuse.

Todos me miraron sorprendidos. Porque creo que todos nos dimos cuenta: de repente había hablado como un hombre, como papá, cuando de pronto interrumpía una discusión y todos nos callábamos porque sabíamos que se haría lo que él dijera.

—Bien —dijo mamá, y parecía aliviada.

Papá no dijo nada, pero no apartó la vista de mí.

Cuando mamá y papá estuvieron listos para marcharse, Carl y yo los seguimos hasta el patio.

Ahí estábamos, delante del coche, en el anochecer, una familia de cuatro miembros que iba a partirse por la mitad.

—Conduce con cuidado —dije.

Papá asintió con la cabeza. Despacio. Por supuesto que es posible que yo, al igual que mucha gente, dé demasiada importancia a las *famous last words*. O, en el caso de papá, su último asentir con la cabeza en silencio. Pero al menos había algo, algo parecido a una aprobación. O tal vez a un reconocimiento. Reconocer que su hijo se estaba haciendo mayor.

Mamá y él se metieron en el Cadillac, que arrancó con un gruñido. El gruñido se convirtió en un suave ronroneo. Y enfilaron hacia Geitesvingen.

Vi las luces de frenado del Cadillac. Están conectadas con el pedal, así que, aunque los frenos no funcionen, las luces se encienden. La velocidad aumentó. Carl emitió un sonido. Imaginé a papá girando el volante, oyendo que la dirección rascaba, que el volante daba vueltas sin ofrecer resistencia y sin efecto sobre las ruedas. Estoy bastante seguro de que entonces lo comprendió. Eso espero. Que lo entendió y lo aceptó. Que también aceptó que incluyera a mamá. Que las cuentas, a pesar de ello, cuadraban. Ella podía vivir con lo que él hacía, pero no sin él.

Sucedió en silencio, con una extraña falta de dramatismo. Ningún claxon sonó desesperado, ni hubo ruedas que derraparan o gritos. Todo lo que oí fue el crujido de los neumáticos, el coche desapareció y un chorlito dorado cantó lastimero a la soledad.

El estruendo en Huken sonó como un trueno lejano. No oí lo que Carl dijo, o gritó, solo pensé que ahora, en esa cima del mundo, estábamos solos. Que el camino ante nosotros estaba vacío, y todo lo que podíamos ver ahora, en el crepúsculo, eran los contornos de las montañas recortándose contra el cielo anaranjado del oeste y rosado al norte y al sur. Pensé que era lo más hermoso que había visto nunca, como una puesta de sol y un amanecer a la vez.

30

Solo recuerdo fragmentos del entierro.

El tío Bernard volvía a estar en pie, habían decidido no operarlo, y él y Carl fueron los únicos a los que vi llorar. La iglesia estaba llena de gente con la que, que yo supiera, mamá y papá se habían relacionado lo justo e imprescindible en un pueblo como Os. Bernard dijo unas palabras y leyó en voz alta las frases de las cintas de las coronas. La más grande era la de COCHES DE SEGUNDA MANO Y DESGUACES WILLUMSEN, supongo que el vendedor podía contabilizarlo como gasto de representación y deducirlo del impuesto de sociedades. Ni Carl ni yo habíamos expresado ningún deseo de hablar en la ceremonia, y el cura no insistió, creo que estaba encantado de que le dejáramos el campo libre para explayarse ante un público tan numeroso. Pero no recuerdo qué dijo, creo que no estuve atento. Después nos dieron el pésame, una fila interminable de rostros pálidos y apesadumbrados, fue como estar sentado en el coche ante el paso a nivel y ver pasar el tren, rostros que miraban fijamente, aparentemente a ti, pero que en realidad ya se dirigen a otro lugar.

Muchos dijeron que me acompañaban en el sentimiento, pero no podía decirles que, si ese era el caso, no debían de estar pasándolo demasiado mal.

Recuerdo que Carl y yo estábamos en casa, en el comedor, el día antes de mudarnos con el tío Bernard. En ese momento no sabíamos que pocos días después volveríamos a vivir en Opgard. El silencio era absoluto.

—Ahora, todo esto es nuestro —dijo Carl.

—Sí —respondí—. Pero ¿quieres algo en especial?

—Eso —dijo Carl señalando la alacena donde papá guardaba las cajas de Budweiser y la botella de bourbon.

Yo me quedé el cartón de tabaco de mascar en dosis individuales Berry, y así fue como empecé a mascar tabaco. No mucho, porque nunca se sabe cuándo será la próxima vez que consigas Berry, y joder, no quieres saber nada de esa mierda sueca una vez que has probado tabaco bien fermentado.

Antes del entierro nos habían tomado declaración por separado en la comisaría, a pesar de que, por supuesto, el agente nos dijo que sería «solo una charla». A Sigmund Olsen le llamó la atención que no hubiera huellas de frenada en Geitesvingen y nos preguntó si nuestro padre estaba deprimido. Pero Carl y yo nos atuvimos a nuestra historia de que había sido un accidente. Puede que debido a un leve exceso de velocidad o una distracción momentánea mientras nos miraba por el retrovisor. Algo así. Al final, el policía pareció darse por satisfecho. Pero también caí en la cuenta de que era una suerte para nosotros que no tuviera más que dos teorías: accidente o suicidio. Cuando hice un par de agujeros en los cables de los frenos y saqué suficiente líquido para que fueran mal, sabía que, si lo descubrían, aquello por sí solo no bastaría para levantar sospechas: un poco de aire en el sistema de frenado era algo que pasaba con los coches viejos constantemente. Sería peor si descubrieran que el perno y la rosca que sujetan la barra de la dirección a la cremallera estaban sueltos, de manera que la dirección también fallaba. El coche había aterrizado boca arriba y no se había dañado tanto como yo esperaba. Si lo hubieran revisado, podrían haber concluido que todo lo que está atornillado puede soltarse. También un perno. Pero ¿un tornillo suelto además de unos agujeros en el cable de frenado?

Y ¿por qué no había restos en el suelo del líquido de frenos? Lo dicho, tuvimos suerte. O, mejor dicho, yo tuve suerte. Por supuesto no ignoraba que Carl sabía que yo, de alguna manera, había preparado ese accidente. Había comprendido instintivamente que de ninguna manera ni él ni yo debíamos subirnos al Cadillac aquella tarde. Esa era la promesa que le había hecho: que buscaría la solución. Pero nunca me preguntó qué había hecho exactamente. Supongo que entendió que los frenos habían fallado, había visto encenderse las luces de frenado sin que el Cadillac redujera la velocidad. ¿Por qué iba a contárselo si no me lo preguntaba? No pueden castigarte por algo que no sabes y, si me cogían por el asesinato de nuestros padres, bastaba con que yo cargara con la culpa, no necesitaba que Carl estuviera a mi lado, como papá había tenido a mamá. Porque, al contrario que ellos, Carl bien podía vivir sin mí. Al menos eso creía yo entonces.

31

Carl nació a principios del otoño, yo en plenas vacaciones de verano. Por eso, en su cumpleaños recibía regalos de sus compañeros de clase, incluso tenía una fiesta, mientras que el mío pasaba sin celebraciones. No es que me quejara por eso. De ahí que tardara un par de segundos en darme cuenta de que las palabras cantarinas iban destinadas a mí.

—¡Feliz cumpleaños!

Estaba sentado encima de un par de palés en la trasera del taller tomándome un descanso, y tenía cerrados los ojos mientras escuchaba Cream. Levanté la vista y me quité los auriculares. Tuve que darme sombra a los ojos. No es que no recordara esa voz. Era Rita Willumsen.

—Gracias —dije notando que me ardían las mejillas y las orejas, como pillado in fraganti—. ¿Cómo te has enterado?

—Cumples dieciocho. Ya eres mayor de edad. Derecho a votar, carnet de conducir. Y puedes ir a la cárcel.

Tras ella estaba el Saab Sonett, exactamente igual que unos meses antes. Pero, a la vez, tenía la sensación de que lo de ahora era distinto, como si Rita hubiera venido a cumplir la promesa que me hizo entonces. Sentí que me temblaba ligeramente la mano cuando me metí los auriculares en el bolsillo del pantalón. Entonces ya me había besado con alguna chica, y había hurgado un poco por debajo de algún que otro sujetador, pero seguía siendo virgen.

—El Sonett hace unos ruidos extraños —dijo.

—¿Qué clase de ruidos? —pregunté.

—A lo mejor deberíamos ir a dar una vuelta, para que los oigas tú mismo.

—Claro. Espera un momento. —Entré en la oficina—. Me voy un rato —dije.

—Vale —dijo el tío Bernard sin levantar la cabeza de los «malditos papeles», como los llamaba, que durante su estancia en el hospital se le habían acumulado—. ¿Cuándo estarás de vuelta?

—No lo sé.

Se quitó las gafas de leer y me miró.

—Vale —dijo, aunque me pareció que me preguntaba si había algo que quisiera contarle. Pero si no quería, no pasaba nada, confiaba en mí.

Saludé con un movimiento de la cabeza y volví a salir al sol.

—Con este tiempo deberíamos haber bajado la capota —dijo Rita Willumsen mientras conducía el Sonett por la carretera principal.

No le pregunté por qué no lo habíamos hecho.

—¿Cuáles son los ruidos que oyes? —pregunté.

—La gente me pregunta si compré este coche porque se puede bajar la capota. Supongo que piensan que aquí el verano dura mes y medio. Pero ¿sabes cuál fue la razón, Roy?

—¿El color?

—Eres un tío chovinista —dijo riendo—. Fue por el nombre. Sonett. ¿Sabes lo que es?

—Es un Saab.

—Es una forma de componer. Poemas de amor formados por dos cuartetos y dos tercetos, en total catorce versos. El maestro del soneto fue un italiano llamado Francesco Petrarca, que estaba perdidamente enamorado de una mujer llamada Laura, casada con un conde. A lo largo de su vida le escribió trescientos diecisiete sonetos. Son bastantes, ¿no crees?

—Una pena que estuviera casada.

—En absoluto. La clave de la pasión es no poder poseer del todo a la persona que amas. En ese sentido los humanos estamos hechos de una manera muy poco práctica.

—¿Y eso?

—Me parece que tienes mucho que aprender.

—Puede ser. Pero no oigo que el coche haga ningún ruido extraño.

Miró por el retrovisor.

—Se oye al arrancarlo por la mañana, pero luego desaparece cuando entra en calor. Tendremos que aparcar un rato, para que el motor se enfríe del todo.

Puso el intermitente y se desvió por una pista forestal. Era evidente que conocía el lugar, y al cabo de un rato tomó una senda aún más estrecha y detuvo el coche bajo las ramas colgantes de unos abetos.

No estaba preparado para el repentino silencio que se produjo cuando apagó el motor. Un silencio que, instintivamente, supe que había que llenar del algún modo, porque estaba más cargado que cualquier cosa que yo pudiera decir. Yo, que ya era un asesino, no me atrevía a moverme ni a mirarla.

—Pues cuéntame, Roy. ¿Has conocido a alguna chica desde la última vez que hablamos?

—Algunas.

—¿Alguna en especial?

Negué con la cabeza. Miré con el rabillo del ojo. Llevaba un pañuelo de seda roja y una blusa suelta, pero podía ver con claridad el perfil de sus pechos. La falda se había subido un poco y tenía las rodillas desnudas.

—¿Alguna con la que… lo hayas hecho, Roy?

Noté una sensación cálida en el estómago. Consideré la posibilidad de mentir, pero ¿qué conseguiría con eso?

—No, todo no —dije.

—Bien —dijo tirando despacio del pañuelo de seda. Los tres primeros botones de la blusa estaban abiertos.

La tenía dura, sentí que me tensaba el pantalón y puse las manos en el regazo para ocultarlo. Porque comprendía que tenía las hormonas tan alteradas que no era imposible que estuviera malinterpretando la situación por completo.

—Déjame ver si se te da mejor coger a una mujer de la mano —dijo y puso su mano derecha en mi regazo, encima de la mía.

Fue como si el calor se transmitiera a través de su mano hasta mi sexo y, por un instante, tuve miedo de correrme allí mismo.

Dejé que me cogiera la mano, que se la acercara, vi que tiraba un poco de la blusa y me ponía la mano dentro, sobre el sujetador, en el pecho izquierdo.

—Has estado esperando este momento, Roy —dijo ronroneando—. Me tocas bien, Roy. Apriétame un poco el pezón. A las que ya no somos unas niñas nos gusta un poco más fuerte. Vamos, vamos, eso ya es un poco excesivo. Así, eso es. Me parece que tienes talento, Roy.

Se inclinó hacia mí, sostuvo mi barbilla entre el pulgar y el índice y me besó. Rita Willumsen lo tenía todo grande, la lengua también: rugosa y fuerte se enroscaba en la mía. Y tenía un sabor mucho más intenso que las dos chicas a las que había besado con lengua. No sabía mejor, sino más. Puede que incluso demasiado, mis sentidos estaban disparados, sobreexcitados. El beso acabó.

—Pero todavía nos queda un poco. —Sonrió, metió la mano por debajo de mi camiseta y me acarició el pecho.

Y, a pesar de que la tenía tan dura que habría podido machacar una piedra, sentí que me tranquilizaba. Porque no se me exigía gran cosa, era ella quien conducía, ella quien decidía la velocidad y adónde íbamos.

—Demos un paseo —dijo.

Abrí la puerta y al salir del coche me encontré con el estruendo de los pájaros cantando en el intenso calor del verano. En ese momento me di cuenta de que ella llevaba unas deportivas azules.

Fuimos por un sendero que ascendía serpenteando por la colina. Eran las vacaciones de verano, había menos gente en el pueblo y en los caminos, y las probabilidades de encontrarnos con alguien eran mínimas. Aun así me pidió que caminara cincuenta metros por detrás de ella para que pudiera ocultarme en el bosque si me hacía una señal.

Cerca de la cima de la colina se detuvo y me llamó con la mano.

Señaló una cabaña pintada de rojo un poco más abajo.

—Es del alcalde —dijo—. Y esa… —añadió señalando hacia arriba, a una pequeña cabaña de verano— es nuestra.

No supe si al decir «nuestra» quería decir suya y mía o suya y de su marido, pero comprendí que nos dirigíamos allí.

Rita abrió la puerta y entramos en una habitación recalentada por el sol y con el aire viciado. Cerró la puerta a mis espaldas. Se quitó las deportivas con dos patadas y me puso las manos sobre los hombros. Incluso descalza era más alta que yo. Los dos resoplábamos, habíamos corrido el último trecho. Así que cuando nos besamos, jadeamos en la boca del otro.

Me desabrochó el cinturón como si estuviera muy acostumbrada a hacerlo, mientras yo pensaba horrorizado que tendría que soltarle el cierre del sujetador, como si fuera tarea mía. Pero al parecer no lo era, porque me llevó de la mano al que debía ser el dormitorio principal, tenía las cortinas echadas, me empujó sobre la cama y dejó que la mirara mientras se desnudaba. Entonces se acercó a mí; tenía la piel fría al habérsele secado el sudor. Me besó, se frotó contra mi cuerpo desnudo y pronto estuvimos sudados otra vez, como dos focas mojadas que resbalaran la una sobre la otra. Olía fuerte, bien, y me apartaba las manos cuando me ponía demasiado insistente. Yo alternaba entre el exceso de actividad y una pasividad insoportable, pero al final me agarró y me condujo al interior.

—No te muevas —dijo sentada sobre mí—. Solo siente.

Y lo sentí. Y pensé que era oficial: Roy Opgard ya no es virgen.

—Creí que era mañana —dijo el tío Bernard por la tarde, cuando ya había vuelto.

—¿El qué?

—El examen de conducir.

—Es mañana.

—¿Ah, sí? Te he visto con esa sonrisita y he pensado que ya te lo habías sacado.

32

Mi tío Bernard me regaló un Volvo 240 por mi decimoctavo cumpleaños.

Me quedé estupefacto.

—No me mires así, chico —dijo con timidez—. Es de segunda mano, no hay para tanto. Y Carl y tú necesitáis un coche en la montaña, no podéis ir en bicicleta todo el invierno.

El Volvo 240 es el sueño de cualquier mecánico, resulta fácil conseguir recambios a pesar de que dejaran de fabricarlo en 1993 y, si lo cuidas bien, te puede durar toda la vida. El mío tenía las bielas y el revestimiento un poco gastados en el tren delantero, y el aspa del eje de transmisión algo jodida, pero el resto estaba en perfectas condiciones, ni rastro de herrumbre.

Me puse al volante, dejé el carnet que acababa de sacarme en la guantera y giré la llave. Cuando me deslizaba por la carretera y pasé el cartel de Os, caí en la cuenta de que la carretera seguía. Y seguía. Que había todo un mundo ante el capó rojo.

Fue un verano largo y cálido.

Todas las mañanas llevaba a Carl al supermercado Coop, donde tenía un trabajo de verano, y luego seguía mi camino hasta el taller.

Durante esas semanas y meses me convertí no solo en un conductor aceptable, sino también en un amante, si no experto, al menos satisfactorio, según Rita Willumsen.

Nos encontrábamos sobre todo por las mañanas. Íbamos cada uno en un coche, yo aparcaba en otra pista forestal para que nadie nos relacionara.

Rita Willumsen me puso solo una condición:

—Mientras estés conmigo, no te lo montes con otras chicas.

Tenía tres motivos para ponerme esa condición.

El primero, que no quería contraer ninguna de esas enfermedades de transmisión sexual que sabía, por trabajar en el consultorio, que se habían extendido en el pueblo. Según ella las chicas que se lo montaban con tíos como yo eran todas unas frescas. No es que le aterrara contagiarse de clamidia o coger ladillas, eso podía solucionarse yendo a un médico de Notodden, pero de vez en cuando Willumsen aún ejercía sus derechos conyugales.

El otro motivo era que hasta la chica más fresca puede enamorarse, y entonces interpretará cada frase del chico, notará cada reticencia, investigará a fondo cada inexplicable excursión al bosque, y al final acabará enterándose de lo que no debe y montará un escándalo.

El tercero era que quería seguir acostándose conmigo. No porque yo fuera ninguna maravilla, sino porque en un lugar tan pequeño como Os el riesgo de cambiar de amante es demasiado grande.

En resumen: la condición era que Willumsen no se enterara. Y la razón era que Willumsen, como el previsor hombre de negocios que era, había insistido en que tuvieran separación de bienes, y la señora Willumsen, aparte de sus atributos físicos, no poseía nada, como suele decirse. En definitiva, dependía de su marido para llevar la vida que deseaba. Y a mí me parecía bien, pues de repente yo tenía una vida que valía la pena.

Lo que la señora Willumsen tenía era educación, como ella lo llamaba. Procedía de una buena familia de los llanos de Østlandet, pero cuando su padre dilapidó la fortuna familiar, se aseguró el futuro casándose con el poco atractivo pero bien situado y emprendedor vendedor de coches de segunda mano. Durante veinte años lo tuvo convencido de que no usaba anticonceptivos y de que debía de ser culpa de los bañadores que él usaba. Y todas las palabras refinadas, los modales, el inútil conocimiento de la pintura y el también inútil conocimiento de la literatura que no había logrado inculcarle a él, me los imbuyó a mí. Me mostraba cuadros de Cézanne y de Van Gogh. Leía en voz alta obras de teatro como *Hamlet* y *Brand*. Y libros como *El lobo estepario* y *Las puertas de la percepción*, que hasta entonces yo había tomado por grupos musicales. Pero, sobre todo, me leía los sonetos de Petrarca dedicados a Laura. Preferentemente traducidos al noruego moderno y a menudo con la voz un poco temblorosa. Fumábamos marihuana, que Rita no quería decirme dónde conseguía, mientras escuchábamos a Glenn Gould tocando las *Variaciones Goldberg*. Podría decir que la escuela a la que asistí el tiempo que Rita Willumsen y yo nos encontramos de manera clandestina en su cabaña de verano me dio más que cualquier universidad o academia, pero seguramente sería una exageración. Pero sí me produjo el mismo efecto que el Volvo 240 el día que me alejé del pueblo conduciendo. Me abrió los ojos a un mundo diferente, un mundo que podía soñar con hacer mío si aprendía a leer los códigos de los iniciados. Pero eso no ocurriría jamás, al menos a mí, al hermano disléxico.

Tampoco parecía que Carl sintiera ninguna necesidad de explorar. Más bien lo contrario. Mientras el verano daba paso al otoño y al invierno, se fue aislando cada vez más. Cuando le preguntaba en qué estaba pensando y le proponía ir a dar una vuelta en el Volvo, me miraba con una sonrisa distante, cálida, como si yo no estuviera allí.

—Tengo unos sueños extraños —dijo de repente una noche, sentados en el jardín de invierno—. Sueño que eres un asesino, que eres peligroso. Y te envidio por ser peligroso.

Naturalmente, no se me escapaba que de algún modo Carl sabía que yo había manipulado el Cadillac para que se despeñara por Geitesvingen aquella noche, pero él no lo había mencionado nunca, y yo no veía motivo alguno para contárselo y convertirlo en cómplice por haberme oído confesar y no haberme denunciado. Así que no respondí, me limité a darle las buenas noches y salí.

Esa fue la época más cercana a la felicidad que he vivido nunca. Tenía un trabajo que me apasionaba, un coche que me llevaba a donde quería y estaba viviendo la fantasía sexual de cualquier adolescente. Cierto que de esto último no podía presumir con nadie, ni siquiera con Carl, porque Rita había dicho que no quería que se enterase «ni un alma» y yo se lo había jurado por mi hermano, precisamente.

Una noche ocurrió lo inevitable. Rita se había marchado de la cabaña antes que yo para que no nos vieran juntos. Normalmente solía darle unos veinte minutos de margen, pero se había hecho tarde y ese día y la noche anterior yo había trabajado duro en el taller, así que me quedé tumbado en la cama y me relajé. La cabaña se había comprado y reformado con el dinero del señor Willumsen, pero Rita afirmaba que este nunca ponía los pies en ella, pues estaba demasiado gordo y pesado para caminar por aquel sendero largo y empinado. Me había explicado que su marido había comprado esa cabaña en parte porque era más grande que la del alcalde Aas y podía contemplarla desde arriba, y en parte como inversión en una época en que Noruega estaba convirtiéndose en una rica nación petrolífera. Ya entonces Willumsen se había olido el boom de la construcción de cabañas que llegaría muchos años después. Que se produjera en otro punto de la carretera principal fue debido a una serie de casualidades y a ayuntamientos que se habían espabilado más que el nuestro, pero la idea de Willumsen no era mala. El caso es que, mientras estaba ahí tumbado esperando el momento de marcharme, me quedé dormido. Cuando desperté, eran las cuatro de la mañana.

Tres cuartos de hora más tarde llegaba a Opgard.

Ni Carl ni yo teníamos ganas de dormir en la habitación de mamá y papá, así que entré de puntillas en nuestro cuarto para no despertar a Carl. Pero cuando iba a deslizarme en la litera superior, dio un respingo y vi un par de ojos muy abiertos que brillaban en la oscuridad.

—Vamos a ir a la cárcel —susurró medio dormido.

—¿Eh?

Parpadeó un par de veces como si quisiera sacudirse el sueño, y comprendí que había tenido una pesadilla.

—¿Dónde has estado? —preguntó.

—Arreglando un coche —dije pasando por encima de la barrera de la cama.

—No.

—¿No?

—El tío Bernard ha venido a traernos carne guisada. Me preguntó dónde estabas.

Tomé aire.

—Estaba con una mujer.

—¿Mujer? ¿No era una chica?

—Mañana hablamos, Carl. Tenemos que levantarnos dentro de un par de horas.

Me quedé tumbado, pendiente de su agitada respiración. Pero no se le calmó.

—¿Qué era eso de la cárcel? —pregunté por fin.

—Soñé que querían meternos en la cárcel por asesinato —dijo.

Tomé aire.

—El asesinato ¿de quién?

—Eso es lo enfermizo —dijo—. Por asesinarnos el uno al otro.

33

Era por la mañana temprano. Yo solo deseaba pasar el día en compañía de los coches y arreglando sencillos problemas mecánicos. Como suele decirse en estos casos, no tenía ni idea de lo que me esperaba.

Estaba en el taller, como casi a diario los dos últimos años, y había empezado a arreglar un coche cuando el tío Bernard vino a decirme que tenía una llamada. Lo seguí al despacho.

Era el agente Sigmund Olsen. Dijo que quería charlar conmigo. Ver qué tal me iba. Llevarme a pescar un rato al lago cerca de su cabaña, que estaba a unos pocos kilómetros por la carretera nacional. Podía pasar a recogerme al cabo de unas horas. Aunque al teléfono su voz sonaba afable, quedó claro que no se trataba de una invitación, sino de una orden.

Y eso me hizo pensar, claro. ¿Por qué corría tanta prisa si no íbamos a hablar de nada en concreto?

Seguí trabajando en el motor, y después de almorzar me tumbé sobre la plataforma deslizante, me metí debajo de un coche y me olvidé del mundo. No hay nada tan tranquilizador como arreglar un coche cuando tienes la mente alterada. No sé cuánto tiempo llevaba ahí tumbado cuando oí un carraspeo. Tuve una premonición desagradable, tal vez por eso tardé un rato en empujarme para salir.

—Eres Roy —dijo el hombre que me miraba desde las alturas—. Tienes algo que me pertenecía.

El hombre era Willum Willumsen. «Pertenecía.» Pasado.

Yo estaba tendido a sus pies, sin posibilidad de defenderme.

—¿Y qué podría ser, Willumsen?

—Lo sabes bien.

Tragué saliva. No tendría tiempo de nada antes de que me pisoteara y me dejara sin aire, sin vida. Lo había visto en Årtun, tenía alguna idea de cómo se hacía, pero no de cómo evitarlo. Había aprendido a pegar el primero y fuerte, pero no a defenderme. Negué con la cabeza.

—Un traje de neopreno —dijo—. Aletas, máscara, tubo, botella de oxígeno y válvula. Dieciocho mil quinientas sesenta coronas.

Se rio a carcajadas al ver mi cara de alivio, que evidentemente interpretó como de sorpresa.

—¡Nunca olvido un negocio, Roy!

—¿Ah, no? —dije, me levanté a toda prisa y me sequé las manos con un trapo—. Entonces no habrás olvidado la compra del Cadillac que te hizo mi padre, ¿verdad?

—En absoluto. —Willumsen se rio por lo bajo mientras miraba al aire como si se tratara de un preciado recuerdo—. A tu padre no le gustaba mucho regatear. Si lo hubiera sabido, quizá habría empezado por un precio un poco más bajo.

—Anda. ¿Ahora tienes remordimientos?

Tal vez quise adelantarme, por si él había venido a hacerme esa pregunta a mí. La mejor defensa es un ataque, como suele decirse. No es que creyera que tuviera que defenderme, no me avergonzaba. De eso no. Al fin y al cabo yo no era más que un chaval que una mujer casada se había ligado, ¿y qué? Eso tendrían que arreglarlo entre ellos dos, yo no iba a pelearme por defender ningún territorio. Pero, por si acaso, me había enrollado el trapo en el puño derecho.

—Siempre —dijo sonriendo—. Pero si tengo algún talento innato es saber gestionar mi mala conciencia.

—¿Ah, sí? ¿Cómo lo haces?

Al sonreír sus ojos desaparecieron en su cara abotagada y se señaló el hombro.

—Cuando el diablo de mi derecha discute con el ángel de mi izquierda, dejo que sea el diablo quien argumente primero. Y luego interrumpo la conversación en ese punto.

Willumsen rompió a reír a carcajadas, a las que siguió un ruido ronco, como un coche al que le meten la marcha atrás mientras avanza hacia delante. Era el sonido de un hombre que va a morir en un futuro no muy lejano.

—He venido por Rita —dijo.

Consideré las circunstancias. Willumsen era más grande y más pesado que yo, pero, salvo que sacara un arma, no constituía ninguna amenaza. Y ¿con qué otra cosa podía amenazarme? No dependía de él ni económicamente ni en otro aspecto y, que yo supiera, tampoco constituía un peligro para Carl o el tío Bernard.

Pero había una persona a la que podía amenazar, claro. A Rita.

—Dice que está muy contenta contigo.

No respondí. Un coche pasó despacio por la carretera, pero en el taller no había nadie más.

—Dice que el Sonett nunca ha ido mejor. Así que he traído un coche para que lo revises y arregles lo que tengas que arreglar. Pero tampoco más.

Miré por encima del hombro en el que se le posaba el demonio y vi un Toyota Corolla azul aparcado en la puerta. Intenté no mostrar el alivio que sentía.

—El problema es que tiene que estar listo para mañana —dijo Willumsen—. Llega un cliente de lejos que más o menos lo ha comprado por teléfono. Sería una pena para él y para mí que le falláramos. ¿Comprendes?

—Comprendo. Eso suena a horas extras.

—Bueno, supongo que Bernard coge todo el trabajo que le llega, al precio normal por hora.

—Eso tendrás que hablarlo con él.

Willumsen asintió.

—Sabiendo cómo está la salud de Bernard, supongo que solo es cuestión de tiempo que el precio por hora tengamos que discutirlo tú y yo, Roy, así que solo quiero que comprendas, ya desde ahora, quién es el principal cliente de este taller.

Me pasó las llaves, comentó que parecía que hoy tampoco fuera a llover, y se marchó.

Metí el coche en el taller, abrí el capó y gemí. Me iba a pasar allí la noche. Además, tampoco podía empezar en ese momento, solo faltaba media hora para que Sigmund Olsen pasara a recogerme. De pronto tenía un par de cosas en las que pensar. No pasaba nada, seguía viviendo en un tiempo feliz. Pero resultó ser el último día del tiempo feliz.

34

—Willumsen se ha cabreado porque no tenías su coche listo a primera hora —dijo el tío Bernard cuando llegué al taller entrada la mañana después de la Noche de Fritz.

—Había más faena de la que creía —dije.

El tío Bernard ladeó su gran cabeza cuadrada, que remataba un cuerpo pequeño e igualmente cuadrado. Cuando queríamos meternos con él, Carl y yo lo llamábamos el Hombre Lego. Lo queríamos mucho.

—¿Cómo qué? —preguntó.

—Follar —dije abriendo el capó del Corolla.

—¿Qué?

—Se produjo un ligero *overbooking*, ayer también me había comprometido a follar un poco.

Al tío Bernard se le escapó la risa, y enseguida intentó recuperar el gesto severo.

—El trabajo está antes que la jodienda, Roy. ¿Entendido?

—Entendido.

—¿Por qué está fuera el tractor?

—No hay sitio aquí dentro; van a traer tres coches de las cabañas luego.

—Vale. ¿Y por qué tiene la pala levantada?

—Así ocupa menos.

—¿Te parece que hay poco sitio en el aparcamiento?

—Vale, te lo diré: es un homenaje a mi trabajo de anoche. Me refiero al que no le hice al Corolla.

El tío Bernard observó el tractor con la pala orgullosamente erecta. Negó con la cabeza y se fue. Pero oí cómo se reía otra vez en el despacho.

Seguí trabajando en el Corolla. No fue hasta entrada la tarde cuando el rumor de que el agente Sigmund Olsen había desaparecido empezó a circular, como suelen decir.

Cuando encontraron la barca con las botas de Sigmund Olsen nadie puso en duda que se hubiera suicidado, ni siquiera fue motivo de discusión. Al contrario, todo el mundo lo había visto venir.

—Si es que Sigmund tenía un lado oscuro oculto tras sus sonrisas y sus chistes, lo que pasa es que la gente no se daba cuenta, no tienen sensibilidad para esas cosas.

—El día anterior me dijo que se acercaban nubarrones, pero yo creí que hablaba del tiempo, claro.

—Los del consultorio tienen que respetar el secreto profesional, sí, pero yo he oído que le recetaban píldoras de esas de la felicidad a Sigmund. Sí, hace unos años, cuando tenía las mejillas tan regordetas, ¿te acuerdas? Pero ahora las tenía hundidas. No se tomaba la medicación.

—Se le notaba en todo el cuerpo. Que estaba pensando en algo. Algo que le preocupaba y para lo que no encontraba respuesta. Cuando no encontramos la respuesta, cuando no le damos sentido a las cosas y no encontramos a Jesús, entonces es cuando pasan estas cosas.

La policía del pueblo vecino vino y supongo que oyó todas esas teorías, pero aun así quiso hablar con los que habían estado con Sigmund el día de su desaparición. Carl y yo habíamos acordado lo que él diría. Le expliqué que lo mejor era mantenerse tan cerca de la verdad como fuera posible, y solo obviar lo imprescindible. Contaría que Sigmund Olsen le había visitado en la granja, diría más o menos la hora en que se había marchado, y que Carl no le había notado nada extraño. Mi hermano objetó que tal vez debería decir que Olsen parecía deprimido, pero le expliqué que la agente hablaría con otros que le dirían que aquel día se le veía completamente normal. Y, por otro lado, si ella sospechaba que había alguien involucrado en el asunto, ¿qué sería lo que ese alguien intentaría hacerle creer?

—El solo hecho de que te empeñes en convencerlos de que Olsen se ha suicidado, resultará sospechoso.

Carl asintió.

—Claro. Gracias, Roy.

Dos semanas después, y por primera vez desde la Noche de Fritz, estaba tumbado de nuevo en la cama de la cabaña.

No había hecho nada diferente, pero Rita Willumsen pareció apreciar más de lo habitual los que se habían convertido en nuestros ritos de amor.

Tumbada de lado, apoyaba la cabeza en la mano mientras fumaba un cigarrillo mentolado y me observaba.

—Estás cambiado —dijo.

—¿Ah, sí? —respondí con una dosis de Berry bajo el labio inferior.

—Te has hecho mayor.

—¿Te extraña? Ya ha pasado un tiempo desde que me desvirgaste.

Dio un leve respingo, no solía hablarle así.

—Me refiero a la última vez que nos vimos. Pareces otro.

—¿Mejor o peor que el anterior? —pregunté y me saqué la bolsita de tabaco de mascar con el índice, la dejé en el cenicero de la mesilla y me volví hacia ella. Puse una mano sobre su cadera, y ella le echó una mirada significativa. Una de nuestras normas no escritas era que ella decidía cuándo hacíamos el amor y cuándo nos tomábamos un descanso, no yo.

—¿Sabes, Roy? —dijo, y dio una calada al cigarrillo—. En realidad ya había decidido que hoy te diría que había llegado la hora de dar por finalizada nuestra aventura.

—¿Ah, sí?

—Una amiga me ha dicho que esa chica, Grete Smitt, ha difundido el rumor de que tengo citas secretas con un joven.

Asentí con la cabeza, pero no le dije que yo también había estado pensando en dejarlo. Sencillamente, me había cansado de hacer siempre lo mismo. Conducir hasta la cabaña, follar, comer la comida casera que ella había llevado, follar, volverme a casa. Pero, cuando me lo decía en voz alta, no entendía de qué podría haberme cansado. Y tampoco es que tuviera otra señora Willumsen esperándome.

—Pero después de lo que me has hecho hoy, me parece que podríamos esperar un poco antes de parar —dijo, apagó el cigarrillo en el cenicero y se giró hacia mí.

—¿Por qué?

—¿Por qué? —Me observó pensativa, como si no tuviera la respuesta—. Tal vez sea porque Sigmund Olsen se ha ahogado. La idea de que un día despertarás y habrás muerto. No podemos aplazar la vida, ¿verdad?

Me acarició el pecho y la tripa.

—Olsen se suicidó —dije—. Quería morir.

—Exacto —dijo observando su mano con las uñas lacadas en rojo antes de seguir descendiendo—. Y eso puede pasarnos a todos.

—Puede ser —dije cogiendo mi reloj de la mesilla—. Pero ahora tengo que irme. Espero que no te importe que por una vez me vaya yo el primero.

Al principio pareció asombrarse, luego se repuso, sonrió sin ganas y me preguntó insinuante si tenía una cita con otra chica.

Le dirigí una sonrisa también insinuante, me levanté y empecé a vestirme.

—Este fin de semana él no estará —dijo mientras me miraba desde la cama con un aire ligeramente ofendido.

Nunca se mencionaba a Willum Willumsen por su nombre.

—Podrías venir a visitarme.

Dejé de vestirme.

—¿En tu *casa*?

Se inclinó sobre el borde de la cama, metió la mano en el bolso, sacó un llavero y empezó a separar una llave.

—Ven cuando ya sea de noche, entra por la parte baja del jardín, en ese lado los vecinos no podrán verte. Esta es la llave de la puerta del sótano.

Me tendió la llave suelta. Yo estaba tan asombrado que solo la miraba.

—¡Cógela, imbécil! —siseó.

Y la cogí. Me la metí en el bolsillo sabiendo que no la iba a usar. La cogí porque, por primera vez, había visto en la mirada de Rita Willumsen un destello de vulnerabilidad. Su voz enfadada intentaba ocultar algo que ni siquiera se me había pasado por la cabeza hasta ese momento: que pudiera tener miedo a que la rechazaran.

Mientras bajaba por el sendero supe que el punto de equilibrio de mi relación con Rita Willumsen había cambiado.

Carl también estaba cambiado.

En cierto modo, parecía caminar más erguido. Ya no estaba siempre solo, había empezado a salir, a ver gente. Ocurrió casi de un día para otro. La Noche de Fritz. Puede que sintiera, como yo, que la Noche de Fritz era una experiencia que nos elevaba por encima del común de los mortales. Cuando papá y mamá se despeñaron por Huken, Carl fue un espectador pasivo, la víctima a la que habían salvado. Pero esta vez había participado, había hecho lo que había que hacer, cosas que la gente que nos rodeaba no se podía ni imaginar. Habíamos cruzado un límite y regresado, y nadie podía ir a donde nosotros habíamos estado sin que eso le cambiara. O, mejor dicho, quizá solo ahora Carl podía ser quien era en realidad, tal vez la Noche de Fritz había abierto un agujero en su crisálida para que la mariposa pudiera escapar. Ya era más alto que yo, pero durante ese invierno pasó de ser un chico delicado, tímido, a ser un joven que comprendía que no tenía de que avergonzarse. Siempre había caído en gracia a todo el mundo, pero ahora también se volvió popular. Empecé a darme cuenta de que cuando estaba con sus amigos era él quien llevaba la voz cantante; todos escuchaban lo que él decía, jaleaban sus bromas, era el primero al que miraban cuando querían impresionar o hacer reír a los demás. Y todos lo imitaban. Y supongo que las chicas también lo notaban. Su dulzura algo femenina había madurado hasta convertirse en una atractiva masculinidad, y en general se comportaba de otra manera. Cuando íbamos a las fiestas de Årtun hablaba y se movía con una naturalidad y una seguridad en sí mismo poco comunes. Podía mostrar un aire juguetón en absoluto impostado, como si no se tomara nada del todo en serio, para después sentarse junto a un colega que tenía problemas con una chica o junto a una amiga con mal de amores, escuchar atento lo que le contaban, y darles consejo como si él tuviera una experiencia vital o una inteligencia que ellos no habían alcanzado todavía.

Por mi parte, creo que reforcé aspectos de mi personalidad. Me sentía más seguro de mí mismo, claro. Porque sabía de qué era de capaz si no me quedaba más remedio.

—¿Te has quedado aquí leyendo? ¿Tú? —dijo Carl un sábado por la noche.

Era más de medianoche, él acababa de regresar, estaba claramente borracho, y yo estaba en el jardín de invierno con *An American Tragedy* abierto sobre las rodillas.

Por un instante, fue como si nos viera a los dos desde fuera. Ahora yo ocupaba su lugar. Solo en una habitación, sin compañía. Pero no era su lugar. Él solo había tomado prestado el mío por un tiempo.

—¿Dónde has estado? —pregunté.

—En una fiesta.

—¿No le habías prometido al tío Bernard que ibas a dejar de salir tanto de fiesta?

—Sí —dijo. En su tono había hilaridad, pero también un lamento sincero—. Rompí mi promesa.

Nos echamos a reír.

Era agradable reírse con Carl.

—¿Te lo has pasado bien? —pregunté cerrando el libro.

—He bailado con Mari Aas.

—¿Ah, sí?

—Sí. Y creo que estoy un poco enamorado.

No sé por qué, pero esas palabras me acuchillaron el corazón.

—Mari Aas —dije—. ¿La hija del alcalde y un Opgard?

—¿Por qué no?

—Claro, tienes derecho a soñar —dije, y oí que mi risa sonaba fea, dolida.

—Supongo que tienes razón —repuso, y sonrió—. Voy a subir a soñar un poco.

Unas semanas después vi a Mari Aas en la cafetería Kaffistova.

Era muy guapa. Y, según dijo alguien, «endiabladamente inteligente». Desde luego no podía negarse que era un pico de oro; según la prensa local había derrotado a políticos mucho mayores que ella cuando representó a las Juventudes Socialistas en un debate en Notodden antes de las elecciones locales. Mari Aas se presentó con la espalda recta y una camiseta del Che Guevara apretada marcándole los pechos, gruesas trenzas rubias y los fríos ojos azules de una loba. Una mirada que, en la cafetería, pasó por encima de mí como si buscara algo digno de cazar y yo no lo fuera. Una mirada sin miedo, pensé. La mirada de alguien que está en la cima de la cadena alimentaria.

Volvió el verano y Rita Willumsen, que había estado de viaje por Estados Unidos con él, su marido, me mandó un SMS en el que decía que quería verme en la cabaña. Añadió que me había echado de menos. Rita, que siempre me había dado a entender que era ella quien decidía, había empezado a decir cosas así en sus mensajes, sobre todo después de que no me presentara en su casa, por la puerta del sótano, el fin de semana que estuvo sola.

Cuando llegué a la cabaña parecía extrañamente animada. Me había traído regalos, y desenvolví unos calzoncillos de seda y un frasco de lo que llaman fragancia masculina, ambos adquiridos en el mismísimo New York City, me contó. Pero lo mejor eran los dos cartones de tabaco de mascar Berry, a pesar de que no dejó que me llevara nada de aquello a casa, porque, según dijo, pertenecía a nuestro mundo de la cabaña. Así que guardé el tabaco de mascar en la nevera. Y comprendí que ella había pensado que funcionaría como un incentivo adicional cuando se me acabara la reserva que tenía en casa.

—Desnúdate —dije.

Por un instante me miró sorprendida. Después hizo lo que le decía.

Más tarde nos quedamos tumbados en la cama sudados y pegajosos de los fluidos corporales. La habitación parecía un horno, el sol del verano calentaba el tejado y me aparté del abrazo húmedo de Rita.

Cogí de la mesilla el libro de los sonetos de Petrarca, lo abrí al azar y leí en voz alta: «Fresca agua, dulce y clara, donde sus miembros puso quien solo yo cubriera de guirnalda». Cerré el libro de golpe.

Rita Willumsen parpadeó sin entender.

—Agua —dijo—. Vamos a bañarnos. Llevaré vino.

Nos vestimos, ella con el bañador debajo, y la seguí hasta el lago de montaña que estaba detrás de unos montículos más arriba de la cabaña. Ahí, bajo unos abedules enanos y encogidos había un bote rojo que debía de pertenecer a los Willumsen. Durante el trayecto el cielo se había nublado y se había levantado viento, pero todavía estábamos sudorosos y húmedos de hacer el amor y por el rápido ascenso, así que arrastramos al agua el bote y yo remé hasta que nos alejamos lo bastante de la orilla para estar seguros de que nadie que pasara por allí pudiera reconocernos.

—Bañémonos —dijo Rita cuando nos hubimos tomado la mitad de la botella de vino espumoso.

—Hace demasiado frío —dije.

—Cobardica —dijo quitándose la ropa que llevaba encima del bañador, que sujetaba y apretaba en los lugares estratégicos, como suele decirse.

Recordé que me había explicado que su cuerpo atlético y sus anchos hombros se debían a que en su juventud había tenido una prometedora carrera como nadadora. Se subió a la bancada y tuve que inclinarme hacia el otro lado para que la barca no volcara. El viento arreciaba y ahora el agua brillante tenía una capa de un blanco grisáceo como la que cubre un ojo ciego. Las pequeñas olas se movían en rápida sucesión, como si el agua vibrara, y no me di cuenta hasta el momento en que dobló las rodillas para tomar impulso.

—¡Espera! —grité.

Se rio y se impulsó.

Su cuerpo trazó una elegante parábola en el aire. Porque, como tantos nadadores, Rita Willumsen dominaba el arte de tirarse de cabeza. Pero no el arte de calcular la profundidad del agua dependiendo de cómo el viento da forma a la superficie del agua. Su cuerpo se hundió silenciosamente en el lago antes de detenerse de forma abrupta. Por un instante recordé al nadador de la portada de un disco de Pink Floyd que me había enseñado el tío Bernard, esa en la que el tipo tiene los brazos y la cabeza metidos en un lago y el resto de su cuerpo parece surgir de su reflejo en el agua. El tío Bernard me contó que el fotógrafo dedicó varios días a conseguir esa foto, que el mayor problema fueron las burbujas de aire que emergían a la superficie cuando el nadador exhalaba el aire de la bombona. Ahora lo que estropeaba la imagen eran las piernas estiradas de la señora Willumsen y que la parte inferior de su abdomen se derrumbó. Pensé en esas grabaciones que pasan en televisión de demoliciones de bloques de pisos por explosión controlada, pero en este caso no hubo ningún tipo de control.

Cuando se puso de pie, con gesto iracundo, limo verdusco en la frente y el agua a la altura del ombligo, me eché hacia atrás en la barca y me reí tanto que estuve a punto de volcar.

—¡Idiota! —siseó.

Podría haber parado en ese momento. Debería haberlo hecho. Quizá habría podido echarle la culpa al vino, pues no estaba acostumbrado al alcohol. Pero en vez de eso agarré el salvavidas naranja de talla infantil que estaba bajo el banco, y se lo tiré. Cayó en el agua, a su lado, se quedó flotando, y solo entonces me di cuenta de que era demasiado tarde. Rita Willumsen, la mujer que me había deslumbrado aquella primera vez en el taller, que me había dado órdenes y guiado cada paso del camino que habíamos recorrido juntos, parecía estar totalmente perdida, como una niña abandonada que se ha disfrazado de mujer mayor. Porque ahora, con la cruda luz del día, sin maquillaje, vi las arrugas y los años que nos separaban. La piel,

blanca y erizada por el frío, le colgaba por los bordes del bañador. Había dejado de reírme, y puede que viera en mis ojos lo
que yo veía; al menos cruzó los brazos como si quisiera protegerse de mi mirada.

–Perdón –dije. Quizá fuera lo único que podía decir, o tal
vez lo peor que podría haber dicho. A lo mejor daba igual lo
que dijera.

–Iré nadando –dijo, se sumergió y desapareció.

No volví a ver a Rita Willumsen en mucho tiempo.

Nadaba más deprisa de lo que yo remaba, y cuando llegué
a tierra, solo vi las huellas mojadas de sus pies desnudos. Arrastré la barca a tierra, tiré el resto del vino y me llevé su ropa.
Pero cuando llegué a la cabaña ya se había ido. Me tumbé en
la cama, cogí una dosis de Berry de la cajita plateada de la mesilla y miré el reloj para comprobar cuánto faltaba de la media
hora prescrita. Noté que el tabaco fermentado me escocía
bajo el labio inferior y la vergüenza en el corazón. La vergüenza de haber provocado que ella se avergonzara. ¿Por qué
eso era peor que sentir vergüenza por mis propias carencias?
¿Por qué era peor haberme pasado un poco riéndome de una
mujer que me había escogido a mí, un chaval, para que fuera
su amante, que haber matado a mi propia madre y desmembrado a un policía? No lo sé. Pero así era.

Esperé veinte minutos. Luego me fui a casa. Aunque sabía
que no volvería, resistí la tentación de llevarme el tabaco de
mascar Berry.

Era domingo, finales de verano. El tío Bernard apareció por casa, como habíamos acordado, con una cazuela de carne guisada, que yo calenté mientras él, sentado a la mesa de la cocina, hablaba de todo menos de su salud. Estaba tan delgado que los dos evitábamos ese tema.

—¿Carl?

—Ahora vendrá —dije.

—¿Cómo le va?

—Bien. Le va bien en el instituto.

—¿Bebe?

Titubeé un poco y al final negué con la cabeza. Sabía que el tío Bernard pensaba en la sed de papá.

—Vuestro padre estaría orgulloso de vosotros —dijo.

—¿Sí? —me limité a responder.

—No lo habría reconocido en voz alta, claro, pero créeme.

—Si tú lo dices…

El tío Bernard suspiró y miró por la ventana.

—Al menos yo sí que estoy orgulloso de vosotros. Ahí llega tu hermano pequeño, por cierto. Acompañado.

Antes de que pudiera mirar por la ventana, Carl y su supuesta compañía habían desaparecido por el lado norte de la casa. Pero después oí pasos en el recibidor y voces susurrantes, cómplices, y una de ellas era femenina. La puerta de la cocina se abrió.

—Esta es Mari —dijo Carl—. ¿Hay carne guisada para todos?

Me quedé clavado observando a mi hermano pequeño, alto y erguido, junto a la rubia alta de ojos de lobo, mientras seguía revolviendo el cucharón con gesto mecánico en la cazuela borboteante.

Lo había visto venir, ¿o no?

Por un lado, era una historia de cuento de hadas, el montañero huérfano que conquistaba a la hija del rey, la princesa a quien nadie podía hacer callar. Por el otro, su relación parecía casi inevitable: eran, sencillamente, la pareja natural, como si las estrellas y los planetas se hubieran alineado sobre Os justo entonces. Pero no por eso dejé de mirar a Carl con asombro. Pensar que él, mi hermanito pequeño, al que yo había abrazado, el que no había sido capaz de sacrificar a Dog, el que entró en pánico y me llamó para que lo ayudara en la Noche de Fritz, se había atrevido a hacer algo que yo nunca habría osado hacer. Acercarme a una chica como Mari Aas, hablar con ella, presentarme. Considerarme merecedor de su atención.

Y también la observé a ella. Parecía muy distinta a la última vez que la había visto en la cafetería Kaffistova. Me sonreía, y la fría mirada depredadora había sido sustituida por un aire franco, acogedor, casi cálido. Comprendía que sonreía por la situación, claro, no por mí, pero en ese momento casi tuve la sensación de que también me elevaba a mí, el hermano mayor de la granja modesta, a su nivel.

—¿Y bien? —dijo el tío Bernard—. ¿Sois amigos o novios de verdad?

Mari dejó escapar una carcajada sonora, cantarina, pero puede que un poco forzada.

—Oh, bueno, yo diría que…

—Novios de verdad —la interrumpió Carl.

Ella se inclinó ligeramente hacia él y le miró enarcando una ceja. Luego le metió el brazo debajo del suyo.

—Pues digamos que es así —dijo.

El verano llegó a su fin, el otoño fue largo y húmedo.

Rita llamó una vez en octubre y otra en noviembre. Vi la *R* en la pantalla pero no contesté.

Volvieron a ingresar al tío Bernard. Cada semana que pasaba era más pequeño, estaba más enfermo. Yo trabajaba mucho, comía poco. Conducía hasta Notodden dos o tres veces a la semana. No porque me sintiera obligado, sino porque me gustaban las conversaciones minimalistas que mantenía con el tío Bernard y los largos tramos solo al volante por la carretera nacional mientras escuchaba a J. J. Cale.

Carl me acompañaba a veces, pero estaba muy ocupado. Mari y él se habían convertido en la pareja más glamurosa del pueblo. Tenían muchos compromisos sociales y, cuando podía, me unía a ellos. Por alguna razón, Carl quería que los acompañara; además, me había percatado de que yo no tenía amistades propias. No es que estuviera solo o no tuviera con quien hablar, pero el caso es que no lo hacía. La gente me aburría, prefería abrirme paso entre las páginas de uno de los libros que Rita me había aconsejado y que solía encontrar en la biblioteca de Notodden. Puesto que leía tan despacio, no podía llevarme muchos cada vez, pero lo que leía lo leía a fondo. *En el camino. El Señor de los Anillos. Las vírgenes suicidas. Fiesta. La fábrica de las avispas.* Y le leí un libro en voz alta al tío Bernard, uno que se titulaba *Cartero*, de Charles Bukowski. Él, que no se había acabado un libro en su vida, se rio tanto que terminó con un ataque de tos. Después pareció estar cansado y me dio las gracias por la visita, pero me pidió que me marchara.

Y llegó el día en que me dijo que se iba a morir. Y a continuación me contó un chiste sobre el Escarabajo de Volkswagen.

Y llegó su hija a buscar la llave de la casa.

Creía que Carl se pondría a llorar cuando le contara las novedades sobre el tío Bernard, pero ya debía de haber ido preparándose, porque se limitó a negar tristemente con la cabeza un rato, como si fuera un peso que pudiera sacudirse. Del mismo modo parecía haberse quitado de encima la Noche de Fritz. A veces incluso daba la sensación de que había olvidado el suceso. Nunca lo mencionábamos, como si los dos comprendiéramos que si lo enterrábamos bajo las suficientes capas de tiempo y silencio, llegaría el día en que solo quedara un eco, como los flashbacks de viejas pesadillas que por una décima de segundo crees reales, antes de recordar que no es así y recuperar el pulso normal.

Le dije a Carl que me parecía que él debería ocupar el dormitorio de mamá y papá, argumentando que medía ocho centímetros más que yo y necesitaba una cama más larga. Pero en realidad el que dormía mal en la habitación de los niños era yo. Carl ya no oía los gritos que llegaban de Huken; ahora el que los oía era yo.

En el entierro Carl habló largo y tendido y de un modo maravilloso sobre el tío Bernard, del hombre auténtico y divertido que había sido. Puede que a algunos les extrañara que fuera él y no yo, el hermano mayor, quien hablara en nombre de los dos, pero yo tenía miedo de romper a llorar y le pedí a Carl que lo hiciera. Él aceptó, y le proporcioné los datos, las anécdotas y las ideas para su discurso, pues yo había estado más cerca de Bernard. Carl tomó nota, escribió, corrigió, introdujo elementos propios, ensayó delante del espejo y se tomó la tarea muy en serio. Yo ignoraba que en su mente hubiera tantos pensamientos sutiles, pero así son las cosas: crees que conoces a alguien como el interior de tus bolsillos, y de repente resulta que tiene facetas que desconocías por completo. Pero claro, los bolsillos, incluso los tuyos, permanecen en la oscuridad y nunca sabes lo que hay; a veces encuentras una moneda de diez céntimos, el boleto de una rifa o una aspirina escondida en el forro. O puedes enamorarte tan desesperadamente de una chica que te plantees el suicidio, a pesar de que ni siquiera la conoces. Y empiezas a preguntarte si esos diez céntimos solo están ahí desde el día anterior, si ese enamoramiento es algo que te has montado, si ella solo es una razón para marcharte al lugar al que deseas ir, lejos de aquí. Pero cuando tenía que pensar nunca conducía más allá del límite del municipio, o a Notodden si iba coger libros prestados. Nunca se me ocurrió estamparme contra la pared rocosa que rodeaba la entrada del túnel al final del largo tramo recto, o repetir la jugada de Huken. Siempre regresaba. Tachaba ese día en el calendario y esperaba al siguiente. Un día en el que vería a Mari, o no vería a Mari.

Fue en aquella época cuando empecé a meterme en peleas.

36

Después de la muerte del tío llegaron tiempos oscuros. Me había hecho cargo del taller y trabajaba día y noche, creo que fue eso lo que me salvó. Eso, y las peleas en Årtun.

Los únicos momentos de diversión eran las noches de sábado cuando había baile en Årtun, Carl se emborrachaba y empezaba a ligar, y yo esperaba a que un pobre desgraciado celoso perdiera el control para asestar un puñetazo a ese reflejo mío, feo y patético, y estamparlo contra el suelo una y otra vez, semana tras semana.

Después de esas noches de sábado, a veces Carl volvía de madrugada a tumbarse en la litera de abajo. Resacoso. Tirándose pedos. Muerto de risa. Y cuando habíamos acabado de repasar los incidentes de la noche anterior, Carl exclamaba:

—¡Joder! ¡Cómo me gusta tener un hermano mayor!

Eso me llegaba al alma, aunque fuera mentira. Porque los dos sabíamos que ahora el hermano mayor era él.

En ningún momento me planteé contarle que estaba enamorado de su novia. Tampoco se lo había dicho al tío Bernard, ni se lo había dado a entender a Mari, claro. La vergüenza que me producían mis sentimientos era solo mía. ¿Se parecía esto a lo que había sentido papá? ¿Pensó que un hombre que desea a su propio hijo no merece vivir, joder, y había dejado la escopeta en la puerta del granero para que yo hiciera el trabajo por él? Creía entenderlo mejor ahora, y me daba un miedo atroz que no ayudaba a reducir el desprecio que sentía por mí mismo.

Apenas recuerdo lo que pensé ni lo que dije cuando Carl me contó que quería estudiar. Era de esperar, no solo por sus notas excelentes y el hecho de que no fuera muy manitas, sino porque también estaba claro que Mari Aas iba a estudiar. Se mudarían a la misma ciudad, por supuesto. Me imaginaba que compartirían un estudio en Oslo, o en Bergen, que volverían juntos al pueblo en vacaciones y en las fiestas, y que entonces reunirían a sus amigos. Entre los cuales estaría yo.

Pero entonces pasó lo de Grete y Carl en Årtun, Grete se chivó a Mari y, de repente, todo estaba patas arriba.

Cuando Carl se marchó a Minnesota, me quedé con la sensación de que se escapaba de todo. Del pequeño escándalo del pueblo y de Mari Aas. De las responsabilidades de la granja. De mí, que me había hecho más dependiente de él que él de mí. Y puede que hubiera vuelto a oír gritos procedentes de Huken.

Cuando se marchó, todo quedó en silencio.

Jodidamente silencioso.

La empresa petrolífera compró el taller y el solar, y de repente yo, un chico de veintipocos años, gestionaba una gasolinera. No sé si vieron en mí algo que no había visto ni yo mismo, pero el caso es que trabajaba día y noche. Tampoco es que fuera muy ambicioso, eso llegaría después, pero llevaba peor de lo que había esperado estar solo en la granja, oyendo los ruidos de Huken y la canción solitaria del chorlito dorado. Era un ave en busca de compañía. Ni siquiera un amigo, solo compañía. Trabajar, estar rodeado de gente, de ruidos, atareado, con la mente ocupada, era preferible a estar dando vueltas a la misma mierda de siempre.

Había extirpado a Mari de mi cuerpo, como un tumor tras una operación exitosa. Comprendí, lógicamente, que no era casualidad que el hecho coincidiera con su ruptura con Carl, pero intenté no pensarlo mucho. Seguramente era complicado y acababa de leer *La metamorfosis*, de Kafka, que iba de un tipo que un día descubre al despertarse que se ha convertido en un insecto repugnante, y comprendí que, si empezaba a hurgar en mi subconsciente y demás, había bastantes posibilidades de que no me gustara lo que encontrase.

De vez en cuando me topaba con Rita Willumsen, claro. Tenía buen aspecto, los años no parecían hacerle mella. Pero siempre iba acompañada de alguien, o estábamos rodeados de gente, así que me sonreía amablemente como si fuera cualquier otro lugareño y me preguntaba cómo me iba en la gasolinera y cómo le iba a Carl en Estados Unidos.

Un día la vi fuera, junto a los surtidores. Hablaba con Markus, que echaba gasolina a su Sonett. Normalmente era Willumsen quien se ocupaba de llenar los depósitos de sus coches. Markus es un chaval guapo, callado y bueno, por un instante pensé que tal vez fuera su nuevo proyecto. Me pareció extraño, pero no me provocó sentimiento alguno, los dos merecían pasarlo bien. Cuando Markus enroscó la tapa del depósito y Rita iba a subirse al coche, miró hacia las oficinas. Dudo de que pudiera verme, pero al menos levantó la mano para saludarme. Y yo le devolví el saludo. Cuando Markus volvió a entrar me contó que Willum Willumsen tenía cáncer, pero que iba a curarse.

La siguiente vez que vi a Rita fue en la celebración anual de la fiesta nacional del 17 de mayo, en Årtun. Estaba preciosa con el traje regional e iba de la mano de su marido, algo que nunca había visto antes. Willumsen estaba flaco, o no tan gordo y, en mi opinión, la delgadez no le favorecía. La piel de la barbilla le colgaba como si fuera un jodido reptil. Pero cuando Rita y él se hablaban, el que escuchaba se inclinaba hacia el otro, como si no quisiera perderse una sola palabra. Sonreía, asentía, miraba al otro a los ojos. Puede que el cáncer los hubiera conducido a una epifanía, una revelación. Quizá Rita había descubierto que amaba a ese hombre que la adoraba. Y, quién sabe, tal vez Willumsen tampoco había estado tan ciego como yo creía. En cualquier caso, comprendí que el saludo desde los surtidores había sido una despedida definitiva. Me parecía bien, fuimos algo el uno para el otro cuando a los dos nos hizo falta. Por lo que había visto, pocas aventuras sentimentales tenían un final feliz, pero cuando vi a esos dos juntos, pensé que, en cierto modo, Rita Willumsen y yo éramos de los afortunados. Y puede que Willum Willumsen también.

Y yo volvía a ser un chorlito dorado.

Pero, al cabo de solo un año, conocí a la mujer que sería mi amante secreta los cinco años siguientes. En la cena que siguió a un evento organizado por la oficina principal de Oslo, conocí a Pia Syse. Era la directora de recursos humanos y estaba sentada a mi izquierda, así que no era mi compañera de mesa, pero cuando llevábamos un rato cenando se giró hacia mí y me preguntó si no podía librarla de su acompañante, que llevaba una hora hablando de gasolina y, la verdad, no creía que hubiera tantas cosas que decir de la gasolina. Yo me había tomado un par de copas de vino y le pregunté si no era machista, en un sentido o en otro, atribuirle al hombre una mayor responsabilidad a la hora de entretener a la mujer. Me dio la razón, así que le concedí tres minutos para decir algo que me interesara, que me hiciera reír o me provocara. Si no, pensaba volver a hablar con mi acompañante de la derecha, una chica morena con gafas que me había dicho que se llamaba Unni, y poco más. Y, no se puede negar, Pia Syse consiguió hacer las tres cosas en menos de tres minutos.

Después bailamos, y me dijo que era el peor compañero de baile que nunca hubiera tenido.

Nos enrollamos en el ascensor, de camino a las habitaciones, y me dijo que tampoco sabía besar.

Cuando despertamos en su cama del hotel, pues como directora de recursos humanos disponía de una suite, dijo sin ambages que el sexo había estado por debajo de la media.

Pero que pocas veces se había reído tanto como en las últimas doce horas.

Dije que uno de cuatro era más de lo que solía puntuar, y volvió a reírse. Yo dediqué la hora siguiente a mejorar un poco su impresión. O eso espero. El caso es que Pia Syse dijo que me convocaría a la sede de la empresa en las dos semanas siguientes y que la agenda estaría «abierta».

Estaba en la cola de la recepción para hacer el *check out* cuando Unni, mi compañera de mesa, me preguntó si iba en coche a Os, y si podía ir conmigo hasta Kongsberg.

Por el camino apenas hablamos.

Me preguntó por el coche, yo le dije que era un regalo de un tío mío, que tenía un valor sentimental. Le podría haber contado que, a pesar de que no había una sola puta pieza que no hubiera cambiado por lo menos una vez, el 240 era una obra maestra de la mecánica. Que, por ejemplo, no presentaba ninguno de los problemas del más aparente V70, que podía sufrir averías en la dirección y la barra estabilizadora. Que esperaba que un día me enterraran con mi 240. Pero, en lugar de charlar sobre cosas carentes de interés, hice preguntas sobre cosas poco interesantes, y ella me contó que trabajaba en contabilidad, tenía dos hijos y su marido era el director de un instituto en Kongsberg. Trabajaba desde casa dos días a la semana, iba a Oslo otros dos, y libraba todos los viernes.

—¿Y qué haces los viernes? —pregunté.

—Nada.

—¿No te parece difícil —pregunté— no hacer nada?

—No.

Y esa fue toda nuestra conversación.

Puse a J. J. Cale y me sentí invadido por una profunda paz. Sería la combinación de pocas horas de sueño, el minimalismo relajado de Cale y que comprendí que el *default mode* de Unni, al igual que el mío, era el silencio.

Cuando desperté de golpe y mirando aterrorizado a los coches que venían de frente con luces que la lluvia en el parabrisas desdibujaba, mi cerebro concluyó que a) me había dormido al volante, b) debía de llevar dormido más de unos segundos, puesto que no podía recordar que lloviera y no había puesto los limpiaparabrisas y c) hacía mucho que debería haberme salido de la carretera en aquel trayecto lleno de curvas. Levanté la mano instintivamente y la puse sobre el volante. Pero en lugar del volante se cerró sobre otra mano cálida que ya estaba conduciendo.

–Parece que te has dormido –dijo Unni.

–Te agradezco que no me hayas despertado.

No se rio. La miré de reojo. Puede que una sonrisa se insinuara en la comisura de sus labios. Con el tiempo aprendería que ese rostro no daba más de sí en cuanto a gesticular. Y, en ese momento, vi por primera vez que era guapa. No era una belleza clásica como la de Mari Aas o deslumbrante como la de Rita Willumsen en las fotos que le gustaba enseñar de cuando era joven. Sí, en realidad no sé si Unni Holm-Jensen era guapa según parámetros que no fueran el suyo, porque lo que quiero decir es que ella, en ese momento, con esa luz, desde ese ángulo, era más guapa de lo que yo había apreciado hasta entonces. No de una belleza que me enamorara, nunca me enamoré de Unni Holm-Jensen y, durante cinco años, ella tampoco se enamoró de mí. Pero en ese instante estaba guapa de un modo que hacía que quisieras seguir mirándola. Podía hacerlo, claro, ella tenía la mirada fija en la carretera, no había soltado el volante, y comprendí que había encontrado una persona en la que podía confiar.

Fue después de habernos encontrado unas cuantas veces a mitad de camino, es decir, en Notodden, para tomar café, y la tercera vez que nos alojamos en el hotel Brattrein, cuando me contó que ya lo había decidido durante la cena en Oslo.

–Pia y tú os gustasteis –dijo.

—Sí.

—Pero a mí me gustabas más. Y sabía que yo te iba a gustar más.

—¿Por qué?

—Porque tú y yo somos iguales, y Pia no lo es. Y porque Notodden está más cerca.

Me reí.

—¿Quieres decir que tú me gustas más porque Notodden me pilla mejor que Oslo?

—Nuestras simpatías suelen guiarse por el sentido práctico.

Me reí otra vez, ella esbozó una sonrisa.

No es que Unni fuera desgraciada en su matrimonio, eso me dijo.

—Es un buen hombre y un buen padre —dijo—. Pero no me toca. —Su cuerpo era delgado y firme, como el de un chico menudo. Hacía algo de ejercicio, corría y levantaba pesas—. Todos necesitamos que nos toquen.

No estaba muy preocupada por que él descubriera que tenía una aventura. Creía que lo comprendería. Le preocupaban sus hijos.

—Tienen un buen hogar, seguro. No puedo estropear eso. Mis hijos siempre serán lo primero. Están por delante de ese tipo de felicidad. Quiero pasar estos momentos contigo, pero renunciaré a ellos al instante si implican la más mínima inseguridad o amenaza para mis hijos. ¿Lo entiendes?

La pregunta tenía una repentina intensidad, como cuando descargas una app divertida y, de pronto, aparece un formulario muy serio y formal con condiciones que debes aceptar antes de que pueda empezar la diversión.

Un día le pregunté si, en caso de emergencia, estaría dispuesta a pegarnos un tiro a su marido y a mí si eso incrementara las probabilidades de supervivencia de sus hijos en un cuarenta por ciento. Puede que fuera su cerebro de contable el que necesitara unos segundos antes de contestar.

—Sí.

—¿Treinta por ciento?

—Sí.

—¿Veinte?

—No.

Lo que me gustaba de Unni era que sabía lo que podía esperarme.

37

Carl me mandaba correos y fotos de la universidad. Por el texto y las fotos parecía estar bien. Sonrisas perfectas y compañeros de estudios que actuaban como si conocieran a Carl de toda la vida. Siempre ha sabido adaptarse. «Si tiras a ese chico al mar tendrá branquias antes de llegar a mojarse», solía decir mamá. Recuerdo que hacia finales de aquel verano que pasó con el chico de las cabañas que me ponía celoso, Carl había aprendido a hablar con acento de Oslo. Ahora en sus correos aparecían cada vez más expresiones americanas, más de las que había empleado papá. Era como si el noruego, sin prisa pero sin pausa, se marchitara. Quizá fuera lo que él quería. Poner distancia y olvido a todo lo que había ocurrido aquí. Cuando Stanley Spind, el nuevo médico, me oyó llamar *trunk* al maletero, me contó algo sobre el olvido.

–En Vest-Agder, donde yo me crie, casi todo el pueblo emigró a América. Unos cuantos regresaron. Y se vio que, aquellos que habían olvidado el noruego, también habían olvidado todo lo demás relativo a su patria. Es como si la lengua contuviera los recuerdos.

En los días que siguieron, acaricié la idea de aprender otro idioma, no volver a hablar noruego nunca más, ver si eso me ayudaba. Porque lo que me llegaba de Huken ya no eran solo gritos. Cuando estaba en silencio, oía a alguien murmurar en voz baja, como si los muertos hablaran entre ellos allá abajo. Como si estuvieran planeando algo. Una jodida conspiración.

Carl me escribió que necesitaba dinero. Al suspender unas cuantas asignaturas, había perdido la beca. Le mandé dinero. No había problema, tenía mi sueldo, muy pocos gastos, incluso había ahorrado un poco.

Al año siguiente habían incrementado el precio de la matrícula y necesitaba más. Ese invierno acondicioné la habitación en el taller clausurado para ahorrar electricidad y combustible. Intenté alquilar la granja, pero no tuve suerte. Cuando le propuse a Unni que nos viéramos en el hotel Notodden, que era más barato que Brattrein, me preguntó si tenía problemas económicos. Dijo que podíamos pagar la habitación a medias, como llevaba tiempo proponiéndome. Le dije que no, y nos seguimos viendo en Brattrein, pero cuando volvimos a vernos Unni dijo que había comprobado la contabilidad y que me pagaban un sueldo más bajo que el de los encargados de otras gasolineras de menor tamaño.

Llamé a la oficina central y después de unas cuantas consultas me pasaron con uno de los jefes que podía decidir si me subían el sueldo.

Me respondió una voz cantarina:

—Pia Syse.

Colgué.

Antes del último semestre, al menos él afirmaba que era el último, Carl me llamó en plena noche y me dijo que le faltaba el equivalente en dólares a doscientas mil coronas noruegas. Carl había dado por descontado que le concederían una beca de la Sociedad Noruega de Minneapolis, pero se la habían denegado ese mismo día y tenía que pagar la matrícula a la universidad antes de las nueve del día siguiente, o quedaría excluido y no podría hacer el examen final. Y sin él, toda su formación habría sido en vano, añadió.

—*Business administration* no va de lo que sabes, sino de lo que la gente cree que sabes, Roy. Y creen en los resultados de tus exámenes y en tus diplomas.

—¿De verdad que han duplicado el precio de la matrícula desde que empezaste? —pregunté.

—Es muy... *unfortunate* —dijo Carl—. Siento tener que pedírtelo, pero hace dos meses el presidente de la Sociedad Noruega me dijo que no habría problema.

Me planté en la puerta de la Caja de Ahorros antes de que abrieran. El director de la sucursal me escuchó mientras le proponía que me hicieran un préstamo de doscientas mil coronas, con la granja como garantía.

—Carl y tú sois propietarios de la granja y de los pastos, para eso necesitaremos tu firma y la de tu hermano —dijo el director del banco, un hombre con pajarita y la mirada de un san bernardo—. Las gestiones y los documentos llevarán un par de días. Pero entiendo que te hace falta ya, tengo autorización de la central para darte cien mil coronas por la confianza que nos mereces.

—¿Sin garantía?

—Aquí en el pueblo confiamos en la gente, Roy.

—Necesito doscientas mil.

—Pero no tanto, Roy. —El director sonrió y su mirada se tornó aún más triste—. Nunca he oído hablar de universidades que actúen con reglas tan estrictas —dijo rascándose el dorso de la mano—. Pero si tú lo dices...

—¿Entonces...? —pregunté impaciente mientras miraba el reloj. Faltaban seis horas y media.

—En ese caso, esto no te lo he dicho yo, pero a lo mejor podrías hablar con Willumsen.

Miré al director de la Caja de Ahorros. Así que era cierto lo que se decía en el pueblo de que Willumsen le prestaba dinero a la gente. Sin garantías y con intereses de usura. Es decir, sin más garantía que el que todo el mundo supiera que Willumsen, de alguna manera y en algún momento, iría a buscar lo que era suyo. Se rumoreaba que, si la cosa se ponía difícil, se traía ese matón de Dinamarca y él se encargaba del trabajo. Sabía que Erik Nerell le había pedido prestado dinero cuando compró el local de Fritt Fall, y no se habló de reclamar la deuda por la vía ejecutiva. Al contrario, Erik dijo que Willumsen tuvo paciencia y esperó, y que cuando le pidió un aplazamiento, contestó: «Mientras los intereses aumenten yo puedo estarme quieto, Nerell. Porque los intereses compuestos son el cielo en la tierra».

Fui en coche a la tienda de vehículos de segunda mano y desguaces. Sabía que Rita no estaría allí, odiaba ese lugar. Willumsen me recibió en su despacho. Sobre el escritorio colgaba la cabeza de un ciervo que parecía haberse abierto paso por la pared a golpe de asta y parecía sorprendido por lo que veía. Debajo de la cabeza del ciervo estaba Willumsen, reclinado en su silla, con la doble papada apoyándose sobre el cuello de la camisa y los dedos cortos y gruesos entrelazados sobre el pecho. Solo levantaba de vez en cuando la mano derecha para tirar la ceniza del puro. Ladeó la cabeza y me midió con la mirada. Lo que suele llamarse valorar la capacidad crediticia, o eso entendí.

—El interés es del dos por ciento —dijo cuando le planteé mi problema y el plazo del que disponía—. Vencimiento mensual. Puedo llamar al banco y transferir el dinero ahora mismo.

Saqué la caja de tabaco de mascar y me metí una dosis bajo el labio mientras calculaba mentalmente.

—Eso es más de un veinticinco por ciento anual.

Willumsen se quitó el cigarro de la boca.

—El chico sabe sumar. Eso te viene de tu padre.

—¿Y esta vez has tenido en cuenta que tampoco soy de los que regatean?

Willumsen se echó a reír.

—Sí, señor, es lo más bajo que puedo ofrecerte. *Take it or leave it*. El tiempo pasa.

—¿Dónde tengo que firmar?

—Ah, lo haremos así —dijo Willumsen, y me tendió la mano por encima de la mesa.

Parecía un puñado de grasientas salchichas. Reprimí un escalofrío y le estreché la mano.

—¿Alguna vez has estado enamorado? —me preguntó Unni. Caminábamos por el enorme jardín del hotel Brattrein. Las nubes cruzaban a toda prisa el cielo y el lago Heddalsvatnet, los colores cambiaban con la luz. He oído decir que, con el paso de los años, la mayoría de las parejas hablan menos. En nuestro caso pasaba lo contrario. Ninguno de nosotros era hablador, y las primeras veces fui yo quien tuve que llevar el peso de la conversación. Hacía cinco años que nos veíamos una vez al mes, más o menos, y aunque Unni contestaba con más detalle a las preguntas ahora que cuando nos conocimos, era poco habitual que sacara un tema como ese sin previo aviso.

—Una vez. ¿Y tú?

—Nunca —dijo—. ¿Qué te pareció?

—¿Estar enamorado?

—Sí.

—Bueno… —dije y me levanté el cuello de la cazadora para protegerme del viento—. No es algo que merezca la pena anhelar, la verdad.

La miré y vi esa sonrisa casi imperceptible. Me pregunté adónde quería ir a parar con aquello.

—He leído que uno solo puede enamorarse de verdad dos veces en la vida —dijo—. Que la primera es una acción y la segunda una reacción. Son dos terremotos. Las restantes tienen un impacto menor sobre la vida emocional.

—OK —dije—. En ese caso aún estás a tiempo.

—Pero no quiero sufrir ningún terremoto. Tengo hijos.

—Comprendo. Pero los terremotos ocurren, queramos o no.

—Sí —repuso—. Cuando dices que no merece la pena anhelarlo, es porque no fue un enamoramiento recíproco, ¿verdad?

–Supongo que sí.

–Así que lo más seguro es alejarse de las tierras asoladas por terremotos –dijo.

Asentí despacio. Empezaba a darme cuenta de lo que quería decir.

–Creo que me estoy enamorando de ti, Roy –dijo y se detuvo–. Y no creo que mi casa soporte un terremoto de esa magnitud.

–Así que…

Suspiró.

–Tengo que evacuar la zona…

–… sísmica –dije terminando la frase por ella.

–Sí.

–¿De forma permanente?

–Sí.

Nos quedamos en silencio.

–¿No vas a…?

–No –respondí–. Lo tienes decidido. Y debo de ser como mi padre.

–¿Tu padre?

–Se me da mal regatear.

Pasamos nuestras últimas horas juntos en la habitación, yo había alquilado la suite, y desde la ventana teníamos vistas al lago. Hacia el atardecer se despejó y Unni dijo que le recordaba a esa canción de Deep Purple, la del hotel que está junto al lago de Ginebra, en Suiza. Le dije que en esa canción el hotel es destruido por las llamas.

–Sí –dijo Unni.

Hicimos el *check out* antes de la medianoche, nos dimos un beso de despedida en el aparcamiento y salimos de Notodden conduciendo cada uno en una dirección. Nunca más volvimos a vernos.

Carl me llamó en la Nochebuena de aquel mismo año. Oí voces festivas y al fondo a Mariah Carey cantando «All I Want For Christmas Is You» de fondo. Yo estaba solo en el cuarto del taller con un *akevitt*, el aguardiente de patata, y cordero precocinado de la marca Fjordland con salchicha y puré de colinabo.

—¿Te sientes solo? —preguntó.

Lo pensé un momento.

—Un poco.

—¿Un poco?

—Bastante. ¿Y tú?

—Ahora mismo estamos de comida navideña en la oficina. Hemos cerrado la centralita y...

—*Carl! Carl! Come and dance!*

La voz de mujer que gritaba borracha llegó hasta el mismo auricular. Sonaba como si se hubiera sentado en su regazo.

—Escucha, Roy, te tengo que dejar. Pero te he mandado un regalito de Navidad.

—¿Ah, sí?

—Sí. Comprueba tu cuenta del banco.

—Colgó.

Hice lo que me decía. Me conecté a la red y vi que había recibido una transferencia de un banco americano. En el concepto habían escrito: «¡Gracias por el préstamo, querido hermano, y feliz Navidad!». La cantidad era de seiscientas mil coronas noruegas, mucho más de lo que yo le había mandado para las matrículas de la universidad, incluso calculando intereses, y los intereses compuestos.

Me puse tan contento que me eché a llorar. No por el dinero, pues me había ido apañando, sino por Carl, por el hecho de que él saliera adelante. Claro que podría haberme preguntado cómo había conseguido ganar esa cantidad de dinero en unos pocos meses con un sueldo de principiante en una inmobiliaria. Por supuesto, ya sabía en qué iba a gastarme el dinero: en un aislamiento en condiciones y un cuarto de baño en la granja. No iba a pasar otra Nochebuena en el taller, joder.

Aquí en el pueblo, al igual que en la ciudad, los paganos como yo hacemos nuestra única visita anual a la iglesia en Navidad. No en Nochebuena, como acostumbran en la ciudad, sino el día de Navidad.

Al salir de misa se me acercó Stanley Spind para invitarme a un desayuno el 26 de diciembre, segundo día de Navidad, al que acudiría más gente. Me lo dijo tan de repente y con tan poco tiempo de antelación que comprendí que alguien acababa de contarle que el pobre Roy Opgard pasaba las navidades solo en su taller. Stanley era un buen tipo, pero le dije la verdad: que en navidades trabajaba para que el resto de los empleados pudieran librar. Me puso la mano en el hombro y dijo que yo era un buen hombre. Así que Stanley Spind no es buen conocedor del alma humana. Me disculpé y me apresuré para alcanzar a Willumsen y a Rita, que iban camino del aparcamiento. Willumsen había vuelto a hincharse hasta recuperar su tamaño natural. Rita también tenía buen aspecto, con las mejillas encendidas, cálida en su abrigo de pieles. Y yo, el cabrón al que acababan de llamar un buen hombre, agarré el puñado de salchichas de Willumsen, que afortunadamente iban enguantadas, y les deseé feliz Navidad.

—Felices fiestas —respondió Rita.

Claro que recordaba que me había enseñado que en las casas bien se decía «Feliz Navidad» hasta la Nochebuena, pero «Felices fiestas» a partir del día de Navidad hasta Año Nuevo. Pero a Willumsen podía resultarle sospechoso oír que un pueblerino de mi calibre controlaba esa clase de matices, así que sonreí y asentí con la cabeza como si me hubiera dado cuenta de la corrección. Buen hombre *my ass*.

—Solo quería darte las gracias por el préstamo. —Le tendí a Willumsen un sencillo sobre blanco.

—¿Ah? —Lo sopesó en la mano y me miró.

—Te hice una transferencia anoche —dije—. Esto es el comprobante.

—Los intereses son hasta el primer día laborable —dijo—. Eso son tres días más, Roy.

—Sí, lo he tenido en cuenta. Y un poco más.

Asintió despacio.

—¿A que es una sensación agradable saldar las deudas?

Entendía y a la vez no entendía lo que quería decir. Comprendía las palabras, pero no su manera de pronunciarlas.

Pero lo haría antes de que acabara el año.

38

Durante mi encuentro con Willumsen y su esposa delante de la iglesia el día de Navidad, el lenguaje corporal de Rita, sus gestos o su mirada no habían desvelado nada. Lo sabía hacer. Pero estaba claro que ese encuentro la había removido por dentro. Lo bastante para que hubiera olvidado lo que quería olvidar y recordado lo que merecía la pena recordar. Su SMS me llegó tres días después, en la primera jornada laboral.

«En la cabaña pasado mañana, a las 12.00.»

Reconocí el tono escueto y empresarial hasta el punto que sentí que un temblor me recorría todo el cuerpo y empecé a babear como un perro de Pavlov. «Reacción condicionada», así la llaman.

Mantuve una breve e intensa discusión conmigo mismo sobre si debía o no debía ir. El Roy sensato perdió sin matices. Tampoco había olvidado por qué me había parecido una liberación que dejáramos de vernos, pero recordaba todo lo demás con cada uno de sus sensuales detalles.

A las doce menos cinco llegué al claro del bosque desde el que se ve la cabaña. Subí toda la cuesta con la erección que me produjo ver el Saab Sonett aparcado en la pista de grava. Ese año la nieve se hacía esperar, pero había helado, el sol asomaba de vez en cuando, y el aire era seco, respirarlo una delicia. Salía humo por la chimenea y las cortinas del salón estaban echadas. Ella no solía echarlas, y la idea de que hubiera preparado una sorpresa, de que tal vez ya estuviera colocada delante de la chimenea en una postura que obligara a bajar la intensidad de la luz, me hizo temblar. Crucé el terreno abierto, me acerqué a la puerta. Estaba entornada. Solía estar cerrada cuando yo llegaba, a veces incluso con la llave echada, y tenía que estirarme para llegar a la llave que se guardaba encima del marco de la puerta. Sospecho que a Rita le gustaba la sensación de que yo me abría paso a la fuerza, literalmente, como un ladrón en la noche. Sabía que era por eso por lo que en aquella ocasión me había dado la llave de la puerta del sótano, una llave que aún conservaba y, en ocasiones, había fantaseado con usar. Abrí la puerta del todo y me adentré en la penumbra.

Al instante noté que algo iba mal.

El olor no encajaba.

Salvo que Rita Willumsen hubiera empezado a fumar puros.

Antes de que mis ojos se acostumbraran a la oscuridad, ya sabía de quién era la silueta que ocupaba la butaca situada en medio del salón, vuelto hacia mí.

—Qué bien que hayas podido venir —dijo Willumsen con un tono tan amable que un escalofrío me recorrió la espalda.

Llevaba puesto un abrigo y un gorro de piel, parecía un oso. Y sostenía una escopeta, con la que me apuntaba.

—Cierra la puerta —dijo.

Hice lo que me pedía.

—Acércate tres pasos, despacio. Y arrodíllate.

Di tres pasos.

—Arrodíllate —repitió.

Dudé.

Suspiró.

—Escucha. Todos los años pago mucho dinero por viajar a otro país y cazar animales a los que nunca antes había cazado. —Levantó la mano e hizo el gesto de disparar—. Tengo la mayoría, pero tu especie me falta, Roy Opgard. ¡Así que arrodíllate!

Me arrodillé. En ese momento advertí que había puesto un plástico, de esos que se usan durante las reformas domésticas, en el suelo, entre la puerta y la butaca.

—¿Dónde has aparcado el coche? —preguntó.

Se lo dije. Asintió satisfecho.

—La caja de tabaco de mascar —dijo.

No respondí. Mi cabeza estaba llena de preguntas, no de respuestas.

—Te estarás preguntando cómo te he descubierto, Opgard. La respuesta es la cajita de tabaco. Cuando tuve cáncer, el médico me dijo que lo mejor que podía hacer por mi salud era comer más sano y hacer ejercicio. Así que empecé a dar paseos. Entre otros lugares, subí aquí, donde hacía años que no venía. Y encontré un par de estas en la nevera. —Tiró una caja plateada de Berry sobre el plástico—. Esto no se encuentra en Noruega. Y mucho menos en este pueblo. Pregunté a Rita y me dijo que se lo habrían dejado los carpinteros polacos que habían hecho reformas en la cabaña el año pasado. Y yo la creí. Hasta que de repente te vi sacar la misma cajita cuando viniste a mi despacho a pedirme un préstamo. Entonces caí en la cuenta. Tabaco de mascar. El arreglo del Saab Sonett. La cabaña. Y Rita que, de un día para otro, estaba de buen humor y muy dócil, algo que solo pasa si hay algo detrás. Así que comprobé su teléfono. Y ahí, bajo el nombre de Agnete, encontré un antiguo mensaje que no había borrado. La cabaña, el día y la hora, eso era todo. Comprobé el número en el servicio de información telefónica y, efectivamente, descubrí que Agnete eras tú, Roy Opgard. Así que anteayer volví a coger el teléfono de Rita, y te mandé el mismo mensaje, solo cambié la fecha.

Al estar de rodillas me veía obligado a mirar hacia arriba para verlo, pero me cansé y bajé la cabeza.

—Si ya sabías todo esto desde el año pasado —dije—, ¿por qué has esperado tanto para ponerlo al descubierto?

—A alguien tan bueno en cálculo mental como tú debería resultarle evidente, Roy.

Negué con la cabeza.

—Me habías pedido dinero prestado. Si te hubiera volado la cabeza entonces, ¿quién iba a pagar tu deuda?

Noté que el corazón, en lugar de acelerárseme, iba más despacio. Era increíble, coño. Había esperado pacientemente, como el cazador que era, a que la presa se colocara en el lugar adecuado, a que hubiera liquidado mi deuda, incluidos los intereses compuestos, en definitiva, a ordeñar la vaca hasta la última gota. Y ahora iba a liquidar su deuda. A eso se refería cuando me había preguntado en la puerta de la iglesia si era una sensación agradable saldar las deudas. Tenía intención de pegarme un tiro. De eso se trataba. No iba a asustarme ni a amenazarme, sino a matarme, joder. Sabía que yo no le había contado a nadie que iba allí, que me había asegurado de que no me vieran llegar, que había aparcado el coche tan lejos que a nadie se le ocurriría buscarme por el lugar. Iba a meterme una bala entre los ojos y a enterrarme en las inmediaciones. Era un plan tan sencillo y fácil que no pude sino sonreír.

—Borra esa sonrisita de la cara —dijo Willumsen.

—Hace años que no veo a tu mujer. ¿No te fijaste en la fecha de ese mensaje?

—Tendría que haberlo borrado, pero lo dejó, y eso solo quiere decir que habéis estado mucho tiempo dándole al asunto. Pero ya no más. Reza tu última plegaria. —Willumsen se llevó la escopeta a la mejilla.

—Ah, ya la he rezado —dije. Mi corazón siguió latiendo despacio. Pulso en reposo. «El pulso del psicópata», lo llaman.

—¿Ya la has rezado? —Willumsen respiró hondo con la piel de la papada espachurrada sobre la culata del arma.

Asentí y volví a bajar la cabeza.

—No te lo pienses, adelante Willumsen, me estás haciendo un favor.

Una risa seca.

—¿Me quieres hacer creer que deseas morir, Opgard?

—No. Pero voy a morir.

—Todos vamos a morir.

—Sí, pero no en el plazo de dos meses.

Oí que toqueteaba el gatillo.

—¿Quién dice eso?

—Lo dice Stanley Spind. Puede que me vieras hablando con él en la iglesia. Le han llegado las últimas resonancias del tumor cerebral que tengo. Hace más de un año que me lo diagnosticaron, pero ahora está creciendo deprisa. Si apuntas exactamente aquí... —dije llevándome el índice al lado derecho de la frente, justo debajo del nacimiento del cabello— puede que mates dos pájaros de un tiro.

Casi pude oír la calculadora del vendedor de coches de segunda mano trabajar a tope.

—Estás desesperado, claro, y mientes —dijo.

—Si tan seguro estás, dispara.

Sabía lo que su cerebro le estaba diciendo. Que si lo que yo decía era cierto, el problema Roy Opgard pronto desaparecería por sí solo sin que él tuviera que correr riesgo alguno. Pero si mentía, quería decir que habría dejado pasar una ocasión extraordinaria que difícilmente volvería a presentarse. Es decir, tendría ocasiones, pero yo estaría preparado y sería más difícil. Riesgo contra ganancia. Coste contra ingresos. Débito y crédito.

—Puedes llamar a Stanley —dije—. Solo tengo que avisarle de que lo libero de respetar la confidencialidad de mi caso.

Se hizo un silencio en el que solo se oyó la respiración de Willumsen. Este dilema exigía una mayor oxigenación del cerebro. Recé una plegaria, no por mi alma, sino por que la presión le produjera a Willumsen un nuevo infarto en ese mismo instante.

—Dos meses —dijo de pronto—. Si no estiras la pata antes de que se cumplan los dos meses a partir de hoy, volveré. No sabrás dónde, ni cuándo ni cómo. Ni quién. Pero es posible que las últimas palabras que oigas sean pronunciadas en danés. Esto no es una amenaza, sino una promesa. ¿Vale?

Me puse de pie.

—Dos meses máximo —dije—. Ese tumor es un cabrón muy potente, Willumsen, no te traicionará. Por cierto...

Willumsen seguía apuntándome con la escopeta, pero parpadeó para darme a entender que podía seguir hablando.

—¿Te importa si me llevo el tabaco de mascar que queda en el frigorífico?

Estaba jugando con fuego, por supuesto, pero se suponía que era un hombre moribundo al que le daba igual lo que pudiera pasar.

—No consumo tabaco de mascar, así que haz lo que quieras.

Cogí el tabaco y me marché. Bajé al trote por el bosque donde la luz del día ya se extinguía. Caminé dibujando una elipse hacia el oeste y, luego, cuando la cabaña quedó oculta tras los montículos, volví a subir hacia el lago donde había visto a Rita aquella última vez, desnuda, humillada, avejentada por la luz del día y la mirada de un hombre joven.

Me aproximé a la cabaña desde el norte. No había ventanas a ese lado, solo gruesas paredes de madera; la fortificación del ser humano, porque los ataques siempre llegan del norte.

Me pegué a la pared, di la vuelta a la esquina de puntillas hacia la pared del oeste, donde estaba la puerta. Me enrollé la bufanda en la mano derecha y esperé. Cuando Willumsen salió, recurrí a lo más fácil. Un golpe directo detrás de la oreja, donde el cráneo protege menos al cerebro, dos en los riñones, que, además de doler tanto que te impiden gritar, te vuelven dócil. Cayó de rodillas y le quité la escopeta, que llevaba colgada al hombro. Le di otro golpe en la sien y lo arrastré al interior.

Había retirado el rollo de plástico y colocado la butaca en su sitio junto a la chimenea.

Dejé que recuperara el aliento, que levantara la vista y que viera el cañón de su propia escopeta antes de empezar a hablar.

—Como puedes ver, mentí —dije—. Pero solo sobre el tumor. Es cierto que hace años que no veo a Rita. Y, puesto que solo hizo falta un mensaje para que viniera aquí corriendo y moviendo el rabo, también habrás comprendido que fue ella quien rompió, no yo. ¡No te levantes!

Willumsen maldijo por lo bajo, pero obedeció.

—En otras palabras, si te hubieras mantenido en la ignorancia esta historia no te habría causado ningún disgusto, y ahora todos estaríamos contentos —dije—. Pero puesto que no me crees y has amenazado con liquidarme, no me queda otra opción que liquidarte yo a ti. No me produce ninguna satisfacción, créeme, y tampoco tengo intención de aprovechar la ocasión para reiniciar la aventura con la que pronto será tu viuda. En otras palabras, matarte podría parecer una chorrada, pero me temo que, desde un punto de vista práctico, es la única solución.

—No sé de qué coño estás hablando —gimió Willumsen—. Pero no saldrás impune de un asesinato, Opgard. Esas cosas hay que planificarlas.

—Sí. Y he dispuesto de los minutos que necesitaba para comprender que tu plan para matarme a mí me ha facilitado la mejor oportunidad del mundo para matarte a ti. Estamos solos en un lugar al que nadie nos ha visto llegar ni marcharnos, y ¿sabes cuál es la causa de muerte más frecuente en los hombres de entre treinta y sesenta años, Willumsen?

Asintió con la cabeza.

—Cáncer.

—No —dije.

—Sí.

—No es el cáncer —insistí.

—¿Accidente de coche, entonces?

–No. –Pero tomé nota para buscarlo en Google cuando llegara a casa–. Es el suicidio.

–Tonterías.

–Nuestro pueblo habrá hecho su contribución a la estadística si contamos con mi padre, el agente Olsen y ahora tú.

–¿Yo?

–Los días que van de Navidad a Nochevieja, uno coge la escopeta y se va solo a su cabaña sin decirle nada a nadie, aparece en el salón con la escopeta a su lado. Más frecuente no puede ser, Willumsen. Ah, y ha helado, de manera que no hay huellas ni a la ida ni a la vuelta.

Levanté la escopeta. Vi que tragaba saliva.

–Tengo cáncer –dijo con la voz empañada.

–Tenías cáncer. *Sorry*, pero te curaste.

–Joder –dijo con la voz llorosa.

Puse el dedo sobre el gatillo. Su frente se llenó de gotas de sudor, empezó a temblar descontroladamente.

–Reza una última plegaria –susurré.

Esperé. Sollozó. Un charco se extendió bajo su abrigo de piel de oso.

–Pero tenemos una alternativa, claro –dije.

Willumsen abrió y cerró la boca.

Bajé la escopeta.

–Y es que nos pongamos de acuerdo en no matarnos el uno al otro –dije–. Y que nos arriesguemos a confiar el uno en el otro.

–¿Q… qué?

–Acabo de demostrarte que estoy tan seguro de que concluirás que no tienes ninguna razón para matarme que voy a dejar pasar la mejor ocasión del mundo para liquidarte. Es lo que se llama *leap of trust*, Willumsen. La confianza es una enfermedad benigna, contagiosa, ¿entiendes? Así que si tú no me matas a mí, yo no te mataré a ti. ¿Qué me dices, Willumsen? ¿Me acompañas en el salto? ¿Hacemos un trato?

Willumsen frunció el ceño. Asintió como si dudara.

–Bien. Gracias por prestármela. –Le tendí la escopeta.

Parpadeó, me miró incrédulo. No la cogió, como si intuyera que era una trampa. Así que opté por apoyarla en la pared.

–Entenderás, que yo, yo… –Carraspeó para librarse de la mucosidad, lágrimas y flemas de la garganta–. Yo ahora mismo te diría que sí a cualquier cosa. Pero no he dado ningún paso, solo lo has hecho tú. ¿Qué puedo hacer para que confíes en mí?

Lo pensé un poco.

–Ah, lo haremos así, sin más –dije y le tendí la mano.

39

El día de Año Nuevo llegó por fin la nieve y se quedó hasta finales de abril. En Semana Santa hubo más tráfico a las cabañas que nunca, y la gasolinera batió un nuevo récord de recaudación. A primeros de año nos concedieron una mención a la mejor gasolinera de la región, así que el ambiente que se respiraba en la tienda no podía ser mejor.

Entonces llegó el estudio sobre el desarrollo de la red vial de la zona que concluía que debía construirse un túnel y que la autopista debía circunvalar Os.

—Falta mucho —me consoló Voss Gilbert, el sucesor de Aas en el partido.

Quizá tuviera razón, pero faltaba poco para las elecciones locales, y su partido iba a perder. Porque a nadie se le escapa que cuando van a borrar de un plumazo un pueblo del mapa de Noruega es que los responsables del lugar no han hecho bien las cosas.

Tuve reuniones con la central, y nos pusimos de acuerdo en seguir ordeñando la vaca mientras la tuviéramos. Después: reorganización, desescalada, léase reducción de plantilla. También hacen falta gasolineras pequeñas. Y si eso no salía bien, me dijeron que no me preocupara.

—Siempre tendremos la puerta abierta para ti, Roy —dijo Pia Syse—. Si te apetece probar algo nuevo, no tienes más que llamarme.

Aceleré la marcha, trabajé más que nunca. No me importaba, pues siempre me ha gustado trabajar. Y me había puesto un objetivo. Iba a tener mi propia gasolinera.

Un día entró Dan Krane y se acercó a donde yo estaba limpiando la cafetera. Me preguntó si podía contestar a algunas preguntas para un artículo que estaba preparando sobre Carl.

—Hemos oído que le va muy bien por allí —dijo Dan Krane.

—Bueno —dije y seguí limpiando—. ¿Vas a escribir un artículo elogioso?

—Verás, nuestra labor consiste en enseñar las dos caras de la moneda.

—¿No todos los aspectos?

—Mira por dónde, te expresas mejor que el redactor jefe —dijo Dan Krane amagando una sonrisa.

No me caía bien. Pero la verdad es que me gusta muy poca gente. Cuando Krane llegó al pueblo me recordó a uno de esos perros de caza irlandeses que la gente se trae en sus cuatro por cuatro, delgados y nerviosos pero amables. Pero la suya era una amabilidad fría, una actitud aprendida, un medio para alcanzar otros objetivos a medio plazo, y empecé a comprender que la verdadera naturaleza de Dan Krane era la de un corredor de maratones. Un estratega que nunca pierde la paciencia en la pista, que nunca deja atrás a los demás corredores con un esprint, pero que persiste estoicamente porque sabe que tiene una resistencia que acabará procurándole la victoria. Esa certeza se reflejaba en su lenguaje corporal, en su manera de expresarse, incluso se veía en su mirada: aunque de momento solo fuera un modesto editorialista de un periódico local, estaba de camino a otro lugar, destinado a mayores hazañas, como suele decirse. Se había afiliado al mismo partido que Aas, pero aunque el *Diario de Os* fuera oficialmente afín al partido laborista, las normas internas del periódico decían que el redactor jefe no debía asumir cargos políticos que pudieran comprometer su integridad. Además, ahora Krane tenía hijos pequeños y muchas cosas entre manos, así que no se presentaría a las primeras elecciones locales, pero puede que a las siguientes sí. O a las de después. Sí, solo era cuestión de tiempo que Dan Krane sostuviera en sus huesudas manos la vara de la alcaldía.

—Tu hermano estaba dispuesto a correr riesgos y ganó una buena suma invirtiendo en un centro comercial mientras todavía era un estudiante. —Krane sacó un cuaderno y un bolígrafo del bolsillo de su cazadora Jack Wolfskin—. ¿También participaste en eso?

—No sé de qué me hablas.

—¿No? Tengo entendido que ayudaste a financiar la compra de acciones con doscientas mil coronas.

Di un respingo y esperé que no se hubiera percatado.

—¿Quién te ha contado eso?

De nuevo ese amago de sonrisa, como si le doliera mover los labios.

—Ya sabes que hasta la prensa local está obligada a preservar la confidencialidad de sus fuentes.

¿Sería el director de la sucursal bancaria? ¿O Willumsen? ¿Alguna otra persona de la Caja de Ahorros? Alguien que había seguido el rastro del dinero, como suele decirse.

—Sin comentarios —declaré.

Krane rio por lo bajo y tomó nota.

—¿De verdad quieres que ponga eso, Roy?

—¿Poner qué?

—«Sin comentarios.» Eso es lo que suelen decir los políticos de primera fila y los famosos. Cuando están metidos en un lío hasta las cejas. Puede dar una impresión un poco extraña.

—Imagino que serás tú quien cree esa impresión.

Krane sonrió y negó con la cabeza. Tenía la cara angosta, dura, y el cabello liso.

—Yo solo escribo lo que oigo, Roy.

–Pues hazlo. Repite esta conversación palabra por palabra. Incluyendo tu interesado consejo sobre mi contestación de «sin comentarios».

–Entenderás que las entrevistas hay que editarlas, para resaltar lo esencial.

–Y eres tú quien decide qué es esencial y qué no, así que tú sabrás. La impresión que se lleva el lector la creas tú.

Krane suspiró.

–Entiendo por tu actitud poco receptiva que no quieres que se sepa que Carl y tú participasteis en ese arriesgado proyecto.

–Pregúntale a Carl –dije, cerré la cafetera y le di al botón de encendido–. ¿Un café?

–Sí, gracias. En ese caso tampoco querrás comentar nada sobre el hecho de que Carl acabe de trasladar su actividad a Canadá, después de que su empresa fuera objeto de una investigación de las autoridades bursátiles americanas porque sospechan que ha manipulado cotizaciones.

–Lo que sí querría comentar –dije tendiéndole la taza de cartón llena de café– es que estás escribiendo un artículo sobre el exnovio de tu mujer. ¿Quieres que lo comente?

Krane suspiró de nuevo, se guardó el cuaderno en el bolsillo de la chaqueta y bebió un sorbito de café.

–Si un diario local de un pueblo como este no pudiera escribir sobre alguien con quien tiene alguna clase de relación, no podríamos publicar nada de nada.

–Entiendo, pero incluirás ese dato al pie del artículo, ¿verdad? Pondrás que esto lo ha escrito el que mojó después de Carl Opgard.

Vi que el corredor de maratón echaba chispas por los ojos, que su estrategia a largo plazo estaba bajo presión y que se hallaba a punto de decir o hacer algo que no estaba al servicio del objetivo final.

«Y después de que su hermano, Roy, se negara a ofrecer sus servicios.»

No lo dije. Por supuesto que no. Solo jugué con la idea de que si Dan Krane oía eso perdería el compás.

—Gracias por dedicarme tu tiempo —dijo Krane y se subió la cremallera de su cazadora impermeable.

—A ti. Son veinte coronas.

Miró la taza de café y me miró a mí. Intenté imitar su amago de sonrisa.

El diario publicó un artículo sobre Carl Abel Opgard, nuestro vecino del pueblo que había tenido éxito al otro lado del charco. Con un comentario de uno de los colaboradores *free lance* de Krane.

Cuando subí a la granja tras la conversación con Krane, corrí por los pastos, inspeccioné un par de nidos que había encontrado, fui al granero y estuve golpeando el viejo saco de arena una media hora. Luego fui al baño nuevo a darme una ducha. Con el cabello lleno de champú pensé en el dinero que había gastado no solo en el baño y los aislamientos, sino también en las ventanas nuevas. Levanté la cara hacia el chorro de agua caliente y dejé que se llevara los restos de esa jornada. Un nuevo día me estaba esperando. Había cogido el ritmo. Tenía una meta y tenía una estrategia. No iba a ser alcalde, solo hacerme con esa jodida gasolinera. Pero, menuda mierda, también me estaba convirtiendo en un corredor de maratones.

Entonces llamó Carl para decirme que volvía a casa.

V

40

La velocidad multiplica la masa. El vehículo cae hacia el abismo. La masa negra de metal, cromados, piel, plástico, cristal, goma, olores, sabores, recuerdos que siempre llevarás contigo, y aquellos a quienes amabas y creías que nunca podrías perder se alejan de ti cuesta abajo. Fui yo quien la puse en movimiento, quien inició la secuencia de los acontecimientos de este relato. Pero en un momento determinado, y es jodidamente difícil determinar cuándo y dónde, el relato empieza a decidir por sí mismo, la fuerza de gravedad está en el asiento del conductor, el vehículo acelera, se vuelve autónomo, y el desenlace ya no depende de si yo he cambiado de opinión. La velocidad multiplica la masa.

¿Desearía que lo sucedido no hubiera ocurrido nunca? Claro que sí, maldita sea.

A la vez hay algo fascinante en contemplar las avalanchas desplomarse desde el pico de Ottertind en marzo, ver las masas de nieve quebrar el hielo del lago Budalsvannet, ver un incendio en el bosque en julio y saber que el viejo camión GMC de los bomberos no podrá con las cuestas. Es emocionante presenciar la primera tormenta otoñal de verdad, en noviembre, poniendo a prueba una vez más los tejados de los graneros del pueblo. Pensar que este año se saldrá con la suya y arrancará uno, y tú lo verás rodar de canto como una jodida y gigantesca sierra por los campos, antes de deshacerse en pedazos. Y entonces ocurre precisamente eso. Y lo único que puedes pensar es: ¿y si alguien, una persona, hubiera estado en el campo cuando llegó la sierra? No deseas que ocurra, por supuesto que no, pero no consigues descartar del todo la idea; el pensamiento de que habría sido un espectáculo impresionante. No, no lo deseas, así que, si hubiera sabido de antemano la serie de acontecimientos que estaba iniciando, seguramente habría actuado de otro modo. Pero no lo hice, y no puedo afirmar que no haría lo mismo si me dieran otra oportunidad, partiendo de la misma información.

Aun si tu voluntad dirigió esa ráfaga de viento hacia el techo del granero, lo que pasa después escapa de tu control. El tejado del granero, transformado ahora en una afilada chapa de hierro ondulado, ha puesto rumbo a esa persona solitaria en medio del campo de cultivo, y tú solo puedes contemplarlo con una mezcla de horror, curiosidad y arrepentimiento ante la idea de que una parte de ti tenía la esperanza de que aquello pasara. Pero puede que no estuvieras preparado para el siguiente pensamiento que acude a tu mente: que desearías ser tú la persona que está ahí, en el campo.

41

Pia Syse y yo firmamos un contrato de trabajo según el cual, al cabo de dos años en Sørlandet, tendría libertad para volver a trabajar de gerente de la gasolinera de Os.

La gasolinera estaba en las afueras de Kristiansand, al otro lado de la autovía, junto al zoológico. Era mucho más grande que la de Os, claro, con más empleados, más surtidores, una tienda más amplia, mayor variedad de productos y mayor facturación. Pero la gran diferencia era que, como el anterior jefe consideraba a los empleados unos inútiles que suponían una sangría para la empresa, me encontré con un grupo de quejicas desmotivados que odiaban a la dirección y hacían estrictamente lo que se les pedía y, a veces, ni eso.

—Todas las gasolineras son diferentes —decía Gus Myre, el director de ventas de la central, en sus charlas—. La cartelería es la misma, la gasolina y la logística son las mismas, pero, a fin de cuentas, lo que define a nuestras gasolineras no es la gasolina, la berlina o la cafeína, sino las personas. Las que están detrás del mostrador, las que están delante y el encuentro entre unas y otras.

Myre repetía su mensaje como si fuera una canción que le aburría un poco más cada año que pasaba, pero que al fin y al cabo era su *hit*. Desde la rima forzada de su propia cosecha —«gasolina, berlina y cafeína»—, a la intensidad exagerada y a medida que pasaban los años cada vez más afectada con que decía «personas». Siempre me recordaba a las reuniones evangélicas de Årtun. Porque, al igual que el predicador, el objetivo de Myre era convencer a los congregados de que creyeran en algo que, en el fondo, sabían que era una chorrada, pero querían pensar que era verdad. Porque la fe hace que la vida, y en el caso del predicador también la muerte, sean más manejables. Si de verdad piensas que eres único y que, por tanto, cada encuentro lo es, quizá puedas forzarte a creer en una especie de pureza, una inocencia virginal eterna que te impide escupirle al cliente a la cara y vomitar de aburrimiento.

Pero yo no me sentía único. Y la gasolinera tampoco me lo parecía, a pesar de las diferencias mencionadas. La cadena se atiene a estrictas normas de franquicia, por eso puedes trasladarte de un establecimiento pequeño en una región del país a uno grande en otra, y será como haberle cambiado las sábanas a la misma cama. A partir de mi llegada, tardé dos días en aprender los detalles técnicos que la diferenciaban de la de Os, y cuatro en hablar con todos los empleados a fin de recabar información acerca de sus ambiciones para el futuro y de sus propuestas de cambios para convertir la gasolinera en un lugar mejor para los trabajadores y los clientes. Después tardé tres semanas en introducir el noventa por ciento de esos cambios.

Le di un sobre a la representante del personal y le pedí que no lo abriera hasta pasadas ocho semanas, el día en que todos los empleados se reunirían para valorar los cambios. Alquilamos una cafetería local para celebrar la reunión. Les di la bienvenida y cedí la palabra a un empleado que informó sobre las ventas y las ganancias, a otro que dio las estadísticas de bajas por enfermedad y a un tercero que presentó un estudio sobre la satisfacción de los clientes además de una valoración más informal del ambiente entre sus compañeros. Me limité a escuchar mientras los empleados, después de una larga discusión, votaron por eliminar el ochenta por ciento de los cambios que ellos mismos habían propuesto. Después tomé la palabra y enumeré los cambios que todos opinaban que habían funcionado y que mantendríamos, y luego anuncié que íbamos a cenar y que había barra libre. Uno de los empleados, un viejo amargado, levantó la mano y preguntó si eso era lo único que dirigía yo, el bar.

—No —dije—. Soy el jefe con el que habéis podido ser vuestros propios jefes durante ocho semanas. Lotte, ¿podrías abrir el sobre que te di antes de que introdujéramos los cambios?

Lo hizo y leyó mi listado de las propuestas que en mi opinión iban a funcionar, y cuáles no. Un rumor de asombro se extendió entre los presentes cuando se dieron cuenta de que mi predicción, con dos excepciones, coincidía con las conclusiones a las que ellos habían llegado.

—El objetivo de este ejercicio no es convenceros de que soy un sabelotodo —dije—. Mirad, me equivoqué en dos cambios, lo de la tarjeta para café, que pensé que funcionaría, y lo de las cinco piezas de bollería del día anterior al precio de una, que no creí que saldría bien. Pero, puesto que acerté con las restantes doce, habréis de convenir en que algo sé de cómo llevar una gasolinera, ¿no?

Vi unas cabezas que asentían. Aquí, en el sur, asienten de otra manera. De hecho, todavía lo hacen más despacio. Se oyeron unos murmullos mientras el asentimiento se generalizaba. Al final, hasta el cascarrabias asintió.

—Estamos los penúltimos en la lista de las mejores gasolineras de la provincia —dije—. He hablado con la central y he conseguido un trato. Si en la próxima revisión estamos entre las diez primeras, nos invitarán a un viaje en barco a Dinamarca a todos. Si estamos entre las cinco mejores, a un viaje a Londres. Si somos los mejores, os darán un presupuesto y vosotros mismos decidiréis el premio.

Me miraban fijamente. Después se inició el griterío.

—¡Esta noche...! —grité y el alboroto cesó enseguida—. Esta noche somos los segundos peores de la región, así que este bar estará abierto solo una hora. Porque después tendréis que ir a casa a cargar las pilas para mañana, pues será entonces, y no pasado mañana, cuando empezaremos a escalar puestos en la lista.

Vivía en Søm, una zona residencial tranquila al este, antes de cruzar los puentes en dirección a la ciudad. Alquilé un piso amplio de dos dormitorios, pero solo amueblé el salón y una de las habitaciones.

Imaginé que en Os los rumores sobre los abusos que Carl había sufrido por parte de papá habrían corrido como la pólvora durante los últimos meses. Y que el único que no los habría oído sería Carl. Y yo. Aunque había esperado quince años, cuando Grete tomó la decisión de contarle a la gente lo que Carl le había confiado, empezó por decírmelo a mí, y ahora tendría un día de gloria detrás de otro en su peluquería. Si los rumores llegaban a oídos de Carl, sabría sobrellevarlos. Pero si no oía nada, mejor. La responsabilidad y la vergüenza eran, en cualquier caso, sobre todo mías. No lo soportaba. Era débil. Pero ese no era el principal motivo por el que tuve que marcharme de Os, sino ella.

Por las noches soñaba con Shannon.

Por el día soñaba con Shannon.

Cuando comía, iba del trabajo al piso, atendía a los clientes, hacía ejercicio, lavaba la ropa, iba al baño, me masturbaba, escuchaba un audiolibro y veía la televisión, soñaba con Shannon.

Con ese ojo soñoliento y sensual. Un ojo que expresaba más sentimientos, fríos o ardientes, que los dos de la mayoría de la gente. O la voz, casi tan grave como la de Rita, pero a la vez distinta, tan suave que tenías ganas de acurrucarte en ella como si fuera un lecho cálido. Soñaba que la besaba, que la follaba, que la lavaba, que la sujetaba, que la dejaba ir. Soñaba con su cabello pelirrojo, que brillaba al sol, el arco tenso de su espalda, sus pechos, las manos menudas que con tanta seguridad movía en el aire, la risa que contenía un apenas impercep-tible gruñido de alimaña así como una promesa.

Intenté convencerme de que era la misma historia que se repetía una y otra vez, la de Mari, la de enamorarme de la no-via de mi hermano. Que era una enfermedad, joder, o un cortocircuito en mi cerebro eso de desear hasta la locura lo que no podía tener, o no debía tener. Que, si ocurriera el mi-lagro de que Shannon también me quisiera, sería una repeti-ción de lo que me había pasado con Mari. Que, al igual que el arcoíris que se dibuja sobre la montaña desaparece cuando te aproximas, el enamoramiento se evaporaría. No porque el enamoramiento fuera un espejismo, sino porque el arcoíris requiere un determinado ángulo de visión (desde fuera), y cierta distancia (no estar demasiado cerca). Y si, cuando llega-ras a la cima de la montaña, a pesar de todo el arcoíris siguiera estando allí, descubrirías que no había ningún tesoro al final, sino tragedias y vidas destrozadas.

Todo esto me decía a mí mismo, pero no servía de nada. Era como la malaria. Pensé que tal vez fuera verdad lo que dicen, que la fiebre de la jungla no acaba contigo la primera, sino la segunda vez que la contraes. Intenté sudar hasta elimi-nar la enfermedad, pero no hubo manera. Intenté trabajar para quitármela de encima, pero volvió. Intenté dormir y olvidar, pero me despertaban los gritos de los animales del zoo, aun-que fuera casi imposible, pues estaba casi a diez kilómetros.

Intenté salir de copas por el centro; me recomendaron un bar de Kristiansand, pero me quedé sentado en la barra solo. No sabía cómo aproximarme a la gente, y tampoco tenía ga-nas, únicamente me parecía que debía hacerlo. Porque nunca me siento solo. O sí, pero no me molesta, no mucho, al menos. Pensé que una mujer podría ayudarme, podría ser un remedio para bajar la fiebre. Pero nadie me miraba más de un segundo. De haber sido ese local Fritt Fall, al cabo de un par de cerve-zas alguien me habría preguntado quién era. Pero allí debieron de calarme al entrar: un pueblerino de excursión en la ciudad que no tenía nada interesante que aportar, como suele decirse. Tal vez vieron que levantaba el dedo medio al llevarme el vaso a los labios. Así que me apresuré a terminarme la cerveza, Miller, un aguachirle americano, y fui en autobús a casa. Tumbado en la cama oí los gritos de los monos y de las jirafas.

Cuando Julie me llamó para consultarme ciertas cuestiones sobre el inventario comprendí que Grete había mantenido la boca cerrada sobre los abusos de papá. Después de aclararle sus dudas le pedí que me pusiera al día de los últimos cotilleos del pueblo. Lo hizo, pero noté que estaba algo sorprendida, nunca antes me había interesado por esas cosas. Como no me contó nada de interés, le pregunté directamente si había oído rumores relativos a nuestra familia, algo relacionado con Carl y papá.

—No, ¿qué podría ser? —replicó Julie y noté que no tenía ni idea de a qué me refería.

—No dudes en llamarme si te surge alguna otra duda sobre el inventario.

Colgamos.

Me rasqué la cabeza.

Tal vez no fuera tan extraño que Grete no difundiera por el pueblo lo que sabía de Carl y papá. Había mantenido la boca cerrada todos esos años. Porque, pese a su gran locura, sobre todo estaba loca de amor, exactamente igual que yo. No quería hacer daño a Carl, por eso seguiría callada. Pero entonces ¿por qué me había contado Grete que lo sabía?

Recordaba que me había preguntado cómo había salvado a Carl. «¿Qué hiciste, Roy?» ¿Era una amenaza? ¿Estaba intentando decirme que había comprendido quién era el culpable de que mamá y papá se despeñaran por Huken? ¿Para que no se me ocurriera interferir en los planes que ella tenía para Carl?

En ese caso era una locura de tal calibre que solo pensar en ello me producía escalofríos.

Pero, al menos, eso quería decir que tenía una razón menos para mantenerme alejado de Os.

No fui a casa por Navidad.

Tampoco por Semana Santa.

Carl me llamaba y me ponía al día sobre el hotel.

El invierno había llegado antes de lo previsto y la nieve había durado mucho, así que las obras iban con retraso. También habían tenido que modificar los planos, después de que el ayuntamiento obligara a poner más madera y menos hormigón.

—Shannon está de mal humor, no entiende que si a la junta municipal no le hubiéramos dado sus malditas paredes de madera, no nos habrían concedido las licencias y los permisos en Urbanismo. Intenta argumentar que la madera no es lo bastante sólida, pero eso es una tontería, por supuesto, solo le importa la estética, que lleve su marca, digamos. Pero esta es la clase de discusión que siempre surge con los arquitectos.

Puede ser, pero me pareció que daba a entender que esa discusión había sido más intensa que la que uno suele mantener con el arquitecto.

—¿Está…? —Carraspeé para interrumpirme cuando me di cuenta de que no iba a ser capaz de formular la pregunta completa en un tono natural. Al menos no lo bastante natural a oídos de Carl. Pero comprendí que Shannon no le había contado mi estúpida declaración de amor en la fiesta de inauguración de las obras en Fritt Fall, pues me habría dado cuenta por la entonación de su voz, que yo también sabía interpretar. Por ejemplo, notaba que se había tomado unas cuantas Budweiser—. ¿Se va adaptando?

—Sí. Lleva tiempo acostumbrarse a una vida tan diferente. Nada más irte tú, pasó una temporada callada y poco comunicativa. Quiere un hijo, pero no es tan fácil, tiene un problema, parece que debería hacerse una fecundación in vitro. —Sentí una pedrada en el estómago—. Eso está bien, pero ahora mismo tenemos muchas cosas en marcha. Por cierto, este verano irá a Toronto, debe acabar un par de proyectos.

¿Sonaba un poco falso? ¿O era lo que yo quería oír? Joder, ya no podía fiarme de mi criterio.

—A lo mejor podrías cogerte algunos días de vacaciones y venir aquí —dijo Carl—. Tendremos la casa para nosotros dos. ¿Qué te parece? *Party time*, como en los viejos tiempos. ¡Uau!

Su antiguo tono de entusiasmo seguía haciendo su efecto y estuve a punto de decirle que sí.

—Ya veré. El verano es temporada alta por aquí, mucha gente pasa las vacaciones en Sørlandet.

—Venga. Tú también necesitas unas vacaciones. ¿Has librado un solo día desde que te mudaste ahí?

—Sí, claro —dije contándolos—. ¿Cuándo se va?

—¿Shannon? La primera semana de junio.

Volví a casa la segunda semana de junio.

42

Cuando pasé la montaña de Banehaugen y el lago de Budal-svannet apareció ante mí como un espejo, y vi el cartel de Os, me ocurrió algo raro. Sentí un nudo en la garganta, se me nublaron los ojos, tuve que parpadear. Es como cuando por puro aburrimiento acabas viendo una peli mala, de esas de lágrima fácil y, te relajas tanto que bajas la guardia y de repente te encuentras tragando saliva.

Me había cogido cuatro días libres.

Durante cuatro días Carl y yo estuvimos sentados en la granja, contemplando el verano. El sol que no llegaba a esconderse detrás de las montañas. Bebimos una cerveza detrás de otra en el jardín de invierno. Hablamos de los viejos tiempos. Del colegio, de los amigos, de las fiestas de Årtun y en la cabaña de Aas. Me contó cosas de Estados Unidos y de Toronto. Del dinero que no paraba de entrar en un mercado inmobiliario candente. Del proyecto en el que acabaron queriendo abarcar demasiado.

—Lo que más rabia me da es que podría haber funcionado —dijo Carl depositando una cerveza vacía en su fila del alféizar, que era tres veces más larga que la mía—. Solo era cuestión de ajustar los tiempos. Si hubiéramos mantenido el proyecto a flote tres meses más, hoy seríamos riquísimos.

Me contó que cuando todo se fue al infierno los otros dos socios habían amenazado con demandarlo.

—Yo era el único que no había perdido absolutamente todo lo que tenía, así que creyeron que podrían sacarme algún dinero —dijo y se echó a reír mientras abría otra botella.

—¿Tú no tienes muchísimo trabajo que hacer? —pregunté.

Habíamos ido a ver el solar del hotel. Estaban trabajando, pero al parecer no a pleno rendimiento. Mucha maquinaria y poca gente. Y, en mi opinión, no parecían haber hecho muchos adelantos en los nueve meses que habían transcurrido desde el inicio. Carl me explicó que seguían trabajando en cosas que no se veían, y que habían perdido mucho tiempo con la carretera, el suministro de agua y el tratamiento de aguas residuales. Pero que, cuando empezaran con el edificio del hotel en sí, avanzarían muy deprisa.

—En realidad, están construyendo el hotel en otro sitio mientras nosotros estamos aquí. Lo llaman edificación modular. O por elementos. Más de la mitad del hotel llegará listo en forma de grandes cajas que montaremos sobre unas plataformas.

—¿Sobre los cimientos?

Carl negó con la cabeza.

—En cierto modo.

Lo dijo como cuando la gente quiere ahorrarte detalles demasiado complejos que no comprenderás, o ellos mismos tampoco saben muy bien de qué va la cosa.

Carl fue a hablar un poco con los trabajadores y yo di una vuelta por el brezo en busca de nidos. No encontré ninguno. Puede que el ruido y el trasiego hubieran asustado a los pájaros, pero seguramente no habían anidado muy lejos.

Carl regresó. Se secó el sudor de la frente.

—¿Nos vamos a bucear?

Me eché a reír.

—¿De qué te ríes? —gritó Carl.

—Ese equipo está tan viejo que sería lo más parecido a un suicidio.

—¿Pues a bañarnos?

—Vale.

Pero, por supuesto, acabamos otra vez en el jardín de invierno. Cuando ya iba por la mitad de su quinta o sexta botella, Carl me preguntó de pronto:

—¿Sabes cómo murió Abel?

—Lo asesinó su hermano —dije.

—Me refiero al Abel por el que papá me puso el nombre, el secretario de Estado Abel Parker Upshur. Estaba en una visita guiada al *USS Princeton* en el río Potomac y quisieron mostrar la potencia de uno de los cañones. Explotó y mató a Abel y a otros cinco más. Fue en 1844. Es decir, que no pudo asistir a la culminación de la gran hazaña de su vida, la anexión de Texas en 1845. ¿Qué te parece?

Me encogí de hombros.

—¿Que es triste?

Carl soltó una carcajada.

—Al menos haces honor a tu segundo nombre. ¿Sabías que la dama que sentaron a la mesa con Calvin Coolidge…?

Escuchaba a medias, porque por supuesto que conocía esa anécdota, a papá le encantaba contarla. La dama había apostado a que sería capaz de sacarle más de dos palabras al legendariamente lacónico presidente Coolidge. Hacia el final de la cena el presidente se volvió hacia ella y dijo: «You lose».

—¿Cuál de nosotros dos se parece más a papá y quién más a mamá? —preguntó Carl.

—¿Estás de coña? —dije y tomé un par de sorbos de mi Budweiser—. Tú eres mamá, yo soy papá.

—Yo bebo como papá —dijo Carl—. Tú, como mamá.

—Eso es lo único que no cuadra.

—¿Así que tú eres el pervertido?

No respondí. No sabía qué decir. Ni siquiera cuando ocurría habíamos hablado de ello, no de verdad, yo me había limitado a consolarle como si papá le hubiera dado una paliza corriente. Había prometido venganza sin usar palabras que hicieran alusión directa al tema. Muchas veces me he preguntado si las cosas habrían sido de otra manera si hubiera hablado abiertamente de ello, si hubiera dejado las palabras fluir, las hubiera convertido en algo que pudiera escucharse, algo real y no solo algo que pasaba dentro de nuestras cabezas y, por tanto, podía negarse como si fuera fruto de nuestra imaginación. No tengo ni puta idea.

—¿Piensas en ello? —le pregunté.

—Sí. Y no. Me atormenta menos que a otros sobre los que he leído.

—¿Sobre los que has leído?

—Otras víctimas de abusos. Supongo que los que hablan y escriben sobre el tema son los que quedaron más dañados. Apuesto a que hay muchos como yo. Que lo dejan atrás. Es una cuestión de contexto.

—¿Contexto?

—Los abusos sexuales son dañinos en gran medida por la condena social y la vergüenza que los rodea. Se nos dice que tenemos que estar traumatizados y, por eso, atribuimos todo lo malo que nos pasa en la vida a esa cuestión. Piensa en los chicos judíos que son circuncidados. Es una mutilación sexual. Una tortura. Mucho peor que unos toqueteos. Pero hay muy pocos indicios de que sufran daños psicológicos por ese motivo, porque ocurre en un contexto que les dice que está bien, que es algo que tienen que tolerar, es parte de la cultura. Puede que el peor daño no se produzca en el momento del abuso, sino cuando comprendemos que no es aceptable.

Lo miré. ¿Lo decía en serio? ¿Era su manera de racionalizarlo? Y si así fuera, ¿por qué no? *Whatever gets you through the night, it's all right.*

—¿Qué sabe Shannon de este asunto? —pregunté.

–Todo. –Se llevó la botella a los labios y la levantó en lugar de inclinar la cabeza hacia atrás. Se oyó un gorgoteo más parecido al llanto que a la risa.

–Sé que sabe que nos inventamos una historia de que Olsen se había caído a Huken, pero ¿sabe que también manipulé los frenos y la dirección del Cadillac cuando mamá y papá murieron?

Negó con la cabeza.

–Solo le cuento todo lo que tiene que ver conmigo.

–¿Todo? –pregunté, miré al exterior, dejé que sol del atardecer me cegara. Vi de reojo que me estaba mirando inquisitivamente–. El año pasado Grete se me acercó en la fiesta de inicio de las obras. Dijo que Mari y tú os encontrabais arriba, en la cabaña de los Aas.

Carl se quedó un rato en silencio.

–Joder –dijo en voz baja.

–Sí.

Oí dos rápidos graznidos de cuervo en el silencio exterior. Gritos de alerta. Y llegó la pregunta:

–¿Por qué te lo contó Grete a ti?

Estaba esperándola. Por eso no se lo había dicho antes. Para no tener que oír esa pregunta y luego mentir, para no contarle lo que Grete creía haber visto: que yo deseaba a Shannon. Porque, con solo pronunciar esas palabras, por muy loco que sonara y los dos supiéramos lo ida que estaba Grete, la semilla de esa idea quedaría plantada. Y sería demasiado tarde, Carl vería la verdad como si las palabras estuvieran impresas en mayúsculas en mi cara.

–Ni idea –dije con ligereza. Supongo que con un tono demasiado despreocupado–. Será que todavía quiere montárselo contigo. Si quieres incendiar el paraíso y luego escapar, tienes que acercarte con sigilo, prender fuego en el borde y esperar a que el fuego se extienda. Algo así.

Me llevé la botella a los labios, pensando que mi explicación había pecado de prolija, y que la metáfora era demasiado elaborada para parecer espontánea. Tenía que volver a dejar la pelota en su tejado.

—¿Es verdad lo de Mari y tú?

—No parece que tú te lo creas —dijo y puso la botella vacía en el alféizar de la ventana.

—¿No?

—Si no, supongo que me lo habrías contado antes. De alguna manera me habrías puesto sobre aviso. Al menos me lo habrías preguntado.

—Por supuesto que no me lo creí. Grete se había tomado unas copas, y está todavía más loca que antes. Enseguida me olvidé del asunto, sencillamente.

—¿Qué ha hecho que lo recuerdes ahora?

Me encogí de hombros. Señalé el granero con un movimiento de la cabeza.

—Le vendría bien una mano de pintura. ¿Podrías pedirles un presupuesto a los que van a pintar el hotel?

—Sí —dijo Carl.

—¿Lo pagamos a medias?

—Quería decir que sí a tu anterior pregunta.

Le miré.

—Que Mari y yo nos veíamos —concluyó, y a continuación eructó.

—No es asunto mío —dije y di un trago a mi cerveza, que se estaba recalentando.

—La iniciativa fue de Mari. Me preguntó en la fiesta de vuelta a casa si podíamos vernos a solas para zanjar el tema, aclarar el ambiente. Pero dijo que todo el mundo estaba pendiente de nosotros, que era mejor que quedáramos en algún lugar discreto para evitar que la gente hablara. Me propuso que nos viéramos en la cabaña. Que cada uno fuera en su coche, aparcara por separado y que yo llegara un rato después de ella. Bien pensado, ¿no?

—Bien pensado —dije.

—A Mari se le ocurrió porque recordó que Grete le había contado que durante un tiempo Rita Willumsen tuvo un acuerdo como ese con un joven amante en su cabaña.

—Vaya, una mujer bien informada, esta Grete Smitt.

Sentía la garganta reseca. No le había preguntado a Carl si recordaba que en una de sus borracheras en Årtun le había hablado a Grete de papá.

—¿Algún problema, Roy?

—No. ¿Por qué?

—Estás muy pálido.

Me encogí de hombros

—No puedo decírtelo. Lo juré por tu alma.

—¿Has dicho por mi alma?

—Sí.

—Ah, bueno, esa hace mucho que está perdida. Vamos.

Me encogí de hombros. No recordaba si en aquella ocasión había jurado permanecer callado para siempre, al fin y al cabo era un adolescente, o solo durante un periodo de cuarentena.

—El joven amante de Rita Willumsen era yo.

—¿Tú? —Carl me miró con los ojos muy abiertos—. Estás de coña. —Se golpeó los muslos y se rio a carcajadas. Entrechocó su botella con la mía—. Cuenta.

Se lo conté. Al menos a grandes rasgos. Él se ponía serio y luego volvía a reírse.

—¿Y me has ocultado este secreto durante todos estos años? —dijo cuando acabé negando con la cabeza.

—En eso nuestra familia tiene práctica. Es tu turno, cuéntame lo de Mari.

Carl habló. Desde su primer encuentro en la cabaña acabaron en la cama, como suele decirse.

—Tiene práctica en seducirme. —Sonrió melancólico—. Sabe qué me gusta.

—Quieres decir que era imposible que te resistieras —dije

dándome cuenta de que sonaba más a reproche de lo que era mi intención.

—Asumo mi culpa, pero está claro que era su objetivo.

—¿Seducirte?

—Demostrarse a sí misma, demostrarme a mí que siempre la elegiría a ella primero, que estoy dispuesto a jugármelo todo por ella. Que Shannon y otras como ella fueron y serán sucedáneos de Mari Aas.

—Traicionarlo todo —dije, y saqué el tabaco de mascar.

—¿Eh?

—Has dicho jugártelo todo. —Esta vez no tuve fuerzas, ni siquiera intenté disimular el reproche.

—En cualquier caso —dijo Carl—, seguimos viéndonos.

Asentí.

—Todas las tardes que decías que tenías reuniones y Shannon y yo te esperábamos en casa.

—Pues sí. Esa es la clase de hombre que soy.

—¿Y aquella ocasión en la que dijiste que habías ido a ver a Willumsen pero viste a Erik Nerell y su mujer dando un paseo?

—Sí, ahí estuve a punto de descubrirme. Yo venía de la cabaña, claro. Tal vez quería que me descubrieran. Es muy jodido cargar con esa mala conciencia, no descansas nunca.

—Pero resististe —dije.

Aceptó mi sarcasmo, se limitó a bajar la cabeza.

—Después de encontrarnos unas cuantas veces parece que Mari consideró que ya tenía lo que quería y me dejó. Otra vez. Pero no me importó. Solo era... nostalgia. Desde entonces no hemos vuelto a vernos.

—Os encontraréis en el pueblo.

—A veces, claro. Pero se limita a sonreír como si le hubiera tocado un premio. —Carl sonrió despreciativo . Le enseña a Shannon los niños en el carrito que, por supuesto, empuja ese periodista, que va detrás de ella como un perrito. Creo que él sospecha algo. Detrás de esa jeta inexpresiva y superior veo a un tipo con ganas de matarme.

—¿Ah, sí?

—Sí. Si quieres saber mi opinión, seguro que se lo ha preguntado a Mari y ella, con toda la intención, le ha dado una respuesta ambigua.

—¿Por qué iba a hacer eso?

—Para que esté pendiente de ella. Son así.

—¿Quiénes?

—Bueno, ya sabes. Las Mari Aas y las Rita Willumsen. Padecen el síndrome de la reina. Es decir, somos nosotros, los zánganos, quienes lo padecemos. Incluso las reinas quieren satisfacer sus deseos físicos, pero ante todo necesitan que sus vasallos las amen y las veneren. Por eso nos manipulan como a marionetas en sus jodidas intrigas sin fin. Cómo cansa, joder.

—¿No estarás exagerando?

—¡No! —Carl dejó la botella de cerveza en el alféizar con un golpe y dos de las vacías volcaron y cayeron al suelo—. No existe el amor verdadero entre hombre y mujer si no son familia, Roy. Hace falta sangre. La misma sangre. El amor incondicional de verdad solo se da en la familia. Entre hermanos y entre padres e hijos. Más allá de eso… —Hizo un gesto en el aire con la mano, tiró otra botella, y comprendí que estaba borracho—. Olvídalo. Es la ley de la jungla. Solo puedes contar contigo mismo. —Hablaba con dificultad—. Tú y yo, Roy, solo nos tenemos el uno al otro. Nadie más.

«¿Y Shannon qué?», me dije, pero no se lo pregunté.

Al cabo de dos días volví a Sørlandet.

Al pasar ante el cartel que anunciaba la salida del municipio miré por el retrovisor. Parecía que ponía oz.

43

En agosto recibí un SMS.

Mi corazón latió con fuerza al ver que era de Shannon.

Durante los días que siguieron tuve que leerlo varias veces antes de poder decidir cuál era su significado.

Quería verme.

«Hola, Roy. Cuánto tiempo. El 3 de septiembre voy a Notodden, a una reunión con un posible cliente. ¿Puedes recomendarme un hotel? Un beso, Shannon.»

La primera vez que leí el mensaje, me dije que Shannon tenía que saber que yo solía ir a Notodden para encontrarme con Unni en un hotel. Pero no se lo había contado, y tampoco recordaba habérselo dicho a Carl. ¿Por qué no se lo había mencionado a Carl? No lo sé. No es que me avergonzara de haber estado liado con una mujer casada. No era el Caín taciturno que albergaba en mi interior quien mantenía la boca cerrada, hasta hace poco Carl lo había sabido casi todo de mí. Tal vez solo era algo que había comprendido en un momento determinado: que Carl no me lo contaba todo, él tampoco.

Luego supuse que Shannon solo pensaba que yo tendría cierta idea de las opciones disponibles para pasar la noche en las proximidades de Os. Volví a leer el SMS, a pesar de que ya me lo sabía de memoria, claro. Me dije que no debía atribuirle matices a un texto que consistía en tres jodidas frases de lo más normales.

Pero aun así…

¿Por qué iba a ponerse en contacto conmigo al cabo de un año de silencio para preguntarme por un hotel en Notodden? En principio había dos hoteles, como mucho tres, entre los que elegir, y por supuesto que Tripadvisor disponía de información más relevante y reciente que la que yo pudiera ofrecerle. Esto último lo sabía porque lo había comprobado en la red al día siguiente de recibir ese SMS. ¿Y por qué me informaba ella de la fecha en que pensaba ir? ¿Y de que iba a ver a un potencial cliente y de ese modo, de manera indirecta, contarme que acudiría sola? Y como suele decirse: por último, pero no por ello menos importante: ¿por qué iba allí a pasar la noche cuando solo estaba a dos horas en coche de casa?

Vale, puede que no tuviera ganas de conducir a oscuras por esas carreteras. Puede que fuera a cenar con el cliente y quisiera tomarse una copa de vino. O tal vez, sencillamente, tuviera ganas de pasar una noche en un hotel para descansar de la granja. A lo mejor hasta quería una pausa con Carl. Tal vez fuera eso lo que me quería decir con ese SMS tan rebuscado. No. ¡No! Era un mensaje corriente, solo una excusa cualquiera para retomar el contacto normal con su cuñado después de que él se cargara la relación al contarle que la amaba.

Contesté la misma noche en que recibí el SMS.

«¡Hola! Sí, mucho tiempo. Brattrein está bastante bien. Buenas vistas. Un beso, Roy.»

Cada puta palabra estaba más que meditada, claro. Tuve que esforzarme para no hacer preguntas, del tipo «¿Qué tal te va?» u otra respuesta que delatara mis ganas de seguir mensajeándome con ella. Debía ser un eco de su SMS, ni más ni menos, así tenía que ser. Me contestó al cabo de una hora.

«Gracias por tu ayuda, Roy. Besos desde aquí.»

De este mensaje no podía deducirse nada, Shannon solo había contestado a mi escueta y reservada respuesta. Así que volví sobre su primer SMS. ¿Era una invitación a ir a Notodden?

Me torturé los dos días siguientes. Incluso conté el número de palabras y vi que eran veinticinco, yo había respondido con trece y luego ella con ocho. ¿Esa reducción era casual? ¿Debía yo ahora contestar con cuatro palabras y ver si ella me respondía con dos?

Me estaba volviendo loco.

Escribí.

«Que tengas buen viaje.»

Su respuesta sonó mientras intentaba dormir.

«Gracias. X.»

Palabra y media. Sabía que X era el símbolo de beso, pero ¿qué clase de beso? Dediqué el día a buscar en internet. Nadie lo sabía seguro, pero había quien opinaba que la X provenía de cuando se sellaba una carta con una X y un beso encima. Otros creían que la X, como el arcaico símbolo de Cristo, lo convertía en un beso religioso, como una bendición. Pero yo prefería la explicación de que la X son dos pares de labios que se encuentran.

Dos pares de labios que se encuentran.

¿Era eso lo que ella quería decir?

No, joder, ¡no podía referirse a eso!

Miré el calendario y empecé a contar los días que faltaban para el 3 de septiembre sin darme cuenta de lo que estaba haciendo.

Lotte asomó la cabeza por la puerta para decirme que la pantalla del surtidor cuatro se había apagado y me preguntó por qué tenía el calendario en el suelo.

Una noche en que fui a un bar de Kristiansand, justo cuando acababa de levantarme para marcharme, se me acercó una mujer.

—¿Ya te vas a casa?

—Puede ser —dije y la miré.

Decir que era hermosa sería exagerar. Quizá alguna vez lo hubiera sido. No, no era hermosa, pero sí una de las primeras chicas de la clase en llamar la atención de los chicos. Por lanzada, descarada, caradura. Prometía, como suele decirse. Puede que hubiera cumplido su promesa antes de tiempo, les había dado lo que querían antes de que se lo ganaran. Había creído que le darían algo a cambio. Habían pasado muchas cosas desde entonces. Desearía borrar la mayoría de ellas, tanto las que le habían hecho como las que ella hizo.

Ahora estaba bebida y buscaba esperanzada a alguien que en el fondo sabía que también la decepcionaría. Pero ¿qué te queda si renuncias a la esperanza?

Así que la invité a una cerveza, le dije mi nombre, estado civil, dónde trabajaba y dónde vivía. A continuación le hice preguntas y dejé que hablara. Permití que despotricara, que soltara sapos y culebras sobre todos los hombres con los que se había cruzado y que le habían amargado la vida. Se llamaba Vigdis, trabajaba en un invernadero, pero estaba de baja. Dos hijos. Esa semana a cada uno le tocaba estar con su padre. Hacía un mes que había echado a un tercer hombre de casa. Pensé que tal vez se había hecho aquel moratón en la frente durante la expulsión. Dijo que por la noche acechaba su casa para comprobar si ella se había llevado a alguien, que era mejor que fuéramos a la mía.

Lo pensé. Pero no tenía la piel lo bastante pálida y era demasiado voluminosa. Aunque cerrara los ojos, su voz metálica, que sin duda no callaría, arruinaría la ficción.

—Gracias, pero mañana tengo que ir a trabajar —dije—. Otra vez será.

Retorció la boca en una fea mueca.

—Tú tampoco eres ningún chollo, no te creas.

—No me lo creo —dije, apuré el vaso y salí.

En la calle oí unos zapatos que restallaban sobre el asfalto a mis espaldas y supe que era ella. Vigdis entrelazó su brazo con el mío y me echó a la cara el humo de un cigarrillo recién encendido.

—Por lo menos me podrías llevar a casa en taxi —dijo—. Vivo en tu misma dirección.

Paré un taxi y la dejé al pasar el primer puente, delante de una casa en Lund.

Había visto una silueta en uno de los coches que estaban aparcados junto a la acera, y cuando el taxi siguió su camino, me di la vuelta y vi a un hombre bajarse del coche y caminar hacia Vigdis.

—Alto —dije.

El taxi redujo la velocidad, y por el retrovisor vi a Vigdis desplomarse sobre la acera.

—Da marcha atrás —dije.

Si el conductor hubiera visto lo mismo que yo, es probable que no hubiera retrocedido. Salté del taxi y rebusqué en el bolsillo algo que pudiera enrollarme en la mano derecha mientras caminaba hacia el hombre que estaba encima de Vigdis. Gritaba algo que se perdía entre los ciegos y mudos muros de las casas. Creí que serían maldiciones, y solo cuando me aproximé un poco más oí lo que decía:

—¡Te quiero! ¡Te quiero! ¡Te quiero!

Me acerqué y le di en un golpe en el momento en que alzaba un rostro deformado por el llanto. Sentí que la piel de los nudillos se me rasgaba. Joder. Volví a golpear. Esta vez en la nariz, que es más blanda, y no supe si la sangre que salpicaba era suya o mía. Golpeé una tercera vez. El imbécil se quedó ahí de pie, tambaleándose, sin intentar defenderse ni esquivar los puñetazos, como si agradeciera que le dieran una paliza, como si la deseara.

Pegué de un modo rápido y sistemático, como si golpeara el saco de arena. No tanto para dañarme más los nudillos, pero sí lo bastante para que la cara le sangrara y supurara y se fuera hinchando como una puta colchoneta.

—Te quiero —repitió entre golpe y golpe, no a mí, sino susurrando, como si hablara solo.

Se le doblaron un poco las rodillas, luego un poco más, tuve que ir apuntando más abajo, el tipo era como el caballero negro de la viñeta de Monty Python, ese al que le cortan las piernas, pero no se rinde, hasta que acaba siendo un torso que da saltos en el suelo.

Eché la cadera y el hombro hacia atrás para asestarle el último golpe, pero mi brazo se enganchó con algo. Era Vigdis. Se había colgado de mi espalda.

—¡No! —gritó su voz metálica en mi oreja—. ¡No le hagas daño, cabrón!

Intenté sacudírmela de encima, pero no me soltaba. Y vi una sonrisa enfermiza abrirse paso por el rostro inflamado y lleno de mocos del tipo que tenía delante.

—¡Es mío! —gritó ella—. ¡Es mío, cabrón!

Miré al hombre. Él me miró a mí. Asentí. Cuando me di la vuelta, descubrí que el taxi se había ido y empecé a caminar hacia Søm. Vigdis siguió colgada de mí unos diez o quince metros antes de soltarme, y oí sus zapatos sobre el asfalto mientras corría de vuelta, oí sus palabras de consuelo, los sollozos del hombre.

Seguí caminando en dirección este. Por calles dormidas, hacia la E18. Empezó a llover. Por una vez llovía de verdad. Cuando recorrí el medio kilómetro del viejo puente de Varoddbroa que cruza a Søm, tenía los zapatos empapados. A mitad de camino caí en la cuenta de que realmente había una alternativa. Además ya estaba mojado. Miré el mar, entre verde y negruzco. ¿Treinta metros? Pero entonces debí de empezar a dudar, porque mi cabeza se puso a argumentar que seguramente sobreviviría a la caída, que el instinto de supervivencia se activaría, que nadaría hasta la orilla, y que seguramente me dañaría la columna o algún órgano, y ello no me acortaría la vida, solo la haría aún más patética. Y, suponiendo que tuviera suerte y la palmara ahí abajo, entre las olas, ¿qué ganaba muriéndome? Acababa de recordar algo. La respuesta que le había dado al viejo policía cuando me preguntó por qué seguir viviendo cuando no nos gustaba. «Porque a lo mejor es todavía peor estar muerto.» Cuando recordé eso, también me vino a la mente lo que había dicho el tío Bernard cuando le diagnosticaron el cáncer: «Cuando estás de mierda hasta el cuello es mejor mantener la cabeza bien alta».

Me eché a reír. Sí, como un demente me reí a carcajadas, allí solo en el puente.

Luego seguí mi camino hacia Søm, con pasos más ligeros, y poco a poco incluso empecé a silbar esa melodía de Monty Python, cuando Eric Idle está colgado de la cruz. Si las Vigdis de este mundo tienen esperanzas, la esperanza de un milagro, ¿por qué no iba a tenerla yo?

El 3 de septiembre, a las dos de la tarde, entraba en Notodden.

44

El cielo, de un blanco azulado, parecía muy alto. El calor del verano seguía presente, olía a pinos y hierba recién segada, pero el viento soplaba frío y cortante, no como en el suave sur, en Sørlandet.

El viaje en coche de Kristiansand a Notodden me había llevado tres horas y media. Conduje despacio y cambié de opinión varias veces durante el trayecto. Pero al final concluí que solo una cosa resultaría más patética que la empresa en que me había embarcado, y sería dar la vuelta a mitad de camino de Notodden.

Aparqué en el centro y empecé a buscar a Shannon por las calles. Cuando éramos pequeños, Notodden nos parecía una población grande, desconocida y casi amenazante. Ahora, tal vez porque llevaba mucho tiempo viviendo en Kristiansand, pensé que Notodden era pequeña y provinciana.

Estaba pendiente de ver el Cadillac, aunque imaginé que le habría alquilado un coche a Willumsen. Miraba dentro de los cafés y restaurantes por los que pasaba. Fui hasta el agua, pasé por delante del cine. Al final entré en un pequeño bar, pedí un café solo, me senté de manera que pudiera ver la puerta y ojeé la prensa local.

No había demasiados locales en Notodden y había pensado que lo ideal sería que Shannon me encontrara a mí, claro, y no lo contrario. Que ella entrara, yo levantara la vista, nuestras miradas se cruzaran y que en esos ojos viera que no hacía falta que le dijese la excusa que había preparado, que estaba allí para echar un vistazo a una gasolinera en venta. Que recordaba que ella iba a ir a Notodden, pero ¡no que fuera ese día justamente! Si no tenía todo el día ocupado con clientes, ¿tal vez podríamos tomar una copa después de cenar? ¿Incluso cenar, si no tenía otros planes?

La puerta se abrió y levanté la vista de golpe. Era un grupo de jóvenes que hablaban entusiasmados. Poco después oí la puerta otra vez, otro grupo de jóvenes; comprendí que era la hora en que acababan los institutos. La tercera vez que se abrió la puerta, me topé con el rostro de Natalie. Estaba cambiado, no era en absoluto como yo lo recordaba, y parecía sereno. Ella no me vio y pude observarla tranquilamente desde detrás del periódico. Se sentó y se puso a escuchar al chico con el que había llegado. No sonreía, ni se reía, y todavía se percibía cierta reserva, como si protegiera una dolorosa vulnerabilidad. Pero también creí ver que ella y ese chico tenían algo, una cercanía que no se consigue si no te abres a alguien. Luego paseó la mirada por el local y, cuando se cruzó con la mía, se quedó helada un instante.

No sé si Natalie sabía las razones por las que su padre, el hojalatero Moe, la había mandado a hacer el bachillerato a Notodden. O cómo este había justificado las lesiones que le habían infligido en la misma cocina de su casa. Lo más probable es que no supiera que yo tenía algo que ver con las dos cosas. Si ahora se acercaba a mí, se sentaba a mi mesa y me preguntaba por qué lo había hecho, ¿qué le contestaría? ¿Que había intervenido por la vergüenza que me daba no haber sido capaz de proteger a mi hermano? ¿Que casi había dejado inválido a su padre porque para mí era como un saco de arena con el rostro del mío dibujado? ¿Que seguramente todo esto tenía que ver con mi propia familia y no con la suya?

Su mirada siguió desplazándose. Tal vez no me había reconocido. Sí, claro que me había reconocido. Pero, aunque no supiera que había amenazado a su padre de muerte, puede que tuviera ganas de fingir que no conocía al tipo que le había vendido la píldora del día después, en especial ahora, cuando tenía la oportunidad de ser otra chica, una mujer distinta a la sumisa e introvertida que había sido en su casa de Os.

Me di cuenta de que le costaba concentrarse en lo que le decía el chico, que se volvía hacia la ventana para que yo no le viera el rostro.

Me puse de pie y salí. En parte para dejarla en paz. En parte porque no quería que hubiera testigos de Os si Shannon aparecía.

Cuando dieron las cinco, había pasado por todos los locales de Notodden, salvo el restaurante del hotel Brattrein, que imaginaba que abriría a las seis.

Al cruzar el aparcamiento hacia la entrada, sentí el mismo cosquilleo expectante en el estómago que cuando iba a encontrarme con Unni. Pero supongo que no eran más que los perros de Pavlov, que reconocían el escenario y empezaban a babear, porque al instante siguiente la angustia ocupó su lugar. ¿Qué cojones estaba haciendo? Habría sido mejor arrojarme desde el puente; si me subía en el coche todavía estaría a tiempo de hacerlo antes de que se pusiera el sol. Pero seguí andando. Entré en la recepción, que no había cambiado nada desde la última vez hacía casi diez años.

Ella estaba en el restaurante vacío, escribiendo en el portátil. Vestía un traje de chaqueta azul marino y una blusa blanca. Llevaba el cabello corto y pelirrojo peinado con raya a un lado y sujeto con horquillas. Las rodillas enfundadas en medias y los zapatos negros de tacón alto se tocaban bajo la mesa.

—Hola, Shannon.

Levantó la mirada y sonrió sin mostrar sorpresa alguna, como si al fin yo hubiera hecho acto de presencia en una cita que hubiéramos concertado. Se quitó las gafas, que no le había visto usar antes. El ojo sano, abierto de par en par, expresaba alegría por volver a verme, una alegría que podía ser fraternal. Auténtica, pero sin nada debajo. El ojo caído contaba otra historia muy distinta. La historia de una mujer que se giraba hacia ti en la cama, con el reflejo de la luz de la mañana en el iris, pero con la mirada todavía borracha del sueño y del amor de la noche anterior. Sentí el impacto de algo pesado, como una pena. Tragué saliva y me dejé caer en la silla colocada frente a ella.

—Estás aquí —dijo—. Por Notodden.

Percibí un tono interrogante. «Vale, pues tendremos que dar unas cuantas vueltas antes de ir al grano, a pesar de todo.»

—En Notodden —la corregí—. He venido a echar un vistazo a una gasolinera que me interesa.

—¿Te gusta?

—Mucho —dije sin apartar la mirada—. Ese es el problema.

—¿Por qué es un problema?

—No está a la venta.

—Entonces puedes buscar otra.

Negué con la cabeza.

—Quiero esa.

—¿Y cómo vas a conseguirla?

—Haré que el propietario comprenda que cuando tu gasolinera tiene pérdidas, antes o después deberás renunciar a ella.

—A lo mejor ha pensado en gestionar la gasolinera de otro modo.

—Seguro que ha hecho planes, que prometerá el oro y el moro, a lo mejor hasta él mismo se lo cree. Pero al cabo de un tiempo las cosas volverán a ser como antes. Los empleados lo dejarán, la gasolinera quebrará y habrá perdido unos años más en algo que era imposible.

—Así que quitándole la gasolinera le estás haciendo un favor, ¿es eso lo que quieres decir?

—Hago un favor a todos.

Me observó. ¿Había vacilación en su mirada?

—¿A qué hora es tu reunión? —pregunté.

—Ha sido a las doce. Antes de las tres ya habíamos acabado.

—¿Creías que iba a durar más?

—No.

—Entonces ¿por qué reservaste una habitación de hotel?

Me miró y se encogió de hombros. Dejé de respirar y sentí que tenía una erección.

—¿Has comido? —pregunté.

Negó con la cabeza.

—No abren hasta dentro de una hora —dije—. ¿Te apetece dar una vuelta?

Señaló con un movimiento de la cabeza sus zapatos de tacón.

—También se está bien aquí —dije.

—¿Sabes a quién me he encontrado? —preguntó.

—A mí.

—A Dennis Quarry. La estrella de cine. El que estuvo en la gasolinera e iba a buscar localizaciones, ¿lo recuerdas? Creo que se aloja aquí. He leído que están rodando esa película.

—Te quiero —susurré, pero ella cerró en ese mismo momento la tapa del portátil con una fuerza innecesaria para poder fingir que no me había oído.

—Cuéntame qué has hecho últimamente —dijo.

—Pensar en ti.

—Preferiría que no fuera así.

—Yo también.

Silencio.

Suspiró profundamente.

—Tal vez esto ha sido un error —dijo.

«Ha sido.» Pretérito perfecto. Si hubiera dicho «es» un error, querría decir que las ruedas seguían girando, pero «ha sido» significaba que ya se había decidido.

—Seguramente —dije y detuve con un gesto de la mano a un camarero al que reconocí y que imaginé que se acercaba para ofrecerse a servirnos algo de la cocina, aunque no estuviera abierta.

—*Faddah-head* —siseó Shannon y se golpeó la frente con la palma de la mano—. ¿Roy?

—¿Sí?

Se inclinó sobre la mesa. Puso su mano menuda sobre la mía y me miró a los ojos.

—¿Estamos de acuerdo en que esto no ha pasado?

—Por supuesto.

—Adiós. —Sonrió un instante, como si le doliera algo, agarró el ordenador, se puso de pie y se marchó.

Cerré los ojos. El taconeo de sus zapatos sobre el parquet me recordó a los pasos de Vigdis a mis espaldas aquella noche en Kristiansand, solo que aquellos pasos se habían acercado. Volví a abrir los ojos. No había movido mi mano de la mesa. La sensación del único momento en que nos habíamos tocado persistía, como el hormigueo en la piel después de una ducha ardiendo.

Volví a la recepción, donde el hombre alto y delgado con chaqueta roja me sonrió.

—Buenas tardes, señor Opgard. Me alegra verle de vuelta.

—Hola, Ralf —dije situándome ante el mostrador.

—Le he visto entrar, señor Opgard, así que me he permitido reservarle nuestra última habitación libre. —Señaló con un movimiento de la cabeza la pantalla—. Sería una pena que alguien la cogiera en el último momento, ¿verdad?

—Gracias, Ralf, pero me gustaría saber en qué habitación se aloja Shannon Opgard, o Shannon Alleyne.

—En la trescientos treinta y tres —dijo el hombre delgado dejando claro que ni siquiera necesitaba consultar la pantalla.

—Gracias.

Shannon había acabado de guardar sus cosas en la bolsa de viaje que estaba encima de la cama y forcejeaba con la cremallera cuando empujé la puerta de la habitación 333. Murmuró unas palabras que supongo que eran en inglés bajan, apretó la bolsa y volvió a intentarlo sin volverse. Dejé la puerta entornada, entré y me acerqué a ella. Desistió y se llevó las manos a la cara, al tiempo que sus hombros empezaron a sacudirse. La rodeé con los brazos y sentí cómo su llanto silencioso se desplazaba de su cuerpo al mío.

Estuvimos así un rato.

Después le di la vuelta con cuidado, sequé sus lágrimas con dos dedos y la besé.

Ella me besó mientras seguía llorando, los sollozos hicieron que me clavara los dientes en el labio inferior, y sentí el sabor dulce y metálico de mi propia sangre mezclado con el gusto condimentado y fuerte de su saliva, de su lengua. Me contuve, preparándome para echarme atrás en el momento en que me hiciera una señal de que no quería. Pero no la hizo, yo solté las amarras de lo que me retenía: sentido común, la idea de lo que pasará, o no, después. Mi imagen en la litera inferior, rodeando a Carl con los brazos, yo, que soy lo único que tiene, el único que todavía no lo ha traicionado. Pero se aleja, se escabulle; lo único que queda aquí son sus manos, que me arrancan la camisa, las uñas, que presionan mi cuerpo contra el suyo, la lengua como una anaconda enroscada a la mía, sus lágrimas, que resbalan por mi mejilla. Incluso con zapatos de tacón alto es tan pequeña que tengo que doblar las rodillas para subirle la falda estrecha.

—¡No! —gime y se libera de mi abrazo y mi primera reacción es de alivio.

Ella nos ha salvado. Doy un paso atrás, tambaleándome y todavía algo tembloroso, y me meto un faldón de la camisa en el pantalón.

Nuestra respiración sigue el mismo ritmo trepidante y oigo pasos y una voz que habla por teléfono en el pasillo. Mientras los pasos y la voz se alejan, nosotros nos quedamos de pie, observándonos atentamente. No como hombre y mujer, sino como boxeadores, como dos machos cabríos iracundos, listos para enzarzarse. Porque la batalla no ha terminado, claro que no. Apenas ha comenzado.

—Cierra esa maldita puerta —sisea Shannon.

45

—Golpeo a hombres —respondí, le di a Shannon una dosis de tabaco de mascar y me metí otra bajo el labio.

—¿A eso te dedicas? —preguntó ella y levantó la cabeza para que pudiera volver a apoyar el brazo en la almohada.

—No siempre, pero sí que he pegado mucho.

—¿Crees que es algo genético?

Observé el techo de la habitación 333. Era una habitación distinta a aquella en la que Unni y yo solíamos pasar las horas, pero era idéntica, el olor era el mismo, quizá por el producto de limpieza, ligeramente perfumado.

—Mi padre pegaba sobre todo en un saco de arena —dije—. Pero supongo que lo de pegar me viene de él.

—Repetimos los errores de nuestros padres.

—Y los nuestros.

Ella hizo una mueca, se sacó el tabaco de la boca y lo dejó en la mesilla.

—Es cuestión de acostumbrarse —dije refiriéndome al tabaco de mascar.

Se acurrucó a mi lado. Su cuerpo menudo era más suave de lo que había imaginado, su piel más tersa. Sus pechos eran leves colinas en nevadas mesetas de piel donde los pezones sobresalían como dos faros ardientes. Olía a algo, una especia dulce y poderosa, la piel tenía matices, era más oscura bajo sus brazos y alrededor de su sexo. Y desprendía tanto calor como una estufa.

−¿Tienes alguna vez la sensación de estar dando vueltas en círculo? −preguntó. Asentí−. Y cuando uno vuelve sobre sus propias pisadas, ¿eso no es señal de que te has perdido?

−Puede ser −dije.

Pero pensé que esa no era la sensación que tenía en ese momento. Era cierto que el sexo había sido más un apareamiento que una demostración de amor, más una pelea que un acto de ternura; que había habido más ira y miedo que alegría y placer. Hubo un momento en que se apartó de mí, me pegó en la cara con la palma abierta y me dijo que parara. Así que paré. Hasta que me pegó otra vez y me preguntó por qué demonios paraba. Cuando me eché a reír, hundió la cara en la almohada y lloró, yo le acaricié el cabello, los tensos músculos de su espalda, la curva de sus lumbares, le besé la nuca. Ella dejó de llorar y empezó a respirar pesadamente. Así que le metí la mano entre las nalgas y la mordí. Ella gritó algo en inglés bajan, me empujó a la cama, se puso boca abajo con el culo en pompa. Yo estaba tan caliente que no me importó que los gritos que soltó cuando la tomé fueran iguales a los que oía desde el dormitorio cuando ella estaba con Carl. Joder, a lo mejor era en eso en lo que estaba pensando cuando me corrí, me despisté, así que me retiré un instante demasiado tarde, pero a tiempo de ver el resto de mi descarga aterrizar sobre la piel de su espalda, como un collar de madreperla, de un blanco grisáceo, brillante a la luz del farol del aparcamiento de fuera. Busqué una toalla y lo sequé, intenté secar otras dos manchas oscuras hasta que me di cuenta de que no se iban. Pensé que eso, lo que hacíamos, también eran dos manchas oscuras que no se borrarían.

Pero habría más. Y sería diferente. Lo sabía. Haríamos el amor, sin pelearnos, y no solo sería un encuentro entre dos cuerpos, sino también entre dos almas. Sé que suena cursi, pero no se me ocurre otra manera de decirlo. Dos almas jodidas, eso es lo que éramos, y yo había llegado a casa. Ella era mi huella, la había encontrado. Lo único que quería era estar allí y caminar en círculos, desconcertado, estar perdido, mientras fuera con ella.

—¿Nos arrepentiremos? —preguntó.

—No lo sé —dije, pero sabía que no me arrepentiría.

No quería espantarla, y si ella comprendía que la amaba tanto que todo lo demás me importaba una mierda, se asustaría de verdad.

—Solo tenemos esta noche —dijo.

Echamos las cortinas para prolongarla y aprovechamos esas horas todo lo que pudimos.

Me despertó un grito de Shannon:

—¡Me he dormido!

Saltó de la cama antes de que pudiera sujetarla, y con el brazo que había alargado tiré al suelo el móvil que ella había dejado sobre la mesilla. Aparté las cortinas de un tirón para observar su cuerpo desnudo, pues sabía que pasaría mucho tiempo antes de que volviéramos a encontrarnos. La luz del día entró a raudales y antes de que se encerrara en el baño pude vislumbrar su espalda.

Clavé la mirada en el teléfono que estaba en el suelo a un metro de la cama. La pantalla se había encendido. El cristal estaba roto. Tras los barrotes de la cárcel de la pantalla rajada me observaba un Carl sonriente. Tragué saliva.

Un vislumbre de su espalda.

Eso bastaba.

Volví a tumbarme en la cama. La última vez que había visto a una mujer tan desnuda, tan desvestida por la luz, fue cuando Rita Willumsen se quedó humillada en un lago de montaña, en bañador, con la piel azulada, congelada. Por si me quedaba alguna duda, aquel era un mal presagio.

Comprendí lo que había querido decir Shannon al preguntarme si lo de pegar estaba en mis genes.

46

Carl era mi hermano. Ese era el problema.

O los problemas.

En concreto: uno de los problemas era que lo quería. El otro, que él había heredado los mismos genes que yo. No sé por qué hubo un tiempo en mi vida en que fui tan inocente que creí que Carl no tenía la misma capacidad de ejercer la violencia que papá y yo. Tal vez porque habíamos decretado y sentenciado que Carl se parecía a mamá. Mamá y Carl, que no eran capaces de hacer daño a una mosca. Solo a las personas.

Me levanté de la cama y me acerqué a la ventana, vi a Shannon correr por el aparcamiento hacia el Cadillac.

Seguramente se arrepentía. Era probable que no tuviera prisa por llegar a ninguna parte, solo se había despertado y comprendido que esto era un error, que tenía que marcharse.

Se había duchado, se vistió en el baño, puede que se maquillara. Al salir, me dio un beso fraternal en la frente, murmuró que tenía una reunión en Os para hablar del hotel, cogió la bolsa de viaje y se marchó corriendo. Antes de que saliera a la calle justo delante de un camión de la basura se encendieron las luces de freno del Cadillac.

El aire de la habitación seguía saturado de sexo, perfume y sueño. Abrí la ventana que había cerrado porque hubo un momento en el que ella gritaba tan alto que tuve miedo de que alguien llamara a la puerta, y porque sabía que la noche aún no había terminado. Y acerté. Cada vez que uno de nosotros se despertaba, un simple roce desencadenaba una nueva sesión, como bestias hambrientas que no acabaran nunca de saciarse.

Lo que había descubierto al abrir las cortinas fue que las manchas oscuras de su piel en realidad eran moratones; no eran como las marcas rojizas que le habían dejado las sábanas y la noche de sexo en su cuerpo blanquísimo, y que esperaba que desaparecieran al cabo de un día o dos. Eran las huellas que dejan golpes fuertes, con el aspecto que tienen días y semanas después. Si Carl le había pegado en la cara también, lo había hecho sabiendo que podría ocultarlo con un poco de maquillaje.

Pegar, como yo había visto a mamá pegar a papá aquella vez, en el pasillo del Grand Hotel. Ese era el recuerdo que me había venido a la cabeza cuando Carl intentó convencerme de que la caída de Sigmund Olsen por el barranco había sido un accidente. Mamá. Y Carl. Convives con una persona y piensas que sabes todo lo que hay que saber sobre ella, pero ¿qué sabes en realidad? ¿Tenía Carl idea de que yo era capaz de acostarme con su mujer a sus espaldas? Lo dudo. Hacía mucho que yo había comprendido que todos somos unos desconocidos para los demás. Y, por supuesto, no fueron solo los moratones de Shannon los que me hicieron comprender que Carl era un hombre violento. Que mi hermano pequeño era un asesino. Fueron los hechos, sin más. Moratones y una caída en línea recta.

47

Pasé los días que siguieron a mi regreso a Sørlandet esperando una llamada de Shannon, un mensaje, un email, lo que fuera. No hace falta decir que era ella quien tenía que tomar la iniciativa, pues era la que tenía más que perder. Al menos eso pensaba yo.

Pero esperé en vano.

Ahora ya no me cabía ninguna duda. Se arrepentía. Por supuesto que se arrepentía. Había sido una aventura, una fantasía que yo había iniciado al decir que la amaba y luego marcharme, una fantasía que ella, aburrida de su vida tranquila y carente de estímulos del pueblo, había convertido en algo fantástico. Tan fantástico que mi verdadero yo no había podido estar a la altura. Pero ahora que se lo había quitado de encima, podía volver a su vida normal.

Ahora la cuestión era cuándo podría librarme yo también de ello. Me decía que mi objetivo había consistido en pasar esa noche juntos, que ya podía tacharlo de mi lista de tareas pendientes, que tocaba seguir mi camino. Aun así, lo primero que hacía cada mañana era mirar si había recibido algún mensaje de Shannon.

Nada.

Así que empecé a acostarme con otras mujeres.

No sé por qué, pero fue como si de repente me hubieran descubierto, como si hubiera una hermandad secreta de mujeres en la que compartieran la noticia de que me había acostado con la esposa de mi hermano y que eso tenía que significar que yo era un prodigio en la cama. Como suele decirse, una mala reputación es una buena reputación. O, tal vez, mi éxito se debiera a que llevaba escrito en la frente que me importaba todo una mierda. Puede ser. Quizá me hubiera convertido en el tipo callado y triste de la barra del que se sabía que podía conseguirlas a todas menos a la que le interesaba de verdad, y por eso pasaba de todo. El hombre al que todas querían convencer de que se equivocaba, de que había esperanza, redención, que había otra alternativa, que cada una de ellas precisamente encarnaba.

Sí, me aprovechaba de la situación. Interpretaba el papel que me había tocado en suerte, les contaba la historia, solo ocultaba los nombres y el hecho de que era mi hermano, me iba con ellas a su casa si vivían solas o, si hacía falta, me las llevaba a Søm. Me despertaba junto a una desconocida y me daba la vuelta para comprobar en el teléfono si había recibido algún mensaje.

Pero las cosas mejoraron, sí. Hubo días en los que pasaba horas sin pensar en ella. Sé que nunca llegas a eliminar del todo el virus de la malaria de tu sangre, pero puedes neutralizarlo. Si me mantenía alejado de casa y no la veía, contaba con que lo peor habría pasado al cabo de dos, tres años como máximo.

En diciembre me llamó Pia Syse y me comentó que nuestra gasolinera figuraba como la sexta mejor de Sørlandet. Yo sabía que era al jefe de ventas, Gus Myre, a quien correspondía hacer ese tipo de llamadas, no a la directora de recursos humanos. Probablemente Pia tenía otros motivos.

—Queremos que sigas al frente de la gasolinera después de que finalice el contrato el año que viene —dijo—. Por supuesto que nuestra satisfacción con tu trabajo se verá reflejada en las condiciones. Creemos que puedes hacer que la estación de servicio siga escalando puestos.

Mi plan estaba funcionando. Miré por la ventana de mi despacho. Un paisaje llano, grandes naves industriales, la autopista con rotondas para las entradas y salidas que me recordaban a la pista de coches que había en la trastienda del negocio de Willumsen, donde los niños podían jugar si iban con su padre a comprar un coche. Seguramente muchos de los coches de segunda mano se vendieron porque los niños insistían en que los llevaran allí a jugar.

—Deja que lo piense —dije, y me despedí.

Me quedé mirando la niebla que cubría el bosquecillo del zoo. Los árboles todavía tenían hojas verdes, joder. No había visto un copo de nieve en los catorce meses que llevaba allí. Dicen que a Sørlandet nunca llega el invierno de verdad, solo llueve más, aunque ni siquiera es lluvia, sino una humedad que flota en el aire sin saber si subir o bajar. Exactamente igual que el mercurio del termómetro, que marcaba seis grados un día detrás de otro. Miré la niebla que cubría el paisaje como un pesado edredón y lo tornaba todavía más bajo e indefinido. Un invierno en Sørlandet era un chubasco congelado en el tiempo, que solo estaba allí. Así que cuando el teléfono volvió a sonar y oí la voz de Carl, durante dos segundos eché de menos, sí, ¡eché de menos!, las bocanadas de aire helado y los copos de nieve compacta y dura que te azotan el rostro como granos de arena.

—¿Cómo te va? —preguntó.

—No puedo quejarme.

A veces Carl me llamaba solo para saber cómo estaba. Pero noté que en esa ocasión no era por eso.

—¿No puedo quejarme?

—Perdona. Es lo que dicen aquí.

Odiaba que dijeran eso. Era como el invierno de Sørlandet, ni bueno ni malo. Como cuando la gente se cruza por la calle y dice «Hasta luego», que es una mezcla de saludo y presentimiento, como si fuera inevitable encontrarse a cada momento.

—¿Y tú?

—Bien —dijo Carl.

Oí que no estaba bien, por lo que me quedé esperando que dijera: «Pero…».

—Salvo por una pequeña desviación en el presupuesto del hotel —dijo.

—¿Pequeña?

—Bastante pequeña. En realidad solo se trata de un leve desajuste en el flujo de efectivo; las facturas de los constructores están venciendo antes de lo previsto. No necesitamos aportar más financiación al proyecto, solo nos hace falta un poco antes. Le expliqué al banco que ahora vamos un poco por delante del calendario previsto.

—¿Vais adelantados?

—Vamos, Roy, no vais. Nosotros. Eres copropietario, ¿no lo habrás olvidado? Y no, no vamos adelantados. Es un jodido castillo de naipes el que hay que montar para que tantos descerebrados se coordinen. El sector de la construcción es un extraño batiburrillo de perdedores a los que solo suspendían y abroncaban en el colegio y que acabaron haciendo trabajos que muy poca gente quiere. Pero, como esos pocos están muy solicitados, ahora se pueden vengar yendo y viniendo a su antojo.

—Los últimos serán los primeros.

—¿También lo dicen en Sørlandet?

—Todo el rato. Les encanta la lentitud. En Os las cosas suceden muy rápido en comparación con Sørlandet.

Carl soltó su risa cálida y me puse contento y también entré en calor. En calor por oír la risa del asesino.

—El director del banco me señaló que según las condiciones del contrato del préstamo deben haberse alcanzado determinados hitos antes de que autoricen nuevos desembolsos. Dijo que habían ido al solar y que no pudieron confirmar lo que yo decía del avance de las obras. Así que ha surgido lo que podríamos considerar cierta crisis de confianza. Pero lo he arreglado, ¿eh?, aunque ahora el banco dice que debo informar a los inversores del exceso de gasto sobre el presupuesto antes de que hagan más desembolsos. En el acuerdo se dice que, como asumen una responsabilidad ilimitada, debe haber una decisión de la dirección si el proyecto requiere más capital.

—Pues tendrás que hacerlo.

—Sí, sí, tendré que hacerlo. Pero el problema es que quizá cree mal ambiente y, en principio, pueden convocar una asamblea general y pararlo todo. En especial ahora que Dan ha empezado a hurgar por ahí.

—¿Dan Krane?

—Lleva todo el otoño intentando encontrar alguna mierda contra mí. Ha llamado a los contratistas para saber cómo avanzaban las obras y los presupuestos. Está buscando algo, para sacar el máximo partido de una crisis, pero no puede presionar mientras no tenga algo concreto.

—Y mientras una cuarta parte de los suscriptores de su periódico y su suegro estén involucrados en el hotel.

—Exacto —dijo Carl—. Asegúrate de no cagar en tu propio nido.

—Salvo que seas un pingüino papúa, y cagues en el nido para que pueda ser un nido.

—¿Cómo? —dijo Carl dubitativo.

—La mierda atrae la luz del sol y funde el hielo hasta formar una hondonada y, *voilà*, tienes un nido. Es el mismo método que el periodista emplea para conseguir lectores. Los medios viven del poder de atracción que tiene la mierda.

—Interesante imagen —dijo Carl.

—Sí.

—Pero para Krane es una cuestión personal, supongo que te haces cargo.

–¿Cómo piensas pararlo? –pregunté.

–He hablado con los contratistas y les he hecho prometer que mantendrán la boca cerrada. Menos mal que entienden lo que les conviene. Pero ayer me comentó un colega de Canadá que Krane ha empezado a hurgar en el asunto aquel de Toronto.

–¿Qué puede encontrar?

–No mucho, es mi palabra contra la suya, y todo el asunto es demasiado complejo para que un aficionado como Krane pueda tener una visión de conjunto.

–Salvo que esté muy motivado.

–Joder, Roy, te llamo para que me animes un poco, tío.

–Ya verás como no pasa nada. Si no, tendrás que pedirle a Willumsen que mande a uno de sus matones para cargarse a Krane.

Nos echamos a reír. Parecía que se había relajado un poco.

–¿Cómo van las cosas por casa? –Mi pregunta era tan genérica que el temblor de mi voz no me delató.

–Bueno, la casa sigue en pie. Y Shannon se ha tranquilizado. No con lo de estar encima de su proyecto del hotel, pero al menos ha dejado de dar la lata con que tengamos un hijo. Supongo que con el lío que tenemos entiende que no es el momento.

Emití unos sonidos que querían dar a entender que esa información me interesaba, pero nada más.

–Pero, en realidad, te llamo porque el Cadillac necesita unos arreglos.

–Define unos arreglos.

–Esa es tu especialidad, ya sabes que yo no tengo ni idea. Shannon oyó unos ruidos extraños cuando lo conducía. Ha pasado su infancia en un Buick de Cuba y dice que tiene oído para los coches antiguos americanos. Dice que podrías echarle un vistazo en el taller cuando vengas por Navidad.

No respondí.

—¿Vendrás a casa por Navidad?

—En la gasolinera hay muchos que quieren librar…

—¡No! —me interrumpió Carl—. Lo que hay es gente que quiere cobrar horas extras. Y viven allí, y tú ¡vas a venir a casa por Navidad! Lo prometiste, ¿recuerdas? Tienes familia, no mucha, pero la familia que tienes te echa muchísimo de menos.

—Carl, yo…

—Cordero tradicional. Shannon ha aprendido a prepararlo. Y puré de colinabo. No estoy de broma. Le encanta la comida navideña noruega.

Cerré los ojos, pero entonces apareció ella, así que volví a abrirlos. Joder. Ni hablar. Joder. ¿Por qué no me habría preparado una buena excusa si ya sabía que surgiría el tema de las navidades?

—Veré qué puedo hacer, Carl.

Así. Eso me daba tiempo para pensar algo que él pudiera aceptar, o eso esperaba yo.

—¡Claro que podrás arreglarlo! —celebró Carl—. Vamos a preparar unas auténticas navidades en familia, no hace falta que pienses en nada. Tú solo tienes que aparecer en el patio, sentir el olor a cordero y que tu hermano pequeño te reciba con un aguardiente de patata en la escalera. Sin ti no sería lo mismo, tienes que venir. ¿Me oyes? Tienes que venir.

48

Víspera de Nochebuena. El Volvo ronroneaba satisfecho, y la nieve bordeaba la carretera nacional como compactas rayas de coca. En la radio, «Drivin Home for Christmas», que era lo más apropiado para el momento, pero puse el cedé de J.J. Cale «Cocaine».

El velocímetro por debajo del límite de la velocidad permitida, el pulso normal.

Canté. No es que yo esnife coca. Salvo la vez en que Carl me mandó un poco en una de sus escasas cartas de Canadá. Antes de aspirarla por la nariz yo estaba bastante acelerado, tal vez por eso no noté mucha diferencia. O tal vez fuera porque estaba solo. Acelerado y solo, como ahora. Ahí estaba otra vez el cartel del municipio. Acelerado y con el pulso normal. Supongo que eso es lo que llaman estar contento.

No había conseguido inventarme una excusa para no volver a casa por Navidad. Y tampoco podía no ver nunca más a mi familia, ¿verdad? Tendría que resistir tres días de celebraciones navideñas. Tres días en la misma casa que Shannon. Después volvería a confinarme en la celda de aislamiento.

Aparqué ante la casa, junto a un Subaru Outback marrón. Seguro que ese tono tiene un nombre más concreto, pero no se me dan bien los colores. Había un metro de nieve, el sol se estaba poniendo y detrás del montículo del oeste se distinguía el contorno de una grúa.

Cuando di la vuelta a la casa, Carl me estaba esperando en la puerta. Tenía la cara ancha, como aquella vez que tuvo paperas.

—¿Coche nuevo? —grité en cuanto lo vi.

—Viejo —dijo—. Necesitamos tracción a las cuatro ruedas en invierno, pero Shannon me prohibió comprarlo nuevo. Es un modelo del 2007, me lo vendieron por cincuenta mil en Willumsen, un chollo, según uno de los carpinteros, que tiene otro.

—Vaya, ¿regateaste?

—Los Opgard no regatean. —Sonrió—. Pero las mujeres de Barbados sí.

Carl me dio un largo y cálido abrazo en la escalera. Su cuerpo también parecía más ancho. Y olía a alcohol. Dijo que ya había empezado la celebración navideña. Necesitaba relajarse unos días después de una semana agotadora, pensar en otra cosa. Le vendrían bien unas vacaciones. Días felices, como los llamaba Carl de pequeño.

Fuimos a la cocina mientras Carl hablaba del hotel, que por fin había alcanzado la velocidad de crucero. Había presionado a los contratistas para que aceleraran y levantaran paredes y un tejado de forma que pudieran iniciar los trabajos en el interior y no tuvieran que esperar a la primavera.

No había nadie más en la cocina.

—Los trabajadores te hacen mejor precio si en invierno pueden estar bajo techo —dijo.

O al menos creo que fue eso lo que dijo, yo estaba pendiente de otros sonidos. Pero lo único que oía era la voz de Carl y los latidos de mi corazón. Ya no tenía el pulso normal.

—Shannon está en las obras —dijo Carl, y ahora sí que captó toda mi atención—. Le preocupa que todo quede igual que en los planos.

—Eso es bueno, ¿no?

—Sí y no. Los arquitectos no tienen en cuenta los costes, solo quieren disfrutar de la gloria de su obra maestra. —Carl se rio fingiendo buen rollo, pero percibí su ira latente.

—¿Tienes hambre?

Negué con la cabeza.

—A lo mejor debería llevar el Cadillac al taller, así dejo el trabajo hecho.

Carl negó con la cabeza.

—Lo tiene Shannon.

—¿En la obra?

—Sí. La carretera no está lista del todo, pero ya llega hasta allá arriba.

Lo dijo con una extraña mezcla de orgullo y dolor. Como si esa carretera le hubiera salido muy cara. No me sorprendería que fuera el caso, había mucha pendiente, mucha roca que volar.

—Con lo mal que está el firme, ¿cómo no se lleva el Subaru?

Carl se encogió de hombros.

—No le gusta el cambio manual. Prefiere los grandes coches americanos de su infancia.

Fui a dejar mi bolsa de viaje en el cuarto de los niños y volví a bajar.

—¿Una cerveza? —preguntó Carl con una en la mano.

Negué con la cabeza.

—Bajaré a la gasolinera a buscar una camisa para el traje.

—Entonces llamaré a Shannon y que lleve el Cadillac derecho al taller y vuelva contigo. ¿Te parece bien?

—Sí, claro.

Carl me miró. Al menos eso creo, pues yo me puse a observar una costura que se me había descosido en un guante.

Julie estaba en el trabajo, con Egil. Al verme, se le iluminó la cara y dio un grito. Había clientes en cola ante la caja, pero aun así salió corriendo y me rodeó el cuello con los brazos, como si se tratara de un reencuentro entre familiares. Y eso éramos. Ya no quedaba rastro de lo otro, de ese sentimiento apasionado, de anhelo y deseo. Por un instante me sentí decepcionado, tuve que admitir que la había perdido o, al menos, su amor de adolescente. A pesar de que nunca lo quise ni respondí a él, sabía que en momentos de soledad me preguntaría cómo habría sido, qué había rechazado.

—¿Hay novedades? —pregunté cuando por fin me soltó. Miré alrededor.

Parecía que Markus había copiado la decoración y el surtido de productos que nos había dado tan buenos resultados el año anterior. Chico listo.

—¡Sí! —chilló Julie emocionada—. Alex y yo nos hemos prometido.

Me enseñó la mano y tenía un anillo en el dedo.

—¡Qué suerte la tuya! —Sonreí, pasé al otro lado del mostrador y le di la vuelta a una hamburguesa que estaba a punto de quemarse—. ¿Y a ti qué tal te va, Egil?

—Bien —dijo mientras marcaba en la caja un atadillo de trigo para pájaros y una maquinilla de afeitar—. Feliz Navidad, Roy.

—Igualmente —dije y por unos instantes contemplé el mundo desde mi antigua atalaya, detrás del mostrador de la que debería haber sido mi gasolinera.

Luego salí al frío y la oscuridad invernal. La gente pasaba a toda prisa exhalando nubes de vapor grises. Vi a un tipo que llevaba un traje fino fumando junto a uno de los surtidores. Me acerqué a él.

—Aquí no puedes fumar —dije.

—Yo sí puedo —replicó en voz baja, ronca, me pareció que tenía las cuerdas vocales dañadas. No pude identificar su acento, pero sonaba sureño.

—No.

Puede que él sonriera, al menos sus ojos se transformaron en dos estrechas ranuras en su cara picada de viruelas.

—*Watch me.*

Y lo hice. Lo observé. No era alto, sino más bajo que yo, tendría unos cincuenta años, pero aun así se le veían granos en la cara enrojecida, como hinchada. De lejos, me había parecido que estaba algo gordo, embutido en su traje de oficina, pero ahora vi que se le veía apretado por otros motivos. Hombros. Pecho. Espalda. Bíceps. Una masa muscular que probablemente tenía que anabolizar para poder mantenerla a su edad. Levantó el cigarrillo y dio una profunda calada. La punta se iluminó. De repente, me dolía el dedo corazón.

—Estás entre los surtidores de una puta gasolinera —dije señalando el gran cartel de PROHIBIDO FUMAR.

No le había visto moverse, pero de repente se había pegado tanto a mí que yo no habría podido estirar el brazo para darle un golpe.

—¿Qué piensas hacer al respecto? —dijo en voz aún más baja.

No era acento sureño. Era danés. Su velocidad me preocupaba más que sus músculos. Eso y la agresividad, la voluntad, no, el deseo de hacer daño que reflejaban sus ojos entornados. Era como mirar a las fauces de un jodido pitbull terrier. Como la cocaína, solo lo hice una vez, y no me quedaron ganas de repetir. Tenía miedo. Sí, lo tenía. Caí en la cuenta de que eso era lo que debían de haber sentido los chicos y los hombres de Årtun segundos antes de que los machacara. Yo sabía, igual que ellos entonces, que el tipo que tenía delante era más fuerte, más rápido, y que llevaba dentro unas ganas de traspasar los límites con una brutalidad que yo no tenía. Al observar esa falta de límites, esa locura, di un paso atrás.

—No pienso hacer absolutamente nada —dije en una voz tan baja como la suya—. Te deseo una feliz Navidad en el infierno.

Sonrió y también dio un paso atrás. No me quitaba los ojos de encima. Supongo que veía en mí algo de lo que yo veía en él, y me mostró su respeto no dándome la espalda antes de que fuera imprescindible para meterse en un coche deportivo de escasa altura, con la forma de un torpedo. Un Jaguar clase E, uno de los modelos de finales de los setenta. Matrícula danesa. Anchos neumáticos de verano.

—¡Roy! —gritó alguien a mis espaldas—. ¡Roy!

Me di la vuelta. Era Stanley. Salía por la puerta cargado de bolsas por las que asomaba el papel de regalo de Navidad. Vino hacia mí bamboleante.

—Me alegro de verte. —Me ofreció su mejilla puesto que tenía las manos ocupadas, y le di un leve beso.

—Hombres comprando regalos de Navidad en una gasolinera el 23 de diciembre —dije.

—Típico, ¿verdad? —Stanley rio—. He venido aquí porque en todas las demás tiendas hay colas. Dan Krane publica hoy que hay un récord de ventas en Os, la gente nunca había gastado tanto en regalos de Navidad. —Arrugó la frente—. Estás pálido, espero que todo vaya bien.

—Sí, sí —dije oyendo el Jaguar rugir bajito y luego gruñir mientras se deslizaba por la carretera nacional—. ¿Habías visto ese coche alguna vez?

—Sí, lo vi alejarse cuando fui al despacho de Dan esta mañana. Mola. Por cierto, últimamente mucha gente se ha hecho con coches guapísimos. Pero tú no. Dan tampoco. Casualmente él también estaba pálido hoy. Espero que no sea la gripe, porque tengo intención de pasar unas navidades tranquilas. ¿Me oyes?

El Jaguar blanco se perdió en la oscuridad de diciembre. Hacia el sur. Camino de su hogar en el Amazonas.

—¿Cómo va tu dedo?

Levanté la mano derecha con el dedo corazón rígido.

—Cumple su función.

Stanley rio el chiste idiota.

—Eso está bien. ¿Cómo le va a Carl?

—Creo que bien. He llegado hoy.

Pareció que Stanley quisiera añadir algo, pero cambió de opinión.

—Ya hablaremos, Roy. Por cierto, doy mi desayuno anual el día después de Navidad. ¿Te apetece venir?

—Gracias, pero me marcho ese día a primera hora, tengo que trabajar.

—Pues ¿en Nochevieja? Doy una fiesta. Casi todo gente soltera que conoces.

Sonreí.

—*Lonely hearts club?*

—En cierto modo —me respondió con una sonrisa—. ¿Nos vemos?

Negué con la cabeza.

—Me dieron libre en Nochebuena a cambio de trabajar en Nochevieja. Pero gracias.

Nos deseamos mutuamente una feliz Navidad, crucé el patio y abrí la puerta del taller. Los viejos y familiares olores me salieron al encuentro en cuanto entré. Aceite para el motor, champú de coches, metal quemado y estropajos viejos. Ni siquiera el cordero de Navidad, la estufa de leña y las ramas de abeto olían tan bien como esa combinación. Encendí la luz. Todo estaba como lo había dejado.

Entré en el dormitorio y saqué una camisa del armario. Fui a la oficina, que era la habitación más pequeña y la que antes se calentaba, y puse el calentador a tope. Miré la hora. Ella podía llegar de un momento a otro. Ya no era ese viejo tipo granujiento de la gasolinera quien tenía la culpa de que mi corazón latiera desbocado. Pum, pum. Observé mi reflejo en el cristal de la ventana, me atusé el pelo. Tenía la boca seca. Como cuando iba a sacarme el título de mecánico. Enderecé la matrícula de Basutolandia; tendía a girarse sobre el clavo cuando llegaba el frío y las paredes se comprimían, e igual le pasaba en verano, pero en la otra dirección.

Di un respingo en la silla del despacho y pegué un grito cuando, de repente, golpearon el cristal.

Me quedé mirando la oscuridad. Al principio solo veía mi propio reflejo, después también su rostro. Estaba dentro del mío, como si fuéramos una sola persona.

Me levanté y fui hacia la puerta.

—Brrrr —dijo ella al entrar—. ¡Hace un frío de muerte! Menos mal que los baños de hielo me están fortaleciendo.

—Baños de hielo —repetí con la voz completamente descompuesta, solo aire e impurezas. Me quedé allí plantado, con los brazos despegados del cuerpo, tan relajado y natural como un espantapájaros.

—¡Sí! ¡Imagínatelo! Rita Willumsen se baña en el lago helado y nos ha convencido a mí y a otras mujeres para que nos unamos a ella, tres mañanas a la semana, pero ahora yo soy la única que sigue yendo con ella, taladra un agujero en el hielo, y plop, saltamos dentro.

Hablaba deprisa, sin aliento, sentí que me alegraba de no ser el único que estaba un poco alterado.

Luego se contuvo y me miró. Había cambiado el elegante y sencillo abrigo de arquitecta por un anorak, también negro, al igual que la gorra, que había estirado hasta taparse las orejas. Pero era ella. Era la auténtica Shannon. Una mujer con la que había estado en un sentido físico y muy concreto, si bien parecía que aquí, ahora, salía de un sueño. Un sueño que se había repetido desde el 3 de septiembre. Ahí estaba, con los ojos brillantes de alegría y una boca risueña que había besado para darle las buenas noches ciento diez veces desde aquel día.

—No he oído el Cadillac —dije—. Y sí, me alegro mucho de verte.

Echó la cabeza hacia atrás y se rio. Esa risa liberó algo en mi interior, como un ventisquero que se ha hecho tan pesado que se desmorona hasta con el más mínimo deshielo.

—He aparcado a la luz, delante de la gasolinera —dijo Shannon.

—Y yo te sigo amando —dije.

Abrió la boca para decir algo, pero volvió a cerrarla. Vi que tragaba saliva, tenía los ojos brillantes, y no supe si eran lágrimas hasta que una de ellas cayó sobre su mejilla y se deslizó, y se deslizó más.

Nos lanzamos el uno en los brazos del otro.

Cuando regresamos a la granja, al cabo de dos horas, Carl estaba sentado en la butaca de papá, roncando.

Dije que me iba a dormir. Mientras subía por la escalera oí que Shannon lo despertaba.

Esa noche fue la primera desde hacía más de un año que no soñé con Shannon.

En su lugar, soñé que caía.

49

Nochebuena para tres.

Dormí hasta las doce, había trabajado como un loco las últimas semanas y tenía que recuperar mucho sueño. Bajé, felicité la Navidad, preparé café y leí uno de los antiguos tebeos navideños. Le expliqué a Shannon algunas de las peculiares tradiciones navideñas noruegas, ayudé a Carl a hacer puré de colinabo. Carl y Shannon apenas se dirigieron la palabra. Yo quité la nieve, aunque era evidente que hacía un par de días que no caía, cambié el atadillo de trigo de los pájaros, preparé las gachas navideñas y las llevé al granero, pegué unos golpes al saco de arena. Me puse los esquíes en el patio. Caminé los primeros metros por unas marcas de neumáticos extrañamente distantes entre sí, como si fueran neumáticos de verano. Me subí al talud de nieve acumulada en el borde del camino y abrí mi propia senda en dirección al solar del hotel.

Por alguna razón, la visión de la obra sobre la montaña pelada me recordó al aterrizaje lunar. El vacío, el silencio y la sensación de estar ante algo creado por el hombre que no correspondía a ese paisaje. Los grandes módulos prefabricados de madera de los que Carl me había hablado estaban sujetos a los cimientos de manera provisional con cables de acero que, según los ingenieros, lo mantendrían todo agarrado aunque se desatara un huracán. No había luz en los barracones pues los trabajadores tenían vacaciones de Navidad y se habían ido. Estaba oscureciendo.

En el camino de vuelta oí una larga y triste nota que me resultó familiar, pero no vi ningún pájaro.

No sé cuánto tiempo pasamos sentados a la mesa, seguramente no fue más de una hora, pero me parecieron cuatro. Sin duda la carne de cordero estaba excelente, al menos Carl la puso por las nubes, y Shannon bajó la mirada al plato, sonrió, dio las gracias educadamente. La botella de *akevitt* estaba junto a Carl, pero llenaba mi vaso constantemente, así que supongo que yo también bebía. Carl nos habló de la cabalgata de Santa Claus en Toronto, donde Shannon y él se habían conocido; se unieron al desfile con amigos comunes que habían construido y decorado el trineo en el que iban sentados. Hacía veinticinco grados bajo cero y Carl se había ofrecido a calentarle las manos bajo los sacos de piel de oveja.

—Estaba temblando de frío, pero dijo: «No, gracias». —Carl se rio.

—No te conocía —repuso Shannon—. Y llevabas puesta una máscara.

—Una máscara de Papá Noel. —Carl se dirigió a mí—. ¿De quién te vas a fiar si no puedes confiar en Papá Noel?

—Está bien. Ahora ya te has quitado la máscara —dijo Shannon.

Después de cenar ayudé a Shannon a recoger. En la cocina aclaró los platos con agua caliente y yo le acaricié las lumbares.

—No —dijo ella.

—Shannon…

—¡No! —Se giró hacia mí, tenía los ojos llenos de lágrimas.

—No podemos hacer como si nada —dije.

—Tenemos que hacerlo.

—¿Por qué?

—Tú no lo entiendes. Tenemos que hacerlo, créeme. Haz lo que te digo.

—¿Y qué me dices?

—Haz como si nada. Por Dios, no es nada. Fue… fue solo…

—No. Lo es todo. Lo sé. Y tú lo sabes.

—Por favor, Roy. Te lo suplico.

—Vale —dije—. Pero ¿qué es lo que temes? ¿Que vuelva a pegarte? Porque si te pone la mano encima…

Ella dejó escapar un sonido, mitad risa, mitad sollozo.

—Yo no soy la que estoy en peligro, Roy.

—¿Yo? ¿Tienes miedo de que Carl me dé una paliza? —Sonreí. No quería, pero lo hice.

—Una paliza, no.

Había cruzado los brazos sobre el pecho como si tuviera frío, seguramente lo tenía, la temperatura bajaba con rapidez en el exterior y las paredes crujían.

—¡Regalos! —llamó Carl desde el cuarto de estar—. ¡Alguien ha dejado regalos debajo de este puto abeto!

Shannon se acostó temprano, se quejó de que le dolía la cabeza. Carl quería fumar e insistió en que nos abrigáramos bien para sentarnos en el jardín de invierno, que no deja de ser un nombre jodidamente desconcertante cuando el termómetro llega a quince grados bajo cero.

Carl sacó dos puros del bolsillo de la chaqueta y me tendió uno. Yo negué con la cabeza y saqué la cajita de tabaco de mascar.

—Venga —dijo Carl—. Hay que practicar para cuando nos fumemos los puros de la victoria, ya lo sabes.

—¿Otra vez optimista?

—Yo siempre soy optimista.

—La última vez que hablé contigo tenías un par de problemas —dije.

—¿Ah, sí?

—El flujo de caja. Y Dan Krane, que andaba fisgoneando.

—Los problemas están para solucionarlos —dijo Carl dejando escapar una mezcla de vapor helado y humo del puro.

—¿Cómo los solucionaste?

—Lo que importa es que se solucionaron.

—¿Podría ser que la solución de ambos problemas tuviera que ver con Willumsen?

—¿Willumsen? ¿Por qué lo dices?

—Porque el puro que estás fumando es de la misma marca que los que ofrece a la gente con la que hace negocios.

Carl se sacó el cigarro de la boca y observó la vitola roja.

—¿De verdad?

—Sí. Así que no son muy exclusivos.

—¿No? A mí podría haberme engañado.

—¿Qué clase de negocio has hecho con Willumsen?

Carl dio una calada al puro.

—¿Tú qué crees?

—Creo que le has pedido dinero prestado.

—¡Vaya! —Carl sonrió—. Y mira que la gente cree que de los dos el listo soy yo.

—¿Lo has hecho? ¿Le has vendido tu alma a Willumsen, Carl?

—¿Mi alma? —Carl echó lo que quedaba de *akevitt* en el vaso ridículamente pequeño—. No sabía que creyeras en la existencia del alma, Roy.

—Vamos.

—El mercado siempre es favorable al comprador cuando se trata de almas, Roy, desde ese punto de vista ha pagado bien por la mía. Su negocio también depende de que este pueblo no se hunda. Ahora ha invertido tanto en el hotel que si yo caigo, él también cae. Si tienes que pedirle dinero prestado a alguien, tiene que ser mucho, Roy, así tú los tienes tan cogidos a ellos como ellos a ti. —Levantó el vaso hacia mí.

Yo no tenía ni vaso ni respuesta.

—¿Qué le has dado como garantía? —pregunté.

–¿Qué suele exigir Willumsen como garantía?

Asentí. Solo tu palabra. Tu alma. Pero en ese caso, el préstamo no podía ser tan grande.

–Pero hablemos de algo que no sea dinero, es aburrido. Willumsen nos ha invitado a Shannon y a mí a su fiesta de Nochevieja.

–Enhorabuena –dije con sequedad.

La fiesta de Nochevieja de Willumsen congregaba a todos los que eran alguien en el pueblo. Antiguos y nuevos alcaldes, los propietarios de las parcelas de las cabañas, los que tenían dinero y los que poseían granjas lo bastante grandes para fingir que lo tenían. Todos los que en el pueblo estaban a un lado de una valla invisible cuya existencia, por supuesto, negaban.

–En cualquier caso –dijo Carl–, ¿qué le pasaba a mi pequeño y divino Cadillac?

Me aclaré la voz y dije:

–Cosillas. No es de extrañar. Ha hecho muchos kilómetros y le han dado caña. Aquí en Os las cuestas son empinadas.

–Así que, ¿no es nada que no pueda arreglarse?

Me encogí de hombros.

–Se puede arreglar de manera provisional, pero tal vez deberías pensar en deshacerte de ese trasto. Cómprate un coche nuevo.

Carl me miró.

–¿Por qué?

–Los Cadillac son complicados. Cuando empiezan a fallar sabes que llegarán problemas mayores. Y tú no eres ningún manitas con los coches, ¿verdad?

Carl frunció el entrecejo.

–Puede que no. Pero es el único coche que quiero tener. ¿Puedes arreglarlo o no?

Me encogí de hombros.

–Tú mandas, haré lo que quieras.

—Bien —dijo chupando el puro. Lo sacó y lo miró—. En cierto modo es una pena que nunca pudieran ver lo que tú y yo hemos conseguido en la vida, Roy.

—¿Te refieres a mamá y papá?

—Sí. ¿Qué crees que habría hecho ahora papá si viviera?

—Rascar la tapa del ataúd por dentro —dije.

Carl me miró. Luego se echó a reír. Yo tuve un escalofrío. Miré el reloj y forcé un bostezo.

Esa noche volví a soñar que caía. Estaba al borde de Huken oyendo que mamá y papá me llamaban desde abajo, me llamaban para que fuera con ellos. Yo me inclinaba sobre el borde, del mismo modo que Carl había explicado que lo hizo el viejo policía antes de que se desprendiera una roca y se precipitara. No podía ver la parte delantera del coche, que estaba más cerca de la pared rocosa, y en la parte trasera, sobre el maletero, había dos cuervos enormes. Levantaron el vuelo hacia mí, y cuando se aproximaron, vi que tenían los rostros de Carl y Shannon. Cuando pasaron por mi lado, Shannon gritó dos veces, yo desperté de golpe, miré fijamente a la oscuridad, contuve la respiración, pero del dormitorio no llegó sonido alguno.

El día de Navidad me quedé en la cama hasta que no pude más. Cuando me levanté, Carl y Shannon se habían ido a misa. Los vi desde la ventana, burgueses, arreglados con discreción. Se fueron en el Subaru. Me levanté, anduve por la casa, por el granero, arreglé un par de cosas. Oí el tañido seco de las campanas de la iglesia que el aire frío arrastraba hasta aquí arriba. Luego bajé al taller y empecé a arreglar el Cadillac. Había trabajo para estar ocupado hasta la noche. A las nueve llamé a Carl, le informé de que el coche estaba listo y le sugerí que viniera a recogerlo.

—No estoy para conducir —dijo, como si yo no hubiera contado ya con eso.

—Pues manda a Shannon —dije.

Noté que dudaba.

—En ese caso el Subaru tendrá que quedarse contigo —dijo.

Dos ideas sin sentido pasaron por mi mente. Que «contigo» quería decir el taller, lo que significaba que la granja era suya.

—Yo llevaré el Subaru y Shannon el Cadillac —dije.

—Entonces el Volvo se quedará ahí.

—Vale —dije—. Entonces yo puedo llevar el Cadillac a la granja y luego Shannon puede traerme aquí para que yo coja el Volvo.

—El zorro a cuidar del gallinero —dijo Carl.

Contuve la respiración. ¿De verdad acababa de decir eso? ¿Que Shannon y yo solos en el mismo lugar era como poner al zorro a cuidar del gallinero? ¿Cuánto hacía que lo sabía? ¿Qué iba a pasar ahora?

—¿Estás ahí? —preguntó Carl.

—Sí —dije con una tranquilidad sorprendente. Me di cuenta de que sentía alivio. Sí, alivio. Iba a ser brutal, pero ahora al menos no tendría que ir escondiéndome como un jodido estafador—. Vamos, Carl. ¿Qué es eso de la zorra y las gallinas?

—El zorro —respondió Carl pacientemente— tiene que ir en la barca de remos a la ida y a la vuelta para que no se quede solo con las gallinas, ¿no? Resulta pesado. Aparca el Cadillac delante del taller y vente, Shannon y yo iremos a recogerlo cuando se tercie. Gracias por tu trabajo, hermano, ahora vente y tómate una copa conmigo.

Sentí que sujetaba el teléfono con tal fuerza que el dedo corazón herido me dolía. Carl se refería a la logística, la solución a esa maldita adivinanza sobre el zorro, las gallinas y cómo cruzar el río sin que se las comiera. Respiré de nuevo.

—Vale —dije.

Colgamos.

Miré fijamente el teléfono. Se refería a la logística, ¿verdad que sí? Claro que sí. Puede que los hombres de la familia

Opgard no dijéramos todo lo que pensábamos, pero lo que decíamos era lo que pensábamos. No hablábamos con adivinanzas.

Cuando llegué a la granja, Carl estaba en el cuarto de estar y me ofreció una copa. Shannon se había ido a dormir. Dije que no me apetecía mucho beber, yo también estaba cansado y tenía que ir directo al trabajo cuando llegara a Kristiansand.

Estuve dando vueltas de un lado a otro en la litera, en una especie de insomnio alucinado, hasta que dieron las siete de la mañana y me levanté.

La cocina estaba a oscuras y di un respingo al oír una voz susurrante junto a la ventana.

–No enciendas la luz.

Conocía la cocina como la palma de la mano, cogí una taza de la alacena y me serví café del cazo caliente. Fue cuando me acerqué a la ventana y vi el lado de su rostro que iluminaba la nieve del exterior cuando descubrí la hinchazón.

–¿Qué ha pasado?

Se encogió de hombros.

–Ha sido culpa mía.

–¿Ah, sí? ¿Le has llevado la contraria?

Suspiró.

–Vete a casa y no pienses más en esto, Roy.

–Mi casa está aquí –susurré, levanté la mano y la puse con cuidado sobre la hinchazón. Ella no me detuvo–. Y no puedo dejar de pensar. Pienso en ti todo el tiempo, Shannon. Es imposible parar. No podemos parar. Los frenos se han roto y no tienen arreglo.

Mientras hablaba, había levantado la voz, ella miró instintivamente hacia el tubo de la estufa y el agujero del techo.

–El camino por el que vamos nos lleva directos al precipicio –susurró ella–. Tienes razón, los frenos no funcionan, debemos tomar otra ruta, una que no nos lleve al precipicio. Tú tienes que escoger otro camino, Roy. —Me tomó la mano y se la llevó a los labios—. Roy, Roy, aléjate mientras puedas.

—Mi amor —dije.

—No lo digas.

—Pero es la verdad.

—Lo sé, pero me duele tanto oírlo…

—¿Por qué?

Hizo una mueca, una mueca que de repente arrebató toda belleza a su rostro y que me hizo querer besarlo, besarla a ella, tenía que hacerlo.

—Porque yo no te quiero, Roy. Te deseo, sí, pero amo a Carl.

—Mientes.

—Todos mentimos —dijo—. Incluso cuando creemos estar diciendo la verdad. Lo que llamamos verdad es solo la mentira que más nos conviene. Nuestra capacidad para creernos las mentiras necesarias no tiene límites.

—Pero ¡sabes que eso no es verdad!

Puso un dedo sobre mis labios.

—Tiene que ser verdad, Roy. Ahora vete.

Cuando el Volvo y yo pasamos junto al cartel de municipio seguía siendo noche cerrada.

Al cabo de tres días llamé a Stanley y le pregunté si seguía en pie la invitación de Nochevieja.

50

—Qué bien que hayas podido venir —dijo Stanley, me dio un apretón de manos y me tendió una copa con un mejunje de un verde amarillento.

—Felices fiestas —dije.

—¡Por fin hay alguien que conoce la diferencia! —exclamó y me guiñó un ojo. Yo lo seguí al salón donde el resto de los invitados ya se habían reunido.

Sería muy exagerado decir que la casa de Stanley era señorial, puesto que no existían construcciones así en Os, con la posible excepción de las de Willumsen y Aas. Pero, mientras que la casa principal de Aas estaba decorada con una mezcla de sentido común campesino y el conservadurismo confiado del dinero de familia, el chalet de Stanley era una combinación desconcertante de rococó y arte moderno.

Sobre las sillas redondas de patas arqueadas y la mesa del salón colgaba un enorme cuadro de trazo grueso que recordaba a la cubierta de un libro, con el texto DEATH, WHAT'S IN IT FOR ME?

—Harland Miller —dijo Stanley, que había seguido la dirección de mi mirada—. Me costó una fortuna.

—¿Tanto te gusta?

—Eso creo. Pero vale, puede que sea un deseo mimético, todo el mundo quiere un Miller.

—¿Deseo mimético?

–Perdón. René Girard. Filósofo. Llamó así al deseo automático que sentimos por aquello que tiene la gente a la que admiramos. Si tu ídolo se enamora de una mujer, de modo inconsciente tu meta será conseguir a la misma mujer.

–Vale. En ese caso, ¿de cuál de ellos estás enamorado de verdad? ¿Del hombre o de la mujer?

–Buena pregunta.

Miré alrededor.

–Dan Krane está aquí. Creí que era un fijo de la fiesta de Nochevieja de Willumsen.

–Supongo que ahora tiene mejores amigos aquí que allí –dijo Stanley–. Perdona, Roy, tengo que ocuparme de un par de cosas en la cocina.

Me di una vuelta por la sala. Doce rostros y nombres familiares. Simon Nergard, Kurt Olsen. Grete Smitt. Me paraba, escuchaba las conversaciones. Daba vueltas a la copa con las manos y procuraba evitar mirar el reloj. Hablaban de las navidades, la carretera nacional, el cambio climático y la tormenta prevista que ya acumulaba la nieve en la calle.

–Tiempo extremo –dijo alguien.

–La tormenta de Año Nuevo de siempre –dijo otro–. Échale un vistazo al almanaque, llega una vez cada cinco años.

Ahogué un bostezo.

Dan Krane estaba solo junto a la ventana. Nunca había visto al cortés y controlado periodista en esa actitud. No hablaba con nadie, se limitaba a observarnos con una extraña locura en la mirada mientras se echaba al coleto un vaso de alcohol amarillento detrás de otro.

No quería, pero me acerqué a él.

–¿Cómo te va? –pregunté.

Me miró como si le sorprendiera que alguien le dirigiera la palabra.

–Buenas noches, Opgard. ¿Has oído hablar del dragón de Komodo?

—¿Te refieres a esos lagartos gigantes?

—Exacto. Solo vive en un par de minúsculas islas asiáticas, una de ellas es Komodo. Del tamaño del municipio de Os, ¿vale? En realidad, el lagarto no es tan grande, al menos no tanto como la gente cree. Pesa más o menos lo mismo que un hombre adulto. Se mueve despacio, tú y yo podríamos alejarnos corriendo de él. Por eso tiene que recurrir a las emboscadas, sí, emboscadas rastreras. Pero no te mata al momento, no, qué va. Se limita a morderte. Donde sea, puede que solo sea un inocente mordisco en la pantorrilla. Tú consigues escapar y crees que te has salvado, ¿cierto? Pero la verdad es que te ha inyectado veneno. Es un veneno débil, de efecto lento. Para explicarte por qué es débil, solo te diré que a los animales venenosos les cuesta mucho producir el veneno. Cuanto más intenso es el veneno, más energía les quita. El veneno del dragón de Komodo inhibe la coagulación de la sangre. De repente has desarrollado hemofilia, esa herida de la pantorrilla no quiere cicatrizar y tampoco las hemorragias internas consecuencia del mordisco. Así que, huyas a donde huyas en esa pequeña isla asiática, la larga lengua olfateadora del dragón de Komodo capta el rastro de la sangre, te sigue con su andar lento y oscilante. Los días pasan, tú estás cada vez más débil, pronto no podrás correr más deprisa que él, y consigue morderte una vez más. Y otra. Todo tú sangras y sangras, la sangre no quiere parar, te vacías decilitro a decilitro. No puedes librarte, porque estás atrapado en esa pequeña isla y tu olor está por todas partes.

—¿Cómo acaba esa historia? —pregunté.

Dan Krane se quedó callado y me miró fijamente; parecía ofendido. Supongo que interpretó mi pregunta como un deseo de que cortara el rollo.

—Los animales venenosos que viven en lugares pequeños de los que la presa no puede escapar por razones prácticas o de otro tipo —siguió— no necesitan producir un costoso veneno de efecto inmediato. Pueden dedicarse a esa jodida tortura lenta. Es la evolución llevada a la práctica. ¿Qué opinas tú, Opgard?

Opgard no tenía gran cosa que añadir. Entendí que se refería a algún humano venenoso, pero ¿hablaba del matón? ¿Willumsen? ¿O se refería a otro?

—Por lo que dice el parte meteorológico, parece que el viento va a amainar durante la noche —comenté.

Krane hizo un gesto de exasperación, se giró y miró por la ventana.

Cuando nos sentamos a la mesa la conversación se centró en el hotel. Ocho de los doce que estaban sentados alrededor de la mesa estaban involucrados en el proyecto.

—Espero que el edificio esté bien anclado —dijo Simon echando un vistazo por las grandes ventanas panorámicas que crujían bajo el azote del viento.

—Lo está —afirmó alguien con seguridad—. Mi cabaña saldría volando antes que ese hotel, y mi cabaña lleva en pie cincuenta años.

No pude seguir resistiéndome y miré el reloj.

La tradición era que todo el pueblo, grandes y pequeños, se reuniera en la plaza poco antes de medianoche. No había discursos, ni cuentas atrás u otras formalidades, solo una excusa para que la gente se juntara, esperara los fuegos artificiales y luego, durante más o menos media hora de caos carnavalesco y descontrol social, con la excusa del abrazo generalizado a medianoche, acercaran su cuerpo y su mejilla a las personas que durante las restantes nueve mil horas del año estaban fuera de su alcance. Incluso la fiesta de Willumsen se interrumpía para mezclarse con el vulgo.

Alguien comentó que corrían buenos tiempos en el pueblo.

—Es mérito de Carl Opgard —terció Dan Krane. La gente estaba acostumbrada a que se expresara con una voz serena, ligeramente nasa; ahora sonaba dura, enfadada—. O la culpa, todo dependerá.

—¿Dependerá? —preguntó alguien.

—Sí, ese discurso mesiánico sobre el capitalismo que dio en Årtun ha hecho que todo el mundo baile alrededor del becerro de oro. Por cierto que ese debería ser el nombre del hotel. Spa el Becerro de Oro. Claro que… —La mirada furiosa de Krane recorrió la mesa—. Os Spa es, por lo demás, un nombre bastante acertado. *Ospa* es el término polaco para designar la viruela, es decir, una enfermedad que se llevó por delante a pueblos enteros no hace tanto, a finales del siglo XIX.

Oí que Grete se reía. Puede que las palabras de Krane fueran como las que pronunciaba normalmente, agudas, divertidas, pero las había dicho con una frialdad y una agresividad que provocaron un silencio alrededor de la mesa.

Supongo que Stanley percibió el mal ambiente y levantó su copa sonriendo.

—Divertido, Dan, pero exageras, ¿no?

—¿Exagero? —Dan Krane rio con frialdad y fijó la vista en la pared, por encima de nuestras cabezas—. Este montaje, que todo el mundo pueda invertir sin tener dinero, es una copia exacta del crac de octubre de 1929. Los inversores arruinados que saltaban por las ventanas de sus rascacielos en Wall Street solo fueron la punta del iceberg. La verdadera tragedia nacional la sufrieron los ciudadanos corrientes, los millones de pequeños inversores que se habían fiado del don de lenguas de los gestores de Bolsa sobre subidas eternas y que habían financiado su compra de acciones hipotecando todo lo que tenían y más.

—Vale —dijo Stanley—. Pero mira alrededor, reina el optimismo. No veo indicios de peligro, por decirlo así.

—Es que esa es la naturaleza misma del crac —dijo Krane, que cada vez hablaba más alto—. Uno no ve nada hasta que de pronto lo ve todo. El *Titanic*, que no podía hundirse, había naufragado diecisiete años antes del crac, pero la gente no aprendió la lección. Tan tarde como en septiembre de 1929 la Bolsa estaba en su punto más álgido. Creemos que la mayoría tiene razón, el mercado acierta. Cuando todo el mundo quiere comprar, comprar, por supuesto que nadie quiere avisar de que viene el lobo. Somos animales gregarios que nos imaginamos que estamos más seguros en el rebaño, en el banco de peces...

—Y así es —dije en voz baja. Pero el silencio que siguió fue tan repentino que, a pesar de que no había levantado la vista del plato, supe que todos me estaban mirando—. Por eso los peces forman bancadas y las ovejas rebaños —dije—. Por eso fundamos sociedades anónimas y consorcios. Porque, de hecho, es más seguro actuar en manada. No es cien por cien seguro, en cualquier momento puede llegar una ballena y tragarse el banco de peces entero, pero es más seguro. Ahí es donde la evolución nos prueba y desaprueba.

Me metí el tenedor con salmón marinado en la boca y mastiqué mientras notaba las miradas fijas en mí como si de pronto hubiera hablado un sordomudo.

—¡Brindemos por eso! —gritó Stanley y, cuando por fin alcé los ojos, vi que todos tenían sus copas levantadas hacia mí. Intenté sonreír, levanté la mía, a pesar de que estaba vacía. Completamente vacía.

Tras el postre sirvieron vino de oporto, yo me senté en el sofá, junto al cuadro de Harland Miller.

Alguien se acomodó a mi lado. Era Grete. Había metido una pajita en la copa de oporto.

—*Death* —dijo—, *what's in it for me?*

—¿Estás leyendo o me lo preguntas?

—Las dos cosas —dijo Grete mirando alrededor. Los demás estaban entretenidos en otras conversaciones—. No deberías haber dicho que no.

—¿A qué? —pregunté sabiendo a qué se refería, pero esperando que, si se percataba de que fingía no darme cuenta, podría conseguir que dejara el tema.

—Tuve que hacerlo sola —dijo.

La miré incrédulo.

—¿Quieres decir que has…?

Ella asintió muy seria.

—¿Te has chivado de lo de Carl y Mari? —acabé.

—He informado.

—¡Estás mintiendo! —se me escapó, y miré alrededor para asegurarme de que nadie más se había dado cuenta de mi exabrupto.

—¿Ah, sí? —Grete me dirigió una sonrisa sardónica—. ¿Por qué crees que Dan Krane está aquí y Mari no? O, mejor dicho, ¿por qué crees que no han ido a casa de Willumsen, como suelen hacer todos los años? ¿No han encontrado canguro? Sí, supongo que eso es lo que quieren que la gente crea. Cuando se lo conté a Dan me dio las gracias y me pidió que no se lo dijera a nadie más. Esa fue su primera reacción. ¿Entiendes? Hacia fuera fingen que no pasa nada, las apariencias lo son todo para ellos, ¿no? Pero hacia dentro la guerra es total, puedes creerme.

Mi corazón latía con fuerza y noté que empezaba a sudar debajo de la estrecha camisa.

—¿Y a Shannon? ¿Te has chivado a ella también?

—Eso no es chivarse, Roy, es una información que creo que cualquiera tiene derecho a conocer si su pareja es infiel. Se lo conté en una cena en casa de Rita Willumsen. Ella también me lo agradeció. ¿Te das cuenta?

—¿Cuándo fue eso?

—¿Cuándo? Veamos. Habíamos dejado los baños de hielo, así que debió de ser hacia la primavera.

Mi cerebro trabajaba a tope. Esa primavera. Shannon se había marchado a Toronto a principios de verano, estuvo mucho tiempo fuera. Volvió. Se puso en contacto conmigo. Joder. Vaya mierda. Estaba tan enfadado que me temblaba la mano con la que sujetaba la copa. Tenía ganas de vaciar el oporto en la jodida permanente de Grete, y ver si hacía las veces de alcohol de quemar cuando estampara su cabeza contra la bandeja de velas que teníamos delante. Apreté los dientes.

—Supongo que habrá sido una decepción ver que Carl y Shannon siguen juntos.

Grete se encogió de hombros.

—Es evidente que son infelices, eso siempre es un consuelo.

—Si son desgraciados, ¿por qué siguen juntos? Si ni siquiera tienen hijos.

—Ah, sí —dijo Grete—. El hotel es su criatura. Va a ser su obra maestra y para conseguirlo Shannon depende de él. Para conseguir algo que amas dependes de alguien al que odias. ¿Te suena de algo?

Grete me miró mientras sorbía oporto. Las mejillas hundidas, los labios con forma de beso alrededor de la pajita. Me levanté, incapaz de seguir allí sentado, salí al recibidor y me puse el chaquetón.

—¿Te vas? —Era Stanley.

—Voy yendo a la plaza —dije—. Necesito tomar el aire.

—Falta una hora para la medianoche.

—Iré pensando, caminando despacio —dije—. Nos vemos allí.

Fui cabizbajo por el borde de la carretera. El viento me atravesaba, se lo llevaba todo. Las nubes del cielo. La esperanza del corazón. La niebla que envolvía todo lo ocurrido. Shannon se había enterado de la infidelidad de Carl. Se había puesto en contacto conmigo antes de ir a Notodden para vengarse. Justo lo que Mari había querido. Por supuesto. Repetición de la jugada. Había vuelto sobre mis huellas de nuevo, era el mismo círculo infernal. Era imposible romperlo. ¿Para qué esforzarse? ¿Por qué no sentarme y dejarme llevar por un sueño helado?

Un coche pasó a mi lado. Era el Audi 1 rojo nuevo que había estado aparcado delante de la casa de Stanley. Eso quería decir que quien fuera conducía con alcohol en la sangre, yo no había visto allí a nadie que no bebiera el mejunje amarillento. Vi las luces de freno cuando se desvió antes de llegar a la plaza, camino de Nergard.

La gente había empezado a reunirse en la plaza, sobre todo jóvenes en grupos de cuatro o cinco que iban de aquí para allí. Pero todo, hasta el más mínimo gesto o acción, tenía una finalidad, respondía a un plan, era parte de la cacería. La gente llegaba de todas partes. Y pese a que el viento azotaba la plaza abierta, se percibía el olor de la adrenalina, como antes de un partido de fútbol. O un combate de boxeo. O una corrida de toros. Sí, eso era. Algo iba a morir. Me había situado en el callejón, entre la tienda de deportes y la de ropa infantil Dal, desde donde tenía una visión de conjunto sin ser visto. O al menos eso creía yo.

Una chica se separó de su pandilla, parecía la división de una célula, caminaba insegura, pero en línea más o menos recta hacia mí.

—¡Hola, Roy! —Era Julie. Tenía la voz ronca y alcoholizada. Me plantó las manos en el pecho y me empujó hacia el fondo del callejón, y una vez allí me abrazó—. Feliz Año Nuevo —susurró, y antes de que tuviera tiempo de reaccionar había presionado sus labios contra los míos. Sentí su lengua sobre mis dientes.

—Julie —gemí apretando la mandíbula.

—Roy —gimió ella a su vez malinterpretándome.

—No podemos.

457

—Es un beso de Año Nuevo —dijo—. Todo el mundo…

—¿Qué está pasando aquí?

La voz llegaba de detrás de Julie. Se dio la vuelta y ahí estaba Alex. El novio de Julie era el heredero de la granja de Ribu, y los mayorazgos suelen ser, con alguna excepción como yo mismo, hombres grandes. Tenía el pelo tupido con raya al medio y tan pegado a la cabeza que parecía que se lo hubieran pintado, y llevaba gomina y mechas como un futbolista italiano. Valoré la situación. Alex también parecía inestable y todavía tenía las manos en los bolsillos del abrigo. Querría hablar antes de golpear, hacer una declaración de principios. Aparté a Julie, que se dio la vuelta y comprendió claramente lo que se avecinaba.

—¡No! —gritó—. ¡No, Alex!

—No, ¿qué? —preguntó Alex como si estuviera sorprendido—. Solo quería agradecerle a Opgard lo que él y su hermano han hecho por el pueblo. —Alargó la mano derecha.

Vale, no había declaración de principios, pero su postura, con un pie delante del otro, mostraba claramente lo que tenía planeado. El viejo truco de la mano en el cogote. Supongo que era demasiado joven para saber a cuántos como él les había dado una paliza. O tal vez lo supiera, pero pensara que no le quedaba opción, que era un hombre y tenía que defender su territorio. Yo solo tenía que ponerme a un lado, darle la mano y hacer que perdiera el equilibrio en el momento en que cambiara de postura. Le cogí la mano. En ese mismo instante vi el miedo en su mirada. ¿Me tenía miedo a pesar de todo? ¿O a lo mejor solo estaba asustado porque creía estar perdiendo a su amada, la que hasta ahora había esperado que fuera suya? Bueno, pronto estaría en el suelo y sentiría el dolor de una derrota más, otra humillación, otro recordatorio de que no valía mucho, y el consuelo de Julie sería como sal en la herida. Es decir, una repetición de la noche de Lund en Kristiansand. Una repetición de la mañana en la cocina del hojalatero. Una repetición de cada jodido sábado por la noche en Årtun desde que cumplí dieciocho años. Me iría de ahí con otra cabellera más colgada del cinturón y seguiría siendo el perdedor. No quería eso, tenía que marcharme, desaparecer. Así que dejé que ocurriera.

Tiró de mí y me golpeó con la cabeza. Oí un crujido cuando mi nariz impactó en su frente. Di un paso atrás y vi que había echado el hombro derecho atrás para golpearme. Podría haber escapado con facilidad, pero en cambio di un paso adelante. Gritó cuando su mano me dio debajo del ojo. Me coloqué para recibir el golpe siguiente. El chico tendría la muñeca derecha fuera de juego, pero tenía dos manos. Sin embargo, optó por patearme. Buena elección. Me dio en el estómago, me encogí. Entonces usó el codo. Me dio en la sien.

—¡Alex, para!

Pero Alex no paró, sentí la conmoción cerebral y el dolor abrirse paso en la oscuridad como un rayo de luz antes de apagarme del todo.

¿Hubo un momento en el que habría dado la bienvenida al fin? El entramado, la red que me arrastraba bajo el agua, la certeza de que de una vez por todas iba a recibir mi castigo, por lo que había hecho y por lo que había dejado de hacer. Pecar por omisión, como dicen. Mi padre estaría ardiendo en el infierno por no haber parado de hacer lo que le estaba haciendo a Carl. Porque podría haberlo hecho. Y yo también. Así que yo también ardería. Caía hacia el fondo, donde ellos me estaban esperando.

—¿Roy?

En realidad, la vida es un mecanismo simple, y tiene como único fin sacar el máximo partido al placer. Incluso nuestra alabada curiosidad, nuestra tendencia a explorar el universo y la naturaleza humana parten de un deseo de profundizar y prolongar el placer. Así que, cuando la cuenta nos sale negativa, cuando la vida nos produce más dolor que satisfacción y ya no tenemos esperanza de que eso cambie, ponemos fin a nuestra existencia. Bebemos o comemos hasta morir, nadamos hasta donde la corriente es intensa, fumamos en la cama, conducimos borrachos, posponemos la visita al médico aunque el bulto que tenemos en el cuello siga creciendo. O nos colgamos en el granero, sin más. Es banal una vez que te das cuenta de que es una alternativa perfectamente viable, sí, ni siquiera sientes que sea la decisión más importante de tu vida. Construir esa casa o estudiar esa carrera fueron decisiones de más calado que elegir acabar con tu vida antes de tiempo.

Decidí que esta vez no iba a resistirme. Iba a morir de frío.

–Roy.

Morir de frío he dicho.

–Roy.

La voz que me llamaba era profunda como la de un hombre, pero suave como la de una mujer, sin rastro de acento, adoraba oír cómo pronunciaba mi nombre, cómo acariciaba y hacía rodar la *r*.

–Roy.

El único problema, claro, era que el tal Alex se arriesgaba a una condena que no estaría en proporción al delito. Sí, ni siquiera era un delito, sino un acto razonable, teniendo en cuenta cómo había malinterpretado la situación.

–No puedes quedarte aquí tirado, Roy.

Una mano me sacudió. Una mano pequeña. Abrí los ojos. Miré al fondo de los ojos castaños y preocupados de Shannon. No estaba seguro de si era real o lo estaba soñando, pero no tenía importancia.

–No puedes quedarte aquí tirado –repitió.

–¿Eh? –dije levantando un poco la cabeza. Estábamos solos en el callejón, pero desde la plaza oí que gritaban al unísono– ¿He ocupado el sitio de alguien?

Shannon me miró largo rato.

—Sí. Parece que sí.

—Shannon —dije con la voz espesa—. Yo te…

El resto se ahogó en el estruendo de una explosión en el cielo encima de su cabeza, con luces chispeantes y colores.

Me agarró por las solapas y me ayudó a levantarme. Mientras Shannon me ayudaba a salir del callejón por detrás de la tienda de deportes, todo me daba vueltas y las náuseas se agolpaban en mi garganta. Me llevó por la carretera, supongo que sin que nadie nos viera puesto que todos se habían reunido en la plaza y contemplaban los fuegos artificiales que el viento arrastraba de un lado a otro. Un cohete pasó siseando a escasa altura sobre los tejados, mientras que otro, seguramente una bengala de emergencia de Willumsen, subió al cielo, dibujó una parábola blanca y se dirigió a las montañas a doscientos kilómetros por hora.

—¿Qué haces aquí? —me preguntó mientras nos concentrábamos en poner un pie delante del otro.

—Julie me besó y…

—Sí, me lo dijo antes de que su novio se la llevara. Quiero decir, ¿qué haces aquí, en Os?

—Estaba celebrando la Nochevieja. En casa de Stanley.

—Me lo dijo Carl. Pero no respondes a mi pregunta.

—¿Me estás preguntando si he venido por ti?

No respondió, así que contesté yo:

—Sí. He venido para pedirte que te vengas conmigo.

—Estás loco.

—Sí —dije—. Estoy loco por haber creído que me querías. Tendría que haberlo comprendido. Has estado conmigo para vengarte de Carl.

Sentí un tirón en el brazo y comprendí que ella se había resbalado y perdido el equilibrio un instante.

—¿Cómo lo sabes? —preguntó.

—Grete. Me ha dicho que te contó que Carl y Mari tuvieron un lío esta primavera.

Shannon asintió despacio.

—¿Así que es cierto? —dije—. Lo tuyo y lo mío, ¿para ti fue solo una venganza?

—Eso es verdad a medias.

—¿A medias?

—Mari no es la primera mujer con la que Carl me engaña. Pero es la primera por la que sé que siente algo. Por eso tenías que ser tú, Roy.

—¿Por qué?

—Para que la venganza fuera equivalente, tenía que ser infiel con alguien que me importara.

No pude evitar reírme. Me salió una carcajada breve y dura.

—Chorradas.

Ella suspiró.

—Sí, es una chorrada.

—Ya ves.

De repente Shannon me soltó el brazo y se puso delante de mí. Detrás de su figura menuda la carretera nacional se extendía como un cordón umbilical blanco en la noche.

—Es una chorrada —dijo—. Una chorrada que te enamores del hermano de tu marido por cómo acaricia el pecho de un pájaro que tú sostienes mientras te habla de él. Una chorrada que te enamores de él por las historias que te ha contado su hermano.

—Shannon, no…

—¡Es una chorrada! —gritó—. Una chorrada que te enamores de un corazón que comprendes que no conoce el significado de la palabra «traición». —Me puso las manos en el pecho cuando quise situarme a su lado—. Y es una chorrada —dijo en voz baja— que no seas capaz de pensar en nada más que ese hombre por haber pasado unas pocas horas en una habitación de un hotel de Notodden.

Me tambaleé.

—¿Nos vamos? —susurré.

En cuanto cruzamos la puerta del taller me atrajo hacia ella. Aspiré su olor. Ebrio y mareado besé sus deliciosos labios, sentí que mordía los míos hasta hacerme sangre y volvimos a saborear mi sangre dulce, metálica, mientras ella me desabrochaba los pantalones y susurraba unas palabras iracundas que creí reconocer. Me sujetaba a la vez que daba patadas y mis pies desaparecieron hasta que caí sobre el suelo de cemento. Me quedé tumbado mirándola mientras saltaba sobre un pie y se quitaba el zapato y la media de una pierna. Luego se levantó el vestido y se sentó encima de mí. No estaba húmeda, pero agarró mi polla dura y se la metió a la fuerza y sentí que iba a desgarrarme la piel del prepucio. Pero afortunadamente no se movió, se limitó a quedarse sentada mirándome como una reina.

—¿Te gusta? —preguntó.

—No —dije.

Nos echamos a reír a la vez.

Su risa hizo que su sexo se contrajera alrededor del mío y supongo que ella también lo notó porque se rio aún más.

—Ahí en la estantería hay aceite para el motor —señalé.

Ladeó la cabeza, me dirigió una mirada cariñosa, como un niño que va a dormir. Luego cerró los ojos, siguió sin moverse, pero sentí que su sexo se calentaba y se humedecía.

—Espera —susurró—. Espera.

Pensé en la cuenta atrás hasta la medianoche en la plaza. Que el círculo por fin se había roto, que habíamos emergido al otro lado y yo, por fin, era libre.

Empezó a moverse.

Cuando se corrió, fue con un grito iracundo, triunfal, como si ella también acabara de lograr derribar de una patada la puerta que la mantenía encerrada.

Nos quedamos abrazados en la cama, escuchando. El viento había amainado, de vez en cuando oíamos el silbido de un cohete retrasado. Entonces formulé la pregunta que me había estado haciendo desde el día en que Carl y Shannon aparecieron en el patio de Opgard:

—¿Por qué vinisteis a Os?

—¿Carl no te lo ha dicho?

—Solo me habló de su idea de poner el pueblo en el mapa. ¿Huía de algo?

—¿No te lo ha contado?

—Mencionó algo de un conflicto judicial en relación con un proyecto inmobiliario en Canadá.

Shannon suspiró.

—Era un proyecto en Canmore que hubo que cancelar por exceder los costes presupuestados y por falta de financiación. Ya no está en los tribunales. Ya no.

—¿Qué quieres decir?

—El caso está cerrado. Condenaron a Carl a pagar una indemnización a sus socios.

—¿Y?

—No podía. Así que huyó. Y vino aquí.

Me incorporé apoyándome en los codos.

—¿Quieres decir que Carl está... huyendo de la justicia?

—En principio, sí.

—¿Y qué pretende con el Spa Hotel, pagar su deuda en Toronto?

Ella sonrió distraída.

—No tiene intención de volver a Canadá.

Intenté asimilarlo. ¿La vuelta a casa de Carl no era más que la huida de un simple estafador?

—¿Y tú? ¿Por qué viniste con él?

—Porque los planos del proyecto de Canmore eran míos.

—¿Y?

—Era una gran obra. Mi edificio de la IBM. No pude materializarla en Canmore, pero Carl me prometió una nueva oportunidad.

Ahora lo entendía.

—O sea, que ya habías proyectado antes el Spa Hotel.

—Sí, con algunas modificaciones. El paisaje de aquí y el que rodea a Canmore en las Montañas Rocosas no es tan diferente. No nos quedaba nada de dinero ni nadie que quisiera apostar por nuestro proyecto. Así que Carl sugirió Os. Dijo que era un lugar en el que la gente todavía confiaba en él, que lo consideraban una especie de *wonderboy* local.

—Y vinisteis aquí. Sin una corona en el bolsillo pero a bordo de un Cadillac.

—Carl dijo que la *appearance* lo es todo si quieres vender un proyecto así.

Recordé a Armand, el predicador ambulante. Cuando se supo que se enriquecía a costa de gente crédula a la que esperaba sanar, y a la vez impedía que recibieran la ayuda médica necesaria, tuvo que irse al norte. Pero cuando dieron con él allí, resultó que había fundado una secta, había construido un templo de la sanación y tenía tres «esposas». Lo detuvieron por evasión de impuestos y estafa, y en el juicio, cuando le preguntaron por qué había seguido estafando después de haber escapado, respondió: «Porque es lo que sé hacer».

—¿Por qué no me lo contasteis? —pregunté.

Shannon sonrió para sí.

—¿Qué? —dije.

—Dijo que no te convenía saberlo. Espera, estoy intentado recordar cómo lo dijo exactamente. Sí... dijo que, aunque no tienes sensibilidad ni mucha empatía, eres un moralista. Lo contrario de él, que es un cínico sensible y empático.

Tuve ganas de maldecir, pero en lugar de eso me eché a reír. Era un cabrón, pero sabía expresarse. No solo corregía la ortografía de mis redacciones, a veces añadía un par de frases, las elevaba un poco, digamos, le daba alas a aquella mierda. Alas a la mierda. Sí, ese era su don.

—Te equivocas si crees que Carl no tiene buenas intenciones —dijo Shannon—. De verdad que quiere que a todo el mundo le vaya bien. Pero, claro, que a él le vaya aún mejor que al resto. Y mira, lo consigue.

—Supongo que sigue habiendo algunos obstáculos, como que Dan Krane esté preparando un artículo.

Shannon negó con la cabeza.

—Carl dice que ese problema se ha solucionado. Que ya va todo mejor. El proyecto vuelve a cumplir con los plazos previstos. Dentro de dos semanas firmará un contrato con una cadena de hoteles sueca que se hará cargo de la gestión del hotel.

—Así que Carl Opgard salva el pueblo. Construye un monumento duradero en su honor. Y se hace rico. ¿Cuál de esas cosas crees que le importa más?

—Creo que nuestras motivaciones son tan complejas que ni nosotros mismos las comprendemos en todo su alcance.

Acaricié un moratón que ella tenía bajo la clavícula.

—Y sus motivos para pegarte, ¿también son complejos?

Se encogió de hombros.

—Antes de que lo dejara y me marchara a Toronto esta primavera, nunca me había puesto la mano encima. Pero, cuando volví, algo había cambiado. Él había cambiado. Bebía todo el tiempo. Y empezó a pegarme. La primera vez estaba destrozado por lo que había hecho y yo convencida de que no se repetiría. Pero después se convirtió en algo recurrente, como si fuera una obsesión, algo que tenía que hacer. A veces lloraba antes de empezar.

Recordé el llanto de la litera de abajo, aquella vez que comprendí que no era Carl, sino papá, quien lloraba.

—¿Por qué no te marchaste otra vez? ¿Y por qué regresaste de Toronto? ¿Tanto lo amabas?

Negó con la cabeza.

—Había dejado de amarlo.

—¿Viniste por mí?

—No —dijo, y me acarició la mejilla.

—Viniste por el hotel.

Ella asintió.

—Amas ese hotel.

—No —dijo—. Lo odio, pero es mi cárcel, y no me deja salir.

—Y a pesar de eso lo amas.

—Como una madre ama al niño que la tiene secuestrada —dijo, y pensé en lo que había dicho Grete. Shannon se giró—. Cuando dedicas tanto tiempo, dolor y amor a algo como yo con este proyecto, se convierte en parte de ti. No, en realidad no es una parte, pues es más grande que tú, más importante. El niño, la construcción, la obra de arte, es tu única posibilidad de vivir para siempre, ¿sabes? Más importante que cualquier otra cosa que puedas amar. ¿Lo entiendes?

—¿Así que también es un monumento dedicado a ti?

—¡No! —exclamó—. Yo no diseño monumentos. He dibujado un edificio sencillo, funcional y bello. Porque nosotros, la gente, necesitamos belleza. Y la belleza de mis planos está en su sencillez, la lógica evidente, no hay nada monumental en mis dibujos.

—¿Por qué hablas de los dibujos y no del hotel? Pronto estará acabado.

—Porque lo están destrozando. Se han hecho demasiadas concesiones al ayuntamiento en relación con la fachada; Carl ha aceptado materiales más baratos para no sobrepasar el presupuesto, y cambiaron la recepción y el restaurante mientras yo estaba en Toronto.

—Así que volviste para salvar a tu criatura.

—Pero llegué tarde —dijo—. Y un hombre al que creía conocer intentó someterme a golpes.

—Si ya has perdido esa batalla, ¿por qué sigues aquí?

Sonrió con amargura.

—Buena pregunta. Supongo que como una madre que se siente obligada a asistir al entierro de su propio hijo.

Tragué saliva.

—¿No hay nada más que te retenga aquí?

Me observó largo rato. Luego cerró los ojos y asintió con la cabeza despacio.

Respiré hondo y dije:

—Tengo que oírte decirlo, Shannon.

—Por favor, no me pidas eso.

—¿Por qué no?

Vi que sus ojos se llenaban de lágrimas.

—Porque es como un «¡Ábrete, sésamo!», Roy, y por eso me lo preguntas.

—¿Qué quieres decir?

—Si me oigo pronunciar esas palabras mi corazón se abrirá y me debilitaré. Y hasta que no se termine todo, tengo que ser fuerte.

—Yo también debo ser fuerte Necesito oírte decirlo para ser fuerte. Dilo bajito para que solo lo oiga yo —dije, y le cubrí las pequeñas orejas con mis manos, como si fueran dos conchas blancas.

Me miró, respiró profundamente e hizo una pausa. Respiró de nuevo y luego susurró las palabras mágicas, más poderosas que ninguna contraseña, confesión o conjuro:

—Te quiero.

—Yo también te quiero —susurré.

La besé.

Ella me besó.

—Maldito seas —dijo.

—Cuando esto termine. Cuando esté construido el hotel, ¿serás libre?

Ella asintió.

—Puedo esperar —dije—. Pero entonces recogeremos nuestras cosas y nos iremos.

—¿Adónde?

—A Barcelona. O Ciudad del Cabo. O Sídney.

—Barcelona —dijo—. Gaudí.

—Trato hecho.

Nos miramos a los ojos como si quisiéramos sellar ese pacto.

Se oyó una nota en la oscuridad exterior. ¿Un chorlito dorado? ¿Por qué habría bajado de las montañas? ¿Por los fuegos artificiales?

Shannon torció el gesto. ¿Sería angustia?

—¿Qué tienes? —pregunté.

—Escucha —susurró ella—. No es un buen sonido.

Escuché. No era un chorlito dorado, este tono subía y bajaba.

—Joder, es un camión de bomberos —dije.

Como si obedeciéramos a una seña, los dos nos levantamos de un salto de la cama y salimos corriendo al taller. Abrí la puerta y vi el viejo camión de bomberos alejándose camino del pueblo. Era un GMC y yo lo había reparado en varias ocasiones. El ayuntamiento se lo había comprado al ejército, que lo había utilizado en un aeropuerto, argumentando que no era caro y que tenía un tanque con capacidad para mil quinientos litros de agua. Un año después lo habían puesto a la venta, argumentando que era demasiado pesado y lento para las cuestas, y que si se incendiaba una casa en la montaña los mil quinientos litros no encontrarían nada que apagar cuando el camión por fin llegara a su destino. Pero nadie había querido quedarse con el trasto y allí seguía.

—Deberían haber prohibido los fuegos artificiales en el centro con este tiempo —dije.

—El fuego no está en el centro —repuso Shannon.

Seguí su mirada. Hacia la montaña, hacia Opgard. El cielo tenía un tono amarillo sucio.

—Joder —susurré.

Entré en el patio con el Volvo. Shannon me seguía en el Subaru.

La casa estaba intacta, un poco inclinada, iluminada por la luna. Nos bajamos del coche. Me dirigí hacia el granero y Shannon fue hacia la entrada principal.

Carl ya había estado allí y se había llevado sus esquíes. Agarré los míos y los bastones y corrí hacia la casa, donde Shannon estaba en la puerta tendiéndome las botas. Me enganché los esquíes y fui hacia el bosquecillo bajo el cielo amarillento. El viento había amainado, por lo que las marcas de Carl no se habían borrado y las utilicé para abrirme paso. Me pareció que aún soplaba con menos fuerza, por lo que pude oír los gritos y el chisporroteo de las llamas antes de llegar a la cima. Por eso me sorprendí y sentí alivio cuando al fin vi abajo el hotel, los cimientos y los módulos. Había humo, pero no llamas, por lo que pensé que habrían llegado a tiempo de apagarlas. Entonces descubrí un resplandor en la nieve al otro lado del edificio, sobre la carrocería roja del camión de bomberos y los rostros inexpresivos de los que miraban en mi dirección. Cuando el viento amainó un instante y vi las lenguas amarillas y voraces por todas partes, comprendí que el viento había empujado temporalmente las llamas hacia el otro lado. También vi el problema que tenían los que intentaban apagarlo. El camino solo llegaba a la fachada del hotel y el camión se había quedado a cierta distancia porque no habían quitado la nieve del acceso. Aunque tenían la manguera completamente desenrollada, no era lo bastante larga para dar la vuelta al hotel y apuntar con el viento a favor. Seguramente tenían la presión del agua a tope, pero el chorro se deshacía contra el viento y volvía hacia ellos como una lluvia fina.

Estaba a menos de cien metros, pero no sentía el calor del fuego. Pero cuando localicé el rostro de Carl entre los demás, él también mojado por el sudor o el agua de la manguera, vi que no había esperanza. Que todo se había perdido.

51

El primer día del año amaneció con una luz grisácea.

Una luz que aplanaba el paisaje, borraba sus contornos, y mientras iba en coche desde el taller hacia el hotel en construcción, el hotel incendiado, por un instante tuve la sensación de haberme equivocado de camino; aquel no era un terreno que yo conociera como la palma de mi mano, sino un lugar extraño, sí, un planeta desconocido.

Al llegar me encontré con Carl y tres hombres ante las ruinas negras y humeantes del que iba a ser el orgullo del pueblo. Quizá todavía podría serlo, claro, pero en ningún caso ese año. Restos carbonizados de madera apuntaban al cielo como índices acusadores que quisieran decirnos a nosotros, a ellos, a cualquiera, que no se construye un Spa Hotel en la montaña pelada, joder, que va en contra del orden natural, que despierta los malos espíritus.

Cuando me bajé del coche y fui hacia ellos, vi que los otros tres eran el policía Kurt Olsen, el alcalde Voss Gilbert y el jefe de bomberos, un tal Adler que trabajaba de ingeniero en el ayuntamiento cuando no estaba de guardia en el parque de bomberos. No sé si cerraron la boca porque llegaba yo, o si habían terminado su intercambio de opiniones.

—Bueno —dije—. ¿Alguna teoría?

—Han encontrado restos de un cohete de Año Nuevo —dijo Carl con una voz tan baja que apenas pude oírle. Tenía la mirada fija en algo muy muy lejano.

—Así es —dijo Kurt Olsen. Sujetaba el cigarrillo entre el índice y el pulgar, protegiéndolo con la palma, como un centinela nocturno—. Puede haberlo arrastrado el viento desde el pueblo, claro, y al caer en la estructura de madera, la incendió.

No tan claro. Por el modo en que enfatizó la palabra «puede», se notaba que no se creía demasiado su propia teoría.

—¿Pero? —dije.

Kurt Olsen se encogió de hombros.

—Pero el jefe de bomberos dice que cuando llegaron vieron dos pares de huellas cubiertas de nieve que conducían al hotel. Con el viento que había los que las dejaron no pudieron llegar mucho antes que el camión de los bomberos.

—Fue imposible saber si las huellas eran de dos personas que fueron hacia allí o de una que fue y volvió —dijo el jefe de los bomberos—. Así que empezamos a trabajar a partir del *worst case scenario* y mandamos a agentes al interior para que comprobaran si había alguien en los módulos. Pero ya estaban en llamas, y hacía demasiado calor para entrar.

—No hay ningún cadáver —dijo Olsen—. Pero parece que durante la noche ha habido gente. Así que no podemos descartar que el fuego fuera intencionado.

—¿Intencionado? —casi grité.

Olsen quizá pensó que mi sorpresa era un tanto exagerada, pues me dirigió su mirada escrutadora de policía.

—¿Quién iba a ganar algo con eso? —pregunté.

—Sí, ¿quién podría ser, Roy? —dijo Kurt Olsen y, joder, no me gustó nada la manera en que pronunció mi nombre.

—Bueno, bueno —dijo el alcalde señalando con un movimiento de la cabeza el pueblo medio oculto por una capa de niebla que se había desplazado desde el lago helado de Budalsvannet—. Menuda resaca van a tener cuando despierten.

—Bueno —dije—. Cuando estás de mierda hasta el cuello, toca ponerse a reconstruir.

Los otros me miraron como si hubiera hablado en latín.

–Puede ser, pero este año será imposible edificar nada –dijo Gilbert–. Lo que significa que la gente no podrá sacar a la venta las parcelas para las cabañas hasta dentro de mucho.

–¿En serio?

Miré a Carl. No dijo nada, ni siquiera parecía que nos estuviera oyendo, solo miraba inexpresivo hacia el hotel quemado con una cara que me recordaba al cemento que acaba de secarse.

–Así fue el acuerdo que se tomó en el ayuntamiento. –Gilbert suspiró. Comprendí que estaba repitiendo algo que acababa de decir–. Primero el hotel, después las cabañas. Me temo que algunos han vendido la piel del oso un poco antes de tiempo y se han comprado un coche por encima de sus posibilidades.

–Menos mal que el hotel tiene un buen seguro contra incendios –dijo Kurt Olsen con la mirada fija en Carl.

Gilbert y el jefe de bomberos sonrieron como si quisieran decir que estaban de acuerdo pero que, ahora mismo, apenas era un consuelo.

–Bueno, bueno –dijo el alcalde y se metió las manos en los bolsillos del abrigo como señal de que iba a marcharse–. Feliz Año Nuevo.

Olsen y el jefe de bomberos se fueron tras él.

–¿Lo es? –pregunté en voz baja cuando no nos podían oír.

–¿Un feliz Año Nuevo? –preguntó Carl con voz de sonámbulo.

–Un buen seguro contra incendios –pregunté.

Carl se volvió con todo el cuerpo para mirarme, como si de veras estuviera esculpido en cemento.

–¿Por qué no iba a tener un buen seguro? –preguntó.

Hablaba muy despacio y en voz baja. Eso no era alcohol. ¿Habría tomado alguna clase de pastilla?

–Entonces ¿tiene un seguro bueno de verdad? –pregunté.

–¿Qué quieres decir?

Sentí que estaba a punto de estallar, pero sabía que no podía alzar la voz hasta que aquellos tres se hubieran metido en los coches.

—Quiero decir que Kurt Olsen ha insinuado que el fuego ha sido intencionado y que el hotel está asegurado por encima de su valor. Te está acusando de estafar a la compañía de seguro, ¿o no lo entiendes?

—¿Que yo provoqué el incendio?

—¿Lo has hecho, Carl?

—¿Por qué iba a hacerlo?

—El hotel se estaba yendo al infierno, se había sobrepasado el presupuesto, pero hasta ahora tú habías conseguido mantenerlo en secreto. Quizá un incendio fuera la única salida para evitar que tus vecinos del pueblo tuvieran que pagar la factura y para ahorrarte la vergüenza. Ahora puedes empezar de nuevo, de cero, construir el hotel como debería hacerse, con buenos materiales y el dinero fresco del seguro. Mira, todavía puedes levantar ese monumento en honor a Carl Opgard.

Carl me miraba fascinado, como si estuviera cambiando de forma delante de sus ojos.

—¿De verdad crees tú, mi propio hermano, que yo sería capaz de hacer algo así? —Ladeó la cabeza—. Sí, lo crees. Así que respóndeme tú: ¿por qué estoy aquí con ganas de hacerme el harakiri? ¿Por qué no estoy en casa descorchando el champán?

Lo miré y empecé a entenderlo. Carl podía mentir, pero no fingir tristeza de una manera que pudiera engañarme a mí. Ni hablar, joder.

—No —susurré—. Eso no, Carl.

—¿No qué?

—Sé que estabas desesperado y redujiste costes, pero eso no.

—¿Qué? —rugió de pronto furibundo.

—El seguro. ¿No dejarías de pagar el seguro del hotel?

Me miró. Su ira parecía haberse esfumado. Debían de ser pastillas.

—Sería una tontería —susurró—. Haber dejado de pagar el seguro justo antes de que se incendiara. Porque entonces… —Esbozó una media sonrisa, del tipo que imagino que te dedicaría desde el balcón un tipo bajo los efectos de un ácido antes de demostrarte que sabe volar—. Sí, porque, en ese caso, ¿qué pasaría, Roy?

52

En los paisajes montañosos como el nuestro la oscuridad no cae, sino que asciende. Se alza desde los valles, desde los bosques y lagos, y durante un rato podemos ver que en el pueblo y los campos es de noche, mientras que arriba en la montaña sigue siendo de día. Pero el primer día del año fue diferente. Puede que fuera por la gruesa capa de nubes que nos cubría y lo teñía todo de gris, tal vez por el negro solar incendiado que parecía absorber toda la luz de la ladera de la montaña, o quizá fuera la desesperación que cayó sobre Opgard o el frío del espacio. El caso es que la luz del día se apagó como si se hubieran fundido los plomos.

Carl, Shannon y yo cenamos en silencio mientras la temperatura descendía y las paredes crujían. Cuando acabé, me limpié los labios de bacalao y grasa y comenté:

—Dan Krane dice en la web del *Diario de Os* que el incendio solo supone un retraso.

—Sí —dijo Carl—. Llamó y le dije que empezaremos a construir de nuevo la semana que viene.

—¿No sabe que el edificio no estaba asegurado contra incendios?

Carl apoyó los antebrazos a los lados del plato.

—Eso solo lo sabemos los que estamos sentados a esta mesa, y así seguirá siendo.

—Me imaginaba que como periodista habría investigado si

el seguro estaba en orden. Al fin y al cabo se trata del destino del pueblo.

—No hace falta que te preocupes. Lo voy a solucionar, ¿me oyes?

—Te oigo.

Carl comió más bacalao. Me miró de reojo. Hizo una pausa y bebió agua.

—Si Dan sospechara que el hotel no estaba asegurado, no habría escrito que todo está bajo control, lo entiendes, ¿no?

—Si tú lo dices…

Carl dejó el tenedor.

—¿Qué intentas decir, Roy?

De pronto lo vi. En su imponente lenguaje corporal, en la voz baja pero a la vez autoritaria, en su mirada penetrante. Por un momento fue como si Carl se hubiera transformado en papá.

Me encogí de hombros.

—Lo que digo es que da la impresión de que alguien le ha dicho a Dan Krane que no escriba nada negativo sobre el hotel. Y que eso ocurrió mucho antes del incendio.

—¿Como quién?

—Un matón danés que ha estado en el pueblo. Alguien vio su Jaguar aparcado delante de las oficinas del *Diario de Os* poco antes de Navidad. Dicen que después Dan Krane estaba pálido y tenía aspecto de enfermo.

Carl sonrió

—¿El matón de Willumsen? ¿Ese del que hablábamos de niños?

—Entonces no creía en él, pero ahora sí.

—Vale, pero ¿por qué iba Willumsen a cerrarle la boca a Dan Krane?

—La boca no, solo la pluma. Anoche, en la fiesta de Stanley, cuando Dan Krane habló del proyecto del hotel no se deshizo en elogios, te lo aseguro. —Cuando dije esto, la mirada de Carl brilló de un modo que nunca le había visto. Era una mirada dura e incisiva, como el filo de un hacha–. Dan Krane no escribe lo que piensa –añadí–. Willumsen le censura. Así que te pregunto por qué.

Carl se limpió la boca con la servilleta.

–Bueno, supongo que Willumsen puede tener millones de buenas razones para contener a Dan.

–¿Está preocupado por el préstamo que te hizo?

–Puede ser. Pero ¿por qué me lo preguntas a mí?

–Porque en Nochebuena vi las marcas de unos neumáticos anchos, de verano, aquí fuera. –El rostro se le alargó, literalmente, como si viera su reflejo en un espejo deformante–. Antes de Navidad nevó dos días. Las marcas de los neumáticos tenían que ser de ese día o del día anterior.

No hizo falta que dijera nada más. Ningún vecino del pueblo lleva neumáticos de verano en diciembre. Carl miró como por casualidad a Shannon. Ella le sostuvo la mirada; también tenía una dureza en los ojos que no le conocía.

–¿Hemos acabado? –preguntó Shannon.

–Sí –dijo Carl–. Ya hemos dicho lo que había que decir de este tema.

–Me refería a la comida, ¿hemos acabado de comer?

–Sí –dijo Carl y yo asentí.

Se levantó, recogió los platos y los cubiertos, y se fue a la cocina. Oímos que abría el grifo del agua.

–No es lo que crees –dijo Carl.

–¿Qué creo?

–Crees que fui yo el que le echó ese matón a Dan Krane.

–Pero ¿no lo hiciste?

Carl negó con la cabeza.

–Como puedes imaginar, el préstamo de Willumsen es confidencial, está fuera de la contabilidad, donde parece que estamos tirando de un crédito de caja que no tenemos. Pero desde el punto de vista del flujo de caja, ese préstamo nos ha permitido acometer la fase final de la construcción, el tren ya ha vuelto a circular, hemos ajustado los costes de una forma radical y, pese a ello, casi hemos podido recuperarnos del retraso que llevábamos desde la primavera. Por eso fue bastante sorprendente que apareciera por aquí ese matón... –Carl se inclinó hacia delante y siseó–: ¡Aquí, en mi propia casa, Roy! Que viniera a decirme lo que pasaría si no pagaba la deuda. Como si me hiciera falta que me lo recordaran. –Carl cerró los ojos con fuerza, se reclinó en su silla y suspiró–. En cualquier caso, el motivo de ese recordatorio era que Willumsen estaba empezando a preocuparse.

–¿Por qué? Si todo iba sobre ruedas...

–Porque hace un tiempo Dan llamó a Willumsen para entrevistarlo en calidad de destacado participante en el proyecto y preguntarle qué le parecía y qué pensaba sobre mí. Durante la entrevista Willumsen comprendió que Dan había hecho acopio de suficiente material para escribir un artículo muy crítico, uno que impactaría en la confianza de los inversores en el proyecto y en la buena voluntad del ayuntamiento. Se trataba de la contabilidad, o más bien de la falta de ella, pero Dan también había hablado con gente en Toronto que le había contado que yo había huido de un concurso de acreedores, y que había varias similitudes entre aquel asunto y el Spa Hotel de Montaña de Os. Willumsen está preocupado tanto por la posibilidad de que yo vuelva a huir como por si Dan dinamita el proyecto publicando un artículo sobre estafas y engaños. Así que trajo a su matón para que hiciera ambos trabajos.

–Parar el artículo de Dan y asustarte a ti por si tenías alguna intención de escapar y no pagarle la deuda.

–Sí.

Miré a Carl. No había duda: estaba diciendo la verdad.

–Y ahora que toda esa mierda se ha quemado, ¿qué vas a hacer?

–Lo consultaré con la almohada –dijo Carl–. Estaría bien que te quedarás a dormir aquí.

Lo miré. No lo decía por amabilidad. Hay quien busca la soledad cuando sufre una crisis; otros, como Carl, necesitan gente alrededor.

—Encantado —dije—. Puedo cogerme un par de días libres y quedarme. Tal vez necesites ayuda.

—¿Lo harías? —dijo mirándome agradecido.

En ese momento volvió Shannon con las tazas de café.

—Buenas noticias, Shannon. Roy se queda.

—Qué bien —dijo Shannon con un entusiasmo que parecía auténtico y me sonrió como si yo fuera un cuñado muy querido. No sé si me gustaban sus dotes de actriz, pero en ese momento las agradecí.

—Es bueno saber que uno tiene familia en la que puede confiar —dijo Carl y al arrastrar la silla para levantarse las patas chirriaron sobre los toscos tablones del suelo—. No tomaré café. Llevo día y medio sin dormir. Me voy a la cama.

Carl se marchó, Shannon se sentó en su sitio. Bebimos el café en silencio hasta que oímos tirar de la cadena y la puerta del dormitorio que se cerraba.

—¿Y bien? —dije en voz baja—. ¿Qué se siente?

—¿Sentir qué? —Su voz era monótona, el rostro inexpresivo.

—Tu hotel se ha quemado.

Negó con la cabeza.

—No era mi hotel. Como sabes, ese desapareció en algún lugar del camino.

—Vale, pero el Spa Hotel de Montaña de Os tendrá que declararse en quiebra cuando se sepa que no estaba asegurado. Sin hotel tampoco habrá parcelas para cabañas, de nuevo los pastos no valen nada. Estamos acabados, todos: nosotros tres, Willumsen y el pueblo.

No me respondió.

—He buscado información sobre Barcelona —dije—. No soy un hombre de ciudad, me gustan las montañas. Los alrededores de Barcelona son montañosos, y allí las casas son más baratas.

Ella seguía sin decir nada, tenía la mirada clavada en el fondo de la taza de café.

—Hay un macizo llamado Sant Llorenç que tiene un aspecto increíble —dije—. A cuarenta minutos de Barcelona.

—Roy...

—Seguro que se puede comprar una gasolinera por allí. He ahorrado algo de dinero, suficiente para...

—¡Roy! —Levantó la vista de la taza y me miró—. Esta es mi oportunidad —dijo—. ¿No lo entiendes?

—¿Tu oportunidad?

—Ahora que ese engendro se ha quemado, tengo la oportunidad de poder levantar mi edificio, la construcción tal y como tiene que ser.

—Pero...

Cerré el pico cuando sus uñas se hundieron en mi antebrazo. Se inclinó hacia mí.

—Mi criatura, Roy. ¿No lo entiendes? Ha resucitado.

—Shannon, no hay dinero.

—El camino, el agua, la canalización, el solar, todo está listo.

—No lo entiendes. Quizá alguien construya ahí dentro de cinco o diez años, pero nadie construirá tu hotel, Shannon.

—Eres tú el que no lo entiende. —Sus ojos tenían un brillo extraño y febril que no les había visto antes—. Willumsen tiene demasiado que perder. Conozco a los hombres como él: han de ganar como sea, no aceptan una derrota. Willumsen hará lo que sea para no perder el dinero del préstamo y el beneficio que obtendría con los solares para cabañas.

Pensé en Willumsen y en Rita. Shannon podía tener algo de razón.

—Quieres decir que Willumsen volverá a apostar —dije—. ¿Doble o nada?

—Tiene que hacerlo. Y yo debo quedarme aquí hasta que pueda construir mi hotel. Pensarás que estoy loca —exclamó apoyando la frente en mi brazo—. Pero yo he nacido para ver construido ese edificio, ¿puedes entenderlo? Cuando esté ahí, tú y yo podremos irnos a Barcelona. Te lo prometo. —Apretó sus labios contra mi mano. Se levantó.

Yo también iba a ponerme de pie para abrazarla, pero me empujó para que me quedara sentado.

—Ahora tenemos que mantener la cabeza y el corazón fríos —susurró—. Pensar, tenemos que pensar, Roy. Más adelante podremos despreocuparnos. Buenas noches.

Me dio un beso en la frente y se fue.

Tumbado en la litera pensaba en lo que Shannon acababa de decir.

Era cierto que Willumsen odiaba perder. Pero también era un hombre que sabía cuándo tenía que aceptar una pérdida para limitar los daños. ¿Se creía sus propias palabras por lo mucho que lo deseaba, porque amaba ese hotel y el amor ciega? ¿Y también yo me dejaba convencer por ella porque la amaba? No sabía cuál de las dos fuerzas opuestas, la codicia o el miedo, ganaría cuando Willumsen supiera que el hotel no estaba asegurado, pero sin duda Shannon tenía razón cuando afirmaba que era el único que podía salvar el proyecto.

Observé el termómetro que había fuera de la ventana. Veinticinco bajo cero. En el exterior no había un alma viva. Pero oí a un cuervo lanzar una advertencia. O sea, que sí que había algo, algo que se acercaba. Vivo o muerto.

Agucé el oído. La casa estaba sumida en un silencio sepulcral. De repente volvía a ser un niño y me decía que los monstruos no existen. Mentía y me decía que los monstruos no existen.

Porque al día siguiente llegaron.

VI

53

Desperté y enseguida noté que había llegado el frío extremo. No era tanto la sensación de la temperatura en la piel como otras impresiones sensoriales. Podía oír mejor cualquier sonido, era más sensible a la luz, como si el aire que inspiraba, ahora formado con moléculas más compactas, me hiciera sentir más vivo.

Por ejemplo, por el crujido de la nieve fuera de la casa supe que Carl había madrugado y salía a hacer un recado. Aparté la cortina y vi el Cadillac saliendo despacio, con cuidado, por el hielo de Geitesvingen, a pesar de que habíamos echado arena y estaba áspero como un papel de lija. Fui al dormitorio a ver a Shannon.

Ella conservaba el calor del sueño y olía más de lo habitual a las deliciosas especias que eran ella.

La desperté a besos y dije que aunque Carl solo hubiera ido a por el periódico, teníamos como mínimo media hora a solas.

—¡Roy, te dije que teníamos que mantener la cabeza fría y pensar! —siseó—. ¡Sal de aquí!

Me levanté. Me retuvo.

Fue como salir tiritando del lago Budalsvannet y tumbarse sobre una roca tibia por el sol. Duro y suave a la vez, un bienestar tan intenso que el cuerpo prorrumpe en una melodía.

Oía su respiración en mi oreja, obscenidades murmuradas en una mezcla de bajan, inglés y noruego. Se corrió haciendo mucho ruido, tensando el cuerpo en un arco. Cuando llegó mi turno hundí la cara en la almohada para no gritarle al oído y percibí el olor de Carl. El inconfundible Carl. Pero había algo más. Un sonido. Venía de la puerta. Me quedé rígido.

—¿Qué pasa? —dijo Shannon sin aliento.

Me giré hacia la puerta. Estaba entreabierta, pero sería que yo no la había cerrado, ¿verdad? Sí. Contuve la respiración y oí que Shannon hacía lo mismo.

Silencio.

¿Era posible que no hubiera oído la llegada del Cadillac? Claro que era posible, joder. No es que nos hubiéramos contenido. Miré el reloj de pulsera, que no me había quitado: solo habían pasado veintidós minutos desde que marchó.

—No hay peligro —dije y me puse boca arriba. Ella se pegó a mí.

—Barbados —murmuró en mi oreja.

—¿Eh?

—Hemos hablado de Barcelona. Pero ¿y Barbados?

—¿Allí hay coches de gasolina?

—Claro que sí.

—Hecho.

Me besó. Tenía la lengua lisa y fuerte, que buscaba y sabía. Tomaba y daba. Joder, yo estaba enganchado. Iba a penetrarla otra vez cuando oí el murmullo del motor. El Cadillac. Su mirada y sus manos me siguieron mientras me bajaba de la cama, cogía los calzoncillos y caminaba por la tarima fría de vuelta al cuarto juvenil. Me tumbé en la litera y me quedé esperando.

El coche se detuvo en el exterior y la puerta de la calle se abrió.

Carl se quitó la nieve de los zapatos en el recibidor, oí por el agujero que entraba en la cocina.

—He visto tu coche fuera —oí decir a Carl—. ¿Has entrado sin más?

Me quedé paralizado en la litera.

—Estaba abierto —dijo otra voz. Baja, rasposa. Como si tuviera dañadas las cuerdas vocales.

Me incorporé apoyándome en los codos y aparté las cortinas. El Jaguar estaba aparcado en la zona que habíamos despejado de nieve, junto al granero.

—¿En qué puedo ayudarte? —dijo la voz de Carl, controlada pero tensa.

—Puedes pagar a mi cliente.

—¿Te ha enviado porque el hotel se ha quemado? Treinta horas. Como tiempo de reacción no está mal.

—Quiere el dinero ya.

—Pagaré en cuanto reciba el dinero del seguro.

—No recibirás nada del seguro. El hotel no estaba asegurado.

—¿Quién lo dice?

—Mi cliente tiene sus fuentes. Las condiciones del préstamo se han incumplido y, en ese caso, vence de manera inmediata. Lo sabes, ¿verdad, señor Opgard? Bien. Tienes dos días. Es decir, cuarenta y ocho horas a partir de... ya.

—Escucha...

—La última vez que vine te hice una advertencia. Esta obra no tiene tres actos, señor Opgard, y este es el martillo.

—¿El martillo?

—El fin. La muerte.

Se hizo el silencio. Me los imaginaba. El danés granujiento sentado a la mesa. Lenguaje corporal relajado, lo que le hacía parecer aún más amenazante. Carl sudando, aunque acababa de estar a treinta grados bajo cero.

—¿A qué viene este pánico? —preguntó Carl—. Willumsen tiene garantías.

—Dice que no valen gran cosa sin un hotel.

—Pero ¿de qué le iba a servir matarme? —La voz de Carl ya no parecía tan controlada, recordaba más al zumbido de una aspiradora—. En ese caso seguro que Willumsen no recuperará su dinero.

—No morirías tú, Opgard. Al menos no en primer lugar.

Yo ya sabía lo que iba a decir, pero dudaba de que Carl lo supiera.

—Sería tu esposa, Opgard.

—¿Sh… —Carl omitió la «a»— nnon?

—Bonito nombre.

—Pero es… asesinato.

—La reacción es reflejo de la cantidad adeudada.

—Pero dos días. ¿Dónde creéis Willumsen y tú que voy a conseguir semejante cantidad en tan poco tiempo?

—No descarto que tengas que hacer algo bastante drástico, puede que incluso desesperado. Aparte de eso, yo no opino nada, señor Opgard.

—Si no lo consigo…

—Serás un viudo con otros dos días a su disposición.

—Pero, por favor…

Yo ya estaba de pie, intenté no hacer ruido mientras me ponía los pantalones y el jersey. No me enteré de lo que iba a pasar al cabo de cuatro días, pero no hizo falta.

Bajé la escalera de puntillas. Tal vez hubiera podido pillar al danés, solo tal vez, con el factor sorpresa de mi parte. Pero lo dudaba. Recordaba la velocidad de sus movimientos en la gasolinera, y por la acústica había deducido que estaba sentado de cara a la puerta y me veía en cuanto entrara.

Me puse los zapatos y salí al exterior. El frío me oprimió las sienes. Podría haber dado un rodeo para escapar de su campo de visión desde la ventana de la cocina, pero disponía de unos pocos segundos, así que confié en que no me hubiera equivocado y el danés estuviera de espaldas a la ventana. La nieve seca crujió bajo mis pies. El trabajo de un matón consiste sobre todo en asustar, así que conté con que el danés elaboraría un poco su amenaza; por otra parte, era más bien poco lo que podía añadir a lo dicho.

Entré corriendo en el granero, abrí los grifos de agua y puse dos cubos de zinc debajo. Se llenaron en menos de diez segundos. Agarré las asas y salí corriendo hacia la curva de Geitesvingen. El agua rebosó de los cubos y me mojó los pantalones. Cuando llegué a la curva dejé un cubo sobre el hielo y vacié el contenido del otro. El agua se extendió sobre el hielo duro, sobre la arena que habíamos echado y que parecía granos de pimienta negra clavada en la superficie helada. El agua allanó las irregularidades y los pequeños agujeros, y se derramó por el borde del precipicio. Hice lo mismo con el otro cubo. Hacía demasiado frío para que el agua fundiera el hielo, claro, y en cambio formó una delgada capa y empezó a penetrar en la de debajo. Todavía estaba observando el hielo cuando oí que el Jaguar arrancaba. Justo en ese momento, como si estuvieran sincronizadas, empezaron a sonar en el pueblo las campanas de la iglesia. Miré hacia la casa y vi que el coche blanco del matón se acercaba. Conducía con cuidado, despacio. Quizá estuviera sorprendido de lo fácil que le había resultado subir por las cuestas heladas con neumáticos de verano. Pero la mayoría de los daneses no saben gran cosa del hielo, no saben que la superficie es como papel de lija si se enfría lo suficiente.

Pero se convierte en una pista de patinaje cuando se calienta, por ejemplo, a siete grados bajo cero, aproximadamente.

No me moví, me quedé allí de pie con los cubos colgando de las manos. El danés me miró fijamente a través del parabrisas; unas gafas de sol cubrían las estrechas ranuras que tenía por ojos y que yo recordaba de la gasolinera. El coche se acercó y pasó de largo; nuestras cabezas giraron como dos planetas sobre su eje. Puede que recordara vagamente mi cara, puede que no. Tal vez encontrara una explicación razonable de por qué ese tipo estaba ahí plantado con dos cubos en las manos, tal vez no. Quizá lo entendió cuando el agarre al firme desapareció de pronto e instintivamente pisó con más fuerza el pedal del freno, o quizá no. Ahora el coche también era un planeta que giraba lentamente sobre el hielo acompañado por el tañido de las campanas de la iglesia, como si fuera un patinador artístico. Vi que movía el volante con desesperación, vi que las ruedas delanteras con sus anchos neumáticos de verano giraban de un lado a otro como si quisieran escapar, pero el Jaguar estaba atrapado y sin dirección. Cuando el coche hubo girado ciento ochenta grados y se deslizó marcha atrás hacia el borde de la curva, volví a mirarle directamente a la cara, un planeta rojo con pequeños volcanes activos. Las gafas de sol caídas sobre la cara mientras movía el volante con los codos alzados. Me vio, dejó de moverse. Lo había comprendido. Había comprendido para qué servían los cubos, comprendió que, si se hubiera dado cuenta al momento, quizá habría tenido una oportunidad tirándose del coche al instante. Comprendió que ya era demasiado tarde.

Supongo que la reacción de sacar la pistola fue instintiva. La reacción automática de un matón, de un soldado, ante una agresión. Supongo que el gesto de levantar una mano con un cubo para decirle adiós también fue instintivo. Apenas oí el estallido en el habitáculo cuando apretó el gatillo, luego un latigazo cuando la bala atravesó el cubo de estaño, pegado a mi oreja. Tuve tiempo de ver el agujero de la bala, como una rosa helada en el parabrisas, antes de que el Jaguar se despeñara marcha atrás por el barranco.

Contuve la respiración.

El cubo de zinc seguía oscilando tras el impacto y colgaba de mi mano levantada.

Las campanas de la iglesia tañían cada vez más deprisa.

Por fin llegó. Un estallido sordo.

Yo seguía inmóvil. Debía de tratarse de un entierro. Las campanas de la iglesia siguieron tocando un rato más, pero con pausas cada vez más prolongadas entre cada tañido. Miré hacia el pueblo, las montañas y Budalsvannet cuando el sol asomó del todo tras Ausdalstinden.

Las campanas callaron por completo y pensé: «Dios mío, qué bello es este lugar».

Supongo que es lo que uno piensa cuando está enamorado.

54

—¿Has echado agua al hielo? —preguntó Carl incrédulo.

—Aumenta la temperatura del hielo —dije.

—Se convierte en una pista de patinaje —dijo Shannon, que traía el café. —Nos sirvió. Se fijó en que Carl la miraba—. ¡Toronto Maple Leafs! —gritó como si la mirada fuera acusadora—. ¿No te fijaste en que regaban la pista en los descansos?

Carl volvió a girarse hacia mí.

—Así que otra vez hay un cadáver en Huken.

—Esperemos que así sea —dije soplando el café.

—¿Qué hacemos? ¿Se lo comunicamos a Kurt Olsen?

—No —dije.

—¿No? ¿Y si lo encuentran?

—En ese caso nosotros no hemos tenido nada que ver. Ni vimos ni oímos que el coche se saliera del camino, por eso no hemos dado ningún aviso.

Carl me miró.

—Hermano mío —dijo. Le brillaba la dentadura blanca—. Sabía que se te ocurriría algo.

—Escúchame bien —dije—. Si nadie sabe ni sospecha que el matón ha estado aquí, no tendremos ningún problema, mantendremos la boca cerrada. Pero si alguien descubriera que ha estado aquí y encontrara el Jaguar, nuestra versión es la siguiente… —Carl y Shannon acercaron sus sillas como si yo tuviera intención de susurrarles la coartada en nuestra propia cocina–. Lo mejor suele ser mantenerse tan pegado a la verdad como sea posible, así que diremos la verdad: que el matón vino para presionarnos a fin de que pagáramos el dinero que Carl le debe a Willumsen. Diremos que ninguno de nosotros vio cómo se marchaba, pero que Geitesvingen estaba jodidamente resbaladiza. Así, cuando la policía baje a Huken y vea los neumáticos de verano del Jaguar, deducirá el resto por su cuenta.

–Las campanas de la iglesia –dijo Carl–. Podemos decir que no oímos el impacto por las campanas.

–No –dije–. Nada de campanas. El día que vino no sonaron las campanas de la iglesia.

Los dos me miraron interrogantes.

–¿Por qué no? –preguntó Carl.

–El plan no está perfilado al cien por cien –dije–. Pero eso no pasó hoy, el danés vivió un poco más.

–¿Por qué?

–No penséis en el danés –dije–. Cuento con que un matón se guarda para él la información de cuándo y dónde está trabajando, dudo de que nadie más sepa que ha estado aquí hoy. Si aparece muerto, será nuestra historia la que determine cuándo murió. Ahora nuestro problema es Willumsen.

–Sí, claro, porque él sí sabe que su matón ha estado aquí –dijo Carl–. Podría decírselo a la policía.

–No creo que lo haga –dije.

Se hizo un silencio.

–Claro que no –dijo Shannon–. Porque tendría que contarle a la policía que fue él quien contrató los servicios del matón.

–Por supuesto –dijo Carl–. ¿Verdad que sí, Roy?

No respondí, solo di un largo y sonoro trago a mi café. Dejé la taza.

–Olvidaos del danés –dije–. El problema es Willumsen, porque no renunciará a reclamar su deuda solo porque el danés haya desaparecido.

Shannon hizo una mueca.

—Y está dispuesto a matar. ¿Crees que su matón lo decía de verdad, Roy?

—Solo lo oí por el agujero de la estufa —dije—. Pregúntale a Carl, que lo tenía delante.

—Creo… creo que sí —dijo Carl—. Pero estaba tan acojonado que me hubiera creído cualquier cosa. Roy es el que entiende cómo funciona… una mente así.

Casi lo había dicho. Una mente asesina.

Volvían a mirarme los dos.

—Sí, te hubiera matado —le dije a Shannon.

Sus pupilas se agrandaron y asintió con la cabeza lentamente como si fuera de Os.

—Luego habría llegado tu turno, Carl —dije.

Carl se miró las manos.

—Me parece que necesito una copa.

—¡No! —dije. Respiré y me tranquilicé—. Te necesito sobrio. Necesito una cuerda de arrastre y un conductor que ya lo haya hecho antes. Shannon, ¿puedes bajar a la curva y echar más arena?

—Sí. —Tendió la mano hacia mí, y me quedé rígido porque, por un momento, creí que iba a acariciarme la mejilla, pero se limitó a ponerla sobre mi hombro—. Gracias.

Carl pareció despertar.

—Sí, claro. ¡Gracias! ¡Gracias! —Se inclinó sobre la mesa y me agarró la mano—. Nos has salvado a Shannon y a mí, y aquí me tienes quejándome, lloriqueando como si fuera tu problema.

—Es mi problema —dije.

Y estuve a punto de añadir algo rimbombante sobre que éramos familia y estábamos juntos en aquella batalla, pero pensé que aquello podía esperar. Al fin y al cabo, no hacía más de media hora que me había follado a mi cuñada.

—Lo del editorial de hoy de Dan ya son palabras mayores —dijo Carl desde la cocina mientras yo me vestía en el recibidor y me preguntaba qué botas me servirían más si había hielo en la pared rocosa—. Opina que Voss Gilbert y el pleno del ayuntamiento son unos populistas sin principios. Y que esa tradición se inició con el alcalde Jo Aas, aunque entonces fuera algo menos evidente.

—Quiere que le den una paliza —dije y elegí las botas de montaña de papá.

—¿Hay alguien que quiera una paliza? —preguntó Carl, pero yo ya estaba saliendo por la puerta.

Fui al granero, donde Shannon echaba arena en uno de los cubos de zinc.

—¿Sigues dándote baños de hielo con Rita Willumsen tres días a la semana? —pregunté.

—Sí.

—¿Solo vosotras dos?

—Sí.

—¿Alguien puede veros?

—Es a las siete de la mañana y está oscuro. No…

—¿Cuándo será la próxima vez?

—Mañana.

Me froté la barbilla.

—¿Qué piensas? —preguntó.

Miré la arena que se salía del cubo por el agujero de bala.

—Estoy pensando en cómo podrías matarla.

Esa noche, cuando había repasado el plan con Carl y Shannon por séptima vez, y Carl había estado conforme, los dos mirábamos a Shannon, que planteó su exigencia:

—Si participo en esto, si tenemos éxito, quiero que el hotel sé reconstruya según mis planos originales —dijo—. Hasta el más mínimo detalle.

–Vale –dijo Carl después de pensarlo un poco–. Haré todo lo que pueda.

–No va a hacer falta –dijo Shannon–, porque seré yo quien dirija la obra, no tú.

–Escucha…

–No es una propuesta, es un ultimátum.

Supongo que Carl vio lo mismo que yo, que lo decía en serio. Así que se volvió hacia mí. Yo me encogí de hombros como si quisiera dar a entender que no podía ayudarle con aquello.

Suspiró.

–Vale. Los Opgard no regateamos. Si esto sale bien, el trabajo es tuyo, pero espero que me dejes colaborar.

–Ah, seguro que te tendremos entretenido –dijo Shannon.

–En ese caso, repasemos el plan una vez más –dije.

55

Eran las siete de la mañana y seguía oscuro.

Atravesé de puntillas el dormitorio sin luz mientras escuchaba la respiración acompasada en la cama de matrimonio. Me detuve cuando el suelo crujió. El ritmo no se interrumpió. La única luz procedía de la luna y se colaba entre las cortinas. Seguí, puse las rodillas en el colchón y me acerqué con cuidado a la figura dormida. Ese lado de la cama aún conservaba el calor del otro cuerpo que lo había ocupado. No pude resistirme, acerqué la cara a la sábana e inspiré el aroma a mujer y enseguida, como si fuera un proyector, aparecieron las imágenes de nosotros dos. Desnudos, sudando tras hacer el amor, pero con ganas de más, siempre.

—Buenos días, mi amor —susurré.

Puse el cañón de la pistola en la sien del durmiente.

La respiración se detuvo. Se oyeron un par de ronquidos desbocados. Luego abrió los ojos.

—Tienes un dormir muy silencioso para estar tan gordo —dije.

Willum Willumsen parpadeó un par de veces en la penumbra como si quisiera asegurarse de que no estaba soñando.

—¿Qué es esto? —preguntó con la voz empañada.

—Es el martillo —dije—. El fin. La muerte.

—¿Qué haces, Roy? ¿Cómo has entrado?

—La puerta del sótano —dije.

—Está cerrada con llave —dijo.

—Sí —repuse sin más.

Se incorporó apoyándose en los brazos.

—Roy, Roy, Roy. No quiero que te pase nada malo. Sal de aquí, joder, y te prometo que olvidaré esto.

Le pegué en la base de la nariz con el cañón de la pistola. Se desprendió la piel y empezó a sangrar.

—No muevas las manos del edredón, deja que la sangre mane.

Willumsen tragó saliva.

—¿Eso es una pistola?

—Así es.

—Entiendo. Entonces ¿esto es una especie de repetición de la última vez?

—Sí. Solo que entonces nos separamos en vida.

—¿Y esta vez?

—Esta vez no estaría tan seguro. Has amenazado con matar a mi familia.

—Esa es la consecuencia de desatender un préstamo tan importante, Roy.

—Sí, y esta es la consecuencia de poner en marcha las consecuencias de desatender un préstamo tan importante.

—¿Quieres decir que tendría que dejar que aquellos a quienes presto dinero me arruinaran sin hacer nada al respecto? ¿De verdad opinas eso?

Su voz sonaba más indignada que atemorizada, no tuve más remedio que admirar a Willum Willumsen por su rapidez en adaptarse a las circunstancias de la vida, como se suele decir.

—No tengo una opinión al respecto, Willumsen. Tú haces lo que tienes que hacer, y yo hago lo que tengo que hacer.

—Si crees que esta es la manera de salvar a Carl, te equivocas. Poul hará su trabajo de todas formas, su contrato no puede cancelarse porque no tengo ninguna manera de ponerme en contacto con él.

—No, no la tienes. —Y me di cuenta de que parecía una cita mal recordada de la historia de la música popular cuando dije—: Poul ha muerto.

Willumsen abrió de par en par sus pesados ojos de pulpo. Ahora veía la pistola. Y la reconoció, claro.

—He tenido que volver a bajar a Huken —dije—. El Jaguar está encima del Cadillac, los dos con las ruedas en el aire. Los dos completamente aplastados, parece un jodido sándwich de coches veteranos. Los restos del danés rebosan por el cinturón de seguridad, parece una puta salchicha de cerdo.

Willumsen tragó saliva.

Blandí la pistola.

—La encontré atrapada entre el cambio de marchas y el techo, tuve que sacarla a patadas.

—¿Qué quieres, Roy?

—Quiero que no mates a nadie de mi familia, cuñadas incluidas.

—Hecho.

—Y quiero que borremos la deuda que Carl tiene contigo. Además de que nos hagas otro préstamo por el mismo importe.

—No puedo hacer eso, Roy.

—He visto el ejemplar de Roy del contrato del préstamo que habéis firmado. Vamos a romper el tuyo y el suyo ahora mismo y firmar un acuerdo para otro préstamo.

—No puede ser, Roy, ese contrato lo tiene mi abogado. Seguro que Carl te ha informado de que firmó ante testigos, así que no va a desaparecer así como así.

—Cuando digo romper, lo digo literalmente. Aquí está el contrato del préstamo que sustituye al anterior.

Encendí la luz de la mesilla con la mano libre, saqué dos folios de idéntico contenido del bolsillo interior y los dejé delante de Willumsen, encima del edredón.

—Aquí dice que el préstamo se reduce de treinta millones a una cifra mucho menor. Tanto como dos coronas. También dice que el motivo de la quita es que tú, personalmente, aconsejaste a Carl que recortara gastos cancelando el seguro contra incendios del hotel, y que por eso te consideras tan responsable como él de la situación. En resumen: su desgracia es la tuya. Además, le concedes otro préstamo de treinta millones.

Willumsen negó enérgicamente.

—No lo entiendes. No tengo tanto dinero. He pedido prestado para poder prestárselo a Carl. Si no lo recupero me hundiré —se lamentó al borde de las lágrimas—. Todo el mundo cree que me estoy forrando ahora que la gente del pueblo gasta tanto dinero. Pero todos se van a Kongsberg y a Notodden a comprar coches nuevos, Roy. No quieren que nadie les vea en uno de los míos, de segunda mano.

La papada que le caía sobre el cuello del pijama tembló ligeramente.

—Aun así, tienes que firmar —dije ofreciéndole el bolígrafo que había traído.

Vi que su mirada volaba sobre el papel. Levantó la vista y me miró interrogante.

—Nos ocuparemos de los testigos y la fecha cuando hayas firmado.

—No —dijo Willumsen.

—No… ¿a qué?

—No voy a firmar. No tengo miedo a morir.

—No, vale. Pero ¿tienes miedo a quebrar?

Willumsen asintió mudo. Luego rio un momento.

—¿Recuerdas la última vez que estuvimos en estas circunstancias, Roy? ¿Y yo dije que el cáncer había vuelto? Mentí. Pero ahora ha vuelto. Me queda poco tiempo. Por eso no puedo dejar una deuda tan grande, y desde luego no puedo prestar más. Quiero dejarle a mi esposa y a mis otros herederos un negocio boyante, eso es lo único que me importa ahora.

Asentí despacio, mucho rato, para que comprendiera que lo estaba pensando a fondo.

—Es una pena —dije—. Una pena, de verdad.

—Sí, ¿verdad? —dijo Willumsen tendiéndome las hojas con la adenda que Carl había redactado durante la noche.

—Sí —dije sin cogerlas. En lugar de eso, saqué el teléfono—. Porque entonces vamos a tener que hacer algo mucho más doloroso.

—Me temo que, con los tratamientos que he tenido que soportar, la tortura no me hará efecto, Roy.

No respondí, marqué «Shannon» y abrí FaceTime.

—¿Matarme? —preguntó Willumsen en un tono que recalcaba la imbecilidad que era matar a una persona a la que le quieres sacar dinero.

—A ti no —dije mirando la pantalla del teléfono.

Shannon apareció, rodeada de oscuridad, pero la luz de la cámara se reflejaba sobre la superficie helada de Budalsvannet. Hablaba, no conmigo, sino con alguien que estaba detrás de la cámara.

—¿Te importa si grabo un poco, Rita?

—Claro que no —oí decir a Rita.

Shannon giró el teléfono y Rita apareció a la intensa luz de la cámara del móvil. Llevaba un abrigo y un gorro de piel por el que asomaba la goma blanca de uno de baño. Se veía su respiración mientras daba saltos ante un agujero cuadrado abierto en el hielo, lo bastante ancho para que pudiera meterse una persona, lo bastante estrecho para poder poner las manos a ambos lados y volver a salir. Junto al agujero había una sierra para hielo y la placa que habían levantado.

—Matar a tu esposa —dije sosteniendo la pantalla ante Willumsen—. La verdad es que fue Poul quien me dio la idea.

No dudaba de que Willumsen tuviera cáncer. Vi el dolor en su mirada cuando se dio cuenta de que podía perder aquello que creía asegurado, lo que amaba, puede que más que a sí mismo, y que era su único consuelo porque le sobreviviría, vivíría por él. En ese momento sentí pena por Willumsen, mucha pena.

—Ahogarse —dije—. Un accidente, claro. Tu mujer salta dentro. Plof. Cuando va a regresar a la superficie, se da cuenta de que la abertura ya no está. Sentirá que el hielo está suelto, comprenderá que es el trozo que serraron, intentará empujarlo. Pero Shannon solo tiene que seguir sujetando esa tapadera de hielo con el pie para mantenerla encajada, tu mujer no tendrá dónde apoyar los pies, solo agua. Agua fría.

Willumsen dejó escapar un sollozo. ¿Estaba yo disfrutando de aquello? Espero que no, eso significaría que era un psicópata, y uno no quiere ser un psicópata.

—Empezaremos por Rita —dije—. Luego, si no firmas, seguiremos con el resto de tus herederos. Shannon, que no descarta la idea de que tu mujer participara en su sentencia de muerte, está muy motivada para la tarea.

En la pantalla, Rita Willumsen se había desnudado. Tenía frío, claro, y su piel pálida estaba contraída y azulada bajo la luz intensa. Me fijé en que llevaba el mismo bañador que cuando remamos en el lago aquel verano. No parecía más vieja, sino más joven. Como si el tiempo ni siquiera fuera circular, sino que retrocediera.

Oí el bolígrafo sobre el papel.

—Aquí tienes —dijo Willumsen y tiró los folios y el bolígrafo sobre la colcha—. ¡Dile que pare!

Vi que Rita Willumsen se acercaba al agujero. En la misma postura que en la barca, como si tuviera intención de saltar.

—Antes tienes que firmar las dos copias —dije sin apartar la mirada de la pantalla.

Oí que Willumsen agarraba los papeles y escribía.

Examiné las firmas. Parecían correctas.

Willumsen pegó un grito y observé la pantalla. Yo no había oído la salpicadura del agua. Rita lo hacía bien. La placa de hielo llenó la pantalla y vimos una mano menuda y morena agarrarla y levantarla.

—Ya puedes parar, Shannon. Ha firmado.

Por un momento pareció que Shannon fuera a echar la placa al agujero de todas formas. Pero la dejó a su lado y al instante Rita apareció en el agua negra, como una foca, con el cabello liso y brillante en torno al rostro sonriente, su respiración mandaba señales de humo blancas a la luz de la cámara.

Colgué.

—Bueno —dije.

—Bueno —dijo Willumsen.

La habitación estaba fría, yo me había ido metiendo debajo del edredón, pero no con todo el cuerpo, solo lo suficiente para que la expresión «compañeros de cama» no fuera del todo errónea.

—Supongo que te marchas —dijo Willumsen.

—Ojalá fuera tan sencillo —dije.

—¿Qué quieres decir?

—¿Me equivoco al pensar qué será lo primero que harás en cuanto me marche? Llamarás a otro matón o asesino a sueldo e intentarás liquidar a la familia Opgard antes de que puedan entregar este documento a su abogado. Cuando te des cuenta de que no te va a dar tiempo, nos denunciarás a la policía por chantaje y negarás la validez de lo que acabas de firmar. También negarás saber nada de matón alguno, claro.

—¿Eso crees?

—Sí, eso creo, Willumsen. Salvo que puedas convencerme de lo contrario.

—¿Y si no puedo?

Me encogí de hombros.

—Estaría bien que lo intentaras.

Willumsen me miró.

—¿Por eso llevas guantes y un gorro de baño? —No respondí—. ¿Para no dejar huellas dactilares ni cabellos?

—No te preocupes por eso, Willumsen, mejor intenta encontrar otra manera de hacer esto.

—Mmm… vamos a ver.

Willumsen cruzó las manos sobre el pecho; de la abertura del pijama asomaba una mata de vello negro. En el silencio que siguió, pude oír el tráfico de la carretera nacional. Esas primeras horas de la mañana en la gasolinera siempre me habían encantado, estar allí cuando un pequeño pueblo amanecía a un nuevo día, cuando la gente despertaba y ocupaba su lugar en la diminuta maquinaria de nuestra sociedad. Mantener la perspectiva, intuir la mano invisible que había detrás de los acontecimientos y que conseguía que las cosas más o menos cuadraran.

Willumsen se aclaró la voz y dijo:

—No me pondré en contacto ni con matones ni con la policía porque los dos tenemos mucho que perder.

—Tú ya lo has perdido todo —dije—. Solo puedes ganar. Vamos, eres un vendedor de coches de segunda mano. Convénceme.

—Mmm…

Volvimos a quedarnos en silencio.

—Se te acaba el tiempo, Willumsen.

—*Leap of faith* —dijo.

—Estás intentando vender el mismo coche defectuoso dos veces —dije—. Venga, le endilgaste aquel viejo Cadillac a mi padre, hiciste que Carl y yo pagáramos el doble de lo que más tarde descubrimos que cuesta un equipo de buceo usado en Kongsberg.

—Necesito un poco más de tiempo para pensar en algo —dijo Willumsen—. Vuelve esta tarde.

—Lo siento —dije—. Tenemos que resolver esto antes de que me vaya, antes de que se haga de día y la gente me vea marcharme de aquí. —Levanté la pistola y se la acerqué a la sien—. De verdad que me gustaría que hubiera otra salida, Willumsen.

Porque yo no soy ningún asesino, y en cierto modo te aprecio. Sí, así es. Pero tendrías que ser tú quien me mostrara el camino, porque yo no lo veo. Tienes diez segundos.

—Esto es muy injusto —dijo Willumsen.

—No, ¿es injusto que te dé una oportunidad de argumentar a favor de tu vida, a pesar de que Shannon no tuvo ocasión de defender la suya? ¿Es injusto que te arrebate tus últimos meses de vida en lugar de todos los años que le restan a tu mujer? Ocho.

—Puede que no, pero…

—Siete.

—Me rindo.

—Seis. Quieres que acabe la cuenta atrás o…

—Todo el mundo quiere vivir lo más posible.

—Cinco.

—Podría fumarme un puro.

—Cuatro.

—Deja que me fume un puro, vamos.

—Tres.

—Están ahí, en el cajón del escritorio, deja que…

La explosión fue tan fuerte que pareció que alguien me había taladrado los tímpanos con un objeto punzante.

Ya había visto en películas cómo ese tipo de disparos a la cabeza siempre producían una cascada de sangre por la pared, pero la verdad es que me sorprendió ver que era precisamente eso lo que pasaba.

Willumsen cayó de espaldas sobre la cama con lo que parecía un gesto ofendido, tal vez porque le había estafado dos segundos de vida. Poco después sentí que el colchón se mojaba, y luego el olor a mierda. En las películas no se ve que la musculatura del muerto abre las compuertas.

Metí la pistola en la mano de Willumsen y me levanté de la cama. Cuando trabajaba en la gasolinera de Os, no solo leía *Popular Science*, sino *True Crime*, así que además de gorro de baño y guantes me había sujetado las perneras del pantalón a los calcetines con cinta aislante y las mangas a los guantes, para que el vello corporal no pudiera dejarle a la policía, si es que investigaban aquello como un asesinato, rastros de ADN en la escena del crimen.

Me apresuré a bajar la escalera del sótano, agarré una pala que había allí, no eché la llave a la puerta y caminé marcha atrás por el jardín mientras iba borrando mis pisadas en la nieve con la pala. Bajé por el camino que descendía hacia Budalsvannet, había pocas casas por allí. Tiré la pala en un contenedor de basura que había junto a la entrada de un chalet cuadriculado recién construido, y sentí que tenía las orejas heladas, recordé que llevaba un gorro de lana en el bolsillo, me lo calé por encima del gorro de baño y seguí el camino hasta llegar a uno de los pequeños embarcaderos. Había aparcado el Volvo detrás de las casetas de las barcas. Miré hacia el hielo con los ojos entornados. Ahí fuera, en algún lugar, dos de las tres mujeres de mi vida se estaban bañando. Yo había asesinado al marido de una de ellas. Extraño. El coche todavía estaba caliente, arrancó sin problema. Conduje hasta Opgard. Eran las siete y media, la oscuridad seguía siendo total.

Dieron la noticia en el informativo de la radio nacional esa misma tarde.

«Encuentran a un hombre muerto en su casa en Os, en la región de Telemark. La policía considera la muerte sospechosa.»

La noticia de que Willumsen había muerto cayó sobre el pueblo como un mazazo. Creo que es una imagen descriptiva. Imagino que el hecho de que ese mezquino, simpático, esnob, dicharachero vendedor de coches de segunda mano, que siempre había estado allí, hubiera desaparecido para siempre aún causó más asombro que el incendio del hotel. Seguro que se comentó en cada tienda y cafetería, en cada esquina y entre las cuatro paredes de todas las casas. Incluso quienes ya sabían que el cáncer había vuelto, tenían una expresión apesadumbrada.

Dormí mal las dos noches siguientes. No porque tuviera mala conciencia. De verdad que había intentado ayudar a Willumsen a que se salvara, pero ¿cómo puede un jugador de ajedrez ayudar a su adversario cuando ya le ha hecho jaque mate? Sencillamente, no te toca a ti mover ficha. No, la razón era otra muy distinta. Tenía la desagradable sensación de que había olvidado algo, que había algo esencial en lo que no había pensado cuando planifiqué el asesinato. Pero no era capaz de descubrir lo que era.

Al cabo de tres días de la muerte de Willumsen, dos días antes del entierro, lo supe. Lo mucho que la había cagado.

56

Eran las once de la mañana cuando Kurt Olsen aparcó delante de casa.

Tras él llegaron otros dos coches con matrícula de Oslo.

—Sí que está escurridiza la carretera a la altura de la curva —dijo Kurt pisando una colilla humeante contra el suelo cuando abrí la puerta—. ¿Estáis haciendo hielo para patinaje, o qué?

—No —dije—. Echamos arena. Debería ser responsabilidad del ayuntamiento, pero lo hacemos nosotros.

—No vamos a retomar esa discusión ahora —dijo Kurt Olsen—. Estos son Vera Martinsen y Jarle Sulesund, de la policía judicial, KRIPOS. —Tras él había una mujer vestida con unos pantalones negros y chaquetilla a juego, y un hombre con aspecto paquistaní o indio—. Tenemos unas cuantas preguntas, así que entremos.

—Nos gustaría hacerte unas preguntas —terció la mujer—. Si te viene bien y no te importa que pasemos.

Miró a Kurt. Luego a mí. Sonrió. Pelo corto y rubio recogido en una pequeña trenza, rostro amplio, ancha de hombros. Una jugadora de balonmano o esquiadora de fondo, me dije. Pero no porque se me dé bien adivinar el deporte que practica la gente cuando la veo, sino porque son los dos deportes más comunes entre las mujeres y es más fácil acertar si te fijas en las estadísticas que si te dejas guiar por la intuición. Ese era el tipo de pensamientos dispersos e irrelevantes que tenía en ese momento y comprendí, al mirar a Martinsen, que más me valía espabilarme si no quería que se me comiera con patatas, como suele decirse. Pero bueno, nosotros también estábamos preparados.

Fuimos a la cocina, donde nos esperaban Carl y Shannon.

—Nos gustaría hablar con todos —dijo Martinsen—. Pero preferimos que sea de uno en uno.

—Vosotros podéis iros a nuestro antiguo cuarto mientras tanto —dije en tono desenfadado mientras me daba cuenta de que Carl comprendía lo que quería decirle. Como desde allí podrían oír las preguntas y las respuestas, nuestras versiones coincidirían punto por punto con la historia que habíamos ensayado para contar en un hipotético interrogatorio policial.

—¿Café? —pregunté cuando Carl y Shannon salieron.

—No, gracias —dijeron Martinsen y Sulesund, mientras Kurt decía que sí.

Serví a Kurt.

—KRIPOS me está ayudando con la investigación del asesinato de Willumsen —dijo Kurt y vi que Martinsen miraba a Sulesund y hacía una mueca de exasperación—. Porque resulta que no se trata de un suicidio, sino de un asesinato. —Olsen pronunció con voz de barítono la última palabra y se quedó mirándome para ver mi reacción; después siguió—: Un asesinato que intentan hacer pasar por un suicidio, el truco más viejo de todos.

Creí recordar que había leído la misma frase en un artículo de *True Crime*.

—Pero el asesino no nos ha engañado. Cierto que Willumsen sostenía el arma del crimen, pero no tenía restos de pólvora en la mano.

—Restos de pólvora —repetí, igual que si saboreara las palabras.

Sulesund carraspeó.

—En realidad falta algo más que restos de pólvora. Se llama GSR, que son las siglas de *gun shot residue*. Minúsculas partículas de bario, plomo y otro par de productos químicos que provienen de la munición y del arma, y que cuando se dispara un tiro queda prendido en casi todo lo que está en un radio de medio metro de distancia. Se te engancha en la ropa y la piel y es muy difícil de quitar. Es invisible, pero por suerte –soltó una risita y se colocó las gafas de montura de acero– disponemos de instrumentos.

–En cualquier caso –intervino Kurt–, en Willumsen no encontramos *niente* de eso, ¿entiendes?

–Entiendo –dije.

–Además, resulta que la puerta del sótano estaba abierta, y Rita cree haberla cerrado con llave. Pensamos que la abrieron con un gancho. El asesino también ha borrado sus pisadas con paletadas de nieve al marcharse. Encontramos la pala, que Rita ha identificado, en un contenedor de basura cercano.

–Vaya –dije.

–Sí –dijo Kurt–. Y sospechamos quién puede ser el asesino.

No respondí.

–¿No tienes curiosidad por saber quién? –Kurt me miró con su estúpida mirada pretendidamente penetrante.

–Por supuesto, pero tenéis que guardar el secreto profesional, ¿no?

Kurt se giró hacia la gente de KRIPOS y soltó una breve carcajada.

–Estamos investigando un asesinato, Roy. Damos y retenemos información en función de si sirve o no en la investigación.

–Ah, entiendo.

–Ante un asesinato tan profesional como este al que nos enfrentamos, nos hemos concentrado en un coche. En concreto, un coche bastante viejo, un Jaguar de matrícula danesa que ha sido visto por la zona y que sospechamos que puede pertenecer a un matón danés.

«Al que nos enfrentamos.» «Nos hemos concentrado.» Joder, se habría dicho que estaba trabajando en montones de casos de asesinato. Y la sospecha en relación con el matón no era suya, claro, sino algo de lo que llevaban años hablando en el pueblo.

—Hemos contactado con la policía judicial danesa y les hemos mandado el arma y el proyectil. Han encontrado una coincidencia con un asesinato de hace nueve años en Århus. Nunca resolvieron ese caso, pero uno de los sospechosos tenía un Jaguar blanco tipo E, antiguo. Se llama Poul Hansen, y es conocido por prestar servicios de matón. —Kurt se giró hacia los dos policías sonriendo—. Tiene un Jaguar, pero es demasiado agarrado para deshacerse del arma del crimen, típico de los daneses, ¿no?

—Yo creía que era típico de los suecos —dijo Martinsen sin mover un músculo de la cara.

—O islandeses —dijo Sulesund.

Kurt me miró.

—¿Has visto ese Jaguar últimamente, Roy? —me preguntó con un aire indiferente.

En su actitud comprendí que esa era la trampa, y que era allí donde esperaba atraerme a la zona de hielo fino, donde confiaba en que yo cometiera algún error. Sabían más de lo que dejaban ver. Pero no tanto para no verse obligados a intentar engañarme, o sea, que les faltaban datos. Por supuesto que habría preferido decir que no había visto ese coche, y que ellos me dieran las gracias y se marcharan, pero entonces nos habrían pillado en la trampa. Porque habían venido por algún motivo. Y ese motivo era el Jaguar. Debía ir con cuidado, y mi instinto me decía que sobre todo me protegiera de Martinsen.

—Vi ese Jaguar —dije—. Estuvo aquí.

—¿Aquí? —dijo Martinsen en voz baja y dejó su teléfono encima de la mesa, delante de mí—. ¿Te importa si te grabamos,

Opgard? Solo es para que no se nos olvide nada de lo que puedas contarnos.

—Como queráis —dije. Creo que su manera educada de hablar era contagiosa.

—Bien —dijo Kurt, que apoyó los codos sobre la mesa y se inclinó hacia mí—. ¿Qué vino a hacer aquí Poul Hansen?

—Chantajeaba a Carl para que le diera dinero —dije.

—¿Eh? —dijo Kurt mirándome fijamente.

Martinsen paseaba la mirada por la habitación, como si buscara algo. Algo distinto a lo que ocurría ante sus ojos y que, en cualquier caso, ya estaban grabando. Su mirada se detuvo en el tubo de la estufa.

—Dijo que esta vez no había venido a Os para extorsionar a los morosos de Willumsen, sino para extorsionar al propio Willumsen —dije—. Parecía bastante cabreado, por decirlo así, se ve que Willumsen le debía dinero por varios trabajos y le había dicho que no tenía ni un céntimo.

—¿Willumsen no tenía ni un céntimo?

—Cuando el hotel ardió, Willumsen decidió perdonarle a Carl la deuda que había contraído con él. Era mucho dinero, pero Willumsen se sentía en parte culpable de decisiones que habían tomado y que habían provocado costes adicionales cuando se produjo el incendio.

Tenía que andarme con cuidado, pues, salvo nosotros, en el pueblo nadie sabía que no teníamos seguro contra incendios. Al menos nadie que siguiera vivo. Pero lo que yo decía era verdad, la documentación que anulaba el préstamo anterior y concedía uno nuevo estaba en poder del abogado de Willumsen, y podía hacerse pública.

—Además, Willumsen tenía cáncer, no le quedaba mucho tiempo de vida —dije—. Supongo que quería dejar como legado que contribuyó generosamente a la construcción del hotel, todo antes que permitir que el proyecto se frustrara por complicaciones económicas derivadas del incendio.

—Espera —dijo Kurt—. ¿Quién le debía el dinero a Willumsen exactamente? ¿Carl o la compañía propietaria del hotel?

—Eso es un asunto complicado. Háblalo con Carl.

—No somos la policía de delitos económicos, así que sigue hablando —dijo Martinsen—. ¿Poul Hansen exigió que Carl le pagara el dinero que Willumsen le debía?

—Sí, pero, claro, no teníamos dinero, solo la deuda condonada. Todavía no habíamos recibido el préstamo nuevo, eso será dentro de dos semanas.

—Vaya —dijo Kurt con voz cansina.

—¿Qué hizo Poul Hansen después de eso? —preguntó Martinsen.

—Se rindió y se fue de aquí.

—¿Cuándo ocurrió eso?

La detective preguntaba deliberadamente rápido, buscando agilizar también el ritmo de las respuestas a fin de condicionarme. Me humedecí los labios.

—¿Fue antes o después del asesinato de Willumsen? —se le escapó a Kurt perdiendo la paciencia.

Y cuando Martinsen se giró hacia Kurt, por primera vez capté en ella una expresión que no tenía que ver ni con la calma ni con la amabilidad. Si las miradas mataran, Kurt estaría acabado. Porque gracias a Kurt yo ahora sabía perfectamente cuál era la madre del cordero, como suele decirse. La secuencia temporal. Al parecer sabían algo de la visita que Poul Hansen había hecho a Opgard.

En la historia que habíamos preparado, Poul Hansen no se había presentado en Opgard el día antes del asesinato de Willumsen como hizo en la vida real, sino justo después del crimen para exigirle a Carl el dinero que no había podido sacarle a Willumsen. Porque solo esa secuencia de los hechos podía explicar por qué Poul Hansen había matado a Willumsen y además cómo su Jaguar había acabado en Huken. Pero la exclamación de Kurt era el grito de cuervo que yo necesitaba.

Tomé una decisión, y esperaba que Carl y Shannon estuvieran escuchando detenidamente junto al tubo de la estufa para oír cómo me disponía a cambiar nuestra historia.

—Fue el día antes de que mataran a Willumsen —dije.

Martinsen y Kurt intercambiaron una mirada.

—Eso coincide con el momento en el que Simon Nergard nos ha dicho que vio un Jaguar tipo E pasar por delante de su granja por la carretera que conduce hasta aquí y solo hasta aquí —dijo Martinsen.

—Y a la parcela del hotel —dije.

—Pero ¿vino aquí?

—Sí.

—Pues en ese caso resulta curioso que Simon Nergard declarara que nunca vio que el Jaguar regresara.

Me encogí de hombros.

—Pero claro, el Jaguar es blanco, y hay mucha nieve —dijo Martinsen—. ¿O no?

—Puede ser —dije.

—Ayúdanos tú, que entiendes de coches, ¿por qué Simon Nergard no lo vio ni lo oyó bajando? —Era buena. No se rendía—. Un deportivo como ese se oye bien cuando sube una cuesta en primera o en segunda, ¿verdad? Pero no cuando baja, si va en punto muerto. ¿Crees que fue eso lo que hizo Hansen? ¿Pasó por delante de la casa de Nergard en silencio?

—No —dije—. Tienes que frenar demasiado en las curvas, y el Jaguar pesa. A la gente que conduce coches como ese no les gusta bajar en punto muerto, no son de los que ahorran gasolina. Al contrario, les gusta oír sus motores. Me imagino que Simon Nergard estaría en el váter, cagando.

Aproveché el silencio que siguió para rascarme la oreja.

Entonces Martinsen hizo un gesto casi imperceptible con la cabeza, como le haría un boxeador a otro al que hubiera pillado en una finta. En este caso la finta era que me había mostrado un poco demasiado dispuesto a explicar por qué Simon no había visto el Jaguar y, por tanto, había revelado que para mí era importante que creyeran que el Jaguar había pasado por delante de Nergard en dirección al pueblo. Pero ¿por qué? Martinsen comprobó que el teléfono seguía grabando y Kurt aprovechó para decir:

—Cuando supiste que Willumsen había muerto, ¿por qué no informaste sobre el matón?

—Porque todo el mundo dijo que Willumsen se había suicidado —respondí.

—¿No te extrañó que ocurriera justo cuando le estaban amenazando de muerte para que pagara?

—El matón no habló de amenazas de muerte. Además Willumsen tenía cáncer, la alternativa a lo mejor eran meses de dolores. He visto a mi tío Bernard morir de cáncer y no, no me extrañó.

Kurt tomó aire para añadir algo, pero Martinsen le indicó con un movimiento de la mano se callara.

—¿Y Poul Hansen no ha vuelto por aquí? —preguntó Martinsen.

—No —dije.

Vi que su mirada seguía la mía hacia el tubo de la estufa.

—¿Seguro?

—Sí.

Sabían algo más, pero ¿qué? ¿Qué? Vi que de manera inconsciente Kurt manipulaba la funda del móvil que llevaba en el cinturón. Era muy parecida a la que usaba su padre. El teléfono móvil. Otra vez. Lo que no me había dejado dormir, lo que había olvidado, el fallo en el que no había caído.

—Porque… —empezó Martinsen, y en ese instante lo supe.

—Bueno, no —la interrumpí y le dirigí lo que esperé que pareciera una sonrisa incómoda—. La mañana que Willumsen murió, me despertó el sonido de un Jaguar. El coche, eh, no el animal.

Martinsen se contuvo y me miró inexpresiva.

—Cuenta —dijo.

—Tiene un sonido bastante inconfundible cuando va en primera o en segunda, ruge como un felino, sí… como un jaguar, supongo.

Martinsen parecía impaciente, pero me tomé mi tiempo, sabía que en este campo de minas cualquier paso en falso tendría un castigo inclemente.

—Pero cuando me desperté del todo, ya no se oía. Abrí la cortina, esperando ver el Jaguar. Seguía estando oscuro, pero no había ningún coche, lo habría visto. Así que creí que lo había soñado.

Martinsen y Kurt volvieron a intercambiar una mirada. Estaba claro que el tal Sulesund no participaba en esa parte de la investigación; supongo que sería lo que llaman un técnico en criminalística, y yo seguía sin saber qué hacía aquí, si bien intuía que no tardaría en descubrirlo. Bueno, les había contado una historia que en caso de que encontraran el Jaguar en Huken también se sostendría. Parecería que Poul Hansen había subido a Opgard aquella mañana, después del asesinato, tal vez en un nuevo intento de extorsionarnos, los neumáticos de verano no se habían agarrado en la curva de Geitesvingen y se había deslizado por el precipicio sin que nadie lo hubiera visto. Tomé aire. Pensé en levantarme y servir más café, lo necesitaba, pero al final me quedé sentado.

—La razón por la que lo preguntamos es porque hemos tardado un poco en dar con el número de móvil de Hansen —dijo Martinsen—. Supongo que, a causa de su profesión, no tenía ningún teléfono registrado a su nombre. Pero comprobamos los repetidores de la zona y en los últimos días solo han recibido señales de un móvil con número danés. Cuando comprobamos qué repetidores habían recibido señales de ese número danés, coincidían con las observaciones de los testigos del Jaguar. Lo raro es que, si nos fijamos en el periodo en el que se produjo el asesinato, es decir, más o menos cuando os visitó a vosotros, el teléfono estaba en la misma zona delimitada por el repetidor. Esta. −Martinsen dibujó un círculo en el aire con el índice−. Y nadie más que vosotros vivís en esa zona. ¿Cómo lo explicas?

57

La mujer de KRIPOS —supongo que tendría un título más oficial— por fin había ido al grano. El teléfono móvil. Por supuesto que el danés tenía un móvil. Se me había olvidado tomarlo en consideración cuando pensamos el plan, y ahora Martinsen había localizado su teléfono en una zona restringida alrededor de nuestra granja. Exactamente como pasó aquella vez con el teléfono de Sigmund Olsen. ¿Cómo demonios podía haber cometido el mismo error dos veces? Ahora habían concluido que el teléfono del matón había estado en los alrededores de Opgard antes, durante y después del asesinato de Willumsen.

—Bueno —dijo Martinsen y repitió—: ¿Cómo explicas eso?

Era como un videojuego de esos en los que te atacan un montón de objetos volando a distintas velocidades y trayectorias y sabes que tarde o temprano acabarás chocando con uno y todo terminará, *game over*. Me cuesta mucho estresarme, pero ahora me sudaba la espalda. Me encogí de hombros e intenté desesperadamente aparentar tranquilidad.

—¿Cómo lo explicáis vosotros?

Supongo que Martinsen interpretó que mi pregunta era retórica, como suelen decir, la pasó por alto y, por primera vez, se inclinó hacia delante.

—¿Poul Hansen no llegó a irse de aquí? ¿Se quedó a pasar la noche? Porque no hemos hablado con nadie que le diera alojamiento, ni en la pensión ni en ningún otro sitio, y la calefacción de un viejo Jaguar no debe de ser gran cosa, hacía demasiado frío para dormir en el coche esa noche.

—Supongo que iría al hotel —dije.

—¿El hotel?

—Es una broma. Quiero decir que a lo mejor fue al hotel incendiado y se metió en una de las casetas de los obreros, ahora están vacías. Si se le dan tan bien las cerraduras, le sería fácil.

—Pero el móvil indica...

—La parcela del hotel está justo detrás de ese montículo —dije—. En el mismo repetidor que el nuestro, ¿no es así, Kurt? Tú también estuviste buscando un móvil por aquí en su día.

Kurt Olsen se pasó la lengua por el bigote y me lanzó una mirada de odio. Se giró hacia los dos agentes de KRIPOS y asintió.

—Entonces eso quiere decir —empezó Martinsen sin apartar la mirada de mí— que se dejó el teléfono en la caseta cuando fue a matar a Willumsen, y que el móvil sigue allí. ¿Puedes llamar a algunos agentes, Olsen? Vamos a necesitar una orden de registro para esas casetas, y por lo que parece tendremos que registrar mucho.

—Buena suerte —dije poniéndome de pie.

—Ah, pero no hemos acabado del todo. —Kurt sonrió.

—Vale —dije y volví a sentarme.

Kurt se balanceó sobre la silla, como si quisiera dejar claro que se había puesto aún más cómodo.

—Cuando le preguntamos a Rita si Poul Hansen podría tener la llave de la puerta del sótano, dijo que no. Pero vi que hacía un gesto extraño, y he sido policía el tiempo suficiente para leer un poco las expresiones de la gente, así que la presioné algo y entonces reconoció que en su día tú sí tuviste esa llave, Roy.

–Vale –dije sin más, estaba cansado.

Kurt había vuelto a apoyar los codos encima de la mesa.

–Así que la cuestión es si tú le diste esa llave a Poul Hansen. O si fuiste tú mismo el que entraste por esa puerta a casa de Willumsen la mañana que murió.

Tuve que ahogar un bostezo. No porque tuviera sueño, sino porque seguramente mi cerebro necesitaba más oxígeno.

–Pero ¿cómo se os ocurre algo así?

–Solo preguntamos.

–¿Por qué iba yo a matar a Willumsen?

Kurt se lamió el bigote, miró a Martinsen y recibió su aprobación para seguir:

–Grete Smitt me contó en una ocasión que Rita Willumsen y tú os lo montabais en la cabaña de Willumsen. Cuando se lo pregunté a Rita Willumsen después de lo de la llave, ella también lo reconoció.

–¿Y qué?

–¿Y qué? Sexo y celos. Son los dos motivos más frecuentes de asesinato en todos los países industrializados.

Esto también debía de haberlo sacado de la revista *True Crime*, si no me equivocaba. Ya no fui capaz de reprimir por más tiempo el bostezo.

–No –dije con la boca abierta de par en par–. Por supuesto que no maté a Willumsen.

–No –dijo Kurt–. Porque, por supuesto, acabas de contarnos que a la hora en que Willumsen fue asesinado, es decir, entre las seis y media y las siete y media de la mañana, tú estabas durmiendo a pierna suelta en tu cama, ¿no?

Kurt volvió a toquetear la funda del teléfono. Era como tener un apuntador. Ahora lo comprendía. También habían averiguado los movimientos de mi teléfono.

–No, me levanté –dije–. Y fui en coche a uno de los embarcaderos de Budalsvannet.

—Sí, tenemos un testigo que cree haber visto un Volvo como el tuyo por allí poco antes de las ocho. ¿Qué fuiste a hacer allí?

—Fui a espiar a las ninfas bañistas.

—¿Perdón?

—Cuando me desperté creyendo haber oído ese Jaguar, recordé que Shannon y Rita iban a darse un baño en el hielo, pero no sabía exactamente dónde. Supuse que sería en algún lugar en línea recta entre la casa de Willumsen y el lago. Aparqué junto a uno de los embarcaderos y estuve buscándolas, pero estaba oscuro y no las encontré.

Vi que la cara de Kurt parecía desinflarse, como cuando una pelota de playa se queda sin aire.

—¿Algo más? —pregunté.

—Por una cuestión de método comprobaremos que no tengas GSR en las manos —dijo Martinsen.

Seguía con la cara inexpresiva, pero su lenguaje corporal había cambiado. Había desconectado su estado de conciencia tensa e hipersensible de hacía un instante, algo que quizá solo detecta el que se ha dedicado a algún arte marcial o a pelear en la calle. Puede que ni ella misma lo supiera pero, en su interior, había concluido que yo no era el enemigo y, de manera casi imperceptible, se había relajado.

En ese momento el técnico de criminalística Sulesund abrió su bolsa. Sacó un ordenador portátil y algo que parecía un secador de pelo.

—Es un *XRF analyzer* —dijo, y abrió el ordenador—. Escanearé tu piel y enseguida tendremos los resultados. Pero antes debo conectarlo al programa de análisis.

—Vale. ¿Voy a avisar a Carl y a Shannon para que podáis hablar con ellos también? —pregunté.

—¿Para que puedas lavarte a fondo las manos antes? —preguntó Kurt Olsen.

—Gracias, pero no vamos a necesitar hablar con los demás —dijo Martinsen—. De momento tenemos lo que necesitamos.

—Estoy listo —dijo Sulesund.

Me remangué la camisa y levanté las manos mientras él me escaneaba como si fuera un producto de la gasolinera.

Sulesund conectó el secador de pelo con el ordenador con un cable USB y tecleó. Vi que Kurt observaba expectante la cara del técnico de criminalística. Yo sentía los ojos de Martinsen clavados en mí mientras miraba por la ventana y pensaba que era una suerte que hubiera quemado los guantes junto con el resto de la ropa que llevaba aquella mañana. Y debía acordarme de lavar la camisa ensangrentada de Nochevieja para tenerla limpia para el entierro de mañana.

—Está limpio —dijo Sulesund.

Me pareció que Kurt Olsen murmuraba una maldición.

—Bueno —dijo Martinsen, y se puso de pie—. Gracias por tu colaboración, Opgard, espero no haberte molestado demasiado. En los casos de asesinato tenemos que apretar un poco más, imagino que lo entiendes.

—Hacéis vuestro trabajo —dije desenrollándome las mangas de la camisa—. Es lógico. Y… —Me puse en la boca una dosis de tabaco de mascar, miré a Kurt Olsen y no mentí cuando dije—: Espero de verdad que encontréis a Poul Hansen.

58

De una manera extraña tuve la sensación de que el entierro de Willum Willumsen también era el del Spa Hotel de Montaña de Os.

El funeral empezó con un discurso de Jo Aas.

—No nos dejes caer en la tentación, y líbranos del mal —dijo.

Y contó cómo el fallecido había ido poniendo un ladrillo tras otro de una compañía que había prosperado porque representaba un papel natural en la sociedad local. Había sido y era la respuesta a una necesidad real de los que vivíamos en el pueblo.

—Todos conocíamos a Willum Willumsen como un hombre de negocios duro pero honesto. Ganaba dinero donde era posible ganarlo, y nunca firmaba un contrato del que no creyera que iba a sacar provecho. Pero cumplía con su palabra, también cuando el viento cambiaba de dirección y la ganancia se convertía en pérdida. Siempre. Y esa ciega integridad es la que define a un hombre, es la prueba última de que se guía por unos principios.

En ese momento los ojos azul hielo de Jo Aas se clavaron en Carl, que estaba sentado a mi lado en un banco de la segunda fila de la abarrotada iglesia de Os.

—Por desgracia, no veo que todos los hombres de negocios de este pueblo se guíen por los mismos principios que Willumsen.

No miré a Carl, pero casi podía notar el calor que despedían sus mejillas sonrojadas.

Imaginé que Jo Aas había elegido esa particular ocasión para difamar a mi hermano pequeño porque sabía que era el mejor púlpito del que disponía para decir aquello. Y quería decirlo porque todavía le movía el mismo afán: ser el que llevara la batuta. Un par de días antes Dan Krane había publicado un editorial sobre la actual y la anterior junta municipal. En él describía a Jo Aas como un político cuyo principal talento era saber pegar la oreja al suelo y comprender lo que estaba oyendo para después ajustar sus respuestas de forma que, por arte de magia, siempre parecieran una solución de compromiso entre los distintos puntos de vista. Así era como siempre había conseguido que se aprobaran sus propuestas y así había dado la impresión de ser un líder poderoso. Cuando en realidad siempre se estaba adaptando a su público o, sencillamente, seguía la corriente. «¿Es el perro el que menea la cola, o la cola la que menea al perro?», escribía Dan Krane.

Ese editorial había provocado muchas reacciones, claro. Porque ¿cómo se atrevía ese pretencioso recién llegado a atacar a su propio suegro, al amado viejo alcalde, a la versión local del amado político nacional Gerhardsen? Se habían publicado muchas opiniones, tanto impresas como en la red, a las que Dan Krane había respondido diciendo que su escrito no era en absoluto una crítica de Jo Aas. ¿No era un principio democrático que la gente debía sentirse representada? ¿Había una representación más cierta y democrática que la de un político que interpretaba los estados de ánimo y se adaptaba a las circunstancias? Ahora, hasta cierto punto, Krane veía confirmado su punto de vista, porque a quien oíamos desde el púlpito no era a Jo Aas, sino el eco de todo el pueblo, transmitido por quien siempre había interpretado y después dado a conocer lo que ellos, la mayoría, pensaban. Porque incluso para los afectados, es decir nosotros, la familia Opgard, había sido imposible no enterarse de que la gente hablaba. Quizá se hubiera filtrado la noticia de que Carl había perdido el control del proyecto del hotel después de echar a los principales contratistas. Que Carl tenía problemas de financiación, que había pedido préstamos personales en secreto y que la contabilidad no reflejaba lo que de verdad pasaba. Que el incendio podía haber sido el golpe de gracia. Quizá no hubiera nada en concreto, pero la suma de pequeñas cosas que la gente iba sabiendo aquí y allá daba una imagen que a nadie le gustaba. Pero en otoño Carl había sido muy optimista declarando a los cuatro vientos que el proyecto volvía a estar encauzado, y eso era lo que la gente del pueblo quería oír, pues muchos habían invertido en él.

Y ahora, a juzgar por lo que decían los periodistas que habían invadido el pueblo, un matón había acabado con la vida de Willum Willumsen. Pero ¿por qué? Algunos opinaban que le debía muchísimo dinero a alguien. Los rumores decían que Willumsen había invertido más en el hotel que los demás, que había concedido grandes préstamos. ¿Era ese asesinato la primera grieta en los cimientos, el anuncio de que todo se iba a ir al infierno? Carl Opgard, ese tipo escurridizo, ese graduado en economía que poseía el encanto de un predicador, ¿había vuelto a su pueblo natal y los había estafado a todos con aquel castillo de naipes?

Al salir de la iglesia, vi a Mari Aas. Su rostro, que solía desprender una luz cálida y morena, estaba pálido en contraste con el abrigo negro e iba del brazo de su padre.

Dan Krane brillaba por su ausencia.

El ataúd, que cargaban unos parientes con trajes demasiado grandes, fue introducido en el coche fúnebre, que se lo llevó mientras nos quedamos allí mirando cómo se alejaba con ojos piadosos.

—No lo van a incinerar —dijo alguien en voz baja. Era Grete Smitt, que de pronto estaba a mi lado—. La policía quiere conservar el cadáver el mayor tiempo posible por si tienen que comprobar algo. Solo han prestado el cuerpo para el entierro. Ahora va directo a la cámara frigorífica.

El coche avanzaba tan despacio que parecía que estaba parado mientras del tubo de escape salía un humo blanco. Cuando por fin desapareció tras la curva, me volví. Grete había desaparecido.

La cola para dar el pésame a Rita Willumsen era larga, y no creí que tuviera demasiadas ganas de verme, así que me subí al Cadillac y esperé.

Un Anton Moe trajeado y su mujer pasaron por delante del coche. Ninguno de ellos levantó la vista.

—Joder —dijo Carl cuando él y Shannon se sentaron en el coche y arranqué—. ¿Sabes lo que ha hecho Rita Willumsen?

—¿Qué? —dije saliendo del aparcamiento.

—Cuando le he dicho que lo sentía, ha tirado de mí y he creído que iba a darme un beso en la mejilla, pero en lugar de eso me ha susurrado al oído «Asesino».

—¿Estás seguro de haberla entendido bien?

—Sí. Sonreía. Al mal tiempo buena cara y todo eso, pero de verdad…

—Asesino.

—Sí.

—Supongo que el abogado le habrá avisado de que su marido perdonó treinta millones de deuda y te dio otros treinta muy poco antes de morir —dijo Shannon.

—¿Eso me convierte en un asesino? —gritó Carl indignado.

Yo sabía que estaba alterado, no porque fuera inocente, sino porque la acusación era injusta según lo que Rita Willumsen podía saber. Así funcionaba el cerebro de Carl. Sentía que Rita Willumsen le había juzgado por su persona, no por los hechos, y eso lo hería.

—No es tan raro que desconfíe —dijo Shannon—. Si conocía la existencia de la deuda le habrá parecido muy raro que su marido no le contara que había perdonado una cantidad tan importante. Y si no la conocía, le parecerá sospechoso que el abogado haya recibido documentación después del asesinato, pero firmada y fechada varios días antes.

Carl se limitó a gruñir a modo de respuesta, estaba claro que opinaba que ni siquiera una lógica tan evidente podía justificar el comportamiento de Rita.

Contemplé el cielo que teníamos delante. Habían anunciado buen tiempo, pero del oeste llegaban nubes oscuras. En la montaña todo cambia en un instante, al menos eso es lo que dicen.

59

Abrí los ojos. Llamas por todas partes. Las paredes y la litera
estaban ardiendo, el fuego bramaba alrededor. Bajé al suelo de
un salto y vi que del colchón salían grandes llamaradas amarillas. ¿Cómo podía ser que no sintiera nada? Me miré y lo descubrí. Yo también estaba ardiendo. Oí las voces de Carl y
Shannon en su dormitorio y corrí a la puerta, pero estaba
cerrada. Me acerqué a la ventana y aparté las cortinas ardientes. El cristal había desaparecido, y había sido sustituido
por barrotes de hierro. Y ahí fuera, en la nieve, había tres personas. Pálidas, inmóviles, solo me miraban. Anton Moe. Grete
Smitt. Y Rita Willumsen. Emergiendo de la oscuridad, el camión de bomberos giró por la curva de Geitesvingen a paso
de tortuga. Sin sirenas, sin luz. Iba cada vez más lento, el motor
sonaba muy fuerte, aunque iba más y más despacio. Se detuvo
por completo y empezó a deslizarse hacia atrás, hacia la oscuridad de la que había emergido. Un hombre de piernas arqueadas salió oscilante del granero. Kurt Olsen. Llevaba los
guantes de boxeo de papá puestos.

Abrí los ojos. La habitación estaba a oscuras, no había ningún incendio. Pero seguía oyendo el bramido. No, no era un
bramido, era un motor a muchas revoluciones. Era el espíritu
del Jaguar, que subía el barranco. Entonces me desperté, y reconocí el ruido de un Land Rover.

Me puse los pantalones y bajé.

—¿Te he despertado?

Kurt Olsen estaba en la escalera con un cigarrillo entre los labios y los pulgares metidos por el cinturón.

—Es temprano —dije.

No había mirado el reloj, pero cuando me volví hacia el este no vi luz.

—No podía dormir —dijo—. Ayer acabamos de revisar las casetas del solar del hotel y no encontramos ni a Poul Hansen ni su coche, ni rastro de que hubieran estado allí. La estación repetidora ya no recibe ninguna señal de su teléfono, así que o se ha quedado sin batería o ha apagado el teléfono. Pero esta noche se me ha ocurrido una cosa y quiero comprobarla cuanto antes.

Intenté organizar mis pensamientos.

—¿Has venido solo?

—¿Te refieres a Martinsen? —Olsen me dirigió una media sonrisa que no supe interpretar—. No vi motivo para despertar a los de KRIPOS, esto no nos llevará mucho tiempo.

Se oyeron pasos a mi espalda, en la escalera.

—¿Qué pasa, Kurt? —Era Carl, adormilado pero irritantemente risueño, como siempre estaba por la mañana—. ¿Nos atacan al amanecer?

—Buenos días, Carl. Roy, cuando estuvimos aquí dijiste que la mañana que Willumsen murió alguien te despertó, y creíste que había sido un Jaguar. Pero después el sonido desapareció y pensaste que solo había sido un sueño.

—¿Sí?

—De pronto recordé lo resbaladiza que estaba la zona de Geitesvingen la mañana que estuvimos aquí. Y me dije que quizá (no sé por qué, pero no paro de buscar soluciones a este enigma), que quizá no estuvieras soñando y realmente oyeras el Jaguar, pero que este no llegara a subir el último recodo, y que empezara a deslizarse hacia atrás y…

Olsen hizo una pausa teatral mientras sacudía la ceniza del cigarrillo.

–Crees que… –Intenté parecer atónito–. Crees que…

–Al menos quiero comprobarlo. El noventa por ciento de toda labor de investigación…

–… es seguir pistas que no conducen a ninguna parte –dije yo–. *True Crime*. Yo también leí ese artículo. Fascinante, ¿verdad? ¿Te has asomado a Huken?

Kurt Olsen escupió a un lado de los escalones; parecía descontento.

–Lo intenté, pero está demasiado oscuro y la caída es muy brusca, así que necesito a alguien que me sujete, si no no puedo asomarme lo bastante para ver.

–Por supuesto –dije–. ¿Necesitas una linterna?

–Tengo linterna –repuso, volvió a meterse el cigarrillo en la comisura de los labios y levantó un objeto negro que parecía una salchicha ahumada.

–Iré con vosotros –dijo Carl y subió la escalera en pantuflas para vestirse.

Bajamos a Geitesvingen, donde el Land Rover de Olsen estaba aparcado con los faros delanteros encendidos, enfocados al precipicio. Habían subido las temperaturas, ahora estábamos solo a unos pocos grados bajo cero. Kurt Olsen se ató alrededor de la cintura una cuerda que llevaba en el maletero.

–¿Puede sujetarla uno de los dos? –preguntó. Se la pasó a Carl y se acercó con cuidado al borde del precipicio.

Había un metro o dos de ladera escarpada y rocosa antes de que la pared vertical se perdiera de vista. Mientras el agente estaba inclinado hacia delante, dándonos la espalda, Carl me dijo al oído:

–Va a encontrar el cadáver –susurró histérico–. Y se dará cuenta de que algo no encaja. –Carl tenía la cara brillante de sudor y noté el pánico en su voz–. Tenemos que… –Señaló la espalda de Olsen con un movimiento de la cabeza.

–¡No te equivoques! –siseé lo más bajo que pude–. Tiene que encontrar el cadáver y todo encaja a la perfección.

En ese momento Kurt se giró hacia nosotros. Su cigarrillo brillaba como una luz de freno en la oscuridad.

—A lo mejor deberíamos atar la cuerda al parachoques —dijo—. No vaya a ser que resbalemos los tres.

Le cogí el extremo de la cuerda a Carl, lo até al parachoques, le hice un gesto a Kurt para indicarle que era segura y le dirigí a Carl una discreta pero firme mirada de advertencia.

Kurt se deslizó por la ladera y se inclinó hacia fuera mientras yo mantenía la cuerda tensa. Encendió la linterna y apuntó con el haz de luz hacia abajo.

—¿Ves algo? —pregunté.

—*Oh yeah* —respondió Kurt Olsen.

Unas nubes bajas azul acero filtraban una luz tenue mientras Sulesund y dos de sus colegas de KRIPOS bajaban con una cuerda a Huken. Sulesund llevaba un mono acolchado y sostenía su secador de pelo. Martinsen contemplaba la operación con los brazos cruzados.

—Habéis llegado enseguida —dije.

—Han anunciado nieve —repuso ella—. Los escenarios de crímenes sepultados por un metro de nieve son una mierda.

—¿Sabes que es peligroso bajar ahí?

—Olsen nos lo dijo, pero son raros los desprendimientos con temperaturas bajo cero. El agua de las rocas se expande cuando hiela, se hace sitio, pero tiene el efecto de un pegamento. Es en la época del deshielo cuando pueden caer rocas.

Parecía saber de lo que hablaba.

—Estamos abajo. —La voz de Sulesund se oyó por el walkie-talkie—. Cambio.

—Estamos impacientes. Cambio.

Esperamos.

—¿El walkie-talkie no es antediluviano? —pregunté—. Podríais haber usado móviles.

—¿Cómo sabes que ahí abajo hay cobertura? —preguntó mirándome.

¿Estaba insinuando que yo acababa de desvelar que había estado abajo? ¿Quedaba un último resto de sospecha?

—Bueno —dije y me metí bajo el labio una dosis de tabaco de mascar—. Si el repetidor recibió señales del teléfono de Poul Hansen después de que cayera al barranco, supongo que sería la prueba de que hay cobertura.

—Pues veremos si su teléfono está ahí —dijo Martinsen.

A modo de respuesta sonaron unos crujidos en el walkie-talkie.

—¡Aquí hay un cadáver! —gritó Sulesund—. Aplastado, pero es Poul Hansen. Congelado, así que ya podemos ir olvidándonos de determinar la fecha precisa de la muerte.

Martinsen habló a la caja negra.

—¿Ves su teléfono móvil también?

—No —dijo Sulesund—. O sí, Ålgård acaba de encontrarlo en el bolsillo de la chaqueta. Cambio.

—¿Escaneas el cadáver, coges el móvil y subes? Cambio.

—OK. Corto y cambio.

—¿La granja es tuya? —preguntó Martinsen y se enganchó el walkie-talkie en el cinturón.

—Es de mi hermano y mía —dije.

—Es un lugar hermoso.

Su mirada recorrió el paisaje como había recorrido la cocina el día anterior. Estaba seguro de que no se le escapaba ningún detalle.

—¿Sabes mucho de granjas? —pregunté.

—No. ¿Y tú?

—No.

Nos reímos.

Saqué la cajita de tabaco de mascar, cogí una bolsita y se la tendí.

—No, gracias.

—¿Lo has dejado? —pregunté.

—¿Tanto se nota?

—Sí, lo he notado en tu mirada cuando he abierto la lata.

—Vale, dame una.

—No quisiera ser yo quien…

—Solo una.

Le tendí la cajita.

—¿Por qué no ha venido Kurt Olsen? —pregunté.

—El policía ya está resolviendo nuevos casos —dijo con una sonrisa irónica, y con el dedo anular estirado y el índice empujó la bolsita de tabaco entre sus labios rojos y húmedos—. Cuando revisamos las casetas encontramos a un letón, un trabajador de las obras del hotel.

—Creía que habían cerrado las casetas hasta que las obras empiecen de nuevo.

—Y están cerradas, pero el letón quería ahorrar dinero y en lugar de volver a casa por Navidad estaba viviendo en la caseta sin permiso. Lo primero que dijo cuando vio a la policía en la puerta fue: «It wasn't me who started the fire». Resulta que en Nochevieja había ido al centro a ver los fuegos artificiales y que, cuando volvió al hotel justo antes de la medianoche, se cruzó con un coche que bajaba. Cuando llegó, el hotel estaba en llamas. Fue él quien llamó a los bomberos. De forma anónima, por supuesto. No se arriesgó a ir a la policía para contarle lo del coche, dijo, porque entonces se sabría que había pasado en la caseta todas las navidades y le echarían. Además, los faros le deslumbraron tanto que no pudo decirle nada del coche a la policía, ni de la marca ni del color, solo se fijó en que una de las luces de freno no funcionaba. En cualquier caso, Olsen le está tomando declaración ahora mismo.

—¿Crees que tiene algo que ver con el asesinato de Willumsen?

Martinsen se encogió de hombros.

—No descartamos esa posibilidad.

—Y el letón…

—Es inocente —dijo. Ahora se la veía más serena; la serenidad que proporciona la nicotina.

Asentí.

—En general sueles estar bastante segura de quién es culpable y quién no, ¿verdad?

—Bastante —dijo.

Iba a añadir algo, pero en ese momento apareció la cara de
Sulesund por el borde del precipicio. Había utilizado un jumar
para ascender por la cuerda; se quitó el arnés y se acomodó en
el asiento del pasajero del coche. Conectó el secador de pelo al
portátil y tecleó.

—¡GSR! —exclamó por la puerta abierta—. No hay duda,
Poul disparó un arma poco antes de morir. Y de momento
parece el arma del escenario del crimen.

—¿También podéis ver eso? —le pregunté a Martinsen.

—Al menos podemos detectar si es el mismo tipo de munición y, si hay suerte, si los restos de GSR de Poul Hansen
pueden proceder de ese tipo de arma. Pero, claro, la cronología
de los hechos parece estar bastante clara.

—¿Cuál sería?

—Poul Hansen pegó un tiro a Willum Willumsen en su
dormitorio por la mañana, después subió aquí para intentar
sacarle a Carl el dinero que Willumsen le debía, pero el Jaguar
se deslizó por el hielo de Geitesvingen y entonces… —Se calló
de golpe. Sonrió—. No creo que a tu policía le gustara saber
que sigues de cerca nuestra investigación, Opgard.

—Prometo no chivarme.

Se echó a reír.

—En cualquier caso, creo que para nuestra colaboración
profesional será mejor que diga que, mientras estuvimos aquí,
tú te quedaste en casa.

—Vale —dije subiéndome la cremallera del anorak—. Da la
impresión de que el caso está resuelto.

Ella apretó los labios para dar a entender que no respondían a esa clase de preguntas, pero a la vez parpadeó a modo de afirmación.

—¿Te apetece un café? —pregunté.

Por un momento pareció desconcertada.

—Hace frío —dije—. Puedo traeros un termo.

—Gracias, pero tenemos el nuestro —respondió.

—Por supuesto —dije, me di la vuelta y me marché.

Tuve la sensación de que me siguió con la mirada. No es que necesariamente estuviera interesada en mí, pero uno se fija en los culos que puede. Pensé en el orificio de bala en el cubo de zinc, lo cerca que esta había estado de darme en la cabeza. Un disparo profesional hecho desde un coche en movimiento. Menos mal que la caída había sido desde tal altura que ya no existía ningún parabrisas con un agujero de bala que pudiera generar desconcierto sobre cuándo y dónde la había disparado Poul Hansen.

—¿Y? —preguntó Carl, sentado a la mesa de la cocina con Shannon.

—Lo diré como Kurt Olsen —dije acercándome al café—. *Oh yeah.*

60

A las tres empezó a nevar.

—Mira —dijo Shannon observando a través de los finos cristales del jardín de invierno—. Todo desaparece.

Caían grandes y esponjosos copos de nieve, que iban posándose como un edredón de plumas sobre el paisaje. Tenía razón, un par de horas después no quedaba nada.

—Esta tarde me vuelvo a Kristiansand —dije—. Al parecer mis vacaciones han pillado por sorpresa a algunos y hay mucho trabajo que hacer.

—Estamos en contacto —dijo Carl.

—Sí, estamos en contacto —dijo Shannon.

Me rozó con el pie por debajo de la mesa.

Hacia las siete, cuando salí de Opgard, dejó de nevar. Al ir a repostar a la gasolinera vi la espalda de Julie desaparecer entre las nuevas puertas automáticas. En el lugar donde solían aparcar los macarras solo había un coche, el Ford Granada tuneado de Alex. Aparqué bajo la luz intensa de los surtidores, me bajé y empecé a echar gasolina. El Granada estaba a unos pocos metros, la luz de las farolas se derramaba sobre la carrocería color bronce y el parabrisas, así que podíamos vernos bien. Estaba solo en el coche, Julie habría entrado a comprar algo, tal vez una pizza. Luego irían a casa a ver una película. Eso era lo que solían hacer las parejas de novios en este pueblo. Cuando quedaban retirados de la circulación, como suele decirse. Fingió no verme. Hasta que enganché la manguera en la boca del depósito y caminé hacia él. Le entraron las prisas, se incorporó, tiró por la ventanilla un cigarrillo recién empezado que lanzó chispas en el asfalto bajo techo y limpio de nieve de la gasolinera. Empezó a subir la ventanilla. Supongo que alguien le habría dicho que tuvo suerte de que en Nochevieja Roy Opgard no estuviera de humor para pelearse; quizá le contaron un par de historias de los tiempos de Årtun. Incluso intentó bloquear su puerta con disimulo.

Me coloqué junto a ella y di unos golpes al cristal con los nudillos.

Bajó la ventanilla un par de centímetros.

—¿Sí?

—Tengo una propuesta.

—¿Ah, sí? —dijo Alex con aspecto de temer que yo quisiera proponerle la revancha, una propuesta que no le interesaba en absoluto.

—Seguro que Julie te ha contado lo que pasó en Nochevieja, antes de que te presentaras, y creo que deberías disculparte. Sé que no es fácil para un tipo como tú. Lo sé porque antes era como tú, y no pienso pedirte que lo hagas ni por ti ni por mí. Pero para Julie es importante. Tú eres su chico, y yo soy el único jefe que ha tenido que la ha tratado bien.

Alex tenía la boca abierta, comprendí que me había entendido.

—Para que resulte creíble, volveré a echar gasolina, despacio. Cuando Julie salga te bajarás del coche, te acercarás a mí, tú y yo arreglaremos las cosas y ella lo verá.

Siguió mirándome con la boca entreabierta. No sé si Alex es muy listo, pero cuando por fin cerró el buzón, supuse que había acabado de comprender que podría solucionar un par de problemas. Para empezar, Julie dejaría de darle la lata con que no era lo bastante hombre para disculparse con Roy Opgard. Además, no tendría que estar pendiente de que en cualquier momento me tomara la revancha.

Asintió en silencio.

—Nos vemos —dije y me encaminé al Volvo.

Me situé detrás del surtidor para que Julie no me viera cuando saliera un minuto después. Oí que ella se metía en el coche y que cerraba la puerta. Unos segundos más tarde se abrió una puerta y me encontré con Alex delante.

—Perdón —dijo, y me tendió la mano.

—Cosas que pasan —dije y por encima de su hombro vi que Julie nos observaba desde el interior del coche con los ojos muy abiertos—. Pero Alex…

—¿Sí?

—Dos cosas. La primera, pórtate bien con ella. La segunda, no tires cigarrillos encendidos cuando estés tan cerca de los surtidores.

Tragó saliva y volvió a asentir.

—Ahora lo recojo —dijo.

—No. Vete al coche con Julie, luego lo recogeré cuando ya os hayáis ido. ¿Vale?

—Vale —dijo Alex, y añadió un gracias con la mirada.

Julie me saludó entusiasmada con la mano cuando pasaron por mi lado.

Me metí en el coche y me alejé. Despacio, con las temperaturas más altas la carretera estaba más resbaladiza. Pasé el cartel del municipio. No miré por el retrovisor.

VII

61

Recibí la convocatoria para la junta de accionistas de Spa Hotel de Montaña, SL, la segunda semana de enero. Iba a celebrarse la primera semana de febrero. El orden del día era simple y consistía en un solo punto: «¿Qué hacemos ahora?».

Esa pregunta dejaba abiertas todas las posibilidades. ¿Se cancelaba el proyecto? ¿Se vendía a otros inversores y solo se desmantelaba la sociedad cooperativa? ¿O podría el proyecto seguir adelante, con otras fechas?

La reunión no iba a empezar hasta las siete de la tarde, pero yo aparqué delante de nuestra casa a la una. Un sol blanco y metálico, más alto que en mi anterior visita, brillaba en un cielo despejado y azul. Cuando me bajé del coche, me encontré con Shannon, que estaba dolorosamente hermosa.

—He aprendido a usar esto —dijo riéndose y levantando un par de esquíes.

Tuve que reprimirme para no acercarme a ella y abrazarla. Desde la última vez que nos acostamos en Notodden solo habían pasado cuatro días, y yo aún conservaba su sabor en la lengua y el calor de su piel.

—¡Se le da muy bien! —Carl salió de casa con mis botas de esquí en la mano—. Demos un paseo hasta el hotel.

Fuimos a buscar nuestros esquíes al granero, nos los pusimos y empezamos el recorrido. Concluí que Carl había exagerado, por supuesto: Shannon conseguía mantener la vertical, pero no se le daba nada bien.

—Creo que es por el surf que practiqué de niña —dijo muy satisfecha consigo misma—. Te da sentido del equilibrio ¡y…! —gritó cuando los esquíes se le levantaron por delante y se cayó de culo en la nieve reciente.

Carl y yo nos desternillábamos de risa, y después de intentar poner cara de ofendida dos veces, Shannon se echó a reír también. Cuando la ayudamos a levantarse, sentí la mano de Carl en la espalda, una ligera presión en la nuca. Su mirada azul brillaba. Tenía mejor aspecto que en navidades. Había adelgazado, sus movimientos eran más ágiles, tenía el blanco de los ojos más transparente y la dicción más clara.

—¿Qué? —dijo Carl apoyándose en los bastones—. ¿Lo ves?

Lo único que veía eran los mismos restos calcinados y negros que un mes antes.

—¿No lo ves? ¿El nuevo hotel?

—No.

Carl se echó a reír.

—Espera y verás. Catorce meses. He hablado con mi gente y, joder, seremos capaces de hacerlo en catorce meses. Dentro de un mes cortaremos la cinta de un nuevo comienzo de las obras. Y esta será más multitudinaria que la primera inauguración. Anna Falla ha aceptado venir a cortar la cinta.

Asentí. Parlamentaria, presidenta del comité de Asuntos Empresariales. Era importante.

—Después habrá una auténtica fiesta popular en Årtun, exactamente como en los viejos tiempos.

—Nada volverá a ser como en los viejos tiempos, Carl.

—Espera y verás. He conseguido que Rod reúna su vieja banda para la ocasión.

—¡Estás de coña! —Reí.

Rod. Joder, eso era mucho mejor que cualquier cosa que pudieran mandarnos del Parlamento.

Carl se giró.

—¿Shannon?

Ella subía trabajosamente la cuesta detrás de nosotros.

—Está difícil —dijo sonriéndonos sin aliento—. Todo el rato me voy para abajo. Es fácil deslizarse para atrás, pero no para delante.

—¿Quieres enseñarle al tío Roy lo bien que bajas las cuestas?

Carl señaló la ladera que estaba a resguardo del viento. La nieve recién caída brillaba como una alfombra de diamantes.

Shannon le sacó la lengua.

—No tengo intención de serviros de entretenimiento.

—Solo tienes que imaginarte que estás haciendo surf en Surfers Point —dijo provocador.

Ella fue a darle con el bastón y estuvo a punto de perder el equilibrio. Carl se echó a reír.

—¿Quieres enseñarle cómo se esquía? —me preguntó Carl.

—No —dije y cerré los ojos. Me dolían a pesar de que llevaba gafas de sol—. No quiero hollarla.

—Quiere decir que no quiere estropear la nieve nueva —le explicó Carl a Shannon—. A papá lo sacaba de quicio. Llegábamos a una bajada perfecta, con nieve en polvo intacta, y le pedía a Roy que fuera el primero porque era el que mejor esquiaba, pero Roy se negaba porque estaba precioso y no quería hollar la nieve.

—Lo entiendo —dijo Shannon.

—Pero papá no lo entendía —dijo Carl—. Decía que para llegar a alguna parte antes tienes que estropearla.

Nos quitamos los esquíes, nos sentamos encima y compartimos una naranja entre los tres.

—¿Sabías que los naranjos son originarios de Barbados? —dijo Carl mirándome con los ojos entornados.

—Es el árbol del pomelo —dijo Shannon—. Y eso también es bastante dudoso. Pero… —Me miró—. Las cosas que no sabemos son las que hacen que una historia sea verdad.

Cuando nos acabamos la naranja, Shannon dijo que se adelantaba, así no tendríamos que esperarla.

Carl y yo nos quedamos sentados hasta que desapareció detrás del montículo.

Entonces Carl suspiró profundamente.

—Ese jodido incendio…

—¿Te has enterado de lo que pasó?

—Solo de que fue intencionado y de que los autores dejaron ese cohete de Nochevieja para que pareciera el origen del fuego. Ese lituano…

—Letón.

—… ni siquiera pudo decir la marca del coche que había visto, así que no descartan que lo hiciera él.

—¿Por qué iba a hacerlo?

—Podría ser pirómano. O le pagaron para que lo hiciera. Hay mucha gente envidiosa en el pueblo que odia este hotel, Roy.

—Quieres decir que nos odian a nosotros.

—Eso también.

Se oyó un aullido lejano. Un perro. Había quien aseguraba haber visto huellas de lobo en estas montañas. Incluso pisadas de oso. No era imposible, claro, pero sí poco probable. Casi nada es imposible. Tarde o temprano todo acaba por suceder.

—Le creo —dije.

—¿Al lituano?

—Un pirómano evita quedarse a vivir en los restos del incendio que ha provocado. Si le hubieran pagado por hacerlo, ¿para qué complicarse la vida con una mentira sobre un coche con una luz de freno rota que bajaba de la obra? Podría haber dicho que el incendio ya había empezado cuando llegó, o que estaba durmiendo en la caseta, que no sabía nada. Que la policía se las apañara para descubrir si había sido el cohete u otra cosa.

—No todo el mundo piensa con tanta lógica como tú, Roy.

Me metí una bolsita de tabaco de mascar bajo el labio.

—Puede que no, ¿quién te odia lo bastante para quemar tu hotel?

—Veamos. Kurt Olsen, porque sigue estando convencido de que tuvimos algo que ver con la muerte de su padre. Erik Nerell, porque le humillamos con esas fotos desnudo que le hicimos mandar. Simon Nergard, porque... porque vive en Nergard, le has dado palizas y siempre nos ha odiado.

—¿Y Dan Krane? –pregunté.

—No, él y Mari son copropietarios del hotel.

—¿A nombre de quién está su participación?

—De Mari.

—Si conozco bien a Mari, tienen separación de bienes.

—Seguro. Pero Dan no querría perjudicar a Mari, y...

—¿No? Imagina un hombre al que su mujer engaña, y tú eres el hombre con el que le ha engañado. Ha sido amenazado, censurado y humillado por un matón porque quería escribir algo poco favorable, pero cierto, sobre el hotel. También lo apartan de las buenas compañías y tiene que pasar la Nochevieja con gente de mi ralea. Ese matrimonio se estaba yendo a la mierda, y en Nochevieja Dan planeaba clavar el último clavo de la tapa del ataúd difamando a su padre con ese editorial. ¿Crees que un hombre así nunca haría daño a la que es la causa de todas sus miserias? ¿Cuando de paso te puede arruinar a ti? En la fiesta de Nochevieja vi que Dan Krane había traspasado el límite.

—¿El límite?

—¿Tú sabes el miedo que da que te amenace de muerte alguien que sabe exactamente qué teclas tocar?

—Algo sé –dijo Carl mirándome de reojo.

—Te consume el alma, como dicen.

—Sí –dijo Carl con voz queda.

—¿Y qué pasa entonces?

—Llega un momento en que el miedo se hace insoportable.

—Sí —dije—. Te importa todo una mierda, prefieres morir. Destrozarte tú mismo o destrozar al otro. Quemar, asesinar. Lo que sea para dejar de pasar miedo. Eso es traspasar el límite.

—Sí —dijo Carl—. Es el límite. Y al otro lado se está mejor. A pesar de todo.

Nos quedamos en silencio. Oí un rápido batir de alas sobre nosotros, una sombra en la nieve. Puede que fuera una perdiz. No levanté la vista.

—Parece contenta —dije—. Me refiero a Shannon.

—Por supuesto. Cree que tendrá el hotel que ella proyectó.

—¿Cree?

Carl asintió. Se encogió de manera casi imperceptible y su sonrisa luminosa se desvaneció.

—Todavía no se lo he dicho, pero se ha filtrado que el hotel no estaba asegurado contra incendios. Que solo el dinero de Willumsen mantuvo el proyecto a flote hasta ahora. Seguramente Dan Krane es la fuente.

—¡Que se vaya a tomar por culo!

—La gente teme por su dinero, incluso la gente de la directiva murmura sobre la posibilidad de dejarlo a tiempo. La junta de hoy puede que sea el final, Roy.

—¿Qué piensas hacer?

—No tengo más remedio que intentar cambiar los ánimos. Pero, después del sermón del Juicio Final que Aas dio en el entierro de Willumsen y lo que Dan escribe y propaga por el pueblo, no es que goce de mucha confianza en el lugar.

—La gente te conoce —dije—. Al fin y al cabo, eso es más importante que lo que diga un chupatintas recién llegado. Lo que haya dicho Aas se les olvidará en cuanto vuelvas a levantarte. Cuando comprendan que el joven Opgard no se rinde, aunque estuvieran a punto de declararlo fuera de combate.

Carl me miró.

—¿Lo dices en serio?

Le di un puñetazo en el hombro.

—Ya sabes lo que dicen: «Everybody loves a comeback kid». Además, el trabajo más complicado en el solar y las infraestructuras más costosas ya está hechos, solo falta el edificio. Rendirse ahora sería de idiotas. Eres capaz de esto y de mucho más, *brother*.

Carl me puso una mano en el hombro.

—Gracias, Roy. Gracias por creer en mí.

—Supongo que el problema será conseguir que todos respalden los planos originales de Shannon. El ayuntamiento seguirá queriendo gnomos y madera vista, y con los caros materiales y las soluciones de Shannon tendrás que convencer a la sociedad para que apruebe una ampliación de los presupuestos.

Carl se enderezó, parecía que yo había conseguido insuflarle cierto optimismo.

—Shannon y yo hemos pensado en eso. El problema que tuvimos cuando enseñamos los dibujos en la primera reunión con los inversores fue que no habíamos preparado a fondo la parte visual, se veían demasiado severos y tristes. Esta vez Shannon ha hecho imágenes y dibujos con otra iluminación completamente distinta y desde otros ángulos. La principal diferencia es que lo ha situado en un paisaje veraniego, no invernal. Aquella vez, todo el hormigón se fundía con el paisaje de invierno, el hotel parecía una prolongación del invierno, que la gente de aquí odia, ¿cierto? Ahora tenemos un deslumbrante y colorido paisaje veraniego que le da luz y color al hormigón, el hotel destaca sobre el fondo, no parece un búnker que intenta camuflarse en el paisaje.

—*Same shit, new wrapping*?

—Ni un alma se dará cuenta. Te lo prometo, les entusiasmará. —Carl había vuelto a coger las riendas; su dentadura destellaba con el sol.

—Como un nativo al que le ofrecen unas cuentas de cristal —dije sonriendo.

—Las perlas son auténticas, lo que pasa es que esta vez les hemos sacado brillo antes.

—Muy honesto.

—Muy honesto.

—Supongo que uno hace lo que tiene que hacer.

—Eso hago —dijo Carl.

Miró hacia el oeste. Oí que tomaba aire. Se encogió. ¿Se había vuelto a desanimar?

—Incluso cuando sabes que está muy muy mal —dijo Carl.

—Muy cierto —dije, a pesar de que se refería a otra cosa.

Seguí el rastro de los esquíes de Shannon con la mirada.

—Pero, a pesar de eso, continuamos haciéndolo —dijo despacio con su nueva y más nítida dicción—. Día tras día, noche tras noche. Cometemos el mismo pecado.

Contuve la respiración. Podría estar hablando de papá, claro. O de sí mismo y Mari. Pero si no me equivocaba se refería a Shannon. A Shannon y a mí.

—Por ejemplo... —dijo Carl. Se le ahogaba la voz y tragó saliva. Me preparé—. Como cuando Kurt Olsen se asomó al barranco buscando el Jaguar —dijo—. Yo perdí los nervios y pensé que la jugada se repetía, que nos iban a descubrir. Exactamente igual que aquella vez que su padre estuvo en ese mismo lugar y se asomó para ver si las ruedas del Cadillac estaban pinchadas.

No respondí.

—Pero aquella vez tú no estabas para detenerme. Y lo empujé por el precipicio, Roy.

Yo notaba la boca tan seca como una puta galleta, pero al menos volvía a respirar.

—Pero eso lo has sabido todo el tiempo —dijo.

Mantuve la vista sobre la marca de los esquíes. Apenas moví la cabeza. Asentí.

–¿Por qué nunca dejaste que te lo contara? –Me encogí de hombros–. No querías ser cómplice de un asesinato.

–¿Quieres decir que me da miedo? –dije con una sonrisa forzada.

–Willumsen y ese matón eran otra cosa –dijo Carl–. Este era un inocente policía.

–Tuviste que empujarlo muy fuerte. Aterrizó muy lejos.

–Le hice volar. –Carl cerró los ojos, puede que el sol resultara demasiado intenso. Pero volvió a abrirlos–. Tú ya supiste cuando te llamé al taller que no se trataba de un accidente. Pero no preguntaste. Porque siempre resulta más fácil así. Fingir que lo feo no existe. Como cuando papá venía a nuestro cuarto por las noches y…

–¡Cállate!

Carl se calló. Un rápido batir de alas, como si el mismo pájaro hubiera vuelto.

–No quiero saber, Carl. Quería creer que eras mejor persona que yo, que no eras capaz de matar a sangre fría. Pero sigues siendo mi hermano. Cuando lo empujaste, puede que me salvaras de que me acusaran del asesinato de mamá y papá.

Carl hizo una mueca, volvió a ponerse las gafas de sol y tiró la cáscara de naranja a la nieve.

–*Everybody loves a comeback kid.* Eso es algo que dice la gente, ¿o te lo has inventado?

No respondí, miré la hora.

–En la gasolinera les ha surgido un problema con el inventario y me han pedido si podría pasarme por allí a echarles una mano. Nos vemos en Årtun a las siete.

–Pero ¿pasarás la noche con nosotros?

–Gracias, pero iré derecho a casa después de la reunión, tengo que estar en el trabajo mañana a primera hora.

A pesar de que solo los inversores tenían derecho a voto, la junta de Årtun se había convocado a puertas abiertas. Llegué pronto, me senté en la última fila y desde allí observé cómo el local iba llenándose poco a poco. En la reunión de hacía ocho meses la gente estaba a la expectativa y emocionada; ahora el estado de ánimo general era muy distinto. Oscuro y amenazante. De linchamiento, como suelen llamarlo. Cuando dio comienzo la reunión, estaban todos. En la primera línea Jo y Mari Aas junto con Voss Gilbert. Unas filas detrás, Stanley, al lado de Dan Krane. Grete Smitt estaba sentada junto a Simon Nergard; se inclinó hacia él y le susurró algo al oído, a saber cuándo se habrían hecho tan buenos amigos. Anton Moe con su mujer. Julie y Alex. Markus había librado en la gasolinera y me di cuenta de que intercambiaba miradas con Rita Willumsen, dos filas más atrás. Erik Nerell y su mujer se sentaron junto a Kurt Olsen, pero cuando Erik intentó iniciar una conversación, quedó claro que Kurt no estaba de humor, y ahora Erik seguramente se arrepentía de haberse sentado ahí, pero ya no podía cambiarse de sitio.

A las siete en punto Carl subió al estrado. La sala quedó en silencio. Carl levantó la vista y no me gustó lo que vi. Ahora, cuando tenía que dejarse la piel más que nunca, dar la vuelta a la situación, abrirse paso por el mar como un Moisés, parecía sentirse sobrepasado por la situación, cansado antes de empezar.

—Queridos vecinos de Os —empezó. Su voz sonaba débil y sus ojos iban de aquí para allá, como si buscara contacto visual y todos lo rechazaran—. Somos gente de montaña. Vivimos en un lugar donde la vida tradicionalmente ha sido dura. Donde todos nos hemos tenido que buscar la vida.

Supongo que era un modo poco habitual de iniciar una junta de accionistas, pero la mayoría de los presentes no sabía mucho más que yo del protocolo en tales ocasiones.

—Por eso, para sobrevivir, hemos tenido que seguir el consejo vital que en su día recibimos mi hermano y yo de nuestro padre: «Haz lo que tengas que hacer». −Su mirada se topó con la mía y dejó de saltar de un lado a otro. Seguía teniendo un aspecto atormentado, pero una leve sonrisa afloró a sus labios−. Así que eso hacemos. Cada día y cada vez. No porque podamos, sino porque tenemos que hacerlo. Así, cada vez que sufrimos adversidades, cada vez que el rebaño se despeña por un precipicio, las heladas arruinan nuestras cosechas o el pueblo se queda aislado por un desprendimiento de rocas, encontramos la manera de volver a salir al mundo. Y cuando desvíen la carretera nacional y ya no haya modo de entrar en el pueblo desde ese mundo, encontraremos la manera. Construimos un hotel de alta montaña. −Su voz había ganado en expresividad, y había erguido la espalda de forma casi imperceptible−. Y cuando ese hotel se quema y todo está en ruinas, vemos los destrozos y nos desesperamos… −Levantó el índice y elevó la voz−: ¡Un día!

Su mirada se desprendió de mí y pareció encontrar otros puntos de apoyo.

−Cuando hemos planificado algo y las cosas no han salido como esperábamos, hacemos lo que tenemos que hacer. Seguimos otro plan. Vale, las cosas no han salido como imaginábamos. Imaginemos otra cosa. −Su mirada volvió a mí−. La gente de montaña como nosotros no se deja llevar por sentimentalismos inútiles, mirar hacia atrás no es una opción. Como decía nuestro padre: «Kill your darlings and babies». Miremos al futuro, amigos. Juntos.

Hizo una pausa larga y efectista. Me equivocaba o ¿Jo Aas movía la cabeza? Sí, ¿estaba asintiendo? Como si esa fuera la señal que Carl esperaba para seguir, dijo:

−Porque estamos juntos, lo queramos o no. Tú, yo y todos los que nos hemos presentado aquí esta noche estamos unidos, como una familia, en este destino común del que no podemos zafarnos. Nosotros, las gentes de las montañas de Os, nos hundiremos juntos. O nos levantaremos de nuevo unidos.

El humor fue cambiando. Despacio, pero lo noté, la atmósfera de linchamiento se había desvanecido. Seguía respirándose un frío escepticismo, claro. Una exigencia, aún no expresada, de que Carl debía dar respuesta a unas cuantas preguntas críticas, no faltaba más. Pero les gustaba lo que oían. Tanto lo que decía, como la manera de hacerlo, en el dialecto de Os. Me di cuenta de que ese principio inseguro había sido intencionado. Y que había tomado nota de lo que le dije: «Everybody loves a comeback kid».

Pero entonces, en el preciso instante en el que parecía que estaba a punto de convencerlos, Carl dio un paso atrás y les mostró a los presentes las palmas de las manos.

—No puedo garantizar nada; el futuro es demasiado incierto y mi capacidad de predecirlo resulta insuficiente. Pero lo que sí puedo garantizaros es que individualmente estamos condenados al fracaso, somos la oveja que se separa del rebaño y es devorada o muere helada. Juntos, y solo juntos, tenemos esa única y extraordinaria posibilidad de escapar del atolladero en el que sin duda nos encontramos tras el incendio.

Volvió a hacer una pausa dramática y se quedó en la penumbra, apartado del atril. No pude sino admirarlo. Esa última frase era una obra maestra de la retórica, joder. Con esa única frase había hecho tres cosas. Primero, parecía honesto al admitir que tenían un problema, echándole toda la culpa al incendio. Segundo, con un inspirador moralismo había animado a ser solidarios, a la vez que les pasaba la responsabilidad de solucionar la situación a todos los que tenía delante. Y, por último, parecía objetivo al recalcar que un hotel nuevo no era ninguna garantía, solo una posibilidad, pero a la vez dejaba claro que era única y, por tanto, no tenían otra opción.

—Pero si lo hacemos bien, habremos conseguido algo más que salir del apuro —dijo Carl desde la penumbra.

Estoy seguro de que había llegado antes para ajustar las luces. Porque cuando dio un paso hacia la luz que caía sobre el estrado, el efecto visual fue tan potente como sus palabras. El hombre que había parecido tan derrotado y apesadumbrado cuando salió a escena, de repente se había transformado en un demagogo optimista.

—Haremos que el pueblo de Os florezca. —Su voz retumbó por la sala—. Y lo haremos construyendo un hotel sin concesiones, sin encarecerlo con cursilerías como gnomos y madera, debidas a que imaginamos que la gente que busca experiencias quiere encontrarse un cuento tradicional noruego cada vez que sale de la ciudad. Pero lo que quieren es la montaña, sin concesiones. Construiremos un hotel que se someta a la montaña, que se adapte, que siga las reglas implacables de la montaña. El material es hormigón, que es lo más próximo al tipo de roca conglomerada de la montaña. Lo construimos así no solo porque es más económico, sino porque el hormigón es hermoso.

Miró a los presentes como si los retara, como si los animara a protestar. Pero el silencio era absoluto.

—Hormigón, este hormigón, nuestro hormigón... —casi cantaba con la voz hipnotizadora del predicador, con su ritmo evangelizador, mientras marcaba el compás sobre el ordenador portátil de la mesita— es como nosotros. Es sencillo, soporta las tormentas otoñales, el invierno, los aludes, los rayos y los truenos, doscientos años de desgaste, el huracán del siglo y los cohetes de Nochevieja. En resumen, ese material es como nosotros, un superviviente. Y porque es como nosotros, amigos, ¡es hermoso!

Esa parecía ser la señal acordada con quien manejara el proyector, porque en ese momento salió música por los altavoces. El hotel, el mismo hotel que yo había visto en los primeros planos dibujados por Shannon, apareció en la pantalla repentinamente iluminada. Bosques verdes. Sol. Un riachuelo. Niños que jugaban y gente vestida de verano que paseaba. El hotel ya no parecía yermo, sino un lienzo tranquilo y sólido para la vida que transcurría a su alrededor, algo constante, como la montaña misma. En definitiva, tenía un aspecto tan fantástico como el que Carl había descrito.

Vi que Carl contenía la respiración. Joder, yo había dejado de respirar. Entonces estalló el entusiasmo.

Carl dejó que reverberara, exprimió el aplauso. Se acercó al podio y lo acalló levantando las manos.

—Puesto que está claro que os gusta, dediquemos un aplauso a la arquitecta, Shannon Alleyne Opgard.

Ella salió del lateral del escenario al torrente de luz y volvieron a aplaudir.

Se detuvo después de avanzar unos pasos, sonrió, nos saludó con la mano, rio feliz y se quedó el tiempo justo para mostrarnos que agradecía nuestra respuesta, pero que no quería desviar la atención de nuestro héroe local.

Cuando se marchó y los aplausos cesaron, Carl carraspeó y agarró al atril con las dos manos.

—Gracias, amigos. Gracias. Pero esta reunión tratará de algo más que el aspecto exterior del hotel, también abordaremos la planificación, los tiempos, la financiación, la contabilidad y la elección de los representantes de los socios.

Ahora los tenía en la palma de la mano.

Iba a decirles que dentro de dos meses comenzaría la reconstrucción del hotel, en abril, que solo llevaría catorce meses y que los costes únicamente se iban a incrementar en un veinte por ciento. Y que habían firmado un nuevo acuerdo con el operador sueco que iba gestionar el hotel.

Dieciséis meses.

Dentro de dieciséis meses Shannon y yo nos iríamos de allí.

Shannon me envió un mensaje avisando de que no podría ir a Notodden como habíamos acordado, que desde entonces hasta que la construcción empezara de nuevo en abril, como responsable de la obra tendría que concentrarse por completo en el proyecto.

Yo lo comprendía.

Sufría.

Iba descontando los días.

A mediados de marzo, mientras llovía a cántaros en Søm y el puente de Varoddbroa, al otro lado de la oscuridad de mi ventana, llamaron a la puerta. La lluvia corría por su melena pelirroja, pegada a la cabeza. Parpadeé, creí ver churretes de óxido o sangre deslizarse por la piel blanca de su cuello. Tenía una bolsa de viaje en la mano. Una mezcla de decisión y desesperación en la mirada.

—¿Puedo entrar?

Me eché a un lado.

No supe hasta el día siguiente por qué había venido.

Para contarme las novedades.

Y para pedirme que volviera a matar.

62

El sol acababa de salir, el suelo todavía estaba mojado tras la lluvia de la noche anterior y el canto de los pájaros resultaba atronador mientras Shannon y yo entramos en el bosquecillo cogidos del brazo.

—Son las aves migratorias —dije—. Aquí en Sørlandet regresan antes.

—Parecen felices —dijo Shannon y apoyó la cabeza en mi brazo—. Supongo que habrán deseado volver a casa. Recuérdame qué pájaro erais cada uno.

—Papá era una alondra alpestre. Mientras que mamá era una collalba gris. Y el tío Bernard era un escribano palustre. Carl es…

—¡No lo digas! Una bisbita común.

—Así es.

—Y yo un carambolo. Y tú eres un mirlo de montaña.

Asentí.

Durante la noche casi no habíamos hablado.

—¿Podemos dejarlo para mañana? —me rogó Shannon cuando la dejé entrar, le quité el abrigo mojado y le lancé una pregunta detrás de otra—. Necesito dormir —dijo, me rodeó la cintura con los brazos y acercó la mejilla a mi pecho, y noté que me empapaba la camisa—. Pero antes tengo que poseerte.

Yo debía madrugar, pues por la mañana esperábamos una gran entrega de mercancías en la gasolinera. Tampoco durante el desayuno me contó el motivo de su visita y yo no le pregunté. Suponía que cuando yo supiera la razón, nada volvería a ser lo mismo. Cerramos los ojos y disfrutamos del poco tiempo que teníamos, la breve caída libre antes de impactar contra el suelo.

Dije que tenía que estar en la gasolinera al menos hasta la hora del almuerzo, hasta que alguien me sustituyera, pero que, si quería venir conmigo, podríamos dar un paseo después de la entrega. Asintió, hicimos el breve trayecto en coche y ella se quedó esperando mientras yo comprobaba los palés y firmaba el albarán.

Fuimos hacia el norte. A nuestra espalda quedaba la autopista con su sistema de accesos y salidas como anillos de Saturno, y ante nosotros el bosque, que ya a principios de marzo tenía un toque de verde. Encontramos un sendero que se adentraba entre los árboles. Le pregunté si en Os seguían en pleno invierno.

—En Opgard es invierno —dijo—, pero el pueblo ya ha tenido dos falsas primaveras.

Me reí y le besé el cabello. Habíamos llegado a una valla alta que bloqueaba el paso y nos sentamos sobre una gran roca, junto al sendero.

—Y el hotel —pregunté mirando el reloj—. ¿Cómo va?

—La inauguración oficial de las obras será dentro de dos semanas, como estaba previsto. Así que va bien. Más o menos.

—Más o menos —le corregí—. ¿Qué es lo que no va bien?

Irguió la espalda.

—Esa es una de las cosas de las que he venido a hablar contigo. Ha surgido un problema inesperado, los ingenieros han descubierto debilidades en el terreno, en la montaña misma.

—¿Descubierto? Carl ya sabe que la montaña es frágil, por eso hay desprendimientos en Huken, por eso aún no han construido el túnel de la carretera principal.

Me pareció que se notaba que estaba molesto, quizá por haberme dado cuenta de que cuando por fin Shannon había venido a Kristiansand no era por mí, sino por su hotel.

—Carl no ha mencionado la inestabilidad de la montaña a nadie —dijo—. Ya sabes que suele ocultar cualquier cosa que le pueda suponer un problema.

—¿Y? —dije impaciente.

—Hay que solucionarlo, pero requiere más dinero y Carl dijo que no lo tenemos y que nos callemos, que el edificio tardaría por lo menos veinte años en torcerse un poco. Por supuesto que no acepté su propuesta y comprobé la situación financiera por mi cuenta para ver si se podía pedir prestado algo más al banco. Me dijeron que para eso había que tener mayores garantías, y cuando les dije que iba a consultaros a Carl y a ti si estaríais dispuestos a hipotecar las tierras de Opgard me dijeron… —Se contuvo un instante, tragó saliva y añadió—: Que según el registro de la propiedad los herederos de Willumsen tenían todos los derechos sobre los pastos de Opgard. Y que, además, solo Carl Opgard figuraba como propietario porque te compró tu parte a principios del otoño.

La miré fijamente. Tuve que carraspear para que me saliera la voz.

—No puede ser. Debe de haber un error.

—Eso mismo dije yo. Así que me mostraron una copia del contrato de venta con tu firma y la de Carl. —Me enseñó la pantalla del móvil. Y ahí estaba. Mi firma. Bueno, algo que se parecía a mi firma. Se parecía tanto que solo una persona podía haberla hecho: quien había aprendido a imitar la letra de su hermano en sus redacciones.

Caí en la cuenta de algo. Algo que Carl le había dicho al matón cuando estaban en la cocina: «Willumsen tiene garantías». Y la respuesta del matón: «Dice que no valen gran cosa sin un hotel». Willumsen, que solo solía fiarse de la palabra de un hombre, no se había fiado de la de Carl y le había exigido las tierras como garantía.

—¿Sabes cómo llamaba papá a nuestra miserable granja? —pregunté.

—No.

—El reino. «Opgard es nuestro reino», decía siempre. Como si le preocupara que Carl y yo nos tomáramos a la ligera ser propietarios de esas tierras.

Shannon no dijo nada.

Yo me aclaré la voz y dije:

—Carl ha falsificado mi firma. Sabe que me habría negado a dar nuestras tierras como garantía para un préstamo de Willumsen, así que traspasó la propiedad a su nombre a mis espaldas.

—Ahora Carl es el propietario de todo.

—Sobre el papel, sí. Supongo que lo recuperaré.

—¿Eso crees? Ha tenido tiempo de sobra para volver a poner la propiedad a tu nombre discretamente después de que Willumsen cancelara la deuda. ¿Por qué no lo ha hecho?

—Habrá estado ocupado.

—Despierta, Roy. ¿O es que yo conozco a tu hermano mejor que tú? Mientras las tierras estén a su nombre, él es el propietario. Estamos hablando de un hombre que no ha dudado en estafar a sus socios y a sus amigos en Canadá y ha huido. Cuando estuve en Toronto en primavera, supe más detalles de lo sucedido entonces. Hablé con uno de sus socios, que también era amigo mío. Me contó que Carl le había amenazado de muerte cuando quiso advertir a los inversores de las importantes pérdidas del proyecto para poder pararlo antes de que perdieran todavía más.

—Carl solo ladra.

—Se puso en contacto con ese amigo nuestro cuando estaba solo en casa. Carl le apuntó con una pistola, Roy. Dijo que los mataría, a él y a su familia, si no estaba callado.

—Entraría en pánico.

—¿Qué crees que siente ahora?

—Carl no me roba. Soy su hermano, Shannon. —Sentí su mano en mi antebrazo, quise apartarla pero no lo hice—. No mata a nadie —dije oyendo que mi voz carecía de firmeza—. Así, no. Por dinero, no.

—Puede que no. Puede que no por el dinero.

—¿Qué quieres decir?

—No me dejará marchar. Ahora no.

—¿Ahora no? ¿Qué diferencia hay entre ahora y entonces?

Me miró a los ojos. El bosque restalló a nuestras espaldas. Entonces me abrazó.

—Desearía no haber conocido nunca a Carl —me susurró al oído—. Pero entonces tampoco te habría conocido a ti, no sé qué pensar. Pero necesitamos un milagro. Necesitamos la intervención divina, Roy.

Apoyó la barbilla en mi hombro de forma que cada uno miraba en una dirección, ella a través de la valla hacia el bosque oscuro, yo hacia el claro y la carretera que llevaba a otros lugares, lejos.

El bosque volvió a crujir, una sombra cayó sobre nosotros y el concierto de los pájaros cesó de pronto, como si un director de orquesta hubiera levantado la batuta.

—Roy… —susurró. Levantó la barbilla de mi hombro.

La observé, vi que me miraba hacia arriba con un ojo muy abierto y otro casi cerrado. Me giré y distinguí cuatro patas al otro lado de la valla. Seguí las patas hacia arriba. Arriba. Allí, por fin, había un cuerpo y, sobre él, un cuello. Que seguía ascendiendo en paralelo a los troncos de los árboles.

Era un milagro.

Una jirafa.

Nos miraba, rumiando y desinteresada, desde las alturas. Las pestañas eran como las de Malcom McDowell en *La naranja mecánica*.

—Olvidé contarte que es un zoo —dije.

—Sí —dijo Shannon en el mismo momento en que los labios y la lengua de la jirafa tiraban de una de las delgadas ramas desnudas, de forma que la luz del sol bailó sobre su rostro vuelto hacia arriba—. Olvidaron decirnos que es un zoo.

Después del paseo por el bosque Shannon y yo volvimos a la gasolinera.

Le dije que se llevara el Volvo y que la llamaría cuando hubiera acabado, para que pudiera recogerme. Tenía que repasar la contabilidad, pero no conseguía concentrarme. Carl me había vendido. Me había estafado, había robado la herencia de mi padre, la había vendido al mejor postor. No había tenido problema en permitir que me convirtiera en un asesino, había dejado que matara a Willumsen para salvarle el pellejo. Como siempre. Pero aun así no me había contado que me había traicionado. Sí, porque me había traicionado.

Estaba tan cabreado que me temblaba todo el cuerpo, no había forma de pararlo, joder. Al final tuve que vomitar en el váter. Después me quedé allí llorando con la esperanza de que nadie me oyera.

¿Qué coño podía hacer?

Mi mirada recayó sobre el cartel que tenía delante. Había hecho fijar allí el mismo que puse en el aseo del personal de Os: HAZ LO QUE TENGAS QUE HACER. TODO DEPENDE DE TI. HAZLO AHORA.

Creo que me decidí en esa hora y ese lugar. Estoy bastante seguro de que fue entonces. Pero claro, puede haber sido más entrada la noche. Cuando supe la otra cosa que Shannon había venido a contarme a Kristiansand.

63

Estaba sentado en silencio a la mesa de la cocina que Shannon y yo habíamos trasladado al cuarto de estar.

Ella había ido a comprar al centro comercial y preparado un *cou cou*, que según dijo era el plato nacional de Barbados, a base de harina de maíz, plátano, tomate, cebolla y pimienta. Aunque había tenido que cambiar el pez volador por bacalao, estaba contenta por haber conseguido okra y fruta del árbol del pan.

—¿Algo va mal? —preguntó Shannon.

Negué con la cabeza.

—Tiene un aspecto estupendo.

—Por fin una tienda de alimentación con algo de surtido —dijo un poco acelerada—. Tenéis el nivel de vida más alto del mundo, pero coméis como si fuerais pobres.

—Cierto.

—Y coméis tan deprisa porque no estáis acostumbrados a que la comida sepa a algo.

—Cierto.

Llené las copas con la botella de vino blanco que Pia Syse y la oficina principal me habían enviado dos semanas antes, cuando quedó claro que la gasolinera iba a ocupar el tercer puesto de la clasificación. Dejé la botella sobre la mesa, pero no toqué el vino.

—Sigues pensando en Carl —dijo.

–Sí.

–¿Te preguntas cómo ha podido traicionarte así?

Negué con la cabeza.

–Me pregunto cómo he podido yo traicionarle de este modo.

Suspiró.

–No puedes decidir de quién te enamoras, Roy. Dijiste que las gentes de montaña escogíais a la persona de la que resultaba práctico enamorarse, pero ya ves que no es así.

–Puede que no. Pero quizá no sea una casualidad, después de todo.

–¿No?

–Stanley me habló de un tipo francés que opina que deseamos lo que desean otros. Que imitamos.

–*Mimetic desire* –dijo Shannon–. René Girard.

–Ese.

–Según él es una ficción romántica que una persona pueda seguir los dictados de su corazón y sus íntimos deseos, porque más allá de las necesidades básicas no tenemos deseos propios. Deseamos lo que vemos que otros desean. Del mismo modo que los perros que no han mostrado ningún interés por su hueso de juguete, de repente lo quieren cuando ven que otros perros lo desean.

Asentí.

–Es como cuando tu deseo de ser dueño de una gasolinera aumenta cuando ves que otros también quieren quedársela.

–Y los arquitectos tienen que conseguir ese proyecto por el que saben que compiten con los mejores.

–Y el hermano feo y tonto quiere la mujer del hermano listo y guapo.

Shannon daba vueltas a la comida en el plato.

–¿Estás diciendo que lo que sientes por mí en realidad es debido a Carl?

–No –respondí–. No digo nada. Porque no sé nada. Tal vez somos el mismo enigma para nosotros mismos que para los demás.

Shannon tocó la copa de vino con la yema de los dedos.

–¿No sería triste que solo pudiéramos amar lo que aman los otros?

–El tío Bernard decía que muchas cosas resultan tristes si uno las observa demasiado tiempo, con demasiada intensidad –dije–. Que había que estar ciego de un ojo.

–Puede ser.

–¿Intentamos quedarnos ciegos? –dije–. ¿Al menos por una noche?

–Sí –repuso forzando una sonrisa.

Levanté mi copa y ella la suya.

–Te quiero –susurré.

Su sonrisa se hizo más grande, sus ojos brillaron como Budalsvannet en un claro día de verano, y por un momento fui capaz de olvidarme de todo lo demás. Solo esperaba que tuviéramos esa noche para nosotros, luego podría caer una bomba atómica. Si, deseaba que cayera una bomba atómica. Porque, sí, recuerdo que ya lo había hecho, me había decidido. Y prefería la bomba atómica.

Cuando bajé la copa de vino, vi que Shannon no había bebido de la suya. Se puso de pie, se inclinó sobre la mesa y apagó las velas.

–Tenemos poco tiempo –dijo–. Demasiado poco para no estar desnuda, pegada a ti.

Faltaban ocho minutos para las cuatro de la mañana cuando Shannon volvió a derrumbarse sobre mí. Su sudor se mezclaba con el mío, olíamos y sabíamos a lo mismo. Levanté la cabeza para mirar el reloj de la mesilla de noche.

–Tenemos tres horas –dijo Shannon.

Me dejé caer sobre la almohada y busqué a tientas la caja de tabaco de mascar, que estaba junto al reloj.

—Te quiero.

Me lo había dicho cada vez que nos despertábamos, antes de volver a hacer el amor. Y antes de dormirse.

—Te quiero, carambolo —dije, con la misma entonación que ella, como si el contenido profundo de las palabras ya nos fuera tan familiar que no necesitáramos añadirles sentimientos, significados ni convencimiento, bastaba con pronunciarlas, recitarlas como un mantra, una oración aprendida.

—Hoy he llorado —dije empujando bajo el labio una bolsita de tabaco.

—Supongo que eso no es frecuente —dijo Shannon.

—No.

—¿Por qué llorabas?

—Ya lo sabes. Por todo.

—Sí, pero ¿exactamente qué te provocó las lágrimas?

Lo pensé.

—Lloré por lo que he perdido hoy.

—La propiedad familiar —dijo.

Me eché a reír.

—No, por la granja, no.

—A mí —dijo.

—A ti nunca te he tenido. Lloré por Carl. Hoy he perdido a mi hermano pequeño.

—Por supuesto —susurró Shannon—. Perdona. Perdona que sea tan tonta.

Entonces puso una mano sobre mi pecho. Sentí que era diferente de las caricias fingidamente inocentes que los dos sabíamos que preludiaban una nueva sesión amorosa. Tuve el presentimiento de que estaba intentando agarrarme el corazón. No, agarrar no, sentir. Intentaba sentir los latidos, para saber cómo reaccionaría mi corazón cuando dijera lo que iba a decir a continuación.

—Antes te he dicho que lo del hotel era una de las cosas que había venido a contarte.

Tomó aire, yo contuve el mío.

—Estoy embarazada —dijo.

Yo seguía sin respirar.

—De ti. Notodden.

A pesar de que esas cinco palabras contenían todas las respuestas a todas las preguntas que yo podría hacerme sobre lo que había ocurrido, una avalancha de pensamientos me cruzó la mente, cada uno seguido de un interrogante.

—Pero la endometriosis... —empecé.

—Dificulta el quedarse embarazada, pero no lo imposibilita —dijo—. Me hice un test de embarazo y al principio no me lo creía, pero he ido al médico y me lo ha confirmado.

Empecé a respirar de nuevo. Observé el techo.

Shannon se acurrucó junto a mí.

—Pensé en abortar, pero no puedo, no quiero. Quizá fuera la única vez en mi vida que los planetas se alinearon para que me quedara embarazada. Pero te quiero, y el niño es tan tuyo como mío. ¿Qué quieres tú?

Estaba allí tumbado, en silencio, respirando en la oscuridad, preguntándome si mi corazón le había ofrecido a su mano las respuestas que quería.

—Quiero que tengas lo que quieres —dije.

—¿Tienes miedo? —preguntó.

—Sí.

—¿Estás contento?

¿Estaba contento?

—Sí.

Por su respiración noté que estaba a punto de romper a llorar.

—Pero estás desconcertado, claro, y preguntándote qué vamos a hacer ahora —dijo. Le temblaba la voz y hablaba deprisa, como si quisiera acabar antes de que se le quebrara—. No sé qué contestar a eso, Roy. Tengo que quedarme en Os hasta que el hotel esté acabado. Supongo que pensarás que este niño es más importante que un edificio, pero…

—Chis —dije poniéndole el índice sobre sus labios suaves—. Lo sé, y te equivocas. No estoy desconcertado. Sé exactamente lo que tengo que hacer.

Vi cómo el blanco de sus ojos parecía apagarse y encenderse cuando parpadeó en la oscuridad.

«Haz lo que tengas que hacer —pensé—. Todo depende de ti. Hazlo ahora.»

Como he dicho, no estoy del todo seguro de si tomé la decisión en el retrete del personal o si fue allí, en la cama con Shannon después de que me contara que esperaba un hijo mío. Puede que no tenga importancia, puede que solo tenga un interés académico, como dicen.

El caso es que me acerqué a la oreja de Shannon y susurré lo que había que hacer.

Ella asintió.

Me pasé despierto el resto de la noche.

La construcción empezaba al cabo de dos semanas, y la invitación que anunciaba la actuación de Rod en Årtun estaba fijada a la pared de la cocina con una chincheta.

Yo ya estaba descontando las horas.

Sufría.

El enorme vehículo negro avanzaba despacio, como con desgana, y la gravilla crujía bajo los neumáticos. Dos finas luces rojas se iluminaron en los alerones posteriores del coche. Un Cadillac DeVille. El sol se había puesto, pero detrás de la curva un aro naranja enmarcaba la cima de Ottertind. Y una raja en la montaña de doscientos metros de profundidad, como si le hubieran pegado un hachazo.

«Tú y yo, Roy, solo nos tenemos el uno al otro.» Eso era lo que Carl solía decir. «Todas las personas a las que creemos amar o que creemos que nos aman son espejismos en el desierto. Mientras que tú y yo somos uno. Somos hermanos. Dos hermanos en un desierto. Si la palma uno, la palma el otro.»

Sí, y la muerte no nos separa. Nos une.

Ahora el vehículo avanzaba más deprisa. Camino del infierno al que iremos a parar todos, todos los que llevamos el asesinato en el corazón.

64

La reanudación de las obras no iba a tener lugar hasta las siete de la tarde.

Aun así, me fui de Kristiansand al amanecer, y cuando llegué a Os la luz de la mañana iluminaba el cartel del municipio.

A excepción de la sucia y gris que se acumulada al borde de la carretera, ya no había nieve. El hielo del lago Budalsvannet tenía un aspecto podrido, como un sorbete, y en algunas zonas estaba cubierto de agua.

Llamé a Carl un par de días antes y le dije que iría, pero que estaría muy ocupado hasta el último momento ya que debía presentar las cuentas de la gasolinera de Os de los cinco años anteriores. Se trataba de una auditoría aleatoria, pura rutina, le mentí, pero tenía que ayudarlos a explicar las cifras de mi época de jefe. Añadí que no sabía cuánto tiempo me ocuparía, unas horas o dos días, pero que si hacía falta dormiría en el taller. Carl respondió que no me preocupara, que en cualquier caso Shannon y él iban a estar atareados con los preparativos de la ceremonia de inicio de las obras y de la fiesta en Årtun de después.

—Pero querría hablarte de una cosa —dijo—. Podríamos encontrarnos en la gasolinera, si te viene mejor.

—Te aviso si tengo un hueco y nos tomamos una cerveza en Fritt Fall —dije.

—Café —respondió—. He dejado el alcohol por completo. Mi propósito de Año Nuevo era volverme aburrido y, según Shannon, voy por buen camino.

Sonaba animado. Bromeaba y reía. Un hombre que ya ha dejado atrás lo peor.

Al contrario que yo.

Aparqué delante del taller y miré hacia Opgard. En la oblicua luz de la mañana parecía que la montaña estuviera bañada en oro. Las laderas soleadas estaban desnudas, pero en las sombras seguía quedando nieve.

Al entrar en la gasolinera me fijé en que habían tirado basura en la zona de los surtidores. Por supuesto, en la caja estaba Egil. Atendía a un cliente, y tardé unos segundos en reconocer aquella espalda encorvada. Era Moe. El hojalatero. Me quedé en la puerta. Egil no me había visto y alargó la mano hacia el estante que tenía detrás. El estante donde estaba la píldora del día después EllaOne. Contuve la respiración.

—¿Alguna cosa más? —preguntó Egil dejando una cajita delante de Moe.

—No, gracias. —Moe pagó, se giró y vino hacia mí.

Miré la caja que llevaba en la mano. Paracetamol.

—Roy Opgard —dijo. Se detuvo ante mí con una gran sonrisa—. Que Dios te bendiga.

No supe qué decir. Mientras se metía la caja de paracetamol en el bolsillo del abrigo, no le quité los ojos de encima, pero conozco el lenguaje corporal de la gente que quiere hacerme daño, y ese no era el idioma que hablaba el cuerpo de Moe. Cuando me cogió la mano mi primera reacción fue apartarla, pero no lo hice, quizá por su actitud relajada y el enfermizo pero conciliador brillo de sus ojos. Me estrechó la mano entre las suyas casi con delicadeza.

—Gracias a ti, Roy Opgard, he vuelto al redil.

—¿Cómo? —pregunté no sabiendo qué decir.

—El demonio me tenía cautivo, pero tú me liberaste. A mí y a mi familia. Tú me sacaste el diablo de dentro a golpes, Roy Opgard.

Lo seguí con la mirada. El tío Bernard decía que, algunas veces, cuando no encontrabas la solución a un problema mecánico, lo mejor era coger un martillo y pegar todo lo fuerte que pudieras, y se arreglaba. A veces. Quizá en ese caso había sido así.

Moe tomó asiento en su *pickup* Nissan Datsun y se marchó.

—Jefe —dijo Egil a mi espalda—. ¿Has vuelto?

—Como puedes ver —dije volviéndome hacia él—. Por cierto, ¿últimamente hay muchas salchichas estropeadas?

Tardó un segundo en intuir que quizá solo estaba de broma, e intentó reírse.

En el taller abrí la bolsa de viaje que había traído de Kristiansand. Contenía algunos repuestos de automóvil que eran el resultado de más de una semana de búsqueda por distintos desguaces y cementerios de coches. La mayoría de estos se encontraban en una zona escasamente poblada al oeste de la ciudad, donde llevaban cien años rindiendo culto a todo lo americano, los coches en particular, con la misma intensidad con la que adoraban a Jesús en sus congregaciones.

—Son piezas defectuosas —me dijo el encargado en el último cementerio de coches cuando me vio desatornillar los tubos de los frenos y el cable despellejado del acelerador de dos coches escacharrados, un Chevy El Camino y un Cadillac Eldorado.

Tras el mostrador había una imagen chabacana de un tipo de pelo largo, cayado en mano, rodeado de un rebaño de ovejas.

—Pues imagino que me los dejarás baratos —dije.

Guiñó un ojo, dijo un precio, y comprendí que los Willumsen están por todas partes, no solo en Os. Me consolé pensando que seguramente el dinero serviría para algún fin caritativo, le tendí los billetes de cien coronas y le dije que no necesitaba recibo.

Cogí el cable del acelerador y lo observé. Cierto que no era de un Cadillac DeVille, pero era casi idéntico, así que serviría. Y desde luego que estaba defectuoso. Despellejado de manera que, si lo montaba correctamente, se engancharía cuando el conductor lo apretara y, aunque levantara el pie del pedal, la velocidad seguiría aumentando. Un mecánico de coches quizá comprendería lo que estaba pasando y, si era rápido y mantenía la cabeza fría, apagaría el motor o pondría el punto muerto. Pero Carl no era ninguna de esas dos cosas. Intentaría como mucho frenar, si es que le daba tiempo.

Levanté los tubos podridos y agujereados de los frenos. Ya había quitado algunos así anteriormente. Nunca los había puesto. Los dejé junto al cable del acelerador.

Cualquier mecánico que inspeccionara el coche después le diría a la policía que no tenía señales de haber sido saboteado, sino que había sufrido el desgaste natural, y que seguramente había entrado agua en el cable.

Metí las herramientas que me hacían falta en la bolsa, la cerré y me quedé respirando con fuerza, sintiendo cómo se me contraían los pulmones.

Miré el reloj. Eran las diez y cuarto. Iba bien de tiempo.

Según Shannon, Carl se reuniría con los organizadores del festejo a las dos en el solar. Luego bajarían a Årtun para decorar el lugar. Eso les llevaría por lo menos dos horas, puede que tres. Bien. Yo necesitaba como mucho una hora para cambiar los cables.

Y dado que no había ninguna auditoría, tenía tiempo de sobra.

Demasiado tiempo.

Me senté en la cama. Puse la mano sobre el colchón donde había estado Shannon. Observé la matrícula de Barbados en la pared, encima de la cocina americana. Me había informado un poco sobre el país. En la isla había más de cien mil vehículos, un número sorprendente para una población tan pequeña. El nivel de vida era alto, el tercero más alto del continente, tenían dinero para gastar. Todos hablaban inglés. Debía de ser un buen sitio para tener una gasolinera. O un taller.

Cerré los ojos y adelanté el reloj dos años. Me vi con Shannon en una playa, con un niño de año y medio bajo la sombrilla. Los tres pálidos, Shannon y yo con las pantorrillas quemadas por el sol. *Redlegs.*

Rebobiné, ahora solo habíamos avanzado catorce meses en el tiempo. Las maletas estaban listas en el recibidor. Del dormitorio llegaba el sonido del llanto infantil y la voz tranquilizadora de Shannon. Solo faltaban unos detalles. Desconectar la electricidad y cerrar el agua. Poner las contraventanas. Resolver los últimos cabos sueltos antes de marcharnos.

Los cabos sueltos.

Volví a mirar el reloj.

Ya no importaba, pero los cabos sueltos no me gustaban. Y que tiraran basura en la zona de los surtidores tampoco.

Pero debía dejarlo estar, ahora tenía que concentrarme en otra cosa. «Keep your eyes on the prize», como decía papá.

Basura en la zona de los surtidores.

A las once me levanté y salí.

—¡Roy! —dijo Stanley poniéndose de pie tras el pequeño escritorio de su consulta médica. Rodeó la mesa y me dio un beso en la mejilla—. ¿Has tenido que esperar mucho? —preguntó indicando la sala de espera con un movimiento de la cabeza.

—Solo veinte minutos —dije—. Tu recepcionista me ha colado, así que no voy a entretenerte mucho.

—Siéntate. ¿Todo bien? ¿Qué tal el dedo?

—Todo bien, en realidad solo he venido a preguntarte una cosa.

—¿Sí?

—En Nochevieja, después de que me marchara a la plaza, ¿recuerdas si Dan Krane también se fue? ¿Si iba en coche? ¿Y si apareció en la plaza un poco después?

Stanley negó con la cabeza.

—¿Y Kurt Olsen?

—¿Por qué lo preguntas, Roy?

—Luego te lo explico.

—Vale. No, no se marchó ninguno de los dos. Hacía mucho viento y lo estábamos pasando bien, así que nos quedamos tomando unas copitas. Hasta que oímos el camión de bomberos.

Asentí con la cabeza despacio. Adiós a mi teoría.

—Los únicos que os fuisteis antes de medianoche fuisteis tú, Simon y Grete.

—Pero ninguno de nosotros llevaba coche.

—Sí, Grete conducía. Dijo que había prometido estar con sus padres cuando dieran las doce.

—Vale. ¿Qué coche tiene?

Stanley se echó a reír.

—Ya me conoces, Roy, no tengo ni idea de marcas de coches. Solo vi que era bastante nuevo, y rojo. Bueno, sí, creo que es un Audi.

Asentí aún más despacio.

Recordé un Audi A1 rojo que en Nochevieja se desviaba hacia Nergard. Aparte de Nergard, también podía ir a Opgard, o al solar del hotel.

—¡Por cierto! —exclamó Stanley—. Se me ha olvidado darte la enhorabuena.

—¿Enhorabuena? —pregunté pensando automáticamente en el tercer puesto de la clasificación, pero estaba claro que las noticias referidas a gasolineras interesan solo a unos pocos.

—Vas a ser tío —dijo.

Pasaron un par de segundos y Stanley se rio todavía más fuerte.

—No hay duda de que sois hermanos, sí. Carl reaccionó exactamente igual, se quedó pálido.

No me había dado cuenta de que estaba pálido, pero ahora me pareció que mi corazón también dejaba de latir. Hice un esfuerzo.

—¿Fuiste tú quien reconoció a Shannon?

—¿Cuántos médicos ves por aquí? —dijo Stanley abriendo los brazos.

—¿Así que informaste a Carl de que va a ser padre?

Stanley frunció el entrecejo.

—No, supongo que lo haría Shannon. Pero me encontré con Carl en el supermercado, le felicité y mencioné un par de cosas que Shannon debería cuidar según vaya avanzando el embarazo. Y se quedó tan pálido como tú ahora. Se comprende, cuando la gente te recuerda así de pronto que vas a ser padre piensas en la tremenda responsabilidad que supone. No sabía que pasa lo mismo si vas a ser tío, pero parece que sí. —Volvió a reírse.

—¿Has informado a alguien más aparte de a Carl y a mí? —pregunté.

—No, no, me debo al secreto profesional. —De pronto se interrumpió y se llevó tres dedos a la frente—. Vaya. ¿A lo mejor no sabías que Shannon está embarazada? Yo supuse que… puesto que tú y Carl estáis tan unidos…

—Supongo que han preferido no decir nada hasta estar bastante seguros de que va a salir bien. Teniendo en cuenta el historial de los intentos de Shannon de quedarse embarazada…

—Uy, esto ha sido poco profesional por mi parte —dijo Stanley y pareció sinceramente apesadumbrado.

—No te preocupes —dije levantándome—. Si no se lo cuentas a nadie, yo tampoco lo haré.

Salí por la puerta antes de que Stanley tuviera tiempo de recordarme que debía contarle por qué le había preguntado por la Nochevieja. Una vez fuera, me metí en el Volvo. Me quedé sentado mirando por el parabrisas.

Carl sabía que Shannon estaba embarazada. Lo sabía, y no le había pedido explicaciones. Tampoco me lo había contado a mí. ¿Eso quería decir que había comprendido que él no era el padre? ¿Había comprendido lo que estaba pasando? Que éramos Shannon y yo contra él. Saqué el teléfono. Dudé. Shannon y yo lo habíamos planificado todo con gran detalle, entre otras cosas íbamos a evitar tener más contacto telefónico del que resultara natural entre cuñados. Según *True Crime*, eso es lo primero que comprueba la policía, quiénes de los allegados a la víctima u otros potenciales sospechosos han estado en contacto en los días anteriores al asesinato. Me decidí, marqué el número.

—¿Dime? —contestaron al otro lado.

—Sí —dije—. Tengo una hora libre.

—Bien —dijo Carl—. En Fritt Fall en veinte minutos.

65

En Fritt Fall estaba la clientela habitual de las mañanas, los aficionados a las carreras de caballos y los que mantienen en marcha el sistema de seguridad social.

—Una cerveza —le dije a Erik Nerell.

Me miró con frialdad. Había estado en mi lista de gente sospechosa de haber prendido fuego al hotel, pero hoy esa lista se había quedado reducida a uno.

Mientras me dirigía a una mesa libre junto a la ventana vi que Dan Krane estaba sentado solo con una pinta de cerveza. Tenía la mirada perdida. Parecía, ¿cómo describirlo?, un poco desaliñado. Lo dejé en paz y esperé que él me tuviera la misma deferencia.

Iba por la mitad de la cerveza cuando Carl llegó corriendo.

Me dio un abrazo de oso y tras recibir el mismo trato gélido en la barra se acercó con una taza de café en la mano. Vi que Dan Krane advertía la llegada de Carl, apuraba su cerveza y abandonaba el local con pasos teatralmente pesados.

—Sí, he visto a Dan —dijo Carl antes de que tuviera tiempo de preguntarle, y se sentó—. Parece que ya no vive en la granja de Aas.

Asentí despacio.

—¿Y por lo demás?

—Bueno… —dijo Carl y bebió un trago de café—. Estoy intrigado por cómo irá la junta de propietarios de esta noche, claro. Y en casa, Shannon cada vez manda más. Hoy ha decidido que conducirá el Cadillac hasta la reunión, así que yo llevo el suyo. —Señaló con un movimiento de la cabeza el aparcamiento donde estaba el Subaru.

—Lo más importante es que llegues a la ceremonia con clase —dije.

—Claro, claro —dijo, bebió otro sorbo.

Esperó. Estaba inquieto, al menos lo parecía. Dos hermanos inquietos. Dos hermanos tumbados en la litera, temiendo que se abriera la puerta.

—Creo que sé quién incendió el hotel —dije.

Carl levantó la vista.

—¿Ah, sí?

No vi motivo para alargarlo y lo dije tal cual:

—Grete Smitt.

Carl se rio en voz alta.

—Grete está un poco loca, Roy, pero no tanto. Y se ha calmado. Le ha venido bien juntarse con Simon.

Le miré fijamente.

—¿Simon? ¿Quieres decir Simon Nergard?

—¿No lo sabías? —Carl se rio sin ganas—. Se rumorea que Simon le pidió que le llevara a casa, a Nergard, en Nochevieja y que ella se quedó. Desde entonces no se han separado, oye.

Mi cerebro procesó esa información lo mejor que pudo. ¿Podría Grete haberle prendido fuego al hotel en colaboración con Simon? Degusté la idea. Tenía un sabor extraño. Pero, por otro lado, todo me sabía raro últimamente. No hacía falta que comentara eso con Carl. Bueno, en realidad no hacía falta que lo comentara con nadie porque, ¿qué cojones importaba quién lo hubiera hecho? Me aclaré la voz y dije:

—Querías contarme algo, ¿no?

Carl bajó la mirada a la taza y asintió. Luego comprobó que los otros seis clientes del local estuvieran a suficiente distancia para que no le oyeran, se inclinó hacia delante y dijo en voz baja:

—Shannon está embarazada.

—¡Joder! —Sonreí e intenté no sobreactuar—. ¡Felicidades, hermano!

—No —dijo Carl, y negó con la cabeza.

—¿No? ¿Algo va mal?

Volvió a asentir con la cabeza.

—¿Qué pasa? —pregunté.

—Yo no soy…

—¿No eres?

La cabeza se detuvo por fin y él me miró con ojos expresivos, derrotados.

—¿Tú no eres el padre? —pregunté.

Asintió.

—¿Cómo…?

—Shannon y yo no hemos tenido sexo desde que volvió de Toronto. No me ha dejado tocarla. Y no es ella quien me ha contado que está embarazada, ha sido Stanley. Shannon ni siquiera sabe que yo lo sé.

—Hay que joderse —dije.

—Sí. Hay que joderse. —No me quitaba los ojos de encima—. Y ¿sabes qué, Roy?

Esperó, pero no respondí.

—Creo que sé quién es.

Tragué saliva.

—¿Ah, sí?

—Sí. A principios de otoño Shannon de repente tuvo que ir a Notodden, ¿entiendes? Dijo que tenía una entrevista para un encargo como arquitecta. Cuando volvió, estuvo varios días desquiciada. Sin comer ni dormir. Creí que era porque no había conseguido ese contrato. Cuando supe por Stanley que Shannon estaba embarazada, me pregunté cuándo demonios habría tenido ocasión de estar con otro hombre, aquí Shannon y yo estamos siempre juntos. Entonces recordé el viaje a Notodden. Shannon me lo cuenta todo y lo que no, lo leo en su cara con facilidad. Pero aquí había algo que se me escapaba. Algo que ha mantenido oculto. Como si tuviera mala conciencia por algo. Pero ahora, cuando hago memoria, me doy cuenta de que todo empezó después de esa noche que pasó en Notodden. Y de repente va a pasar el día a Notodden, dice que tiene compras que hacer. ¿Entiendes?

Tuve que carraspear para que me saliera la voz, y dije:

—Creo que sí.

—Así que el otro día le pregunté dónde se había alojado cuando se quedó a dormir en Notodden y, cuando dijo que en hotel Brattrein, llamé allí para comprobarlo. El recepcionista me informó de que, en efecto, Shannon Alleyne Opgard había reservado una habitación allí el 3 de septiembre, pero, cuando pregunté con quién, me dijeron que ella sola.

—¿Te contó todo eso así sin más?

—Puede que dijera que mi nombre era Kurt Olsen y que llamaba de la comisaría de Os.

—Dios mío —exclamé y noté que se me estaba empapando la espalda de la camisa.

—Así que les pedí que me leyeran rápidamente la lista de clientes registrados esa fecha. Y apareció un nombre interesante, Roy.

Tenía la boca seca. ¿Qué coño había pasado? ¿Alf se había acordado de que estuve por allí y había dado mi nombre? Un momento, ahora lo recordaba: dijo que me había reservado una habitación cuando me vio entrar en el restaurante, supuso que quería alojarme allí. ¿Me había metido en su página de reservas y olvidó borrarme cuando no la quise?

—Un nombre interesante y muy conocido —dijo Carl.

Me preparé.

—Dennis Quarry.

Miré fijamente a Carl.

—¿Qué has dicho?

—El actor y director. El americano que pasó por la gasolinera. Se alojaba en el hotel.

No comprendí que había dejado de respirar hasta que volví a inhalar.

—¿Y qué?

—¿Y qué? Le firmó un autógrafo a Shannon en la gasolinera, ¿no lo recuerdas?

—Sí, pero…

—Después, en el coche, Shannon me enseñó el papel. Se rio porque él también había apuntado su número de teléfono y su email. Dijo que iba a pasar bastante tiempo en Noruega. Que iba a… —Carl dibujó unas comillas con los dedos— dirigir. No pensé más en aquello, y creo que ella tampoco. Hasta que pasó lo mío con Mari…

—¿Crees que quedó con él para vengarse?

—¿No es evidente?

Me encogí de hombros.

—¿Puede que esté enamorada de él?

Carl me observó.

—Shannon no quiere a nadie. Solo quiere su hotel. Se merece una buena paliza.

—Y ya la ha recibido, supongo.

Se me escapó. Carl dio un puñetazo en la mesa y sus ojos parecían querer salirse de las órbitas.

—¿Te lo ha contado, esa zorra?

—Chis… —dije y agarré mi cerveza como si fuera un salvavidas.

En el silencio que siguió me di cuenta de que todos los presentes nos estaban mirando. Carl y yo nos callamos hasta que oímos que se reanudaban las conversaciones y que Erik Nerell volvía a concentrarse en su móvil.

—Vi los moratones cuando llegué a casa por Navidad —dije en voz baja—. Ella salía del baño.

Vi que Carl estaba pensando una explicación. ¿Por qué cojones había tenido que soltar aquello ahora que necesitaba que confiara en mí?

—Carl, yo…

—Está bien —dijo con la voz áspera—. Tienes razón. Ocurrió algunas veces cuando volvió de Toronto. —Respiró tan hondo que vi cómo se le elevaba la caja torácica—. Estaba estresado por el caos del hotel y ella seguía dándome la lata por lo que había pasado con Mari. Cuando me tomaba unas copas a veces sucedía que… que perdía los nervios. Pero no ha vuelto a pasar desde que dejé de beber. Gracias, Roy.

—¿Gracias?

—Por confrontarme con eso. Durante mucho tiempo pensé en hablarlo contigo. Empezaba a tener miedo de que me pasara lo mismo que a papá. Comienzas a hacer cosas que en realidad no quieres hacer, y luego eres incapaz de parar, ¿no? Pero yo sí fui capaz. Cambié.

—Has vuelto al redil —dije.

—¿Qué?

—¿Estás seguro de que has cambiado?

—Sí, puedes apostar por ello.

—O puedes hacerlo tú por mí.

Me miró como si solo fuera un estúpido juego de palabras que no comprendía. Tampoco yo acababa de entender lo que estaba diciendo.

—En cualquier caso —dijo pasándose la mano por la cara—, tenía que contarle lo del niño a alguien. Y ese alguien al final siempre eres tú. Lo lamento.

—No faltaba más —dije retorciendo el cuchillo en mi interior—. Soy tu hermano.

—Sí, eres el que siempre está ahí cuando necesito a alguien. Joder, me alegro tanto de tenerte por lo menos a ti…

Carl puso su mano sobre la mía. La suya era más grande, más suave, más cálida que la mía, que estaba helada.

—Siempre —dije con la voz ronca.

Miró el reloj.

—Tendré que solucionar lo de Shannon más tarde —dijo poniéndose de pie—. Y lo de que no soy el padre se queda entre nosotros, ¿OK?

—Por supuesto —dije y de poco se me escapa la risa.

—Empiezan las obras. Vamos a demostrárselo a todos, Roy. —Puso una cara feroz y agitó el puño en el aire—. Los chicos de Opgard ganarán.

Sonreí y levanté el vaso para darle a entender que me quedaría para terminarme la cerveza.

Seguí a Carl con la mirada cuando corrió en dirección a la puerta. Vi por la ventana cómo se montaba en el Subaru. Shannon se había asegurado de tener el Cadillac ese día. Pero Carl iría en el Cadillac a la ceremonia de inicio de las obras en el solar del hotel. O, mejor dicho, hacia el solar.

Una única luz de freno se encendió cuando el Subaru se detuvo para dejar pasar a un camión largo antes de salir a la carretera nacional.

Pedí otra cerveza. La bebí despacio mientras pensaba.

Pensé en Shannon. En qué es lo que mueve a los seres humanos. Y pensé en mí. Por qué casi había suplicado que me descubriera. Le había contado a Carl que sabía que pegaba a Shannon. Le había insinuado que sabía que había falsificado mi firma. Rogaba que me descubriera para no tener que seguir adelante. Para dejar de llenar Huken de coches y cadáveres.

66

Al cabo de cuatro cervezas en Fritt Fall, me marché del lugar.

Solo era la una y media, tenía tiempo suficiente para volver a estar totalmente sobrio, pero sabía que esas cervezas eran un signo de debilidad. Un instinto de huida. Un solo paso en falso sería suficiente para que todo el plan se fuera al infierno. ¿Por qué bebía ahora? Seguramente era una señal de que una parte de mí no quería que tuviera éxito. Mi yo reptil. No, el cerebro reptil no tenía nada que ver con eso. ¿Ves? Ya estaba liando los conceptos. En cualquier caso, mi yo-yo sabía jodidamente bien lo que quería, y consistía en hacerse con lo que era suyo, lo que quedaba. Quitar de en medio a los que obstruían el paso y amenazaban a los seres a los que era mi deber proteger. Porque ya no era el hermano mayor. Era el hombre de ella. Y el padre del niño. Esa era ahora mi familia.

Aun así había algo que no cuadraba.

Dejé el Volvo y fui desde el centro hacia el sudeste por el sendero peatonal y el carril bici que discurría junto a la carretera nacional. Cuando llegué al taller, me quedé mirando al otro lado de la carretera, a la pared de la casa con el cartel que anunciaba SALÓN DE PELUQUERÍA Y RAYOS UVA DE GRETE.

Miré la hora otra vez.

Tenía tiempo suficiente, pero debía dejarlo estar, no era el momento para resolver ese asunto. Tal vez ningún momento lo fuera.

Así que a saber por qué, de repente, me vi al otro lado de la carretera, mirando al interior del garaje, al Audi A1 rojo aparcado allí.

—¡Hola! —saludó Grete desde la silla de barbero. Tenía la cabeza metida en el orgullo de la peluquería, el secador de los años cincuenta—. ¡No he oído que llamaras a la puerta!

—No he llamado —dije y me aseguré de que estuviéramos solos.

El que estuviera haciéndose la permanente a sí misma daba a entender que no tenía ninguna cita inmediata, de todas formas cerré la puerta a mis espaldas.

—Puedo cortarte el pelo, dentro de diez minutos —dijo—. En cuanto acabe con mi pelo, te cojo. Cuando eres peluquera tienes que estar presentable, ¿sabes?

Parecía nerviosa. Puede que porque me había presentado sin previo aviso. O porque me lo notaba. Que no había ido a que me cortara las puntas. O tal vez porque, en el fondo, hacía tiempo que me esperaba.

—Bonito coche —dije.

—¿Qué? No oigo bien aquí dentro.

—¡Bonito coche! Lo vi delante de casa de Stanley en Nochevieja, pero no sabía que era tuyo.

—Sí. Ha sido un buen año para el sector de la peluquería. En realidad lo ha sido para todos los sectores de por aquí.

—El mismo modelo y el mismo color que el coche que me adelantó poco antes de medianoche, cuando iba camino de la plaza. No hay muchos Audi rojos en el pueblo, así que diría que eras tú, ¿no? Pero entonces Stanley me cuenta que ibas a casa de tus padres para celebrar el Año Nuevo con ellos, y eso está en dirección contraria. Además, el coche se desvió hacia Nergard y el camino del hotel. Ahí no hay gran cosa, salvo Nergard. Opgard. Y el hotel. Así que empecé a pensar…

Me agaché y observé las tijeras que estaban en la consola del espejo. A mí me parecían todas iguales, pero comprendí que sus famosas Niigata-1000 serían las que estaban en la funda abierta como si estuvieran en exposición.

—En Nochevieja me dijiste que Shannon odia a Carl, pero que depende de él para conseguir su hotel. ¿Pensaste que si el hotel se quemaba y el proyecto se cancelaba, Shannon ya no tendría ningún motivo para retener a Carl y mi hermano podría ser para ti?

Grete me miró tranquila, los nervios parecían haberse esfumado. Tenía los brazos inmóviles sobre el enorme y pesado sillón de barbero, la cabeza alta dentro de la corona de plástico y resistencias enrojecidas, parecía una puta reina en su trono.

—Claro que se me ocurrió —dijo bajando la voz—. Y a ti también, Roy. Por eso pensé que tú podrías haber provocado el incendio. Parece que todo el mundo te perdió de vista poco antes de medianoche.

—No fui yo.

—En ese caso solo puede haber sido una persona —dijo Grete.

Tenía la boca reseca. Joder, no importaba una mierda quién le hubiera prendido fuego a ese maldito hotel. Se oía un leve zumbido, no sé si venía del interior del secador o de mi cabeza.

Ella dejó de hablar cuando vio que yo había sacado las tijeras del estuche. Debió de ver algo en mi mirada porque levantó los brazos para protegerse.

—Roy, no estarás pensando…

No sé. No sé qué cojones tenía pensado. Solo sé que todo se acumuló, todo lo que había ocurrido, todo lo que no debería haber ocurrido, todo lo que iba a ocurrir y no debía pasar, pero que ya era inevitable. Ascendió por mi interior como la mierda en un retrete atascado, llevaba tiempo subiendo, y ahora llegó al límite y se desbordó. Las tijeras estaban afiladas, solo tenía que meterlas por su boca repugnante, recortar esas mejillas blancas, recortar las palabras venenosas.

Pero, a pesar de eso, me detuve.

Me paré, miré las tijeras. Acero japonés. Las palabras de papá sobre el harakiri volaron por mi cerebro. Porque ¿no estaba a punto de fracasar? ¿No era yo, y no Grete, quien debía erradicarse del cuerpo social como un tumor canceroso?

No, los dos. Los dos debíamos ser castigados. Arder.

Agarré el viejo cable negro que salía del secador, abrí las tijeras y apreté. El acero afilado atravesó el aislante y cuando entró en contacto con el cobre, la descarga eléctrica casi hizo que lo soltara. Pero estaba preparado y fui capaz de mantener una presión uniforme sobre las tijeras sin cortar el cable.

—¿Qué estás haciendo? —gritó Grete—. ¡Es una Niigata-1000! ¡Y estás destrozando un secador de los años cinc…!

Agarré su mano con la que tenía libre, y cerró la boca cuando el circuito se completó y la electricidad empezó a circular. Intentó liberarse, pero no la solté. Vi que su cuerpo se sacudía y los ojos se volvían hacia dentro mientras crujía y chisporroteaba dentro del casco, un grito ininterrumpido, primero agudo y suplicante, luego salvaje, dando órdenes, se elevaba por su garganta. Me latía el pecho, ya sabía que el corazón solo resiste doscientos miliamperios, pero no solté, joder. Porque Grete Smitt y yo merecíamos estar así, unidos en un círculo de dolor. Vi que salían llamas azules del casco. Y, a pesar de que requería toda mi concentración mantenerla sujeta, sentí el olor a cabello quemado. Cerré los ojos, apreté las dos manos y murmuré palabras que no pertenecían a lengua alguna, como había visto hacerlo al predicador cuando sanaba o redimía en Årtun. El grito de Grete era atronador, tanto que casi no oí que el detector de humos empezaba a ulular.

Entonces la solté y abrí los ojos.

Vi a Grete arrancarse el secador, vi una mezcla de rulos fundidos y cabello en llamas antes de que se lanzara sobre el lavabo, abriera el grifo y empezara a extinguir las llamas.

Fui hacia la puerta. En la escalera oí pisadas que bajaban, parecía que la neuropatía se había tomado un descanso. Me di la vuelta y volví a mirar a Grete. Se había salvado. Un humo gris ascendía entre los restos de su permanente, que ya no era tal, sino que parecía una barbacoa incendiada que alguien hubiera apagado con un cubo de agua.

Salí al descansillo, esperé a que el padre de Grete hubiera bajado lo bastante por la escalera para que me viera bien la cara, vi que decía algo, supongo que mi nombre, pero lo ahogó el ulular del detector de humo. Salí.

Pasó una hora. Eran las tres menos cuarto.

Estaba en el taller observando fijamente la bolsa de viaje.

Kurt Olsen no se había presentado, no me había arrestado para acabar de una vez con todo el asunto.

No había escapatoria. Había llegado el momento de ponerse en marcha.

Agarré la bolsa, fui al Volvo y conduje hasta Opgard.

67

Salí arrastrándome de debajo del Cadillac. Shannon estaba mirándome en el granero helado, temblando de frío en uno de esos finos jerséis negros suyos, cruzada de brazos con gesto preocupado. No dije nada, me limité a ponerme de pie y sacudirme las virutas de madera del mono.

—¿Y? —dijo impaciente.

—Ya está —dije y empecé a manejar el gato para poner el coche en el suelo.

Después Shannon me ayudó a empujarlo al exterior y dejarlo delante del jardín de invierno, de manera que el capó apuntara directamente al camino de Geitesvingen.

Miré el reloj. Las cuatro y cuarto. Un poco más tarde de lo que esperaba. Volví al granero para recoger las herramientas y había empezado a meterlas en la bolsa de viaje cuando Shannon se colocó detrás de mí y me rodeó con los brazos.

—Todavía estamos a tiempo de dejarlo —dijo apoyando la mejilla en mi espalda.

—¿Quieres que paremos?

—No.

Me acarició el pecho. No nos habíamos tocado, apenas nos habíamos visto desde que llegué. Me había puesto a trabajar en el Cadillac inmediatamente para que me diera tiempo de cambiar las piezas que estaban bien por las defectuosas antes de que Carl volviera de la reunión, pero ese no era el único motivo por el que no nos habíamos tocado. Había algo más. De repente parecíamos desconocidos. Como asesinos tan horrorizados por lo que hacía el otro como por nosotros mismos. Pero se nos pasaría. «Haz lo que tengas que hacer. Y hazlo ahora.» Eso era todo.

—Entonces seguiremos el plan —dije.

Ella asintió.

—El carambolo ha vuelto —dijo—. Lo vi ayer.

—¿Tan pronto? —repuse, me giré hacia ella y le sujeté la cara, enmarqué su bello rostro con mis manos bastas de dedos cortos—. Qué bien.

—No —dijo y negó con la cabeza con una sonrisa triste—. No debería haber venido. Estaba tendido en la nieve, delante del granero. Se había muerto de frío. —Una lágrima escapó de su ojo medio cerrado.

La acerqué a mí.

—Recuérdame otra vez por qué lo hacemos —susurró.

—Lo hacemos porque solo hay dos alternativas. Que yo lo mate a él, o que él me mate a mí.

—Porque…

—Porque él ha cogido lo que me pertenece. Porque yo he cogido lo que es suyo. Porque los dos somos asesinos.

Ella asintió.

—Pero ¿estamos seguros de que esta es la única opción?

—Todo lo demás ya llega demasiado tarde para Carl y para mí, Shannon, te lo he explicado.

—Sí. —Sollozó en la pechera de mi camisa—. Cuando esto pase…

—Sí —dije—. Cuando esto haya pasado.

—Creo que es un niño.

La abracé un rato. Volví a oír los segundos pasar, roer, como una jodida cuenta atrás, una cuenta atrás para que el mundo dejara de tener sentido. Pero no iba a ser así, era ahora cuando todo iba a comenzar, no acabar. Nueva vida. También mi vida nueva.

La solté y metí el mono y los cables del acelerador y los tubos de los frenos en la bolsa. Shannon me miró.

—¿Y si no funciona? —dijo.

—Se supone que no tiene que funcionar —dije, a pesar de que entendía lo que ella quería decir, claro, y tal vez ella percibiera irritación en mi voz y se preguntara a qué se debía.

Supongo que comprendió de dónde salía. Estrés. Nervios. Miedo. ¿Arrepentimiento? ¿Se arrepentía ella? Seguro. Pero en Kristiansand, cuando trazamos el plan, habíamos hablado de eso también. Que nos atormentarían las dudas, igual que les ocurre a los novios el día de la boda. La duda es como el agua, siempre encuentra el agujero en el tejado, y ahora goteaba sobre mi cabeza como una tortura china. Grete había dicho que solo había una persona que pudiera haber prendido fuego al hotel. El Subaru tenía una luz de freno que no funcionaba. Luego estaba la descripción del letón del coche que había aparecido en el solar en Nochevieja.

—El plan funcionará —dije—. Casi no hay líquido de freno en el circuito, y es un coche de dos toneladas. La masa multiplica la velocidad. Solo hay un desenlace.

—¿Y si lo descubre antes de la curva?

—No he visto a Carl probar nunca unos frenos antes de necesitarlos —dije con la voz serena y amable, a pesar de que estaba repitiendo algo que ya había dicho muchas veces—. El coche empieza a moverse en llano, Carl acelera, llega a la cuesta, suelta el acelerador, y como la cuesta es tan empinada, no se da cuenta de que la velocidad sigue aumentando porque el cable del acelerador se ha enganchado hasta que, dos segundos después, llega a la curva y descubre que va a mucha más velocidad de la habitual en ese punto, entra en pánico y pisa el freno. Pero este no responde. Quizá le da tiempo a pisar el pedal una vez más, girar el volante con fuerza, pero ya no hay nada que hacer. —Me humedecí la boca, me había explicado, podría haberlo dejado ahí. Pero seguí retorciendo el cuchillo.

En mí, en ella–. La velocidad es excesiva, el coche demasiado pesado, la curva demasiado cerrada, ni siquiera cambiaría las cosas que el firme fuera de asfalto en lugar de gravilla suelta. A continuación el coche está en el aire, y él flota ingrávido. Un capitán en una nave espacial con el cerebro funcionando a la máxima velocidad, *warp speed*, que tiene tiempo de preguntarse cómo. Quién. Por qué. Quizá incluso tiempo para responder antes de...

–¡Basta! –gritó Shannon. Cruzó los brazos y un temblor recorrió su cuerpo–. ¿Y si... y si de todas formas se da cuenta de que algo no funciona y no coge el coche?

–Pues descubre que algo no funciona. Lleva el coche al taller para que le hagan una revisión y allí le confirman que el cable del acelerador está deshilachado y los tubos de los frenos podridos, no hay más misterio. Tendremos que pensar otro plan, hacerlo de otra manera. No pasa nada.

–¿Y si el plan funciona, pero la policía sospecha?

–Examinan el coche siniestrado y descubren piezas gastadas. Lo hemos hablado, Shannon. Es un buen plan, ¿OK?

Shannon corrió hacia mí sollozando y me abrazó.

Me solté con cuidado.

–Ahora me voy.

–¡No! –exclamó llorando–. ¡Quédate!

–Estaré vigilando desde el taller –dije–. Desde allí veo Geitesvingen. Llámame si algo sale mal, ¿OK?

–¡Roy! –gritó como si fuera la última vez que me viera con vida, como si la corriente me alejara de ella en mar abierto, como una pareja recién casada, a bordo de un velero, que hubiera bebido champán hasta sentirse deliciosamente borrachos y de repente estuvieran sobrios.

–Nos vemos luego –dije–. Recuerda que tienes que llamar al número de emergencias inmediatamente. Recuerda cómo sucedió, cómo se comportó el coche, y descríbeselo a la policía exactamente como fue.

Ella asintió, se enderezó, se alisó el vestido.

—¿Qué… qué crees que pasará después de esto?

—Después de esto —dije—, creo que instalarán el quita-miedos.

68

Eran las seis y dos minutos y había empezado a anochecer.

Me encontraba apostado junto a la ventana del despacho, con los prismáticos apuntando a Geitesvingen. Había calculado mentalmente que, cuando el Cadillac se saliera de la carretera, sería visible durante justo tres décimas de segundo, así que tendría que parpadear deprisa.

Creí que estaría menos nervioso cuando hubiera acabado con mi parte y el resto quedara en manos de Shannon, pero fue al contrario. Ahora que estaba ocioso, tenía demasiado tiempo para pensar en todo lo que podía salir mal. Cada vez se me ocurrían más desgracias, también es cierto que cada vez eran más improbables, pero eso no me ayudaba a calmarme.

El plan era que, cuando llegara el momento de subir a la obra para cortar la cinta, Shannon comentaría que se encontraba mal y tenía que echarse un poco; le diría a Carl que fuera solo a la ceremonia inaugural con el Cadillac, que ella iría después a la fiesta de Årtun en el Subaru si se sentía mejor.

Miré el reloj otra vez. Las seis y tres. Tres décimas de segundo. Levanté de nuevo los prismáticos y eché una mirada a las ventanas de la casa de los Smitt, cuyas cortinas no había visto moverse desde el incidente de la mañana. Detrás estaba la montaña, y luego Geitesvingen. Podría haber ocurrido. Tal vez ya había pasado todo.

Oí que un coche aparcaba delante del taller y apunté con los prismáticos, pero estaban desenfocados. Aparté los prismáticos y vi que era el Land Rover de Kurt Olsen.

Apagó el motor y se bajó. No podía verme, porque había apagado la luz de la habitación, aun así me miró de frente como si supiera que yo estaba allí sentado. Se limitó a quedarse ahí, con las piernas arqueadas, los pulgares metidos por el cinturón, como un vaquero que me reta a un duelo. Luego se dirigió hacia la puerta del taller y desapareció de mi vista. Poco después sonó el timbre.

Suspiré, me levanté, salí al taller y abrí.

—Buenas tardes, agente. ¿De qué se trata esta vez?

—Hola, Roy. ¿Puedo pasar?

—Precisamente ahora estaba…

Me empujó a un lado y entró en el taller. Miró alrededor como si nunca hubiera estado allí. Se acercó al estante en el que había varias cosas. Como, por ejemplo, el limpiador Fritz.

—Me pregunto qué está pasando aquí, Roy…

Me quedé rígido. ¿Por fin lo había descubierto? ¿Que era ahí donde había ido a parar el cadáver de su padre y, literalmente, se había evaporado con el desincrustante Fritz?

Pero entonces descubrí que se estaba golpeando la sien con el índice y comprendí que se refería a mi cabeza.

—… para que prendas fuego a Grete Smitt.

—¿Eso dice Grete?

—No, Grete, no, su padre. Te vio marcharte de allí mientras Grete todavía echaba humo, eso dijo.

—¿Y qué dice ella?

—¿Tú qué crees, Roy? Que le había pasado algo al casco ese, una repentina subida de la tensión eléctrica o algo. Que la ayudaste. Pero yo no me lo creo en absoluto, joder, porque ese cable estaba cortado. Así que la pregunta que te hago ahora es, y piensa bien, coño, muy bien antes de contestar: ¿con qué cojones la has amenazado para que mienta?

Kurt Olsen esperó una respuesta mientras se lamía el bigote e inflaba los carrillos alternativamente, como una rana toro.

—¿Te niegas a responder, Roy?

—No.

—Entonces ¿qué crees que estás haciendo?

—Lo que me has pedido. Pensar muy bien antes de contestar.

Noté que a Kurt Olsen se le ensombrecía la mirada, que perdía la calma. Avanzó dos pasos y echó el brazo derecho hacia atrás para pegarme. Lo sé porque conozco el aspecto de la gente cuando va a golpear, como si fueran tiburones poniendo los ojos en blanco antes de morder. Pero se detuvo, supongo que un recuerdo lo detuvo. Roy Opgard en Årtun un sábado por la noche. No dejaba mandíbulas rotas, ni narices fracturadas, solo dientes sueltos y sangrados de nariz, es decir, nada por lo que hubiera que ir a molestar a Sigmund Olsen. Roy Opgard era un tío al que no se le iba la cabeza, y que humillaba con frialdad y cálculo al que perdía los papeles. Así que, en lugar de golpearme, Kurt Olsen me señaló con el dedo.

—Sé que Grete sabe cosas. Sabe cosas de ti, Roy Opgard. ¿Y qué sabe? —Se acercó un paso más, noté una llovizna de saliva en la cara—. ¿Sabe lo de Willum Willumsen?

El teléfono sonó en mi bolsillo, pero Kurt Olsen siguió gritando:

—¿Crees que soy tonto? ¿Que me creo que el tipo que mató a Willumsen casualmente derrapó en el hielo justo delante de vuestra casa? ¿Que Willumsen, sin decírselo a nadie, antes de morir perdonó una deuda millonaria? ¿Porque sentía que debía hacerlo?

¿Era Shannon? Tenía que ver quién me llamaba, ya.

—Venga, Roy. Como si Willum Willumsen alguna vez en su vida hubiera perdonado una sola corona que le debieran.

Saqué el teléfono. Miré la pantalla. Mierda.

—Sí. Sé que tu hermano y tú tuvisteis algo que ver. Exactamente igual que cuando desapareció mi padre. Porque eres un asesino, Roy Opgard. ¡Lo eres y siempre lo has sido!

Asentí con la cabeza mirando a Kurt y, por un instante, su torrente de palabras se interrumpió y abrió los ojos como si yo hubiera confirmado que era un asesino, hasta que advirtió que le estaba avisando de que me disponía a contestar al teléfono. Entonces lo reanudó:

—¡Y hoy habrías asesinado a Grete Smitt si no hubieras oído que se acercaban potenciales testigos! Habrías...

Le di la espalda a Kurt Olsen, me tapé una oreja y me llevé el teléfono a la otra.

—Sí, Carl.

—¿Roy? ¡Necesito ayuda!

Fue como si apagaran la luz y me hicieran retroceder dieciséis años en el tiempo.

El mismo lugar.

La misma desesperación en la voz de mi hermano pequeño.

El mismo crimen, solo que esta vez la víctima sería él.

Pero estaba vivo. Y necesitaba ayuda.

—¿Qué pasa? —logré decir mientras el policía seguía detrás de mí berreando su cantinela.

Carl dudó.

—¿Ese al que oigo es Kurt Olsen?

—Sí. ¿Qué pasa?

—Pronto vamos a cortar la cinta, y se supone que debería llegar en el Cadillac —dijo—. Pero le pasa algo. Seguro que solo es una tontería, pero ¿podrías venir a ver si puedes arreglarlo?

—Voy enseguida —dije, colgué y me volví hacia Kurt Olsen.

—Me encanta hablar contigo, pero, salvo que tengas una orden de arresto, me marcho.

Cuando me fui, seguía con la boca abierta.

Un minuto después iba por la carretera nacional en el Volvo con las herramientas en la bolsa sobre el asiento del pasajero y las luces del Land Rover de Olsen en el retrovisor. En mis oídos todavía resonaba el juramento del policía de que nos cogería a mi hermano y a mí. Por un instante temí que fuera a perseguirme hasta la granja, pero cuando tomé el desvío a Nergard y Opgard, siguió hacia delante.

En cualquier caso, Olsen no era el que me preocupaba.

¿Le pasaba algo al Cadillac? ¿Qué coño sería? ¿Era posible que Carl se hubiera metido en el coche y hubiera notado que los frenos y el volante no iban bien antes de arrancar? No, en ese caso tendría que haberlo sospechado antes. O alguien se lo había contado. ¿Habría ocurrido eso? ¿Shannon no había sido capaz de llevar a cabo el plan? ¿Se había hundido y lo había confesado todo? O, peor todavía, ¿había cambiado de bando y le había dicho a Carl la verdad? O su versión de la verdad. Sí, así era. Le habría dicho que el plan de asesinarlo era mío, solo mío, le habría contado que yo sabía que Carl había falsificado mi firma en las escrituras; y habría añadido que yo la había violado, la había dejado embarazada y la había amenazado con matarlos a ella, al niño y a Carl si se iba de la lengua. Porque yo no era un tímido y huidizo mirlo capiblanco, no, yo era papá, una alondra alpestre, un ave de presa con una máscara de bandido sobre los ojos. Y entonces Shannon le habría dicho lo que Carl y ella debían hacer a continuación. Me atraerían a la granja y se desharían de mí del mismo modo que Carl y yo nos habíamos deshecho de papá. Porque ella lo sabía, sabía que los hermanos Opgard eran capaces de matar, sabía que obtendría lo que buscaba, de una manera u otra.

Tomé una bocanada de aire y conseguí apartar esos pensamientos inoportunos y enfermizos. Al doblar una curva ante mí se abrió un túnel negro donde no debía haber ninguno. Un muro de piedra oscuro e impenetrable, imposible de sortear, estaba en medio de la carretera. ¿Sería la depresión de la que me había hablado el viejo policía? ¿La oscura desesperación de papá que finalmente me invadía a mí también, como la noche irrumpe en las montañas elevándose desde los profundos valles? Puede ser. Lo más extraño de todo fue que a medida que doblaba una curva cerrada tras otra, ascendiendo más y más, la respiración se me fue calmando.

Porque aquello me parecía bien. Si todo acababa allí, si no iba a vivir un día más, me parecía bien. Con un poco de suerte mi asesinato podría unir a Carl y a Shannon. Carl era pragmático, podía asumir criar a un hijo que no fuera suyo del todo, pero sí de la familia. Sí, tal vez mi desaparición fuera el único final feliz posible.

Di la vuelta a Geitesvingen y aceleré un poco levantando gravilla con las ruedas traseras. A mis pies yacía el pueblo envuelto en tinieblas, pero con las últimas luces del día vislumbré a Carl esperándome con los brazos cruzados delante del Cadillac.

Me vino a la mente otro pensamiento. No otro, sino el primero.

Que solo era eso: el coche no iba bien.

Una nimiedad que no tenía nada que ver ni con el cable del acelerador, ni con los tubos del freno, que se podía arreglar fácilmente. Y dentro de casa, detrás de las cortinas, Shannon esperaba en la cocina que lo arreglara y, después, el plan seguiría adelante.

Bajé del coche, Carl se acercó y me abrazó. Me rodeó de manera que sentí todo su cuerpo, de la cabeza a los pies, sentí que temblaba como solía hacerlo cuando papá había estado en nuestro cuarto y yo me bajaba a su cama para consolarlo.

Me susurró unas palabras al oído, y comprendí.

Comprendí que el plan no seguiría adelante.

69

Nos sentamos en el Cadillac. Carl al volante y yo de copiloto.

Mirábamos más allá de Geitsvingen, a las cumbres de las montañas del sur enmarcadas en tonos naranjas y azules claro.

—¡Te he dicho que le pasaba algo al coche porque estabas con Olsen! —gritó Carl entre sollozos.

—Entiendo —dije e intenté mover el pie que se me había quedado dormido. No, no se había dormido, estaba paralizado, igual que el resto de mi cuerpo—. Cuéntame con más detalle lo que ha pasado. —Oía mi voz como si fuera otro el que hablara.

—Vale —dijo Carl—. Estábamos vistiéndonos para ir a la inauguración de las obras. Shannon había terminado de arreglarse, estaba espectacular, yo planchaba una camisa en la cocina. Entonces de pronto dice que se encuentra mal. Le contesto que se tome un paracetamol. Pero ella dice que se echará un rato y que vaya a la inauguración yo solo, que luego irá a la fiesta en el Subaru si se encuentra mejor. Estoy horrorizado, le digo que haga un esfuerzo, que es importante. Pero se niega, dice que la salud es lo primero y cosas así. Y yo, bueno, pues me cabreo, porque es una chorrada, Shannon nunca se pone tan mala que no pueda pasar un par de horas de pie, ¿no? Y este no deja de ser su gran momento tanto como el mío. Pierdo el control un instante y se lo suelto…

—Se lo suelto —dije sintiendo que la parálisis estaba llegando a la lengua.

—Sí, le suelto que si se encuentra mal será por el bastardo que lleva en el vientre.

—¿Bastardo? —repetí. Hacía mucho frío en el coche. Un frío espantoso.

—Sí, eso mismo me preguntó ella, como si no entendiera lo que le quería decir. Entonces le digo que sé lo de ella con ese actor americano, Dennis Quarry. Ella repite el nombre, odio oír cómo lo pronuncia. Denn-is Qu-arry. Entonces se echa a reír. ¡A reír! Y yo estoy con la plancha en la mano y pierdo el control.

—El control —repito sin entonación.

—Le pego.

—Le pegas. —Me había convertido en su puto eco.

—La plancha le da a un lado de la cabeza, ella cae hacia atrás, le da al tubo de la estufa, que se rompe y deja salir el hollín.

No digo nada.

—Me inclino sobre ella, sujeto la plancha ardiendo ante su cara y le digo que si no confiesa la voy a planchar y dejar tan lisa como mi camisa. Pero ella sigue riéndose. Y ahí tirada, riéndose a mandíbula batiente, con la sangre de la nariz metiéndosele por la boca y manchando los dientes de rojo parece una maldita bruja y ya no tiene buen aspecto, ¿comprendes? Y confiesa. No solo lo que le había preguntado, sino que me mete el dedo en la llaga y lo confiesa todo. Confiesa lo peor.

Intenté tragar saliva, pero ya no me quedaba nada.

—¿Y qué era lo peor?

—¿Tú qué crees, Roy?

—No lo sé.

—El hotel —dijo—. Fue Shannon quien prendió fuego al hotel.

—¿Shannon? Cómo…

—Cuando salíamos de la casa de Willumsen para ir a ver los fuegos artificiales a la plaza, Shannon dijo que estaba un poco cansada y quería irse a casa, que se llevaba el coche. Yo todavía estaba en la plaza cuando oímos el camión de los bomberos. —Carl cerró los ojos—. Y ahora Shannon está tumbada junto a la estufa, y me cuenta que subió a la obra y prendió fuego en un sitio donde sabía que las llamas se extenderían poco a poco, y dejó un cohete usado para que pareciera que era la causa del incendio.

Sé lo que tengo que preguntar. Y sé que debo preguntar aunque ya sepa la respuesta. Tengo que preguntar para no desvelar que ya lo sé todo, y que conozco a Shannon tan bien como él. Así que pregunto:

—¿Por qué?

—Porque… —Carl traga saliva—. Porque Shannon es Dios creando a su imagen y semejanza. No podía vivir con ese hotel, tenía que ser como ella lo había proyectado. Eso o nada. No sabía que no estaba asegurado, y contaba con que no sería un problema construirlo de nuevo y que entonces, en el segundo intento, conseguiría imponer el diseño original.

—¿Es eso lo que te ha dicho?

—Sí. Y cuando le he preguntado si había pensado en los demás, en ti y en mí, en la gente del pueblo que había trabajado e invertido, ha dicho que no.

—¿No?

—«Fuck no», ha dicho concretamente. Y se ha reído. Entonces le he pegado otra vez.

—¿Con la plancha?

—Con la parte de atrás, la que estaba fría.

—¿Fuerte?

—Fuerte. Y he visto que la luz de su mirada se apagaba.

Tuve que concentrarme para respirar.

—¿Estaba…?

—Le he tomado el pulso, pero no he notado una mierda.

—¿Y entonces?

—La he traído aquí.

—¿Está en el maletero?

—Sí.

—Enséñamela.

Nos bajamos. Cuando Carl abrió el maletero, levanté la vista hacia el oeste. En las cimas el tono naranja iba ganando terreno al azul. Pensé que tal vez fuera la última vez que sería capaz de pensar que algo era hermoso. Durante una décima de segundo, antes de mirar en el maletero, pensé que solo había sido una broma, que allí no habría nadie.

Pero allí estaba. Una bella durmiente blanquísima. Dormía como las dos noches que habíamos estado juntos en Kristiansand. De lado, con los ojos cerrados. No pude evitar pensarlo: en la misma postura fetal que el niño en su vientre.

Las heridas en la cabeza no dejaban duda alguna de que estaba muerta. Puse las yemas de los dedos sobre su frente rota.

—Esto no es solo un golpe con la parte de atrás de una plancha —dije.

—Yo... —Carl tragó saliva—. Se movió cuando la dejé al lado del coche para abrir el maletero y yo... entré en pánico.

Automáticamente miré al suelo y, a la luz del maletero, vi brillar una de las grandes piedras que papá nos había hecho llevar hasta la pared de la casa para mejorar el drenaje un otoño lluvioso. Estaba manchada de sangre.

Los sollozos ahogados de Carl sonaban como unas gachas que rompen a hervir.

—¿Puedes ayudarme a salir de esta, Roy?

Volví a poner los ojos en Shannon. Quería mirar hacia otro lado, pero no podía. Carl la había matado. No, la había asesinado. A sangre fría. Y ahora me pedía ayuda. Lo odiaba. Odiaba, odiaba, sentí que mi corazón empezaba a latir de nuevo, y con la sangre llegó el dolor, por fin llegó el dolor, apreté la mandíbula tan fuerte que creí que iba a romperme las muelas. Respiré y pude abrir la boca lo suficiente para decir dos palabras:

—¿Ayudarte, cómo?

—Podríamos llevarla al bosque. Abandonarla en algún sitio donde sepamos que van a encontrarla y dejar el Cadillac cerca. Diremos que cogió el Cadillac esta mañana para dar una vuelta y que todavía no había vuelto cuando me marché a la inauguración de las obras. Si vamos y la dejamos en alguna parte ahora, me dará tiempo, luego puedo denunciar su desaparición cuando no aparezca en la fiesta como habíamos acordado. ¿Suena bien?

Le di un puñetazo en el vientre.

Se dobló por la mitad, se quedó como una jodida *L*, boqueando. Lo tumbé fácilmente sobre la gravilla y me senté encima inmovilizándole los brazos con las rodillas. Iba a morir. Iba a morir igual que ella. Mi mano derecha encontró la piedra grande, pero estaba pegajosa y escurridiza por la sangre y se me resbaló de la mano. Iba a secarme la mano en la camisa, pero por fin pude pensar con la suficiente claridad para en lugar de eso pasar la mano dos veces por la gravilla. Entonces volví a coger la piedra y la levanté por encima de mi cabeza. Carl seguía sin respirar y cerraba los ojos con fuerza. Quería que viera lo que iba a ocurrir, así que le di en la nariz con la mano izquierda.

Abrió los ojos.

Lloraba.

Me miró a los ojos, puede que todavía no hubiera visto la roca que yo sujetaba en la mano, o tal vez no comprendiera lo que significaba. O había llegado al mismo punto de apatía que yo y ya nada le importaba una mierda. Sentí el peso de la piedra, su voluntad de caer, de machacar, yo ni siquiera tendría que emplear la fuerza, más bien sería cuando yo dejara de ejercer fuerza, cuando ya no la sujetara a un brazo de distancia de mi hermano, cuando la piedra cumpliría con la labor que tenía encomendada. Carl había dejado de llorar, y yo empezaba a sentir el ácido láctico escociéndome en el brazo derecho.

Cedí. Dejé que pasara. Pero entonces la vi. Como un maldito eco de nuestra infancia. Su mirada. Esa jodida mirada humillada, indefensa, de hermano pequeño. Y noté un nudo en la garganta. Ahora era yo el que iba a echarme a llorar. Otra vez. Dejé que la piedra descendiera, le imprimí más velocidad, la estrellé sintiendo el golpe subiéndome hasta el hombro. Me quedé ahí respirando como un maldito lebrel.

Cuando recuperé el resuello me aparté rodando de Carl, que se había quedado inmóvil. Por fin en silencio. Los ojos tan abiertos como si finalmente lo hubiera visto y comprendido todo. Me quedé a su lado contemplando la montaña de Ottertind. Nuestro testigo mudo.

—Ha sido bastante cerca de mi cabeza —gimió Carl.

—No lo suficiente.

—Vale, pues la he cagado —dijo, y suspiró—. ¿Ya te has desahogado?

Extraje la cajita de tabaco de mascar del bolsillo del pantalón.

—Hablando de rocas en la cabeza —dije sin importarme que se me notara el temblor en la voz—. Cuando la encuentren en el bosque, ¿cómo crees que interpretarán los daños que tiene en la cabeza?

—Pensarán que la ha matado alguien, supongo.

—¿Y de quién sospecharán primero?

—¿Del marido?

—Que, según *True Crime*, es culpable en el ochenta por ciento de los casos. En especial cuando no tiene coartada para la hora de la muerte.

Carl se incorporó apoyándose en los codos.

—Vale, hermano mayor. ¿Qué hacemos entonces?

«Hacemos.» Por supuesto.

—Déjame pensar unos segundos.

Miré alrededor. ¿Qué veía?

Opgard. Una casa pequeña, un granero y unas pocas tierras baldías. ¿Qué era en realidad? Un nombre de seis letras, una familia de la que sobrevivían dos miembros. Porque, si la reduces a su esencia, ¿qué es una familia? Una historia que nos contamos los unos a los otros porque la familia es necesaria. Porque a lo largo de miles de años había funcionado como un sistema de colaboración, ¿no? Sí, ¿por qué no? ¿O había algo además de lo puramente práctico, algo en la sangre que vinculaba a los padres y a los hermanos? Dicen que no se puede vivir ni del amor ni del aire. Pero, joder, tampoco puedes vivir sin ellos. Y si hay algo que deseamos es vivir. Lo sentía en ese momento, tal vez con más fuerza aún porque la muerte estaba en el maletero, delante de nosotros. Sentí que quería vivir. Y que por eso teníamos que hacer lo que había que hacer. Que todo dependía de mí. Que había que hacerlo ahora.

—Lo primero —dije—, cuando revisé el Cadillac este otoño le aconsejé a Shannon que cambiara los tubos de los frenos y el cable del acelerador. ¿Lo habéis hecho?

—¿Qué? —Carl tosió y se llevó una mano a la altura del estómago—. Shannon no me dijo una palabra de eso.

—Vale, entonces estamos de suerte —dije—. La pasaremos al asiento del conductor. Antes de limpiar recoge la sangre que encuentres en la cocina y el maletero y extiéndela por el volante, el asiento y el salpicadero. ¿Comprendido?

—Eh, sí, pero…

—Shannon aparecerá dentro del Cadillac en Huken, eso explicará los golpes en la cabeza.

—Pero… es el tercer coche que cae por Huken. ¿La policía no se preguntará qué coño pasa?

—Seguro. Pero cuando vean las piezas del coche que te digo tan gastadas, comprenderán que ha sido un accidente.

—¿De verdad lo crees?

—Estoy completamente seguro —dije.

Todavía había un leve halo naranja sobre la montaña de Otter-tind cuando Carl y yo pusimos el enorme vehículo negro en movimiento. Shannon se veía muy pequeña tras el gran volante. Soltamos el coche, que se deslizó despacio, casi como si lo hiciera en contra de su voluntad, la gravilla crujió bajo los neumáticos. En el extremo de los alerones posteriores brillaban dos faros verticales y rojos. Era un Cadillac DeVille. De la época en la que los americanos fabricaban coches como naves espaciales que te podían llevar al cielo.

Me quedé observando el coche, el cable del acelerador debía de haberse enganchado porque seguía acelerando. Pensé: «Esta vez sucederá, se elevará hacia el cielo».

Shannon dijo que creía que era un niño. Yo no dije nada, pero había sido incapaz de evitar pensar en nombres. No creo que ella hubiera aceptado Bernard, pero ese era el único que se me había ocurrido.

Carl me pasó un brazo sobre los hombros.

—Solo te tengo a ti, Roy —dijo.

«Y yo solo te tengo a ti —pensé—. Dos hermanos en un desierto.»

70

–Muchos de nosotros hemos vuelto al punto de partida –dijo Carl.

Estaba en el escenario de Årtun, junto a uno de los micrófonos de los que pronto se harían cargo Rod y su banda.

–Y no me refiero a la primera reunión de inversores que celebramos aquí, sino a cuando mi hermano y yo, y muchos de los que estáis aquí hoy, veníamos a los bailes del pueblo. Después de tomarnos un par de tragos éramos lo bastante bocazas para presumir de futuras hazañas que por supuesto íbamos a realizar, faltaría más. O le preguntábamos al más bocazas del baile anterior cómo le iba, si había puesto en marcha alguno de sus grandes planes. Entonces sonaban risas burlonas por un lado, maldiciones por el otro y, si era del tipo que se ofende con facilidad, algún que otro cabezazo.

Risas entre el público, que permanecía de pie en la sala.

–Pero, cuando el año que viene alguien nos pregunte qué pasó con ese hotel del que tanto presumíamos los de Os, podremos decir que sí, que lo construimos. Dos veces.

Gritos de entusiasmo. Cambié el peso del cuerpo a la otra pierna. Las náuseas me oprimían la garganta, notaba la jaqueca latiéndome detrás de los ojos, y el pecho me dolía de un modo espantoso, como imaginaba que dolería un infarto. Pero intenté no pensar, intenté no sentir. De momento parecía que Carl lo llevaba todo mejor que yo. Debería haberlo sabido. Él era el frío de los dos. Él era como mamá. Cómplice pasivo. Frío.

Ahora abrió los brazos, como un director de circo o un actor.

—Los que habéis estado en el corte de la cinta inaugural hace un rato, habréis podido ver los planos expuestos y lo fantástico que va a ser. En realidad, la arquitecta, mi esposa Shannon Alleyne Opgard debería estar en el escenario ahora mismo. Puede que venga un poco más tarde, pero ahora mismo está en casa descansando, es lo que pasa cuando no solo estás embarazada de un hotel…

Un instante de silencio seguido de gritos de alegría y aplausos.

No pude aguantarlo más y corrí hacia la salida.

—Y ahora, amigos, dad la bienvenida a…

Me abrí paso por la puerta y tuve el tiempo justo para dar la vuelta a la esquina antes de que el vómito me llenara la garganta y luego saliera despedido y rebotara en el suelo. Siguió llegando con contracciones como si fuera un puto parto. Cuando por fin acabó, me dejé caer de rodillas, vacío, acabado. En el interior oí el cencerro de vaca marcar el ritmo del tema con el que Rod y compañía empezaban todos los conciertos, «Honky Tonk Women». Apoyé la frente en la pared y empecé a llorar. En un momento tuve la cara llena de mocos, lágrimas y babas que apestaban a vómito.

—Vaya —oí decir a una voz a mis espaldas—. ¿Por fin alguien le ha dado una paliza a Roy Opgard?

—¡Déjalo, Simon! —Sonó una voz de mujer y sentí una mano sobre el hombro—. ¿Va todo bien, Roy?

Me di media vuelta. Grete Smitt llevaba un pañuelo rojo para taparse el cráneo. Y no le quedaba mal.

—Solo un aguardiente casero que me ha sentado fatal —dije—. Gracias.

Siguieron su camino hacia el aparcamiento, muy abrazados.

Me levanté y me dirigí hacia el bosque de abedules, chapoteando por el césped encharcado por el agua del deshielo. Vacié una fosa nasal, luego la otra, escupí y respiré. El aire de la noche seguía siendo frío, pero tenía otro sabor, como una promesa de que las cosas cambiarían, sería algo distinto, mejor. No podía imaginarme qué podría ser.

Me detuve a la sombra de un árbol desnudo. La luna había salido e iluminaba el lago Budalsvannet con una luz fantasmagórica. Dentro de unos días el hielo se resquebrajaría y la corriente arrastraría las placas. Aquí, cuando las cosas empezaban a agrietarse, no tardaban mucho en desaparecer.

Una figura apareció a mi lado.

—¿Qué hace la perdiz blanca cuando el zorro coge sus huevos? —Era Carl.

—Pone otros.

—Resulta extraño recordar esas cosas que tus padres dicen cuando eres niño y crees que solo son palabrería. Un día, de pronto, entiendes lo que querían decir.

Me encogí de hombros.

—Es hermoso, ¿verdad? —dijo—. Cuando por fin nos llega la primavera a nosotros también.

—Sí.

—¿Cuándo volverás?

—¿Volver?

—A Os.

—Supongo que para el entierro.

—No habrá ningún entierro, la voy a mandar en un ataúd a Barbados. Quiero decir que cuándo volverás a vivir aquí.

—Nunca.

Carl se rio como si yo hubiera contado un chiste.

—Puede que todavía no lo sepas, pero volverás antes de que acabe el año, Roy Opgard.

Dichas estas palabras, se marchó.

Permanecí allí largo rato. Al final levanté la vista hacia la luna. Podría haber sido un poco más grande, como un planeta, algo que de verdad nos hubiera puesto, a mí y a todos, nuestras tragedias y vidas precipitadas, en una perspectiva lo bastante amplia. Eso era lo que ahora necesitaba. Algo que pudiera decirme que todos, Shannon, Carl y yo, papá y mamá, el tío Bernard, Sigmund Olsen, Willumsen y un matón danés, estaban aquí, desaparecidos y olvidados en el mismo instante, apenas un destello en el vasto océano del tiempo y el espacio del universo. Era el único consuelo que teníamos, que absolutamente nada importa. Ni conservar tus tierras baldías. Ni tener tu propia gasolinera. Ni despertar junto a la persona que amas. Ni ver crecer a tu hijo.

Así era todo. Nada importante.

Pero claro, la luna era demasiado pequeña para servir de consuelo.

71

—Gracias —dijo Martinsen cogiendo la taza de café que le ofrecía.

Se apoyó en la encimera y miró al exterior. El coche de KRIPOS y el Land Rover de Olsen seguían junto a la curva de Geitesvingen.

—¿No habéis encontrado nada? —pregunté.

—Por supuesto que no —dijo.

—¿Te parece tan evidente?

Martinsen suspiró y miró alrededor como si quisiera asegurarse de que seguíamos estando solos en la cocina.

—Si te soy sincera, en condiciones normales habría rechazado la solicitud de colaboración que recibimos, pues se trata de un caso muy claro de accidente. Cuando Olsen se puso en contacto con nosotros, la avería del coche, claramente la causa de que se saliera de la carretera, ya estaba localizada. Los daños sufridos por la fallecida encajan con una caída desde esa altura. El médico local no fue capaz de precisar la hora exacta de la muerte, claro, puesto que pasó un día antes de que pudiera bajar hasta el coche, pero su estimación coincide con la idea de que cayó en algún momento entre las seis y medianoche.

—Entonces ¿cómo es que habéis venido?

—Bueno, para empezar Olsen insistió, se puso frenético. Está convencido de que la mujer de tu hermano fue asesinada y ha leído en lo que él llama una publicación especializada que en el ochenta por ciento de los casos el marido es el culpable. Y a los de KRIPOS nos gusta mantener buenas relaciones con los policías rurales —Sonrió—. Buen café, por cierto.

—Gracias. ¿Y la segunda razón?

—¿Segunda?

—Has dicho que Olsen era la primera razón.

Martinsen sonrió y me lanzó una mirada que no supe interpretar. Desvié los ojos. No quería mirarla. No estaba en ese punto. Además, sabía que si dejaba que me mirara demasiado rato de frente, podría descubrir mi herida.

—Te agradezco que seas tan franca conmigo, Martinsen.

—Vera.

—Pero ¿no sientes el más mínimo escepticismo sabiendo que ya son tres los coches que se han despeñado por ese precipicio? ¿Y que estás hablando con el hermano de alguien que ha estado estrechamente vinculado a todos los que han caído por ahí?

Vera Martinsen asintió.

—No lo he olvidado ni un instante, Roy. Y Olsen me ha contado esos accidentes una y otra vez. Ahora tiene la teoría de que el primero de todos también pudo ser un asesinato, y quiere a toda costa que comprobemos si los frenos del Cadillac que está en el fondo del barranco pudieron ser saboteados.

—El de mi padre —dije esperando que mi cara de póquer resistiera—. ¿Lo comprobasteis?

Martinsen se rio.

—Para empezar los restos del Cadillac están comprimidos debajo de otros dos coches. Y si encontráramos algo, el caso tiene más de dieciocho años y habría prescrito. Además, soy adepta a eso que llaman sentido común y lógica. ¿Sabes cuántos coches se salen de la carretera en Noruega todos los años? Unos tres mil. ¿En cuántos lugares diferentes? Menos de dos mil. Casi la mitad de los accidentes se producen en el mismo lugar donde ya ha habido otro accidente ese mismo año. Que tres coches se salgan de la carretera en un periodo de dieciocho años en un tramo donde evidentemente deberían haberse extremado las medidas de seguridad me parece razonable. Lo que me extraña es que no haya habido más accidentes.

Asentí.

—¿Podrías ser tan amable de comentarle al ayuntamiento eso de las medidas de seguridad de la carretera?

Martinsen sonrió y dejó la taza.

La seguí hasta el recibidor.

—¿Cómo está tu hermano? —dijo mientras se abrochaba la cazadora.

—Bueno. Lo lleva mal. Ha ido a Barbados con el ataúd. Va a encontrarse con los familiares de ella. Después dice que se refugiará en el trabajo del hotel.

—¿Y tú?

—Cada vez mejor —mentí—. Supuso una conmoción, claro, pero la vida sigue. Durante el año y medio que Shannon vivió aquí, yo pasé mucho tiempo fuera, así que no tuvimos ocasión de conocernos lo bastante para que… bueno, ya sabes. No es como perder a alguien de tu propia familia.

—Comprendo.

—Bueno, bueno —dije abriendo la puerta de la entrada al ver que ella no lo hacía. Pero no se movió.

—¿Has oído? —susurró—. ¿Eso no era un chorlito dorado?

Asentí. Despacio.

—¿Te interesan las aves? —pregunté.

—Mucho. Me viene de mi padre. ¿Y a ti?

—Bastante.

—Sé que por esta zona tenéis muchos pájaros interesantes.

—Los tenemos, sí.

—¿A lo mejor podría venir un día para que me los mostraras?

—Eso estaría muy bien —dije—. Pero yo no vivo aquí.

La miré a los ojos y dejé que lo viera. El dolor.

—OK —dijo—. Si te mudas aquí, avísame. Encontrarás mi número en la tarjeta de visita que he dejado debajo de la taza de café.

Asentí.

Cuando se hubo marchado, subí al dormitorio, me tumbé en la cama de matrimonio, hundí la cara en la almohada e inspiré lo último que quedaba de Shannon. Un olor leve, especiado, que en unos días se habría desvanecido. Abrí el armario de su lado de la cama. Estaba vacío. Carl se había llevado la mayoría de sus cosas a Barbados, había tirado el resto. Pero vi algo en la oscuridad, al fondo del armario. Shannon debía de haberlos encontrado en algún lugar de la casa y los había dejado allí. Era un par de patucos de bebé de ganchillo, tan ridículamente pequeños que te hacían sonreír. Los había hecho la abuela, y según mamá los habíamos usado primero yo y después Carl.

Bajé a la cocina.

Desde la ventana vi que la puerta del granero estaba abierta de par en par. En el interior brillaba un cigarrillo. Era Kurt Olsen, que estaba en cuclillas observando algo en el suelo.

Saqué los prismáticos.

Pasaba los dedos por encima de algo. Comprendí lo que era. Las marcas del gato en los tablones blandos del suelo. Kurt se acercó al saco de arena, se quedó mirando la cara que tenía pintada. Le dio un golpe como si quisiera probarlo. Vera Martinsen le habría avisado de que KRIPOS hacía las maletas y se volvía a casa. Pero Olsen no se rendiría. He leído que el cuerpo tarda siete años en renovar todas sus células, incluidas las del cerebro, y que al cabo de siete años, en principio, somos otra persona. Pero nuestro ADN, el programa según el cual se reproducen nuestras células, no cambia. Si nos cortamos el cabello, las uñas o un dedo, lo que vuelve a salir será igual, una repetición. Las nuevas células cerebrales no se diferencian de las antiguas, de hecho, heredan una buena parte de nuestros recuerdos y experiencias. No cambiamos, hacemos las mismas elecciones, repetimos los mismos errores. De tal palo, tal astilla. Un cazador como Kurt Olsen seguirá cazando. Un asesino, si las circunstancias se repiten, volverá a matar. Es un círculo infinito, como las predecibles trayectorias de los planetas, los cambios inmutables de las estaciones del año.

Kurt Olsen salía del granero cuando se detuvo ante otra cosa. Lo levantó, lo acercó a la luz. Era uno de los cubos de zinc. Enfoqué los prismáticos. Estudiaba los agujeros de bala. Primero a un lado, luego al otro. Al cabo de un rato dejó el cubo, fue al coche y se marchó.

La casa estaba vacía. Me había quedado solo. ¿Era así como se sentía papá aunque estuviéramos todos a su alrededor?

Se oyó un estruendo grave y amenazador hacia el oeste, apunté los prismáticos en esa dirección.

Era un alud de nieve en la cara norte de la montaña de Ottertind. Nieve pesada, helada, que tenía que bajar, que atravesaba el hielo haciendo saltar el agua al otro lado del lago Budalsvannet.

Sí, la inexorable primavera estaba llegando una vez más.

Índice

DESCUBRE LA BIBLIOTECA

JO NESBØ

SERIE HARRY HOLE

DEBOLS!LLO